TUTULMA

TUTULMA

Orijinal Adı: Eclipse
Yazarı: Stephenie Meyer
Genel Yayın Yönetmeni: Meltem Erkmen
Çeviri: Eren Abaka
Editör: Ayşe Tunca
Düzenleme: Gülen Işık
Düzelti: Fahrettin Levent
Kapak Uygulama: Berna Özbek Keleş

Cep boy 8. Baskı: Şubat 2013

ISBN: 978 9944 82-212-1

YAYINEVİ SERTİFİKA NO: 12280

© 2007 by Stephenie Meyer

Türkçe Yayım Hakkı: Onk Ajans aracılığı ile
© Epsilon Yayıncılık Hizmetleri Tic. San. Ltd. Şti.

Baskı ve Cilt: Kitap Matbaacılık
Davutpaşa Cad. No: 123 Kat: 1 Topkapı-İst
Tel: (0212) 482 99 10 (pbx)
Fax: (0212) 482 99 78
Sertifika no: 16053

Yayımlayan:
Epsilon Yayıncılık Hizmetleri Tic. San. Ltd. Şti.
Osmanlı Sk. Osmanlı İş Merkezi 18/ 4-5 Taksim / İstanbul
Tel: 0212.252 38 21 pbx Faks: 252 63 98
İnternet adresi: www.epsilonyayinevi.com
e-mail: epsilon@epsilonyayinevi.com

TUTULMA

Stephenie Meyer

Çeviri
Eren Abaka

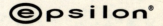

Ateş ve Buz

Bazıları dünyanın sonunun ateş olduğunu söylüyor,
Bazıları da buz.
Tutkuyu tattığımdan
Ateşi tercih ediyorum ben.
Ama iki kere yok olacaksa dünya,
Biliyorum nefreti yeterince
Buzla da yok olsun
Diyebilecek kadar.

Robert Frost

ÖNSÖZ

Çevirdiğimiz dolaplar tüm çabalarımıza rağmen boşa çıkmıştı.

Kalbimdeki acıyla beni savunmasını izledim. Sayıca üstün olmalarına rağmen bütün dikkatini verdiğine hiç şüphe yoktu. Yardım beklemediğimizi biliyordum, şu anda ailesi de, onun bizim için mücadele ettiği gibi kendi hayatları için dövüşüyordu.

Diğer dövüşün sonucunu öğrenebilecek miydim? Kimin kazanıp kimin kaybettiğini keşfedebilecek miydim? Bu kadar uzun süre hayatta kalabilir miydim?

İhtimaller hiç de iyi görünmüyordu.

Kara vahşi gözler, ölümümü şiddetle arzuluyor, koruyucumun dikkatinin dağılacağı anı kolluyordu. O an geldiği zaman kesinlikle ölecektim.

Bir yerlerde, çok ama çok uzakta, soğuk bir ormanda bir kurt uludu.

1. ÜLTİMATOM

Bella,

~~Neden sanki ikinci sınıftaymışız gibi, Charlie vasıtasıyla Billy'ye notlar yolladığını anlamıyorum. Eğer seninle konuşmak isteseydim~~

~~Sen tercihini yaptın, değil mi? İkisine de aynı anda sahip olamazsın,~~

~~"Can düşmanı" lafının hangi kısmını anlamakta güçlük çekiyorsun~~

~~Bak, pisliğin teki olduğumu biliyorum ama bunun başka bir yolu yok~~

~~Arkadaş olmamızın imkânı yok çünkü sen zamanını bir avuç~~

~~Seni düşünmek her şeyi daha da zor hale getiriyor, bu yüzden bir daha yazma~~

Evet, ben de seni özledim. Hem de çok. Bu hiçbir şeyi değiştirmez. Üzgünüm.

Jacob

Parmaklarımı kâğıdın üzerinde gezdirdim, neredeyse kâğıdı delercesine arkasında bıraktığı girintilere dokundum. Mektubu yazarkenki halini düşünmeye çalıştım. Kötü el yazısıyla bu öfke dolu mektubu nasıl yazdığını, yazdıkları ona yanlış geldikçe satırların üzerini tek tek çizdiğini hayal ettim. Belki de kalem kocaman ellerinde ikiye ayrılmıştı, hem bu mektuptaki mürekkep damlalarını da açıklıyordu. Siyah kaşlarının üzüntüyle bir araya geldiğini ve alnının kırıştığını hayal edebiliyordum. Eğer orada olsaydım, muhtemelen bu haline gülerdim. *Kendini bu kadar sıkma Jacob*, derdim ona. *Söyle gitsin*.

Aslında, mektubu defalarca okuyup yazdığı bütün kelimeleri aklıma kazıdığımdan, gülmek yapacağım en son şeydi. Onun da dediği gibi, ikinci sınıf öğrencilerinin yapacağı türden bir şey yaparak Charlie vasıtasıyla Billy'ye oradan da nihayet ona ulaşan özür notuma verdiği bu cevap hiç de şaşırtıcı olmamıştı.

Daha mektubu açmadan ne yazdığını tahmin etmiştim.

Asıl şaşırtıcı olan şey, üzeri çizilmiş satırların beni bu kadar yaralamış olmasıydı. Daha da önemlisi, her birinin öfkeyle başlamasına rağmen derinlerinde büyük bir keder saklıyor olmalarıydı; Jacob'ın çektiği acı, beni kendi çektiğim acıdan daha çok yaralamıştı.

Oturmuş bunları düşünürken, burnuma mutfaktan bir yanık kokusu geldi. Herhalde, benden başka kimse, evlerinde yemek pişirildiğinde benim kadar panik yapmazdı.

Hemen buruşmuş kâğıdı arka cebime koydum ve zaman kaybetmeden alt kata koştum.

Charlie'nin mikrodalga fırına koyduğu bir kavanoz makarna sosu mikrodalga fırının içerisine takılıp kalmıştı, kapağını açtım ve onu çıkardım.

"Neyi yanlış yaptım?" diye sordu Charlie.

"Önce kapağını açıp çıkarmalıydın, baba. Metal şeyler mikrodalga için uygun değil." Hemen kapağını açtım, sosun bir kısmını kâseye boşalttım ve fırına koydum. Fırının zamanını ayarladıktan sonra, kavanozu tekrar buzdolabına koydum.

Charlie dudağını bükmüş beni izliyordu. "Doğru düzgün bir makarna yiyebilecek miyim?"

Kokunun kaynağını fark edince ocağın üzerindeki tavaya baktım. "Biraz karıştırmanın yardımı dokunur," dedim kibarca. Bir kaşık aldım ve sıcak su ekleyerek lapa haline gelmiş yığını sulandırmaya çalıştım.

Charlie iç geçirdi.

"Peki tüm bunlar ne için?" diye sordum.

Kollarını göğsünde kavuşturmuş, yağmur damlalarının vurduğu arka pencereden hiddetle dışarıya bakıyordu. "Neden bahsettiğini bilmiyorum," diye söylendi.

Şaşırmıştım. Charlie yemek mi yapıyordu? Bu haşin tavır da neyin nesiydi? Üstelik Edward bile burada değilken; bu tip davranışları genellikle sevgilime saklardı, "hoş karşılanmadığını" göstermek için elinden geleni ardına koymazdı. Fakat Charlie'nin bu çabası gereksizdi, Edward, Charlie belli etmese bile, hakkında ne düşündüğünü biliyordu.

Sevgili kelimesi, tanıdık bir hissin ortaya çıkmasına neden oldu. Tek sorun doğru kelime olmamasıydı. Sonsuz bir bağlanışı ifade edecek başka bir deyişe ihtiyacım vardı... Fakat günlük konuşmalarda, *kader* ve *alınyazısı* gibi kelimeleri kullanmak kulağa eski moda geliyordu.

Edward'ın aklında ise, bu hissettiğim tuhaf duygunun da kaynağı olan başka bir kelime vardı. Bu kelimenin düşüncesi bile beni rahatsız ediyordu.

Nişanlı. Iyy. Tüylerimi ürperten bu düşünceyi hemen aklımdan uzaklaştırdım.

"Ben bir şey mi kaçırdım? Ne zamandan beri yemek yapıyorsun?" diye sordum Charlie'ye. Kaynayan sudaki makarnayı karıştırıyordum. "Ya da *deniyorsun,* demeliydim."

Charlie umarsızca omuz silkti. "Kendi evimde yemek yapamayacağıma dair bir kural mı var?"

"Biliyor olmalıydın," dedim gülümseyerek, bir yandan da ceketine iliştirdiği rozete bakıyordum.

"Güzel espriydi." Sanki ben hatırlatmışım gibi, ceketini çıkardı ve diğer teçhizatlarıyla birlikte askıya astı. Silahı da askıda duruyordu, son birkaç haftadır yanına alma gereği duymamıştı. Washington'ın küçük bir kasabası olan Forks'ta, artık birdenbire ortadan kaybolmalar, orda burada görülen devler ve ormanda meydana çıkan gizemli kurtlar yoktu...

Makarnayı sessizce karıştırırken Charlie'yi neyin bu kadar rahatsız ettiğini anlamaya çalışıyordum. Babam kelimelerle arası çok da iyi olan biri değildir, bu yüzden de, eğer benimle oturup yemek yemeyi planladıysa, aklında her zamankinden farklı bir şeyler olduğu kesindi.

Sık sık saate bakıyordum, bunu son günlerde alışkanlık haline getirmiştim. Gitmeme yarım saat kalmıştı.

Günün en zor kısmı öğleden sonralarıydı. En iyi arkadaşım Jacob Black (kurt adam) motosiklete bindiğimi ispiyonladığından beri, erkek arkadaşım Edward Cullen (vampir) ile vakit geçiremiyordum. Yaptığı bu hainlik yüzünden eve hapsedilmiş, babamın denetimi ve aksi bakışları altında yaşamaya mahkûm edilmiştim.

Yine de, bu gerginlik, daha evvel hiçbir açıklama yapmadan üç gün ortadan kaybolmuş olmama verilen karşılığa kıyasla daha kolay bir süreçti.

Elbette, Charlie bu konuda bir şey yapamayacağından Edward'ı okulda görüyordum. Hem sonra, Edward neredeyse her geceyi benim odamda geçiriyordu ve Charlie bunun farkına bile varmıyordu. Edward'ın sessizce ve kolayca pencereme tırmanabilme yeteneği, bizim için, en az Charlie'nin aklını okuyabilme yeteneği kadar kullanışlı oluyordu.

Öğleden sonraları, Edward'dan en uzak kaldığım zamanlardı ve bu beni oldukça rahatsız ediyor, saatler adeta geçmek bilmiyordu. Fakat cezamla ilgili tek kelime etmiyordum. Bunun iki sebebi vardı; birincisi bunu hak etmiş olmam, ikincisi de evden ayrılarak babama acı verme fikrine dayanamamamdı. Tamamen gitmek yerine Charlie için görünmez biri olmayı tercih ediyordum.

Babam, elinde ıslanmış bir gazeteyle homurdanarak masaya oturdu ve birkaç saniye sonra gazetedeki bir haberi onaylamadığını belli eden bir yorumda bulundu.

"Haberleri neden okuduğunu bilmiyorum, baba. Seni kızdırmaktan başka bir işe yaramıyorlar."

Beni duymazlıktan geldi ve söylenmeye devam etti. "İşte insanların küçük kasabalarda yaşamasının sebebi bu! Gülünç."

"Büyük şehirlerin ne suçu var?"

"Seattle adeta cinayet başkenti olmak için yarışıyor. Son iki haftada çözülmemiş beş cinayet vakası oldu. Böyle bir şehirde yaşadığını hayal edebiliyor musun?"

"Bence Phoenix, cinayet vakalarında daha üst sıralardadır baba. Orada bununla *yaşayabilmiştim*." Ve bir cinayete kurban gitmeye, onun bu küçük güvenli kasabasına gelene kadar asla böylesine yaklaşmamıştım. Aslında hâlâ ölüm listesinde yer alıyordum... Kaşığı tutan elim birden titreyince içindeki sıvı da titreşti.

Yemeği bekletmekten vazgeçtim ve servis etmeye karar verdim. Spagettiyi et çatalıyla ayırmak zorunda kaldım. Yemeği tabaklarımıza bölüştürürken, Charlie, mahcup bir ifadeyle beni izliyordu. Sonra, kendi makarnasını sosa buladı. Bense, kendi tabağımı, onun sergilediği coşkudan uzak bir şekilde, önüme koydum. Bir süre sessizce yemeklerimizi yedik. Charlie haberlere göz atmaya devam ederken ben de, evde eskimiş bir kopyasını bulduğum *Uğultulu Tepeler*'i, sabah kaldığım yerden okumaya devam ettim. Konuşmasını beklerken kendimi on dokuzuncu yüzyılın İngiltere'sinde kaybetmeyi denedim.

Tam Heathcliff'in döndüğü kısma gelmiştim ki, Charlie boğazını temizledi ve gazetesini kenara fırlattı.

"Haklıydın," dedi Charlie. "Bunu yapmamın bir nedeni vardı." Sosla kaplanmış çatalını bana doğru sallıyordu. "Seninle konuşmak istiyordum."

Kitaptan gözümü ayırıp neredeyse parçalanacak olan kitabı masaya bıraktım. "Sadece sorabilirdin."

Başını salladı, kaşları çatılmıştı. "Evet, bir dahaki sefere böyle yaparım. Yemek yapmanın seni yumuşatacağını düşünmüştüm."

Güldüm. "İşe yaradı, yemek yapma yeteneğin beni yağ gibi eritti. Ne oldu, baba?"

"Pekâlâ, bu Jacob ile ilgili."

Yüzümün ifadesinin sertleştiğini hissettim. "Ne olmuş ona?" diye sordum soğuk bir ses tonuyla.

"Sakin ol, Bells. Biliyorum, seni ispiyonladığı için hâlâ kızgınsın ama o doğru olanı yaptı. Sorumlu davrandı."

"Sorumlu," diye tekrarladım alay edercesine ve gözlerimi devirdim. "Pekâlâ, ne olmuş Jacob'a?"

Bu soru kayıtsızca zihnimde yankılanıyordu. *Ne olmuş Jacob'a?* Onun için ne yapabilirdim? Eski en iyi arkadaşım şimdi neyim olmuştu... Ne? Düşmanım mı? Korkmuştum.

Charlie'nin yüzünde birden ihtiyatlı bir ifade belirdi. "Bana kızmak yok, oldu mu?"

"Kızmak?"

"Bu Edward'la da ilgili."

Gözlerimi kısmış ona bakıyordum.

Charlie'nin sesi huysuz bir şekilde çıkmıştı. "Onun eve girmesine izin veriyorum, değil mi?"

"Evet veriyorsun," diye kabul ettim. "Belirli bir zaman için. Tabii ki, evden belirli bir zaman için çıkmama da izin veriyorsun." Konuşmaya şakayla devam ettim; okul dönemi boyunca mahkûm hayatı yaşayacağımı biliyordum. "Son zamanlarda oldukça iyiyim."

"Pekâlâ, ben de bu yüzden bir şeyler yapmaya..." Ve Charlie beklemediğim bir şekilde gülümsedi, gözleri neredeyse görünmüyordu. Bir an, neredeyse yirmi yaş gençleşmişti.

O gülümsemede, soluk da olsa bir ışık görünce yavaşça üzerine gittim. "Kafam karıştı baba. Biz Jacob'tan mı, Edward'dan mı yoksa cezalı olmamdan mı bahsediyoruz?"

Tekrar gülümsedi. "Üçünden de."

"Öyleyse bu üçünün birbiriyle ne ilgisi var?" diye sordum merakla.

"Pekâlâ," dedi ve iç geçirdi, sonra da, sanki teslim oluyormuşçasına ellerini havaya kaldırdı.

"Sergilediğin iyi halden dolayı erken tahliye edilmeni düşünüyordum. Bir genç olarak, şaşırtıcı biçimde hiç sızlanmadın."

Sesim heyecanımdan dolayı yüksek çıkmıştı. "Gerçekten mi? Özgür müyüm?"

Bu da nereden çıkmıştı? En iyi ihtimalle taşınana kadar ev hapsinde kalacağımı düşünmüştüm ve Edward, Charlie'nin düşüncelerinde böyle bir şeye rastlamamıştı...

Charlie bir parmağını havaya kaldırdı. "Şartlı olarak ama."

Tüm hevesim bir anda yok oldu. "Harika," diye inledim.

"Bella, bu bir istekten çok rica, tamam mı? Özgürsün. Fakat umarım bu özgürlüğü...akıllıca kullanırsın."

"Bu da ne demek şimdi?"

Tekrar iç geçirdi. "Tüm vaktini Edward ile geçirmekten büyük zevk alacağını biliyorum..."

"Alice'le de vakit geçiriyorum," diye araya girdim. Edward'ın kız kardeşinin ziyaret saatleri yoktu. İstediği gibi gelir ve giderdi. Onu görünce Charlie kolayca yola gelirdi.

"Bu doğru," dedi Charlie. "Fakat senin Cullen ailesi dışında da arkadaşların var Bella, ya da *vardı* demeliydim."

Uzun bir süre birbirimizin gözlerine baktık.

"En son ne zaman Angela Webber ile konuştun?" dedi birdenbire.

"Cuma öğle yemeğinde," diye cevap verdim hemen.

Edward geri dönmeden önce okul ikiye bölünmüştü. Bu iki grubu *iyiler* ve *kötüler* diye ayırmaktan zevk alıyordum. *Biz* ve *onlar* olmuştuk. İyiler arasında Angela, onun erkek arkadaşı Ben Cheney ve Mike Newton vardı. Üçü de, Edward gittikten sonra yaptığım çılgınlıkları büyük bir cömertlikle affetmişlerdi. Lauren Mallory ise *diğerlerinin* tam merkezindeki kişiydi ve çevresinde de geri kalanlar vardı. Hatta, Forks'a geldiğim zaman arkadaş olduğum ilk kişi olan Jessica Stanley de bu anti-Bella grubunda yer alıyordu.

Edward'ın okula geri dönmesiyle, bu iki grup arasındaki uçurum iyice belirgin hale gelmişti. Edward geri döndüğünde, Mike ile olan sıkı dostluğu devam etmişti. Angela da şaşmaz bir sadakate sahipti ve erkek arkadaşı Ben de onun gibi davranmıştı. İnsanların Cullen ailesine duyduğu derin tiksintiye rağmen Angela her öğle yemeğinde aşılmaz bir görev bilinciyle Alice'in yanına oturmuştu. Birkaç haftanın sonunda Angela daha rahat görünmeye başlamıştı. Bir Cullen'ın cazibesine kapılmamak oldukça zordu.

"Ya okul dışında?" diye sordu Charlie, ilgimi yeniden konuya çekmek istiyordu.

"Okul dışında hiç kimseyi görmüyorum, baba. Cezalıyım, hatırlıyorsun, değil mi? Hem Angela'nın bir erkek arkadaşı var. Her zaman onunla birlikte. Eğer özgür olsaydım," sesime kuşkulu bir ton ekleyip, "belki çift olarak takılabilirdik," dedim.

"Tamam. Ama o zaman..." Bir an için tereddüt etti. "Sen ve Jack bir zamanlar beraber takılırdınız ama şimdi..."

Sözünü kestim. "Nereye varmaya çalışıyorsun baba? Şartın nedir, yani tam olarak?"

"Erkek arkadaşın için diğer tüm arkadaşlarını bir kenara atmaman gerektiğini düşünüyorum, Bella." Sesi oldukça sert çıkmıştı. "Bu doğru değil ve başka insanlarla vakit geçirerek hayatını daha iyi dengede tutabileceğini düşünüyorum. Geçen eylül ayında olanlar..."

Ürkmüştüm.

"Pekâlâ," dedi geri adım atarak. "Eğer Edward Cullen dışında da bir hayatın olsaydı, her şey daha farklı olabilirdi."

"Kesinlikle aynı da olabilirdi," diye mırıldandım.

"Belki öyle, belki de değil."

"Varmaya çalıştığın nokta?" diye hatırlattım ona.

"Bu yeni özgürlüğünü diğer arkadaşlarını görmek için de kullan. Ve dengeyi koru."

Başımı yavaşça salladım. "Denge iyidir. Yani doldurmam gereken bir kotam mı olacak?"

Somurttu ve hayır dercesine başını salladı. "Bunu daha karmaşık bir hale getirmek istemiyorum. Sadece arkadaşlarını unutma..."

Bu zaten çözmeye çalıştığım bir açmazdı. Arkadaşlarımı, kendi güvenlikleri için, mezun olana kadar görmek istemiyordum.

Yapılabilecek en doğru hareket neydi peki? Onlarla olabildiğince çok mu vakit geçirmek? Yoksa kademeli olarak onlardan uzaklaşmak mı? İkincisi canımı sıkmıştı.

Ben bunları düşünmeye dalmışken Charlie ekledi, "...özellikle de Jacob ile."

Bu daha da büyük bir açmazdı. Doğru kelimeleri bulmam zaman aldı. "Jacob biraz...zor olabilir."

"Blackler neredeyse aileden sayılır, Bella," dedi, sesi gene sert ve babacandı. "Ve Jacob da, senin için çok ama çok iyi bir arkadaştı."

"Biliyorum."

"Onu özlemiyor musun?" diye sordu Charlie öfkeli bir sesle.

Boğazımda aniden bir şey düğümlendiğini hissettim. Cevap vermeden önce boğazımı iki kez temizlemek zorunda kaldım. "Evet, özledim," diye cevap verdim, yere bakıyordum. "Çok özledim."

"Öyleyse neden bu kadar zor?"

Bu özgürce anlatabileceğim bir şey değildi. Çevremizde var olan, gizli dünyadaki tüm o mitolojik yaratıkları ve canavarları bilmek, ben ve Charlie gibi normal insanlar için koyulmuş kurallara aykırıydı.

Bu dünyayı tanıyordum ve içinde bulunduğum durum küçük bir beladan daha fazlasıydı. Charlie'yi de aynı soruna bulaştırmaya hiç niyetim yoktu.

"Jacob ile... aramızda bir anlaşmazlık var," dedim yavaşça. "Yani aramızdaki arkadaşlıkla ilgili bir şey. Görünüşe göre sadece arkadaş olmak Jake için yeterli değil." Söylediğim bahanenin detayları doğruydu ama önemsizdi, çünkü asıl neden, Jacob'ın dahil olduğu kurt adamlar sürüsünün, katılmaya niyetli olduğum Edward'ın vampir ailesinden ve haliyle benden nefret etmesiydi. Bu, öyle notlar yazarak çözebileceğimiz cinsten bir şey değildi, zaten telefonlarıma da çıkmıyordu. Benim planım, kurt adamla kişisel olarak ilgilenmekti ama bu da kesinlikle vampirlere uymamıştı.

"Küçük, sağlıklı bir rekabet Edward için de iyi olmaz mı?" Charlie'nin sesi şimdi alaycı çıkıyordu.

Ona kasvetli bir bakış attım. "Rekabet falan yok."

"Ondan kaçınarak Jake'in hislerini incitiyorsun. Onun hiçbir şeyin olmaktansa arkadaşın olmayı tercih edeceğine eminim."

Ah, şimdi de *ondan* kaçınıyordum, öyle mi?

"Jake'in arkadaş olmak istemediğine son derece eminim." Bunu söyledikten sonra içimde sevimsiz bir his oluşmuştu. "Ayrıca, bu fikre de nereden kapıldın?"

Charlie utanmış görünüyordu. "Bugün Billy'yle konuşurken ortaya çıkmış olabilir..."

"Sen ve Billy, şimdi de yaşlı kadınlar gibi dedikodu mu yapıyorsunuz?" dedim ve çatalımı tabağımda buz gibi olmuş makarnama sapladım.

"Billy, Jacob için endişeleniyor," diye cevap verdi Charlie. "Jake bugünlerde zor zamanlar geçiriyor... Keyifsizmiş."

İrkilmiştim ama gözümü tabağımdan ayırmadım.

"Sen Jake ile vakit geçirdikten sonra hep mutlu olurdun." Charlie derin bir soluk verdi.

"Şimdi de *mutluyum*." Hırlar gibi dişlerimin arasında soludum.

Söylediğim sözler ile söyleme biçimimdeki karşıtlık, Charlie'nin kahkaha atmasına sebep oldu, ben de ona katıldım.

"Tamam, tamam," diye kabul ettim. "Denge."

"Ve Jacob," diye ısrar etti.

"Deneyeceğim."

"Güzel. Dengeyi yakala Bella. Ve, ah doğru ya, bir mektubun vardı," dedi Charlie, incelikle, bir daha bu konuya dönmemek üzere yeni bir konuya geçmişti. "Orada, ocağın yanında."

Hemen kalkıp almadım, zihnim hâlâ Jacob'ın adıyla meşguldü. Büyük ihtimalle önemsiz bir mektuptu; daha dün annemden bir paket almıştım ve başka kimseden bir şey beklemiyordum.

Charlie, sandalyesini geriye itip ayağa kalktı, sonra da ayaklarına dokunmaya çalışarak gerindi. Tabağını lavaboya bırakmadan evvel musluğu açtı, sonra da bir an durup kalın zarfı bana doğru fırlattı. Zarf masanın üzerinde kaydı ve dirseğime *çarpıp* durdu.

"Teşekkürler," diyebildim sadece, mektubu açmam için beni bu kadar zorlaması kafamı karıştırmıştı. Sonra mektubun geldiği adresi gördüm. Mektup, Alaska Southeast Üniversitesi'nden geliyordu. "Çok çabuk cevap geldi. Başvuru tarihini kaçırdığımı sanıyordum."

Charlie kıkırdadı.

Zarfı elimde çevirdim ve ona düşmanca baktım. "Bu açık."

"Merak ettim."

"Beni çok şaşırttınız, şerif. Bu bir devlet suçu."

"Hadi, oku ama."

İlk önce mektubu, sonra da katlanmış halde duran ders programını zarfından çıkardım.

Ben daha hiçbir şey okuyamadan Charlie, "Tebrikler," dedi. "Bu senin ilk kabul mektubun."

"Teşekkürler, baba."

"Okul harcın hakkında konuşmalıyız. Ben biraz para biriktirmiştim ve…"

"Hey, dur bakalım. Senin emeklilik parana elimi sürmeyeceğim. Benim üniversite fonum var," gerçi fonda en başından beri çok da fazla bir para yoktu.

★

Charlie kaşlarını çattı. "Bu yerlerin bazıları gerçekten pahalı, Bells. Yardım etmek istiyorum. Sırf ucuz olduğu için Alaska'ya kadar gitmek zorunda değilsin."

Ucuz falan da değildi. Ama uzaktaydı ve yılın üç yüz yirmi bir günü hava kapalıydı. İlk bahane kendim, ikincisi de Edward içindi.

"Ne kadar uzakta olduğunu biliyorum. Ayrıca finansal destek sağlayacak pek çok yer var. Hem kredi almak da kolay." Yaptığım blöfün çok belli olmadığını umuyordum. Açıkçası bu konuda pek de araştırma yapmamıştım.

"Yani..." diye başladı Charlie ve sonra susup başka yöne bakmaya başladı.

"Yani ne?"

"Hiç, ben sadece..." Kaşlarını çatmıştı. "Şeyi merak etmiştim... Edward'ın gelecek yılki planlarını?"

"Ya."

"Planı ne?"

Birinin kapıya üç kere vurmasıyla hayatım kurtulmuştu. Charlie gözlerini devirdi ve yerinden kalktı.

"Geliyorum!" diye bağırdığımda Charlie'nin, "Kaç bakalım," dediğini duydum. Onu duymazdan geldim ve Edward'ı içeriye davet ettim.

Kapıyı hevesle açtım – kolayca ardına kadar açılmıştı – ve işte oradaydı, tam karşımda benim mucizem duruyordu.

Zaman onun mükemmel yüzüne duyduğum hayranlığı azaltmamıştı ve böyle bir şeyin mümkün olmadığına da emindim. Bakışlarım onun soluk beyaz yüzünde gezinmeye başladı. Geniş köşeli çenesinin üstünde, sanki bir sanat eseri gibi oyulmuş, kalın dudakları vardı. Karşımda durmuş gülümserken burnu düz bir çizgi şeklini almış, çıkık elmacık kemikleriyle ters bir açı oluşturmuştu. Dağınık bronz rengi saçları, pürüzsüz mermer gibi alnını kısmen örtüyordu...

Gözlerini ise sona saklamıştım, biliyordum ki, o gözlere bakar bakmaz düşüncelerim allak bullak olacaktı. Sıcacık bakıyorlardı, sıvı altın rengindeydiler ve siyah kirpiklerle çevrelenmiştiler. Gözlerinin içine bakmak beni her zaman olağandışı hissettirir, ona bakarken bacaklarım adeta süngere dönüşürdü. Biraz da başım dönerdi ama bunun sebebi, büyük ihtimalle ona bakarken nefes almayı unutmamdı. Ve gene öyle olmuştu.

Dünya üzerindeki bütün erkek modellerin ruhuna karşılık takas edebileceği türden bir yüzü vardı. Tabii ki bunun tek bir fiyatı vardı, o da bir ruh.

Hayır. Buna inanmıyordum. Böyle düşündüğüm için bile suçluluk duyuyordum ve bir yandan da memnun oluyordum, aslında çoğunlukla memnun oluyordum. Edward hakkında sık sık – bu kadar sık olduğu için memnundum – böyle gizemli düşünceleri olan tek kişiydim.

Eline uzandım ve onun soğuk parmakları benimkilere değdiğinde iç geçirdim. Dokunuşu, bana rahatlamaya benzer bir his veriyordu, sanki acı çekiyormuşum da ansızın bu acı sona eriyormuş gibiydi.

"Selam," dedim ona küçük bir gülümsemeyle, beklenenden daha az coşkulu bir karşılama olmuştu.

Birbirine kenetlenmiş parmaklarımızı kaldırıp elinin arkasıyla yanağımı okşadı. "Öğlenin nasıl geçti?"
"Yavaş."
"Benim için de öyleydi."
Ellerimiz kenetlenmiş dururken bileğimi yüzüne yaklaştırdı. Gözlerini kapatmış, burnunu tenimin üzerinde gezdirirken yüzünde tatlı bir gülümseme vardı. Daha önce de söylediği gibi, şaraba karşı koyarak kokusunun tadını çıkarıyordu.

Kanımın kokusunun üzerinde yarattığı etkiyi biliyordum – onun için diğer insanların kanının tadından çok daha lezzetliydi – bu tıpkı, bir alkoliğin şarap yerine su içmesi gibiydi. Ona yakıcı bir susuzluk hissi veriyordum. Fakat önceden olduğundan farklı olarak artık bunu göstermekten çekinmiyordu. Bu sıradan hareketinin arkasında aslında nasıl da büyük bir mücadele olduğunu hayal edebilirdim.

Bu kadar zorlanması beni çok üzmüştü. Kendimi, ona daha fazla acı vermeyeceğimi söyleyerek teselli ettim.

Charlie'nin yaklaştığını duydum. Her zaman olduğu gibi, misafirimizin eve gelmesinden duyduğu memnuniyetsizliği ayağını yere vurarak göstermişti. Edward'ın gözleri hemen açıldı ve bileğimi serbest bıraktı ama hâlâ el ele tutuşuyorduk.

"İyi akşamlar, Charlie." Charlie bunu pek hak etmese de, Edward her zaman olduğu gibi yine kusursuz derecede kibardı.

Charlie bir şeyler homurdandıktan sonra ellerini

göğsünde kavuşturdu ve yanımızda beklemeye başladı. Yine, son zamanlarda takındığı aşırı denetimci ebeveyn halini almıştı.

"Birkaç başvuru formu daha getirmiştim," dedi Edward, elinde içi dolu bir zarf tutuyordu. Küçük parmağının çevresindeyse pullardan oluşmuş bir rulo vardı.

Sıkıntıyla inledim. Beni başvurmam için zorlamadığı daha kaç üniversite vardı? Hem tekrar kontenjan açılan üniversiteleri nasıl bulabiliyordu? Bu yıl geç kalmıştık oysaki.

Sanki düşüncelerimi *okuyabiliyormuş* gibi gülümsedi; muhtemelen yüzümden belli oluyordu. "Hâlâ son başvuru tarihi geçmemiş birkaç yer var. Ve istisnai durumlar yaratmaya istekli bazı yerler de var."

Bu istisnai durumları yaratmaya istekli olmalarının arkasındaki nedenleri hayal edebiliyordum. Ve tabii onlara verilen çeklerdeki sıfırların sayısını da.

Edward yüzümdeki ifadeye güldü.

"İçeri geçelim mi?" diye sordu ve beni mutfak masasına doğru çekiştirdi.

Charlie, her ne kadar bugün yapılacaklara pek itiraz etmese de, bundan hoşlanmamıştı ve arkamızdan geldi. Her geçen gün bana üniversite konusunda daha çok baskı yapıyordu.

Edward yıldırıcı görünen kâğıt destelerini düzenlerken masayı hızlıca temizledim. *Uğultulu Tepeler* kitabımı tezgâha koyduğumda Edward tek kaşını havaya kaldırdı. Ne düşündüğünü biliyordum ama Edward yorum yapmaya fırsat bulamadan Charlie konuşmaya başladı.

"Üniversite başvurularından bahsetmişken, Edward," dedi Charlie, sesi daha da kasvetli bir hal almıştı; Edward'a doğrudan bakmamak için elinden geleni yapmıştı ve onunla iletişime geçmek zorunda kalması daha da kötü bir havaya bürünmesine neden olmuştu. "Bella ve ben gelecek yıl hakkında konuşuyorduk. Sen hangi okula gideceğine karar verdin mi?"

Edward Charlie'ye gülümsedi.

"Henüz değil. Bazı okullardan kabul mektubu almıştım ama hâlâ bunlar üzerinde düşünüyorum," dedi içtenlikle.

"Nereye kabul edildin?" diye ısrarla sordu Charlie.

"Syracuse...Harward...Darmouth...ve bir de Alaska Southeast Üniversitesi'nden bugün bir kabul mektubu aldım." Edward kafasını hızlıca yana çevirip bana gizlice göz kırptı. Gülüşümü bastırmayı başardım.

"Harward? Darmouth?" diye mırıldandı Charlie şaşkınlığını gizleyemeyerek. "Bu harika...yani. Evet, ama ya Alaska Üniversitesi... Sarmaşık Birliği* üniversitelerinden birine gitmek varken orayı düşünmüş olamazsın. Yani demek istediğim, eminim baban..."

"Carlisle nereyi seçersem seçeyim memnun olacaktır," dedi Edward sakince.

"Ya."

"Tahmin et ne oldu, Edward?" dedim heyecanla.

"Ne oldu, Bella?"

---

*ABD'nin kuzeydoğusundaki sekiz özel üniversitenin oluşturduğu birlik. Günümüzde Sarmaşık Birliği, akademik mükemmellik, zor öğrenci alma ve elitizm ile bağdaştırılmıştır.

Tezgâhın üzerindeki kalın zarfı işaret ettim. "Alaska Üniversitesi'nden kabul mektubu geldi!"

"Tebrikler!" dedi gülümseyerek. "Ne tesadüf ama."

Charlie gözlerini kısmış, öfkeyle etrafına bakıyordu. "Pekâlâ," dedi bir süre sonra.

"Gidip maçı izleyeceğim, Bella. Unutma, dokuz kırk."

Bu, her zamanki yanımızdan ayrılış sözüydü.

"Şey, baba? Özgürlüğüm hakkında yaptığımız son konuşmayı hatırlıyorsun... değil mi?"

Derin bir nefes verdi. "Haklısın. Tamam, on kırk. Hâlâ okul zamanı gece dışarı çıkma yasağın devam ediyor."

"Bella artık cezalı değil mi?" diye sordu Edward. Şaşırmadığının farkındaydım. Sesinde ufacık bile olsa bir heyecan fark etmemiştim.

"Şartlı olarak," diye düzeltti Charlie dişlerinin arasında tıslayarak. "Niye sordun?"

Kaşlarımı çatıp babama baktım ama beni görmedi.

"Bilmem, bu iyi oldu," dedi Edward. "Alice bir süredir alışverişe gitmek için bir arkadaş arıyordu ve Bella'nın da şehrin ışıklarını özlediğine eminim." Dönüp bana gülümsedi.

Fakat Charlie öfkeyle haykırdı, "Hayır!" Yüzü mor bir renge bürünmüştü.

"Baba! Sorun ne?"

Sinirden kenetlenmiş çenesini güçlükle açarak konuştu. "Şu sıralar Seattle'a gitmeni istemiyorum."

"Ne?"

"Sana gazetedeki haberden bahsettim, Seattle'da insanları öldüren bir çete var ve seni bundan korumak istiyorum, tamam mı?"

Gözlerimi devirdim. "Baba, bir yıldırımın beni çarpma ihtimali, beni Seattle'da bir..."

"Hayır, her şey yolunda Charlie," dedi Edward sözümü keserek. "Ben Seattle'ı kastetmemiştim. Aklımda Portland vardı aslında. Zaten Bella'yı Seattle'a götürmezdim. Elbette."

Ona inanamıyormuşçasına baktım, elinde Charlie'nin gazetesi vardı ve büyük bir dikkatle ön sayfayı okuyordu.

Babamı yatıştırmaya çalışıyor olmalıydı. Ne kadar ölümcül olursa olsun, tehlikede olma fikri Edward ya da Alice ile birlikteyken düpedüz gülünçtü.

İşe yaramıştı. Charlie, Edward'a gözlerini bir süre daha dikip baktıktan sonra omuz silkti. "Pekâlâ," dedi ve sonra da hızla oturma odasına gitti. Belki de başlangıç atışını kaçırmak istemiyordu.

Televizyonu açmasını bekledim, böylece konuşmalarımızı duyamayacaktı.

"Ne yaptığını – "

"Bekle," dedi Edward gözünü gazeteden ayırmadan. Bana ilk başvuru belgelerini uzattığında hâlâ gazeteyi okuyordu. "Bence makalelerini bu başvuru formu için tekrar düzenleyebilirsin. Aynı soruları sormuşlar."

Charlie hâlâ bizi dinliyor olmalıydı. Derin bir soluk aldıktan sonra aynı soruları cevaplamak üzere formun başına geçtim. Adım, soyadım, adresim...

Birkaç dakika sonra başımı formlardan kaldırıp ona baktığımda Edward düşünceli bir şekilde pencereden dışarı bakıyordu. Başımı eğip tekrar forma dönünce okulun adına ilk defa dikkat ettim.

Güldüm ve kâğıdı ittim.

"Bella?"

"Ciddi ol, Edward. *Dartmouth* öyle mi?"

Edward ittiğim kâğıdı kibarca önüme geri koydu. "Bence New Hampshire'ı seversin," dedi. "Benim için tam kadro gece eğitimi var ve ormanlar da yürümeye hevesli kişiler için son derece uygun. Yabani hayatı çok bereketli." Yüzünde karşı koyamadığımı bildiği çarpık gülümsemesi vardı.

Burnumdan derin bir soluk aldım.

"Eğer bu seni mutlu edecekse bana geri ödemene izin vereceğim," diye söz verdi. "Eğer istiyorsan senin yerine ödeyebilirim."

"Sanki verilecek muazzam bir rüşvet ya da borç olmadan girebilecekmişim gibi? Bu seferki ne, yeni bir Cullen kütüphanesi kanadı mı? Ah, neden gene bu konu hakkında tartışıyoruz?"

"Sadece başvuru formunu doldur, tamam mı, Bella? Başvuruda bulunmak seni öldürmez."

Sinirden dişlerimi sıkmıştım. "Sana bir şey söyleyeyim mi? Başvuru formunu dolduracağımı hiç sanmıyorum."

Çöp kutusuna atabilmek için buruşturma niyetiyle kâğıda uzandığımda orada yoktu. Bir süre boş masaya baktıktan sonra Edward'a döndüm. Hareket etmemişti ama başvuru formunun katlanmış olarak ceketinin cebinde durduğuna emindim.

"Ne yaptığını sanıyorsun?" diye sordum.

"Senin imzanı senden daha iyi atıyorum. Zaten motivasyon mektuplarının çoğunu yazdın bile."

"İleriye gittiğinin farkındasın sanırım." Bu sözleri, Charlie'nin bir ihtimal hâlâ maçı izlemeye dalmadığını düşünerek fısıltıyla söylemiştim. "Başka bir yere başvurmaya ihtiyacım yok. Alaska'ya kabul edildim. Zaten ilk dönemin harcını ödemeye ancak gücüm yetiyor. Ve bu da son derece geçerli bir bahane. Ne olursa olsun sokağa atacak param yok."

Yüzünde kederli bir bakış belirdi. "Bella – "

"Tekrar başlama. Bunu Charlie'nin hatırı için yapmam gerektiğini kabul ediyorum ama ikimiz de biliyoruz ki, gelecek sonbahar okula gidecek durumda olmayacağım. En azından yakınlarında insan olan hiçbir yerde olamayacağım."

Bildiğim kadarıyla yeni vampirlerin ilk birkaç yılları zorlu geçiyordu. Edward bu konu hakkında bahsetmekten pek hoşlanmadığından pek detaya inmemiş olsa da, çok da hoş bir dönem olmadığını biliyordum. Kendine hâkim olma, doğuştan değil, sonradan kazanılan bir yetenekti. Okulla yazışmaktan fazlası kesinlikle ihtimal dahilinde değildi.

"Daha zaman konusunda bir karara varılmadığını sanıyordum," diye kibarca hatırlattı Edward. "Üniversitenin bir ya da iki döneminin tadını çıkarabilirdin. Henüz tecrübe etmediğin bir sürü insani deneyim var."

"Ondan sonra yaparım."

"Ondan sonra bir daha insani hiçbir deneyim yaşayamazsın. Bir daha insan olmak için şansın olmayacak, Bella."

İç geçirdim. "Zamanlaması konusunda akılcı davranmalısın, Edward. Oyalanmak çok tehlikeli olabilir."

"Hiçbir tehlike yok ama," diye ısrar etti Edward.

Ona dik dik baktım. Tehlike yok mu? Eminim yoktur. Sadece, arkadaşının ölümünün intikamını, tercihen yavaş ve acı dolu bir şekilde, benden almak isteyen sadist bir vampir vardı. Victoria hakkında kim endişeleniyordu ki? Ve, ah tabii, bir de Volturi isimli vampir savaşçıları olan seçkin vampir ailesi vardı. Onlar da benim kalbimin atmaması konusunda ısrarcılardı çünkü bir insanın onların varlığını öğrenmesi kesinlikle yasaktı. Doğru, panik yapmama neden olacak hiçbir şey yoktu. Hatta Alice'in gözcülüğünde bile olsa, ki Edward onun gelecek hakkında gördüğü bizi önceden uyaran ve esrarengiz şekilde kesinlik içeren imgelere çok güvenirdi, bunu tehlikeye atmak çılgıncaydı.

Hem zaten bu tartışmayı çok önceden kazanmıştım. Değişim geçireceğim tarihin kesin olmamakla beraber, mezuniyetimden kısa bir süre sonra olmasında anlaşmıştık ve buna da sadece birkaç hafta kalmıştı.

Bu kadar kısa bir zamanın kaldığını fark etmek beni oldukça şaşırtmıştı. Bu değişimin şart olduğunu biliyordum – bunun çözüm yolu da bu dünyada istediğim her şeyi bir araya getirmekti – fakat yan odada oturmuş, her akşam yaptığı gibi maç izlemekten zevk alan Charlie'nin varlığının da farkındaydım. Annem Renée, buradan çok uzakta, güneşli Florida'da, yazı onunla ve yeni kocasıyla geçirmem için bana yalvaracaktı. Ve bir de Jacob vardı, ailemden farklı olarak, ben okul için ortadan kaybolduğumda o aslında ne olduğunu biliyor olacaktı. Hatta ailem, masraflarını, yapmam gerekenleri ve hastalığı bahane ederek gelişimi her ertelediğimde uzun süre şüphelenmeyebilirlerdi ama Jacob bilecekti.

Bir an Jacob'ın benden iğrenecek olması düşüncesi diğer bütün acıları gölgede bıraktı.

"Bella," diye mırıldandı Edward, içinde bulunduğum endişeyi görmek yüzünü asmasına neden olmuştu. "Acele etmene gerek yok. Kimsenin seni incitmesine izin vermem. İstediğin kadar zamanın var."

"Acele etmek istiyorum," diye fısıldadım, hafifçe gülümsüyordum ve ortamı yumuşatmak için bir de espri yapmaya çalıştım. "Ben de bir canavar olmak istiyorum."

Dişlerini sıkarak, "Neden bahsettiğin hakkında hiçbir fikrin yok," dedi. Ani bir hareketle gazeteyi ikimizin ortasına, masanın üzerine fırlattı. Parmağıyla gazetenin manşetini gösterdi:

ÖLÜ SAYISI ARTIYOR,
POLİS ÇETE SALDIRISINDAN
ŞÜPHELENİYOR

"Bunun konuyla ne ilgisi var?"

"Canavarlar şaka değildir, Bella."

İlk önce gazetenin manşetine, sonra da yüzündeki sert ifadeye tekrar baktım. "Bunu...bir *vampir* mi yaptı?" diye fısıldadım.

Buz gibi gülümsedi. Sesi duygusuz ve kısık çıkmıştı. "Aslında benim türümün insanların dehşet dolu haberlerinin arkasında ne sıklıkta yer aldığını bilsen şaşardın. Neye bakman gerektiğini bilirsen anlaması hiç de zor değil. Burada verilen bilgiye göre, henüz yeni dönüşmüş bir vampirin Seattle'da serbest kaldığı anlaşılıyor. Kana susamış, vahşi ve kontrolsüz. Hepimizin bir zamanlar olduğu gibi."

Gözlerimi onunkinden kaçırarak tekrar gazeteye baktım.

"Bu durumu bir kaç haftadır takip ediyoruz. Tüm işaretler ortada – ortadan şüpheli kayboluşlar, ki bunların hepsi gece olmuş, berbat haldeki cesetler ve yetersiz kanıtlar... Evet, bu kesinlikle yeni dönüşmüş bir vampir. Ve görünüşe göre, bu acemi için kimse sorumluluk almak istemiyor..." Derin bir soluk aldı. "Aslında bizim sorunumuz değil. Evimize çok yakın bir yerlerde olmadığı sürece ilgilenmemeliyiz. Dediğim gibi bu her zaman olur. Canavarlar, canavarca davranışların sonucunda oluşurlar."

Sayfada yer alan isimlere dikkat etmemeye çalıştıysam da, bütün isimler koyu renk puntoyla yazılmışlardı. Şimdi o beş insanın aileleri yas tutuyordu. Cinayete kurban gittiklerini bilerek bu isimleri okumak farklıydı. Maureen Gardiner, Geoffrey Campbell, Grace Razi, Michelle O'Connel, Ronald Allbrook.

Bu insanların hepsinin aileleri, çocukları, arkadaşları, evcil hayvanları, umutları, planları vardı.

"Benim için aynı olmayacak," diye fısıldadım. Bunu biraz da kendimi kastederek söylemiştim. "Böyle olmama izin vermeyeceksin. Biz Antarktika'da yaşayacağız."

Edward gerilimi azaltmak için güldü. "Penguenleri çok severim."

Keyifsizce güldüm ve masanın üzerindeki gazeteyi yere fırlattım, böylece o isimleri göremeyecektim. Edward av için gerekli canlıları düşünmüştü bile. O ve onun insan hayatını korumaya kendini adamış "vejetaryen" ailesi beslenme ihtiyaçlarını, büyük yırtıcı hayvanları avlayarak tatmin ediyorlardı. "Öyleyse planladığımız gibi Alaska'ya gideriz. Hem orası Juneau'dan daha uzak ve gri ayılar bakımından epey zengin."

"Daha iyi," diye kabul etti. "Hem kutup ayıları da var. Oldukça da vahşiler. Sonra kurtlar da bir hayli iridir."

Ağzım açık kalmış ve şaşkınlık dolu bir ses çıkarmıştım.

"Sorun ne?" diye sordu. Bütün vücudu kasılmıştı. "O zaman kurtları boş ver, yani sana iğrenç geldiyse." Sesi gergin ve resmiydi, ayrıca omuzları da dikleşmişti.

"O benim en iyi arkadaşımdı, Edward," diye mırıldandım. Bilerek geçmiş zaman kullanmıştım. "Tabii ki, bana iğrenç geliyor."

"Düşüncesizliğimi lütfen bağışla," dedi, hâlâ oldukça resmiydi. "Böyle bir şey söylemesem gerekirdi."

"Endişelenme." Ellerime baktım, masanın üzerinde birleştirmiş ve iyice sıkmıştım.

İkimiz de bir süre sessiz kaldık ama sonra buz gibi parmağıyla gönlümü almak için çenemin altını okşadı. Dokunuşu öyle yumuşaktı ki.

"Üzgünüm. Gerçekten."

"Biliyorum. O şekilde tepki vermemeliydim. Sadece...şey, sen gelmeden önce de Jacob'ı düşünüyordum." İkilemde kalmıştım. Sarımsı gözleri ne zaman Jacob'ın adını söylesem kararıyor gibi görünüyordu. Yalvaran tonda konuşmaya devam ettim. "Charlie, Jake'in zor zamanlar geçirdiğini söyledi. O şimdi acı çekiyor ve... bu benim suçum."

"Sen yanlış bir şey yapmadın, Bella."

Derin bir nefes aldım. "Her şeyi düzeltmeliyim, Edward. Bunu ona borçluyum. Hem zaten bu Charlie'nin şartlarından biri, neyse..."

Ben bunları söylerken yüz ifadesi değişmiş tekrar sert bir hal almıştı.

"Bella, biliyorsun ki, sen korunmasız bir haldeyken bir kurt adamın etrafında olması söz konusu bile olamaz. Ayrıca içimizden birinin onların bölgesine geçmesi, yaptığımız anlaşmayı da bozabilir. Bir savaş başlatmamızı mı istersin?"

"Tabii ki, hayır!"

"Öyleyse bu konu hakkında daha fazla tartışmamızın gereği yok." Elini aşağı indirdi ve bakışlarını başka yöne çevirdi, konuşmak için yeni bir konu bulmaya çalışıyordu. Sonra bakışları arkamda duran bir şeyde sabitlendi, gülümsüyordu. Gözlerinde ihtiyatlı bir ifade vardı.

"Charlie'nin seni serbest bırakmaya karar vermesine sevindim, çaresizce kütüphaneye gitmeye ihtiyacın var gibi görünüyor. Hâlâ *Uğultulu Tepeler*'i okuduğuna inanamıyorum. Ezberlemedin mi daha?"

"Hepimiz görsel hafızaya sahip olamıyoruz," dedim terslenerek.

"Görsel hafıza ya da başka bir şey, ben hâlâ bu kitaptan neden hoşlandığını anlayamıyorum. Kitabın kahramanları, birbirlerinin yaşamını mahveden korkunç insanlar. Heathcliff ve Cathy'nin nasıl olup da Romeo ve Juliet ile ya da Bay Darcy ve Elizabeth Bennet ile aynı kefeye konduğunu anlayamıyorum. Bu bir aşk hikayesi değil, nefret hikayesi."

"Klasiklerle ilgili bazı sorunların var," diye hırsla cevap verdim.

"Belki de eski zamanlar beni etkilemiyor." Gülümsedi, sonunda ilgimi dağıtabildiği için memnun olmuştu.

"Ciddiyim, neden defalarca ve defalarca bu kitabı okuyorsun?" Yine gözleri parlıyor, her zaman olduğu gibi, zihnimin karmaşık düşüncelerini çözmeye çalışıyordu. Masanın diğer tarafından uzanıp yüzümü elleri arasına aldı. "Senin için bu kadar etkileyici olmasının nedeni ne?"

Bu içten merakı beni gafil avlamıştı. "Emin değilim," dedim, gözlerini dikip bana bakması ve dokunuşu düşüncelerimi allak bullak etmişti. "Sanırım kitaptaki çaresizlikle ilgili. Nasıl hiçbir şeyin onları ayrı tutamadığından belki de; ne bencilliklerinin, ne kötülüklerinin, hatta en sonunda ölümün bile ..."

Söylediklerimden dolayı yüzü düşünceli görünüyordu. Bir süre sonra, alay edercesine gülümsedi. "Sanırım içlerinden biri iyi bir karakter olsaydı, daha iyi bir hikâye olurdu."

"Bence sorun da bu," diye itiraz ettim. "Onların aşkı sahip oldukları tek iyi şeydi."

"Umarım ondan daha iyi içgüdülere sahipsindir... yani kötü birine âşık olmaman açısından."

"Sanırım birilerine âşık olmam konusunda endişe etmek için biraz geç kaldın," dedim anlamlı bir şekilde. "Fakat hiçbir uyarı olmadan da oldukça iyi idare ettiğimi düşünüyorum."

Sessizce güldü. "Böyle *düşündüğün* için memnunum."

"Umarım sen de bencil birinden uzak duracak kadar akıllısındır. Heathcliff'ten ziyade tüm sorunların nedeni Catherine'di."

"Kendimi koruyacağım," diye söz verdi.

İç geçirdim, konuyu dağıtma konusunda gerçekten çok iyiydi.

Elimi, yüzüme koyduğu elinin üzerine koydum. "Jacob'ı görmeliyim."

Gözlerini kapadı. "Hayır."

"Gerçekten hiç de tehlikeli değil," dedim, tekrar yalvaran bir ses tonuyla. "La Push'tayken tüm zamanımı onlarla geçiriyordum ve hiçbir şey olmamıştı."

Sonlara doğru yalan söylediğimi fark etmiştim. *Hiçbir şey* olmadığı bir yalandı. Bir anda zihnimde hızla bir anı belirdi; devasa gri bir kurt hamle yapmadan önce geriniyor ve bıçak gibi keskin dişlerini bana gösteriyordu. O zaman hissettiğim korkuyu hatırlamak bile avuçlarımın terlemesine neden olmuştu.

Edward kalp atışlarımın hızlandığını duymuştu ve sanki yüksek sesle yalan söylediğimi haykırmışım gibi başını salladı. "Kurt adamlar değişkendirler. Bazen onların yakınlarındaki insanlar zarar görür. Hatta bazen öldürülürler."

Bunu reddetmek istiyordum ama gözümde buna engel olacak başka bir anı canlanmıştı. İlk önce Emily Young'ın güzel yüzünü, sonra da sağ gözünün köşesinden ve ağzının sol tarafından aşağıya inen izleri... Sonsuza kadar parçalanmış bir yüzle yaşayacaktı.

Zafer kazanmış bir edayla sessizce benim konuşmamı bekledi.

"Onları tanımıyorsun," diye fısıldadım.

"Onları senin sandığından daha da iyi tanıyorum, Bella. Son defasında oradaydım."

"Son defasında mı?"

"Bundan yetmiş yıl önce kurtlarla yollarımız kesişti... Biz Hoquiam yakınlarına yerleşmiştik. Alice ve Jasper'ın bize katılmasından hemen önceydi. Sayıca onlardan üstün olmamıza rağmen Carlisle bunun bir savaşa dönüşmesini engel oldu. Ephraim Black'i beraber var olabileceğimize ikna etti ve sonunda anlaşma yaptık."

Jacob'ın büyük büyükbabasının adını duymak beni korkutmuştu.

"O türün Ephraim ile ortadan kalktığını düşünmüştük," diye mırıldandı Edward; daha çok kendi kendine konuşuyor gibiydi. "Şekil değiştirmelerine izin veren genetik tuhaflık yok olmuştu..." Aniden sustu ve gözlerini dikip suçlarcasına bana baktı. "Görünüşe göre senin kötü şansın her geçen gün daha da baskın hale geliyor. Senin ölümcül şeylere yardım etme tutkunun bu kurtlar sürüsünün neslinin tükenmesine engel olacak kadar güçlü olduğunun farkında mısın? Eğer senin bu şansını saklayabilseydik, elimizde büyük bir kıyım yapabileceğimiz bir silah olurdu."

Sözlerindeki alayı görmezden geldim, benim ilgimi çeken daha çok onun varsayımları olmuştu. Gerçekten ciddi miydi? "Fakat onları *ben* getirmedim. Bilmiyor musun?"

"Neyi?

"Benim kötü şansımın bununla bir ilgisi yoktu. Kurt adamlar geri geldi çünkü vampirler de geri dönmüştü."

Edward gözlerini dikmiş bana bakıyor, şaşkınlıktan ne diyeceğini bilmiyordu.

"Jacob bana senin ailenin buraya yerleşmesinin, bir şeylerin harekete geçmesine neden olduğunu söyledi. Senin bunu bildiğini sanıyordum..."

Gözlerini kısmıştı. "Böyle mi düşünüyorlar?"

"Edward, olanlara bir bak. Yetmiş yıl önce buraya geldin ve kurt adamlar ortaya çıktı. Şimdi tekrar geldin ve kurt adamlar gene ortaya çıktı. Bunun bir rastlantı olduğunu mu düşünüyorsun?"

Gözlerini kırpıştırdı, öfkeli havası dağılmıştı. "Bu teori Carlisle'nın ilgisini çekecek."

"Teori," diye alayla cevap verdim.

Bir süre sessiz kaldı; pencereden dışarıya bakıp yağan yağmuru seyretti. Ailesinin gelişiyle dev köpeklerin ortaya çıkışı arasındaki bağlantıyı düşündüğüne emindim.

"İlginç ama çok da anlamlı değil," diye mırıldandı bir süre sonra kendi kendine. "Bu durumu değiştirmez."

Bunun ne anlama geldiğini kolayca anlamıştım; kurt adamlarla arkadaş olunmazdı.

Edward'a karşı sabırlı olmam gerektiğini biliyordum. Böyle davranmasının sebebi mantıksız oluşu değil, sadece anlamamasıydı. Jacob Black'e ne kadar çok şey borçlu olduğum konusunda hiçbir fikri yoktu. Hayatımı ve de akıl sağlımı ona borçluydum.

Kimseyle mantıklı düşünme becerimi yitirdiğim zamanlar hakkında konuşmak istemiyordum, özellikle de Edward'la. O beni terk ettiğinde Jacob beni ve ruhumu kurtarmaya çalışmıştı. Onun yokluğunda yaptığım aptalca şeyler ya da çektiğim acılar için asla onu sorumlu tutmamıştım.

Fakat Jacob tutmuştu.

Bu yüzden açıklamamı son derece dikkatli bir şekilde yapmalıydım.

Ayağa kalktım ve masanın çevresinde yürüdüm. Bana kollarını açınca kucağına oturdum, buz gibi soğuk kolları arasındaydım. Konuşurken ellerine bakıyordum.

"Lütfen beni sadece bir dakikalığına dinle. Bu eski bir arkadaşımı ani bir kararla hayatımdan çıkarmaktan çok daha önemli. Jacob *acı* çekiyor." Sesim titremişti.

"Onu yüzüstü bırakamam, bana ihtiyacı varken onu terk edemem. Sırf artık bir insan olmadığı için bunu yapamam... Açıkçası ben insanlıktan çıktığımda...o benim yanımdaydı. Bunun nasıl olduğu konusunda bir fikrin yok..." Tereddüt etmiştim. Edward'ın beni saran kolları yay gibi gerilmiş ve ellerini yumruk haline getirmişti. "Eğer Jacob bana yardım etmeseydi... geri döndüğünde ne halde olacağımı bilmiyorum. Ona çok daha fazlasını borçluyum, Edward."

Tereddütle yüzüne baktım. Gözleri kapalıydı, dişlerini sıkmıştı.

"Seni terk ettiğim için kendimi asla affetmeyeceğim," diye fısıldadı. "Bin yıl yaşasam bile affetmeyeceğim."

Elimi onun soğuk yüzüne koydum ve derin bir nefes verip gözünü açana kadar bekledim.

"Sen sadece doğru olanı yapmaya çalışıyordun. Ve eminim ki benden daha az çatlak birinde bu yaptığın işe yarardı. Önemli olan artık burada olman."

"Eğer seni terk etmemiş olsaydım, sen de teselliyi bir *köpekte* bulmak için hayatını tehlikeye atmamış olacaktın."

Kendimi geri çektim. Jacob da sürekli onun hakkında bu tarz aşağılayıcı sözler ederdi; *kan emici, sülük, parazit*... Fakat, herhalde normalde Edward'ın sesi kadife gibi yumuşak olduğundan bu şekilde söyleyince kulağıma oldukça sert gelmişti.

"Daha uygun nasıl ifade edeceğimi bilmiyorum," dedi Edward, ses tonu soğuktu. "Kulağa acımasızca geleceğini sanıyorum ama seni kaybetmeye çok yaklaşmıştım. Bunun nasıl bir his olduğunu biliyorum. Bir daha tehlikeli olan hiçbir şeye *asla* izin vermeyeceğim."

"Bana bu konuda güvenmek zorundasın."

Yüzü tekrar asılmıştı. "Lütfen, Bella," diye fısıldadı.

Birden onun alev alev yanan altın gözlerine baktım. "Lütfen ne?"

"Lütfen benim için. Lütfen, senin güvende olmanı sağlayacak mantıklı kararlar ver. Elimden gelen her şeyi yaparım ama bana birazcık yardımcı olursan sana minnettar kalırım."

"Elimden geleni yapacağım," diye mırıldandım.

"Benim için ne kadar önemli olduğun hakkında bir fikrin var mı? Seni ne kadar sevdiğimi biliyor musun?" Beni sıkıca sert göğsüne bastırdı, başım çenesinin altındaydı.

Dudaklarımı onun buz gibi boynuna bastırdım. "Seni ne kadar sevdiğimi biliyorum," diye fısıldadım.

"Sen bir ağaçla bütün bir ormanı kıyaslıyorsun."

Gözlerimi devirdim ama o görmedi. "İmkânsız."

Başımı öptü ve derin bir soluk verdi.

"Kurt adamlarla görüşmek yok."

"Bunu kabul etmeyeceğim. Jacob'ı görmek zorundayım."

"Öyleyse seni durdurmak zorunda kalacağım."

Sesi kendinden son derece emin çıkmıştı.

Onun haklı olduğuna emindim.

"Öyleyse bunu göreceğiz," dedim. "O hâlâ benim arkadaşım."

Jacob'ın cebimdeki notunun aniden ağırlaştığını hissettim. Sanki yazdığı kelimeleri onun sesinden duyuyordum ve Edward ile aynı fikirde gibi görünüyordu. Böyle bir şeyin gerçekleşmesinin hiçbir yolu yoktu.

Bu hiçbir şeyi değiştirmez. Üzgünüm.

2. KAÇAMAK

İspanyolca dersinden çıkmış kafeteryaya doğru yürürken kendimi tuhaf bir biçimde mutlu hissediyordum. Ve bunun tek nedeni dünyadaki en mükemmel insanın elini tutmam değildi.

Belki mahkûmiyetimin sona ermesinin ve nihayet özgür olmamın da bunda etkisi vardı.

Ya da bunun benimle hiçbir ilgisi yoktu. Belki de özgürlük hissi tüm okula çökmüştü. Okul çok dingindi ve özellikle de son sınıflar için, havada hissedilebilir bir heyecan vardı.

Özgürlük o kadar yakındaydı ki neredeyse dokunulup, tadı alınabilecek bir hale gelmişti. İşaretler her yerdeydi. Kafeteryanın duvarları, çöp kutularının üstü rengârenk küçük ilanlarla kaplıydı. Bu ışıl ışıl ilanlarda, öğrencilere yıllıklarını, kendi dönemlerine ait yüzükleri, mezuniyet cüppelerini, keplerini ve püsküllerini almaları için son tarih hatırlatılıyordu. Alt sınıflardan öğrencilerse bu yıl yapılacak balo için çalışıyorlardı. Balonun reklamı güllerin yerleştirildiği bir çelenkle yapılıyordu ve oldukça iç karartıcı bir görüntüsü vardı. Büyük dans bu hafta sonu yapılacaktı ama Edward'dan, bu baloya gitmemiz konusunda beni zorunlu tutmaması için büyük bir söz almıştım. Zaten *bu* insani deneyimi daha önce yaşamıştım.

Hayır, bugün beni mutlu eden kişisel özgürlüğümdü. Okul yılının sona erecek olması, bana diğer öğrencilere verdiği gibi zevk vermiyordu. Aslına bakılırsa ne zaman bunu düşünecek olsam midem bulanıyordu. Bu yüzden de elimden geldiğince düşünmemeye çalışıyordum.

Fakat herkesin hakkında konuşmaya bu kadar istekli olduğu bir konudan kaçmaya çalışmak oldukça zordu.

"Yakınlarına davetiyeleri yolladın mı?" diye sordu Angela, Edward ve ben otururken. Açık kahverengi saçlarını, her zaman yaptırdığı düz saç modelinden farklı olarak bugün özensiz bir at kuyruğu yapmıştı ve gözlerinde de çılgınca bir bakış vardı.

Alice ve Ben, Angela'nın diğer tarafında oturuyorlardı. Ben'in gözlüğü burnunun üzerinden iyice aşağıya inmişti ve kısık gözlerle elindeki çizgi romanı okumaya çalışıyordu. Alice dikkatle üzerimdeki kot ve tişörte bakıyordu ve bu beni utandırmıştı. Muhtemelen kafasında bana daha uygun bir şeyler giydirmeye çalışıyordu. Benim modaya karşı bu umarsız tavrım onun açısından gerçekten can sıkıcıydı. Eğer ona izin verseydim, sanki büyük bir bebekmişim gibi beni giydireceğine emindim.

"Hayır," diye cevapladım Angela'yı. "Önemi yok, gerçekten. Renée mezun olacağımı biliyor. Başka kime söylemeliyim ki?"

"Peki ya sen Alice?"

Alice gülümsedi. "Hepsini yolladım."

"Ne kadar şanslısın," Angela iç geçirdi. "Annemin bin tane kuzeni var ve benden, hepsine el yazısıyla tek tek yazmamı bekliyor. Yazarken elim kopacak. Bunu erteleyemem de, ne yapacağımı bilmiyorum."

"Sana yardım ederim," dedim. "Eğer korkunç el yazımın senin için bir sakıncası yoksa."

Charlie bundan çok hoşlanacaktı. Edward'ın gülümsediğini gördüm. O da hoşlanmış olmalıydı, bu sayede kurt adamlar olaya dahil olmadan Charlie'nin şartlarını yerine getirmiş olacaktım.

Angela rahatlamış görünüyordu. "Bu çok nazik bir teklif. Ne zaman istersen o zaman gelebilirim sana."

"Aslında, eğer mahsuru yoksa ben sizin eve gelmeyi tercih ederim çünkü benimkinden bıktım da. Charlie dün gece cezamı sona erdirdi." İyi haberi verirken gülümsedim.

"Gerçekten mi?" dedi Angela, tatlı bir heyecan kahverengi gözlerinin parlamasına neden olmuştu. "Sonsuza kadar cezalı olduğunu sanıyordum."

"Emin ol, ben senden daha çok şaşırdım. Beni okul bitimine kadar cezalı tutacağından son derece emindim."

"Bu harika Bella! Bunu kutlamak için dışarı çıkmalıyız."

"Bunun ne kadar harika olduğu hakkında bir fikrin olamaz."

"Ne yapmalı acaba?" Alice derin düşüncelere dalmış, yapabileceklerini düşünerek yüzü aydınlanmıştı. Alice'in fikirleri genelde benim için fazlasıyla şatafatlı olurdu ve yine böyle bir şey planladığını gözlerinden okuyabiliyordum, abartmaya bayılırdı.

"Alice, her ne düşünüyorsan, onu yapmak için özgür olduğumu pek sanmıyorum."

"Özgür olmak özgür olmaktır, değil mi?"

"Bazı kısıtlamalar olduğuna eminim, örneğin Amerika kıtasında kalmak gibi."

Angela ve Ben güldüler ama Alice hayal kırıklığı içerisinde yüzünü buruşturdu.

"Peki o zaman ne yapacağız?" diye ısrarla sordu.

"Hiçbir şey. Bak, önce şaka yapmadığından emin olmak için babama birkaç gün verelim. Hem zaten yarın da okul var."

"Öyleyse bu hafta sonu kutlayacağız." Alice'in coşkusu engellenemez bir hal almıştı.

"Tabii ki," dedim, onu yatıştırmış olmayı umarak. Tuhaf bir şeyler yapmayacağımdan emindim çünkü Charlie daha bana özgürlüğümü yeni vermişken işleri ağırdan almak daha akıllıca olacaktı. Ondan bir iyilik istemeden önce, ne kadar güvenilir ve yetişkin olduğumu gösterme şansı elde edecektim.

Angela ve Alice seçenekler hakkında konuşmaya başladılar, sonra Ben de çizgi romanını bir kenara bırakıp konuşmaya katıldı. Ben ise bütün ilgimi yitirmiştim. Bir dakika önce bahsettiğim özgürlüğüm, bir anda şaşırtıcı şekilde sıkıcı bir konuya dönmüştü. Onlar Port Angeles mı, Hoquiam mı, diye karar vermeye çalışırken benim huzursuzluğum iyice artmıştı.

Bu rahatsızlığımın asıl nedenini fark etmem çok uzun sürmedi.

Ormanda, Jacob Black'e elveda dediğim zamandan beri bir anı beni inatla rahatsız ediyordu. Sanki yarım saatte bir saatin alarmı çalıp kafamda Jacob'ın acı içerisindeki yüzünün belirmesine neden oluyordu. Bu, onunla ilgili son anımdı.

Bu anı tekrar kafamda belirdiğinde serbest olmamın neden beni tatmin etmediğini anlamıştım. Çünkü bu tam bir serbestlik değildi.

La Push haricinde istediğim her yere gidebileceğime emindim. İstediğim her şeyi yapabilirdim, Jacob'ı görmek dışında. Kaşlarımı çatmıştım. Bunun bir orta yolu olmak zorundaydı.

"Alice? Alice!"

Angela'nın sesi beni daldığım derin düşüncelerden uyandırdı. Elini Alice'in bomboş bakan yüzüne doğru sallıyordu. Alice'in yüzündeki ifade tanıdıktı ve ani bir şok hissinin bütün vücudumda yayılmasına neden oldu. Gözlerindeki dalgın bakış, çevremizi saran kafeteryadan bağımsız olarak, onun bambaşka ama gerçek bir şeyi gördüğünü anlatıyordu. Bir şeyler olacaktı, çok kısa bir süre sonra... Ürperdiğimi hissettim.

Sonra Edward güldü, çok doğal ve rahattı. Angela ve Ben ona baktı ama benim gözlerim Alice'e kilitlenmişti. Ansızın sanki biri onu tekmelemişçesine ayağa fırladı.

"Şekerleme zamanı mı Alice?" diye dalga geçti Edward.

Alice kendine gelmişti. "Üzgünüm hayal görüyordum, sanırım."

"Hayal görmek iki saat derse girmekten iyidir," dedi Ben.

Alice, öncesinden daha da canlı bir halde konuşmalara katıldı, belki de biraz fazla canlıydı. Bir an gözlerinin Edward ile birleştiğini gördüm, bir dakika süren bu zamandan sonra kimse fark etmeden Angela'ya baktı. Edward sessizdi ve sanki dalgınmışçasına rol yaparak saçlarımla oynuyordu.

Sabırsızca Edward'a Alice'in ne gördüğünü sormak için bekledim ama bütün öğlen, bir an olsun yalnız kalmamıza fırsat kalmadan geçip gitti.

Bu içimde garip bir hissin doğmasına sebep olmuştu, neredeyse kasıtlı olduğunu düşünmüştüm. Yemekten sonra Edward, adımlarını Ben'inkine uydurarak yavaşlattı ve daha önce bitirdiğini bildiğim ödevler hakkında onunla konuşmaya başladı. Genelde ders aralarında yanımızda birileri olsa da, baş başa kalmak için vakit ayırırdık. Son zil çaldığında Edward, Mike Newton ile konuşmaya başladı, Mike park yerine doğru giderken onun yanında yürüdü. Ben de Edward'ın, onların arkasından beni sürüklemesine izin verdim.

Onları dinlerken kafam karışmıştı. Mike, Edward'ın arkadaşça sorduğu sorulara cevap veriyordu. Görünüşe göre Mike'ın, arabasıyla başı derteydi.

"...ama aküyü değiştirdim," dedi Mike. Gözleri bir an irileşti ve sonra tekrar Edward'a baktı. Şaşırmıştım, tıpkı daha önce olduğu gibi.

"Belki de sorun kablolardır?" diye sordu Edward.

"Belki. Arabalar hakkında gerçekten hiçbir şey

bilmiyorum," diye kabullendi Mike. "Birilerine göstermem lazım ama Dowling'e götürmek de oldukça zahmetli olur."

Kendi tamircimi önermek için ağzımı açtıysam da, sonra hemen kapadım. Tamircim bugünlerde meşguldü, kendisi dev bir kurt olarak zaten yeterince sorunla boğuşuyordu.

"Birkaç bir şey biliyorum, istersen bir bakabilirim," dedi Edward. "Sadece Bella ve Alice'i eve bırakmamı bekle yeter."

Mike da, ben de, ağzımız açık Edward'a bakakalmıştık.

"Eee...teşekkürler," diye mırıldandı Mike şaşkınlığını üzerinden attıktan sonra. "Fakat çalışmam gerekiyor. Belki başka zaman."

"Ne zaman istersen."

"Görüşürüz." Mike arabasına bindi ve kuşkuyla başını salladı.

Edward'ın, içinde Alice'in bizi beklediği Volvo marka arabası iki araba ilerdeydi.

"Bu da neydi böyle?" diye homurdandım, Edward arabanın kapısını benim için tutarken.

"Sadece yardımcı olmak istedim," diye yanıtladı Edward.

Ve sonra, arabanın arka koltuğunda oturan Alice, nefes almadan konuşmaya başladı.

"Sen gerçekten de motor hakkında çok fazla bir şey bilmezsin, Edward. Belki de bir bakması için bu gece Rosalie'yi getirmeliyiz, böylece Mike senin yardım teklifini kabul etmeye karar verirse, ona gerçekten de yardımcı olabilirsin. Tabii, *Rosalie* yardım etmek için ortaya çıktığında yüzündeki ifadeyi görmek de çok komik olurdu. Fakat Rosalie üniversiteye gitmek için ülkenin bir ucuna gittiğinden bu çok da iyi bir fikir değil sanırım. Çok yazık. Sanırım Mike'ın arabasıyla senin ilgilenmen gerekecek. Senin ilgini sadece şık İtalyan spor arabalar çekiyor. İtalya ve spor araba demişken aklıma ordayken çaldığım araba geldi. Bana hâlâ sarı bir Porsche borçlu olduğunu anımsattı. Noel'de ne istemeliyim bilmiyorum..."

Bir dakika sonra artık onu dinlemeyi bırakmış, sabırla söylediklerinin bir vızıltı halini almasını bekliyordum.

Edward, sorularımdan kaçınıyormuş gibiydi. Sorun değildi. Yakında benimle bolca yalnız kalmak zorunda olacaktı. Bu sadece bir zaman meselesiydi.

Görünüşe göre Edward da bunu fark etmişti. Alice'i her zaman olduğu gibi Cullenlar'ın evlerinin girişindeki yolda bırakmıştı, oysaki ben böyle bir durumda onu eve kadar götürmesini beklerdim.

Alice arabadan inerken Edward'a sert bir bakış attı. Edward ise son derece sakin görünüyordu.

Alice ağaçların arasında kaybolup gitti.

Arabayı döndürüp Forks yoluna çıktığımızda çok sessizdi. Bekliyordum, beni paylayıp paylamayacağını merak ediyordum. Fakat yapmadı ve bu beni daha gergin bir hale getirdi. Alice bugün ne görmüştü? Bana söylemek istemediği bir şeydi ve ben de, bunu bana söylememesinin nedeninin ne olduğunu anlamaya çalışıyordum. Belki de sormadan önce kendimi hazırlamam daha iyi olurdu. Duyduğum şey yüzünden çılgına dönmek ya da söyleyeceği her neyse kaldıramayacağımı düşünmesini istemiyordum.

Charlie'nin evine ulaşana kadar ikimiz de sessizliğimizi koruduk.

"Bugün fazla ödevim yok," dedi.

"Hımm."

"Tekrar içeri girmeye iznim olduğunu mu düşünüyorsun?"

"Charlie beni okula götürmek için uğradığında küplere binmedi."

Fakat Charlie'nin, eve geldiğinde beni ve Edward'ı bir arada görürse, surat asacağına emindim. Belki de ona çok özel bir yemek yapmalıydım.

İçeri girdik, ben merdivenlerden yukarı çıkarken Edward da beni takip etti. Yatağıma uzanıp pencereyi seyrederken ona alındığımdan bihaber görünüyordu.

Çantamı koydum ve bilgisayarı açtım. Anneme cevap yazmam gereken bir e-posta vardı ve cevap yazmam zaman aldığından sürekli endişelenirdi. Eski bilgisayarımın büyük bir gürültü çıkararak açılmasını beklerken bir yandan parmaklarımla ritim tutuyordum. Sonra masaya hızlıca ve endişeyle vurdum.

Sonra Edward gelip parmaklarını benimkilerinin üzerine koyup durdurdu.

"Bugün biraz sabırsız mıyız?" diye mırıldandı.

Başımı kaldırdım, iğneleyici bir söz söyleme niyetindeydim ama yüzü sandığımdan daha da yakınımda duruyordu. Sadece birkaç santimetre uzakta duran altın rengi gözleri alev alev yanıyordu ve soluduğu buz gibi hava dudaklarımı yalıyordu. Neredeyse onun tadını alabiliyordum.

Söylemeyi planladığım zekice cevabı, hatta kendi adımı bile birden unutmuştum.

Kendimi toplamam için bana zaman tanımamıştı.

Eğer hayatımın kontrolü sadece bana bağlı olsaydı, zamanımın çoğunu Edward ile öpüşerek geçirirdim. O buz gibi, mermerden sert ama aynı zamanda nazik ve benimkilerle aynı ritimle hareket eden dudaklarla kıyaslanabilecek bir duyguyu hayatım boyunca hiç yaşamamıştım.

Maalesef hayatımın kontrolü sadece benim elimde değildi.

Bu yüzden, parmakları saçımdaki tokaya uzandığında çok şaşırdım. Kollarım onun boynunda kenetlenmişti, onu burada ömür boyu esir tutabilmek için daha güçlü olmayı isterdim. Bir eli sırtıma doğru kaydı ve bedenimi sert göğsüne bastırdı. Üzerinde süveteri olduğu halde teninin buz gibi soğuğu beni titretmeye yetmişti. Aslında zevkten ve mutluluktan dolayı titriyordum fakat elleri karşılık vermeyi bırakmıştı.

Biliyordum, derin bir nefes verip, beni kendisinden hünerli bir şekilde uzaklaştırıp bir akşam için hayatlarını yeterince riske attıklarını söylemesine sadece üç saniye vardı. Bunlar benim son saniyelerimdi, onu etkilemek için neredeyse kendimi paralıyordum. Dilimin ucu alt dudağının kıvrımına değdi; kusursuz bir pürüzsüzlüğe sahipti ve tadı da..."

Yüzümü kendininkinden uzaklaştırdı ve bedenine

kenetlenmiş kollarımı kolaylıkla çözdü. Muhtemelen, bütün gücümü kullandığımı fark etmemişti bile.

Boğazından gelen, alçak bir tonda kahkaha attı. Katı biçimde terbiye ettiği gözleri heyecanla parlıyordu.
"Ah, Bella," diye inledi.
"Üzgün olduğumu söylemek isterdim ama değilim."
"Ve ben de üzgün olmadığın için üzgün hissetmeliyim ama değilim. Belki de gidip yatmalıyım."
Derin bir nefes verdim, biraz başım dönmüştü. "Eğer bunun gerekli olduğunu düşünüyorsan..."
Yüzüne çarpık bir gülümseme yayıldı ve kendisini toparlayıp benden uzaklaştı.
Kafamı toparlayabilmek için bir kaç defa salladım ve bilgisayarıma geri döndüm. Artık ısınmıştı ve vızıldıyordu. Aslında çıkan ses, vızıltıdan çok gıcırtı halini almıştı.
"Renée'ye selamlarımı ilet."
"Emin olabilirsin."
Renée'nin yazdığı e-postayı tekrar gözden geçirdim, yaptığı aptalca şeylere başımı salladım. Bunu ilk okuduğum zaman çok eğlenmiş ve dehşete düşmüştüm. Tam anneme göre bir şeydi; paraşütle atladığında ilk önce yükseklikten korktuğundan donup kalmıştı ama sonra kayışı çekmeyi ve uçuş eğitmeninin söylediklerini hatırlayabilmişti. İki yıldır evli olduğu eşi Phil'in, onun paraşütle atlamasına izin verdiği için hayal kırıklığına uğramıştım. Onunla daha çok ilgilenmeliydim. Biliyordum ki, biraz daha ilgilensem, çok daha iyi bir durumda olurdu.

Kendime, ne yaparsam yapayım, eninde sonunda her şeyin kendi yolunu bulacağını anımsattım. Herkesin kendi hayatını yaşamasına izin vermeliydim...

Hayatımın büyük çoğunluğunu Renée ile ilgilenerek geçirmiştim, sabırla, onu çılgınca planlarından uzak tutmak için rehberlik etmiş, bunları yapmaması için onunla konuşmuştum. Annem, benim yaptıklarımı hoş görse de, ben her zaman ona karşı küçümser bir tavır içerisinde olmuştum. Onun yaptığı hatalar silsilesine tanık olmuş ve kendi kendime gizlice bunlara gülmüştüm. Sersem Renée.

Ben annemden farklıydım. Daha düşünceli ve tedbirliydim. Yetişkin ve sorumluluk sahibiydim. En azından kendimi böyle görüyordum.

Edward'ın beni öpmesiyle kafama balyoz inmiş gibi hissetmeme rağmen gene de annemin hayatını değiştiren en büyük hatasını düşünmeden edemiyordum. Aptal ve romantikti, liseden mezun olur olmaz yeterince tanımadığı bir adamla evlenmiş ve bir yıl sonra da beni dünyaya getirmişti. Her zaman bana, hiçbir şeyden pişman olmadığı ve başına gelen en güzel şey olduğum konusunda yeminler ederdi. Ve benim kafama, akıllı insanların evliliği ciddiye aldığını kazımıştı. Yetişkin insanlar üniversiteye gider ve bir ilişkiye başlamadan önce kariyerlerine başlardı. Benim asla onun gibi düşüncesiz ve sarsak bir *kasaba* kızı gibi davranmayacağımı biliyordu.

Dişlerimi gıcırdattım ve ona yazacağım cevaba konsantre olmaya çalıştım.

Son kısma geldiğimde neden cevap yazmamın bu kadar vakit aldığını hatırlamıştım.

Uzun süredir Jacob'tan bahsetmiyorsun, yazmıştı. *O nasıl?*

Bunu ona Charlie'nin söylettiğine emindim.

Derin bir iç geçirip hızla yazmaya başladım ve cevabımı iki duygusuz paragrafın arasına sıkıştırdım.

Jacob iyi, sanırım. Bugünlerde onu çok fazla görmüyorum; zamanının çoğunu La Push'taki arkadaş grubuyla geçiriyor.

Hoşnutsuz bir şekilde gülümsedim, sonra da Edward'ın selamlarını iletip "gönder" tuşuna bastım.

Bilgisayarı kapatıp ayağa kalkana kadar Edward'ın sessizce arkamda dikildiğini fark edememiştim. Tam onu yazdıklarımı gizlice okuduğu için azarlayacaktım ki, ilgisinin bende olmadığını fark ettim. Kabloların, üstünden tuhaf biçimde etrafa saçıldığı siyah bir kutuyu inceliyordu. Bir dakika sonra onun, Emmet, Rosalie ve Jasper'ın bana son doğum günümde verdikleri araba teybi olduğunu anladım. Doğum günü hediyelerimi, elbise dolabımın içerisinde, toz yığını altında unutmuştum.

"Bunu niye yaptın?" diye sordu dehşet dolu bir ifadeyle.

"Gösterge paneline yakışmadı."

"Sen de ona işkence etmeye karar verdin, öyle mi?"

"Makinelerle aramın nasıl olduğunu bilirsin. Kasıtlı olarak zarar vermiyorum."

Başını salladı, yüzünde sahte bir acı ifadesi vardı.

"Onu öldürdün."

Omuz silktim. "Ya."

"Onu bu halde görselerdi, çok alınırlardı," dedi. "Sanırım ev hapsinde olman iyi oldu. Onlar fark etmeden yerine yenisini alacağım."

"Teşekkürler ama süslü bir teybe ihtiyacım yok."

"Onu senin için almayacağım, sadece yerine yenisini koyacağım."

İç geçirdim.

"Geçen yıl çok da iyi hediyeler almadın," dedi sıkıntılı bir sesle ve eline geçirdiği kâğıdı sallayarak kendini serinletmeye çalıştı.

Sesimin titreyeceğinden korkarak cevap vermedim. Korkunç on sekizinci yaş partim, bütün sonuçlarına rağmen hatırlamak istemediğim bir şeydi. Fakat onun hatırlatması beni şaşırtmıştı. Bu konuda benden daha hassastı.

"Bunların tarihinin dolmak üzere olduğunu fark ettin mi?" diye sordu, elinde tuttuğu kâğıdı kastediyordu. Bu da bir başka hediyeydi; Esme ve Carlisle tarafından, Renée'yi Florida'da ziyaret etmem için armağan edilmiş uçak biletlerinin makbuzuydu.

Derin bir nefes aldım ve donuk bir şekilde sorusunu cevapladım. "Hayır, onları unutmuşum."

Yüzündeki ifade heyecanlı ve olumluydu fakat ufacık da olsa, bir duygusallık yoktu. "Pekâlâ, hâlâ zamanımız var. Hem özgürsün artık...ve seni baloya götürmemi reddettiğin için bu hafta sonu boşuz." Gülümsüyordu. "Neden serbest kalışını böyle kutlamıyoruz?"

Şaşırmıştım. "Florida'ya giderek mi?"

"Amerika kıtasına izin verildiğini söylemiştin."

Ona ters bir bakış attım, bu teklifin nereden çıktığını anlamaya çalışıyordum.

"Yani?" dedi ısrarla. "Renée'yi görmeye gidiyor muyuz yoksa gitmiyor muyuz?"

"Charlie buna asla izin vermez."

"Charlie seni annenı ziyaret etmekten alıkoyamaz. Vesayetin hâlâ onda."

"Ben kimsenin vesayetinde değilim. Artık bir yetişkinim."

Yüzüne neşeli bir gülümseme yerleşti. "Kesinlikle."

Bir dakikadan daha kısa bir sürede, bunun mücadele etmeye değmeyen bir şey olacağına karar verdim. Charlie çılgına dönerdi, sebebi de sadece Renée'yi görmeye gitmem değil, Edward'la gitmem olurdu. Benimle aylarca konuşmayabilirdi ve muhtemelen tekrar cezalı olurdum. Bu durumda ona böyle bir konuyu açmamak akıllıca olurdu. Fakat belki birkaç hafta sonra, böyle bir şeyi mezuniyet hediyesi olarak talep edebilirdim.

Yine de, annemi birkaç hafta sonra değil de, hemen görebilme fikrine karşı koyamıyordum. Renée'yi uzun süredir görmemiştim. Ve onunla iyi koşullar altında görüşmemizin üzerinden çok uzun zaman geçmişti. Son defasında onunla görüştüğümde Phoenix'te, hasta yatağındaydım. Buraya son gelişinde ise, dış dünyayla ilgimi kesmiş durumdaydım. Onu harika anılarla bıraktığım pek söylenemezdi.

★

Ve belki de, Edward ile ne kadar mutlu olduğumu görürse Charlie'ye rahatlamasını söyleyebilirdi.

Ben düşünürken Edward da, yüzümdeki ifadeden neler olduğunu kestirmeye çalışıyordu.

İç geçirdim. "Bu hafta olmaz."

"Neden ama?"

"Charlie ile kavga etmek istemiyorum. O beni affettikten bu kadar kısa süre sonra olmaz."

Kaşlarını çattı. "Bence bu hafta sonu mükemmel," diye söylendi.

Başımı hayır anlamında salladım. "Başka zaman."

"Bu evde kapana kısılmış olan sadece sen değilsin, biliyorsun." Bana hiddetle baktı.

Şüphe geri dönmüştü. Bu tarz davranışlar hiç de ona göre değildi. O hiçbir zaman kendini düşünen biri olmamıştı. Beni ikna etmeye çalıştığını biliyordum.

"İstediğin yere gidebilirsin," dedim ve parmağımla dışarıyı gösterdim.

"Dışarısı sensiz ilgimi çekmiyor."

Gözlerimi dramatik bir şekilde abartıyla devirdim.

"Ciddiyim," dedi.

"Dış dünyayı biraz ağırdan alalım, olmaz mı? Mesela önce Port Angeles'ta sinemaya gitmekle başlayabiliriz..."

Sızlanırcasına konuştu. "Boş ver. Sonra konuşuruz."

"Bu konuda konuşacak bir şey yok."

Omuz silkti.

"O zaman yeni bir konuya geçelim," dedim. Öğleden sonra endişelendiğim konuyu nerdeyse unutuyordum. "Alice öğle yemeğinde ne gördü?"

Gözlerim onunkine sabitlenmiş, tepkisini ölçmeye çalışıyordum.

Topaz rengi gözleri birden sertleşmişti. "Jasper'ı tuhaf bir yerde gördü, güneybatıda bir yerde. Alice'in fikrine göre, ilk...ailesinin yakınlarında. Fakat geri dönmek gibi bir isteği yoktu." Derin bir nefes verdi. "Ama yine de endişelendi."

"Ya." Bu, benim beklediğim şeyin yakınından bile geçmemişti. Fakat Alice'in, Jasper'ın geleceğine odaklanmış olması mantıklıydı. Jasper onun ruh ikiziydi, her ne kadar, Rosalie ve Emmett gibi ilişkilerini göz önünde yaşamasalar da, birbirlerinin gerçek yarısıydılar.

"Neden bana daha önce söylemedin?"

"Fark ettiğini anlamamıştım," dedi. "Zaten büyük ihtimalle çok da önemli bir şey değil."

Hayal gücüm artık trajik bir şekilde kontrolden çıkmıştı. Son derece normal bir öğleden sonra geçirmiş olmama rağmen bunu zihnimde farklı kurup Edward'ın benden bir şeyler sakladığına karar vermiştim. Kesinlikle terapiye ihtiyacım vardı.

Charlie'nin erken gelme ihtimalini göz önünde bulundurarak, ders çalışmak için alt kata indik. Edward ödevlerini birkaç dakikada bitirdi; bense Charlie'nin akşam yemeğini hazırlamaya karar verene kadar matematik dersimin zorlu ödevleriyle uğraştım. Yemek yaparken bana yardım etmiş ama malzemeleri görmek yüzünü asmasına neden olmuştu; insan yemekleri onu biraz iğrendiriyordu. Yağcılık yapmak istediğimden Büyükanne Swan'ın, Stoganoff tarifini yapmıştım. Benim en sevdiğim yemeklerden biri değildi ama Charlie'nin memnun olacağından emindim.

Charlie eve geldiğinde iyi bir havadaydı. Edward'a bile kaba davranmadı. Biz yemeğe başladığımızda Edward her zaman olduğu gibi özür dileyerek kalktı. Oturma odasından gece haberlerinin sesi geliyordu ama Edward'ın izlediğinden şüpheliydim.

Üç porsiyon yedikten sonra Charlie ayaklarını boş sandalyeye uzattı ve ellerini şişmiş olan göbeğinin üstünde kavuşturdu.

"Harikaydı, Bells."

"Beğendiğine sevindim. İş nasıldı?" Yemek yerken öylesine meşguldü ki, daha önce konuşmaya fırsat bulamamıştım.

"Sakin sayılırdı. Aslında hiçbir şey yapmadık. Mark ve ben öğleden sonra, zamanın büyük çoğunluğunu kâğıt oynayarak geçirdik." Gülümseyerek devam etti, "Ben kazandım, hem de on yediye yedi aldım oyunu. Ve sonra da Billy ile telefonda gevezelik ettik."

İfademi korumaya çalıştım. "O nasıl?"

"İyi, iyi. Sadece, eklem ağrıları onu biraz rahatsız ediyor."

"Ah, çok yazık."

"Evet. Bizi bu hafta evlerine davet etti. Uley ve Clearwater aileleri de davetliymiş. Bir tür rövanş maçı partisi..."

Yalnızca, "Ya," diye zekâ dolu bir cevap vermekle yetindim. Ne söyleyebilirdim ki? Aile gözetiminde bile olsam, kurt adamların partisine gitmeye iznimin olmayacağını biliyordum. Acaba Edward, Charlie'nin La Push'ta takılmasını sorun eder miydi ya da sorun etmese bile Charlie'nin oradaki tek insan olması tehlikeli olmaz mıydı, diye merak ettim.

Charlie'ye bakmadan ayağa kalktım ve tabakları topladım. Artıkları lavaboya döktüm ve suyu açtım. Sonra sessizce Edward geldi ve masa örtüsünü topladı.

Charlie derin bir nefes verdi ve konuyu kapattı ama yalnız kaldığımızda bu konuyu tekrar açacağına emindim. Ayağa kalktı ve her gece yaptığı gibi, televizyon izlemek üzere oturma odasına yöneldi.

"Charlie," diye seslendi Edward içten bir ses tonuyla.

Charlie mutfağın ortasında durdu. "Evet?"

"Bella sana, ailemin ona son doğum gününde Renée'yi ziyaret etmesi için uçak bileti armağan ettiğinden bahsetmiş miydi?"

Duruladığım tabak birden elimden kaydı. Tezgâhı sıyırdı ve yere düştü. Kırılmamıştı ama sabunlu bir halde odada yuvarlandı. Charlie fark etmemişti bile.

"Bella?" dedi şaşkınlıkla.

Gözlerimi almak için uzandığım tabaktan ayırmadan, "Evet hediye etmişlerdi," dedim.

Charlie gürültüyle yutkundu ve sonra gözlerini kısıp Edward'a döndü. "Hayır, bahsetmemişti."

"Ya," dedi Edward.

"Bundan bahsetmenin nedeni ne?" diye sordu Charlie sert bir ses tonuyla.

Edward omuz silkti. "Biletin tarihi geçiyor. Bence Bella bu hediyeyi kullanmazsa, Esme'nin duygularını da incitmiş olur. Elbette bir şey söylemez ama kırılacağını biliyorum."

İnanamayarak Edward'a baktım.

Charlie bir süre sessiz kalıp düşündü. "Sanırım

anneni ziyaret etmen iyi bir fikir, Bella. Onun da çok hoşuna gider. Bu konuda bir şey söylememiş olmana da çok şaşırdım doğrusu."

"Unuttum," dedim.

Kaşlarını çattı. "Birinin sana uçak bileti verdiğini mi unuttun?"

"Hımm," dedim dalgın bir halde ve sonra da lavaboya geri döndüm.

"Senin biletler diye bahsettiğini fark ettim, Edward," diye devam etti Charlie. "Ailen ona kaç bilet verdi?"

"Bir tane onun için...bir tane de benim için."

Tabak bu defa elimden lavaboya düştü, bu sefer daha az ses çıkmıştı. Babamın öfkeyle soluduğunu duyabiliyordum. Utançtan ve öfkeden kan yüzüme hücum etmişti. Edward bunu neden yapıyordu? Endişeyle lavabodaki köpüklere baktım.

"Bu söz konusu bile olamaz!" diye bağırdı Charlie hiddetle.

"Neden?" diye sordu Edward, sesi oldukça masum bir şekilde çıkmıştı. "Annesini görmesinin iyi bir fikir olduğunu söylemiştin."

Charlie onu duymazdan geldi. "Onunla hiçbir yere gitmiyorsun genç bayan!" diye bağırdı. Arkamı döndüğümde parmağını bana doğru sallıyordu.

Bir anda öfke tüm bedenimi kapladı ve içgüdüsel bir halde tepki verdim.

"Ben çocuk değilim baba. Hatırlarsan, artık cezalı da değilim."

"Ah, evet cezalısın. Şu andan itibaren."

"Ne için?"

"Ben öyle söylediğim için."

"Sana yasal olarak yetişkin olduğumu mu hatırlatmak zorunda mıyım, Charlie?"

"Bu benim evim...benim kurallarıma uymak zorundasın!"

Öfkem son noktaya ulaşmıştı. "Madem öyle diyorsun. Bu gece taşınmamı mı istersin? Ya da eşyalarımı toplamak için birkaç günüm var mı?"

Charlie'nin yüzü kıpkırmızı olmuştu. Taşınma kozumu öne sürdüğüm için kendimi berbat hissediyordum.

Derin bir nefes aldım ve ses tonumu daha makûl bir düzeyde tutmaya çalışarak, "Eğer yanlış bir şey yaptıysam, cezamı şikâyet etmeden çekerim baba ama senin önyargılarına tahammül edemiyorum."

Sanki bir şey söyleyecekmiş gibi kekelediyse de ağzından tek kelime çıkmadı.

"Bu hafta sonu annemi görmek için her türlü hakka sahip olduğumu bildiğimi biliyorsun. Bana dürüstçe Alice ya da Angela ile gitmeme itiraz etmeyeceğini söyleyebilir misin?"

"Onlar kız," diye hırlarcasına cevap verdi ve başını salladı.

"Jacob ile gitmem seni rahatsız eder miydi?"

Bu ismi seçmiştim çünkü babamın Jacob'ı tercih edeceğini biliyordum. Ama anında bunu yapmamış olmayı diledim çünkü Edward kızgın bir halde dişlerini gıcırdatmıştı.

Babam cevap vermeden önce kendini toparlamak için uğraştı. "Evet," dedi hiç de ikna edici olmayan bir ses tonuyla. "Bu beni rahatsız ederdi."

"Sen berbat bir yalancısın, baba."

"Bella..."

"Vegas'a sahneye çıkmaya gitmiyorum, annemi görmeye gidiyorum," diye hatırlattım ona.

"O da en az senin kadar sorumlu bir ebeveyndir."

Şaşkın bir ifadeyle bana baktı.

"Annemin bana göz kulak olamayacağını mı ima ediyorsun?"

Charlie bu sorum karşısında bana sadece meydan okurcasına bakmakla yetindi.

"Ona bundan bahsetmeyeceğime emin olabilirsin," dedim.

"Bahsetmezsen iyi olur," diye uyardı. "Bundan hoşnut değilim, Bella."

"Canının sıkılması için hiçbir sebep yok ama."

Gözlerini devirdi ama gerilimin sona erdiğini hissedebiliyordum.

Lavaboya döndüm ve suyu boşaltmak için tıkacını çıkardım. "Öyleyse, ödevlerim bitti, yemeğin hazırlandı, bulaşıklar yıkandı ve cezalı değilim. Dışarı çıkıyorum. On kırk olmadan önce gelirim."

"Nereye gidiyorsun?" Normale dönmüş yüzü tekrar kıpkırmızı olmuştu.

"Bilmiyorum," diye cevap verdim. "Fakat on beş kilometreden fazla uzaklaşmayacağım, tamam mı?"

Anlaşılmayan bir şeyler homurdandıktan sonra mutfaktan çıkıp gitti. Ve her zaman olduğu gibi, bir tartışmayı kazanır kazanmaz kendimi suçlu hissetmeye başladım.

"Dışarı mı çıkıyoruz?" diye sordu Edward, sesi kısık çıkmasına rağmen hevesliydi.

Ona ters bir bakış attım. "Evet. Sanırım seninle *yalnız* konuşmak istiyorum."

Olması gerektiğini düşündüğüm kadar endişeli görünmüyordu.

Arabaya binene kadar bekledim.

"O *yaptığın* da neydi öyle?" diye sordum.

"Anneni görmek istediğini biliyorum, Bella... Uykunda onun hakkında konuşuyorsun. Endişeleniyorum açıkçası."

"Öyle mi yapıyorum?"

Onaylarcasına başını salladı. "Fakat Charlie ile bu konu hakkında konuşamayacak kadar korktuğunu hissedince aracı olmaya karar verdim."

"Aracı mı? Beni aslanların önüne atsan daha iyiydi!"

Gözlerini devirdi. "Bir tehlike içerisinde olduğunu hiç sanmıyorum."

"Sana Charlie ile kavga etmek istemediğimi söylemiştim."

"Kimse sana kavga etmek zorundasın demedi."

Ona öfkeli bir bakış attım. "O böyle amirane tavırlar içerisine girdiğinde kendime engel olamıyorum, ergen içgüdülerim beni ele geçiriyor."

Kıkırdadı. "Öyleyse benim bir suçum yok."

Ona gözümü dikmiş, söylediklerini düşünüyordum ama o bunun farkında değildi. Huzur içinde, arabanın ön camından dışarıya bakıyordu. Bir şeyleri kaçırmıştım ama bir türlü ne olduğunu bulamıyordum. Ya da bu öğleden sonra olduğu gibi, hayal gücüm mesai yapıyordu.

"Aniden Florida'ya gitme isteğinin Billy'nin verdiği partiyle ilgisi var mı?"

Çenesi kasıldı. "Alakası yok. Burada ya da dünyanın öbür ucunda olmanın zaten bir önemi olmazdı, ne olursa olsun o partiye gitmeyeceksin."

Tıpkı Charlie gibiydi, sanki yaramazlık yapan bir çocukmuşum gibi hissetmeme sebep oluyordu. Bağırmamak için dişlerimi sıktım. Edward'la da kavga etmek istemiyordum.

Edward iç geçirdi, tekrar konuşmaya başladığında sesi gene yumuşacık ve sıcaktı. "Peki bu gece ne yapmak istersin?" diye sordu.

"Senin evine gidebilir miyiz? Esme'yi uzun süredir görmüyorum."

Gülümsedi. "Bu çok hoşuna gidecektir. Özellikle de bu hafta sonu ne yapacağımızı duyunca."

Yenilgiyi kabul edercesine inledim.

Charlie'ye söz verdiğim gibi çok uzun süre kalmadık. Evin önünde durduğumuzda ışıkların hâlâ yandığını gördüğümde çok da şaşırmadım. Charlie'nin biraz daha bağırmak için beni beklediğini biliyordum.

"İçeri gelmesen daha iyi olur," dedim. "Bu her şeyi daha da kötü bir hale getirir."

"Düşünceleri oldukça yatışmış," dedi Edward muzipçe. Yüzündeki ifade içimde söylemediği başka şeyler de olduğu hissini uyandırdı. Ağzının kenarı seğiriyor, gülümsememek için mücadele ediyordu.

"Sonra görüşürüz," diye üzüntüyle mırıldandım.

Güldü ve beni başımın üzerinden öptü. "Charlie horlamaya başladığında geri geleceğim."

İçeri girdiğimde televizyonun yüksek sesi duyuluyordu. Odanın önünden gizlice geçip dosdoğru odama gitmeyi planlıyordum.

"Buraya gelebilir misin, Bella?" dedi Charlie, planım suya düşmüştü.

Ayaklarım beni zorla onun yanına götürdü.

"Nasılsın, baba?"

"Bu gece iyi vakit geçirdin mi?" diye sordu. Tedirgin görünüyordu. Cevap vermeden önce söylediklerinin arkasında başka bir şeyler var mı, diye düşündüm.

"Evet," dedim çekinerek.

"Neler yaptın?"

Omuz silktim. "Alice ve Jasper ile takıldık. Edward Alice'i satrançta yendi ve sonra ben de Jasper ile oynadım. Beni ezdi geçti."

Gülümsedim. Edward ve Alice'in satranç oynaması, bugüne kadar gördüğüm en komik şeydi. Orada öylece oturup nerdeyse hareketsiz şekilde satranç tahtasına bakıyorlardı. Alice onun yapacağı hamleleri önceden görüyordu ve Edward oynatacağı taşı seçtiğinde Alice zihninde ona karşılık veriyordu. Oyunun çoğunu düşünerek oynamışlardı; henüz sadece piyonlarını yerlerinden oynamışlardı, ki Alice şahını bir fiskeyle devirdi ve yenilgiyi kabul etti. Bütün hepsi sadece üç dakika sürmüştü.

Charlie televizyonun sesini kıstı, bu olağandışı bir hareketti.

"Bak, söylemem gereken bir şeyler var." Kaşlarını çatmıştı, oldukça rahatsız görünüyordu.

Sakince oturmuş konuşmasını bekliyordum. Gözlerimi dikmiş ona baktığımı görünce bakışlarını yere çevirdi ve sustu.

"Ne oldu baba?"

Derin bir nefes aldı. "Bu tarz şeylerde çok da iyi değilimdir. Nasıl başlamam gerektiğini bilmiyorum..."

Beklemeye devam ettim.

"Pekâlâ, Bella. Konu şu." Koltuğundan kalktı ve ayaklarına bakarak odada bir ileri bir geri yürümeye başladı. "Sen ve Edward oldukça ciddi görünüyorsunuz ve dikkat etmeniz gereken bazı şeyler var. Artık yetişkin biri olduğunu biliyorum ama hâlâ toysun, Bella ve bilmen gereken bazı şeyler var...şey hakkında, yani fiziksel olarak birlikte olduğunuzda..."

"Baba! Lütfen, *lütfen hayır*!" diye yalvardım, ayağa fırlamıştım. "Charlie rica ederim benimle cinsellik hakkında konuşmaya çalışmadığını söyle."

Öfkeyle yere bakıyordu. "Ben senin babanım. Sorumluluklarım var, hatırlatırım. Ben de en az senin kadar utanıyorum şu anda."

"Bunun çok da mümkün olduğunu sanmıyorum. Her neyse, annem bundan on yıl kadar önce benimle konuşmuştu. Kısacası, paçayı yırttın."

"On yıl önce bir erkek arkadaşın yoktu," diye isteksizce mırıldandı. Konuyu değiştirmek için kendisiyle mücadele ettiğini görebiliyordum. İkimiz de ayaktaydık ve birbirimize bakmamak için gözlerimizi yere dikmiştik.

"Bu konuda başlıca şeylerin pek değişmediğine eminim," diye mırıldandım. Artık benim yüzüm de, onunki kadar kırmızı olmuştu. Bu cehennem azabından bile beterdi; özellikle de Edward'ın bu konuşmanın yapılacağını sezmiş olması daha da kötüydü. Arabada bu kadar keyifle gülümsüyor oluşunun sebebi şimdi ortaya çıkmıştı.

"Sadece, ikinizin de bu konuda sağduyulu davranacağınıza dair söz ver," dedi Charlie, yerde bir delik açıp içine girmemek için kendini zor tuttuğu belliydi.

"Bunun için endişe etme baba, öyle bir şey yok."

"Sana güvenmediğimden değil, Bella ama bu konudan bana bahsetmek istemediğini biliyorum. Zaten ben de pek duymak istediğimi söyleyemem. Sadece açık fikirli olmaya çalışıyorum. Zamanın değiştiğinin farkındayım."

Gülümsedim. "Belki zaman değişti ama Edward oldukça eski kafalı. Endişe edeceğin hiçbir şey yok."

Charlie iç geçirdi. "Eminim öyledir," diye mırıldandı.

"Ah!" diye söylendim. "Bunu sesli söylememe neden olduğuna inanamıyorum. *Gerçekten*. Fakat ben... bakireyim ve bu durumu değiştirmek için de hiç acelem yok."

İkimiz de utançtan iki büklüm duruyorduk ama Charlie'nin yüzü biraz gevşemişti. Görünüşe göre bana inanıyordu.

"Şimdi yatmaya gidebilir miyim? *Lütfen*."

"Bir dakika sonra," dedi.

"Ah, hadi ama baba lütfen? Yalvarıyorum."

"Utanç verici kısmın sona erdiğine söz veriyorum," dedi. Ona bir göz attım ve rahatlamış olduğunu görünce sevindim, yüzü normal rengine kavuşmuştu. Kendini kanepeye bıraktı ve cinsellik konuşması nihayet sona erdiği için derin bir nefes verdi.

"Şimdi ne var?"

"Sadece denge işinin nasıl gittiğini merak ediyordum."

"İyi, sanırım. Bugün Angela ile plan yaptım. Ona mezuniyet davetiyeleri için yardım edeceğim. Sadece biz, kızlar olacağız."

"Bu iyi. Peki ya Jacob?"

Derin bir nefes verdim. "O konuyu henüz halledemedim baba."

"Denemeye devam et, Bella. Doğru olanı yapacağını biliyorum. Sen iyi bir insansın."

Harika. Demek Jacob ile aramı düzeltmek için bir yol bulamazsam, *kötü* bir insan olacaktım, öyle mi? Bu gerçekten haksızlıktı.

"Tabii, tabii," diye kabul ettim söylediklerini. Bu kendiliğinden çıkan yanıt gülümsememe sebep olmuştu. Bu Jacob'tan öğrendiğim bir şeydi. Hatta onun da, babasıyla konuşurken kullandığı aynı küçümseyen ses tonunu kullanmıştım.

Charlie sevinçle gülümsedi ve televizyonun sesini yeniden açtı. Yastıkların arasına gömüldü, yaptığımız konuşmadan memnun olmuşa benziyordu. Hatta, çok geçmeden, maçı izlerken uykuya dalacağını bile söyleyebilirdim.

"İyi geceler, Bells."

"Sabah görüşürüz!" Hızla merdivenlerden çıktım.

Edward daha yeni gitmişti ve Charlie uyuyana kadar da dönmeyecekti. Muhtemelen, şu anda ya avlanıyor ya da başka bir şeylerle oyalanıyordu. O yüzden yatmaya hazırlanmak için acele etmiyordum. Yalnız kalacak havamda değildim ama aşağı inip babamla da takılamazdım; daha önce hiç yapmadığı bir şey yaparak cinsellikten bahsetmişti. Doğrusunu söylemek gerekirse bu beni biraz ürpertmişti.

Charlie'nin sayesinde kendimi incinmiş ve endişeli hissediyordum. Ödevlerimi yapmıştım ve ne müzik dinleyecek ne de okuyacak kadar keyfim olduğunun hissediyordum. Geleceğimi haber vermek için Renée'yi aramayı düşündüysem de, sonradan Florida saatinin buradan 3 saat ileri olduğunu fark ettim, bu saatte uyuyor olmalıydı.

Ama Angela'yı arayabilirdim.

Fakat aniden konuşmak istediğim kişinin Angela olmadığın fark ettim.

Dudaklarımı kemirerek camdan dışarı, kör karanlığa bakıyordum. Orada durmuş, neyin doğru neyin yanlış olduğunu tartarken ne kadar zaman geçtiğinin farkında bile değildim. Doğru olan, Jacob'ı, yani en yakın arkadaşımı görmek olurdu ve bu beni iyi bir insan yapacaktı ama bu Edward'ı küplere bindirirdi. Edward, güvenliğim için endişe ediyordu ama ben böyle bir tehlikenin olmadığını biliyordum.

Telefon işe yaramazdı; Jacob, Edward geri döndüğünden beri aramalarımı reddediyordu. Gene de onu *görmeye* ihtiyacım vardı, onun gülüşünü görmeliydim. Zihnimde, ondan kalan son anı olan acıdan çarpılmış yüzünün yerine yenisini koymalıydım.

Muhtemelen bir saatim vardı. Edward fark etmeden La Push'a gidip gelebilirdim. Sokağa çıkma yasağım geride kalmıştı ama zaten Edward'dan habersiz bu işe karışmam Charlie'nin gerçekten umurunda olur muydu? Bunu çözecek tek bir yol vardı.

Hızla merdivenlerden aşağı inerken bir yandan da ceketimi giymeye çalışıyordum.

Charlie maçtan başını kaldırıp bana baktı, yüzünde şüpheli bir ifade vardı. "Jake'i bu gece görmemin sakıncası var mı?" diye sordum nefes nefese. "Çok uzun kalmayacağım."

Jake'in adını söyler söylemez Charlie'nin yüz ifadesi yumuşadı ve yüzüne tatlı bir gülümseme yayıldı. Yaptığı konuşmanın bu kadar hızlı bir şekilde etkili olmasına şaşırmış gibi görünmüyordu. "Tabii, ufaklık. Sorun değil. İstediğin kadar kalabilirsin."

"Teşekkürler, baba," dedim ve kapıdan ok gibi fırlayarak çıktım.

Kendimi bir kaçak gibi hissediyordum, kamyonetime doğru giderken birkaç kez omzumun üstünden geriye bakmıştım fakat zaten dışarısı çok karanlık olduğundan bunu yapmama hiç gerek yoktu. Kamyonetimi, dokunarak bulmak zorunda kalmıştım.

Anahtarımı kontağa soktuğumda gözlerim karanlığa henüz alışmıştı. Anahtarı sola çevirdim, motorun uğuldayan sesi yerine sadece bir klik sesi duyuldu. Birkaç defa daha denedim ama sonuç aynıydı.

Ve aniden, küçük bir hareket beni korkudan yerimden zıplattı.

"AAAH!" Arabanın içerisinde yalnız olmadığı görünce korkuyla bağırmıştım.

Edward, karanlıkta belli belirsiz bir nokta gibi sakince oturuyordu, sadece elleri hareket ediyordu; elinde gizemli siyah bir nesne vardı. Gözlerini o nesneye dikmiş bakıyordu.

"Alice söyledi," diye mırıldandı.

Alice! Kahretsin. Onu tamamen unutmuştum. Edward beni izlettiriyor olmalıydı.

"Beş dakika önce, gelecekte birdenbire kaybolacağını gördüğünde çok endişelendi."

Gözlerimi hayretle açmıştım, neredeyse yuvalarından çıkacaklardı.

"Çünkü kurtları göremiyor biliyorsun," diye açıkladı aynı sakin ses tonuyla. "Bunu unuttun mu? Kaderini diğerlerininkiyle birleştirdiğinde sen de yok oluyorsun. Bu kısmı bilmediğini fark ettim. Fakat bunun beni nasıl...endişelendirdiğini anlayabiliyor musun? Alice senin kaybolduğunu söyledi ama sen bana evden dışarı çıkacağını söylememiştin bile. Geleceğin kayboldu, tıpkı onların geleceklerinin kaybolduğu gibi.

"Bunun nedeni hakkında emin değiliz. Belki de doğal bir savunma sistemiyle doğduklarındandır." Şimdi, benden çok kendisiyle konuşuyor gibiydi ve elinde çevirdiği motor parçasına bakmaya devam ediyordu. "Belki de tam olarak öyle değildi çünkü onların düşüncelerini okumada hiç sorun yaşamadım. En azından Black ailesininkileri. Carlisle'nın teorisine göre, bunun nedeni yaşamlarının değişimleri tarafından yönetiliyor olması. Bu bir karardan çok, istemsiz bir tepki gibi. Tahmin edilemiyor ve onlar hakkındaki her şeyi değiştiriyor. Bir formdan diğerine hemen geçtiklerinde aslında gerçekten var olmuyorlar. Gelecekleri de onları içine almıyor..."

Düşüncelerini buz gibi bir ses tonuyla aktarışını dinliyordum.

"Tekrar kullanmak istersin diye arabanı okul için düzelteceğim," dedi.

Dudaklarımı kemiriyordum, anahtarlarıma uzandım ve kamyondan aşağıya indim.

"Eğer bu gece beni yanında istemiyorsan, pencereni kapat. Bunu anlayışla karşılarım," diye fısıldadı ben kapıyı çarpmadan önce.

Eve girerken ayaklarımı yere vurdum ve kapıyı çarptım.

"Sorun ne?" dedi Charlie yattığı yerden.

"Kamyon çalışmıyor," diye homurdandım.

"Bakmamı ister misin?"

"Hayır sabah denerim."

"Benim arabamı almak ister misin?"

Onun devasa polis arabasını kullandığımı hayal edemiyordum. Charlie de, beni La Push'a götürecek kadar çaresiz olmalıydı. Neredeyse benim olduğum kadar.

"Hayır. Yorgunum," diye söylendim. "İyi geceler."

Merdivenleri, ayaklarımı basamaklara vurarak çıktım ve doğruca pencereme gittim. Metal çerçeveyi hızla çekince gürültüyle kapandı ve cam sallandı.

Sakinleşene kadar titreyen siyah cama baktım, sonra iç geçirdim ve girebilsin diye pencereyi sonuna kadar açtım.

3. GÜDÜLER

Güneş bulutların arkasına öylesine saklanmıştı ki, batıp batmadığına dair bir ipucu vermiyordu.

Uzun uçuşun ardından – sürekli batıya doğru gittiğimizden güneş takip edilemez hale gelmişti – zaman tuhaf bir biçimde değişken bir hale gelmişti. Orman, yerini nihayet tek tük binalara bıraktığında eve yaklaştığımızı anlamıştım.

"Yolculuk boyunca çok sessizdin," dedi Edward. "Uçak seni hasta mı ediyor?"

"Hayır, iyiyim."

"Evden ayrıldığın için üzgün müsün?"

"Üzgünden çok rahatlamış gibiyim sanırım."

Tek kaşını kaldırıp bana baktı. Anlamsızca – bunu kabul etmekten hoşlanmasam da – ona gözünü yoldan ayırmamasını söyledim.

"Renée bir şekilde Charlie'den...daha *zeki*. Bu beni tedirgin ediyor."

Edward güldü. "Annenin gerçekten de ilginç bir zekâsı var. Çocuk gibi ama anlama yetisi oldukça yüksek. Olaylara diğer insanlardan farklı bakabiliyor."

Anlama yetisi yüksek, işte bu kesinlikle annemi tanımlıyordu ama bu sadece ilgisini verdiği zamanlar için geçerliydi. Hayatının büyük çoğunluğunu sarsakça geçirmiş ve pek çok şeyi kaçırmıştı. Ve bu hafta sonu benimle ilgilenmek için epeyce bir vakti olacaktı.

Phil, yani eşi, oldukça yoğundu – finallere hazırlanan basketbol takımına koçluk yapıyordu – ve bu yüzden, orada olduğumuz süre boyunca, Edward ve ben, Renée ile bir hayli zaman geçirecek ve onun yakın gözlemine maruz kalacaktık. Çığlıklar ve sarılmalar eşliğinde yaptığı karşılamadan sonra bizi izlemeye başladı. Bu sırada, iri mavi gözleri, önce şaşkınlıkla, sonra da anlayışla dolmuştu.

Sabah sahile yürüyüşe gittik. Yeni evinin çevresindeki tüm güzellikleri göstermek istiyor, bir yandan da, güneşin benim aklımı başımdan alıp Forks'a gitmeme engel olacağını umuyordu. Benimle yalnız konuşmak istemişti, zaten Edward da yapması gereken bir ödev bahanesiyle gün boyunca içerde kalmıştı.

Renée ve ben yolda geziniyorduk, bana sık sık palmiyelerin gölgesi altında kalmamı söylüyordu. Henüz erken olmasına rağmen hava boğucu derecede sıcaktı. Nemin ağırlaştırdığı havayı solumak akciğerlerim için iyi bir idman olmuştu.

"Bella?" dedi annem, konuşurken dalgaların dövdüğü kumsala bakıyordu.

"Ne var anne?"

Derin bir nefes verdi, gözlerime bakmıyordu. "Endişeleniyorum..."

"Sorun ne?" diye merakla sordum. "Ne yapabilirim?"

"Benim hakkımda değil." Kafasını hayır dercesine sallamıştı. " Sen ve...Edward hakkında endişeleniyorum."

Renée, onun adını söylediğinde özür dilercesine yüzüme baktı.

"Ah," dedim mırıldanırcasına, bakışlarımı bizi geçen ter içindeki iki koşucuya sabitledim.

"Siz ikiniz benim sandığımdan çok daha ciddisiniz," diye devam etti.

Kaşlarımı çattım ve son iki günü gözden geçirmeye başladım. Edward ve ben iki gün boyunca nadiren birbirimize dokunmuştuk – en azından onun önündeyken. Acaba, Renée de bana sağduyulu olma konusunda ders mi verecek, diye merak ediyordum. Charlie ile yaptığımız konuşmanın tekrarlanmasından endişe etmiyordum. Annemle konuşmak utanç verici olmazdı. Ne de olsa son on yıldır, ilişkimizde onu paylayan kişi hep ben olmuştum.

"Siz ikinizin... birlikte olma şeklinde tuhaf bir şeyler var," diye mırıldandı, gözleri endişeyle kısılmıştı. "Sana bakışları, nasıl desem...çok korumacı. Sanki senin için kendisini bir kurşunun önüne atacakmış gibi."

Gülmeye başladım, hâlâ gözlerine bakmamaya çalışıyordum. "Bu kötü bir şey mi?"

"Hayır." Doğru sözcükleri bulmaya çalıştığından kaşlarını çatmıştı. "Sadece bu çok *farklı*. Senin için çok ciddi hisleri var... ve o çok dikkatli. Sanki sizin ilişkinizi anlayamıyormuşum gibi hissediyorum. Kaçırdığım bir şeyler varmış gibi geliyor."

"Bence sen bunları hayal ediyorsun, anne," dedim hemen, sesimi neşeli tutmaya gayret etmiştim. Kalbim heyecandan hızlı atmaya başlamıştı. Annemin diğer insanlardan farklı *gördüğünü* tamamen unutmuştum. Dünyayı olduğu gibi görebilir, ilgisini dağıtacak her şeyi bir kenara atarak sadece gerçeği görebilirdi. Bu daha önce hiç sorun olmamıştı. Ta ki şimdiye kadar, çünkü eskiden ondan hiçbir şey saklamazdım.

"Sadece o da değil." Kendini savunmak istercesine dudaklarını araladı. "Keşke onun yanında nasıl hareket ettiğini görebilsen."

"Bu da ne demek şimdi?"

"Sen onun çevresindeyken düşünmeden, ona odaklı olarak hareket ediyorsun. O hareket ettiğinde, azıcık bile olsa, hemen duruşunu ona göre ayarlıyorsun. Sanki bir mıknatıs gibi...ya da yer çekimi gibi. Sen daha çok bir...uydu gibisin. Böyle bir şeyi hayatım boyunca görmedim."

Dudaklarını büzdü ve yere baktı.

"Sakın bana tekrar gizemli kitaplar okumaya başladığını söyleme. Yoksa bilim kurguya mı merak sardın?" dedim dalga geçerek. Kendimi gülümsemeye zorlayarak konuşuyordum.

Renée hemen pespembe oldu. "Bunun konuyla bir ilgisi yok."

"Yoksa okuyacak iyi bir şeyler mi buldun?"

"Şey, aslında harika bir tane...ama bunun bir önemi yok. Biz şu anda senden bahsediyoruz."

"Romantik kitaplara devam etmelisin anne. Nasıl hayallere daldığını biliyorsun."

Dudaklarının kenarları kıvrıldı. "Aptalca davranıyorum, değil mi?"

Bir süre cevap vermedim. Renée kolayca yönlendirilebilecek bir insandı. Bazen bu iyi bir şeydi çünkü fikirleri çok da kullanışlı değildi. Fakat onu bu kadar kolayca kandırabilmek bana acı vermişti, özellikle de bu defa hedefi neredeyse on ikiden vurmuşken.

Gözlerini kaldırıp bana baktı, ifademi kontrol etmeye çalıştım.

"Aptalca davranmıyorsun...sadece anne gibi davranıyorsun."

Güldü ve eliyle beyaz kumların ilerisindeki mavi denizi gösterdi.

"Ve tüm bunlar, tekrar aptal annenin yanına taşınman için yeterli değil, öyle mi?"

Abartılı şekilde alnımdaki teri sildim ve sanki saçlarımı kıvırıp suyunu sıkar gibi yaptım.

"Neme alışırdın," dedi ısrarla.

"Sen de yağmura alışabilirsin," dedim ben de.

Şakalaşırcasına dirseğiyle beni dürttü ve arabaya doğru ilerlerken elimi tuttu.

Aslında, benim için endişeleniyor olması beni mutlu etmişti. Hâlâ Phil'e sanki yaşam nedeniymiş gibi bakıyor olsa da, aramızda geçen bu konuşma beni teselli etmişti. Artık hayatının rayına oturduğunu ve onu tatmin ettiğini görebiliyordum. Ama yine de beni çok fazla özlemediğini hissedebiliyordum...

Edward'ın soğuk parmakları yanaklarıma değince başımı yukarı kaldırıp ona baktım ve gözlerimi kırpıştırdım, gerçeğe dönmüştüm. Üzerime eğildi ve beni alnımdan öptü.

"Eve geldik, uyuyan güzel. Uyanma vakti."

Charlie'nin evinin önünde duruyorduk. Verandanın ışığı yanıyordu ve arabası da garajdaydı. Eve bakarken, oturma odasının pencere perdesinde bir kıpırtı gördüm, çimenlerin üzerine sarı bir ışık demeti düşmüştü.

Derin bir soluk verdim. Charlie, hamle yapmak üzere gelişimi bekliyordu.

Edward da aynı şeyi düşünüyor olmalıydı çünkü ifadesi sertleşmiş ve beni kapıya götürürken gözleri uzaklara dalmıştı.

"Ne kadar kötü?" diye sordum.

"Charlie sorun çıkarmayacak," dedi Edward, sesi, espri yapıp yapmadığını anlayamayacağım kadar kısık çıkmıştı. "Seni özlemiş."

Gözlerim şüpheyle kısıldı. Madem öyle neden Edward dövüşe hazırlanıyormuş gibi gerilmişti?

Çantam ufaktı ama yine de eve taşımak konusunda ısrar etmişti. Kapıyı bize Charlie açtı.

"Eve hoş geldin ufaklık!" diye bağırdı neşeyle. "Jacksonville nasıldı?"

"Nemli ve tuhaf."

"Yani Renée sana Florida Üniversitesini satamadı, öyle mi?"

"Denedi. Ama suyu solumaktansa içmeyi tercih ederim."

Charlie'nin gözleri gönülsüzce Edward'a döndü. "İyi vakit geçirdiniz mi?"

"Evet," diye yanıtladı Edward sakin bir şekilde. "Renée oldukça misafirperver biri."

"Bu...ıı, iyi. Eğlendiğinize sevindim." Charlie Edward'a arkasını döndü ve birden bana sarıldı.

"Etkileyici," diye fısıldadım kulağına.

Gürültülü bir kahkaha patlattı. "Seni çok özledim, Bells. Sen gittiğinden beri yemekler berbat."

"Hemen hallederim," dediğim anda beni bıraktı.

"Önce Jacob'ı aramak ister misin? Sabah altıdan beri beş dakikada bir arıyor. Eşyalarını yerleştirmeden onu arayacağına söz verdim."

Edward'ın yüzünün nasıl bir hal aldığını görmek için ona bakmama gerek yoktu, aşırı derecede sakin ve soğuktu. Demek bu kadar gergin olmasının sebebi buydu.

"Jacob benimle konuşmak mı istiyor?"

"Fena halde diyebilirim. Bana ne hakkında olduğunu söylemedi ama önemliymiş."

Telefon ısrarlı ve de tiz bir şekilde çalmaya başladı.

"Bir sonraki maaş çekim üzerine bahse girerim ki bu o," diye söylendi Charlie.

"Ben bakarım." Hemen mutfağa gittim.

Charlie oturma odasına doğru giderken Edward da benim arkamdan geldi.

Telefonu açtım ve ahizeyi elime alırken yüzümü duvara döndüm. "Alo?"

"Dönmüşsün," dedi Jacob.

Tanıdık hırıltılı ses, özlem duygusunun beni ele geçirmesine neden oldu. Bir anda kafamda yüzlerce anı belirmişti; ağaç dallarının sürüklendiği taşlı kumsal, plastikten yapılmış garaj, kâğıt torba içerisindeki sıcak gazoz, içinde minicik bir koltuğun olduğu küçük oda.

Siyah gözlerindeki neşe, benim elimi tutan sıcacık büyük bir el, esmer teninde parlayan bembeyaz dişler ve bana bu dünyadan bir kaçış kapısı açan, yüzüne yayılmış kocaman gülüşü zihnimde belirmişti.

Sanki vatan hasreti çekmek gibi, en karanlık gecelerimde bana sığınak olan kişiye duyulan özlemdi bu.

Zorlukla yutkunduktan sonra, "Evet," diye yanıtladım.

"Neden beni aramadın?" diye sordu Jacob.

Onun sinirli ses tonu beni kendime getirmişti. "Çünkü daha eve geleli birkaç saniye oldu, Charlie tam beni aradığından bahsediyordu ki, sen aradın."

"Ah, üzgünüm."

"Pekâlâ, neden Charlie'yi rahatsız ediyordun?"

"Seninle konuşmalıyım."

"Tamam, o kadarını anladım. Devam et."

Kısa bir sessizlik oldu.

"Yarın okula gidecek misin?"

Kaşlarımı çattım, bu ne kadar manasız bir soruydu. "Tabii ki. Neden gitmeyeyim?"

"Bilmem, sadece merak ettim."

Bir sessizlik daha oldu.

"Pekâlâ Jake, benimle ne hakkında konuşmak istiyordun?"

Tereddüt etti. "Hiç, sadece ben, sanırım...senin sesini duymak istedim."

"Tamam, peki. Beni aramana çok memnun oldum, Jake. Ben..." Fakat daha fazla ne söyleyeceğimi bilmiyordum. Ona La Push'a uğrayacağımı söylemek istedim ama yapamadım.

"Gitmeliyim," dedi aniden.

"Ne?"

"Seni en kısa sürede tekrar arayacağım, tamam mı?"

"Ama Jake..."

Fakat çoktan kapatmıştı. Ahizeden gelen meşgul tonunu inanmayarak dinledim.

"Oldukça kısa sürdü," diye söylendim.

"Her şey yolunda mı?" diye sordu Edward. Sesi alçak ve dikkatliydi.

Yavaşça ona döndüm. İnanılmaz derecede sakindi, ne düşündüğünü anlamanın imkânı yoktu.

"Bilmiyorum. Bunun ne olduğunu anlamaya çalışıyorum." Jacob'ın gün boyunca Charlie'nin peşini bırakmamasının sebebinin, yarın benim okula gidip gitmeyeceğimi sormak için olması bana hiç mantıklı gelmemişti. Hem madem sesimi duymak istiyordu, neden telefonu bu kadar çabuk kapatmıştı?

"Sen muhtemelen bunu benden daha iyi bilirsin," dedi Edward, güçlükle gülümsemeye çalışıyordu.

Bu doğruydu. Jake'in hem içini hem de dışını iyi bilirdim. Bunu yapma nedenini anlamamın çok zor olmaması gerekiyordu.

Aklım burada değilken – yaklaşık yirmi beş kilometre kadar uzakta La Push'tayken – buzdolabının kapağını açmış, Charlie'ye yemek yapmak için malzemelere bakıyordum. Edward ise tezgâha yaslanmış duruyordu, gözlerini bana diktiğinin farkındaydım ama zihnim, onun ne gördüğü hakkında endişelenemeyecek kadar meşguldü.

Konuşmamızda geçen okul meselesi bana ipucu olmuştu. Bu Jake'in sorduğu tek gerçek soruydu. Bir şeyin peşinde olmalıydı yoksa Charlie'yi sürekli rahatsız etmezdi.

Okula gidip gitmemem neden onun için bu kadar önemliydi ki?

Bunu mantıklı bir şekilde anlamaya çalıştım. Jacob'ın bakış açısına göre, eğer yarın okula gitmeseydim, ne gibi bir sorun olabilirdi? Charlie finaller bu kadar yaklaşmışken okulu astığım için canıma okurdu ama ben onu, yalnızca bir cuma gününün her şeyi berbat etmeyeceği konusunda ikna edebilirdim. Jake bunu umursamazdı bile.

Beynim bu olayın iç yüzünü kavramayı reddediyordu. Belki de çok önemli bir detayı atlıyordum.

Son üç günde ne değişmişti de, telefonlarıma bile çıkmayı reddeden Jacob bundan vazgeçerek benimle bağlantıya geçmişti? Üç günde bunu değiştirecek ne olmuş olabilirdi?

Mutfağın ortasında dikilmiş duruyordum. Buzluktan yeni çıkardığım hamburger köftesi artık hissizleşmiş olan parmaklarımdan kaydı.

Edward köfteyi yere düşmeden yakalamış ve tezgâhın üzerine koymuştu ama ben bunu hissetmemiştim bile. Daha sonra bana sıkıca sarıldı ve kulağıma doğru fısıldadı.

"Sorun ne?"

Başımı salladım, sersemlemiştim.

Üç gün her şeyi değiştirebilirdi.

Daha üç gün öncesine kadar üniversitenin bir hayal olduğunu düşünmüyor muydum? Beni faniliğimden kurtaracak ve Edward ile sonsuza kadar yaşamamı sağlayacak, acı dolu üç günlük dönüşümün ardından nasıl insanların yakınında olabilirdim ki? Bu dönüşüm beni sonsuza kadar susuzluğumun kölesi yapacaktı...

Charlie, Billy'ye üç gün ortadan kaybolacağımı söylemiş miydi? Billy bunu duyunca kendince sonuçlara mı varmıştı? Jacob hâlâ insan olup olmadığımı mı merak ediyordu? Kurt adamlar anlaşmanın bozulmuş olduğuna inanıyor olmalılardı. Cullenlar'dan hiç kimse bir insanı ısırmamıştı bile....öldürmek bir yana ısırmamışlardı bile...

Fakat gerçekten de öyle bir durumda Charlie'nin yanına geri döneceğimi mi sanmıştı?

Edward beni sarstı. "Bella?" dedi, gerçekten endişelenmişti.

"Sanırım...sanırım kontrol ediyordu," diye mırıldandım. "Emin olmaya çalışıyordu. Yani insan olduğuma."

Edward kaskatı kesilmişti ve kulağımda tıslamaya benzer kısık bir ses duydum.

"Gitmek zorundayız," diye fısıldadım. "Bozulmadan önce. Yani anlaşma bozulmadan önce. Bir daha asla geri gelmeyebiliriz."

Kollarıyla beni sıkıca sardı. "Biliyorum."

Charlie'nin gürültüyle boğazını temizlediğini duyduk, arkamızda duruyordu.

İrkildim ve Edward'ın kollarının arasından çıktım, yüzümü ateş basmıştı. Edward tezgâha doğru döndü. Kısık gözlerindeki endişesini ve öfkesini görebiliyordum.

"Eğer yemek yapmak istemiyorsan, pizza sipariş edebilirim," dedi Charlie imalı bir şekilde.

"Hayır, her şey yolunda. Çoktan başladım bile."

"Pekâlâ," dedi Charlie. Kapının kenarına yaslanmış kollarını da göğsünde kavuşturmuştu.

Derin bir nefes aldım ve işe geri döndüm, seyircilerimi görmezden gelecektim.

"Eğer senden bir şey yapmanı isteseydim, bana güvenir miydin?" diye sordu Edward, sesi yumuşacıktı.

Neredeyse okula varmak üzereydik Edward sakinleşmişti, hatta espri bile yapmıştı fakat sonra aniden direksiyona sıkıca yapıştı, adeta onu parçalara ayırmamak için kendisini zor tutuyordu.

Endişeli bir halde ona baktım. Gözleri uzaklara dalmış, sanki birilerini duymaya çalışıyor gibiydi.

Onun bu halini görünce nabzım hızlanmaya başlamıştı ama yine de kendime hakim olmaya çalışarak dikkatli bir cevap verdim. "Bu duruma göre değişir."

Okuldan biraz uzakta duruyorduk.

"Bunu söylemenden korkuyordum."

"Ne yapmamı istiyorsun, Edward?"

"Arabada kalmanı istiyorum." Arabayı her zamanki yerinde durdurdu ve motoru kapattı. "Ben dönene kadar burada beklemeni istiyorum."

"Fakat...neden?"

İşte o zaman onu gördüm. Zaten onu gözden kaçırmak mümkün değildi, kurallara aykırı bir şekilde kaldırıma park ettiği siyah motosikletine dayanmış duruyordu. Diğer öğrencilerin arasından kendini belli ediyordu.

"Ah."

Jacob'ın yüzünde çok yakından bildiğim, o maskemsi ifade vardı. Bu ifadeyi duygularını kontrol altında tutmak istediğinde kullanırdı. Bu haliyle, kurtlar sürüsünün en yaşlısı, Quileute gurubunun lideri, Sam'i anımsatıyordu. Fakat Jacob'ta, Sam'in etrafına yaydığı sükûnetten eser yoktu.

Bu halinin beni ne kadar rahatsız ettiğini unutmuştum. Sam'i Cullenlar gelmeden çok önce tanımış ve hatta ondan hoşlanmış da olsam, Jacob, Sam'in yüz ifadesini taklit ettiğinde asla ondan korktuğumu hissetmemiştim. Tuhaf bir ifadesi vardı, bu haliyle kesinlikle benim tanıdığım Jacob'a benzemiyordu.

"Dünkü tahminlerin yanlıştı," diye mırıldandı Edward. "Dün sana okul hakkında soru sordu çünkü benim de senin yanında olacağımı biliyordu. Bu yüzden de benimle konuşmak için güvenli bir yer arıyordu. Tanıkların olabileceği bir yer."

Demek ki, dün gece Jacob'ın davranışlarını yanlış yorumlamıştım. Ortada eksik bilgi vardı ve sorun da buydu. Mesela Jacob, neden Edward ile konuşmak istiyor olabilirdi ki?

"Arabada kalmıyorum," dedim.

Edward usulca konuştu. "Tabii ki kalmıyorsun. Hadi şu işi bitirelim."

Jacob'a doğru el ele yürümeye başladığımızda yüzü sertleşmeye başlamıştı.

Çevrede tanıdık yüzler vardı, sınıf arkadaşlarım da etraftaydı. Gözlerini açmış, karşılarında dikilmiş duran, on altı yaşındaki bir gençten farklı olarak yapılı ve devasa bir vücuda sahip Jacob'a hayretle bakıyorlardı. Bu soğuk havada giydiği dar, kısa kollu siyah tişörtünü, eski ve yağ lekeli kot pantolonunu ve yaslandığı cilalı motosikletini inceliyorlardı. Kimse yüzüne bakamıyordu, yüzünde insanın gözlerini kaçırmasına neden olan bir şeyler vardı. Kimsenin onun çevresine yaklaşmaya cesaret edemediğini fark etmiştim.

Onlarda bir şaşkınlık yaratmasının yanı sıra, Jacob'ın onlara *tehlikeli* geldiğini anlamıştım. Ne kadar da tuhaftı.

Edward, Jacob'tan birkaç adım uzakta durdu. Benim bir kurt adama bu kadar yakında durmamın onu tedirgin ettiği açıkça belli oluyordu. Elimden tutup beni arkasına çekmiş ve bedenini bana siper etmişti.

"Bizi arayabilirdin," dedi Edward buz gibi bir sesle.

"Üzgünüm," dedi Jacob, yüzünde alaycı bir ifade vardı. "Telefonumun hafızasına kayıtlı hiç sülük yok."

"Bana Bella'nın evinden ulaşabilirdin."

Jacob'ın çenesi kasıldı ve kaşlarını çattı. Cevap vermemişti.

"Burası konuşmak için uygun bir yer değil. Bunu daha sonra tartışabilir miyiz?"

"Tabii, tabii. Okuldan sonra mezarlarınızın yanında beklerim." Jacob küçümseyerek konuşmasına devam etti. "Şimdi neden konuşamıyoruz?"

Edward etrafını gözden geçirdi, tanıkların hepsi duyma mesafesinin dışındaydı. Birkaç kişi kaldırımda yürümeye tereddüt ederek gözlerini merakla açmış onlara bakıyordu. Diğerleri gibi onlar da, pazartesi gününün can sıkıntısının bir kavgayla dağılabileceğini umuyorlardı. Tyler Crowley'nin Austin Marks'ı koluyla dürttüğünü gördüm, ikisi de sınıfa giden yolda durmuş bizi izliyorlardı.

"Ne söylemeye geldiğini zaten biliyorum," dedi Edward. Bunu öyle kısık bir sesle söylemişti ki, ben bile zor duyabilmiştim. "Mesaj alındı. Uyarını dikkate alacağız."

Edward, bir an endişeli gözlerle bana baktı.

"Uyarı mı?" diye sordum şaşkınlıkla. "Neden bahsediyorsunuz?"

"Ona söylemedin, değil mi?" diye sordu Jacob, gözleri hayretle açılmıştı. "Ne oldu, yoksa bizim tarafımıza geçeceğinden mi korktun?"

"Lütfen kes şunu, Jacob," dedi Edward, tekdüze bir sesle.

"Neden?" diye meydan okurcasına cevap verdi Jacob.

Kafam karışmış bir halde onlara bakıyordum. "Neyi bilmiyorum? Edward?"

Edward beni duymamış gibi Jacob'a öfkeyle bakmaya devam ediyordu.

"Jake?"

Jacob tek kaşını kaldırıp bana baktı. "O sana büyük... *kardeşinin* Cumartesi günü sınırı geçtiğini söylemedi mi?" diye sordu, sesinde ince bir alay vardı. Gözlerini tekrar Edward'a çevirmişti. "Paul'ün tamamen doğruladığına göre..."

"Orası iki tarafa da ait değildi!" diye Edward tıslarcasına konuştu.

"Aitti!"

Jacob'ın ne kadar öfkeli olduğunu görebiliyordum. Elleri titriyordu. Başını salladı ve iki derin nefes aldı.

"Emmett ve Paul mü?" diye fısıldadım. Paul, Jacob'ın sürüdeki en dengesiz arkadaşıydı. O gün ormanda kontrolünü kaybetmişti, bir an hırlayan gri kurda ait anı tekrar kafamda belirdi. "Ne oldu? Dövüştüler mi?" dedim endişeli bir sesle. "Neden? Paul yaralandı mı?"

"Kimse dövüşmedi," dedi Edward bana doğru sessizce. "Kimse yaralanmadı. Endişelenme."

Jacob kuşkulu gözlerle bize bakıyordu. "Ona hiçbir şey anlatmadın, değil mi? Bu yüzden mi onu buradan götürdün? Yani o gerçekten bilmiyor muydu?"

"Git artık." Edward, Jacob'ın sözünü yarıda kesmiş ve yüzü aniden korkuyla kaplanmıştı. Gerçekten de yüzünde hissedilir bir korku vardı. Bir an... bir *vampir* gibi göründü. Sanki Jacob'a saldıracakmış gibi baktı, bütün nefreti ortaya çıkmıştı.

Jacob sadece kaşlarını kaldırdı ve başka hiçbir harekette bulunmadı. "Neden ona söylemedin?"

Bir süre yüzleri birbirine dönük sessizce kaldılar. Tyler ve Austin'in arkasında daha da çok öğrenci birikmişti. Mike'ın yanında Ben'in olduğunu gördüm, Mike bir elini Ben'in omzuna koymuştu, sanki onu tutuyor gibi görünüyordu.

Bu ölüm sessizliği sırasında ansızın her şey bir anda yerli yerine oturdu.

Edward'ın bilmemi istemediği bir şeydi.

Jacob'ın ise benden saklamak istemediği bir şeydi.

Cullenlar'ın ve kurtların ormanda olduğu ve iki taraf için de aynı derecede tehlikeli olan bir şeydi.

Edward'ın beni ülkenin diğer ucuna götürmesine neden olacak bir şeydi.

Alice'in geçen hafta sezdiği bir şeydi, ki Edward bana bu konuda yalan söylemişti.

Beklediğim ve bir daha olacağını bildiğim ama asla olmasını dilemeyeceğim bir şeydi bu. Bu asla bitmeyecekti, değil mi?

Hızlı hızlı soluduğumu duyabiliyordum ama kendime engel olamıyordum. Bir yerlerde deprem oluyormuş gibi okul sallanıyordu ama bunun benim titrememin sebep olduğu bir yanılsama olduğunu biliyordum.

"Benim için geri döndü," diye mırıldandım.

Victoria, ben ölene kadar pes etmeyecekti. Sürekli aynı yolu takip edecek – yanılt ve kaç, yanılt ve kaç – ve yalnız kaldığım bir ana kadar bunu devam ettirecekti.

Belki de şansım yaver giderdi. Belki Volturi ondan önce davranırdı ve en azından hızlı bir ölüm olurdu.

Edward sıkıca beni kendi tarafında tuttu, Jacob ile benim aramda durmaya devam ediyordu. Endişeli bir halde yüzümü okşadı. "Her şey yolunda," diye fısıldadı bana. "Her şey yolunda. Onun sana yaklaşmasına izin vermeyeceğim, her şey yolunda."

Sonra da Jacob'a ters bir bakış attı. "Bu soruna cevap oldu mu?"

"Bella'nın bunu bilmeye hakkı olmadığını mı düşünüyordun?" diye sordu Jacob, ona karşı koyarcasına. "Bu onun hayatı."

Edward sesini yumuşak bir tonda tutmaya devam etti, neredeyse aralarında bir adım bulunan Tyler bile onları duyamayacaktı. "Tehlikede olmadığı halde neden endişelensin ki?"

"Endişelenmesi, ona yalan söylenmesinden daha iyi."

Duygularıma hâkim olmaya çalışmama rağmen gözlerim sulanmıştı bile. Onu görebiliyordum; Victoria'nın yüzünü, dişlerinin üzerinde hareket eden dudaklarını, intikam ateşiyle parlayan kıpkırmızı gözlerini... Adeta bütün canlılığı ile karşımda duruyordu. Hayatının aşkı James'in ölümünden sorumlu tuttuğu Edward'ın sevgilisini öldürmeden asla durmayacaktı.

Edward, yanaklarımdan aşağıya süzülen gözyaşlarımı parmaklarıyla sildi.

"Gerçekten de, ona acı çektirmenin korumaktan daha doğru mu olduğunu düşünüyorsun?" diye mırıldandı.

"O senin sandığından daha da güçlü biri," dedi Jacob. "Ve bundan çok daha kötüsünü atlattı."

Birdenbire Jacob'ın yüz ifadesi değişmişti, Edward'a tuhaf ve tehlikeli bir biçimde bakıyordu. Sanki zor bir matematik sorusu çözüyormuş gibi gözlerini kısmıştı.

Edward'ın korktuğunu hissettim. Ona baktığımda, yüzünü, sadece acı çektiği zamanlarda olduğu gibi, buruşturduğunu gördüm. Bir an bu görüntü bana İtalya'daki o akşamı anımsattı; korkunç Volture kulesindeki odada, Jane, ona bahşedilmiş uğursuz yetenekle Edward'ı sadece düşünceleriyle yakıyordu...

Bu hatıra histeri içerisindeki beni kendime getirmiş, her şeyi görmemi sağlamıştı. Çünkü Edward'ı böyle acı çekerken görmektense, Victoria'nın beni yüzlerce defa öldürmesine razıydım.

"Bu çok komik," dedi Jacob, Edward'ın yüzünü seyrederken.

Edward irkildi. Yüz ifadesini tekrar yumuşatmak için çabalamış ama gözlerindeki ıstırabı saklayamamıştı.

Tetikte bekleyerek onları izliyordum. Jacob'ın küçümsemesine karşılık Edward da ona ters bir bakış attı.

"Ona ne yapıyorsun?" diye sordum.

"Hiçbir şey, Bella," diye cevap verdi Edward usulca. "Jacob'ın iyi bir hafızası var sadece."

Jacob gülümsedi ve Edward tekrar irkildi.

"Kes şunu! Her ne yapıyorsan kes!"

"Tabii, eğer sen istiyorsan." Jacob omuz silkmişti. "Eğer hatırladığım şeylerden memnun kalmamışsa, bu onun sorunu."

Hiddetle Jacob'a baktım. Sanki, asla cezalandırılmayacağını bilen yaramaz çocuklar gibi gülümsüyordu.

"Müdür, onun okul arazisinde başıboş dolaştığını duydu ve şimdi yolda geliyor," diye mırıldandı Edward. "Hadi İngilizce dersine git Bella, buna karışmana gerek yok."

"Aşırı korumacı, değil mi?" dedi Jacob bana. "Birazcık tehlike hayatı eğlenceli kılar. Dur tahmin edeyim, eğlenmene izin yok, değil mi?"

Edward ters bir bakış attı, dudakları gerildi ve dişlerinin bir kısmı ortaya çıktı.

"Kes sesini, Jake," dedim.

Jacob güldü... "Bu bana *hayır* gibi geldi. Hey, eğer tekrar hayatın varmış gibi hissetmek istersen, bana uğra. Motosikletin hâlâ garajımda duruyor."

Bunu duymak ilgimin dağılmasına neden olmuştu. "Onu satmış olman gerekiyordu. Bunu yapacağına dair Charlie'ye söz vermiştin." Eğer Jacob'ın yerine yalvarmasaydım – çünkü her iki motosiklet için de epey emek harcamış ve bunun karşılığını da almıştı – Charlie bisikletimi çöpe atardı. Ve muhtemelen çöpü bir de ateşe verirdi.

"Evet, doğru. Sanki bunu yapabilecekmişim gibi. O sana ait. Neyse, sen gelene kadar onu saklayacağım."

Bir anda dudaklarının kenarında tanıdık bir gülümseme belirdi.

"Jake..."

Öne doğru geldi, yüzündeki alaycı ifade yerini ciddiyete bırakmıştı. "Sanırım daha önce hata yapmış olabilirim, biliyorsun işte arkadaşça davranmayarak. Belki biz bunu halledebiliriz, yani bizim tarafta. Beni görmeye gel."

Edward'ın beni sımsıkı sardığının farkındaydım. Yüzünde sakin ve sabırlı bir ifade vardı.

"Ben, şey, bilmiyorum Jake."

Jacob düşmanca davranmayı bir kenara bırakmıştı. Sanki Edward'ın orada olduğunu unutmuş gibiydi. "Seni her gün özlüyorum Bella. Sensiz hiçbir şey aynı değil."

"Biliyorum, üzgünüm Jake, ben sadece..."

Kafasını salladı ve derin bir nefes aldı. "Biliyorum. Önemli değil, tamam mı? Elbet bir şekilde atlatırım. Kimin arkadaşa ihtiyacı var ki?" Yüzünü buruşturmuş, bu sözlerle acısını saklamaya çalışıyordu.

Jacob'ın acı çekmesi, benim koruyucu yanımı her zaman harekete geçirirdi. Aslında bu çok da gerçekçi değildi çünkü Jack'in benim fiziksel korumama ihtiyaç duyması olası değildi. Ona uzanmak için can atsam da, Edward, kollarımı kendi kollarının altında hapsetmişti. Jacob'ın iri sıcak belini, sessiz bir kabul ediş ve tesselliyle sarmak istedim.

Edward'ın koruyucu kolları beni zapt ediyordu.

"Yeter. Hadi sınıfa," diye seslendi sert bir ses arkamızdan. "Çekilin, Bay Crowley."

"Hadi okula Jake," diye fısıldadım, müdürün sesini duyar duymaz endişelenmiştim. Jacob Quileute okuluna gidiyordu ama gene de izinsiz girmekten başı derde girebilirdi.

Edward beni serbest bıraktı, elimi tuttu ve beni tekrar arkasına çekti.

Bay Greene, seyircileri yara yara geliyordu, gözlerini öyle kısmıştı ki, kaşları aşağıya düşmüş gibi görünüyordu.

"Ciddiyim," dedi tehdit eder gibi. "Tekrar arkama döndüğümde eğer hâlâ birileri izliyor olursa, cezalandırılacaktır."

Cümlesini bitirir bitirmez seyirciler dağılmaya başladı.

"Ah, Bay Cullen. Bir sorunumuz mu var?"

"Hayır, Bay Greene. Sadece sınıfımıza gidiyorduk."

"Harika. Arkadaşınızı tanıyamadım." Bay Greene, Jacob'a dik dik bakıyordu. "Yeni bir öğrenci misiniz?"

Bay Greene dikkatle Jacob'ı inceliyordu, onun da, diğer öğrenciler gibi, aynı sonuca vardığının farkındaydım; o tehlikeydi. Bir baş belası.

"Hayır," dedi Jacob, yılışıkça sırıtarak.

"Öyleyse, ben polisi aramadan okul arazisinden çıkmanızı öneririm."

Jacob'ın sırıtışı kocaman bir gülümsemeye dönüştü, bunun nedeni, aklında Charlie'yi onu tutuklarken hayal etmiş olmasıydı. Bu gülümseme öylesine tatsız ve alaycıydı ki, bu ondan görmeye alışık olduğum türden bir gülüş değildi.

Jacob "Emredersiniz, efendim," dedi ve motosikletine binmeden önce asker selamı verdi. Motor büyük bir gürültüyle çalıştı ve sonra da lastiklerden çıkan tiz sesle hızla döndü. Jacob bir-iki saniye içerisinde görüş mesafesinden çıkmıştı.

Bay Greene, onun sergilediği bu gösteriyi dişlerini gıcırdatarak izlemişti.

"Bay Cullen, umarım arkadaşınıza bir daha buraya izinsiz girmemesini söylersiniz."

"O benim arkadaşım değil, Bay Greene ama uyarınızı ona ileteceğim."

Bay Greene dudaklarını büzdü. Edward'ın mükemmel notları ve tertemiz sicili, Bay Greene'in bu olayı farklı algılamasına neden olmuştu. "Anlıyorum. Eğer endişelendiğiniz bir sorun varsa, sadece bana..."

"Endişe edilecek bir sorun yok, Bay Greene. Ortada bir sorun yok."

"Umarım doğrudur. Öyleyse, sınıflara. Siz de öyle Bayan Swan."

Edward başıyla onayladı ve beni çekiştirdi. İngilizce bölümüne doğru gitmeye başladık.

"Derse girecek kadar iyi hissediyor musun?" diye fısıldadı müdürün yanından geçerken.

"Evet," dedim. Gerçi bunun doğru olup olmadığından emin değildim.

Şu an en önemli sorunun İyi olup olmamam olduğunu sanmıyordum. Edward ile hemen konuşmalıydım ve İngilizce dersi kafamda planladığım konuşma için pek de uygun değildi.

Fakat Bay Greene hemen arkamızdayken çok da fazla seçim şansımız yoktu.

Biraz gecikerek de olsa derse yetişebilmiştik, hemen sıralarımıza geçtik. Bay Berty, Frost'un bir şiirinden bahsediyordu. Sınıfa girişimizi görmezden gelmişti, temposunu bozmaya hiç niyeti yoktu.

Not defterinden bir sayfa koparttım ve yazmaya başladım. El yazım, içinde bulunduğum ruh halinden dolayı daha da okunaksız bir hale gelmişti.

Neler oldu? Bana <u>her şeyi</u> anlat. Ve bu koruma işini de bir kenara bırak artık, lütfen.

Notu Edward'a uzattım. İç geçirdi ve cevap yazmaya koyuldu. Kâğıdı bana geri uzattı. Yazması benden kısa sürmüştü ama özel el yazısıyla yazdıkları bir paragraf tutmuştu.

Alice, Victoria'nın geri geldiğini gördü. Ben de önlem olarak seni şehir dışına çıkardım. Senin yakınlarına gelme gibi bir ihtimali yoktu. Emmett ve Jasper onu yakalamaya çok yaklaşmışlar ama görünüşe göre Victoria'nın bir çeşit kaçabilme içgüdüsü var. Doğruca, sanki haritada elini koymuşçasına, Quileute sınırına doğru kaçmış. Quileuteler işin içine girince de Alice'in yetenekleri işe yaramaz hale gelmiş. Dürüst olmak gerekirse, bizler içeri girememişiz ama Quileuteler onu yakalayabilirlermiş. Büyük gri bir kurt, Emmett'in sınırı geçtiğini düşünmüş ve saldırgan davranmış. Elbette ki Rosalie buna tepki vermiş ve arkadaşlarını korumak için herkes takibi bırakmış. Her şey kontrolden çıkmadan evvel Carlisle ve Jasper ortamı sakinleştirmişler. Fakat o arada Victoria kaçıp gitmiş. Her şey bundan ibaret.

Notu okurken kaşlarımı çatmıştım. Hepsi işin içindeydi; Emmett, Jasper, Rosalie ve Carlisle. Bahsetmemişti ama belki Esme bile bu işe karışmıştı. Sonra Paul ve diğer Quileute sürüsü de vardı. Bu olay kolayca bir savaşa dönüşebilirdi, gelecekteki ailem ve eski arkadaşlarım birbirlerine karşı mücadele edebilirlerdi. İçlerinden biri yaralanabilirdi. Kurtların ne kadar tehlikeli olabileceğini tahmin edebiliyordum. Minik Alice'in o devasa kurtlardan biriyle dövüştüğünü düşünmek...
Ürpermiştim.

Tüm paragrafı dikkatlice sildikten sonra tekrar yazdım.

Peki ya Charlie? Onun peşinde de olabilirdi.

Ben yazmayı bitirmeden önce Edward hayır anlamında başını salladı, belli ki Charlie'nin tarafında bir tehlike yoktu.

Elini uzatmış bekliyordu ama onu görmezden geldim ve tekrar yazmaya başladım.

Onun ne düşündüğünü bilemezsin çünkü burada değildin. Florida'ya gitmek gerçekten kötü bir fikirdi.

Kâğıdı elimin altından aldı.

Seni yalnız başına göndermek ihtimal dahilinde bile değildi. Sende bu şans varken kara kutu bile bulunamazdı.

Kastettiğim bu değildi; onsuz gitmeyi aklımdan bile geçirmemiştim. Demek istediğim beraber, bir arada kalmamızdı. Fakat bu cevabı biraz ilgimi dağıtmıştı ve biraz da kızmıştım. Sanki bindiğim uçak düşmeden seyahat edemeyecektim. Çok komik.

Pekâlâ, diyelim ki benim kötü şansım uçağı düşürdü. O zaman sen bu konuda ne yapabilirdin?

Neden uçak kaza yapsın ki?

Gülümsemesini saklamaya çalıyordu.

Pilotlar alkolden sızdılar diyelim.
Çok kolay. Uçağı ben sürerdim.

Tabii ya. Dudaklarımı büktüm ve tekrar denedim.

Her iki motoru da yandı ve daireler çizerek düşüyoruz.

Yere yeterince yaklaşmamızı beklerdim, sonra seni kaptığım gibi duvarı parçalar ve aşağı atlardım. Daha sonra seni kaza mahalline geri getirirdim ve ikimiz etrafta sekerek dolaşırken tarihin en şanslı kazazedeleri ilan edilirdik.

Ağzım açık ona bakakalmıştım.
"Ne oldu?" diye fısıldadı.
Başımı hayretle salladım. "Hiç," diyebildim sadece.
Bu kaygı verici yazışmayı sildim ve bir cümle daha yazdım.

Bir dahakine bana <u>söyle</u>.

Bunun bir daha olacağından emindim. Her zaman olduğu gibi, bu biri kaybolana kadar devam edecekti.
Edward uzun bir süre gözlerime baktı. Yüzümün neye benzediğini merak etmiştim, üşüyordum ve kan henüz yanaklarıma ulaşmamıştı. Kirpiklerim de hâlâ ıslaktı.

İç geçirdikten sonra, evet dercesine başını salladı.
Teşekkürler.

Kâğıt elimin altından kaybolmuştu. Yukarı baktığımda hayretle gözlerimi kırptım çünkü Bay Berty tepemde durmuş, bana bakıyordu.

"Bizimle paylaşmak istediğiniz bir şey mi var, Bay Cullen?"

Edward masumca baktı ve kitaplarının üzerinde bulunan kâğıdı uzattı. "Benim notlarımda mı?" diye sordu, oldukça şaşkın görünüyordu.

Bay Berty kâğıdı hızlıca gözden geçirdi, dersinin mükemmel bir kopyasının kâğıda aktarılmış olduğuna şüphe yoktu. Sonra kaşlarını çatıp tahtaya geri döndü.

***

Günün ilerleyen saatlerinde, Edward ile almadığım tek ders olan matematik dersinde birilerinin bugünden bahsettiğini duydum.

"Benim param esmer çocuğa," dedi biri.

Gizlice baktığımda, Tyler, Mike, Austin ve Ben'in kafa kafaya vermiş derin bir konuşmada olduklarını gördüm.

"Evet," diye fısıldadı Mike. "Jacob denen çocuğun cüssesini gördünüz mü? Bence o Cullen'ı devirir." Mike bu düşünceden oldukça memnun olmuşa benziyordu.

"Hiç sanmıyorum," dedi Ben. "Edward'da bir şeyler var. O her zaman...kendine güvenen biri oldu. İçimden bir ses onun üstesinden gelebileceğini söylüyor."

"Ben'e katılıyorum," dedi Tyler. "Hem diğer çocuk Edward'ın canına okursa, biliyorsunuz, ağabeyleri de bu işe dahil olacaktır."

"Son günlerde hiç La Push'a gittin mi?" diye sordu Mike. "Lauren ve ben, birkaç hafta evvel oradaki sahile gittik. İnanın Jacob'ın arkadaşları da en az onun kadar iri."

"Ya," dedi Tyler. "Çok kötü çünkü hiçbir olay olmadı. Ve biz asla nasıl sonuçlanacağını bilemeyeceğiz."

"Bana pek öyle gelmedi," dedi Austin. "Belki de öğreniriz."

Mike hınzırca gülümsedi. "Kim iddiaya girmek ister?"

"Jacob için bir onluk," dedi Austin birdenbire.

"Bir onluk Cullen için," dedi Tyler.

"Bir onluk Edward için," diyerek Ben de bahse katıldı.

"Jacob," dedi Mike.

"Hey çocuklar, olayın nedenini biliyor musunuz?" dedi Austin merakla. "Bu bahisleri etkileyebilir."

"Tahmin edebiliyorum," dedi Mike ve aniden bana dönüp baktı, hemen ardından Ben ve Tyler'ın bakışları da bana çevrildi.

Yüz ifadelerine bakınca, hiçbirinin onları dinleyebilecek bir mesafede olduğumu fark etmediklerine emindim. Hepsi hemen yüzlerini çevirdiler ve masalarının üzerindeki kâğıtları karıştırmaya başladılar.

"Hâlâ Jacob diyorum ben," diye mırıldandı Mike gizlice.

4. DOĞA

Kötü bir hafta geçirmiştim.

Aslında hiçbir şeyin tam olarak değişmediğini biliyordum. Tamam, Victoria pes etmemişti ama gerçekten de, zaten bir an bile olsun pes edeceğini düşünmüş müydüm? Tekrar ortaya çıkacağını biliyordum. Bu yeni bir endişe değildi.

Teoride endişelenmemek pratikten daha basitti.

Mezuniyet günüme sadece birkaç hafta kalmıştı, böyle oturup bir sonraki felaketi beklemek biraz aptalca değil miydi? Görünüşe göre insan olmak çok tehlikeliydi, resmen tehlikeye davetiye çıkarmaktı. Benim gibi birinin insan olarak kalmaması gerekiyordu.

Ama kimse beni dinlemezdi.

Carlisle şöyle demişti, "Biz yedi kişiyiz Bella. Hem yanımızda Alice gibi bir yetenek var, Victoria'nın bizi savunmasız yakalayacağını hiç sanmıyorum. Bence, Charlie için plana sadık kalmamız önemli."

Esme şöyle demişti, "Sana bir şey olmasına asla izin vermeyiz, tatlım. Bunu biliyorsun. Lütfen endişelenme." Sonra da beni alnımdan öpmüştü.

Emmett şöyle demişti, "Edward seni öldürmediği

için öyle mutluyum ki. Seninle birlikte her şey çok eğlenceli."

Rosalie ona sert bir bakış atmıştı.

Alice gözlerini devirmişti ve şöyle demişti, "Alınıyorum ama. Gerçekten bunun için *endişelenmiyorsun*, değil mi?"

"Eğer büyük bir sorun değilse, Edward neden beni Florida'ya sürükledi?" diye ısrarla sormuştum.

"Belki henüz fark etmedin Bella ama Edward birazcık aşırı tepki vermeye meyilli biri, değil mi?"

Jasper, sessizce bedenimdeki tüm endişeyi ve gerilimi, duygusal atmosferi kontrol ederek ortadan kaldırmıştı. Endişelerimden tekrar kurtulduğumu hissetmiş ve çaresiz yalvarışlarımı teselli etmelerine izin vermiştim.

Tabii ki, bu sakinlik, Edward'la ben odadan dışarı çıkar çıkmaz sona ermişti.

Sonuç olarak ortak fikir, peşimdeki, beni öldürmeye niyetli vampiri umursamamam yönündeydi. Hayatıma devam etmeliydim.

Ben de öyle yapmaya çalıştım. Ama şaşırtıcı biçimde, halletmeye çalıştığım diğer şeyler de en az o kadar sıkıntı vericiydi. Ayrıca beni nesli tükenen canlılar sınıfına sokan "durumum" hâlâ aynıydı...

Çünkü Edward'ın karşılığı her zaman aynı şekilde, sinir bozucu oluyordu. "Bu senin ve Carlisle'nin arasında," demişti. " Tabii ki, sen ve benim aramdaki bu bağı kurmak için ne kadar istekli olduğumu biliyorsun. Ama şartımı da biliyorsun." Ve tatlı tatlı gülümsedi.

Ah. Bu koşulu çok iyi biliyordum. Edward, ne zaman istersem beni kendisi gibi yapabileceğine söz vermişti...tabii önce onunla *evlenmem* gerekiyordu.

Bazen aklımı okuyamamasının sadece bir numara olup olmadığını merak ediyordum. Yoksa direttiği bu koşul, benim için nasıl bu kadar sorun olabilirdi ki? O tek koşul bana engel oluyordu.

Her şeyiyle kötü bir haftaydı. Ve bugün de en kötü günüydü.

Edward'ın uzakta olduğu her gün kötüydü. Bu hafta, Alice'in öngörülerinde kayda değer bir şey yoktu ve bu yüzden ben de kardeşleriyle ava gitmesi konusunda ısrarcı olmuştum. Kolay ve çok uzaklaşmasına gerek bırakmayan avların onun için ne kadar sıkıcı olduğunu biliyordum.

"Git ve eğlen," demiştim ona. "Benim için birkaç dağ aslanı yakala."

Ona, gittiği zamanlarda her şeyin benim için ne kadar zor olduğunu asla söylemezdim. Tüm o terk edilme kâbusları yeniden hortluyordu. Eğer bunu öğrenirse, perişan olurdu ve çok gerekli bile olsa, beni yalnız bırakmaya korkardı. İtalya'dan ilk döndüğü zamanlarda böyleydi. Altın rengi gözleri, duyduğu susuzluktan dolayı siyaha dönmüştü. Bu yüzden yüzüme cesur bir ifade yerleştirmiş, Emmett ve Jasper ile gitmesi için onu adeta kapı dışarı etmiştim.

Sanırım o zaman aklımdan geçeni anlayabilmişti. Birazcık. Bu sabah, yastığımın üzerine benim için bıraktığı bir not bulmuştum.

Çok yakında döneceğim, beni özlemeye vaktin bile olmayacak. Kalbime iyi bak, seninle birlikte bıraktım.

Önümde bomboş bir cumartesim vardı ama sadece Newton's Olympic Outfitter'da sabah mesaisine kalmam gerekecekti. Ve tabii bir de Alice'den kolayca söz almıştım.

"Avlanma için eve yakın bir yerlerde olacağım. Bana ihtiyacın olursa, sadece on beş dakikalık bir mesafede olacağım. Her ihtimale karşın gözüm üzerinde olacak."

Bunun anlamı şuydu; sakın gülünç bir şeyler yapmaya kalkma çünkü Edward gitti.

Alice, kamyonetimi bozma konusunda en az Edward kadar yetenekliydi.

İşe iyi tarafından bakmaya çalıştım. İşten sonra, Angela ile önceden planladığımız gibi davetiyelerini yollamasına yardım edecektim ve bu kafamın dağılmasına yardımcı olabilirdi. Edward'ın olmadığı zamanlarda Charlie'nin havası yerinde oluyordu, bu yüzden onla da vakit geçirebilirdim. Acaba ona soracak kadar zavallılaşırsam, Alice gece benimle kalır mı, diye merak ediyordum. Zaten sonraki gün de Edward eve gelirdi. Böylece bugünü de bu şekilde atlatabilirdim.

Erkenden güne başlamak istemediğim için kahvaltımı yavaşça yedim, ağzıma her defasında bir kaşık gevrek attım. Sonra bulaşıkları yıkadım ve buzdolabının üzerindeki mıknatısları düz bir çizgi halinde yan yana dizdim. Belki de, bende saplantılı zorlanımlı kişilik bozukluğu vardı.

Son iki mıknatıs yaptığım düzene bir türlü uymuyordu. İkisinin de kutupları aynıydı, bu yüzden ne zaman diğerleriyle yan yana koymaya çalışsam, mutlaka biri yere düşüyordu.

Bir nedenle – belki de delirdiğimden – bu beni fena halde rahatsız ediyordu. Neden doğru düzgün durmuyorlardı ki? Saçma bir inatla, sanki bir anda normale dönebilirlermiş gibi yan yana dizme çabama devam ettim. İçlerinden birini çevirdiğimde hile yapıyormuşum gibi hissetmiştim. Nihayet mıknatıslardan çok kendime sinirlendim ve hepsini alıp avucumda topladım. Biraz çabalayarak, ki epeyce karşı koymuşlardı, en nihayetinde onları yan yana tutmayı başardım.

"Nasılmış," dedim yüksek sesle, evet, hareket etmeyen nesnelerle konuşmak hayra alamet değildi. "O kadar da zor değilmiş ha?"

Orada bir süre bir aptal gibi durdum, bilimsel gerçeklerin sürekliliğine inanmadığımı kabul etmeye hazır değildim. Sonra iç geçirdim ve mıknatısları tekrar buzdolabının üzerine koydum.

"Bu kadar inatçı olmaya gerek yok," dedim kendi kendime mırıldanarak.

Daha çok erkendi ama tekrar hareketsiz nesnelerle konuşmaya başlamadan önce dışarı çıkmaya karar verdim.

İşyerine gittiğimde Mike koridoru paspaslıyor, annesi de yeni ürünlere yer açmak için tezgâhı düzenliyordu. Onları bir tartışmanın tam ortasında yakalamıştım, öyle ki, orada olduğumun farkına bile varmamışlardı.

"Fakat bu Tyler'ın gidebileceği tek zaman," dedi Mike şikâyetçi bir ses tonuyla. "Demiştin ki, mezuniyetten sonra – "

"Beklemek zorundasınız," diye tersledi Bayan Newton. "Sen ve Tyler yapacak başka bir şeyler düşünseniz iyi olur. Polis orada neler olduğunu bulana kadar Seattle'a gidemezsiniz. Beth Crowley'nin de Tyler'a aynı şeyi söylediğini biliyorum, o yüzden beni sanki her şeyin suçlusuymuşum gibi gösterme – Ah, günaydın Bella," dedi aniden benim varlığımı fark ederek, sesi birden canlanmıştı. "Erkencisin."

Karen Newton, spor ekipmanları bölümünde yardım istemeyi düşünebileceğim son insandı. Mükemmel şekilde parlayan sarı saçları, zarif bir biçimde ensesinden toplanmış, ayak tırnakları da tıpkı el tırnakları gibi işinin erbabı biri tarafından boyanmıştı. Ayağındaki yüksek ökçeli çapraz bantlı ayakkabı dikkate alınırsa, yürüyüş botları konusunda pek yardım edebilecek birine benzemiyordu.

"Kırmızı yandı, artık durun," diyerek bir espri yapmaya çalıştım ve parlak turuncu korkunç önlüğümü tezgâhın altından çıkardım. Bayan Newton'ın bu Seattle seyahati için Mike kadar mücadeleye hazır oluşu beni şaşırtmıştı. Mike'ın izin almayı başaracağını sanmıştım.

"Şey, ee..." Bayan Newton bir an tereddüt etti, önünde bir yığın el ilanı vardı ve onlarla uğraşıyordu.

Önlüğüm elimde, bir an için durdum. Bu bakışı biliyordum.

Bu yaz onlarla çalışmayacağımı Newtonlar'a söylemiştim – onları yılın en yoğun oldukları zamanda terk edecektim – bu yüzden onlar da Katie Marshall'ı benim yerimi almak üzere eğitmeye başlamışlardı. İkimize de aynı anda maaş verebilecek durumları yoktu ve bugün sadece birkaç müşteri olacağa benziyordu...

"Ben arayacaktım," dedi Bayan Newton ve devam etti, "Sanırım bugün çok fazla yapman gereken iş olmayacak. Sanırım Mike ve ben idare edebiliriz. Seni erkenden kaldırıp buraya getirttiğim için üzgünüm..."

Sıradan bir gün olsaydı, bu olaya sevinirdim. Ama bugün...sevinmemiştim.

"Tamam," dedim ve bir iç geçirdim. Omuzlarım düşmüştü. Peki bugün ne yapacaktım?

"Bu adil değil anne," dedi Mike. "Eğer Bella çalışmak istiyorsa – "

"Hayır, sorun değil Bayan Newton. Gerçekten Mike. Çalışmam gereken sınavlarım ve yapmam gereken işler var..." Zaten tartışıyorlardı ve ben de aile içindeki bir başka anlaşmazlığa sebep olmak istemiyordum.

"Teşekkürler Bella. Mike, dördüncü koridoru unutmuşsun. Şey, Bella, çıkarken bu ilanları da çöpe atar mısın? Bunları bırakan kıza tezgâhın üzerine koyacağımı söylemiştim ama gerçekten hiç boş yerim yok."

"Tabii, sorun değil." Önlüğümü bıraktım, ilanları kolumun altına tıktım ve sisli yağmura doğru yürümeye başladım.

Çöp kutusu, Newtonlar'ın mağazasının hemen yanında, çalışanlar için ayrılmış parkın hemen yanındaydı. Ayaklarımı huysuzca çakıl taşlı yolda sürüyerek ilerledim. Tam parlak sarı kâğıtları çöpe fırlatmak üzereydim ki, ilanın başlığı gözüme takıldı. Özellikle gördüğüm bir kelime bütün ilgimi ona vermeme neden olmuştu.

Sıkı sıkı tuttuğum ilanların üzerindeki resme ve altındaki başlığa bakıyordum. Boğazımda bir şeylerin düğümlendiğini hissettim.

OLYMPİC KURDUNU KURTARIN

Bu kelimelerin altında, çam ağaçlarının önünde çizilmiş, kafası geride aya doğru uluyan bir kurt resmi yer alıyordu. Bu resim kaygı vericiydi çünkü kurdun hüzünlü duruşu onun sahipsiz gibi görünmesine neden olmuştu. Sanki acı içerisinde uluyor gibiydi.

Kamyonetime koşarken ilanlar hâlâ kolumun altındaydı.

On beş dakika, sahip olduğum tüm zaman buydu. Ama bu kadarı yeterdi. La Push'a gitmem on beş dakika alırdı ve şehre varmadan önce beş dakikada da sınırı geçebilirdim.

Kamyonetim hiç sorun çıkarmadan çalıştı.

Alice beni bunu yaparken görmüş olamazdı çünkü bunu planlamamıştım. Ani bir karar! Elimden geldiğince hızlı hareket ettim, ilerde bu zamana ihtiyacım olacaktı.

Aceleyle ilanları fırlattığım için ön koltukta dağılmış bir halde duruyorlardı. Sarı arka plan üzerinde kalın kalın yazılmış başlıklar ve uluyan kurtlar her yerdeydi.

Hızla anayoldan aşağı indim ve sileceği açıp ön camları temizlerken antika aracın çıkardığı gürültüyü duymazdan geldim. Elli beş ile giderken arabanın sorun çıkarmaması için yalvarırdım, şimdi ise dua etmekten başka çarem yoktu.

Sınırda olduğuma hiç şüphe yoktu. La Push'un dışındaki ilk evi geçtiğim an kendimi güvende hissettim. Bu mesafe, Alice'in takip edebileceğinin ötesinde olmalıydı.

Öğleden sonra Angela'ya gittiğimde onu arayabilir ve iyi olduğumu söyleyebilirdim. Onu heyecanlandırmanın bir anlamı yoktu. Benim için endişelenmesine gerek yoktu çünkü zaten Edward dönünce ikisinin yerine de fazlasıyla sinirlenecekti.

Soluk kırmızı evin önünde gıcırtıyla durduğumda kamyonetimden feci bir vızıltı geldi. Bir zamanlar sığındığım bu eve bakarken boğazımda bir şeyler düğümlenmişti. Buraya son gelişimin üzerinden çok zaman geçmişti.

Daha ben motoru kapatmadan Jacob kapıda belirmişti bile, yüzündeki boş ifadeden şaşırmış olduğunu anlamıştım.

Kamyon aniden büyük bir gürültü çıkardı ve sustu. Jacob'ın bağırdığını güçlükle duyabilmiştim.

"Bella?"

"Nasılsın Jake?"

"Bella!" diye bağırdı tekrar, yüzünde sıcacık bir

gülümseme belirmişti. Dişleri, koyu tenine tezat bir şekilde bembeyaz parlıyordu. "Buna inanamıyorum!"

Hemen kamyonete koştu ve açık kapıdan beni sürüklercesine indirdi, sonra ikimiz birden çocuklar gibi neşe içinde zıplamaya başladık.

"Buraya nasıl geldin?"

"Gizlice!"

"Harika!"

"Selam Bella!" Billy bu şamatanın nedenini öğrenmek için kapıya çıkmıştı.

"Selam Bil..."

Jacob bana öyle sıkı sarılmış ve döndürmüştü ki, nefesim aniden kesilir gibi olmuştu.

"Vaay, seni burada görmek çok güzel!"

"Ben nefes...alamıyorum," dedim, güçlükle konuşabilmiştim.

Güldü ve beni kucağından indirdi.

"Tekrar hoş geldin, Bella," dedi gülümseyerek. Söyleme şeklinden eve hoş geldin demek istediğini anlamıştım.

Evde oturamayacak kadar heyecanlı olduğumuzdan yürümeye başladık. Jacob normal olarak çok hızlı yürüyordu, bu yüzden ona birkaç defa bacaklarımın onunki kadar uzun olmadığını hatırlatmak zorunda kalmıştım.

Yürüdükçe, Jacob'la beraber olmaktan zevk alan benliğimin diğer yanının iyice su yüzüne çıkmaya başladığını hissediyordum. Daha genç ve daha sorumsuzdum. Kendimi zaman zaman sebepsiz yere aptalca şeyler yapan biri gibi hissediyordum.

Coşkumuz uzun bir süre devam etti; neler yaptığımızdan ve nasıl olduğumuzdan bahsettik. Sonra ona, beni buraya hangi rüzgârın attığından söz ettim. Tereddütle el ilanını anlatmaya başladığımda ise, bütün şaşkınlığıma rağmen Jacob'ın kahkahaları ağaçların arasında yankılandı.

Yavaş yürüyüşümüz, deponun arkasından çalılıklara doğru uzandı sonra da First Beach'ten dönerek bir daire çizmiş olduk. Ayrı düşmemizin arkasındaki sebepleri tartışmak için henüz çok erkendi. Hem zaten arkadaşımın yüzüne baktıkça, takındığı acı maske çok tanıdık gelmeye başlamıştı.

"Yani tam olarak nedir bu hikâye?" diye sordu Jacob. Bunu sorarken yolunun üzerindeki ağaç dalını haddinden güçlü bir biçimde tekmelemişti. Dal kumsala doğru fırladı, sonra da kayaların üzerine çarpıp durdu. "Demek istediğim, son görüştüğümüz zamandan beri...şey yani bilirsin...." Konuşmaya çalışıyordu. Derin bir nefes aldı ve tekrar denedi. "Her şey onun gittiği zamanki haline mi döndü? Onun bütün yaptıklarını affettin mi?"

Derin bir soluk aldım. "Affedilecek bir şey yoktu."

Bu kısmı geçmek istiyordum; ihanetler, suçlamalar... ama bir yere varabilmemiz için öncelikle bunlardan bahsetmemiz gerektiğinin de farkındaydım.

Jacob sanki limon yemişçesine yüzünü buruşturdu. "Keşke, geçen eylülde Sam seni bulduğunda resmini çekmiş olsaydı. Delil olarak kullanılabilirdi."

"Kimse kimseyi yargılamıyor."

"Belki de yargılamalı."

"Eğer sebebini bilseydin, sen bile gittiği için onu suçlamazdın."

Birkaç saniye bana ters ters baktı. "Pekâlâ," dedi meydan okurcasına. "Şaşırt beni."

Bu bitmek bilmeyen kini canımı sıkıyordu, sürekli aynı yarayı kaşıyıp duruyordu. Bana hâlâ kırgın olması canımı yakıyordu. Bu bana, uzun zaman önce geçirdiğimiz o öğleden sonrayı anımsatmıştı; Sam'in ona emrettiği üzere bana arkadaş olamayacağımızı söylemişti. Aklımı toparlamam birkaç saniye sürdü.

"Edward'ın geçen sonbahar beni terk etmesinin nedeni, benim bir vampirle olmamam gerektiğini düşünmesiydi. Bu yüzden de beni terk etmenin daha doğru olduğuna karar vermişti."

Jacob, bu söylediklerime biraz geç tepki verdi. Bir dakika boyunca söylediklerimi kafasında tarttı. Fakat söylemek için her ne planladıysa, son anda bunu söylemekten vazgeçmişti. Edward'ın bu kararı almasına neden olan asıl şeyi bilmediği için memnun olmuştum. Eğer Jasper'ın beni öldürmeye çalıştığını öğrenseydi, yapabileceklerini hayal bile edemezdim.

"Geri geldi ama, değil mi?" dedi Jacob mırıldanarak. "Kararına bağlı kalmaması çok kötü."

"Hatırlarsan, gidip onu getiren bendim."

Jacob, bir dakika boyunca gözlerini dikip bana baktıktan sonra gözlerini kaçırdı. Yüzü gevşemişti ve ses tonu da daha sıcaktı.

"Bu doğru. Asla tüm hikâyeyi öğrenme fırsatım olmadı. Neler olmuştu?"

Anlatıp anlatmamak arasında kalmıştım, dudaklarımı kemiriyordum.

"Bu bir sır mı?" Bu sözleri alay edercesine söylemişti. "Bana söylemene izin yok mu?"

"Hayır," dedim hemen. "Sadece uzun bir hikâye."

Jacob küstahça gülümsedi, sonra da onu takip edeceğimi umarak sahile doğru yürümeye başladı.

Jacob böyle davranmaya devam edecekse, bu buluşmanın hiç de eğlenceli geçeceğini sanmıyordum. Onu izlemeye başladım, arkamı dönüp gitmeli miydim, emin değildim. Eve döndüğümde Alice ile yüzleşmem gerekecekti... Sanırım acele etmeme hiç gerek yoktu.

Jacob, tanıdık, devasa bir ağaca doğru yürümeye başladı. Ağaç, tüm dalları ve kökleriyle birlikte bembeyazdı, kumsalın içine, karaya oturmuştu. Bu bizim ağacımızdı.

Jacob, ağacın köklerinden birinin üzerine oturdu, sonra da benim de oturmam için yanındaki yere eliyle vurdu.

"Benim için uzun bir hikâye olmasının mahsuru yok. Aksiyon var mı?"

Yanına otururken gözlerimi devirdim. "Biraz aksiyon var," dedim.

"Aksiyon olmadan gerçek bir korku hikâyesi olmazdı."

"Korku mu?" dedim küçümseyici bir ses tonuyla. "Söylediklerimi, arkadaşlarım hakkında kaba yorumlar yaparak mı dinleyeceksin?"

Görünmez bir anahtarla ağzını kilitliyormuş gibi yaptıktan sonra omzunun üzerinden anahtarı fırlattı.

Gülümsememeye çalıştıysam da başarılı olamamıştım.

"Senin de dahil olduğun kısmından başlamak zorundayım." Bu şekilde anlatmanın daha doğru olacağına karar vermiştim. Anlatmaya başlamadan önce tüm hikâyeyi aklımda sıraladım.

Jacob elini kaldırdı.

"Konuş."

"Neden o zamandan başlaman gerektiğini anlamadım."

"Evet, neyse, bu biraz karmaşık, o yüzden dikkatini ver. Alice'in nasıl *gördüğünü* biliyor musun?"

Kaşlarını çattı. Kurtlar, efsanelerde anlatılan vampirlerin doğa üstü yeteneklere sahip olması hikâyesinin doğru olmasına pek de heyecanlanmıyorlardı. Anlatmaya devam ettim ve Edward'ı İtalya'da nasıl kurtardığımı anlattım.

Olanları olabildiğince özetleyerek anlatmış, önemsiz ayrıntıların hepsini atlamıştım. Jacob'ın tepkisini anlamaya çalışıyordum. Benim ölüm haberimi alan Edward'ın kendini öldürmeye karar verdiğini gören Alice'i anlattığım andan beri suratında esrarengiz bir ifade oluşmuştu. Hikâyemi anlatırken Jacob'ın yüzünde oldukça düşünceli bir ifade olduğundan dinleyip dinlemediğine pek emin olamıyordum. Sözümü sadece bir defa kesti.

"O medyum kan emici bizi göremiyor mu?" diye haykırdı, yüzü hem vahşi hem de neşeli görünüyordu. "Cidden mi? Bu *muhteşem!*"

Dişlerimi sıktım ve sessizce oturmaya devam ettim,

yüz ifadesinden devam etmemi beklediğini anlayabiliyordum. Bir hata yaptığını fark edene kadar gözlerimi ayırmadan ona baktım.

"Ahh!" dedi. "Üzgünüm." Bir kez daha dudaklarına kilit vurdu.

Volturi kısmına geçtiğimde yüz ifadesi daha anlaşılabilir bir hale gelmişti. Çenesi kasılmış, tüyleri diken diken olmuş ve burun delikleri büyümüştü. Ayrıntılara girmeden, sadece Edward'ın bu sorunu çözdüğünü söylemiş, ona verdiğimiz sözden ya da beklediğimiz ziyaretten bahsetmemiştim. Jacob'ın benim kâbuslarıma ihtiyacı yoktu.

"Şimdi tüm hikâyeyi biliyorsun," dedim en sonunda. "Artık konuşma sırası sende. Ben annemleyken sen neler yaptın?" Jacob'ın Edward'dan daha fazla ayrıntı vereceğini biliyordum. Beni ürkütmekten çekinmiyordu.

Ani bir hareketle öne eğildi. "Ben, Embry ve Quil, cumartesi gecesi olağan devriyelerimizden birini yapıyorduk ve sonra aniden – baaam!" Bir patlamayı anlatmak için kollarını birdenbire havaya kaldırmıştı. "Taze bir iz vardı, daha sadece on beş dakikalıktı. Sam, onu beklememizi istemişti ama gittiğinden haberim yoktu ayrıca senin kan emicilerin sana göz kulak olmaya devam edip etmediğini de bilmiyordum. Bu yüzden onu son hızla takip etmeye başladık fakat biz onu yakalayamadan o sınırı geçti. Sınır boyunca dağıldık, tekrar geri gelmesini umuyorduk. Gerçekten de çok sinir bozucu bir durum olduğunu senden saklamayacağım." Başını salladı, sürüye katıldığı günden bu yana uzattığı saçları gözlerinin önüne geldi. "Güney ucuna kadar gittik. Cullenlar da onu takip ediyordu, bizim taraftan sadece yirmi beş kilometre kadar uzaktaydılar. Eğer nerede bekleyeceğimizi bilseydik, bu mükemmel bir pusu olabilirdi."

Yüzünü buruşturarak hayıflandı. "Fakat iyice tehlikeli bir hal almıştı. Sam ve diğerleri biz daha ulaşamadan onu köşeye sıkıştırmıştı fakat o, sınır boyunca bir o yana bir bu yana gidiyordu. Ve seninkiler de sınırın diğer tarafındaydı. Şu iri olanın adı neydi..."

"Emmett."

"Evet, o. Ona bir hamle yaptı ama o kızıl kafa cidden hızlıydı. Onun tam arkasındaydı ve neredeyse Paul ile çarpışacaklardı. Şey, Paul....onu biliyorsun."

"Evet."

"Birden konsantrasyonunu kaybetti. Aslında onu da suçlayamıyorum, kocaman kan emiciler tam önünde duruyorlardı. Hemen saldırdı... hey bana öyle bakmaktan vazgeç. Vampirler bizim topraklarımızdaydı."

Devam etmesi için yüzümü toplamaya çalıştım. Her ne kadar sonunu bilsem de, anlattıkları beni öylesine heyecanlandırmıştı ki, tırnaklarımla elimin içini tırmalıyordum.

"Neyse, Paul ıskalayınca iri olan kendi taraflarına geçti. Ama sonra neydi o, şey hani şu sarışın olan..." Jacob'ın yüzünde takdir etmekten uzak, tiksinti dolu bir ifade vardı. Bahsettiği kişi, Edward'ın kız kardeşiydi.

"Rosalie."

"Her neyse işte. O bizim alana girdi, bu yüzden Sam ve ben de, Paul'ün desteğe ihtiyacı olduğunu hissettik. Sonra onların liderleri ve diğer sarışın adam..."

"Carlisle ve Jasper."

Bana öfkeli bir halde baktı. "Biliyor musun, isimleri cidden umurumda değil. Neyse *Carlisle* ve Sam konuşarak ortamı yatıştırmaya çalıştılar. Birdenbire herkes sakinleşti. Şu ismini söylediğin diğeri bize bir şeyler yaptı. Ama yine de, onun yaptığını bildiğimiz halde sakinleşmeyi başardık."

"Nasıl hissettiğini anlıyorum."

"Böyle hissetmek cidden can sıkıcı." Kafasını öfkeyle salladı. "Yani Sam ve vampirlerin başı, öncelikli hedeflerinin Victoria olması konusunda anlaştılar ve tekrar onun peşine düştüler. Carlisle, kokusunu takip edebilmemiz için bize kendi taraflarına geçiş izni verdi. Fakat o kadın, Makah bölgesinin kuzeyindeki sarp kayalıklara doğru gitmeye başladı. Oranın birkaç kilometre uzağında da sahil sınırı başlıyordu. Kadın tekrar denizin üzerinde uçmaya başlamıştı. Şu büyük olan ve sakin olan onu takip etmek için sınırdan geçme izni istediler ama tabii ki hayır dedik."

"İyi. Yani aptalca davranmışsın ama memnunum. Emmett asla yeterince tedbirli davranmaz. Yaralanabilirdi."

Jacob homurdandı. "Yani, hiçbir sebep yokken senin vampirlere saldırdığımızı ve onların tamamen masum olduklarını mı söyle – "

"Hayır," dedim sözünü keserek. "Edward detaylara girmeden aynı hikâyeyi anlattı."

"Ya," dedi nefesini verirken ve eğilip yerden bir çakıl taşı aldı. Hiç güçlük çekmeden taşı koydan yüzlerce metre uzağa fırlattı. "Yani sanırım o dönecek. Bizler de onu yakalamaya çalışacağız."

Ürpermiştim; tabii ki dönecekti. Acaba Edward bir dahaki sefere bunu bana söyler miydi? Hiç sanmıyordum. Gözümü Alice'den ayırmamalıydım, böylece aralarındaki işaretlerden neler olduğunu anlayabilirdim...

Jacob, ürperdiğimi fark etmişe benzemiyordu. Dudak bükmüş, düşünceli bir halde dalgalara bakıyordu.

"Ne düşünüyorsun?" dedim uzun süren bir sessizlikten sonra.

"Bana söylediklerini düşünüyordum. O medyum kızın, seni uçurumdan atlarken görmesini ve intihar ettiğini sanıp her şeyin kontrolden çıkmasını... Farkında mısın, eğer olması gerektiği gibi beni bekleseydin, o zaman o kan emi – *Alice,* seni atlarken göremeyecekti? Hiçbir şey değişmeyecekti. Biz muhtemelen şu anda diğer cumartesi günlerinde yaptığımız gibi garajda olacaktık. Forks'ta başka vampir olmayacaktı, sonra sen ve ben..." Sesi giderek alçaldı ve en sonunda da iyice duyulmaz bir hal aldı.

Onun bu şekilde konuşması can sıkıcıydı, Forks'ta hiç vampir olmamasının iyi bir şey olduğunu kastetmişti. Kalbim, onun aklındaki manzara karşısında acıyla çarptı.

"Edward her koşulda geri dönerdi."

"Bundan emin misin?" diye sordu, Edward'ın adının geçmesi eski kavgacı halini tekrar su yüzüne çıkarmıştı.

"Ayrı olmak...ikimizde de çok işe yaramadı."

Bir şeyler söylemeye çalıştı, yüzündeki ifadeden öfke dolu bir şey söyleyeceği belliydi ama kendisini engelledi ve derin bir nefes alıp sakinleşti.

"Sam'in sana kızgın olduğunu biliyor muydun?"

"Bana mı?" Şaşırmıştım. "Ah, anlıyorum. Buraya gelmediğim için."

"Hayır. O yüzden değil."

"Sorun ne o zaman?"

Jacob başka bir taş almak üzere yere uzandı. Taşı elinde çevirmeye başladı; kısık sesle ve gözünü siyah taştan ayırmadan konuştu.

"Sam seni gördüğünde...yani başlangıçta nasıl olduğunu. Billy onlara, Charlie'nin, iyiye gitmediğin için ne kadar endişelendiğini söylemişti ve sonra sen uçurumdan atladın..."

Surat asmıştım. Anlaşılan kimsenin bana bunu unutturmaya niyeti yoktu. Gözlerime heyecanla baktı. "Senin, Cullenlar'dan, onun kadar nefret etmesi için sebebi olan tek kişi olduğunu düşünüyordu. Sen hayatına...sanki canın yanmamış gibi onları dahil ettiğindeyse, ihanete uğramış gibi hissetti."

Bir an Sam'in böyle hissedebilen birisi olabileceğine inanamadım. Ağzımda acı bir tat oluştu, birazdan söyleyeceklerim her ikisi için de geçerliydi.

"Sam'e şunu söyle, cehennemin – "

"Şuna bak," diyerek sözümü kesti Jacob, inanılmaz bir hızla okyanusa doğru dalışa geçen kartalı gösteriyordu. Kartal son anda kendini durdurdu ve sadece pençeleri, suyun yüzeyine bir an için temas etti. Daha sonra, kanat çırparak pençeleri arasındaki büyük balıkla birlikte uzaklaştı.

"Bunu her yerde görebilirsin," dedi Jacob, sesi birdenbire mesafeli bir hal almıştı. "Doğanın kendi işleyişini; av ve avcıyı, yaşam ve ölümün sonsuz döngüsünü."

Bu doğa dersinin amacının ne olduğunu anlamamıştım ama konuyu değiştirmeye çalıştığını tahmin ediyordum. Fakat daha sonra bana döndüğünde gözlerinde meşum bir mutluluk olduğunu gördüm.

"Ama asla balığı kartalı öpmeye çalışırken göremezsin. *Bunu* asla göremezsin." Alay edercesine gülümsemişti.

Aynı şekilde gülümsedim, ağzımdaki acı tat hâlâ duruyordu. "Belki de balık uğraşıyordur," dedim. "Bir balığın ne düşündüğünü bilmek zordur. Hem bilirsin, kartallar güzel kuşlardır."

"Böyle mi oldu peki?" Sesi birdenbire sert bir şekilde çıkmıştı. "İyi göründüğü için mi?"

"Aptal olma, Jacob."

"O zaman para yüzünden, öyle mi?" diye sordu ısrarla.

"Bu harika," diye söylendim ve ayağa kalktım. "Benim böyle birisi olduğumu düşündüğün için koltuklarım kabardı." Ona sırtımı döndüm ve yürümeye başladım.

"Off, kızma ama." Arkamdan geliyordu; bileğimden yakaladı ve beni çevirdi. "Ciddiyim! Bir çıkmazdayım ve sadece olanları anlamaya çalışıyorum."

Kaşlarını öfkeyle çatmıştı ve siyah gözlerinde gölgeler dolaşıyordu.

"Onu seviyorum. Bunun sebebi zengin ya da yakışıklı olması değil!" Son cümleyi tükürür gibi söylemiştim. "Zengin ya da yakışıklı olmasaydı da onu severdim. Birbirimize o kadar yakınız ki, o, tanıdığım en sevgi dolu, en kendini düşünmeyen, en zeki ve en *düzgün* insan. Tabii ki onu seviyorum. Bunu anlamasının nesi bu kadar zor?"

"Bunu anlamak imkânsız!"
"Lütfen beni aydınlat, Jacob." Sesimde alaycı bir ton vardı. "Bir insanın, diğerini sevmesi için gereken geçerli neden nedir? Görünüşe göre yanlış bir şeyler yapıyorum."
"Sanırım önce kendi türünden birilerine bakarak işe başlamalısın. Normali budur."
"Ama bu çok saçma!" diye cevap verdim. "O zaman sanırım Mike Newton'la olmalıyım."
Jacob geriye doğru bir adım attı ve dudaklarını ısırdı. Sözlerimin onun canını acıttığını görebiliyordum ama kendimi kötü hissedemeyecek kadar kızgındım. Bileğimi bırakıp kollarını göğsünde kavuşturdu ve okyanusa doğru bakmaya başladı.
"Ben bir insanım," diye mırıldandı, sesini güçlükle duymuştum.
"Mike kadar insan değilsin," diye devam ettim insafsızca. "Hâlâ bunun en önemli şey olduğunu düşünüyor musun?"
"Bu aynı şey değil." Jacob gözlerini gri dalgalardan ayırmamıştı. "Bunu ben seçmedim."
Söylediklerine inanamayarak güldüm. "Sence Ed-

ward seçti mi? Onun da ne hale geleceği konusunda senden fazla bir fikri yoktu. Bunun için bir anlaşma imzalamadı."

Jacob hızlıca başını salladı.

"Sen Jacob, kendini beğenmişin tekisin. Sen de bir kurt adamsın. Ya buna ne dersin?"

"Bu aynı şey değil," diye tekrar etti ve bana öfkeli bir şekilde baktı.

"Neden olmadığını anlayamıyorum. Cullenlar'a karşı daha anlayışlı olabilirsin. Onların özünde ne kadar iyi oldukları hakkında hiçbir fikrin yok, Jacob."

Daha da sinirlenmişti. "Onların var olmaması gerekiyordu. Onların varlığı doğaya ters."

Ona uzun süre gözümü ayırmadan baktım ve nihayet, geç de olsa bakışlarımı fark etti.

"Ne?"

"Doğal olmayan diyordun..." diye ipucu verdim.

"Bella," sesi kısık ve daha farklı çıkıyordu. Sanki yaşlı biri gibiydi. Ses tonu aniden değişmişti, sanki konuşan o değil de, bir öğretmen ya da bir ebeveyndi. "Ben böyle doğdum. Bu benliğimin bir parçası, ailem için de durum aynı. Hepimiz aynı nedenden dolayı böyleyiz. Burada olmamızın sebebi de bu."

"Dahası," bana küçümser gibi bakıyordu, gözlerindeki ifade anlaşılmazdı. "Ben hâlâ bir insanım."

Elimi aldı ve sıcak göğsüne bastırdı. Üzerindeki tişörte rağmen kalbinin atışını avucumda hissedebiliyordum.

"Normal insanlar senin gibi motosikleti kullanamazlar."

Belli belirsiz gülümsedi. "Normal insanlar canavarlardan kaçarlar, Bella. Ve ben asla normal olduğumu iddia etmedim. Sadece insan olduğumu söyledim."

Jacob'a öfkeli kalabilmek gerçekten zordu. Elimi onun göğsünden çekerken gülümsedim.

"Bana oldukça insan gibi göründün," diye onayladım. "Şu anda."

"İnsan gibi hissediyorum." Gözleri artık bana bakmıyordu, çok uzaklardaydı. Alt dudağı titredi, biraz sarsılmış görünüyordu.

"Ah, Jake," diye fısıldadım ve eline uzandım.

Burada olmamın sebebi buydu. Döndüğümden beri, ne olursa olsun, beklediğim şey buydu. Çünkü tüm o alaycılığın ve öfkenin altında Jacob aslında acı çekiyordu. Bunu şu anda gözlerinden okuyabiliyordum. Ona nasıl yardım edeceğimi bilmesem de, denemek zorunda olduğumu biliyordum. Bunu ona borçluydum, üstelik onun acı çekmesi benim de canımı yakıyordu. Jacob benim bir parçam olmuştu ve bunu hiçbir şey değiştirememişti.

5. MÜHÜRLENME

"İyi misin Jack? Charlie bana zor bir dönem geçirdiğinden bahsetti... Daha iyi misin?"

Sıcak eli benimkinin üzerindeydi. "O kadar da kötü," diye söze başladı ama benimle göz göze gelmedi. Beni de yanına çekip rengârenk çakıl taşlarının üzerinden yavaşça ağacın oraya yürümeye başladı. Ağacımızın üzerine tekrar oturdum ama o, benim yanıma değil, ıslak olan kayanın üzerine oturdu. Kendini gerçekten bu kadar kolay geri çekebiliyor mu, diye merak ediyordum. Elimi tutmamaya devam ediyordu.

Bu rahatsız edici sessizliği doldurmak için gevezelik etmeye başladım. "Buraya en son geldiğimden beri çok zaman geçti. Muhtemelen bir sürü şeyi özlemişimdir. Sam ve Emily nasıllar? Ve Embry? Ya Quil–?"

Cümlemi yarıda kesmiştim çünkü Jacob'ın arkadaşı Quil'le ilgili hassas bir durum olduğunu hatırlamıştım.

"Ah Quil," diye iç geçirdi Jacob.

Demek ki, Quil de sürüye katılmıştı.

"Üzgünüm," diye mırıldandım.

Jacob'ın kahkahalarla gülmesi beni şaşırtmıştı. "Bunu onun için *söylemesen* iyi olur."

"Bu da ne demek?"

"Quil kimseden merhamet beklemiyor. Tam tersi o kadar hayat dolu ki. Gerçekten çok heyecanlı."

Bu bana mantıklı gelmemişti. Tüm diğer kurtlar, arkadaşlarının da kendilerinin kaderini paylaşmasından dolayı üzgün olurlardı. "Ha?"

Jacob bana bakmak için başını öne eğdi. Gülümsedi ve gözlerini devirdi.

"Quil, bunun başına gelmiş en harika şey olduğunu düşünüyor. Tabii, bu biraz nihayet neler olduğunu öğrenmesiyle de ilgili. Ve tekrar arkadaşlarıyla olduğu için de çok heyecanlı, yani, daha çok çeteye katıldığı için." Jacob tekrar gülmeye başladı. "Buna şaşırmamalıyım sanırım. Çünkü bu tam da Quil'e has bir davranış."

"Bundan hoşlandı mı yani?"

"Dürüst olmak gerekirse...pek çoğu hoşlanıyor," dedi Jacob alçak bir sesle. "Bunun kesinlikle iyi yanları var; mesela hız, özgürlük, güç...*aile* olma hissi.... Sam ve ben, tuhaf hisseden yegâne kişileriz. Ve aslında Sam, bunu uzun bir süre önce geride bıraktı. Yani şu anda tek mızmız benim," dedi Jacob kendi kendine gülerek.

Sormak istediğim bir sürü şey vardı. "Neden sen ve Sam farklısınız? Sam'e ne oldu bu arada? Sorunu ne?" Bunları art arda sorduğum için Jacob tekrar gülmeye başladı.

"Bu uzun bir hikâye."

"Ben sana uzun bir hikâye anlattım ama. Ayrıca dönmek için hiç acelem yok," dedim ve başımın nasıl bir belada olacağını düşünerek yüzümü buruşturdum.

Sözlerimdeki çift anlamı anlayarak hemen bana baktı. "Sana kızar mı?"

"Evet," dedim dürüstçe. "Böyle şeyler yapmamdan hiç hoşlanmıyor, yani...riskli şeyler."

"Kurt adamlarla takılmak gibi şeyler."

"Evet."

Jacob omuz silkti. "Öyleyse geri dönme. Ben koltukta yatarım."

"Bu harika bir fikir," diye homurdandım. "Çünkü o zaman beni aramak için mutlaka gelir."

Jacob ciddileşmişti, yüzünde soğuk bir gülümseme belirdi. "Gelir miydi?"

"Eğer yaralandığımdan ya da başka bir şey olduğundan endişe ederse – muhtemelen gelirdi."

"Bu fikir kulağa oldukça iyi geliyor aslında."

"Lütfen Jake. Bu beni gerçekten rahatsız ediyor."

"Ne rahatsız ediyor?"

"Sizin birbirinizi öldürmeye hazır oluşunuz!" diye yakındım. "Beni deli ediyor. Neden birbirinize karşı nazik olamıyorsunuz?"

"O beni öldürmeye hazır mı?" diye sordu ve vahşi biçimde gülümsedi, öfkelenmemi umursamamıştı.

"Onu demek istemedim!" diye bağırdığımı fark ettim. "En azından o, bu konuda yetişkin gibi davranabiliyor. Bunun bana acı verdiğini biliyor ve asla böyle davranmıyor. Sen ise hiç umursamıyor gibi görünüyorsun!"

"Evet, haklısın" diye mırıldandı Jacob. "Eminim bu konuda oldukça barışçıldır."

"Ahh!" Elimi elinden çektim ve ona vurdum. Sonra da bacaklarımı göğsümde birleştirip kollarımı çevresine doladım.

Öfkeli gözlerle ufka doğru baktım.

Jacob birkaç dakika sessizce durdu. Kayanın üzerinden kalktı ve yanıma oturup kolunu omuzlarıma doladı. Silkindim.

"Üzgünüm," dedi sessizce. "Terbiyeli olmaya çalışacağım."

Cevap vermedim.

"Hâlâ Sam hakkında sorduğun soruların cevabını öğrenmek istiyor musun?" diye sordu.

Omuz silktim.

"Dediğim gibi uzun bir hikâye. Ve oldukça...tuhaf. Bu yeni yaşamda çok fazla tuhaf şey var. Henüz tamamlanmadığı için de sana söylemeye fırsatım olmadı. Ve bu Sam'le ilgili olan şeyi nasıl açıklayacağımı bilemiyorum."

Söyledikleri beni hem huzursuz etmiş hem de meraklandırmıştı.

"Seni dinliyorum," dedim sertçe.

Göz ucuyla gülümsediğini görebiliyordum.

"Sam hepimizden daha fazla zorlanmış. Çünkü o ilkti, yalnızdı ve çevresinde neler olacağını açıklayacak kimse yoktu. Sam'in büyük babası o doğmadan önce vefat etmiş ve babası da hiç ortalarda görünmemiş. Belirtileri tanımlayacak kimse yokmuş. İlk defa dönüştüğünde delirdiğini sanmış. Sakinleşip tekrar eski haline gelebilmesi iki haftasını almış. Bu, senin Forks'a gelmenden önceydi, bu yüzden hatırlamayabilirsin. Sam'in annesi ve Leah Clearwater, onu araması için koruculara haber vermişler. İnsanlar onun başına bir kaza ya da başka bir şey geldiğini düşünmüşler..."

"Leah mı?" diye sordum merakla, şaşırmıştım. Leah, Harry'nin kızıydı. Onun adını duymak, içimde bir acıma hissi oluşmasına sebep olmuştu. Harry Clearwater, Charlie'nin hayat boyu arkadaşı olmuştu ve geçen bahar kalp krizinden ölmüştü.

Jacob'ın ses tonu değişti ve daha ciddi bir hal aldı. "Evet. Leah ve Sam okulda sevgililermiş. Leah daha birinci sınıftayken çıkmaya başlamışlar. O kaybolduğunda deliye dönmüş."

"Ama o ve Emily..."

"O kısma da geleceğim, o da hikâyenin diğer bir kısmı," dedi. Yavaşça derin bir nefes aldı.

Sanırım, Sam'i, Emily'den önce hiç sevilmemiş biri olarak hayal etmiş olmam aptalcaydı. Pek çok insan, hayatları boyunca defalarca âşık olurlardı. Böyle düşünmemin tek sebebi Sam ve Emily'yi beraberken görmüş olmamdı ve bu yüzden onu başka biriyle düşünemiyordum. Sam'in Emily'ye bakışı, aynı Edward'ın bana bakması gibiydi.

"Sam en sonunda geri dönmüş," dedi Jacob, "fakat kimseye, o zamana kadar nerede olduğu hakkında bir şey anlatmamış. Söylentiler çıkmış, bunların çoğu onun iyi olmadığı yönündeymiş. Ve sonra bir gün, Sam, Quil'in büyük babası Yaşlı Quil Ateara, Bayan Uley'i ziyarete geldiğinde onunla karşılaşmış. Sam onunla el sıkışmış. Yaşlı Quil'e neredeyse inme iniyormuş." Jacob bunun üzerine birden gülmeye başlamıştı.

"Neden?"

Jacob elini yanağıma koydu ve ona bakmam için yüzümü kendisine doğru çevirdi. Bana doğru eğilmişti ve yüzü sadece birkaç santimetre uzağımdaydı. Eli, sanki ateşi varmış gibi tenimi yakmıştı.

"Ah, anladım," dedim. Sıcak elini yüzüme koyması ve yüzünün bu kadar yakında oluşu kendimi rahatsız hissetmeme yol açmıştı. "Sam'in ateşi vardı."

Jacob tekrar güldü. "Sam'in eline dokununca sanki fırının üstünde oturduğunu hissetmiş."

O kadar yakınımda duruyordu ki, sıcak nefesini yüzümde hissedebiliyordum. Elini yüzümden çekmesi için gayri ihtiyari geri çekildim ve onun duygularını incitmemek için parmaklarımı kendimi serinletirmiş gibi salladım. Gülümsedi ve arkasına yaslandı, bu hareketimi umursamamıştı.

"Böylece Bay Ateara, doğruca büyüklerinin yanına gitmiş," diye devam etti Jacob. "Onlar ne yapılması gerektiğini bilen ve hatırlayan son kişilermiş. Billy ve Harry büyükbabalarının değiştiğini aslında önceden görmüşler. Yaşlı Quil onlara açıklamış, onlar da Sam'le buluşup ona anlatmışlar. Sam, neler olduğunu anladığında her şey daha kolay bir hal almış. Artık yalnız olmadığını biliyormuş. Onlar da, Cullenlar'ın dönüşünden etkilenen tek kişinin o olmayacağını biliyorlarmış." Jacob isimlerini bilinçsiz şekilde tatsızca söylemişti. "Fakat kimse yeterince yaşlı değilmiş. Bu yüzden Sam de kalanların ona katılmasını beklemiş."

"Cullenlar'ın bundan hiç haberleri yoktu," dedim fısıldayarak. "Kurt adamların hâlâ burada var olduklarını tahmin bile etmiyorlardı. Buraya geldiklerinde senin değişebileceğini bilmiyorlardı."

"Ama bu olan gerçeği değiştirmez."

"Hatırlat da senin kötü tarafına denk gelmeyeyim."

"Sence senin kadar affedici mi olmalıyım? Hepimiz böyle bir sabra sahip olamayız."

"Büyü artık, Jacob."

"Keşke," diye mırıldandı sessizce.

Gözümü ona dikmiş, verdiği cevabı anlamlandırmaya çalışıyordum.

"Ne?"

Jacob gülmeye başladı. "Bu da bahsettiğim tuhaf şeylerden bir diğeri."

"Sen...büyüyemiyor...musun?" dedim şaşkınlıkla. "Sen, ne? *Yaşlanamıyor*... musun? Bu bir şaka mı?"

"Hayır." Şaşkınlıkla gülümsedi.

Kanın yüzüme hücum ettiğini hissedebiliyordum. Gözlerim – öfkeden – yaşarmıştı ve dişlerimi gürültülü bir biçimde gıcırdatmıştım.

"Bella? Ne dedim ben?"

Tekrar ayağa kalkmıştım, ellerimi yumruk haline getirmiş sıkıyordum ve tüm bedenim titriyordu.

"Yani. Sen.Yaşlanmıyorsun," dedim dişlerimin arasından.

Jacob beni kolumdan çekip oturtmaya çalıştı. "Hiçbirimiz yaşlanmıyoruz. Ne var bunda?"

"Yaşlanan tek kişi ben miyim? Her lanet gün yaşlanıyorum ben!" Neredeyse haykırmış ve ellerimi öfkeyle sallamıştım. İçimden bir ses aynı Charlie gibi tepki verdiğimi söylüyordu ama mantıklı yanım şu anda kesinlikle ele geçirilmiş durumdaydı. "Lanet olsun! Bu ne biçim bir dünya? Adalet nerede?"

"Sakin ol, Bella."

"Kes sesini, Jacob. Sadece kes sesini. Bu hiç de adil değil!"

"Gerçekten ayağını yere mi vurdun? Kızların bunu sadece televizyonda yaptıklarını sanırdım."

Sessizce homurdandım.

"Senin düşündüğün kadar berbat değil. Otur da açıklayayım."

"Ayakta duracağım."

Gözlerini devirdi. "Tamam. Ne istiyorsan onu yap. Ama dinle, ben de *yaşlanacağım*...bir gün."

"Açıkla."

Oturmam için hafifçe ağacın kenarına vurdu. Bir süre ters ters baktıktan sonra oturdum; tüm öfkem bir anda buharlaşıp uçmuş gibiydi. Sakinleşince ne kadar aptalca davrandığımı fark ettim.

"Bundan vazgeçebilmek için kontrol sağlamayı iyice öğrenmeliyiz," dedi Jacob. "Değişimimizi, kesintisiz bir süre zarfında durduracağız ve yaşlanacağız. Ama bu kolay değil." Başını aniden kuşkulu bir şekilde salladı. "Böyle bir sınırlamayı öğrenmek uzun bir zaman alacak, sanırım. Sam bile o noktaya gelemedi. Tabii ki, koca bir vampir topluluğunun yanı başımızda oluşunun da pek faydası olmuyor. Grubumuzun koruyuculara ihtiyacı varken vazgeçmeyi aklımızdan bile geçiremeyiz. Ama sen gereksiz yere endişelenmemelisin, neyse, çünkü senden daha büyüğüm en azından fiziksel olarak."

"Sen neden bahsediyorsun?"

"Bana bak, Bella. On altı yaşında gibi mi görünüyorum?"

Tarafsız olmaya çalışarak onun kocaman vücuduna baktım. "Pek sayılmaz, sanırım."

"Hiç değil. Çünkü biz, içimizdeki kurt adam geni tetikledikten sonraki birkaç ay içerisinde tamamen yetişkin oluyoruz. Bu bir tür büyüme patlaması." Yüzünü buruşturmuştu. "Fiziksel olarak sanırım yirmi beş civarındayım. O yüzden, en azından yedi yıl boyunca benden yaşlı görüneceğin konusunda endişe etmene gerek yok."

Yirmi beş civarıymış. Bu fikir aklımı karıştırmıştı. Fakat nasıl hızla büyüdüğünü anımsıyordum, nasıl da birden irileşip kilo almıştı. Bir günden diğer güne geçirdiği değişim gözle görülürdü... Kendime gelmek için başımı salladım, serseme dönmüştüm.

"Pekâlâ, Sam hakkındakileri duymak istiyor musun yoksa benim kontrolümde olmayan şeylerden dolayı bana bağırmaya devam mı edeceksin?"

Derin bir nefes aldım. "Üzgünüm. Bu yaşlanma konusu benim için oldukça hassas. Ne zaman bu konu açılsa, sinirlerim bozuluyor."

Jacob'ın gözleri kısıldı, sanki doğru kelimeyi bulmaya çalışıyor gibiydi.

Gerçekten benim için hassas konular olan gelecek

planlarım ya da bu planları bozacak şeylerden bahsetmek istemediğimden onu konuşmaya zorladım. "Pekâlâ, Sam'in neler olduğunu anladığından, Billy, Harry ve Bay Ateara'nın ona durumu anlattığından ve artık her şeyin o kadar da zor olmadığından bahsettin. Ve ayrıca, bir de bazı iyi yanları olduğunu da söyledin..." Tereddüt etmiştim. "Sam neden onlardan bu kadar çok nefret ediyor? Neden benim de onlardan nefret etmemi istiyor?"

Jacob iç geçirdi. "Tuhaf olan kısmı da bu işte."

"Tuhaf şeylerde oldukça iyiyimdir."

"Biliyorum, evet." Devam etmeden önce gülümsedi. "Yani, haklısın. Sam neler olduğunu biliyordu ve neredeyse her şey yolundaydı. Bir şekilde hayatı daha iyi hale gelmiş ama normale dönmemişti." Sonra Jacob'ın yüz ifadesi sertleşti, sanki acı verici bir şeyden bahsedecekti. "Sam Leah'a söyleyemiyordu. Bilmesi gerekmeyen kimseye söylemeye iznimiz yok, biliyorsun. Ve onun etrafında olmak kendisi için pek güvenli değildi, o da, benim sana yaptığım gibi onu kandırmış. Ona gerçeği söyleyemediği için de Leah deliye dönmüş çünkü Sam geceleri sürekli dışarıdaymış ve döndüğünde her zaman yorgun oluyormuş. Fakat gene de bununla başa çıkmayı başarabilmişler. Birbirlerini seviyorlarmış."

"Leah öğrenmiş mi? Bu nasıl olmuş?"

Başını hayır anlamında salladı. "Hayır, asıl sorun bu değil. Sonra, kuzeni Emily Young, Makah bölgesinden onu ziyarete gelmiş."

Heyecanla haykırdım. "Emily, Leah'ın kuzeni mi?"

"İkinci göbekten kuzeni. Ama oldukça yakınlar. Çocukluklarından beri kız kardeş gibi büyümüşler."

"Bu....korkunç. Sam bunu nasıl..." Sesim duyulmaz bir hale gelmişti, şaşkınlıkla başımı sallıyordum.

"Onu hemen yargılama. Kimse sana şeyden... Hiç *mühürlenme* diye bir şey duydun mu?"

"Mühürlenme mi?" diye tekrarladım, hiç tanıdık gelmemişti. "Hayır, anlamı ne?"

"Bu da uğraşmak zorunda kaldığımız bir diğer acayip şey. Aslında şart değil de, bir istisna. Sam o güne kadar duyduğu tüm hikâyelerin bir efsane olduğunu sanıyormuş. Mühürlenmeyi duymuş olmasına rağmen nasıl bir şey olduğu hakkında hiçbir fikri yokmuş..."

"O da ne peki?" diye sordum hevesle.

Jacob'ın gözleri okyanusa kaydı. "Sam Leah'ı sevmişti ama Emily'yi gördüğünde artık bunun bir önemi yoktu. Bazen...tam olarak neden...eşlerimizi o şekilde bulduğumuzu bilmiyoruz." Gözlerini bana çevirdi, yüzü kızarmıştı. "Yani...ruh ikizimizi."

"Ne şekilde? İlk görüşte aşk gibi mi?" diyerek kıkırdadım.

Jacob gülmüyordu. Gözlerinden benim verdiğim tepkiyi incelediğini görebiliyordum. "Ondan daha kuvvetli. Daha saf."

"Üzgünüm," diye mırıldandım. "Sen ciddisin, değil mi?"

"Evet, öyleyim."

"İlk görüşte aşk? Ama daha güçlüsü?" Sesimde hâlâ şüphe vardı ve o da bunu fark etmişti.

"Bunu açıklaması çok da kolay değil. Aslında çok önemli de değil, neyse." Kayıtsızca omuz silkti. "Sam'in neden vampirlerden nefret ettiğini öğrenmek istiyordun. Leah'ın kalbini kırdı çünkü değişmişti. Olan buydu. Ona verdiği her sözden dönmüştü. Ve şimdi onun gözlerindeki suçlamayı her gün görmek zorunda, onun haklı olduğunu da biliyor."

Aniden konuşmayı kesti, sanki söylemek istemediği bir şeyi ima etmişti.

"Emily bununla nasıl başa çıktı? Yani eğer Leah'a o kadar yakınsa...?" Sam ve Emily birbirlerini tamamlayan kişilerdi, sanki bir yap bozun iki parçası gibiydiler. Fakat...Emily nasıl olmuştu da, başkasına ait olan birini elde etmişti? Üstelik o başkası, neredeyse onun kız kardeşi sayılırdı.

"Başlangıçta gerçekten çok kızmıştı. Fakat öyle bir adanmışlığa ve hayranlığa karşı koymak gerçekten zor." Jacob iç geçirdi. "Ve sonra, Sam ona her şeyi anlattı. Diğer yarını bulduğunda seni bağlayacak hiç bir kural yoktur. Emily'nin nasıl yaralandığını biliyor musun?"

"Evet." Forks'ta anlatılana göre bir ayının saldırısına uğramıştı ama hikâyenin tamamını bilmiyordum.

Kurt adamlar değişkendir. Edward söylemişti bunu. *Yakınlarındaki insanlar zarar görür.*

"Fakat bu tuhaf durumu bir şekilde çözümlediler. Sam yaptıklarından ötürü kendinden öylesine nefret ediyordu ki...eğer daha iyi hissedebileceğini bilse kendisini bir otobüsün önüne atardı. Böylece yaptıklarından da kaçabilirdi. Dağılmıştı... Sonra bir şekilde Sam'i teselli eden kişi *o* oldu ve sonra da..."

Jacob cümlesini bitirmemişti, hikâyenin gittikçe kişisel bir hal aldığını anlamıştım.

"Zavallı Emily," diye fısıldadım. "Zavallı Sam. Zavallı Leah...."

"Evet, Leah. En kötüsü onun başına geldi," diye kabul etti. "Yüzüne cesur bir ifade yerleştirip gelinin nedimesi olmak zorunda."

Söylediklerini düşünürken bir yandan da okyanustaki kayalara bakıyordum. Gözlerinin üzerimde olduğunu hissedebiliyordum, bir şeyler söylememi bekliyordu.

"Bu senin başına geldi mi?" Sonunda konuşmuştum ama hâlâ kayalara bakıyordum. "Bu ilk görüşte aşk şeyi yani?"

"Hayır," diye heyecanla cevap verdi. "Sadece Sam ve Jared'ın başına geldi."

"Yaa," dedim, ilgili görünmeye çalışıyordum. Rahatlamıştım. Eğer ikimiz arasında gizemli ve kurtlara özgü bir bağ bulunmadığından bahsederse mutlu olacağımı fark ettim. Zaten uğraşmam gereken yeterince doğa üstü şey vardı.

O da sessizleşmişti ve bu sessizlik kendimi tuhaf hissetmeme sebep olmuştu. İçimden bir ses, onun ne düşündüğünü bilmek istemeyeceğimi söylüyordu.

"Peki bu Jared için nasıl oldu?" Sessizliği bozmuştum.

"Onunki büyük bir acıya yol açmadı. Bir yıldır okulda her gün yan yana oturduğu bir kız vardı, değiştikten sonra o kızı tekrar gördü ve bir daha gözlerini ondan ayıramadı. Kim heyecanlanmıştı. Jared'a zaten

âşıktı. Soyadını isminin sonuna ekleyip duruyordu."
Jacob kahkahalarla gülüyordu.

Kaşlarımı çattım. "Bunu sana Jared mı söyledi? Bunu yapmamalıydı."

Jacob dudağını ısırdı. "Sanırım gülmemeliydim. Ama komikti."

"Ne ruh ikizi ama."

İç geçirdi. "Jared bize bilerek hiçbir şey anlatmadı. Sana bu kısımdan bahsetmedim mi?"

"Ah, doğru ya. Birbirinizin düşüncelerini duyabiliyorsunuz ama sadece kurtken, değil mi?"

"Doğru. Tıpkı kan emicin gibi," diyerek gülümsedi.

"Edward," diye düzelttim.

"Tabii. Tabii. Sam'in nasıl hissettiğini biliyorum. Bu, eğer şansı olsa, pek öyle bize anlatacağı türden bir şey değil. Aslında, bu hepimizin nefret ettiği bir şey." Birden sesinde bir tatsızlık hissetmiştim. "Bu korkunç. Gizlilik yok, sırlar yok. Utandığın her şey, bir anda herkesin gözü önüne seriliyor." Titremişti.

"Kulağa korkunç geliyor," diye mırıldandım.

"Birlikte hareket ettiğimizde bazen yararlı olabiliyor," dedi gönülsüzce. "Uzun zaman önce bazı kan emiciler bizim bölgemize geçmişlerdi. Laurent baya eğlenmişti. Ve geçen cumartesi Cullenlar bizim tarafa geçmeseydi...ahh!" diye gürledi. "Onu yakalamış olabilirdik!"

Geriye çekildim, ürkmüştüm. Jasper ya da Emmett'in yaralanmasından endişe ettiğim kadar Jacob'ın Victoria'yla karşılaşması fikrinden de endişeleniyordum. Emmett ve Jasper neredeyse yenilmezlerdi. Oysa Jacob hâlâ yumuşaktı ve neredeyse bir insan sayılırdı. Ölümlüydü. Kafamda Jacob'ın Victoria ile karşı karşıya kaldığını canlandırdım, parlak saçlarının kedimsi tuhaf yüzünün çevresinde dalgalandığını görebiliyordum....ürpermiştim.

Jacob endişeyle yüzüme baktı. "Ama bu her zaman olmuyor, değil mi? Yani senin kafanın içerisinde?"

"Ah, hayır. Edward asla benim aklıma giremiyor. Ama eminim çok isterdi."

Jacob'ın aklı karışmış gibi görünüyordu.

"Beni duyamaz," diye açıkladım, sesim her zamankinden farklı olarak biraz kendini beğenmiş bir şekilde çıkmıştı. "Onun için böyle olan tek kişiyim. Neden aklıma giremediğini bilemiyoruz."

"Acayip," dedi Jacob.

"Evet." Bütün ukala tavrım uçup gitmişti. "Muhtemelen bunun anlamı benim beynimde bir sorun olması," diye kabul ettim.

"Senin beyninde bir sorun olduğunu zaten biliyorum," diye mırıldandı Jacob.

"Teşekkürler."

Güneş aniden bulutların arasından kendini gösterince sudaki yansımasından dolayı gözlerimi kıstım. Her şeyin rengi değişmişti, dalgalar griden maviye, ağaçlar uçuk bir yeşilden canlı zümrüt rengine dönmüş, çakıl taşları, ışığı gökkuşağı renklerinde yansıtmaya başlamıştı.

Bir süre gözlerimizi kısıp baktıktan sonra nihayet gözlerimiz ışığa alışmıştı. Koydaki barınağa çarpan dalgaların çıkardığı yankılı ses duyuluyor, suyun içerisindeki taşların birbirlerine değerken çıkardıkları tatlı sese martıların çığlıkları eşlik ediyordu. Burası öylesine huzur doluydu ki.

Jacob yakınıma oturup koluma yaslandı. Yanağını başıma dayamıştı. Çok sıcak olduğu için ceketimi çıkarmak zorunda kalmıştım. Jacob'ın boğazından halinden memnun olduğunu belli eden kısa iniltiler geliyordu. Güneşin tenimi ısıttığını hissedebiliyordum, tabii ki Jacob kadar sıcak değildim ve beni yakmasının ne kadar süreceğini merak ediyordum.

Dalgınca sağ elimi yana uzattım. Güneş, James'in neden olduğu yaramı aydınlatıyordu.

"Ne düşünüyorsun?" diye mırıldandı.

"Güneşi"

"Evet. Çok güzel."

"Sen ne düşünüyorsun?" diye sordum.

Kendi kendine güldü. "Beni götürdüğün salak filmi anımsadım. Mike Newton her yere kusmuştu."

Ben de gülmeye başladım, zamanın bu anıyı nasıl da değiştirdiğine hayret etmiştim. Aslında gerilimli ve karmaşa dolu bir zamandı. O geceyi artık çok farklı anımsıyorduk...Ve şimdi buna gülebiliyorduk. Onun kalıtsal kimliği hakkındaki gerçeği öğrenmemizden önce geçirdiğimiz son geceydi. İnsan olduğu döneme ait son anıydı. Ve tuhaf biçimde şu anda bize güzel gelen bir anıydı.

"O zamanları özlüyorum," dedi Jacob. "Her şeyin kolay ve...basit oluşunu. Neyse ki iyi bir hafızam var." Derin bir iç geçirdi.

Onun sözleri, aniden kafamda bir şeyleri harekete geçirmişti.

"Ne oldu?" diye sordu.

"Senin şu hafızan..." Ondan uzaklaştım böylece yüzündeki ifadeyi görebilecektim. O anda oldukça kafası karışık görünüyordu. "Pazartesi günü ne yaptığını söylemenin mahsuru var mı? Edward'ı rahatsız eden bir şeyler düşünüyordun." Rahatsız etmek çok da doğru bir kelime değildi ama bir cevap istiyordum, bu yüzden çok sert olmamaya çalıştım.

Jacob'ın yüzü gevşedi, neden bahsettiğimi anlamıştı ve gülmeye başladı. "Seni düşünüyordum. Bundan hoşlanmadı, değil mi?"

"*Ben* mi? Benimle ilgili ne düşünüyordun?"

Jacob tekrar güldü ama bu sefer acımasızdı. "Sam seni bulduğunda nasıl göründüğünü. O zaman onun zihninde seni görebilmiştim, sanki orada gibiydim. O anı biliyorsun, Sam'i her zaman rahatsız etmiştir. Ve sonra da, ilk defa benim yanıma geldiğinde nasıl göründüğünü hatırladım. Bahse girerim, o zamanlar ne kadar fena bir durumda olduğunun farkında değildin, Bella. Tekrar normal bir insan gibi görünmen haftalar almıştı. Ve sonra nasıl sürekli kendi kendine sarıldığını anımsadım..." Jacob irkilmişti ve sonra başını salladı. "Nasıl üzgün olduğunu görmek benim için çok zordu ve hiçbiri benim suçum değildi. Bu yüzden bütün bunların onun için çok zor olabileceğini düşündüm. Ve sonra da sebep olduklarına bir bakması gerektiğini düşündüm."

Omzuna bir tane vurdum. Elim acımıştı. "Jacob Black, bunu bir daha asla yapma! Yapmayacağına dair söz ver."

"İmkânı yok. Aylardır hiç bu kadar eğlenmemiştim."

"Bana yardım et, Jack..."

"Ah, sakin ol, Bella. Onu bir daha ne zaman görebilirim ki? Bunun için endişelenme."

Ayağa kalktım. Yürümeye başladığımda beni elimden yakaladı. Kurtulmak için elimi çekmeye çalıştım.

"Gidiyorum, Jacob."

"Hayır, daha çok erken," diye itiraz etti, elimi daha da sıkı tutmaya başlamıştı. "Üzgünüm. Ve...tamam bir daha bunu yapmayacağım. Söz veriyorum."

Derin bir nefes aldım. "Teşekkürler, Jake."

"Hadi, eve dönelim," dedi ısrarla.

"Aslında, sanırım gitsem iyi olacak. Angela Weber beni bekliyor ve Alice'in endişelendiğinden de eminim. Onu daha fazla üzmek istemiyorum."

"Ama daha yeni geldin."

"Bence de," diye kabul ettim. Güneşe baktım, çoktan tepeye varmıştı bile. Zaman nasıl bu kadar hızlı geçmişti?

Yüzü asılmıştı. "Seni ne zaman tekrar göreceğimi bilmiyorum," dedi acıklı bir sesle.

"O gittiğinde bir daha geleceğim," diye söz verdim hevesle.

"*Gittiğinde?*" Jacob gözlerini devirmişti. "Yaptığı şeyi tanımlamak için harika bir yol. İğrenç parazitler."

"Eğer nazik olamayacaksan bir daha gelmeyeceğim!" diye onu tehdit ettim ve elimi kurtarmaya çalıştım. Ama bırakmadı.

"Ah, tamam kızma," dedi gülümseyerek. "Düşünmeden tepki verdim."

"Eğer tekrar geleceksem, senin de bir şeyleri idrak etmiş olman gerekiyor, tamam mı?"

Bekledi.

"Şöyle," dedim ve açıkladım. "Kimin vampir kimin kurt adam olduğu umurumda değil. Bunun konuyla bir ilgisi yok. Sen Jacob'sın ve o da Edward, ben de Bella'yım. Bunun dışında hiçbir şeyin bir önemi yok."

Hemen gözlerini kıstı. "Ama ben bir kurt adamım," dedi isteksizce. "Ve o da vampir," diye ekledi gözle görülür bir tiksintiyle.

"Ve ben de başak burcuyum!" diye bağırdım, sabrım taşmıştı.

Kaşlarını kaldırdı, meraklı gözlerle ifademi inceliyordu. Sonunda omuz silkti.

"Eğer sen gerçekten böyle görebiliyorsan..."

"Böyle görüyorum."

"Tamam. Sadece Bella ve Jacob. O korkunç burç muhabbetine de girmeyeceğiz." Gülümsedi, sıcak ve bildik bir gülümsemeydi bu. Bu gülümsemeyi çok özlemiştim. Kendi yüzümde de kocaman, benzer bir gülümseme olduğunu hissetmiştim.

"Seni çok özledim Jake," dedim düşünmeden.

"Ben de," dedi kocaman gülümsemesiyle. Gözleri mutluluk saçıyordu, öfkenin acılığından arınmıştı. "Hem de tahmin ettiğinden daha da fazla. Yakında tekrar gelecek misin?"

"Elimden geldiğince kısa sürede gelmeye çalışacağım," diye söz verdim.

6. İSVİÇRE

Arabayla eve doğru giderken güneş altında parlayan ıslak yola dikkat etmiyordum. Zihnim Jacob'ın anlattıklarını gözden geçirmekle meşguldü. Kafam meşgul olmasına rağmen kendimi hafiflemiş hissediyordum. Jacob'ı gülümserken görmek, tüm sırları paylaşmak... Bütün bunlar her şeyi mükemmel yapmasa da, daha iyi hale getirmişti. Ona gitmekle doğru olanı yapmıştım, Jacob'ın bana ihtiyacı vardı. Öfkesi benim gözümü korkutmuş olsa da, aslında hiç de tehlikeli bir durum söz konusu değildi.

Aniden orada belirmişti. Bir an için, aynamda, parlak karayolu dışında her şey görünmez olmuştu. Bir sonraki dakika ise arkama takılmış gri Volvo'nun üzerine güneşin ışıkları düşmüştü.

"Ah, lanet olsun," diye inledim.

Kenara çekmeyi düşündüm. Ama şu anda onunla yüzleşecek cesaretim yoktu. Hazırlanacak vaktim olacağını sanıyordum… Ve Charlie'nin koruyucu olarak etrafta bulunacağına güveniyordum. En azından bu sayede daha sakin olabilirdi.

Volvo dibimden ayrılmadan beni izliyordu. Gözlerimi yoldan ayırmıyordum. Ödüm kopmuştu, sanki aynaya bakarsam canım yanacakmış gibi ona bir kez bakmadan doğruca Angela'nın evine gittim.

Weberlar'ın evinin önündeki kaldırımda durana kadar beni takip etti. Fakat durmadı ve o geçerken ben de ona bakmadım. Yüzündeki ifadeyi görmek istemiyordum. Görüş mesafemden çıkar çıkmaz, Angelalar'ın kapısına önüne kadar koşar adım yürüdüm.

Ben daha kapıyı çalmadan, Ben sanki kapının arkasında bekliyormuş gibi hemen kapıyı açtı.

"Selam, Bella!" dedi şaşkınlıkla.

"Merhaba Ben. Eee, Angela evde mi?" Angela'nın planlarımızı unutmuş olmasından endişeleniyordum. Eve erken gitme fikri beni ürpertiyordu.

"Tabii ki," dedi Ben, o esnada Angela merdivenlerin başından, "Bella," diye seslendi.

Ben, yoldan geçen bir arabanın motor gürültüsünü duyunca merakla etrafına bakındı. Bu ses beni korkutmamıştı. Bir motor tekleyerek durmuş, sonra da egzozundan pat diye bir ses duyulmuştu. Bir Volvo'nun çıkaracağı sese benzemiyordu. Bu, Ben'in beklediği ziyaretçi olmalıydı.

"Austin geldi," dedi Ben, Angela yanına geldiği an.

Sokaktan bir korna sesi duyuldu.

"Sonra görüşürüz," dedi Ben. "Seni şimdiden özledim."

Kolunu Angela'nın boynuna doladı ve onu kendine çekerek istekle öptü. Bundan hemen sonra Austin tekrar kornaya bastı.

"Hoşça kal Ang! Seni seviyorum!" diye bağırdı Ben, yanımdan hızla geçip giderken.

Angela yalpaladı, yüzü pespembe olmuştu ama hemen kendini topladı ve Ben ile Austin gözden kaybolana kadar onlara el salladı. Sonra bana döndü ve utanç içerisinde gülümsedi.

"Bunu yaptığın için çok teşekkür ederim, Bella," dedi. "Tüm içtenliğimle. Sadece elimde kalıcı bir hasar olmasından kurtardığın için değil, ayrıca senaryo yoksunu, iki saatlik ve berbat seslendirilmiş bir dövüş filmini izlemekten beni kurtardığın için de teşekkürler." Rahatlamış biçimde derin bir nefes aldı.

"Yardım edebildiysem ne mutlu." Kendimi daha az endişeli hissediyordum, en azından nefesim birazcık da olsa düzene girmişti. Burası bana her şeyi çok sıradan hissettirmişti. Angela'nın basit, insani sorunları tuhaf biçimde rahatlatıcıydı. Bir yerlerde yaşamın normal seyrinde olduğunu bilmek hoştu.

Angela'yı yukarıya, odasına kadar takip ettim. Yoluna çıkan oyuncakları tekmeleyerek uzaklaştırdı. Ev anormal şekilde sessizdi.

"Ailen nerede?"

"Ailem, ikizleri Port Angeles'taki bir doğum günü partisine götürdü. Bana bunun için yardım edecek olmana inanamıyorum. Ben tendonunda iltihabı varmış gibi yaptı." Suratı bozulmuştu.

"Hiç sorun değil," dedim ama Angela'nın odasına girip de bizi bekleyen zarf yığınını görünce, "Ooo!" diye inledim. Angela dönüp bana baktı, yüzünde özür dileyen bir ifade vardı. Artık neden sürekli erteleyip durduğunu ve Ben'in neden yan çizdiğini daha iyi anlayabiliyordum.

"Abarttığını düşünmüştüm," dedim.

"Keşke. Bunu yapmak istediğine emin misin?"

"İşe koyulalım. Önümüzde kocaman bir gün var."

Angela yığını ikiye ayırdı ve annesinin adres defterini ikimizin arasına, masanın üzerine koydu. Bir süre sonra iyice konsantre olduk ve odada sadece kalemlerin kâğıdın üzerinde çıkardığı ses duyulmaya başladı.

"Edward ile bu gece ne yapacaksınız?" diye sordu birkaç dakika sonra.

Yazmaya çalışırken elimdeki kalem zarfı deldi. "Hafta sonu için Emmet'in evinde olacaktı. *Muhtemelen* yürüyüştedirler."

"Emin değilmiş gibi söylüyorsun."

Omuz silktim.

"Şanslısın, Edward'ın yürüyüş ve kamp için kardeşleri var. Austin olmasaydı Ben'in bu tarz aktivitelerine nasıl eşlik ederdim bilmiyorum."

"Evet, bu tarz, açık havada yapılan şeyler bana göre değil. Ve yapabilmemin imkânı da yok."

Angela güldü. "Daha çok evde yapılan şeyleri tercih ederim."

Bir süre bitmesi gereken zarf öbeğine yoğunlaştı. Bu arada ben de dört adres daha yazdım. Angela, aradaki sessizlikleri doldurmak için manasız konuşmalar yapmaya ihtiyaç duymuyordu. O da, tıpkı Charlie gibi, sessizlikten memnundu.

Fakat o da, tıpkı Charlie gibi, zaman zaman çok dikkatli olabiliyordu.

"Her şey yolunda mı?" diye sordu kısık bir sesle. "Biraz...endişeli görünüyorsun."

Mahcup biçimde gülümsedim. "Çok mu belli?"

"Pek değil."

Muhtemelen kendimi iyi hissetmem için yalan söylüyordu.

"İstemedikçe konuşmak zorunda değilsin," dedi ve bana güven vermek için ekledi, "Eğer yardımı olacağını düşünüyorsan, seni dinlerim."

Neredeyse, *teşekkürler ama hayır, sağ ol,* demek üzereydim. Saklayacağıma söz verdiğim çok fazla sır vardı. Sorunlarımı bir başka insana anlatamazdım. Bu kurallara aykırı olurdu.

Ama yine de içimde anlatmak için tuhaf ve ani bir istek belirdi. İnsan olan, normal bir kız arkadaşımla konuşmak istemiştim. Tıpkı diğer genç kızlar gibi biraz sızlanmak istiyordum. Benim sorunlarımın da basit olmasını istiyordum. Tüm bu kurt adam ve vampir olaylarının dışında her şeyi farklı bir bakış açısıyla görebilecek biri harika olabilirdi. Tarafsız biri yani.

"Başkalarının işine karışmamalıyım," dedi Angela gülümseyerek ve adres yazma işine geri döndü.

"Hayır," dedim. "Haklısın. Endişeliyim. Konu... konu Edward."

"Sorun ne?"

Angela ile konuşmak çok rahattı. O böyle bir soru sorduğunda, Jessica gibi hastalıklı bir şekilde dedikodu aramadığını bilirdim. Üzgün olduğum için endişeleniyordu.

"O, bana kızgın."

"Bunu hayal etmesi zor," dedi. "Neden kızgın?"

Derin bir nefes verdim. "Jacob Black'i hatırlıyor musun?"

"Ah," dedi.

"Evet."

"Kıskanıyor."

"Hayır. *Kıskanmıyor...*" Çenemi kapalı tutmalıydım. Bunu açıklamanın bir yolu yoktu. Ama konuşmaya devam etmek istiyordum. Bir insanla sohbet etmeyi ne kadar özlediğimi hiç fark etmemiştim. "Edward, Jacob'ın...kötü bir yanının olduğunu düşünüyor, sanırım. Bir şekilde...tehlikeli olduğunu yani. Birkaç ay öncesine kadar nasıl sorunlarla boğuştuğumu biliyorsun...tabii böyle düşünmesi gülünç."

Angela'nın itiraz edercesine başını sallaması beni şaşırtmıştı.

"Ne?" diye sordum merakla.

"Bella, Jacob Black'in sana nasıl baktığını gördüm. Bahse girerim asıl problem kıskançlık."

"Jacob'la öyle bir şey olduğu yok."

"Senin için olmayabilir ama ya Jacob'ın tarafında..."

Kaşlarımı çattım. "Jacob nasıl hissettiğimi biliyor. Ona her şeyi anlattım."

"Edward bir insan Bella. Diğer çocuklar gibi tepki verecektir."

Yüzümü buruşturdum. Buna verecek bir cevabım yoktu.

Omzuma arkadaşça vurdu. "Bunun üstesinden gelecektir."

"Umarım. Jake biraz zor bir dönem geçiriyor. Bana ihtiyacı var."

"Sen ve Jacob oldukça yakınsınız, değil mi?"

"Aile gibiyiz," dedim.

"Ve Edward ondan hoşlanmıyor... Bu zor olmalı. Merak ediyorum, acaba Ben bununla nasıl baş ederdi?"

Hafifçe gülümsedim. "Muhtemelen diğer çocuklar gibi."

Gülümsedi. "Muhtemelen."

Sonra konuyu değiştirdi. Angela başkalarının hayatına burnunu sokan biri değildi ve daha fazla konuşamayacağımı hissetmişti.

"Dün yurt belgem geldi. Kampüsten en uzak yurda düşmüşüm, tabii ki."

"Ben nerede kalacağını öğrendi mi?"

"Kampüse en yakın olanda. Şans onun yanındaydı. Peki ya sen? Nereye gideceğine karar verdin mi?"

Başımı eğmiş, beceriksizce yazdığım el yazıma bakıyordum. Bir an Ben ve Angela'nın Washington Üniversitesi'ne gidecek olmaları fikri beni endişelendirdi. Birkaç ay boyunca Seattle'dan uzakta olacaklardı. Bu güvenli olur muydu? Vampir tehdidi başka bölgelere taşınır mıydı? O zaman yeni bir şehirde olabilirdi, peki gazete başlıkları gene korku filmlerinden fırlamış gibi mi olurdu?

Bu yeni başlıkların sebebi ben olur muydum?

Kendime gelmek için başımı salladım ve sorusuna, biraz geç de olsa, cevap verdim. "Alaska sanırım. Juneau'daki üniversite."

Sesindeki şaşkınlığı hemen fark etmiştim. "Alaska mı? Gerçekten mi? Yani, bu harika. Sadece ben senin daha...sıcak bir yere gideceğini sanmıştım."

Gülümsedim, hâlâ elimdeki mektuba bakıyordum. "Evet. Forks hayata olan bakış açımı bir hayli değiştirdi."

"Ve Edward?"

Onun ismi, midemde kelebeklerin uçuşmasına neden olduğundan kafamı kaldırdım ve gülümsedim. "Alaska onun için de çok soğuk değil."

Angela da gülümsedi. "Elbette, değil." Ve sonra derin bir nefes verdi. "Orası çok uzak. Eve çok sık gelemeyeceksin. Seni özleyeceğim. Bana e-posta yollar mısın?"

İçimde bir üzüntü dalgası kabarmaya başlamıştı; belki de şu anda Angela'ya bu kadar yakın olmak bir hataydı. Ama bu son şansları kaçırmak kötü olmaz mıydı? Bu mutsuz düşünceleri kafamdan uzaklaştırdım ve alaycı bir ses tonuyla cevap verdim.

"Eğer bu işten sonra yazma yetimi kaybetmezsem, tabii ki." Başımla mektupları işaret etmiştim.

Güldük ve kalanları da bitirdiğimizde üniversitedeki dersler ve bölümler hakkında daha rahat sohbet etmeye başladık. Tek yapmam gereken bunu düşünmemekti. Ne olursa olsun, bugün hakkında endişelenmem gereken daha acil konular vardı.

Pulları yapıştırmasına da yardımcı oldum. Gitmeye korkuyordum. "Elin nasıl?" diye sordu.

Parmaklarımı esnettim. "Sanırım onları tekrar kullanabileceğim...bir gün."

Aşağıdan gelen kapının çarpma sesini duyduk ve ikimiz de kafamızı kaldırdık.

"Ang?" diye bağırdı Ben.

Gülümsemeye çalıştım ama dudaklarım titremişti. "Sanırım bu benim ayrılma zamanımın geldiğini gösteriyor."

"Gitmek zorunda değilsin. Muhtemelen bana izlediği filmi anlatacaktır...tüm detaylarıyla."

"Charlie nerede olduğumu merak eder."

"Yardımın için teşekkürler."

"Aslında güzel zaman geçirdim. Böyle bir şeyi tekrar yapmalıyız. Kız kıza zaman geçirmek güzeldi."

"Kesinlikle."

Yatak odasının kapısından bir tıkırtı geldi.

"İçeri gel Ben," dedi Angela.

Ayağa kalktım ve esnedim.

"Selam Bella! Hâlâ yaşıyorsun," Ben hızla selam verdi ve hemen Angela'nın yanına gitti. Yaptığımız işe bir göz attı. "Güzel iş. Bana da yapacak bir şeyler bırakamamış olmanız çok kötü, ben de şey yapabilir..." Sesi azalıp duyulmaz hale gelmişti ve sonra tekrar coşkuyla konuşmaya başladı. "Ang, bunu kaçırdığına inanamıyorum! Muhteşemdi. Son dövüş sahnesindeki koreografi inanılmazdı! Filmde bir adam vardı...ama izlemeden anlayamazsın aslında..."

Angela bana dönüp gözlerini devirdi.

"Okulda görüşürüz," dedim sarsak bir gülüşle.

İç geçirdi. "Görüşürüz."

Gergin bir halde kamyonetime yürümeye başladığımda sokak boştu. Yol boyunca endişeyle aynalarıma bakmış ama gümüş rengi bir araba görememiştim.

Arabası evin önünde de değildi.

"Bella?" dedi Charlie kapıdan içeri girerken.

"Selam baba."

Oturma odasında, televizyonun karşısında oturuyordu.

"Günün nasıldı?"

"İyi," dedim. Ona her şeyi anlatmalıydım, ya da o yakında Bill'den öğrenirdi. Dahası bu onu mutlu da ederdi. "İşte bana ihtiyaçları yoktu, ben de La Push'a gittim."

Yüzünde beklediğim kadar şaşkın bir ifade oluşmamıştı. Billy onunla çoktan konuşmuş olmalıydı.

"Jacob nasıldı?" diye sordu Charlie, sesini ilgisiz tutmaya çalışıyordu.

"İyi," dedim sıradan bir şekilde.

"Weberlar'a da uğradın, değil mi?"

"Evet. Davetiyelerin adreslerini yazdık."

"Güzel." Charlie'nin yüzünde kocaman bir gülümseme vardı. TV'de bir maçın olduğu düşünülürse, benimle bu kadar ilgileniyor oluşu tuhaftı. "Bugün arkadaşlarınla biraz vakit geçirdiğin için memnunum."

"Ben de."

Yavaşça mutfağa gittim, yapacak bir iş arıyordum. Ne yazık ki, Charlie yemeğinden kalanları temizlemişti bile. Birkaç dakika orada dikildim, güneş ışığının zemindeki parlamasına baktım. Ama bunu daha fazla erteleyemeyeceğimi biliyordum.

"Biraz ders çalışacağım," dedim merdivenleri çıkarken asık suratla.

"Görüşürüz," diye bağırdı Charlie arkamdan.

Eğer hayatta kalırsam, diye aklımdan geçirdim.

Odaya bakmadan önce kapıyı dikkatlice kapadım.

Tabii ki, orada beni bekliyordu. Sırtını duvara yaslamış ayakta duruyordu, gölgesi açık pencerenin üzerine düşmüştü. Yüzü sert, duruşu da gergindi. Tek kelime etmeden bana bakıyordu.

Korkmuştum, hemen konuya girmesini bekliyordum ama öyle olmadı. Bana bakmaya devam etti, muhtemelen konuşamayacak kadar sinirliydi.

"Merhaba," dedim en sonunda.

Sanki taştan oyulmuş gibi hiç kıpırdamıyordu. İçimden yüze kadar saydım ama buna rağmen yüzünde hiçbir değişiklik olmadı.

"Eee...hâlâ hayattayım," diye söze başladım.

Göğsünden bir homurtu yükseldi ama ifadesi değişmedi.

"Hiç zarar görmedim," dedim ısrarla ve omuz silktim.

Hareket etti. Gözlerini yumdu ve burnunun üzerindeki kemeri sağ elinin ilk iki parmağı arasına aldı.

"Bella," diye fısıldadı. "Bugün sınırı geçmeye ne kadar yaklaştığım hakkında bir fikrin var mı? Anlaşmayı bozup, sırf senin peşinden gelmek için? Bunun ne anlama geldiğini biliyor musun?"

Soluk soluğa kalmıştım. Gözlerini açtı. Gözleri gece kadar soğuktu.

"Bunu yapamazsın!" dedim bağırarak. Charlie'nin duymaması için sesimi ayarlamıştım ama içimden haykırmak geliyordu. "Edward, dövüşmek için her türlü bahaneyi kullanırlardı. Bu hoşlarına da giderdi. Kuralları ihlâl edemezsin!"

"Belki dövüşten zevk alan sadece onlar değildir."

"Tekrar başlama," dedim hemen. "Bir anlaşma yaptın, buna bağlı kal."

"O seni incitseydi..."

"Yeter!" diye sözünü kestim. "Benim için endişelenecek bir şey yok. Jacob tehlikeli değil."

"Bella," dedi gözlerini devirerek. "Sen neyin tehlikeli neyin olmadığını anlayacak kişi değilsin."

"Jake konusunda endişelenmemem gerektiğini biliyorum. Ve sen de endişelenmemelisin."

Dişlerini sıktı. Ellerini sıkmış, yumruk haline getirmişti. Hâlâ duvara yaslanmış duruyordu. Aramızdaki bu mesafeden nefret etmiştim.

Derin bir nefes aldım ve odanın diğer tarafına, onun yanına gittim. Ona sarıldığımda hareket etmedi. Yanda açık olan camdan akşamın tatlı sıcağı geliyordu ve onun teni buz gibi soğuktu. Zaten kendisi de donmuş gibi duruyordu.

"Seni endişelendirdiğim için üzgünüm," diye mırıldandım.

İç geçirdi, biraz rahatlamıştı. Kollarını belime sardı.

"*Endişelenmek* oldukça hafif kalıyor," diye mırıldandı. "Oldukça uzun bir gündü."

"Bunu bilmemen gerekiyordu," diye hatırlattım. "Senin avda olduğunu sanıyordum."

Yüzüne, aşırı korumacı gözlerine baktım; ne kadar gerildiğini görememiştim ama çok karanlık bakıyorlardı. Gözlerinin altında mor halkalar oluşmuştu. Kaşlarımı çattım.

"Alice senin kaybolduğunu görünce hemen geri geldim," diye açıkladı.

"Bunu yapmamalıydın. Şimdi yeniden gitmek zorunda kalacaksın." Çok sinirlenmiştim.

"Bekleyemezdim."

"Bu çok saçma. Yani biliyorum, beni Jacob ile göremiyor ama onun bunu –"

"Ama yapamadım," diye sözümü kesti. "Ve benim senin bunu yapmama izin vermemi nasıl bekleyebi – "

"Ah, evet beklerim," diye sözünü kestim. "Bu kesinlikle beklediğim şey – "

"Bu bir daha tekrarlanmayacak."

"Doğru, çünkü bir dahakine aşırı tepki göstermeyeceksin."

"Çünkü bir dahaki sefer diye bir şey olmayacak."

"Ben bundan hoşlanmasam da gitmek zorunda olduğunu anlıyorum – "

"Bu aynı şey değil. Ben hayatımı riske atmıyorum."

"Ben de öyle."

"Kurt adamlar tehlikeliler."

"Buna katılmıyorum."

"Bu konuda tartışacak değilim, Bella."

"Ben de öyle."

Ellerini tekrar yumruk haline getirmişti. Onları sırtımda hissedebiliyordum.

"Bu sadece benim güvenliğimle mi ilgili?"

"Bu da ne demek?" diye sordu.

"Sen..." Angela'nın teorisi şu anda daha da aptalca

gelmişti. Başladığım cümleyi bitirmek zor oldu. "Yani demek istediğim, kıskanmış olmanla ilgisi yok, değil mi?"

Tek kaşını kaldırdı. "Ben ne?"

"Ciddi ol."

"Şüphesiz, bunda gülünecek hiçbir şey yok."

Merakla kaşlarımı çattım. "Ya da...bu tamamen başka bir şeyle mi ilgili? Yani bu, vampirler ve kurt adamlar her zaman düşmandır mantığı biraz saçma, değil mi? Bu sadece testosteron yarışı – "

Gözleri parlamıştı. "Bu sadece seninle ilgili. Tek umursadığım şey senin güvenliğin."

Gözlerindeki siyah aleve bakıp şüphe etmek imkânsızdı.

"Pekâlâ," diyerek derin bir nefes verdim. "Buna inanıyorum. Fakat şunu bilmeni istiyorum, bu düşmanlık olayında ben yokum. Ben bu konuda İsviçre kadar tarafsızım. Efsanelere özgü canlıların anlaşmazlığına katılmayı reddediyorum. Jacob ailemden sayılır. Sen...hayatımın aşkı olamazsın, çünkü seni çok daha uzun süre sevmeyi planlıyorum. Varoluş aşkımsın yani. Kimin kurt adam kimin vampir olduğu umurumda değil. Eğer Angela bir cadıya dönüşürse, o da bu partiye katılabilir."

Gözlerini kısmış, sessizce bana bakıyordu.

"İsviçre," diye tekrarladım vurguyla.

Kaşlarını çattı ve sonra derin bir iç geçirdi. "Bella..." diye başladı ama sonra birden durdu, burnu memnuniyetsizlikle kırışmıştı.

"Şimdi ne oldu?"

"Şey...alınma ama, köpek gibi kokuyorsun," dedi.

Ve sonra çarpık bir şekilde gülümsedi, biliyordum, kavga sona ermişti. En azından şimdilik.

Edward, kaçırdığı av gezisini telafi etmeliydi ve bu yüzden cuma günü, Jasper, Emmett ve Carlisle ile birlikte Kuzey California'daki dağ aslanları sorunuyla ilgilenmek üzere yola çıkacaklardı.

Kurt adamlar konusunda bir anlaşmaya varamamıştık ama Jack'e uğrama konusunda suçluluk hissetmiyordum. O pencereden inip evine dönmeden önce cumartesi günü oraya tekrar gideceğimi söylemiştim. Hiçbir şeyi gizlice yapmamıştım. Edward bunu biliyordu. Ve eğer bir daha kamyonetimi bozacak olursa, o zaman beni Jacob alırdı. Forks tarafsız bölgeydi, tıpkı İsviçre gibi, yani benim gibi.

Perşembe günü işten çıkarken Volvo'nun içerisinde Edward değil de, Alice beni bekliyordu. Yolcu kapısını açtı ve hoparlörlerden yayılan hiç bilmediğim yüksek bir müzik sesiyle beni karşıladı.

"Selam Alice," diye bağırdım sesimi duyurmak için ve arabaya bindim. "Edward nerede?"

Alice melodisi oldukça karmaşık olan şarkıyı söylüyordu, sesi çalan müzikten daha da yüksek çıkıyordu. Sadece kafasını salladı, kendisini müziğe iyice kaptırdığından sorumu duymamıştı bile.

Kapıyı kapadım ve ellerimi kulaklarımın üzerine koydum. Gülümsedi ve şarkının sesini kıstı. Kapıları kilitledi ve hemen gaza bastı.

"Neler oluyor?" diye sordum, biraz tedirgin olmuştum. "Edward nerede?"

Omuz silkti. "Erken gittiler."

"Aaa." Verdiğim tepkiyi kontrol etmeye çalıştım. Eğer erken gittiyse, bunun anlamı erken dönecek olmasıydı, diye kendime hatırlattım.

"Tüm erkekler gitti ve biz de pijama partisi yapıyoruz!" dedi heyecanla, az önceki şarkıyı söylemeye devam eder gibi.

"Pijama partisi mi?" diye tekrarladım, şüphelerim nihayet son bulmuştu.

"Heyecanlanmadın mı?" diye bağırdı.

Bir an onun neşeyle bana baktığını gördüm.

"Beni kaçırıyorsun, değil mi?"

Kahkaha attı ve başını salladı. "Cumartesiye kadar. Esme, Charlie'ye haber verdi; iki gece benimle kalacaksın ve seni okula ben getirip götüreceğim."

Yüzümü pencereye çevirdim, dişlerimi sıkıyordum.

"Üzgünüm," dedi Alice, sesinde bir gram olsun pişmanlık olmadan konuşmuştu. "Ama bana ödeme yaptı."

"Nasıl?" diye tısladım dişlerimin arasından.

"Porsche arabayla. İtalya'da çaldığımın aynısı." Mutlu bir şekilde iç geçirdi. "İlla Forks'ta gezmek zorunda değiliz, eğer istersen, Los Angeles'a kadar gidebiliriz. Bahse varım gece yarısına kadar dönmüş oluruz."

Derin bir nefes aldım. "Sanırım bu seferlik hayır diyeceğim." Ürpertimi bastırmak için derin bir iç geçirdim.

★

Alice yol boyunca çok hızlıydı. Sonra arabayı garaja soktu ve ben de dönüp garajdaki arabalara baktım. Emmett'in büyük cipiyle, Rosalie'nin kırmızı, üstü açık spor arabasının arasında parlak sarı bir Porsche duruyordu.

Alice zarif bir şekilde arabadan indi ve hafifçe rüşvetine vurdu. "Hoş, değil mi?"

"Haddinden fazla hoş," diye homurdandım, şüpheyle. "Bunu *sadece* beni iki gün boyunca rehin alasın diye mi verdi?"

Alice suratını astı.

Bir saniye sonra, nihayet her şey kafamda yerine oturmuştu ve korkuyla iç geçirdim. "Bunu her gidişi için böyle yapman üzere sana verdi, değil mi?"

Başıyla onayladı.

Kapıyı çarptım ve ayaklarımı yere vurarak eve kadar yürüdüm. O ise yanımda neşeyle yürüyordu, içinde pişmanlıktan eser yoktu.

"Alice, bunun biraz aşırı kontrolcü bir hareket olduğunu düşünmüyor musun? Hatta birazcık delice?"

"Pek sanmıyorum." Ses tonu sertleşmişti. "Genç bir kurt adamın ne kadar tehlikeli olabileceğini anlamış gibi görünmüyorsun. Özellikle de ben onları göremiyorken Edward'ın senin güvende olduğunu bilmesinin imkânı yok. Bu kadar dikkatsiz olmamalısın."

Sesim saldırgan bir hal almıştı. "Evet, çünkü vampirlerle pijama partisi yapmak güvende olmanın zirve noktası oluyor."

Alice güldü. "Sana sadece pedikür yapacağım," diye söz verdi.

O kadar da kötü değildi, tabii isteğimin dışında alıkonulmak dışında. Esme İtalyan yemeği getirmişti – Port Angeles'tan İtalyan yemeği getirmişti ve oldukça da iyiydi – Alice ise benim sevdiğim filmleri hazırlamıştı. Rosalie bile orada, sessizce de olsa bizimleydi. Alice pedikür konusunda oldukça ısrarcı olmuştu ve bu fikir için izlediği kötü komedi dizilerinden mi ilham aldı, diye merak etmiştim.

"Ne kadar geç yatmak istersin?" diye sordu ayak tırnaklarıma kırmızı oje sürerken. Davranışlarıma rağmen şevki kırılmamıştı.

"Geç yatmak istemiyorum. Yarın okula gideceğiz." Dudak büktü.

"Bu arada nerede yatacağım?" Koltuğu gözüme kestirmiştim. Gerçi biraz kısaydı. "Beni kendi evimde göz altına alamaz mıydın?"

"Bu ne çeşit bir pijama partisi?" Alice başını öfkeyle salladı. "Edward'ın odasında uyuyacaksın."

Derin bir nefes verdim. Onun siyah deri koltuğu bundan daha uzundu. Aslında odasındaki altın rengi kalın tüylü halının üzeri de fena olmazdı.

"En azından eşyaları mı alabilmek için eve uğrayabilir miyim?"

Gülümsedi. "Çoktan alındı bile."

"Telefonu kullanmaya iznim var mı?"

"Charlie nerede olduğunu biliyor."

"Charlie'yi aramayacağım." Kaşlarımı çattım. "İptal etmem gereken planlar var."

"Aaa," dedi. "İşte bundan emin değilim."

"Alice!" Seslice sızlandım. "Hadi ama!"

"Tamam, tamam," dedi ve hızla odadan çıktı. Elinde cep telefonuyla geri geldi. "Bunu kesin olarak yasaklamadı..." diye kendi kendine mırıldandı ve telefonu bana uzattı.

Jacob'ı aradım, arkadaşlarıyla dışarı çıkmadığını umuyordum. Şans benden yanaydı, Jacob telefona cevap verdi.

"Alo?"

"Selam Jake, benim." Alice beni ifadesiz bir yüzle izledi, sonra da arkasını döndü ve gidip Rosalie ile Esme'nin arasına oturdu.

"Selam Bella," dedi. " Nasılsın?"

"Hiç iyi değilim. Cumartesi günü gelemiyorum."

Bir süre sessizlik oldu. "Ahmak kan emiciler," diye mırıldandı. "Onun gittiğini sanmıştım. O gittiğinde kendine ait bir yaşamın olmuyor mu? Seni bir tabuta mı kilitliyor yoksa?"

Güldüm.

"Bunun komik olduğunu sanmıyorum."

"Gülüyorum çünkü oldukça yaklaştın," dedim ona. "Fakat o cumartesi günü burada olacak, yani zaten fark etmeyecekti."

"Öyleyse Forks'ta beslenecek?" dedi Jacob sertçe.

"Hayır." Beni rahatsız etmesine izin vermedim. En az onun kadar kızmıştım. "Erken gitti."

"Ah. O zaman şimdi gel öyleyse," dedi istekle. "Çok da geç değil. Ya da ben seni Charlie'den alayım."

"Keşke. Ama ben Charlie'de değilim," dedim tatsızca. "Esir alındım denilebilir."

Sessizce anlamaya çalıştı ve sonra da homurdandı. "Oraya geliriz ve seni kurtarırız," dedi duygusuz bir ses tonuyla, konuşması hemen çoğul bir hal almıştı.

Soğuk bir ürperti sırtımdan aşağıya indi ama ses tonumu neşeli tutmaya çalıştım. "İlgi çekici bir teklif. Bana işkence *yapıyorlar* – Alice tırnaklarıma kırmızı oje sürüyor."

"Ciddiyim."

"Olma. Sadece beni güvende tutmaya çalışıyorlar."

Tekrar homurdandı.

"Biliyorum aptalca ama onlar kalplerinden geçen en doğru şeyi yapıyorlar."

"*Kalp* mi, ne kalbi!" dedi alaycı bir ses tonuyla.

"Cumartesi için üzgünüm," dedim. "Şimdi gidip yatmalıyım" ...koltuğa, aklımdan düzeltmiştim bunu. "Ama seni yakında tekrar arayacağım."

"Seni bırakacaklarından emin misin?" diye sordu sert bir tonda.

"Çok da emin değilim." Derin bir nefes verdim. "İyi geceler, Jake."

"Görüşürüz."

Alice hemen yanımda bitti, elini telefona uzatmıştı ama ben numarayı çoktan çevirmiştim bile. Çevirdiğim numarayı görmüştü.

"Telefonunu yanına aldığını sanmıyorum," dedi.

"Mesaj bırakacağım."

Telefon dört defa çaldı ve sonra da bir bip sesi duyuldu. Karşılama mesajı yoktu.

"Başın belada," dedim yavaşça. "Hem de büyük belada. Kızgın boz ayı sakinleştirilmek üzere evde seni bekliyor olacak."

Hemen telefonu kapattım ve beni bekleyen Alice'e verdim. "Bu kadar."

Gülümsedi. "Esir alma işi çok eğlenceli."

"Şimdi gidip yatacağım," dedim ve merdivenlere doğru yürümeye başladım. Alice de arkamdan geliyordu.

"Alice," diye iç geçirdim. "Gizlice dışarı çıkmayacağım. Eğer bunu planlasaydım, bunu bilirdin ve bunu deneseydim beni yakalardın."

"Sadece sana yatacağın yeri gösterecektim," dedi masumca.

Edward'ın odası üçüncü kattaki koridorun en uç kısmındaydı, eve daha önce gelmemiş olsanız bile kolayca bulabilirdiniz. Fakat ışığı yaktığımda bir süre afalladım. Yanlış kapıdan mı girmiştim?

Alice kıkırdadı.

Aynı odaydı ama sadece eşyalar yeniden yerleştirilmişti. Koltuk kuzey tarafındaki duvara itilmişti, müzik seti ise CD raflarının bulunduğu duvarın olduğu taraftaydı. Muazzam bir yatak ise odanın tam ortasında duruyordu.

Güney tarafındaki duvar ise büyük bir camla kaplıydı ve her şeyi ayna gibi yansıtıp iki tane varmış gibi görünmesine neden oluyordu.

Yatak örtüsü, duvarlardan daha açık, soluk altın rengindeydi, yatağın kenarları siyahtı ve işlenmiş demir ile süslenmişti. Üzüm salkımlarının arasına yerleştirilmiş metal güller vardı ve çevresi de yine aynı şekilde metal örgüler ile sarılmıştı. Pijamalarım katlanıp yatağın ayak ucuna konmuştu, makyaj çantam ise köşede duruyordu.

"Bu da ne böyle?" diye şaşkınlıkla sordum.

"Gerçekten senin o koltukta yatmana izin vereceğini sanmıyordun, değil mi?"

Ağzımda bir şeyler geveleyerek eşyalarımı almak üzere yatağa doğru gittim.

"Seni yalnız bırakayım," dedi ve güldü. "Sabah görüşürüz."

Dişlerimi fırçalayıp pijamalarımı giydikten sonra, yataktan yumuşacık, kuş tüyü bir yastık aldım ve altın rengi koltuğa doğru gittim. Aptal olduğumu biliyordum ama umurumda değildi. Rüşvet olarak verilen Porschelar, kimsenin yatmadığı devasa yataklar; bunların hepsi beni rahatsız ediyordu. Işıkları kapattım ve uyuyamayacak kadar sinirli olduğumu fark ederek koltuğa kıvrıldım.

Karanlıkta odanın cam duvarı ayna gibi parlamıyor, odayı yansıtmıyordu. Pencerenin dışında, ay ışığı bulutların arasından sızıyordu. Nihayet gözlerim karanlığa alıştığında ağaçların üstlerinin bu ışıkla aydınlandığını ve nehrin üzerinde beliren ışık oyunlarını gördüm. Gümüşi nehri izleyip göz kapaklarımın ağırlaşmasını bekledim.

Kapı hafifçe vuruldu.

"Ne var Alice?" diye tısladım. Yatakta yatmadığımı görüp benimle dalga geçeceğini hayal ederek savunmaya geçmiştim.

"Benim," dedi Rosalie yumuşak bir ses tonuyla, kapıyı açtığında gümüş rengi ışığın aydınlattığı kusursuz yüzünü gördüm. "Girebilir miyim?"

7. MUTSUZ SON

Rosalie tereddütle kapıda bekliyordu, nefes kesici yüzü kendinden emin değilmiş gibi görünüyordu.

"Tabii ki," diye yanıtladım, ses tonum beklediğimden daha yüksek çıkmıştı. "İçeri gir."

Doğruldum, oturulacak yer açmak için koltuğun kenarına kaydım. Endişelenmiştim çünkü benden pek de fazla hoşlanmayan bir Cullen sessizce yanıma oturmuştu. Beni neden ziyaret ettiğini anlamaya çalıştıysam da, beynim bu konuda hiçbir sonuca varamıyordu.

"Benimle birkaç dakika konuşmanın mahsuru var mı?" diye sordu. "Seni uyandırmadım, değil mi?" Gözleri bozulmuş olan yatak ve koltuk arasında gidip geldi.

"Hayır, uyanıktım. Tabii ki konuşabiliriz." Sesimdeki endişeyi fark edip fark etmediğini merak ediyordum.

Hafifçe güldü, gülüşü sanki bir zil çınlaması gibiydi. "Seni nadiren yalnız bırakıyor," dedi. "Ben de bu yüzden bunun ele geçirilebilecek en iyi şans olduğunu fark ettim."

Bana, Edward'ın önünde söyleyemediği neyi söylemek istiyordu ki? Ellerimi endişeyle birleştirdim.

"Lütfen müdahaleci biri olduğumu düşünme," dedi Rosalie, sesi nazik ve yalvarırcasına çıkmıştı. Ellerini kucağında birleştirmişti ve konuşurken ellerine bakıyordu. "Geçmişte duygularını incittiğime eminim ve bunu bir kez daha yapmak niyetinde değilim."

"Bunun için endişelenme, Rosalie. Benim duygularım gayet iyi durumda. Ne oldu?"

Bir kez daha güldü ama bu sefer utanmışa benziyordu. "Seninle neden insan olarak kalman hakkında, yani senin yerinde olsam neden insan olarak kalırdım, bunun hakkında konuşmak istiyordum."

"Ah."

Sesimdeki şaşkın ifadeye gülümsedi ve derin bir nefes aldı.

"Edward sana nasıl bu hale geldiğimi anlattı mı?" diye sordu, eliyle ölümsüz muhteşem vücudunu göstermişti.

Yavaşça başımı salladım, aniden ciddileşmiştim. "Port Angeles'ta bana olanların aynısının senin de başına geldiğini söyledi ama *seni* kurtaracak kimse yokmuş." O gün aklıma gelince birden içim titremişti.

"Sana sadece bunu mu anlattı?" diye sordu.

"Evet," dedim, kafam karışmıştı ve anlamamıştım. "Dahası da mı var?"

Bana baktı ve gülümsedi; hırçın ve tatsız görünüyordu ama yine de çarpıcı bir ifadesi vardı.

"Evet," dedi. "Daha fazlası da vardı."

Camdan dışarı bakarak konuşmasını bekledim, görünüşe göre sakinleşmeye çalışıyordu.

"Benim hikâyemi duymak ister misin, Bella? Mutlu bir sonu yok ama hangimizin var ki? Eğer mutlu sonlara sahip olsaydık, hepimiz mezar taşlarının altında yatıyor olurduk."

Sadece kafamı sallamakla yetindim, sözlerindeki keskinlik beni ürkütmüştü.

"Senden farklı bir dünyada yaşadım, Bella. Benim insan dünyam daha basitti. Bin dokuz yüz otuz üç yılıydı. On dokuz yaşındaydım ve güzeldim. Hayatım da mükemmeldi."

Dışarıdaki gümüş rengindeki bulutlara bakıyordu, aklı bambaşka yerlere gitmiş gibiydi.

"Ailem orta sınıftandı. Babamın bankada düzenli bir işi vardı. Şimdi fark ediyorum da, o işine oldukça bağımlıydı. Zenginliği, şansından çok aşırı çalışmasının ödülüydü. İstediğim her şeyi yapardım; o zamanlar bizim evde Büyük Bunalım* sadece bir dedikodudan ibaretti. Tabii ki fakir insanları görürdüm, onlar şanssızlardı. Babam bana, onların sorunlarını kendilerinin yarattığını söylerdi.

"Annemin görevi, evi, beni ve iki erkek kardeşimi temiz ve düzenli tutmaktı. Açık olan şuydu ki, ben en sevdiği ve öncelikli olan çocuğuydum. O zamanlar tamamen anlamıyordum ama ailemin hiçbir şeyden tamamen tatmin olmadığının farkındaydım. Her zaman daha fazlasını istiyorlardı. Toplumsal idealleri vardı, sanırım buna sınıf atlama meraklıları da diyebilirsin. Benim güzelliğim onlar için bir armağandı. Güzelliğimin benim gördüğümden çok daha fazla potansiyel barındırdığına inanıyorlardı.

Onlar tatmin olamıyorlardı ama ben öyle değildim. Rosalie Hale olduğum için mutluydum. On iki yaşımdan itibaren gittiğim her yerde erkeklerin gözleri tarafından izlenmekten memnundum. Kız arkadaşlarımın kıskançlıkla saçlarımı okşaması hoşuma gidiyordu. Annemin benimle gurur duyması ve babamın bana yeni elbiseler alması da beni mutlu ediyordu.

Hayattan ne istediğimi biliyordum ama görünüşe göre istediğim şeyi almanın imkânı yoktu. Sevilmek ve tapılmak istiyordum. Kocaman, şatafatlı bir düğün istiyordum; düğünde kasabadaki herkesin olmasını ve mihraba babamın kolunda yürürken bugüne dek gördükleri en güzel gelin olmayı istiyorum. Beğenilmek benim için oksijen gibi bir şeydi, Bella. Aptal ve yüzeysel biriydim ama mutluydum." Gülümsedi, kendini böyle tanımlaması hoşuna gitmişti.

"Ailemin etkisiyle istediğim maddi şeyler de vardı. Kocaman bir ev istiyordum, içinde birbirinden güzel eşyalar olacaktı, tabii başkası temizleyecekti ve modern bir mutfak istiyordum, tabii ki başkası yemek pişirecekti. Dediğim gibi yüzeysel biriydim. Genç ve çok sığ biriydim. Ve bunları elde etmemek için de hiçbir neden görmüyordum."

"Daha da anlamlı olmasını istediğim bir şeyler vardı. Özellikle de bir şey. En yakın arkadaşım Vera. Genç yaşta, sadece on yedisindeyken, benim ailemin asla kabul etmeyeceği biriyle, bir marangozla evlenmişti. Bir yıl sonra bir erkek çocuğu dünyaya getirmişti, kıvırcık saçları ve gamzeleri olan güzel bir çocuktu. Hayatımda ilk defa birisini kıskandığımı hissetmiştim."

Anlaşılmaz gözlerle bana baktı. "Farklı bir zamandı. O zamanlar seninle aynı yaştaydım ama buna hazırdım. Kendi küçük bebeğimi kucağıma almak için sabırsızlanıyordum. Kendime ait bir ev ve işten geldiğinde beni öpecek bir koca istiyordum, tıpkı Vera'nın sahip olduğu gibi. Tabii benim aklımdaki ev daha farklıydı..."

Rosalie'nin bildiği o dünyayı hayal etmek benim için oldukça zordu. Anlattığı hikâye geçmişten çok bir masala benziyordu. Fakat küçük bir şokla, bunun Edward'ın insanken büyüdüğü dünyaya çok yakın olduğunu anladım. Rosalie sessizce oturduğu zaman zarfında acaba şu an benim Rosalie'nin anlattıklarına şaşırdığım gibi Edward da benim dünyama şaşırıyor mu, diye merak ettim.

Rosalie iç geçirdi, tekrar konuşmaya başladığında sesindeki bütün istek uçup gitmişti.

"Rochester'da kraliyet ailesine mensup sadece bir aile vardı, onların da soyadı ironik bir biçimde King'ti★ (King kelimesi Türkçe'de kral anlamına gelir.). Royce King, babamın çalıştığı bankanın ve yaşadığımız yerde kar eden neredeyse her işin sahibiydi. Onun oğlu İkinci Royce King," – Rosalie bu adı tükürür gibi söylemişti – "beni bir defa görmüştü. Bankanın idaresini alacaktı ve farklı pozisyonlarda çalışmaya başlamıştı. İki gün sonra annem babamın öğle yemeğini vermeyi unutunca götürmem için bana ısrar ettiğinde şaşırmıştım, beyaz ipekten kıyafetimi giydim ve saçlarımı toplayıp bankaya gittim." Rosalie keyifsizce güldü.

"Royce'un bana özellikle baktığını fark etmemiştim. Bana herkes bakardı. Fakat o gece ilk defa eve güller gelmişti. Evlenene kadar her gece bana bir buket gül yolladı. Annem gülleri her zaman aşırı bir tepkiyle karşılardı. Evden çıkarken gül gibi kokardım.

Royce yakışıklıydı da. Saçları benimkilerden sarıydı ve soluk mavi gözleri vardı. Benim gözlerimin ona menekşe rengi gibi geldiğini söylerdi ve böylece daha sonra güllerin yanında menekşeler de gelmeye başlamıştı.

Ailem bu ilişkiyi onaylamış ve bu her şeyi daha da güzel yapmıştı. Her şey istediğim gibiydi. Ve Royce hayalini kurduğum her şeyi bana yaşatıyordu. Bir masal prensi gelip beni prenses yapacaktı. İstediğim her şeye sahiptim, bundan daha fazlası olamazdı. Onunla tanışalı iki hafta olmadan nişanlandık.

İkimiz de yalnız olarak çok da fazla zaman geçirmemiştik. Royce bana çok fazla sorumluluğu olduğundan bahsetmişti. Biz beraberken insanların bize bakmasından hoşlanırdı. Beni onun kollarında görmelerinden keyif alırdı, aslında ben de bundan hoşlanıyordum. Bir sürü parti, dans ve güzel elbiseler vardı. King soyadına sahip oldun mu, her kapı önünde açılıyor, önüne kırmızı halılar seriliyordu.

Uzun bir nişanlılık evresi değildi. Planlandığı gibi düğünde su gibi para harcanacaktı. İstediğim her şeye sahip olacaktım. Tam anlamıyla mutluydum. Vera'yı ziyarete gittiğimde artık onu kıskanmıyordum. Sarı saçlı çocuklarımı Kingler'in devasa bahçelerinde oynarken hayal ediyor ve Vera'ya acıyordum."

Rosalie aniden durdu, dişlerini sıkmıştı. Anlattıkları beni meraklandırmıştı. Kötü bir şeylerin yaklaştığını fark ettim. Dediği gibi mutlu son olamazdı. Diğerlerinden daha sert bir sonu olmasının sebebinin ne olduğunu merak ediyordum çünkü hayatında istediği her şeye kısa yoldan kavuşmuştu.

"O gece Vera'daydım," diye mırıldandı Rosalie. Yüzü bir heykelinki gibi sert ve ifadesizdi. "Gamzeleri olan tatlı oğlu Henry, kendi başına ayağa kalkabiliyordu. Ben ayrılırken Vera beni kapıya kadar geçirdi, kucağında bebeği ve kolunu onun beline dolamış kocası da yanındaydı. Onlara bakmadıklarımı düşündükleri bir an eşinin onu öptüğünü görmüştüm ve bu da beni rahatsız etmişti. Royce beni öptüğünde aynısı olmuyordu, bir şekilde onlarınki kadar tatlı değildi... Bu düşünceyi aklımdan uzaklaştırdım. Royce benim prensimdi. Bir gün ben de prenses olacaktım."

Bunu ay ışığında söylemesi zor olsa da, Rosalie'nin bembeyaz yüzü solmuş gibiydi.

"Sokaklar karanlıktı ve lambalar çoktan yanmıştı. Bu kadar geç olduğunu fark edememiştim." Neredeyse duyulmayacak şekilde fısıldayarak devam etti. "Çok da soğuktu. Nisanın sonu için fazlasıyla soğuktu. Düğüne sadece bir hafta vardı ve hasta olmaktan endişelendiğim için hızla eve doğru yürümeye başladım. O gece hakkında her şeyi en ince detayına kadar hatırlayabiliyorum. Başlangıçta...hatırlaması çok zor olmuştu. Hiçbir şey anımsamıyordum. Ve sonra hatırladım ve bütün tatlı anılar birer birer yok oldu..."

Derin bir nefes aldı ve gene fısıldamaya başladı. "Evet, soğuk beni endişelendirmişti... Düğünü evde yapmak istemiyordum...

Sesleri duyduğumda evime sadece birkaç sokak uzaktaydım. Bir grup adam, bozuk, yanmayan sokak lambasının altında durmuş gürültülü şekilde gülüyorlardı. Sarhoştular. Babamı bana eşlik etmesi için çağırmış olmayı diledim. Ama yol o kadar kısaydı ki, onu çağırmak çok aptalca gelmişti. Ve sonra biri adımı söyledi.

"Rose!" diye bağırdı ve diğerleri de bunun üzerine kahkahalarla güldüler.

Birkaç sarhoş adamın üstünde bu kadar iyi kıyafetlerin olması beni şaşırtmıştı. Sonra onların Royce ve onun zengin arkadaşları olduğunu fark ettim.

"İşte benim Rose'um!" diye bağırdı Royce ve birlikte güldüler, çok aptal görünüyorlardı. "Geciktin. Üşüdük, bizi çok beklettin."

Onu hiç içerken görmemiştim. Sadece zaman zaman partilerde kadeh kaldırırdı. Bana şampanyadan hoşlanmadığını söylemişti. Onun daha güçlü bir şeyleri tercih ettiğini fark edememiştim.

Yeni arkadaşlar edinmişti, arkadaşının arkadaşı Atlanta'dan gelmişti.

"Sana ne söylemiştim John," diye sevinçle haykırmıştı Royce, kolumdan yakalamış ve beni yakınına çekmişti. "Senin Georgia şeftalilerinden bile daha tatlı değil mi?"

John adındaki adam siyah saçlı ve yanık tenliydi. Bana sanki satın alacağı bir atmışım gibi baktı.

"Bunu söylemesi zor," dedi. Yavaşça ve yayarak konuşuyordu. "Her yanı kapalı."

Güldüler, Royce da gülüyordu.

Aniden, Royce bana hediye ettiği ceketimi omzumdan zorla çıkardı ve birden pirinç düğmeler havaya fırladı. Hepsi sokağa saçılmıştı.

"Neye benzediğini göster ona Rose!" Kahkaha attı ve parçalarcasına şapkamı kafamdan çıkardı. Şapka iğnelerle saçıma tutturulmuş olduğu için acıdan ağlamaya başladım. Onlarsa benim acı çekmemle eğleniyor gibi görünüyorlardı..."

Rosalie aniden bana baktı, sanki orada olduğumu unutmuş gibiydi. Artık en az onun kadar beyaz göründüğüme emindim, tabii rengim yeşile dönmediyse.

"Kalanını dinlemen için seni zorlamayacağım," dedi sessizce. "Beni sokakta bıraktılar, giderken hâlâ gülüyorlardı. Öldüğümü düşünmüşlerdi. Royce ile yeni bir gelin bulması konusunda dalga geçiyorlardı.

Yolda ölümü bekliyordum. Soğuktu ve çok fazla acı çekmeme rağmen bu beni rahatsız etmiyordu. Kar yağmaya başlamıştı ve neden hâlâ ölmediğimi merak ediyordum. Ölmek için sabırsızlanıyordum çünkü bu tüm acılarımın sonu olacaktı. Çok fazla zaman alıyordu...

Sonra Carlisle beni buldu. Kanın kokusunu almış ve araştırmaya çıkmıştı. O hayatımı kurtarmaya çalışırken belli belirsiz sinirlendiğimi anımsıyorum. Dr. Cullen ya da karısından ve onun kardeşinden, ki Edward o zamanlar öyle gibi davranıyordu, hiç hoşlanmazdım. Onların benden güzel oluşu beni üzerdi, özellikle de erkeklerinin. Fakat onlar asla insan içine karışmazlardı, onları sadece bir ya da iki kez görmüştüm.

Beni yerden kaldırıp koşmaya başladığında hızdan dolayı uçtuğumu sanmıştım. Acının sona ermiş olmasından dolayı dehşete düşmüştüm...

Sonra kendimi parlak ve sıcak bir odada buldum. Olanlara aldırmıyordum çünkü acı azaldığı için halimden memnundum. Fakat aniden, sanki keskin bir şey, beni boğazımdan, el ve ayak bileklerimden kesti. Korkuyla bağırdım, bana daha fazla acı çektirmek için buraya getirdiğini düşünmüştüm. Sonra bir ateş bütün bedenimi yaktı ve başka hiçbir şeyi umursamaz oldum. Beni öldürmesi için yalvardım. Carlisle benimle birlikte oturdu. Elimi tuttu ve üzgün olduğunu söyleyip bu acının yakında sona ereceğine dair söz verdi. Bana her şeyi anlattı. Ne olduğunu ve neye dönüşeceğimi anlattı. Ona inanmadım. Ne zaman çığlık atsam benden özür diledi.

Edward bu durumdan hiç mutlu değildi. Benim hakkımda tartıştıklarını anımsıyorum. Bir süre sonra çığlık atmayı bıraktım çünkü işe yaramıyordu.

"Aklından ne geçiyordu, Carlisle?' diye sormuştu Edward. " Bu Rosalie Hale, değil mi?"

Rosalie onun iğrenen ses tonunu kusursuz biçimde taklit etmişti.

"Adımı bu şekilde, sanki bende bir sorun varmışçasına telaffuz etmesinden hiç hoşlanmamıştım."

"Onun ölmesine izin veremezdim," demişti Carlisle sessizce. 'Bu çok korkunç ve büyük bir ziyan."

Edward, "Biliyorum," deyince sonunda pes ettiğini düşündüm. Bu beni kızdırmıştı. O zamanlar Carlisle'nin düşündüklerini bütünüyle anlayabildiğini bilmiyordum."

"Bu çok büyük bir ziyandı. Onu orada bırakamazdım," dedi Carlisle tekrar fısıltı halinde.

"Tabii ki yapamazdın," demişti Esme anlayışla.

"İnsanlar ölür," diye hatırlatmıştı Edward yüksek sesle. "Onun biraz fazla göze batan biri olduğunu düşünmedin mi? King ailesi büyük ihtimalle onu bulmak için büyük bir arama başlatacak ve kimse o canavardan şüphelenmeyecektir," diyerek homurdanmıştı.

Royce'un suçlu olduğunu bilmeleri beni memnun etmişti.

Dönüşümün neredeyse bitmek üzere olduğunu fark etmemiştim. Güçlenmeye başlamıştım ve onların söylediklerine odaklanabilmemin bir sebebi de buydu. Acı parmak uçlarımdan başlayarak yok olmaya başlamıştı.

"Onunla ne yapacağız?" diye sormuştu Edward bezgince, ya da en azından bana öyle gelmişti.

Carlisle iç geçirdi. "Bu ona kalmış, elbette. Kendi yoluna gitmek isteyebilir."

Bana anlattıklarından sonra bu söyledikleri beni korkutmuştu. Hayatımın sona erdiğini biliyordum ve geri dönme benim için bir daha söz konusu olamazdı. Yalnız olma düşüncesine katlanamazdım...

Acı nihayet sona ermişti ve bana tekrar ne olduğumu açıkladılar. Bu defa onlara inandım. Susuzluk çekiyordum, cildim kalınlaşmıştı ve gözlerimin kıpkırmızı olduğunu görmüştüm.

Hâlâ yüzeyseldim, aynadaki görüntümü ilk defa gördüğümde kendimi daha iyi hissettim. Gözlerimi bir kenara bırakırsak, hayatımda gördüğüm en güzel şeye dönüşmüştüm."

Rosalie, bir süre bu söylediklerine güldü.

"Güzelliği, başıma gelenler için suçlayıp onu bir lanet olarak görmeye başlamam biraz zaman aldı. Çirkin olmayı değil belki ama normal olmayı diliyordum. Tıpkı Vera gibi. Eğer öyle olsaydım, beni seven biriyle evlenebilirdim ve bebeklerim olurdu. Hep istediğim gibi. Hâlâ çok imkânsız bir dilek değilmiş gibi geliyor."

Bir süre düşüncelere daldı, varlığımı tekrar unutup unutmadığını merak ediyordum. Fakat sonra bana gülümsedi, yüzünde övünç dolu bir gülümseme vardı.

"Biliyorsun, benim sicilim de neredeyse Carlisle'nınki kadar temiz," dedi. "Esme'ninkinden iyi. Edward'ınkinden ise binlerce defa daha iyi. Asla insan kanının tadına bakmadım." Bunu gururla söylemişti.

Yüzümdeki düşünceli ifadeden, neden sicilinin *neredeyse* temiz olduğunu merak ettiğimi anlamıştı.

"Beş insanı öldürdüm," dedi kendinden memnun bir halde. "Tabii onlara insan diyebilirsen. Fakat onların kanlarını akıtmamak için oldukça gayret ettim. Anlarsın ya, onların hiçbir parçasının içimde olmasını istemedim.

Royce'u en sona sakladım. Onun arkadaşlarının ölümünü duymasını istiyordum, böylece başına ne geleceğini anlayacaktı. Korkunun onun sonunu daha kötü yapmasını umuyordum. Sanırım işe yaramıştı. Bir banka kasasının kapısı kadar kalın bir kapının arkasında, penceresiz bir odada saklanıyordu. Onu yakaladığımda dışarıda silahlı koruyucuları vardı. Ahh, pardon! Yedi kişiyi öldürmüşüm," diye düzeltti. "Korumaları unutmuşum. Gerçi onları halletmek bir saniyemi almıştı.

Sanki bir tiyatro oyunundaymış gibiydim. Çok çocukçaydı, gerçekten. Üstümde, o gün için özel olarak çaldığım bir gelinlik vardı. Beni gördüğünde çığlık attı. Onu sona saklamak iyi bir fikirdi. Bu sayede kendimi kontrol edip her şeyi ağırdan alabilirdim —"

Aniden sustu ve dönüp bana baktı. "Üzgünüm," dedi utanarak. "Seni korkuttum, değil mi?"

"İyiyim ben," diye yalan söyledim.

"Kendimi çok kaptırdım."

"Boş ver sorun değil."

"Edward'ın sana bundan bahsetmemiş olmasına şaşırdım."

"Diğer insanların hikâyelerini anlatmaktan pek hoşlanmaz. Onların güvenlerine ihanet ediyormuş gibi hissediyor çünkü zaten onun duymasını istediklerinden çok daha fazlasını duyuyor."

Gülümsedi ve başını salladı. "Sanırım ona daha çok güvenmeliyim. O gerçekten çok terbiyeli biri, değil mi?"

"Sanırım öyle."

"Sana bir şey söyleyeceğim." Derin bir iç geçirdi. "Bugüne kadar siz ikinize pek iyi davranmadım, Bella. Sana nedenini söyledi mi? Yoksa bu da gizli mi?"

"İnsan olduğumdan dolayı olduğunu, senin için, dışardan birini kabul etmenin zor olduğunu söylemişti."

Rosalie'nin şen şakrak gülüşü sözümü yarıda kesmişti. "Şimdi gerçekten suçlu hissettim işte. Bana karşı hak ettiğimden çok ama çok daha fazla nazikmiş." Gülerken çok sıcak biri gibi görünüyordu, sanki takındığı tüm o soğuk tavır daha önce hiç olmamış gibiydi. "Ne kadar da yalancı bir çocuk." Tekrar güldü.

"Yalan mı söylüyordu?" diye sordum aniden tereddütle.

"Aslında böyle söylemek çok ağır olur. Sadece tüm hikâyeyi anlatmamış diyelim. Sana anlattıkları doğru, hatta bugün için daha da doğru. Fakat bir zamanlar..." Durdu ve asabi bir şekilde kıkırdadı. "Bu çok utanç verici. Anlarsın ya, en başta, kıskandım çünkü beni değil, seni istiyordu."

Sözleri, üzerimde büyük bir endişe dalgasının yayılmasına neden oldu. Orada gümüşten ışığın altında oturmuş duruyordu ve hayal edebileceğim her şeyden daha güzeldi. Rosalie ile rekabet edemezdim.

"Ama sen Emmett'i seviyorsun..." diye mırıldandım.

Kafasını keyifle öne ve arkaya doğru salladı. "Edward'ı asla o şekilde istemedim, Bella. Asla. Onu bir kardeş gibi sevdim ama konuştuğunu duyduğum o ilk andan beri beni sinir ediyordu. Bir şeyi anlamalısın...insanların *beni* istemesine çok alışkındım. Ve Edward birazcık dahi olsa benimle ilgilenmemişti. Bu beni hayal kırıklığına uğratmıştı, hatta başlarda incitmişti de. Fakat o kimseyi istemiyordu ve bu yüzden bu beni çok da rahatsız etmiyordu. Hatta Denali'de, Tanya'nın klanıyla ilk karşılaştığımızda – tüm o kızlarla! – Edward ufacık bile olsa ilgi göstermemişti. Ve sonra seninle tanıştı." Şaşırmış gözlerle bana bakıyordu ama ben ilgimin tamamen ona dönük olduğunu söyleyemezdim. O anda Edward, Tanya ve bahsettiği *tüm o kızları* düşünüyordum, dudaklarım birbirine kenetlenmiş, bir çizgi halini almıştı.

"Sen güzel olmadığından değil, Bella," dedi, yüz ifademi tamamen yanlış yorumlamıştı. "Fakat seni benden daha çekici bulmuştu. Buna alınacak kadar kendini beğenmiş biriyim ben."

"Fakat sen 'en başta' dedin. Bu hâlâ seni...rahatsız etmiyorsa, sorun ne o zaman? Yani ikimiz de biliyoruz ki, sen bu evrendeki en güzel insansın."

Bu sözleri söyler söylemez güldüm çünkü söylememe bile gerek yoktu, bu açıkça ortadaydı. Ne kadar tuhaftı, Rosalie'nin bile böyle rahatlatılmaya ihtiyacı vardı.

Rosalie de güldü. "Teşekkürler Bella. Ve hayır, artık beni rahatsız etmiyor. Edward her zaman biraz tuhaf olmuştur." Tekrar gülmeye başlamıştı.

"Fakat sen benden hâlâ hoşlanmıyorsun," diye fısıldadım.

Gülümseyişi yüzünden silindi. "Bunun için üzgünüm."

Bir süre sessizce oturduk. Devam etmeye pek niyetli gibi görünmüyordu.

"Bana nedenini söyler misin? Ben bir şey mi yaptım...?"

Yoksa ailesini – sevgili Emmett'ını – tehlikeye attığım için mi bana kızgındı?

"Hayır sen hiçbir şey yapmadın," diye mırıldandı. "Henüz."

Aklım karışmış halde, gözlerimi dikmiş ona bakıyordum.

"Fark etmedin mi, Bella?" Daha evvel kendi mutsuz hayat hikâyesini anlatmasına rağmen sesi öncekinden daha tutkulu şekilde çıkmıştı. "Sen zaten her şeye sahipsin. Önünde bir hayat var, benim ömrüm boyunca istediğim tek şey. Ve sen bunu ziyan edeceksin. Senin yerinde olmak için istediğim her şeyi verebileceğimi görmüyor musun? Benim seçmediğim şeye sahipsin ve sen yanlış bir tercih yapıyorsun!"

Yüzündeki vahşi ifadeden dolayı geriye sıçramıştım. Sonra ağzımın bir karış açık kaldığını fark ettim ve hemen kapadım.

Uzun bir süre bana gözlerini dikip baktı, gözlerindeki ateş yavaşça sönmüştü. Birdenbire utandı.

"Bunu sakince yapabileceğimden öylesine emindim ki." Başını salladı, birdenbire ortaya çıkan hislerinden dolayı birazcık sersemlemiş gibi görünüyordu. "Artık her şey gösterişten ibaret olduğu o zamanlardan daha da zor."

Sessizce bir süre aya baktı. Ancak birkaç dakika sonra onu daldığı derin düşüncelerden çıkaracak cesareti toplayabildim.

"İnsan olarak kalmayı seçsem, sence daha mı iyi olur?"

Dönüp bana baktı, gülümsemesini bastırıyor gibi dudağı seyirdi. "Belki de."

"Ama bir şekilde sen de kendi mutlu sonuna eriştin." Bunu ona hatırlatma gereği duymuştum. "Emmett'ı aldın."

"Birazcık ulaştım." Gülümsedi. "Biliyorsun, Emmett'ı, bir ayının onu parçalamasından kurtarmış ve onu eve Carlisle'a getirmiştim. O ayıyı neden durdurduğumu tahmin edebiliyor musun?"

Başımı hayır anlamında salladım.

"O siyah kıvırcık saçları... Acı çekerken bile yüzünde oluşan gamzeleri... Ona yetişkin bir erkeğin yüzünde asla göremeyeceğin bir masumiyet veriyordu. Bana Vera'nın küçük oğlu Henry'yi hatırlatmıştı. Onun ölmesini istemedim. Daha da fazlası, bu hayatımdan nefret etsem de, Carlisle'dan bencilce onu benim için değiştirmesini istedim.

Hak ettiğimden çok daha şanslıydım. Eğer ne istediğimi biliyor olsaydım, Emmett'ı aradığım her şeye sahip olan kişi olarak seçerdim. Benim ihtiyaç duyacağım cinsten biri. Ve tuhaf biçimde onun da bana ihtiyacı vardı. Bu beklediğimden de daha iyi olmuştu. Fakat asla ikimizden fazlası olamayacak. Asla saçları ağarmış bir halde yanımda verandaya oturmuş dururken çevremiz torunlarımız tarafından sarılmayacak."

Şimdi biraz gülümsüyor gibiydi. "Bu söylediklerim sana tuhaf geliyor, değil mi? Bir yandan benim on sekiz yaşımdaki halimden daha olgunsun. Ama diğer yandan...oturup ciddi ciddi düşünmediğin pek çok şey var. On yıl ya da elli yıl sonra ne isteyebileceğini düşünemeyecek kadar ve bunları düşünmeden bir kenara atacak kadar gençsin. Hayatın boyunca aynı kalacak bazı şeyler için düşüncesizce karar vermek istemezsin, Bella." Dostane bir sıcaklıkla omzuma vurdu.

Derin bir soluk verdim.

"Sadece biraz düşün. Bir kere oldu mu bir daha asla geri dönüşü yok. Esme bizi bir şeylerin yerine koydu... Alice insanken özleyebileceği hiçbir şeyi anımsamıyor... Ama sen hatırlayacaksın. Bu büyük bir vazgeçiş."

Fakat benim olacak olanlar da fazla olacak, diye aklımdan geçirmiş ama dile getirmemiştim. "Teşekkürler, Rosalie. Anlattıkların...ve bana seni daha iyi tanıma fırsatı verdiğin için."

"Bir canavar gibi davrandığım için özür dilerim." Gülümsedi. "Bugünden sonra artık kendimi kontrol edeceğim."

Ben de ona gülümsedim.

Hâlâ arkadaş değildik ama benden artık o kadar da çok nefret etmeyeceğine emindim.

"Şimdi uyuman için seni yalnız bırakayım." Gözleri yatağa kaymış ve dudakları titremişti. "Biliyorum, seni böyle kilit altında tuttuğu için pek mutlu değilsin ama döndüğünde ona çok da kötü davranma. O seni sandığından daha da çok seviyor. Senden uzak olmak onu çok korkutuyor." Sessizce ayağa kalktı ve kapıya doğru ilerledi. "İyi geceler, Bella" diye fısıldadı kapıyı arkasından kapatırken.

"İyi geceler, Rosalie," diye mırıldandım çoktan gitmiş olmasına rağmen.

Uykuya dalmam çok uzun bir süre aldı.

Uyuduğumda ise bir kâbus gördüm. Karanlık bir sokakta, yerde sürünüyordum, bilmediğim bir sokaktı ve yer buz gibiydi. Hafif hafif yağan karın altında, arkamda kandan bir iz bırakıyordum. Gölgeler içerisinde bembeyaz bir melek, kızgın gözlerle yerde sürünüşümü seyrediyordu.

Sonraki sabah Alice beni okula bırakırken aksi biçimde ön camdan dışarıya bakıyordum. Uykusuzdum ve böyle tutsak alınmış olmak beni sinir ediyordu.

"Bu gece Olympia'ya ya da başka bir yere gideriz," diye söz verdi Alice. "Eğlenceli olmaz mı?"

"Neden sadece beni bodruma kilitlemiyor," dedim, "ve neden her şeyi daha güzel göstermeye çalışmaktan vazgeçmiyorsun?"

Alice kaşlarını çattı. "Porsche'u benden geri alacak. İşimi iyi yapmıyorum. Eğlenmen gerekiyordu."

"Bu senin suçun değil," diye mırıldandım. Gerçekten suçlu hissettiğime inanamıyordum. "Öğle yemeğinde görüşürüz."

Zorlukla İngilizce dersine gittim. Edward olmadan günün dayanılmaz olacağı kesindi. İlk dersimde surat astım ama bu davranışımın bana pek de yardımının dokunmadığının farkındaydım.

Zil çaldığında sınıftan çıkmak için hiçbir istek göstermedim. Mike ise kapıda durmuş beni bekliyordu.

"Edward bu hafta sonu yürüyüşe çıkmış ha?" Hafifçe çiseleyen yağmurun altında yürürken benimle iletişim kurmaya çalışıyordu.

"Evet."

"Bu gece bir şeyler yapmak ister misin?"

Sesi nasıl olur da bu kadar umut dolu olabilirdi?

"Yapamam. Katılmam gereken bir pijama partim var," diye homurdandım. Tavrımı anlamaya çalışarak bana garip bir bakış attı.

"Sen kiminle – "

Mike'ın sorusu gürültüyle yarıda kesilmişti, arkamızdaki park yerinden bağrışmalar geliyordu. Herkes durmuş ve dönüp bakmıştı, gürültülü siyah motosikletin asfaltın kenarında durduğuna inanamıyorlardı.

Jacob bana hızlıca el salladı.

"Koş Bella!" diye bağırdı çalışan motorun sesini bastırarak.

Neler olduğunu anlamadan önce bir süre donup kaldım.

Hemen dönüp Mike'a baktım. Sadece birkaç saniyem olduğunu biliyordum.

Alice beni insanların ortasında yakalamak için ne kadar ileri gidebilirdi ki?

"Çok hastalandım ve eve gidiyorum, tamam mı?" dedim Mike'a, sesim heyecan doluydu.

"Peki," diye mırıldandı.

Hızla Mike'ı yanağından öptüm. "Teşekkürler, Mike. Sana borçluyum!" diye bağırdım, bütün gücümle koşmaya başladığım anda.

Jacob motora gaz verdi ve gülümsedi. Arka koltuğa atladım ve kollarımı onun beline doladım.

Alice'in kafeteryanın köşesinde durduğunu gördüm, gözlerinde öfke vardı. Dudakları yukarı kıvrılmış, dişleri görünüyordu.

Ona özür dileyen bir bakış attım.

Sonra hızla asfaltın üzerinde gitmeye başladık, midem bulanmaya başlamıştı.

"Sıkı tutun," diye bağırdı Jack.

Çok hızlı gittiğimizden başımı onun sırtının arkasında saklamıştım. Quileute sınırına geçince yavaşlayacağını biliyordum. Alice'in bizi takip etmemesi ve Charlie'nin bizi görmemesi için sessizce dua ediyordum.

Güvenli bölgeye ulaştığımızı anlamak hiç de zor olmamıştı. Motor yavaşladı ve Jacob doğrulup kahkahalarla gülmeye başladı. Gözlerimi açtım.

"Başardık," dedi bağırarak. "Çok da kötü bir kaçış olmadı, değil mi?"

"İyi plan Jake."

"Psişik sülük hakkında söylediklerini anımsadım; benim ne yapacağımı göremezdi. Bunu aklına getirmediğin için de memnunum yoksa okula gitmene asla izin vermezdi."

"Bu yüzden düşünmedim."

Gururla gülümsedi. "Bugün ne yapmak istersin?"

"Her şeyi!" dedim gülümseyerek. Özgür olmak kendimi harika hissetmeme sebep olmuştu.

8. ÖFKE

Amaçsızca tekrar sahile gittik. Jacob hâlâ beni kurtarış planının etkisindeydi.

"Seni aramak için geleceklerini düşünüyor musun?" diye sordu.

"Hayır." Bundan kesinlikle emindim. "Bu gece canıma okuyacaklardır ama."

Bir taş aldı ve dalgalara doğru fırlattı. "Öyleyse gitme," diye önerdi.

"Charlie buna çok sevinirdi," dedim alayla.

"Bahse girerim onun için mahsuru olmazdı."

Cevap vermedim. Jacob muhtemelen haklıydı ve bu benim dişlerimi sıkmama neden olmuştu. Charlie'nin bariz bir şekilde Quileute arkadaşlarımın tarafını tutması haksızlıktı. Tercihini kurt adamlar ve vampirler arasında yaptığını bilse ne hissederdi merak ediyordum.

"Pekâlâ, sürüdeki son *skandal* nedir?" diye sordum keyifle.

Jacob sendeleyerek durdu ve gözlerinde şaşırmış bir ifadeyle bana baktı.

"Ne? Şakaydı sadece."

Başka bir tarafa bakmaya başladı...

Onun tekrar yürümesini bekliyordum ama görünüşe göre dalıp gitmişti.

"Bir skandal mı var?" diye sordum merakla.

Jacob kıkırdadı. "Herkesin her şeyi bilmemesinin nasıl olduğunu unutmuşum. Aklımda sessiz ve gizli bir yere sahip olmak ilginç."

Bir süre taşlı sahilde sessizce yürüdük.

"Ne oldu peki?" Nihayet sormuştum. "Kafandakileri herkes biliyor mu?"

Bir süre ikilemde kaldı, sanki bunu bana nasıl söyleyeceğini bilemiyor gibiydi. Sonunda derin bir nefes aldı ve konuşmaya başladı, "Quil âşık oldu. Şimdiden üç kişi olduk ve geri kalanlarımız da endişelenmeye başladı. Belki de hikâyelerde anlatıldığından farklı olarak daha yaygındır..." Kaşlarını çattı ve dönüp bana baktı. Konuşmadan gözlerimin içerisine bakıyordu. Öylesine odaklanmıştı ki, alnı kırışmıştı.

"Neye bakıyorsun öyle?" diye sordum, utandığımı hissediyordum.

İç geçirdi. "Hiç."

Jacob tekrar yürümeye başladı. Planlamıyormuş gibi elime uzandı ve tuttu. Sessizce taşların üzerinde yürüdük.

Ne kadar süre el ele yürümemiz gerektiğini düşündüm – sanki bir çift gibiydik – ve buna itiraz edip edemeyeceğimi merak ediyordum. Fakat bu Jacob'ın her zaman yaptığı bir şeydi... Bunu planladığını düşünmek için bir neden yoktu.

"Quil'in birine âşık olması neden bir skandal olsun ki?" diye sordum, devam edecek gibi görünmüyordu. "İçinizde en yeni olduğu için mi?"

"Onunla bir ilgisi yok"

"Peki o zaman sorun ne?"

"Bu da diğer efsanelerden biriydi. Hepsi doğru çıktığında şaşırmayı bırakacak mıyız merak ediyorum," diye mırıldandı kendi kendine.

"Bana söyleyecek misin? Ya da tahmin mi etmeliyim?"

"Bunu asla tahmin edemezsin. Bak, Quil daha önce hiç bizimle takılmamıştı. Bu yüzden Emily'nin çevresinde pek bulunmamıştı."

"Quil Emily'ye mi âşık olmuş?" diye haykırdım heyecanla.

"Hayır! Sana tahmin etme dedim. Emily'nin iki yeğeni onu ziyarete geldi...ve Quil, Claire ile tanıştı."

Devam etmedi. Yaklaşık bir dakika boyunca sustu.

"Emily yeğeninin bir kurt adamla beraber olmasını istemiyor mu? Bu biraz ikiyüzlüce," dedim.

Fakat insanların neden böyle hissettiğini anlayabiliyordum. Yüzünden sağ koluna kadar uzanan yaranın onu nasıl mahvettiğini anımsadım. Sam bir keresinde kontrolünü yitirmişti ve bu olduğunda Emily onun çok yakınında duruyordu. Emily'ye yaptıklarından dolayı Sam'in ne kadar üzgün olduğunu görmüştüm. Emily'nin yeğenini bir kurt adamla beraber olmasını neden istemediğini anlayabiliyordum.

"Tahmin etmeyi keser misin? Söylediklerinin olanlarla hiçbir alakası yok. Emily bu kısmını umursamıyor, o daha çok bu kadar erken olmasını dert ediyor."

"Ne demek *erken*?"

Jacob gözlerini kısarak şüpheyle bana baktı. "Yargılayıcı olmak yok, tamam mı?"

İhtiyatlı bir şekilde kafamı salladım.

"Claire iki yaşında," dedi Jacob.

Yağmur başlamıştı. Damlalar yüzüme düştüğünden endişeyle gözlerimi kırpıştırdım..

Jacob ise sessizce bekliyordu. Her zaman olduğu gibi üzerinde ceketi yoktu, damlalar siyah tişörtünde noktalar oluşturmuştu ve onun taranmamış saçlarına damlıyordu.

"Quil...*iki yaşında* birine mi...âşık oldu?" Sonunda sorabilmiştim.

"Evet." Jacob omuz silkti. Eğildi ve bir taş daha alıp suya doğru fırlattı. "Aynı hikâyelerde söylendiği gibi."

"Fakat o bir bebek," diye itiraz ettim.

Bana gülünç bir şekilde baktı. "Quil yaşlanmayacak," diye hatırlattı bana, ses tonunda hafif bir ima vardı. "Sadece bir on yıl kadar sabretmek zorunda."

"Ben...ne söyleyeceğimi bilmiyorum."

Yargılamamak için kendimi zor tutuyordum ama aslında dehşete düşmüştüm. Kurt adamların kendilerini cinayet işlemeye adamadıklarını öğrendiğim o günden beri ilk defa onlar hakkındaki bir şey beni rahatsız etmişti.

"Yargılıyorsun ama," diye üstüme geldi. "Bunu yüzünde görebiliyorum."

"Üzgünüm," diye mırıldandım. "Fakat bu söylediklerin çok rahatsız edici."

"Sandığın gibi değil; tamamen yanlış anladın." Jacob aniden arkadaşını hararetle savunmaya başladı. "Nasıl bir şey olduğunu onun gözlerinde gördüm. Bunda *romantik* bir durum söz konusu değil, Quil için de öyle bir şey değil zaten." Derin bir nefes aldı, sinirlenmişti. "Bunu açıklaması çok zor. Bu gerçekten ilk görüşte aşk gibi değil. Daha çok...yer çekimi gibi. O kişiyi görünce aniden dünya sanki seni tutmayı bırakmış gibi oluyor. Artık *o* kişi senin eksenin oluyor. Ve ondan başka hiçbir şey önemli olmuyor. Onun için her şeyi yapabilir hale geliyorsun, herkes olabiliyorsun... Onun ihtiyacı olduğu herkese dönüşüyorsun, bazen bir koruyucu, bazen bir âşık, ya da arkadaş belki de bir ağabey.

Quil bir çocuğun sahip olabileceği en iyi ağabey olacak. Dünya üzerinde onun kadar dikkatle bakılmış bir çocuk olmayacak. Ve sonra o büyüdüğünde bir arkadaşa ihtiyaç duyacak, o zaman da onun tanıdığı ve bildiği, en güvenilir, en dürüst insana dönüşecek. Nihayet yetişkin biri olduğundaysa, Emily ve Sam kadar mutlu olacaklar." Bunu tuhaf ve acı bir tonda söylemişti.

"Claire'in seçim şansı olmayacak mı?"

"Tabii ki. Ama en sonunda neden onu seçmesin ki? Onun için mükemmel bir insan olacak. En nihayetinde sadece onun için yaratıldı."

Ben durup bir taşı okyanusa fırlatana kadar bir süre sessizce yürüdük. Taş, sahilden sadece birkaç metre öteye gidebilmişti. Jacob bana güldü.

"Hepimizin inanılmaz derecede güçlü olması gerekiyor," diye homurdandım.

Derin bir nefes aldı.

"Bunun sana ne zaman olacağını düşünüyorsun?" diye sessizce sordum.

Duygusuz bir şekilde hemen cevap verdi. "Asla."

"Bu senin kontrol edebileceğin türde bir şey değil, yanılıyor muyum?"

Bir süre sessiz kaldı. Farkında olmadan yavaşlamış, neredeyse durmuştuk.

"Öyle olmalı," diye kabul etti. "Ama önce o kişiyi görmek zorundayım, yani benim için önemli olacak olan kişiyi."

"Ve onu hâlâ görmediysen, o zaman öyle biri yok, öyle mi?" diye sordum şüpheyle. "Jacob, dünyayı çok da fazla görmedin, hatta benden bile az gördün."

"Hayır, görmedim," dedi alçak bir sesle. Acı dolu gözlerle yüzüme baktı. "Ama başka kimseyi görmeyeceğim, Bella. Sadece sen. Gözlerimi kapayıp başka bir şey görmeye çalışsam bile seni görüyorum. Quil ve Embry'ye sor. Bu onları deli ediyor."

Gözlerimi taşlara çevirdim.

Artık yürümüyorduk. Etraftaki tek ses, dalgaların kayalara vurma sesiydi. Yağmurun sesi artık duyulmuyordu.

"Belki eve gitsem daha iyi olacak," diye fısıldadım.

"Hayır!" diye itiraz etti, bunu söylememe şaşırmıştı.

Ona tekrar baktım, gözlerinde endişe vardı.

"Bütün gün boşsun, değil mi? Kan emiciler hâlâ eve gelmemiştir."

Ona ters bir bakış attım.

"Bunu bilerek söylemedim," dedi hemen.

"Evet bütün bir gün. Ama Jake..."

Elini havaya kaldırdı. "Üzgünüm," dedi özür dilercesine. "Bir daha öyle olmayacağım. Sadece Jacob olacağım."

İç geçirdim. "Fakat böyle *düşünüyorsan...*"

"Benim için endişelenme," diye ısrar etti ve hemen yüzüne kocaman bir gülümseme yerleştirdi. "Ne yaptığımı biliyorum. Sadece seni üzdüysem söyle."

"Bilmiyorum..."

"Hadi ama Bella. Eve gidelim ve motora binelim. Eğer sürmeye devam etmek istiyorsan, devamlı olarak yapmalısın."

"Buna iznim olduğunu sanmıyorum."

"Kim tarafından? Charlie'den mi yoksa o kan – yani *onun* tarafından mı?"

"Her ikisi de."

Jacob, gülümsememe karşılık verdi, birden tekrar özlediğim tatlı ve sıcak Jacob'a dönüşmüştü.

Gülümsememe engel olamadım.

Yağmur hafiflemiş, yerini sise bırakmıştı.

"Kimseye söylemem," diyerek söz verdi.

"Sadece bütün arkadaşlarına."

Ağırbaşlı şekilde başını salladı ve sağ elini havaya kaldırdı. "Düşünmeyeceğime söz veriyorum."

Güldüm. "Eğer yaralanırsam bu bir hata yaptım demektir."

"Sen nasıl dersen."

Motorlarımıza bindik ve La Push'un çevresindeki yolda, yağmur yolları çamura çevirene kadar sürdük. Sonra, Jacob'ın yemek yemezse bayılacağını söylemesi üzerine eve geri döndük. Eve geldiğimizde Billy bize selam verdi, sanki benim aniden ortaya çıkışım, arkadaşımla günümü geçirmek istememden başka bir anlama gelmiyor gibiydi. Jacob'ın hazırladığı sandviçleri yedikten sonra garaja gittik ve motorları temizlemesine yardım ettim. Buraya aylardır gelmiyordum – Edward döndüğünden beri – ama bunun bir önemi yok gibiydi. Sadece garajda geçirilen başka bir akşamdı.

"Bu iyi işte," dedim bana torbadan çıkardığı sıcak gazozu uzattığında. "Burayı özlemişim."

Gülümsedi, plastik garaja ve kafamızın üstünde bulunan cıvatalara bir göz attı. "Evet, bunu anlıyorum. Hindistan'a seyahat etme çilesi olmadan Tac Mahal tüm ihtişamıyla karşımızda duruyor."

"Washington'un küçük Tac Mahal'ine," dedim ve tokuşturmak için gazoz kutumu havaya kaldırdım.

Kutusunu benimkine vurdu.

"Son sevgililer gününü anımsıyor musun? Sanırım seni burada en son o zaman görmüştüm. O zaman her şey daha...normaldi."

Güldüm. "Tabii ki hatırlıyorum. Hayatım boyunca köle olmaya karşılık, bir kutu üstünde yazılar yazan kalplerden almıştım. Bu kolay kolay unutulacak bir şey değil."

Benimle birlikte güldü. "Haklısın. Kölelik demek. Daha iyi bir şeyler düşünmek zorundayım." Sonra derin bir nefes verdi. "Sanki yıllar önce gibi. Bir başka döneme ait gibi. Mutlu zamanlara."

Ona katılmıyordum. Ben şu anda mutlu zamanımdaydım. Fakat karanlık dönemlerimden ne kadar çok şeyi özlediğimi fark etmek beni şaşırtmıştı. Açıklıktan kasvetli ormana doğru baktım. Yağmur tekrar başlamıştı ama Jacob'ın yanında otururken garajın içi hiç de soğuk gelmiyordu. Garajı bir fırın kadar iyi ısıtıyordu.

Parmakları elime değdi. "Bazı şeyler değişti."

"Evet," dedim ve uzanıp motosikletimin arka tekerine vurdum. "Charlie *eskiden* beni severdi. Umarım Billy bugün hakkında ona bir şey anlatmaz..." Dudaklarımı ısırdım.

"Anlatmayacak. O bazı şeyleri Charlie'nin yaptığı şekilde yapmıyor. Bu arada senden motosikleti kullanarak yaptığım o aptal hareket için özür dilemedim. Seni Charlie'ye ispiyonladığım için gerçekten üzgünüm. Keşke hiç yapmasaydım. "

Gözlerimi devirdim. "Ben de."

"Gerçekten, gerçekten çok üzgünüm."

Bana umutla baktı, ıslak ve dağınık saçları, özür dileyen yüzünün her yanına saçılmıştı.

"Ah pekâlâ! Affedildin."

"Teşekkürler Bells!"

Bir süre birbirimize gülümsedik ama sonra yüzü birden bire düşünceli bir hal aldı.

"Motoru getirdiğim o gün...sana bir şey sormak istiyordum," dedi yavaşça. "Aslında...sormak istemiyordum."

Oldukça sakindim. Gerildiğim zamanlarda böyle oluyordu. Bu, Edward'dan aldığım bir huydu.

"Sadece bana kızdığın için mi inat ediyordun, yoksa ciddi miydin?" diye fısıldadı.

"Hangi konuda?" diye fısıldayarak cevap verdim, neden bahsettiğinden emin değildim.

Kızgın bir ifadeyle bana baktı. "Biliyorsun işte. Bana buna karışmama mı söylemiştin...seni...seni ısırmasına?" Son kelimeleri söylerken gözle görülür şekilde ürkmüştü.

"Jack..." Daha fazla konuşamadım.

Gözlerini kapadı ve derin bir nefes aldı. "Ciddi miydin?"

"Evet," dedim usulca.

Jacob derin ve yavaş bir nefes daha aldı. "Sanırım biliyordum."

Yüzüne baktım ve gözlerini açana kadar bekledim.

"Bunun ne anlama geleceğini biliyorsun, değil mi?" diye sordu ısrarla. "Bunu anlıyorsun değil mi? Anlaşmayı bozduklarında ne olacağını yani?"

"Önce buradan gideceğiz," dedim alçak sesle.

Aniden gözlerini açtı, kara gözleri öfke ve acıyla doluydu. "Anlaşmanın coğrafi kısıtlaması yoktu, Bella. Büyük büyükbabalarımız sadece Cullenlar bir insana zarar vermeyeceği şartıyla onlarla anlaşmışlardı. Asla birini öldürmeyecek ve dönüştürmeyeceklerdi. Eğer sözlerinden dönerlerse, bu anlaşmanın önemi kalmaz ve onların da diğer vampirlerden hiçbir farkları kalmaz. Bu kural bir kere bozuldu mu bizler onları tekrar –"

"Fakat Jake, siz zaten anlaşmayı çoktan bozmadınız mı?" diye sordum, ümitsizdim. "Anlaşmanın bir kısmı da insanlara vampirlerden bahsetmemek değil miydi? Ve sen bana anlattın. Yani anlaşma zaten tartışmalı bir durumda, değil mi?"

Jacob bunu ona hatırlatmamdan pek hoşlanmamış, gözlerindeki acı gareze dönüşmüştü. "Evet, anlaşmayı bozdum; inandığım bir şey için. Ve bundan haberdar olduklarına eminim." Jacob, utanç dolu bakışlarımı görmezden gelerek alnıma baktı. "Fakat bu onlara avantaj falan vermez. Bir hata başka bir hatayı telafi edemez. Yaptığım şeye karşılık yapabilecekleri tek bir şey var. O da anlaşmayı bozarlarsa yapacağımız şeyle aynı; saldırmak. Savaşı başlatmak."

Bunu öylesine kaçınılmaz bir şeymiş gibi söylemişti ki, ürperdim.

"Jake, böyle olmak zorunda değil."

Dişleri birbirine kenetlenmişti. "Böyle olmalı."

Bu söylediklerinden sonra bir süre sessizce oturduk.

"Beni affetmen hiç mümkün olacak mı, Jacob?" diye fısıldadım ve bu sözleri söyler söylemez hiç söylememiş olmayı diledim. Onun cevabını duymak istemiyordum.

"Bir daha Bella olmayacaksın," dedi. "Benim arkadaşım olmayacaksın. Affedecek kimse de olmayacak."

"Bu bir hayır gibi geldi bana," diye fısıldadım.

Birbirimizin yüzüne, sanki sonsuzmuş gibi hissettiğim bir süre boyunca baktık.

"Öyleyse bu bir elveda mı?"

Hızla gözlerini kırpıştırdı ve yüzündeki öfke dolu ifade ansızın yok oldu. "Neden? Hâlâ birkaç yılımız var. Zamanımız tükenene kadar arkadaş kalamaz mıyız?"

"Yıllar mı? Hayır Jake, yıllar yok." Başımı salladım ve sonra da soğuk bir şekilde gülümsedim. "*Haftalar* demek daha doğru olur."

Tepki vermesini beklemiyordum.

Aniden ayağa kalktı ve elindeki gazozu tek hamlede parçaladı. Gazoz benim üzerim de dahil olmak üzere her yere saçıldı.

"Jake!" diye konuşmaya başlayacaktım ki, tüm vücudunun titrediğini hissederek sustum. Bana vahşice baktı ve göğsünden bir hırıltı yükseldi.

Donup kalmıştım, o kadar şaşırmıştım ki hareket edemiyordum.

Titreme bütün vücudunu sarmış, Jacob'ı bulanık bir şekilde görmeye başlamıştım...

Ve sonra Jacob dişlerini gıcırdattı ve hırıltı sona erdi. Gözlerini kısmış, büyük bir konsantrasyon içerisinde bana bakıyordu. Titremesi giderek yavaşladı, artık sadece elleri titriyordu.

"Haftalar," dedi buz gibi bir ses tonuyla.

Cevap veremiyordum; hâlâ korkudan donmuş bir halde ona bakıyordum.

Gözlerini açtı ve orda öfkenin çok ötesinde bir şeyler gördüm.

"Birkaç hafta içerisinde seni iğrenç bir kan emiciye mi dönüştürecek?!" dedi dişlerinin arasından tıslarcasına.

Sözlerine alınamayacak kadar şaşırmıştım, sadece sessizce başımı sallamakla yetindim.

Kahverengimsi derisinin altında yüzü yeşile dönmüştü.

"Tabii ki Jake," diye fısıldadım uzun bir sessizlikten sonra. "O *on yedi* yaşında Jacob. Bense her geçen gün on dokuz yaşıma daha çok yaklaşıyorum. Ayrıca beklemenin ne manası var? Tek istediğim o. Başka ne yapabilirim?"

Aslında bu, cevap beklediğim bir soru değildi, sadece vurgulamak için söylemiştim.

Sonra birden ağzından zehir gibi sözler dökülmeye başladı. "Bundan başka her şeyi. Ölmen bile daha iyi. İnan bana, bunu tercih ederdim."

Sanki bana tokat atmış gibi geriye doğru çekildim. Bu söz canımı bir tokattan daha fazla acıtmıştı.

Ve sonra bu acı beni kendime getirdi ve bir anda öfkem ortaya çıktı.

"Belki şansın yaver gider," dedim soğuk bir şekilde, ayaklarım birbirine dolanmıştı. "Belki de dönüş yolunda bana bir kamyon çarpar."

Motosikletime bindim ve yağmura doğru gitmeye başladım. Yanından geçip giderken hiç hareket etmedi. Çamurlu yola geldiğim an pedala var gücümle bastım. Tekerleğin arkasından adeta bir çamur şelalesi fışkırmıştı, onun üzerine geldiğini umdum.

Cullenlar'ın evine gidene kadar sırılsıklam olmuştum. Yolu yarıladığımda yağmurdan ve soğuktan dolayı titremeye başlamıştım bile.

Motosiklet, Washington için fazla kullanışsızdı. Elime geçen ilk fırsatta bu aptal şeyi satacaktım.

Cullenlar'ın devasa garajına doğru giderken Alice'in beni orada, Porsche'un motor kapağının üzerinde oturmuş beklediğini görmek beni hiç şaşırtmamıştı. Alice, parlak sarı kaplamaya vurdu.

"Kullanmaya fırsatım bile olmadı." Derin bir nefes verdi.

"Üzgünüm," dedim dişlerimin arasından.

"Sanki duş almış gibi görünüyorsun," dedi düşünmeden arabadan zıplayıp inerken.

"Evet."

Dudak büktü ve ifademden olanları anlamaya çalıştı. "Konuşmak ister misin?"

"Hayır."

Kabul edercesine başını salladı ama gözlerinden meraktan öldüğünü görebiliyordum.

"Bu gece Olympia'ya gitmek ister misin?"

"İstemiyorum. Eve gidemez miyim?"

Yüzünü buruşturdu.

"Boş ver, Alice," dedim. "Eğer her şeyi senin için kolaylaştıracaksa kalacağım."

"Teşekkürler," dedi rahatlamış bir halde.

O gece erkenden yatmaya gittim. Uyandığımda hava hâlâ karanlıktı. Sersem bir halde olmama rağmen hâlâ sabah olmadığının bilincindeydim. Gözlerimi yumdum ve yatakta bir o yana bir bu yana dönmeye başladım. Bu hareketin beni yataktan yere düşüreceğini fark etmem birkaç saniye aldı. Yattığım yer fazla rahattı.

Diğer tarafa döndüm ve dışarıya baktım. Bugün, dünden daha da karanlıktı, bulutlar ayın ışığının gelmesini engelleyecek kadar yoğundu.

"Üzgünüm," diye mırıldandı, sesi odanın karanlık kısmından geliyordu. "Seni uyandırmak istememiştim."

Gerilmiştim, öfkelenmesini bekliyordum ama havada sadece sessizlik ve bir de onun nefesinin güzel kokusu vardı. Ayrıldığımız zamanlarda ağzımda acı bir tat bırakıyordu, bu öyle bir şeydi ki, o tat ağzımdan gidene kadar varlığını hissetmiyordum.

Aramızda hiç bir gerilim yoktu. Bu durgunluk çok

dingindi. Fırtına öncesi sessizlik değildi ama fırtına tarafından el değmemiş bir gece gibiydi.

Ona kızgın olmam gerektiği düşüncesini umursamıyordum. Ona doğru uzandım ve karanlıkta elini bulup onu kendime doğru çektim. Kolları beni sardı ve sımsıkı kendisine çekti. Dudaklarım üzerinde geziniyordu, boynunu, çenesini ve en sonunda dudaklarını buldu.

Edward beni hafifçe öptü ve sonra da gülmeye başladı.

"Kendimi büyük bir öfkeyle yüzleşmek üzere hazırlamıştım ama tam tersi oldu. Seni daha sık öfkelendirmeliyim."

"Bunun için bana bir dakika ver," diye dalga geçtim ve onu tekrar öptüm.

"Seni istediğin kadar beklerim," diye fısıldadı. Parmaklarını saçlarımın arasında gezdiriyordu.

Nefesim düzensiz bir hal almıştı. "Belki de sabaha kadar."

"Ne zaman istersen."

"Eve hoş geldin," dedim, soğuk dudakları çenemin altına inmişti. "Geri döndüğüne çok sevindim."

"Bu iyi bir şey."

"Hım," diye hoşnut bir şekilde onu onayladım ve kollarımı onun boynuna daha da sıkı doladım.

Eli dirseğimden koluma doğru kaydı, oradan göğsüme ve belime uzandı. Hafifçe kalçama değdikten sonra bacaklarıma indi ve en sonunda da dizime ulaştı. Orada durdu, sonra da elini baldırıma doğru kaydırdı. Aniden bacağımı kaldırdı ve beline sardı.

Nefesim tutulmuştu. Bu çok sık yaptığı bir şey değildi. Buz gibi ellerine rağmen aniden ondan gelen bir sıcaklık hissetmiştim. Dudakları boynumun girintilerinde geziniyordu.

"Seni düşüncesizce öfkelendirmek istemem ama yatakta hoşuna gitmeyen şey neydi?"

Cevap vermeden önce, yani sorduğu şeyi anlamaya çalışırken diğer tarafa doğru yuvarlandı ve beni de üstüne çekti. Yüzümü elleri arasına aldı ve yana doğru çevirdi, böylece boğazıma erişebilecekti. Nefesim gürültülü bir hal almıştı. Bu utanç verici olsa da umurumda değildi.

"Yatak diyorum?" diye sordu tekrar. "Bence oldukça hoş."

"Bu çok gereksiz," dedim. Nefesimi kontrol etmeye çalışıyordum.

Yüzümü kendininkine yaklaştırdı ve dudaklarım onunkilere yapıştı. Bu kez yavaşça diğer tarafa doğru yuvarlandı, artık üzerimdeydi. Kendini tutuyordu, bu yüzden mermer kadar soğuk bedenini benimkine bastırsa da ağırlığını hissetmiyordum. Kalbim öylesine gürültüyle çarpıyordu ki, kahkaha attığını duymamıştım bile.

"Bu oldukça şüphe uyandırıcı," diye itiraz etti. "Bu yaptıklarımız koltukta bir hayli zor olabilirdi."

Buz gibi soğuk dili hafifçe dudaklarıma değdi.

Başım dönüyordu.

"Fikrini mi değiştirdin?" diye sordum nefes nefese. Belki de, o çok dikkatli olduğu kurallarını yeniden gözden geçirmişti. Belki de bu yatak tahmin ettiğimden daha da önemliydi. Cevabını beklerken kalbim endişeyle çarpıyordu.

Edward derin bir nefes verdi ve diğer tarafa doğru yuvarlandı, artık ikimiz de kendi tarafımızda duruyorduk.

"Komik olma, Bella," dedi, sesinde onaylamayan bir ifade vardı. Belli ki ne demek istediğimi anlamıştı. "Sadece yatağın yararlarını sana göstermeye çalışıyordum. Hemen kendini kaptırma."

"Çok geç," diye mırıldandım. "Ve yataktan hoşlandım," diye ekledim.

"İyi." Alnımdan öperken sesinden gülümsediğini anlamıştım. "Ben de hoşlandım."

"Fakat yine de gereksiz olduğunu düşünüyorum," diye devam ettim. "Eğer kendimizi kaptırmayacaksak, ne anlamı var ki?"

Tekrar iç geçirdi. "Belki de bunu yüzüncü defa söylüyorum, Bella. Bu çok tehlikeli."

"Tehlikeden hoşlanırım," diye üsteledim.

"Biliyorum." Sesindeki kinayeyi fark etmiştim ve garajdaki motosikleti gördüğünü anladım.

"Sana neyin tehlikeli olduğunu söyleyeyim," dedim yeni bir konuya geçmeden önce. "Bu anların birinde yanacağım ve sen de kendini suçlayacaksın."

Beni kendinden uzaklaştırmak için itmeye başladı.

"Ne yapıyorsun?" diye ısrar edip, ona sıkıca sarıldım.

"Seni yanmaktan koruyorum. Eğer bu kadarı sana zor geliyorsa..."

"Üstesinden gelebilirim," diye itiraz ettim.

Kollarım şimdi onu değil, kendimi sarıyordu.

"Sende yanlış bir izlenim bıraktıysam, üzgünüm," dedi. "Bunu seni mutsuz etmek için yapmamıştım. Bu hoş olmazdı."

"Aslını istersen bu oldukça hoştu."

Derin bir nefes aldı. "Yorulmadın mı? Seni uyandırmamalıydım."

"Hayır, yorulmadım. Eğer bana yeniden yanlış bir izlenim vermek istersen bunun hiçbir mahsuru olmaz."

"Bu muhtemelen kötü bir fikir. Kendini kaptıran tek kişi sen değilsin."

"Evet, öyleyim," diye homurdandım.

Güldü. "Hiçbir fikrin yok, Bella. Bu kadar istekli olman kendimi kontrol etmemi daha da zorlaştırıyor."

"Bunun için özür dilemeye hiç niyetim yok."

"*Ben* özür dileyebilir miyim?"

"Neden?"

"Bana kızgındın, hatırlarsan?"

"Ah, evet."

"Üzgünüm. Hatalıydım. Benim için en kolay olan, seni burada güvenli bir şekilde tutmaktı." Kolları beni sıkıca sardı. "Seni ne zaman bırakıp gitsem fazlaca endişeleniyorum. Bir daha bu kadar ileri gideceğimi sanmıyorum. Buna değmezdi."

Gülümsedim. "Hiç dağ aslanı bulabildin mi?"

"Evet aslında buldum. Hâlâ endişelendiğime değmediğini düşünüyorum. Alice seni rehin aldığı için de üzgünüm. Bu kötü bir fikirdi."

"Evet," diye onayladım onu.

"Bunu bir daha yapmayacağım."

"Tamam," dedim hemen. Onu çoktan affetmiştim. "Fakat pijama partisi fikri oldukça güzel sonuçlara yol açtı..." Onu kendime yaklaştırdım ve dudaklarımı köprücük kemiğinin oluşturduğu boşluğa bastırdım. "Beni istediğin zaman rehin alabilirsin."

"Mmm," diye inledi. "Öyleyse buna devam edebilirim."

"Öyleyse şimdi benim sıram mı geldi?"

"Benim sıram derken?" Kafası karışmıştı.

"Özür dilemek için."

"Ne için özür dileyeceksin?"

"Bana kızgın değil misin?" diye sordum safça.

"Hayır."

Gerçekten de kızgın değilmiş gibi gelmişti.

Kaşlarımı çattım. "Eve geldiğinde Alice'i görmedin mi?"

"Evet. Neden?"

"Verdiğin Porsche'u ondan geri almayacak mısın?"

"Tabii ki hayır, o bir hediyeydi."

Onun yüzündeki ifadeyi görmek istedim çünkü sanki onu aşağılamışım gibi cevap vermişti.

"Ne yaptığımı bilmek istemiyor musun?" diye sordum, onun bu ilgisizliği karşısında kafam karışmaya başlamıştı.

Omuz silktiğini hissettim. "Yaptığın her şey ilgimi çekecek fakat istemediğin sürece bana söylemek zorunda değilsin."

"Ama ben La Push'a gittim."

"Biliyorum."

"Ve okulu astım."

"Ben de öyle."

Sesin geldiği yöne doğru baktım ve parmaklarımı yüzünde gezdirdim, nasıl bir havada olduğunu anlamaya çalışıyordum.

"Tüm bu anlayış da nereden çıktı?" diye sordum.

İç geçirdi.

"Senin haklı olduğuna karar verdim. Benim sorunum daha önce...kurt adamlara duyduğum ön yargıdan başka bir şey değildi. Bundan sonra daha mantıklı olacağım ve senin yargılarına güveneceğim. Eğer sen güvenli diyorsan, sana inanacağım."

"Vay!"

"Ve...daha da önemlisi...bunun ilişkimizi zedelemesine izin vermeye hiç niyetim yok."

Tamamen memnun bir şekilde başımı göğsüne yasladım ve gözlerimi kapattım.

"Pekâlâ," dedi kayıtsız bir halde. "Yakınlarda tekrar La Push'a gitmek için plan yapmış mıydın?"

Cevap vermedim. Onun bu sorusu, Jacob'ın söylediklerini tekrar hatırlatmış ve aniden boğazımda bir şeylerin düğümlenmesine sebep olmuştu.

Sessizliğimi ve vücudumdaki bu gerilimi yanlış yorumladı.

"Böylece ben de kendi planlarımı yapabilirim," dedi hemen. "Buralarda durup seni beklediğimi düşünerek geri gelmek için acele etmeni istemem."

"Hayır," dedim, sesim kendime bile tuhaf gelmişti. "Tekrar ziyaret etmek gibi bir planım yok."

"Bunu benim için yapmana gerek yok."

"Orada bir daha hoş karşılanacağımı hiç sanmıyorum," diye fısıldadım.

"Birisinin kedisini mi ezdin yoksa?" dedi tatlı şekilde. Anlatmam için beni zorlamak istemediğini biliyordum ama beni merak ettiğini anlayabiliyordum.

"Hayır." Derin bir nefes aldım ve hızlıca açıkladım. "Jacob'ın bunu anlayacağını sanmıştım... Bu haberin onu bu kadar şaşırtacağını hiç düşünmemiştim."

Ben tereddüt edince Edward da susup bekledi.

"Bu kadar...erken olmasını beklemiyordu."

"Ya," dedi Edward.

"Benim ölmemi tercih edeceğini söyledi." Ölüm derken sesim titremişti.

Edward, uzun bir süre sakince durdu, tepkisini görmemi istemiyordu.

Sonra beni göğsüne bastırdı. "Çok üzgünüm."

"Memnun olacağını düşünmüştüm," diye fısıldadım.

"Seni üzen bir şeye nasıl memnun olabilirim?" diye mırıldandı. "Bunun imkânı yok."

Derin bir nefes aldım, rahatlamıştım ve vücudum onun bedeninin şeklini almıştı. Fakat o tekrar hareketsiz yatmaya başlamıştı, gergindi.

"Ne oldu?" diye sordum.

"Hiç."

"Bana söyleyebilirsin."

Bir süre durdu. "Bu seni kızdırabilir."

"Gene de bilmek istiyorum."

İç geçirdi. "Bunu sana söylediği için onu öldürebilirdim. Bunu *istiyorum*."

İsteksizce güldüm. "Sanırım kendine böylesine hâkim olabilmen iyi bir şey."

"Bunu gizlice yapabilirdim." Sesi oldukça düşünceliydi.

"Eğer kontrolünü kaybedip prensiplerinden vazgeçeceksen sanırım bunun için daha iyi bir yer düşünebilirim." Onun yüzüne doğru uzandım ve öpmek için kendime çektim. Kolları beni sıkıca sardı ve göğsüne bastırdı.

Derin bir soluk aldı. "Sorumluluk sahibi olan her zaman ben mi olmak zorundayım?"

Karanlıkta gülümsedim. "Hayır. Hadi, birkaç dakikalığına ya da...saatliğine sorumluluğu bana ver."

"İyi geceler, Bella."

"Bekle, sana sormak istediğim başka bir şey daha vardı."

"Nedir o?"

"Dün gece Rosalie ile konuşuyordum..."

Vücudu tekrar gerilmişti. "Evet. Ben geldiğimde o da bunu düşünüyordu. Sana düşünecek bir sürü şey verdi, değil mi?"

Sesi endişeliydi ve onun Rosalie'nin insan kalmam konusunda öne sürdüğü şeyler hakkında konuşmak istediğimi sandığını fark ettim. Fakat ben daha farklı bir şeyle ilgileniyordum.

"O bana biraz...senin ve ailenin Denali'de geçirdiğiniz zamandan bahsetti."

Kısa bir duraklama oldu; bu başlangıç onu şaşırtmıştı. "Evet?"

"O bana bir grup vampir kızdan ve senden bahsetti."

Cevap vermedi. Ben ise uzunca bir süre cevap vermesini bekledim.

"Bunun için endişelenme," dedim, sessizlik artık

rahatsız edici olduğundan konuşma gereği hissetmiştim. "O bana hiç...ilgi göstermediğini söyledi. Fakat ben acaba onlardan biri gösterdi mi diye merak ettim. Yani ilgilendiğini, demek istedim."

Hâlâ hiçbir şey söylemiyordu.

"Hangisi?" diye sordum, sesimi kayıtsız tutmaya çalışmıştım ama bunda pek başarılı olamamıştım. "Ya da birden fazla mı?"

Hâlâ cevap yoktu. Onun yüzünü görebilmeyi istedim, böylece bu sessizliğin ne anlama geldiğini anlayabilirdim.

"Alice bana söyler," dedim. "Gidip şimdi ona soracağım."

Kolu beni daha sıkı sardı; bir milim olsun hareket edemiyordum.

"Geç oldu," dedi. Sesinde farklı bir şeyler vardı. Endişeli gibiydi, belki de utanmıştı. "Ayrıca Alice dışarı çıktı..."

"Kötü bir şey var," dedim. "Çok kötü, değil mi?" Endişelenmeye başlamıştım, kalbim deli gibi çarpıyordu çünkü ölümsüz rakiplerimi hayal etmeye çalışıyordum.

"Sakin ol, Bella," dedi ve burnumun ucundan öptü. "Komik oluyorsun."

"Ben mi? Öyleyse neden anlatmıyorsun?"

"Çünkü anlatacak bir şey yok. Hem abartıyorsun."

"Hangisini?" diye ısrar ettim.

Derin bir nefes aldı. "Tanya biraz ilgi göstermişti. Ona kibarca, bir beyefendi gibi davrandım ve onun ilgisine karşılık veremeyeceğimi söyledim. İşte hikâyenin sonu."

Elimden geldiğince sesime hâkim olmaya çalışıyordum. "Biraz daha anlat. Şu Tanya'nın nasıl biri olduğundan bahsetsene?"

"Bizim gibiydi. Beyaz bir teni, altın rengi gözleri vardı," diye hızlıca cevap verdi.

"Ve tabii ki olağanüstü bir güzelliği vardı."

Omuz silktiğini hissettim.

"Bir insanın gözünden öyle," dedi umarsızca. "Biliyor musun?"

"Neyi?" Sesim oldukça aksi şekilde çıkmıştı.

Dudaklarını sağ kulağıma yaklaştırdı; soğuk nefesi beni gıdıklamıştı. "Ben esmerleri tercih ederim."

"O bir sarışındı. Şimdi anlaşıldı."

"Saçları alev sarısıydı. Pek benim tipim değildi."

Dudakları yanaklarımdan boynuma kayıp yukarı doğru çıkarken düşünmeye çalıştım. Ben konuşmadan önce boynumda üç defa daire çizmişti.

"Sanırım bu açıklama yeterli," dedim.

"Mmm," diye inledi tenimi öperken. "Kıskandığında çok tatlı oluyorsun. Hatta şaşırtıcı bir şekilde eğlenceli."

Karanlıkta suratımı astım.

"Çok geç oldu," dedi tekrar, mırıldanarak. Sesi neredeyse duyulmayacak kadar kısık ve ipek gibi yumuşaktı. "Uyu, Bella'm. Güzel rüyalar gör. Kalbimde olacak tek kişi sen olacaksın. Kalbim de her zaman senin olacak. Uyu benim tatlı aşkım."

Ninni söylemeye başlamıştı ve buna yenilmem sadece an meselesiydi bu yüzden gözlerimi yumdum ve göğsüne biraz daha sokuldum.

9. HEDEF

Alice, sabah beni eve bırakırken hâlâ pijama partisi maskaralığından bahsetmeye devam ediyordu. Edward resmi olarak "yürüyüşünden" geldiği için artık bunu daha fazla sürdürmenin anlamı yoktu. Tüm bu numaralar bana fazla gelmeye başlamıştı. İnsan olmanın bu kısmını hiç özlemeyeceğime emindim.

Charlie arabanın kapısının çarpma sesini duyunca hemen gizlice camdan baktı. Alice'e el salladı ve kapıyı bana açmak üzere içeri gitti.

"Eğlendin mi?" diye sordu Charlie.

"Kesinlikle, harikaydı. Oldukça...kızsaldı."

Eşyalarımı içeri taşıyıp merdivenlerin oraya bıraktım ve atıştıracak bir şeyler bulma umuduyla mutfağa gittim.

"Bir mesajın var," dedi Charlie arkamdan.

Mutfak tezgâhının üzerinde tavaya dayanmış şekilde bir not defteri duruyordu.

Jacob aradı, yazıyordu en üst kısımda.

Öyle demek istemediğini ve üzgün olduğunu söyledi. Aramanı istiyor. Ona karşı nazik ol ve ona şans tanı. Sesi çok üzgün geliyordu.

Yüzümü buruşturdum. Genelde Charlie'nin mesajlarıma yorum ekleme gibi bir huyu yoktu...

Jacob istediği gibi davranabilir ve üzgün olabilirdi. Onunla konuşmak istemiyordum. Hem duyduğuma göre öbür taraftan telefon edilmesine izin verilmiyordu. Eğer Jacob benim ölmemi tercih ediyorsa belki de sessizliğe alışması gerekiyordu.

Duyduğum açlık yok olmuştu. Arkamı döndüm ve eşyalarımı toparlamaya gittim.

"Jacob'ı aramayacak mısın?" dedi Charlie. Oturma odasının duvarına yaslanmış, eşyaları yerden alışımı seyrediyordu.

"Hayır."

Merdivenleri çıkmaya başladım.

"Bu çok da hoş bir tavır değil, Bella," dedi. "Affetmek bir erdemdir."

"Kendi işine bakmak da öyle," dedim sesimi alçak tutmaya çalışarak.

Yıkanacak çamaşırların biriktiğini biliyordum, bu yüzden diş macununu bir kenara koydum ve kirli çamaşırlarımı sepete attım. Sonra Charlie'nin yatağını değiştirmek üzere odasına gittim. Onun çarşaflarını merdivenin tepesine bırakıp kendiminkileri almaya gittim.

Yatağın kenarında durdum ve başımı yana eğdim.

Yastığım neredeydi? Etrafıma bakınarak bir daire çizdim. Yastık yoktu. Tuhaf bir şekilde odamın toplu olduğunu fark etmiştim. Gri tişörtümü karyolanın ayak ucuna astığımı hatırlıyordum. Ayrıca bir çift kirli çorabımı da sallanan sandalyemin arkasına ve iki gün önce okulda giymekten vazgeçtiğim kırmızı bluzumu da koluna asmıştım...

Tekrar etrafıma bakındım. Kirli sepetim boş değildi ama olması gerektiğinden farklı olarak ağzına kadar dolu da değildi.

Charlie çamaşır mı yıkamaya başlamıştı? Bu kesinlikle onun karakterine uyan bir şey değildi.

"Baba çamaşır yıkamaya mı başladın?" diye kapıdan bağırdım.

"Aaa, hayır," diye cevap verdi, sesinden utanmış olduğunu anladım. "Başlamamı ister misin?"

"Hayır, ben hallettim. Odamda bir şey aradın mı?"

"Hayır. Neden?"

"Ben...tişörtümü bulamadım da... "

"Odana girmedim."

Ve sonra Alice'ın pijamalarımı almak için buraya geldiğini hatırladım. Muhtemelen yatakta yatmaktan kaçındığım için yastığımı da aldığını fark etmemiştim. Görünüşe göre uğramışken temizlik de yapmıştı. Bu kadar pasaklı olduğum için birden kendimden utandım.

Fakat kırmızı bluzum kirli değildi, bu yüzden kirli sepetinden almaya gittim.

En üstte olmasını bekliyordum ama orada yoktu. Tüm yığını karıştırdıysam da bulamadım. Paranoyaklaştığımı biliyordum ama görünüşe göre odada bir ya da daha fazla şey kaybolmuştu. Sepetin içinde yarım makineyi dolduracak kadar çamaşır bile yoktu.

Yatak çarşaflarımı çıkardım, Charlie'nin de eşyalarını aldım ve çamaşır odasına gittim. Çamaşır makinesi boştu. Kurutucuyu da kontrol ettim, Alice'in nezaket gösterip yıkadığını ummuştum. Ama hiçbir şey yoktu. Kaşlarımı çattım, şaşırmıştım.

"Aradığın şeyi buldun mu?" diye bağırdı Charlie.

"Henüz değil."

Tekrar yukarı çıkıp yatağımın altına baktım. Toz topakları dışında hiçbir şey yoktu. Dolabımı karıştırmaya başladım. Belki de bir kenara atmış ve unutmuştum.

Kapı çaldığında aramaktan vazgeçtim. Bu Edward olmalıydı.

"Kapı," dedi Charlie oturduğu yerden.

"Sakın kendini yorma baba."

Yüzümde büyük bir gülümsemeyle kapıyı açtım.

Edward'ın altın rengi gözleri ardına kadar açılmış, burun delikleri irileşmiş ve dudakları dişlerinin üzerinden sıyrılmıştı.

"Edward?" Yüzündeki ifadeden dolayı sesimde şaşkınlık vardı. "Ne – ?"

Parmağını dudaklarımın üzerine koydu. "Bana iki saniye ver," diye fısıldadı. "Sakın kımıldama."

Kapının önünde şaşkınlıktan donup kalmıştım ve o...yok oldu. Charlie onun yanından geçtiğini görmeden büyük bir hızla hareket etti.

Ben kendimi toplayıp ikiye kadar saymadan dönmüştü. Kolunu belime doladı ve beni mutfağa doğru çekiştirdi. Gözleriyle tüm mutfağı araştırdı ve vücudunu sanki siper edermişçesine bana yapıştırdı. Koltukta oturan Charlie'ye bir bakış attım ama o ihtiyatla bizi görmezden geliyordu.

"Birisi buradaydı," diye mırıldandı kulağıma, beni mutfağın arka kısmına götürmüştü. Sesi gergindi; makinenin çıkardığı sesten dolayı zorlukla duyuluyordu.

"Yemin ederim kurt adamlarla – " demeye çalıştım.

"Onlardan biri değil," diye hemen sözümü kesti ve başını hayır anlamında salladı. "Bizden biri."

Ses tonundan ailesinden birini kastetmediğini anladım.

Kanın yüzümden çekildiğini hissettim.

"Victoria mı?" diye sordum sessizce.

"Bu tanıdığım bir koku değil."

"Volturi'den biri mi?" diye tahminde bulundum.

"Muhtemelen."

"Ne zaman?"

"Onlardan biri olduğunu düşünüyorum. Çok uzun zaman önce gelmemiş, geldiği sıralarda herhalde Charlie uyuyordu. Ve gelen her kimse ona dokunmamış, bu yüzden başka bir amaçla buraya gelmiş olmalı."

"Beni aramak için."

Cevap vermedi Sanki bir heykel gibi hareketsiz duruyordu.

"Siz orada ne fısıldaşıyorsunuz?" diye sordu Charlie şüpheyle, elinde boş bir patlamış mısır kâsesi duruyordu.

Kendimi çok kötü hissediyordum. Bir vampir Charlie uyurken eve girmişti. Büyük bir endişe dalgası tüm bedenimi ele geçirmişti, dilim tutulmuş gibiydi. Cevap veremedim, sadece korkuyla ona baktım.

Charlie'nin ifadesi değişti. Aniden gülümsemeye başladı. "Eğer siz tartışıyorsanız...ben bölmeyeyim."

Hâlâ gülümsüyordu, elindeki kabı lavaboya bıraktı ve yavaş yavaş oturma odasına doğru gitti.

"Hadi gidelim," dedi Edward usulca.

"Ama ya Charlie!" Korkudan göğsüm sıkışmıştı, nefes almakta zorlanıyordum.

Bir an düşündü ve sonra eline telefonunu aldı.

"Emmett," diye mırıldandı ahizeye doğru. Öyle hızlı konuşuyordu ki, söylediklerini anlayamıyordum. Konuşması yarım dakikadan az sürmüştü. Beni kapıya doğru çekmeye başladı.

"Emmett ve Jasper yoldalar," dedi ben direnince. "Ağaçları tarayacaklar. Şu an Charlie iyi durumda."

Beni sürüklemesine izin verdim çünkü doğru düzgün düşünemiyordum. Charlie kendini beğenmiş bir gülümsemeyle bana bakarken dehşete düşmüş gözlerimle karşılaşması kafasını karıştırmıştı. Charlie bir şey söyleyemeden Edward beni dışarı çıkardı.

"Nereye gidiyoruz?" Arabaya bindiğimiz halde fısıldamaya devam ediyordum.

"Alice ile konuşacağız," dedi, sesi kasvetliydi.

"Onun bir şey görmüş olabileceğini mi düşünüyorsun?"

Gözlerini kısmış yola bakıyordu. "Belki."

Edward'ın telefon görüşmesinden sonra hepsi tetikte bizi bekliyordu. Herkes gergin şekilde heykel gibi kaskatı dururken onların arasından geçmek müzede yürümek gibiydi.

"Ne oldu?" diye sordu Edward kapıdan girer girmez. Gözlerini Alice'e dikip ellerini öfkeyle yumruk yaptığında çok şaşırdım.

Alice ise ellerini göğsünde birleştirip durdu. Sadece dudakları oynamıştı. "Bilmiyorum. Hiçbir şey görmedim."

"Bu nasıl *mümkün* olabilir?" diye tıslarcasına konuştu Edward.

"Edward," dedim azarlarcasına. Alice ile bu şekilde konuşmasından hiç hoşlanmamıştım.

Carlisle sakin bir şekilde konuşarak araya girdi. "Bu çok da kesin sonuçları olan bir ilim değil, Edward."

"Onun odasına girmiş, Alice. Hâlâ orada, onun gelmesini bekliyor olabilirdi."

"Bunu görürdüm."

Edward öfkeyle ellerini havaya kaldırdı. "Gerçekten mi? Bundan emin misin?"

Alice buz gibi bir ses tonuyla ona cevap verdi. "Bana zaten Volturi'nin kararlarını izleme görevini verdin, Victoria'nın dönüşünü ve Bella'nın her adımını da. Şimdi bir tane daha mı vermek istiyorsun? Niye sadece Charlie'nin ya da Bella'nın odasını, ya da evini, ya da tüm sokağı gözetlemiyorum ki? Edward biraz daha kendime yüklenirsem hepsi işe yaramaz hale gelecek."

"Zaten öyle gibi görünüyorlar," diye cevabı yapıştırdı Edward.

"O tehlikede değildi. Bu yüzden görecek bir şey de yok."

"Eğer İtalya'yı izliyorsan, neden onların bir —"

"Onlar olduğunu sanmıyorum," dedi Alice ısrarla. "Bunu görürdüm."

"Başka kim Charlie'yi sağ bırakır ki?"

Ürpermiştim.

"Bilmiyorum," dedi Alice.

"Çok yardımcı oldu."

"Kes şunu Edward."

Bana döndü, hâlâ çok öfkeliydi ve dişlerini sıkıyordu. Bana bir süre öfkeyle baktıktan sonra aniden derin bir nefes verdi. Gözlerini açtı ve dişlerini sıkmaktan vazgeçti.

"Haklısın, Bella. Üzgünüm." Alice'e baktı. "Beni affet, Alice. Senin üzerine böyle gitmemeliydim."

Edward derin bir nefes aldı. "Pekâlâ, o zaman bunu mantıklı olarak düşünelim. İhtimaller neler?"

Herkes bir anda çözüldü. Alice rahatlayıp koltuğa oturdu. Carlisle onun yanına geldi ama gözleri başka yerde gibiydi. Esme, Alice'in önündeki koltuğa oturdu ve ayaklarını sandalyeye uzattı. Hareketsiz kalan tek kişi Rosalie'ydi, bize sırtını dönmüş, devasa camdan dışarıya bakıyordu.

Edward beni kolumdan çekti ve Esme'nin yanına oturttu. Esme kollarını bana doladı, Edward ise elimi tutuyordu.

"Victoria?" diye sordu Carlisle.

Edward onaylamaz bir şekilde başını salladı. "Hayır. O kokuyu tanımıyordum. O Volturi'den biri olmalı, daha evvel karşılaşmadığım biri..."

Alice başını salladı "Aro henüz kimseye onu bulmasını söylemedi. Bunu görürdüm. Çünkü bunu bekliyorum."

Edward kuşkuyla başını salladı. "Sen resmi bir emir bekliyorsun."

"Sence biri kendi başına mı hareket etti? Neden ama?"

"Caius'un fikridir," dedi Edward, yüzü yeniden gerilmişti.

"Ya da Jane'in..." dedi Alice. "İkisinin de elinin altında kullanabileceği tanımadığımız kişiler var..."

Edward kaşlarını çattı. "Ve nedenleri de."

"Ama bu hiç mantıklı değil," dedi Esme. "Eğer biri Bella'yı bekliyor olsaydı, Alice onu görürdü. Kadın ya da erkek, o kişi her kimse, niyeti Bella'yı incitmek değildi. Ya da Charlie'yi."

Babamın adını duymak beni tekrar endişelendirmişti.

"Her şey yoluna girecek, Bella," diye mırıldandı Esme saçlarımı okşayarak.

"Öyleyse amacı neydi?" diye mırıldandı Carlisle.

"Hâlâ insan mıyım diye kontrol etmek olabilir mi?" diye bir tahminde bulundum.

"Olabilir," dedi Carlisle.

Rosalie benim duyabileceğim bir şekilde derin bir nefes verdi. Artık hareketsiz değildi, yüzünde umut dolu bir ifadeyle döndü ve mutfağa doğru baktı. Öte yandan Edward'ın cesareti kırılmış görünüyordu. Emmett hızla mutfak kapısından içeri girdi, Jasper da tam arkasında duruyordu.

"Uzun süre önce gitmiş, saatler önce," dedi Emmett umutsuzca. "İzler doğuya, sonra da güneye gidiyor ve yolun kenarında sona eriyor. Kenarda park etmiş bir araba vardı."

"Kötü şans," diye homurdandı Edward. "Eğer batıya doğru gitseydi...o zaman köpekler yararlı olabilirdi."

Bu söz üzerine irkilince Esme omzumu okşadı.

Jasper Carlisle'a baktı. "Hiçbirimiz bu kokuyu tanımıyoruz. Ama bir de sen bak." Elinde yeşil ve buruşturulmuş bir şey tutuyordu. Carlisle aldı ve yüzüne doğru yaklaştırdı. Ona verirken bunun bir eğrelti otu olduğunu gördüm. "Belki de sen bu kokuyu tanıyorsundur."

"Hayır," dedi Carlisle. "Tanıdık değil. Tanıştığım biri değil bu."

"Belki de yanlış bir açıdan bakıyoruz. Belki de sadece bir rastlantıydı..." Esme konuşmaya başladığı sırada herkesin ona kuşku dolu yüzlerle bakması sözünü yarıda kesmesine neden oldu. "Yabancı birinin kazara Bella'nın evini seçmesinin rastlantı olabileceğini söylemek istemiyorum. Sadece, belki de biri merak etmişti. Bizim kokumuz onun etrafını sarmış durumda. O kişi orada, bizim neyin ilgimizi çektiğini merak etmiş olamaz mı?"

"Öyleyse neden buraya gelmedi? Yani merak ettiyse?" diye sordu Emmett ısrarla.

"Sen gelirdin," dedi Esme aniden ve gülümsedi. "Geri kalanlarımızın tamamı da bizim kadar açık değil. Ailemiz oldukça geniş. O kişi her kimse korkmuş olabilir. Ama Charlie zarar görmedi. Yani bu düşman olduğu anlamına gelmez."

Sadece merak. Tıpkı James ve Victoria'nın en başında merak ettikleri gibi mi? Victoria'yı düşünmek beni ürpertmişti, neyse ki elimizde olan tek şey bunu yapanın o olmadığıydı. En azından bu defa değil. O olsaydı, her zamanki metotlarına bağlı kalırdı. Bu başka biriydi.

Yavaşça fark ediyordum ki, vampirler düşündüğümden çok daha fazla dünyamıza karışmış durumdaydılar. Kim bilir kaç defa normal bir insanın hayatı bir vampirle kesişmişti? Kaza ve cinayete kurban giden kaç ölümün sorumlusu aslında onların susuzlukları olmuştu? Onların tarafına katıldığımda bu yeni dünya ne kadar kalabalık olacaktı?

Sırtımdan aşağıya doğru bir ürperti indi.

Cullenlar, Esme'nin savını çeşitli yüz ifadeleriyle kafalarında tartıyorlardı. Edward'ın bu teoriyi desteklemediğini görebiliyordum, Carlisle ise buna inanmak istiyor gibiydi.

Alice dudaklarını büktü. "Hiç sanmıyorum. Zamanlaması fazla mükemmel... Bu ziyaretçi temasta bulunmama konusunda fazla dikkatliydi. Neredeyse benim görebileceğimi biliyor gibiydi..."

"Temasa geçmemesinin başka bir nedeni de olabilir," diye hatırlattı Esme.

"Kim olduğunun gerçekten önemi var mı?" diye sordum. "Kazara da olsa bu kişi beni arıyordu...bu yeterli bir neden değil mi? Mezuniyete kadar beklememeliyiz."

"Hayır, Bella," dedi Edward hemen. "Durum o kadar da kötü değil. Eğer gerçekten tehlikede olsaydın bunu bilirdik."

"Charlie'yi düşün," diye hatırlattı Carlisle. "Kaybolursan onun ne kadar üzüleceğini düşün."

"*Ben* zaten Charlie'yi düşünüyorum! Onun için endişeleniyorum! Ya dün gelen kişi susamış olsaydı? Charlie'nin çevresinde olduğum sürece o hedef olmaya devam edecek. Eğer ona bir şey olursa, bu benim suçum olur!"

"Hiç de bile, Bella," dedi Esme ve tekrar saçımı okşadı. "Ve Charlie'ye hiçbir şey olmayacak. Daha dikkatli olacağız."

"*Daha* dikkatli mi?" diye tekrarladım inanmayarak.

"Her şey yoluna girecek, Bella," diye söz verdi Alice ve Edward da elimi sıktı.

Onların güzel yüzlerine teker teker bakarken ne söylersem söyleyeyim asla onların fikirlerini değiştiremeyeceğimi fark ettim.

Eve dönüşümüz oldukça sessizdi. Yılmış durumdaydım. Tam aksinin daha iyi olacağını düşünsem de, hâlâ insandım.

"Bir an olsun yalnız kalmayacaksın," diye söz verdi Edward arabayı sürerken. "Mutlaka birileri yakınlarında olacak. Emmett, Alice, Jasper..."

Derin bir nefes verdim. "Bu çok saçma. Gerçekten çok sıkılacaklar, hatta bu yüzden başkası icabıma bakmadan beni öldürecekler."

Edward bana tatsız bir şekilde baktı. "Çok eğlencelisin, Bella."

Eve ulaştığımızda Charlie'nin keyfi yerindeydi. Edward ile benim aramdaki gerilimin farkındaydı ve bunu tamamen yanlış yorumluyordu. Yüzünde tuhaf bir gülümsemeyle yemeğini yerken bir yandan da beni izliyordu. Edward izin isteyerek masadan kalktı, etrafı gözetleyeceğini düşündüm. Charlie mesajlarımı vermek için onun gitmesini beklemişti.

"Jacob aradı gene," dedi Charlie, Edward odadan gider gitmez. Yüzümdeki ifade önümdeki tabak kadar boştu.

"Ah, gerçekten mi?"

Charlie kaşlarını çattı. "Bu kadar acımasız olma, Bella. Sesi gerçekten kötüydü."

"Jacob, bu halka ilişkiler çabaların için sana ödeme yapıyor mu, yoksa bunun için gönüllü mü oldun?"

Charlie yemek bitene kadar manasızca söylendi. Farkında değildi ama önemli bir noktaya değinmişti.

Hayatım şu anda zarla oynanan şans oyunlarına dönmüştü. Bir sonraki seferde de bir-bir mi gelecekti? Ya bana bir şey olsaydı? Bu Jacob'ı söylediklerinden dolayı suçluluk içerisinde bırakmaktan daha kötü geldi.

Fakat şu anda söyleyeceğim her kelimeyi farklı tarafa çekeceğinden bu konu hakkında Charlie'yle konuşmak istemiyordum. Bunu düşünmek Jacob ile Billy'nin ilişkilerini kıskanmama neden oldu. Yaşadığın insandan saklayacağın sırlarının olmaması güzel olmalıydı.

Onu aramak için sabaha kadar bekleyebilirdim. Bu gece ölecek değildim ya, üstelik on iki saat kadar daha kendini suçlu hissetmesinin zararı yoktu. Hatta onun için iyi bile olabilirdi.

Akşam Edward gittiğinde beni ve Charlie'yi bu yağmurda kimin koruduğunu merak ettim. O kişi,

Alice ya da her kimse, onun için berbat hissettim ama yine de rahattım. Kabul etmek zorundaydım ki yalnız olmadığımı bilmek güzeldi. Zaten Edward da kısa süre içerisinde dönmüştü.

Bana uyumam için yine ninni söyledi. Bilinçsiz de olsam, orada olduğunun farkındaydım ve kâbus görmeden güzel bir uyku çektim.

Charlie, sabah ben uyanmadan yardımcısı Mark ile balığa gitmişti. Gözetimden uzak bu kutsal anı kullanmaya karar verdim.

"Jacob ile takılmaya gidiyorum," dedim kahvaltımı ettikten sonra Edward'a. "Onu affedeceğini biliyordum," dedi yüzünde bir gülümsemeyle. "Kin tutmak gibi bir yeteneğe sahip değilsin."

Gözlerimi devirdim ama memnun olmuştum. Görünüşe göre, Edward gerçekten de anti-kurt adam tavırlarını bir kenara bırakmıştı.

Onu arayana kadar saate bakmamıştım. Gerçekten de erken bir saatti ve Billy ile Jake'i uyandıracağım diye endişeleniyordum. Neyse ki telefonu ikinci çalışında biri açtı, demek telefondan çok da uzakta değildiler.

"Alo?" dedi donuk bir ses.

"Jacob?"

"Bella!" diye heyecanla haykırdı. "Ah Bella, çok üzgünüm!" Sanki kelimeleri içinde tutamıyormuş gibi hızla, duraksamadan konuşmaya başladı. "Yemin ederim öyle demek istememiştim. Aptallık ettim. Kızgındım. Ama tabii bu bir bahane olamaz. Hayatım boyunca söylediğim en aptalca şeydi ve çok üzgünüm.

Bana kızma, lütfen? Lütfen. Beni affetmen için gerekirse ömür boyu kölen olurum."

"Kızgın değilim. Affedildin."

"Teşekkürler," dedi coşkuyla. "Böyle bir hayvanlık yaptığıma inanamıyorum."

"Bunun için endişelenme. Alıştım artık."

Neşeyle güldü, rahatlamıştı. "Beni görmeye gel," diye rica etti. "Bunu telafi etmek istiyorum."

Kaşlarımı çattım. "Nasıl?"

"Ne istersen. Yamaç dalışı yaparız," diye önerdi tekrar gülerek.

"*Harika* bir fikir."

"Zarar görmeyeceğine söz veriyorum," dedi. "Ne yapmak istersen."

Edward'ın yüzüne baktım, sakin görünüyordu ama bunun için doğru zaman olduğunu sanmıyordum.

"Şu an mümkün değil."

"O benim kadar heyecanlanmadı, değil mi?" Jacob'ın sesi ilk defa utanmış gibi çıkmıştı.

"Sorun o değil. Bir sorun var, yani hınzır bir kurt adamdan farklı, daha önemli bir sorun var." Sesimi neşeli tutmaya çalışmış ama onu kandıramamıştım.

"Sorun ne?" diye sordu.

"Şey." Ona söyleyip söylememek konusunda kararsızdım.

Edward telefonu almak için elini uzattı. Yüzüne dikkatlice baktım. Oldukça sakin görünüyordu.

"Bella?" dedi Jacob.

Edward iç geçirdi ve elini biraz daha yaklaştırdı.

"Edward ile konuşmanın mahsuru var mı?" diye kaygıyla sordum. "Seninle konuşmak istiyor da."

Uzun bir sessizlik oldu.

"Pekâlâ," diye kabul etti Jacob sonunda. "İlginç bir konu olmalı."

Telefonu Edward'a uzattım; gözlerimdeki tehditkâr ifadeyi görmüş olmasını umuyordum.

"Merhaba, Jacob," dedi Edward, kusursuz bir şekilde kibardı.

Bir sessizlik oldu. Dudağımı ısırdım, Jacob'ın söylediklerini tahmin etmeye çalışıyordum.

"Eve biri gelmiş, daha evvel rastlamadığım bir koku vardı," diye açıkladı Edward. "Sizin sürü şu sıralar yeni bir şeyle karşılaştı mı?"

Bir başka duraksama ve sonra Edward kendi kendine başını salladı.

"Asıl sorun da bu zaten. Bunun icabına bakana kadar Bella'yı gözümün önünden ayırmayacağım. Bu kişisel değil—"

Jacob onun sözünü kesti, telefonun ahizesinden gelen sesini duyabiliyordum. Her ne söylüyorsa, daha önce söylediklerinden çok daha şiddetliydi. Söylediklerini duymakta zorlanıyordum.

"Haklı olabilirsin –," diye başladı Edward ama Jacob konuşmaya devam etti. En azından ikisinin sesi de kızgın gelmiyordu.

"Bu ilginç bir öneri. Bu konuda tekrar anlaşmak için oldukça istekliyiz. Tabii, Sam için de uygunsa."

Jacob'ın sesi daha alçak geliyordu artık. Edward'ın yüz ifadesinden bir anlam çıkarmaya çalışırken tırnaklarımı kemirmeye başlamıştım.

"Teşekkürler," dedi Edward.

Sonra Jacob'ın söylediği bir şey, Edward'ın yüzünde şaşkın bir ifade oluşmasına neden oldu.

"Aslında yalnız gitmeyi planlıyordum," diye cevapladı Edward, kendisine sorulan beklenmedik soruyu. "Ve onu da diğerleri ile bırakacağım."

Jacob'ın sesi bir anda yükselmiş ve bana sanki Edward'ı bir şeye ikna etmeye çalışıyormuş gibi gelmişti.

"Bunu etraflıca düşüneceğim," diye söz verdi Edward. "Elimden geldiğince tarafsız olmaya çalışacağım."

Bu defa daha kısa bir sessizlik oldu.

"Bu çok da kötü bir fikir değil. Ne zaman?... Hayır, bu harika. Ben bizzat takip etmek isterdim aslında. On dakika... Elbette ki," dedi Edward. Telefonu bana uzattı. "Bella?"

Telefonu ondan yavaşça aldım, kafam karışmıştı.

"Az önceki de neydi öyle?" diye sordum Jacob'a, sesim hırçın çıkmıştı. Sanki bir ergen gibi davranmıştım ama dışlandığımı hissetmiştim.

"Bir ateşkes sanırım. Hey bana bir iyilik yap," dedi Jacob. "Senin kan emiciyi benim yanımın en güvenli yer olduğu konusunda – özellikle de o gidince – ikna et. Böylece istediğimizi yapabiliriz."

"Ona pazarlamaya çalıştığın şey bu muydu?"

"Evet. Bu çok mantıklı. Charlie'nin de muhtemelen en güvenli olacağı yer burası. Mümkün olduğunca tabii."

"Billy'yle de iyi anlaşıyorlar," diye kabul ettim. Fakat her zaman Charlie'yi benim bulunduğum çapraz ateşin tam ortasına bırakma fikrinden nefret etmiştim. "Peki ya başka?"

"Sadece Forks'a çok yaklaşan birilerini yakalayabilmek için birkaç sınır ayarlaması yaptık. Sam'in bundan hoşlanacağını pek sanmıyorum ama o gelene kadar ben ilgileneceğim."

"İlgileneceğim de ne demek oluyor?"

"Yani evinin çevresinde bir kurdun koştuğunu görürsen, sakın ateş etme demek oluyor."

"Tabii ki etmem. Sen de hiçbir şeyi...riske atma."

Küçümsercesine güldü. "Aptal olma. Kendi başımın çaresine bakabilirim."

Derin bir nefes verdim.

"Ayrıca onu ziyaret etmen konusunda ikna etmeye çalıştım. Önyargılı olduğunu biliyorsun. Bu yüzden onu güvenlik konusunda endişelendirme. Fakat o da, burada güvende olacağını benim kadar iyi biliyor."

"Bunu aklımda tutacağım."

"Az sonra görüşürüz," dedi Jacob.

"Geliyor musun?"

"Evet. Gelip senin ziyaretçinin bıraktığı kokuya bakacağım, böylece onun izini sürebileceğiz."

"Jake bu iz sürme işinden hiç hoşlanmadım – "

"Ah, *lütfen* ama Bella," diye sözümü kesti. Sonra da güldü ve telefonu kapattı.

10. KOKU

Bu tamamen çocukcaydı. Neden Jacob buraya gelecek diye Edward gitmek zorundaydı ki? Bu tavırları geçmişte bırakamaz mıydık?

"Ona karşı bir düşmanlık hissettiğimden falan değil, Bella, sadece işleri ikimiz için de kolaylaştırıyorum," demişti Edward kapıda. "Çok uzağa gitmeyeceğim. Güvende olacaksın."

"Ben *bunun* için endişelenmiyorum zaten."

Bana gülümsedi, sonra da gözlerinde şeytani bir ifade belirdi. Beni yanına çekti ve yüzünü saçlarımın arasına gömdü. Soludukça soğuk nefesinin saçlarımın her bir teline işlediğini hissedebiliyordum; boğazım heyecandan kurumuştu.

"Geri döneceğim," dedi ve sonra da sanki bir şaka yapmışçasına güldü.

"Komik olan ne?"

Fakat Edward sadece gülümsedi ve cevap vermeden ağaçların arasına daldı.

Kendi kendime söylenerek mutfağı temizlemeye gittim. Lavaboyu tam suyla doldurmuştum ki, kapı çaldı. Jacob'ın arabasız bu kadar hızlı gelmesine alışmak benim için bir hayli zordu. Gerçi görünüşe göre herkes benden hızlıydı...

"İçeri gel Jake!" diye bağırdım.

Tabakları köpüklü suyun içerisine yerleştirmeye dalmış ve Jacob'ın bu günlerde hayalet gibi hareket ettiğini unutmuştum. Bu yüzden, sesini arkamda duyduğumda birden havaya sıçradım.

"Kapıyı gerçekten böyle kilitlemeden mi bırakıyorsun? Ah, çok affedersin."

Korkudan neredeyse bulaşık suyunun içine düşüyordum.

"Kapının kilitli olmasının kimseyi niyetinden vazgeçireceğini sanmıyorum," dedim, bir yandan ıslanmış olan tişörtümü havluyla kurulamaya çalışıyordum.

"Haklısın," diye kabul etti.

Dönüp onu baştan aşağıya süzdüm. "Gerçekten bir şeyler giymen imkânsız mı Jacob?" diye sordum. Jacob'ın üst kısmı çıplaktı, üzerinde sadece kot pantolonu vardı. İçten içe böyle gezinmesinin tek nedeninin, yeni kaslarıyla gurur duyduğundan örtünmek istememesi olduğunu düşünüyordum. Kabul etmek zorundaydım, gerçekten inanılmazlardı. Aslında asla onun kendini beğenmiş biri olduğunu düşünmemiştim. "Yani biliyorum, bir daha asla üşümeyeceksin ama gene de bir şeyler giyebilirsin."

Gözünün önüne düşen ıslak saçını eliyle geriye doğru yatırdı.

"Bu daha kolay oluyor," diye açıkladı.

"Kolay olan ne?"

Küçümsercesine gülümsedi. "Tüm kıyafetlerimi

yanıma almak yerine daha az eşya taşımak. Öbür türlü bir yük arabası gibi görünmez miyim?"

Kaşlarımı çattım. "Neden bahsediyorsun Jacob?"

Yüzünde kibirli bir ifade belirdi, sanki çok mühim bir detayı gözden kaçırıyordum. "Değiştiğim zaman kıyafetlerim birdenbire ortaya çıkmıyor. Koşarken onları da yanıma almak zorundayım."

Rengim değişmişti. "Sanırım bunu akıl edemedim," diye mırıldandım.

Güldü ve baldırına üç defa dolanmış olan deri siyah ipi gösterdi. Daha evvel ayaklarının çıplak olduğunu da fark etmemiştim. "Bir kot pantolonu ağızda taşımak gerçekten berbat."

Ne söyleyeceğimi bilemedim.

Gülümsedi. "Yarı çıplak olmam seni rahatsız ediyor mu?"

"Hayır."

Jacob tekrar güldü. Tabaklarla ilgilenmek için ona sırtımı döndüm. Kızarmamın nedeninin sorduğu sorudan değil de, aptallığımdan olduğunu anlamış olmasını umuyordum.

"Sanırım işe koyulmalıyım." İç geçirdi. "Onun tarafından kaytarmakla suçlanmak istemiyorum."

"Jacob bu senin işin değ – "

Elini kaldırıp sözümü kesti. "Burada gönüllü olarak bulunuyorum. Şimdi söyle bakalım, davetsiz misafirin kokusunun en çok bulunduğu yer neresi?"

"Yatak odam sanırım."

Gözlerini kıstı. O da, bundan Edward kadar rahatsız olmuştu.

"Bir dakika içerisinde dönerim."

Elimdeki tabağı tekdüze bir şekilde ovalamaya devam ettim. Mutfaktaki tek ses elimdeki plastik fırçanın kıllarının porselene değerken çıkardığı sesti. Yukarıdan gelen sesleri duymaya çalıştım; ne döşemenin gıcırdadığını, ne de kapının açıldığını duydum. Hiç ses yoktu. Elimdeki tabağı olması gerekenden daha uzun süredir yıkadığımı fark ettim ve ilgimi yaptığım işe vermeye çalıştım.

"Öf!" dedi Jacob, tam arkamda duruyordu ve beni gene korkutmuştu.

"Ah, Jake, kes şunu!"

"Üzgünüm." Jacob havluyu aldı ve etrafa döktüğüm bulaşık suyunu temizlemeye başladı. "Sana yardım edeceğim. Sen yıka, ben de durular ve kurularım."

"Pekâlâ." Ona bir tabak verdim.

"Koku her yere yayılmıştı. Bu arada odan leş gibi kokuyor."

"Hava temizliyicilerden alacağım."

Güldü.

Yıkamaya devam ettim ve o da sokulgan bir sessizlikle kuruluyordu.

"Bir şey sorabilir miyim?"

Ona bir tabak daha uzattım. "Bu ne soracağına bağlı."

"Pisliğin teki gibi davranmaya çalışmıyorum ama... gerçekten merak ediyorum," diye beni inandırmaya çalıştı.

"Tamam. Sor hadi."

Bir saniye durdu. "Nasıl bir şey, yani bir vampirin erkek arkadaşın olması?"

Gözlerimi devirdim. "Harika."

"Ciddiyim. Yani seni hiç rahatsız etmiyor mu, korkutmuyor mu?"

"Asla."

Sessizce elimdeki kâseyi aldı. Gizlice yüzüne baktım; kaşlarını çatmış, alt dudağını sarkıtmıştı.

"Başka?" diye sordum.

Tekrar burnu kırışmıştı. "Şey...aslında merak ediyordum...bilirsin işte...onunla *öpüştün* mü?"

Güldüm. "Evet."

Ürperdi. "Iyy."

"Başkası olsa öpüşmekten çok daha fazlasını yapardı," diye mırıldandım.

"Sivri dişleri seni endişelendirmedi mi?"

Koluna bir tane vurunca üzerine bulaşık suyunu sıçrattım. "Kes sesini, Jacob! Biliyorsun onun sivri dişleri falan yok!"

"Canımı acıttın," diye mırıldandı.

Dişlerimi gıcırdattım ve et bıçağını olması gerekenden daha da hızlı bir şekilde fırçaladım.

Ona bıçağı uzattığımda, "Bir tane daha sorabilir miyim?" dedi yumuşak bir ses tonuyla. "Sadece meraktan."

"Tabii," dedim hemen.

Bıçağı suyun altında defalarca çevirdi ve fısıltı halinde konuşmaya başladı.

"Birkaç hafta demiştin... Tam olarak ne zaman... ?" Cümlesini bitirememişti.

"Mezuniyette," diye cevap verdim aynı şekilde fısıldayarak ve dikkatlice yüzüne baktım. Acaba gene patlayacak mıydı?

"Çok yakınmış," dedi nefesini vererek, gözlerini kapatmıştı. Bu bir cevap değil, daha çok matem gibiydi. Kollarındaki kaslar gerildi ve omuzları sertleşti.

"Ahh!" diye bağırdı; oda o kadar sessizdi ki, acıyla bağırması üzerine havaya sıçradım.

Sağ eli sıkıca bıçağı kavramıştı ve elini açtığında bıçak gürültüyle tezgâha düştü. Avucunun içinde uzun ve derin bir kesik vardı. Kan, parmaklarından aşağıya süzülüp yere damlıyordu.

"Kahretsin! Ahh!" diye bağırdı.

Başım dönmeye başladı ve midem alt üst oldu. Bir elimle tezgâhın kenarına tutundum ve ağzımdan derin bir nefes aldım. Onunla ilgilenebilmek için kendimi toplamaya çalışıyordum.

"Ah, hayır! Jacob! Lanet Olsun! Al şunu çevresine sar!" Havluyu ona uzattım. Omuz silkti.

"Önemli değil, Bella. Endişelenme."

Oda yavaş yavaş aydınlanıyormuş gibi geliyordu.

Derin bir nefes aldım. "Endişelenmeyim mi? Elinde açık bir yara var!"

Uzattığım havluyu görmezlikten geldi. Elini akan suyun altına tuttu. Su kırmızıya dönmüştü. Başım fırıl dırıl dönüyordu.

"Bella," dedi.

Gözlerimi yaradan uzaklaştırıp ona baktım. Kaşlarını çatmıştı ama ifadesinde bir tatlılık vardı.

"Ne?"

"Bayılacak gibi görünüyorsun ve dudaklarını kemiriyorsun. Kes şunu. Rahatla ve derin bir nefes al. İyiyim ben."

Ağzımdan derin bir nefes aldım ve dişlerimi dudaklarımdan çektim. "Cesur davranmana gerek yok."

Gözlerini devirdi.

"Hadi gidelim. Seni acil servise götüreceğim." Arabayı kullanabileceğimden oldukça emindim. En azından artık duvarlar üzerime gelmiyordu.

"Gerek yok." Jake suyu kapadı ve uzattığım havluyu alıp elinin çevresine sardı.

"Bekle," diye itiraz ettim. "İzin ver de bakayım şuna." Yarayı görüp tekrar serseme döndüğümde destek almayı umarak tezgâhı daha da sıkı tuttum.

"Bana daha önce anlatmadığın bir doktorluk geçmişin falan mı var?"

"Hastaneye götürmenin gerekli olup olmadığına karar vermem için bana bir şans ver."

Yüzüne sahte bir korku ifadesi yerleştirdi. "Lütfen gerekli olmasın!"

"Eğer görmeme izin vermiyorsan gerekli olduğu kesindir."

Derin bir nefes alıp hızla geri verdi. "Tamam."

Havluyu açtı ve elini benimkinin üzerine koydu.

Birkaç saniye tuttum. Kesiğin elinin iç tarafında olduğunu bildiğimden elini çevirdim. Fakat elini çevirmemle şaşırmam bir oldu çünkü sadece belli belirsiz bir yarık izi vardı.

"Fakat...sen çok fazla...kanıyordun."

Elini geri çekti ve gözlerini benimkinden ayırmadan soğuk bir şekilde baktı.

"Çabuk iyileşiyorum."

"Görebiliyorum," diye mırıldandım.

Elindeki büyük kesiği ve kanın nasıl lavaboya aktığını görmüştüm. Tuz ve pas kokusu midemi bulandırmıştı. Yaranın dikilmesi gerekirdi. O yaranın kabuk bağlamasının günler alması gerekiyordu ama şu anda elinde sadece aylar sonra olması gereken pembe bir iz vardı.

Ağzının kenarında yarım yamalak bir gülümseme belirdi ve yumruğunu göğsüne vurdu. "Kurt adam olduğumu hatırlıyorsun, değil mi?"

Uzun bir süre gözlerini benimkilerden ayırmadı.

"Evet," dedim en sonunda.

Verdiğim tepkiye kahkaha attı. "Bunu sana söylemiştim. Paul'ün yara izini gördün."

Onaylamak için başımı salladım. "Ama bu biraz farklı bir durum. Yaranın nasıl olduğunu bizzat gördüm."

Lavabonun altındaki dolaptan çamaşır suyunu çıkarmak için eğildim. Beze biraz döktüm ve yeri temizlemeye başladım. Çamaşır suyunun kokusu kafamda geriye kalan son sersemlik belirtilerini de alıp götürmüştü.

"İzin ver sileyim," dedi Jacob.

"Ben hallettim. Havluyu çamaşır makinesine atacaksın, değil mi?"

Zeminde çamaşır suyu kokusu dışında hiçbir şeyin kalmadığına emin olunca ayağa kalktım ve tezgâhta, durulama işlemlerini yaptığımız kısma da biraz çamaşır suyu döktüm. Sonra da kilerin yanındaki çamaşır odasına giderek bir kapak da çamaşır makinesinin deterjan kısmına boşalttım. Jacob, ben bunları yaparken onaylamayan gözlerle beni seyrediyordu.

"Saplantılı zorlanımlı rahatsızlık mı var sende?" diye sordu.

Hah. Belki de. Fakat en azından bu defa geçerli bir sebebim vardı. "Kanın etrafta olması konusunda oldukça hassasız. Eminim bunu anlayabilirsin."

"Ah," dedi ve tekrar burnunun üstü kırıştı.

"Neden bunu onun için elimizden geldiğince kolaylaştırmayalım ki? Bu işte zaten yeterince iyi."

"Tabii tabii. Neden olmasın?"

Lavabodaki tıkacı çıkardım ve kirli suyun akıp gitmesine izin verdim.

"Sana bir şey sorabilir miyim, Bella?"

Derin bir nefes verdim.

"Nasıl bir şey...yani en iyi arkadaşının kurt adam olması?"

Bu soru beni hazırlıksız yakalamıştı. Bir kahkaha attım.

"Bu seni korkutuyor mu?" dedi ben daha cevap veremeden.

"Hayır. Özellikle de kurt adamlar bu kadar nazikken," dedim. "Bu harika."

Kocaman gülümsedi, teninin rengine zıt bembeyaz dişleri ortaya çıkmıştı. "Teşekkürler, Bella," dedi ve elimi tutup beni devasa kollarının arasına alıp sarıldı.

Sonra benim karşılık vermeme fırsat bırakmadan kollarını çekti ve benden uzaklaştı.

"Iyy," dedi, burnunun üstü kırışmıştı. "Saçların, odandan daha da kötü kokuyor."

"Üzgünüm," diye mırıldandım. Aniden Edward'ın gitmeden saçlarıma üfleyip neden güldüğünü anlamıştım.

"Vampirlerle takılmanın risklerinden biri," dedi omuz silkerek. "Senin kötü kokmana neden olurlar. En azından önemsiz bir risk."

Ona ters bir bakış attım. "Sadece sana kötü kokuyorum Jake."

Gülümsedi. "Sonra görüşürüz, Bella."

"Gidiyor musun?"

"Gitmemi bekliyor. Dışarda olduğunu duyabiliyorum."

"Ah."

"Arka kapıdan gideceğim," dedi ve duraksadı. "Bekle bir saniye. Bu gece La Push'a gelmeye ne dersin? Şölen ateşi yakacağız. Emily de orada olacak ve Kim'le de tanışabilirsin... Ve Quil'in seni görmek istediğini de biliyorum. Hakkındaki her şeyi biliyor olman onu deli etti."

Gülümsedim. Jacob'ın küçük kız arkadaşının, kurt adamlara özel bazı konularda bilgili olmasının Quil'in canını nasıl sıktığını hayal edebiliyordum. Sonra bir iç geçirdim. "Jake bunun için söz veremem. Anlarsın ya, her şey biraz karışık..."

"Hadi ama, gerçekten birinin altımızı birden geçebileceğini mi düşünüyorsun?"

Sorusunun sonunda tuhaf bir şekilde kekeleyerek durmuştu. Acaba o da, benim *vampir* kelimesini sesli söylemekte zorlandığım gibi *kurt adam* derken sorun mu yaşıyordu, merak etmiştim.

Büyük siyah gözleri mahçup ve yalvaran bir ifadeyle bakıyordu.

"Sorarım," dedim şüpheyle.

Sesi birden değişti, artık daha tok geliyordu. "Şimdi de gardiyanın mı oldu? Geçen hafta haberlerde kontrol etmek hakkında bir haber gördüm, kötü davranışlar sergileyen gençler ve..."

"Tamam!" diye lafını kestim ve kolunu ittim. "Kurt adam için gitme zamanı!"

Gülümsedi. "Görüşürüz, Bells. İzin istediğine emin ol."

Ben ona bir şeyler fırlatmadan evvel arka kapıdan hızla çıkıp gitti. Boş odada kendi kendime homurdandım.

O gittikten hemen sonra Edward yavaşça mutfağa süzüldü, yağmur damlacıkları, saçlarının koyu kısımlarında elmas gibi parlıyordu. Gözleri temkinliydi.

"Siz ikiniz kavga mı ettiniz?" diye sordu.

"Edward!" diye haykırdım ve yanına koştum.

"Merhaba." Güldü ve kollarını bana doladı. "Lafı değiştirmeye mi çalışıyorsun? İşe yaradığını söylemeliyim."

"Hayır, Jacob ile kavga etmedim. Niye sordun?"

"Sadece onu neden bıçakladığını öğrenmek istemiştim. Buna itiraz ettiğimden değil tabii ama." Çenesiyle tezgâhın üzerindeki bıçağı işaret etti.

"Kahretsin! Her şeyi hallettiğimi sanmıştım."

Yanından ayrıldım ve bıçağı almaya gittim, lavaboya koymadan önce çamaşır suyunu üzerine boca ettim.

"Onu bıçaklamadım," diye açıklamaya çalıştım. "Bıçağın elinde olduğunu unuttu."

Edward güldü. "Bu hayal ettiğim kadar eğlenceli değil."

"Kibar ol."

Cebinden büyük bir zarf çıkardı ve tezgâhın üzerine koydu. "Postan gelmişti, aldım."

"İyi haber mi?"

"Öyle sanıyorum."

Ses tonundan dolayı gözlerimi kuşkuyla kıstım.

Zarfı ikiye katlamıştı. Yavaşça açtım ve içerisindeki kağıtların ağırlığına şaşırarak gönderen adresini baktım.

"Dartmouth mu? Bu bir şaka mı?"

"Bir kabul mektubu olduğuna eminim. Tam olarak benimkinin aynısı."

"Aman Tanrım, Edward! Ne yaptın sen?"

"Sadece başvurunu yolladım."

"Dartmouth'a gidebilecek biri olmayabilirim ama buna inanacak kadar aptal da değilim."

"Görünüşe göre Dartmouth onlara uygun olduğunu düşünüyor."

Derin bir nefes aldım ve içimden ona kadar saydım. "Bu çok cömertçe," dedim en sonunda. "Fakat kabul et ya da etme, okul ücreti hâlâ bir sorun. Bunu karşılayamam ve senin kendine bir spor araba alabileceğin kadar parayı sokağa atmana izin verip sanki gelecek yıl Dartmouth'a gidecekmişim gibi de rol yapamam."

"Bir spor arabaya daha ihtiyacım yok. Ve sen de hiçbir şey için rol yapmak zorunda değilsin," diye mırıldandı. "Bir yıl üniversiteye gitmek seni öldürmez. Belki de bundan hoşlanacaksın. Sadece bunu düşün, Bella. Charlie ve Renée'nin ne kadar heyecanlanacağını düşün..."

Kadife sesi, daha önce düşünmemek için uğraştığım şeyleri hayal etmeme neden olmuştu. Tabii ki Charlie çok gururlanırdı. Forks'taki herkes onun bu coşkusundan nasibini alırdı. Ve Renée de benim bu başarımdan dolayı sevinçten kendini kaybederdi. Tabii hiç şaşırmadığına dair yemin ederek....

Kafamdaki bu düşünceleri uzaklaştırmaya çalıştım. "Edward. Şu an tek endişem gelecek yaz ya da sonbaharı bir kenara bırak, mezuniyete kadar hayatta kalabilmek."

Kollarıyla beni tekrar sardı. "Kimse seni incitmeyecek. Dünyadaki bütün zaman senin."

İç geçirdim. "Yarın Alaska'ya hesap bilgilerimi yollayacağım. Tek ihtiyacım olan bir gerekçe. Charlie, Noel öncesine kadar ziyaret etmemi beklemeyecektir. Ve tabii, o zamana kadar da başka bahaneler bulacağım. Bilirsin, tüm bu gizlilik ve kandırma olayı bana biraz acı veriyor."

Edward'ın yüz ifadesi sertleşmişti. "Kolaylaşacak. Birkaç on yıl sonra tanıdığın herkes ölecek. Sorun çözülmüş olacak."

Yerimden sıçramıştım.

"Üzgünüm, bu fazla sertti."

Gözlerimi büyük beyaz zarfa çevirdim ama aslında ona bakmıyordum. "Fakat yine de doğru."

"Eğer bu sorunu çözdüysek, artık lütfen biraz daha beklemeyi *düşünür müsün*?"

"Hayır."

"Çok inatçısın."

"Evet."

Çamaşır makinesinin gürültüsünü ve sonra da tekleyerek sesinin kesildiğini duyduk.

"İşe yaramaz aptal alet," diye mırıldandım yanından uzaklaşırken.

Makinenin içine sadece küçük bir havlu atmıştım. Boş olduğundan doğru düzgün çalışmıyordu ve sonra tekrar çalışmaya başladı.

"Aklıma ne geldi," dedim. "Alice'e, odamı temizledikten sonra eşyalarımı ne yapmış diye sorar mısın? Onları hiçbir yerde bulamıyorum."

Bana kafası karışmış bir halde baktı. "Alice odanı mı temizledi?"

"Evet, sanırım öyle yapmış. Beni rehin aldığı zaman, pijamalarımı almaya geldiğinde yastığımı ve eşyalarımı da almış." Ona ters bir bakış attım. "Etrafta olan her şeyi almış; tişörtümü, çoraplarımı... Nereye koyduğunu da bulamıyorum."

Edward bir süre daha bana kafası karışmış bir halde baktı ve sonra aniden kaskatı kesildi.

"Bunların kaybolduğunu ne zaman fark ettin?"

"Uyduruk pijama partisinden geldikten sonra. Neden?"

"Alice'in hiçbir şey aldığını sanmıyorum. Ne kıyafetlerini ne de yastığını. Bu alınan şeyler, giydiğin... dokunduğun...ve üzerinde uyuduğun şeyler mi?"

"Evet. Ne oldu Edward?"

Yüz ifadesi değişmişti. "Hepsinde senin kokun var."

"Ah!"

Bir süre birbirimizin gözlerine baktık.

"Benim ziyaretçim," diye mırıldandım.

"Üzerinde izler olan...kanıtları topluyordu. Acaba seni bulduğunu kanıtlamak için miydi?"

"Neden?" diye fısıldadım.

"Bilmiyorum. Fakat bunu öğreneceğim."

"Bunu yapacağını biliyorum," dedim ve başımı göğsüne yasladım. Telefonun titrediğini hissettim.

Telefonunu cebinden çıkardı ve arayan numaraya baktı. "Konuşmak istediğim tek kişi," diye mırıldandı ve sonra da telefonu açtı. "Carlisle, ben – " Konuşması yarıda kesildi ve dinlemeye başladı, söylenenleri dikkatle dinlediğinden yüzünde gergin bir ifade belirmişti. "Bunu kontrol ederim. Şimdi dinle..."

Kaybolan eşyalardan bahsetti ama anladığım kadarıyla Carlisle bizim için pek de endişelenmiyordu.

"Belki de giderim..." dedi Edward, gözlerini bana çevirdiğinde sesi eski canlılığını yitirmişti. "Belki de değil. Emmett'ın yalnız gitmesine izin verme, işleri nasıl hallettiğini biliyorsun. En azından Alice'in ona göz kulak olmasını sağla. Bunu daha sonra çözeriz."

Telefonu kapattı. "Gazete nerede?" diye sordu.

"Emin değilim. Neden?"

"Bir şeye bakmam lazım. Charlie çoktan atmış olabilir mi?"

"Belki de...."

Edward yok oldu.

Yarım saniye içerisinde saçlarında elmastan damlalarla ve elinde ıslak bir gazeteyle geri döndü. Gazeteyi masanın üzerine açtı ve hızla başlıkları taradı. Sanki bir şeyler arıyormuş gibi üzerine doğru eğildi ve parmağını en çok ilgisini çeken paragrafın üzerine koydu.

"Carlisle haklı...evet...çok dikkatsizce. Genç ve deli mi? Yoksa bilinçsiz bir öldürme isteği mi?" diye kendi kendine mırıldandı.

Omzunun üzerinden ben de gazeteye baktım.

Seattle Times'ın başlığını okudum. "Cinayet Salgını Devam Ediyor – Polisin Elinde Yeni Bir Kanıt Yok"

Charlie'nin birkaç hafta önce bana şikâyette bulunduğu hikâyeden neredeyse hiçbir farkı yoktu. Seattle'da olan cinayetler, ülkenin odak merkezi haline gelmişti. Cinayet oranı diğer büyük şehirlere kıyasla oldukça yüksekti.

"Durum daha da kötüleşiyor," diye mırıldandım.

Kaşlarını çattı. "Tamamiyle kontrolden çıkmış durumda. Bu sadece bir tane yeni dönüşmüş vampirin işi olamaz. Neler oluyor böyle? Sanki Volturi'yi hiç duymamış gibiler, ki bu oldukça muhtemel. Kimse onlara kuralları açıklamamış... Peki, o zaman onları kim dönüştürmüş?"

"Volturi mi?" diye tekrarladım ürpertiyle.

"Bu aslında onların düzenli şekilde icabına baktıkları şeylerden... Bizi ifşa eden ölümsüzlerden bahsediyorum. Bundan daha birkaç yıl önce Atlanta'da büyük bir temizlik yapmışlardı ve o bile bunun kadar kötü bir duruma yol açmamıştı. Çok yakında müdahale edeceklerdir, hem de çok yakında. Tabii biz durumu düzeltecek bir şeyler yapmazsak. Şu anda onların Seattle'a gelmelerini gerçekten istemem. Bu kadar yakına gelirlerse...seni kontrol etmek için karar verme ihtimalleri de doğar."

Tekrar ürperdim. "Ne yapabiliriz?"

"Karar vermeden önce daha fazla şey öğrenmeliyiz. Belki de bu genç vampirlerle konuşup onlara kuralları açıklarsak, her şey barışçıl bir şekilde hallolabilir." Kaşlarını çattı, sanki bunun ihtimal dahilinde olduğunu düşünmüyor gibiydi. "Alice neler olduğuna dair bir fikir edinene kadar bekleyeceğiz... Gerekmedikçe dahil olmamalıyız. Dahası bu bizim sorumluluğumuz altında olan bir şey de değil. Fakat Jasper'ın bizim tarafımızda olması iyi," dedi ve keyifle ekledi. "Eğer yenidoğan vampirlerle uğraşacaksak, onun yardımı işe yarayacaktır."

"Jasper mı? Neden?"

Edward gizemli bir biçimde gülümsedi. "Jasper genç vampirler konusunda bir tür uzman."

"Uzman da ne demek oluyor?"

"Ona sormalısın. Bu onun hikâyesi."

"Ne karmaşa ama," diye mırıldandım.

"Öyle, değil mi? Sanki bugünlerde her şey üstümüze geliyor gibi." İç çekti. "Hiç eğer bana âşık olmasaydın hayatının daha kolay olacağını düşünüyor musun?"

"Belki de olurdu. Fakat bu pek de güzel bir hayat sayılmazdı."

"Benim için de," diye ekledi. "Ve sanırım şimdi de," yüzünde çarpık bir gülümsemeyle devam etti, "Bana sormak istediğin bir şey var mı?"

Boş gözlerle ona baktım. "Var mı?"

"Belki de yoktur." Gülümsedi. "Sanki bu gece yapılacak bir kurt adam partisine katılmak için izin isteyecekmişsin gibi bir izlenime kapıldım."

"Gene mi kulak misafiri oldun?"

Gülümsedi. "Sadece birazcık, o da sonlara doğru."

"Pekâlâ, sana soracak falan değildim. Yeterince sorunun olduğunun farkındayım."

Elini çenemin altına koydu ve yüzümü kavradı, bu sayede gözlerimdeki ifadeyi kaçırmayacaktı. "Gitmek ister misin?"

"Çok da önemli değil. Boş ver."

"İzin istemek zorunda değilsin, Bella. Ben senin baban değilim – bunun için de şükrediyorum zaten. Belki de Charlie'ye sormalısın."

"Fakat Charlie'nin evet diyeceğini biliyorsun."

"Doğru, pek çok insana nazaran, onun ne cevap verebileceğini birazcık tahmin edebiliyorum."

Ne planladığını anlamaya çalışarak gözümü ona diktim. Bir yandan da La Push'a ne kadar çok gitmek istediğimi fark ettim. Etrafta bu kadar ürkütücü ve açıklanamaz olay olurken bir grup aptal kurt çocukla takılmak saçmalıktı. Tabii ki, gitmek istememin *asıl* sebebi de buydu. Ölüm tehditlerinden birkaç saatliğine de olsa uzaklaşmak istiyordum... Daha az yetişkin olup Jacob'la gülen pervasız Bella olacaktım, kısa bir süre için de olsa.

"Bella," dedi Edward. "Sana kararlarına güveneceğimi ve mantıklı davranacağımı söylemiştim. Öyle yapacağım da. Eğer sen kurt adamlara güveniyorsan, ben de endişelenmeyeceğim."

"Vay," dedim, tıpkı dün geceki gibi.

"Ve Jacob haklı – sadece bu konuda – bir sürü dolusu kurt adam, seni bir geceliğine de olsa korumak için yeterli olacaktır."

"Emin misin?"

"Tabii ki. Sadece... "

Kendimi söyleyeceklerine hazırladım.

"Umarım birkaç tedbir almamın sakıncası yoktur? Sana sınıra kadar eşlik edeceğim. Ve cep telefonunu yanına alacaksın, böylece seni ne zaman alacağımı öğrenebileceğim, olur mu?"

"Kulağa oldukça...mantıklı geliyor."

"Mükemmel."

Bana gülümsediğinde mücevher gibi gözlerinde hiçbir endişenin olmadığını gördüm.

La Push'ta partiye gidecek olmama, Charlie'nin itiraz etmemesi hiç şaşırtıcı değildi. Haberi Jacob'a verdiğimde sevincini bastırma gereği duymadan haykırdı. Edward'ın güvenlik isteklerini de koşulsuz kabul etmek konusunda da oldukça hevesliydi. Bizimle saat altıda, iki bölgenin ortasında buluşacağına dair söz verdi.

Bir süre kendimle mücadele ettikten sonra motorsikletimi satmamaya karar vermiştim. Onu ait olduğu yere La Push'a geri götürecektim ve ona bir daha ihtiyacım olmayacaktı... Bu yüzden Jacob'a bundan kâr sağlaması için ısrar edecektim. Onu satabilir ya da bir arkadaşına verebilirdi. Bu kesinlikle umurumda olmazdı.

Bu akşam, motorun Jacob'ın garajına dönmesi için

iyi bir fırsat gibi görünüyordu. Son zamanlarda her şey çok hüzünlü geliyordu, her gün, sanki son bir şans gibi geliyordu. Hiç bir işi erteleyecek boş zamanım yoktu, ne kadar önemsiz olduğunun da bir önemi yoktu.

Ne yapmak istediğimi Edward'a açıkladığımda sadece başını salladı ama yine de bir an gözlerinde endişe gördüm. Beni bir motosikletin üzerinde görme fikrinin, onu Charlie'den daha fazla mutsuz ettiğini biliyordum.

Onu evlerine kadar takip ettim, motosikletimi garajlarında bırakmıştım. Kamyonetimden inene kadar endişesinin tamamen benimle ilgili olmayabileceğini fark etmemiştim.

Motorum yanındaki aracın gölgesinde duruyordu. Öteki araca motorsiklet demek çok da doğru sayılmazdı çünkü pek de benim eski motorumla aynı aileye aitmiş gibi görünmüyorlardı.

Kocaman, parlak ve gümüş rengindeydi. Hareketsiz durmasına rağmen çok hızlı görünüyordu.

"*Bu* da ne?"

"Hiç," diye mırıldandı Edward.

"Bana pek de hiç gibi görünmedi."

Edward'ın yüz ifadesi kayıtsızdı; kontrolünü kaybetmemekte inat ediyor gibiydi. "Şey, aslında arkadaşını affedeceğini ya da onun seni affedeceğini bilmiyordum, bu yüzden belki yine de motoruna binmek isteyeceğini düşündüm. Ve oldukça da eğlenceli görünüyordu. Düşündüm de, istersen ben de seninle birlikte sürebilirim." Omuz silkti.

Bu harika motora gözlerimi ayırmadan bakıyordum. Onun yanında benimki sanki üç tekerlekli bisiklet gibi kalmıştı. Bu benzetmeden dolayı içime bir üzüntü dalgası yayıldı ve dönüp Edward'a baktım.

"Sana yetişmemin imkânı yok," diye mırıldandım.

Edward elini çenemin altına koydu ve yüzümü avcunun arasına aldı, gözlerimin içine bakıyordu. Parmağını ağzımın kenarına koyup yukarı doğru kaldırdı.

"Senin hızına uyacağım, Bella."

"Ama bu senin için pek de eğlenceli olmaz."

"Beraber olduğumuz sürece tabii ki olur."

Dudağımı ısırdım ve bir anlığına bunu hayal ettim. "Edward, eğer çok hızlı gittiğimi ya da kontrolümü kaybettiğimi düşünseydin ne yapardın?"

Tereddüt etmişti, doğru cevabı bulmaya çalışıyor gibiydi. Gerçeği biliyordum; mutlaka ben çarpmadan önce beni kurtarmak için bir yol bulurdu.

Sonra gülümsedi. Kıstığı gözlerindeki korumacı tavır haricinde oldukça rahat görünüyordu.

"Bu Jacob ile yaptığın bir şey. Bunu şimdi anlıyorum."

"Bu şeyle ilgili, ben onu asla yavaşlatmam, anlarsın ya. Denerim, sanırım..."

Gümüşi renkteki motosiklete şüpheyle baktım.

"Bunun için endişelenme," dedi Edward ve sonra yumuşak bir şekilde güldü. "Jasper'ın imrendiğini gördüm. Belki de yeni bir seyahat türü keşfetmesinin zamanı geldi. Zaten Alice de kendi Porsche'una sahip."

"Edward, ben – "

Sözümü beni öperek kesti. "Endişelenme," dedi. "Ama benim için bir şey yapar mısın?"

"Ne istersen," dedim hemen.

Elini yüzümden çekti ve büyük motorsikletin ucuna doğru uzanıp gizli bölmesinden bir şey çıkardı.

Elinde siyah ve şekilsiz bir nesneyle, kırmızı ve ne olduğu gayet belli olan başka bir şey daha vardı.

"Lütfen?" diye rica etti, yüzünde bütün direnişimi kıran çarpık bir gülümseme vardı.

Kırmızı kaskı aldım ve elimde tarttım. "Aptal gibi görüneceğim."

"Hayır, akıllı görüneceksin. Kendini koruyacak kadar akıllı." O her neyse, siyah şeyi de kolunun üzerine koydu ve sonra yüzümü ellerinin arasına aldı. "Ellerimin arasında o olmadan yaşayamam. Ona iyi bak."

"Tamam, oldu. Diğer şey ne?" diye sordum kuşkuyla.

Güldü ve üzerinde koruyucu bantlar bulunan ceket gibi bir şeyi elinde salladı.

"Bu bir sürüş ceketi. Yolların pek tekin olmadığını duydum."

Ceketi bana uzattı. Uflayarak saçlarımı topladım ve kaskı kafama geçirdim. Sonra da ceketi giydim. Fermuarımı çekti ve geriye doğru bir adım attı.

Kocaman olduğumu hissetmiştim.

"Dürüst ol, ne kadar korkunç görünüyor?"

Bir adım daha geriye gitti ve dudaklarını büktü.

"O kadar kötü, ha?" dedim yavaşça.

"Hayır, hayır, Bella. Aslında... " Görünüşe göre doğru kelimeyi bulmak için uğraşıyordu. "Sen...seksi görünüyorsun."

Kahkaha attım. "Elbette."

"Oldukça seksi, gerçekten."

"Böyle söylüyorsun çünkü bunu giymemi istiyorsun," dedim. "Ama sorun değil. Haklısın, bu akıllıca."

Bana sarıldı ve beni göğsüne çekti. "Gülünçsün. Sanırım çekici olmanı sağlayan bir yanın da bu. Ayrıca kabul etmeliyim ki, bu kask biraz sorun olacak."

Sonra beni kolayca öpebilmek için kaskı kafamdan çıkardı.

Bir süre sonra, La Push'a doğru yol alırken bu durum bana tuhaf biçimde tanıdık gelmişti. Bu deja vu duygusunun kaynağını bulmam çok kısa sürdü.

"Bu bana neyi anımsattı biliyor musun?" diye sordum. "Tıpkı Renée'nin beni, yaz tatilleri için Charlie'ye getirmesine benziyor. Kendimi yedi yaşında gibi hissediyorum."

Edward kahkahalarla güldü.

Bunu sesli olarak söylemedim ama iki olay arasındaki en büyük fark Charlie ve Renée'nin şartlarının daha iyi olmasıydı.

La Push'a giden yolun yarısında, tam köşeyi döndüğümüz sırada onun kırmızı Wolkswagen'ine yaslanmış halde beklediğini gördük, kendisini kavgadan uzak tutmak istermiş gibi bir hali vardı. Ön koltuktan ona el salladığımda, her türlü duygudan uzak tutmaya çalıştığı yüzünde bir gülümseme belirdi.

Edward Volvo'sunu ondan uzağa park etti.

"Eve gitmek için hazır olduğun zaman beni ara," dedi. "Hemen gelirim."

"Geç kalmayacağım," diye söz verdim.

Edward motorumu ve eşyalarımı bagajından çıkardı. Hepsinin oraya sığmış olmasına çok şaşırmıştım.

Jacob hareketsizce bizi izliyordu. Gülümsemesi çoktan yok olmuştu ve karanlık gözlerinde anlaşılmaz bir ifade vardı.

Kaskımı kolumun altına aldım ve ceketi de koltuğun üzerine fırlattım.

"Hepsini taşıyabilecek misin?" diye sordu Edward.

"Sorun olmaz," diye ona güvence verdim.

İç geçirdi ve bana eğildi. Resmi bir öpücük için yüzümü ona doğru kaldırdığımda Edward beni şaşırtarak garajdaki gibi sıkıca sarıldı ve tutkuyla öptü. Soluksuz kalmıştım.

Sonra Edward sessizce güldü ve gitmeme izin verdi.

"Güle güle," dedi. "Ceketten gerçekten de hoşlandım."

Ona arkamı dönmüş uzaklaşırken az önce gözlerinde tuhaf bir şeyler gördüğümü düşündüm. Bunun ne olduğunu tam olarak tanımlayamıyordum. Endişeydi belki de. Bir an bunun panik olduğunu sandım. Ama muhtemelen her zaman olduğu gibi yanlış tahminlerimden biriydi.

Görünmez vampir-kurt adam sınırına doğru Jacob ile buluşmak üzere motorumu iterek giderken gözlerinin üzerimde olduğunu hissediyordum.

"O da ne öyle?" dedi Jacob, sesi temkinliydi ve esrarengiz bir ifadeyle motora bakıyordu.

"Bunu ait olduğu yere getirmemin daha doğru olduğunu düşündüm," dedim.

Bir an duraksadı fakat sonra yüzüne kocaman bir gülümseme yayıldı.

Kurt adamların kısmına geçtiğimi anlamıştım çünkü ona ulaşmama üç adım kala Jacob yaslandığı arabadan önüme doğru sıçrayıp motoru elimden almış ve destek pedalını indirerek dengede durmasını sağlamıştı. Sonra bana sıkıca sarıldı.

Volvo'nun motorunun çalıştığını duyduğumda elinden kurtulmak için mücadele ettim.

"Kes şunu Jake!" diye nefesim yettiğince haykırdım.

Güldü ve beni serbest bıraktı. El sallamak için döndüysem de gümüş rengi araba çoktan köşeyi dönmüş, gözden uzaklaşmıştı bile.

"Bu harika," dedim buz gibi bir ses tonuyla.

Gözlerinde yalandan masum bir ifade belirdi. "Ne?"

"Bu konuda oldukça anlayışlı davranıyor, şansını zorlamana gerek yok."

Tekrar güldü, bu sefer öncekinden daha da coşkuluydu. Görünüşe göre söylediklerimi oldukça eğlenceli bulmuştu. Rabbit'in etrafında dolanıp kapıyı benim için tutarken bunun neden bu kadar komik olduğunu anlamaya çalışıyordum.

"Bella," dedi en sonunda. Hâlâ gülüyordu. "Sahip olmadığın bir şeyi zorlayamazsın."

11. EFSANELER

"O sosisi yiyecek misin?" diye sordu Paul, Jacob'a, gözleri tabakta kalan son parçaya kilitlenmişti.

Jacob dizlerime yaslanmış, şişe geçirilip ateşte pişirildiğinden üzerinde kabarcıklar olan sosisle tabağında oynuyordu. İç geçirdikten sonra karnına vurdu. O kadar çok sosisli sandviç yemişti ki, onuncudan sonrasını saymayı bırakmıştım ama yine de karnı hâlâ düzdü. Bu arada mideye indirdiği patates kızartmalarını ve iki litre alkolsüz birayı saymıyordum bile.

"Sanırım," dedi Jake yavaşça. "Kusacak kadar çok yedim ama *bence* kendimi zorlayabilirim. Tabii, eğlenceli olmayacaktır." Üzgün bir şekilde iç geçirdi.

Her ne kadar, en az Jacob kadar tıka basa yemiş olsa da, Paul ona öfkeyle baktı ve yumruklarını sıktı.

"Kandırdım," dedi Jacob gülerek. "Şaka yapıyordum, Paul. Al hadi."

Şişe takılı ev yapımı sosisi ona doğru fırlattı. Ben yere düşmesini beklerken Paul sorunsuz bir şekilde, hiçbir zorluk çekmeden sosisi yakaladı.

"Teşekkürler dostum," dedi Paul, huysuzluğu bir anda yok olmuştu.

Kumların üzerinde yanan ateşten bir çıtırtı duyuldu. Turuncu bir duman siyah göğe doğru yükselmişti. Komikti, güneşin battığını fark etmemiştim bile. İlk defa ne kadar geciktiğimi merak ettim. Zamanın nasıl geçtiğini anlamamıştım.

Quileuteler ile takılmak beklediğimden daha da rahattı.

Jacob ve ben motoru garaja bıraktığımızda, bana pişman bir ses tonuyla kaskın iyi bir fikir olduğunu ve bunu önceden kendisinin de düşünmüş olması gerektiğini söyledi. Beraber ateşin yanına geldiğimizde diğer kurt adamların beni bir hain gibi görüp görmediklerini merak ediyordum. Beni davet ettiği için Jacob'a kızacaklar mıydı? Ya da partinin tadını kaçıracak mıydım?

Fakat Jacob beni ormandan çekiştirerek partinin yapılacağı kayalık yerin zirvesine götürdüğünde – bu arada biz oraya vardığımızda yakılan ateş, bulutların arkasına saklanmış olan güneşten daha parlaktı – her şey oldukça güzel gelişti.

"Selam, vampir kız!" dedi Embry bağırarak.

Quil bir beşlik çakmak için ayağa fırladı ve beni yanağımdan öptü. Emily ise, onun ve Sam'in yanındaki soğuk kayaya oturduğumuzda elimi sıktı.

Elbette, birkaç takılma daha oldu – ki bunları genelde Paul yaptı – bunlar da kan emicilerin kokusunun rüzgârla geldiği hakkındaydı, ben de bu koku başkasından geliyormuş gibi davrandım.

Partide sadece gençler yoktu, Billy de gelmişti ve doğal olarak, tekerlekli sandalyesinin bulunduğu yer çemberin başını oluşturmuştu. Onun hemen yanındaysa katlanır sandalyesiyle Quil'in gri saçlı, ve narin görünümlü büyükbabası Yaşlı Quil vardı. Onun yanında Charlie'nin arkadaşı, Harry'nin dul eşi olan Sue Clearwater ve onun iki çocuğu, Leah ile Seth, bulunuyordu. Bu beni şaşırtmıştı. Billy'nin Quil ve Sue ile konuşma şekline bakarak Sue'nun Harry'nin yerini aldığına karar verdim. Bu onun çocuklarını da otomatik olarak La Push'un gizli topluluğunun bir üyesi mi yapıyordu?

Aklımdan, Sam ve Emily'nin tam karşısında oturan Leah için ne kadar zor bir durum olduğunu geçirdim. Güzel yüzü duygularını ele vermiyordu ama gözlerini bir an olsun yanan ateşten ayırmamıştı. Leah'ın kusursuz yüzüne bakarken kendimi onu Emily'nin zarar görmüş yüzüyle kıyaslamaktan alamadım. Acaba Leah, Emily'nin yara izleri hakkında ne düşünüyordu, nasıl olduklarını biliyor muydu? Ona göre bu adil mi olmuştu?

Küçük Seth Clearwater, artık o kadar da küçük değildi. Kocaman ve mutlu gülümseyişi ile sırık gibi uzamış boyu bana Jacob'ın eski hallerini anımsatmıştı. Onun hayatı da bu çocuklarınki gibi korkunç biçimde değişecek miydi? Onun ve ailesinin gelecekte burada bulunmasına izin verilecek miydi?

Tüm sürü buradaydı; Sam ve onun Emily'si, Paul, Embry, Quil, Jared ve âşık olduğu kız olan Kim.

Kim hakkındaki ilk izlenimim hoş bir kız olduğuydu, biraz utangaç ve sıradandı. Geniş bir yüzü, iri elmacık kemikleri ve onlarla uyumlu ufacık gözleri vardı. Ağzı ve burnu da standart güzellik anlayışından farklı olarak fazlaca iriydi. İnce telli, düz siyah saçlarıysa, kayalıklarda eksik olmayan rüzgârda savruluyordu.

Bu benim ilk izlenimimdi. Fakat birkaç saat Jared ve Kim'i izledikten sonra artık onun hakkındaki hiçbir şeyi sıradan bulmuyordum.

Jared kıza öyle bir bakıyordu ki! Sanki kör bir adamın ilk defa güneşi görmesi gibiydi. Bu bakış, bir koleksiyoncunun daha önce keşfedilmemiş bir Da Vinci eserini bulmasına ya da bir annenin yeni doğmuş çocuğunu ilk defa görmesine benziyordu.

Onun meraklı gözlerinden dolayı kıza daha bir dikkatli bakmaya başladım. Teninin ateşin aydınlattığı kısımlarının nasıl kırmızımsı göründüğünü, dolgun dudaklarının şeklini, upuzun kirpiklerini ve aşağıya baktığında onların nasıl yanaklarına değdiğini fark ettim.

Kim'in yanakları, Jared'in bazen ona gözünü dikip bakmasından dolayı utançtan kızarıyordu ama aynı şekilde gözlerini ondan uzak tutmakta da zorlanıyordu.

Onları seyrederken Jacob'ın bana âşık olmak hakkında söylediklerini daha iyi anladım – *öyle bir adamışlığa ve hayranlığa karşı koymak gerçekten zor olmalıydı.*

Kim, başını Jared'ın göğsüne yaslamış, Jared ise ona sarılmıştı. Şu anda ona ne kadar sıcak bastığını sadece tahmin edebilirdim.

"Geç oluyor," diye mırıldandım Jacob'a.

"Daha başlamadı ama," diye fısıldadı, gerçi grubun yarısı bizim konuşmalarımızı rahatça duyacak kadar iyi kulaklara sahipti. "En iyi kısmı geliyor."

"En iyi kısım da ne? Koca bir ineği mi yiyeceksin?"

Jacob gülmesini bastırmaya çalıştı. "Hayır. Son kısım. Biz her hafta yemek yemek için buluşmuyoruz. Bu aslında bir konsül toplantısı. Quil hikâyeleri ilk defa duyacak. Aslında onları çoktan duydu ama doğru olduklarını bilmiyordu. Bu daha da dikkatli olmasını sağlıyor. Ayrıca Kim ve Seth'in de ilk seferleri.

"Hikâyeler mi?"

Ben sırtımı kayaya dayamış otururken Jacob da hemen yanıma sıkıştı. Kolunu omzuma koydu ve kulağıma doğru konuşmaya başladı.

"Her zaman bu hikâyelerin efsanelerden ibaret olduğunu düşünmüştük," dedi. "Nasıl oluştuğumuzu anlatan hikâyeler. İlk hikâye ruh savaşçılar."

Giriş tıpkı Jacob'ın anlattığı gibiydi. Yanan ateşin etrafındaki atmosfer ansızın değişmişti. Paul ve Embry daha düzgün oturuyorlardı. Kim de, Jared onu dirseğiyle dürtükleyince oturuşunu düzeltmişti.

Emily, bir not defteri ve kalem hazırladı, önemli bir derse gelmiş bir öğrenciye benziyordu.

Sam onun yanına kaydı, artık Quil ile birlikte aynı yöne bakıyorlardı. O an aniden fark ettim ki, konsülün yaşlıları üç değil, dört kişiden oluşuyordu.

Leah Clearwater'ın yüzünde hâlâ güzel ve duygusuz bir maske vardı ama sonra gözlerini kapadı; bunu yorgun olduğundan yapmamıştı, konsantre olmaya çalışıyor gibiydi. Kardeşi yaşlıların tarafına doğru eğildi.

Ateş çatırdadı ve küçük bir duman yığını daha geceye karıştı.

Billy boğazını temizledi ve oğlundan farklı olarak, fısıldamadan, derinden gelen tok bir sesle konuşmaya başladı. Kelimeler ağzından büyük bir inançla dökülüyordu, sanki hepsini yüreğinden söylüyor gibiydi ama içinde kolay fark edilmeyen bir ahenk de barındırıyordu. Sanki yazarı tarafından okunan bir şiir gibiydi.

"Quileuteler başlangıçta bir avuç insandı," dedi Billy. "Ve hâlâ öyleyiz ama asla yok olmadık. Çünkü her zaman kanımızda büyü vardı. Bu her zaman şekil değiştirme ile ilgili değildi, bu özellik sonradan gelmişti. Önceleri ruh savaşçılardık.

Her zaman otoriter biri olduğunu bildiğim Billy Black'in sesinin, bu kadar azametli olduğunu daha evvel fark etmemiştim.

Emily anlatılan hiçbir şeyi kaçırmak istemediği için hepsini hızla kâğıda geçiriyordu.

"Başlangıçta kabilemiz bu limana yerleşti, balıkçılıkta ve kayık yapımında beceri kazandı. Fakat küçük bir kabileydik ve limanda balık boldu. Diğerleri bizim topraklarımıza göz diktiler. Bu yeri elimizde tutamayacak kadar az kişiydik. Daha büyük bir kabile bize saldırdı ve biz de kayıklarımıza atlayıp onlardan kaçtık.

"Kaheleha, muhtemelen ilk ruh savaşçı değildi ama ondan öncesini hatırlamıyoruz. Kimin ilk olarak bu gücü keşfettiğini ya da bu krizden önce nasıl kullanıldığını anımsamıyoruz. Kaheleha tarihimizdeki ilk Ruh Şefi'ydi. Bu acil durumda, Kaheleha, topraklarımızı savunmak için büyülü gücünü kullanmıştı.

O ve diğer savaşçılar kayıklardan ayrıldı; bedenen

değil ama ruhen. Onların kadınları, bedenlerine ve kayıklara göz kulak oldular, onlar da limanımızı geri aldılar.

Fiziksel olarak düşman kabileye dokunamıyorlardı ama başka yöntemleri vardı. Hikâyeler bize düşman yerleşim bölgelerine şiddetli rüzgârlar üflediğini söylüyor; rüzgârda korkunç bir şekilde bağırıp çığlık atarak düşmanlarını korkuturlarmış. Hikâyeler ayrıca bize hayvanların ruh savaşçılarını görüp onları anladığını da söylüyor: hayvanlar onların emirlerine itaat edermiş.

Kaheleha yanına ruh ordusunu almış ve işgalcilerden hıncını çıkarmış. Bu işgalci kabilenin kocaman, tüylü bir köpek sürüsü varmış ve onları soğuk kuzey kısmında kızakları çekmek için kullanırlarmış. Bu köpekleri sahiplerine karşı çevirmiş ve mağaralardan savaşçı yarasaları çağırıp etraflarını sardırmış. Çığlık atan rüzgârı kullanmışlar ve köpeklerle onların aklını karıştırmışlar. Köpekler ve yarasalar savaşı kazanmış. Hayatta kalanlar limanın lanetli olduğunu söylemiş. Ruh savaşçıları köpekleri serbest bıraktığında hepsi özgür kalmışlar. Quileuteler, zaferle bedenlerine ve eşlerinin yanına geri dönmüşler.

Yakınlardaki Hoh ve Makah kabileleri Quileuteler'le anlaşma yapmışlar. Bizim büyümüzle uğraşmak istememişler. Onlarla barış içerisinde yaşamışız. Düşman tekrar ortaya çıktığında ruh savaşçılar onları püskürtmüş.

Nesiller geçmiş. Ve son Ruh Şefi, Taha Aki gelmiş. Bilgeliği ve barışseverliği ile tanınırmış. İnsanlar onun yönetimi altında güzel ve mutlu bir hayat yaşamışlar."

"Fakat adı Utlapa olan, mutsuz bir adam varmış."

Ateşin çevresinden birinin bu ismi ıslıkladığını duydum fakat ses o kadar alçaktı ki, kimden geldiğini anlamadım. Billy bunu duymazdan geldi ve efsaneyi anlatmaya devam etti.

"Utlapa, Şef Taha Aki'nin en güçlü ruh savaşçılarından biriymiş. Güçlüymüş ama aynı zamanda da aç gözlüymüş. Halkının, büyü gücünü kullanarak Hoh ve Makah kabilelerini boyundurukları altına alıp bir imparatorluk kurması gerektiğini düşünüyormuş.

Savaşçılar ne zaman ruh durumuna geçseler birbirlerinin düşüncelerini okuyabiliyorlarmış. Taha Aki, Utlapa'nın hayal ettiği şeyi görmüş ve ona çok sinirlenmiş. Utlapa'ya, insanlarını bırakıp gitmesi ve bir daha asla ruh durumuna geçmemesi emredilmiş. Utlapa güçlü bir adammış ama şefin adamları sayıca ondan üstünmüş. Gitmekten başka çaresi yokmuş. Kabilesinden kovulmasına öfkelenmiş ve ormana sığınmış, burada şeften intikamını alacağı günü beklemeye başlamış.

Barış içerisinde olsalar da, şef halkını korumak için tetikte beklemiş. Sık sık dağlarda bulunan gizli kalmış kutsal yere gidermiş. Bedenini arkasında bırakır, ormanı ve sahili baştan aşağıya gözden geçirip bir tehlikenin yaklaşıp yaklaşmadığını kontrol edermiş.

Taha Aki, bir gün yine bu görevini yerine getirmek için yola çıktığında Utlapa onu takip etmiş. Utlapa sadece şefi öldürmeyi planlıyormuş ama bu planın bazı eksik yönleri varmış. Ruh savaşçılarının, o daha kaçamadan onu yakalayıp işini bitireceklerinden eminmiş. Kayaların arkasına saklanmış, şefin bedeninden ayrılmak için hazırlanmasını seyrederken aklına başka bir plan gelmiş.

Taha Aki, bu gizli yerde bedeninden ayrılmış ve rüzgârla birlikte uçarak insanlarına göz kulak olmaya gitmiş. Utlapa, şefin ruhunun uzaklaşmasını beklemiş.

Taha Aki, Utlapa'nın ruh dünyasına giriş yaptığını anlamış ve onun kendisini öldürmek istediğini biliyormuş. Hemen gizli yere geri dönmüş ama rüzgâr çok yavaş olduğu için yetişememiş. Geri döndüğünde kendi bedeni ortada yokmuş. Utlapa'nın bedeni de orada uzanıyormuş ama Utlapa, Taha Aki için bir kaçış yolu bırakmamış ve kendi gırtlağını Taha Aki'nin elleriyle kesmiş.

Taha Aki, kendi bedenini dağdan aşağıya kadar takip etmiş. Utlapa'ya bağırmış ama o sanki rüzgâr uğultusundan onu işitemiyormuş gibi onu duymazdan gelmiş.

Taha Aki, Utlapa'nın kendi kılığına girerek Quileuteler'in şefi olarak başlarına geçişini izlemiş. Birkaç hafta Utlapa hiçbir şey yapmadan beklemiş ve herkesin onun Taha Aki olduğuna inandığına emin olmuş. Sonrasında değişim başlamış. Utlapa'nın ilk kararı, savaşçıların ruh dünyasına geçmelerini yasaklamak olmuş. Bunun tehlikeli olduğunu söylemiş ama asıl sebebi korkmasıymış. Taha Aki'nin, tüm olanı biteni anlatmak için orada bekleyeceğini biliyormuş. Utlapa, Taha Aki hemen kendi vücuduna geri döner, diye ruh dünyasına girmeye korkuyormuş. Bu yüzden ruh ordusuyla fethetme planlarının gerçekleşmesi imkânsızmış, bundan dolayı, o da sadece kendi kabilesine hükmederek mutlu olmaya karar vermiş. Sonra büyük bir sıkıntı oluşmaya başlamış; Taha Aki'nin asla istemeyeceği ayrıcalıklar istemiş, savaşçılarıyla yan yana yürümeyi reddetmiş, Taha Aki'nin eşi hayatta olmasına rağmen ikinci ve üçüncü eşini almış. Kabile tarihinde duyulmamış şeyler yapmış. Taha Aki, bunları çaresizce, öfke içerisinde izliyormuş.

Sonunda Taha Aki, kabilesini Utlapa'dan kurtarmak için kendi bedenini öldürmeye karar vermiş. Dağlardan devasa bir kurt getirmiş. Utlapa askerlerinin arkasına saklanmış. Kurt, sahte şefini korumaya çalışan bir askeri öldürdüğünde Taha Aki büyük bir pişmanlık hissetmiş. Kurda kendi yoluna gitmesini söylemiş.

Tüm bu hikâyeler, bize ruh savaşçı olmanın ne kadar zor olduğunu anlatır. Bir kimsenin bedeninden ayrılmasının rahatlatıcı değil, korkunç olduğunu söyler. Bu yüzden, bu büyüyü sadece ihtiyaç duyduklarında kullanırlarmış. Şefin bu yalnız yolculuğu her geçen gün daha da zorlaşıyormuş. Vücutsuz olmak, rahatsız edici, akıl karıştırıcı ve korkutucuymuş. Taha Aki'nin vücudundan bu kadar uzun süre ayrı kalması, büyük bir ıstırap haline gelmiş. Lanetlendiğini hissediyormuş. Atalarının onu beklediği o kutsal yere de göçemiyormuş, hiçliğin ortasında çakılıp kalmış.

Büyük kurt, Taha Aki'nin ruhunu acı içerisinde ağaçların arasında ilerlerken takip etmiş. Kurt devasa ve güzelmiş. Taha Aki, aniden bu suskun hayvanı kıskanmış. En azından, onun bir bedeni, bir yaşamı varmış. Böyle bir boşluk içerisinde yaşamaktansa bir hayvan olarak yaşamanın daha iyi olduğunu düşünmüş.

Ve sonra, Taha Aki hepimizi değiştiren o kararı vermiş. Büyük kurttan bedenini kendisiyle paylaşmasını istemiş. Kurt itaat etmiş. Taha Aki, keyif ve minnetle kurdun bedenine girmiş. Tabii ki, bu bir insan bedeni ile aynı değilmiş ama ruh dünyasında kalmaktan daha iyiymiş.

İnsan ve kurt, aynı bedende limandaki köye geri dönmüş. İnsanlar korkuyla kaçışmış, savaşçılar ortaya çıkmış. Savaşçılar ellerinde mızraklarıyla ona doğru koşmuşlar. Utlapa ise güvenli bir yere sığınmış.

Taha Aki savaşçılarına saldırmamış. Onların karşısında geri çekilmiş, gözleriyle konuşmaya çalışmış ve halkının şarkılarını söylemeye çalışarak havlamayı denemiş. Savaşçılar bu kurdun normal bir hayvan olmadığını, onda bir ruh etkisi olduğunu anlamaya başlamışlar. Yaşlı bir asker olan Yut, sahte şefinin emirlerine itaat etmemeye karar verip kurtla iletişim kurmaya çalışmış.

Yut ruh dünyasına geçtiği an Taha Aki de kurdun içerisinden çıkmış ve hayvan uysalca onun dönüşünü beklerken onunla konuşmuş. Yut hemen gerçeği anlamış ve gerçek şefi eve döndüğü için mutlu olmuş.

O anda Utlapa, kurdun yenildiğini kontrol etmek üzere yanlarına gelmiş. Yut'un yerde cansız şekilde yattığını ve askerlerce çevrelendiğini görünce neler olduğunu anlamış. Bıçağını çıkarmış ve Yut bedenine dönmeden önce onu öldürmek için harekete geçmiş.

Hain, diye bağırmış ve savaşçılar ne yapmaları gerektiğini bilememiş. Şef'in ruhani yolculuğu yasakladığından şefin kararına karşı çıkmak cezalandırmayı gerektirirmiş.

Yut bedenine geri dönmüş ama Utlapa bıçağı onun boğazına dayamış ve eliyle ağzını kapatmış. Taha Aki'nin vücudu güçlüymüş ama Yut, yaşından dolayı güçsüzmüş. Yut arkadaşlarını uyaramadan Utlapa onu sonsuza kadar susturmuş.

Taha Aki, Yut'un ruhunun, kendisine sonsuza kadar yasaklanmış olan son yolculuğuna çıkışını izlemiş. Büyük bir öfke duymuş ve daha öncesinden çok daha güçlü olduğunu hissetmiş. Tekrar büyük kurdun içine girmiş, Utlapa'nın kafasını koparmak istiyormuş. Fakat kurdun içerisine girdiğinde büyük bir büyü olmuş.

Taha Aki'nin öfkesi bir insanın öfkesiymiş. Halkına duyduğu sevgi ve ona zulmedenlere duyduğu nefret, bir kurdun bedeni için muazzam büyüklükteymiş, bir insan için de fazlaymış. Kurt irkilmiş ve savaşçılarla Utlapa daha gözlerini hayretle açamadan bir insana dönüşmüş.

Bu yeni insan, Taha Aki'nin bedenine hiç benzemiyormuş. Daha üstünmüş. Taha Aki'nin ruhunun taptaze bir yorumlanışıymış. Hırsızı yakalamış ve ruhu, çaldığı bedenden kaçamadan onu parçalamış.

İnsanlar neler olduğunu anladıklarında çok mutlu

olmuşlar. Taha Aki hızla her şeyi düzeltmiş, insanlarıyla çalışmış ve genç eşlerini ailelerinin yanına geri göndermiş. Koruduğu tek şey, ruhani yolculukların yasaklanması olmuş. Bir yaşamın çalınma ihtimalinin çok tehlikeli olduğunu biliyormuş. Bundan sonra ruh savaşçıların olmamasına karar vermiş.

O andan itibaren Taha Aki, hem bir insandan hem de bir kurttan çok daha fazlası olmuş. Ona Büyük Kurt Taha Aki ya da Ruh Adam Taha Aki demişler. Kabilesini yaşlanmadan, yıllarca yönetmiş. Bir tehlike olduğunda kurt olarak düşmanlarla mücadele etmiş. İnsanlar barış içerisinde yaşamışlar. Taha Aki'nin pek çok oğlu olmuş ve bazıları, ergenlik çağına geldiklerinde kurda dönüşebilme yeteneğine sahip olmuşlar. Kurtların hepsi birbirinden farklıymış çünkü onlar ruh kurtlarmış ve insanın içerisinde bulunanı yansıtıyorlarmış."

"Yani bu yüzden Sam tamamen siyah," diye mırıldandı Quil sesini alçak tutmaya çalışarak ve gülümsedi. "Siyah kalp, siyah post."

Hikâyeye kendimi öylesine kaptırmıştım ki, gerçeğe dönmek ve bu sönmeye yüz tutmuş ateşin başında çember oluşturduğumuzu fark etmek beni çok şaşırtmıştı. Beni şaşırtan bir diğer şey ise, bu çemberin Taha Aki'nin büyük torunları tarafından yaratılmış olmasıydı.

Ateşin içerisinden havaya bir kıvılcım yükseldi ve belli belirsiz bir şekil aldıktan sonra söndü.

"Peki ya senin çikolata rengi kürkün neyi yansıtıyor?" diye fısıldadı Sam, Quil'e. "Ne kadar *tatlı* olduğunu mu?"

Billy bu şakaları duymazdan geldi. "Oğullarından bazıları Taha Aki'yle savaşçı olmuşlar ve yaşlanmamışlar. Diğerleri, yani değişim geçirmek istemeyenler, kurt adam sürüsüne katılmayı reddetmişler. Onlar yaşlanmaya başlamış ve işte o zaman kabile, kurt adamların eğer ruh kurdunu istemezlerse diğer herkes gibi yaşlandıklarını anlamış. Taha Aki, üç insanın ömrü kadar hayat yaşamış. İlk iki eşinin ölümünden sonra üçüncü eşiyle evlenmiş ve kendi ruh eşini bulmuş. Öbür eşlerini de sevmiş ama bu başkaymış. Ruh kurdunu bırakmaya karar vermiş, böylece eşi öldüğünde o da ölecekmiş.

Bu büyünün bizim başımıza nasıl geldiğini anlatıyor ama bu hikâyenin sonu değil..."

Yaşlı Quil Ateara'ya baktı, adam sandalyesinde doğruldu ve omuzlarını dikleştirdi. Billy bir şişe suya uzandı ve başına dikti. Emily'nin kalemi bir an olsun durmadan yazmaya devam ediyordu.

"Bu ruh savaşçıların hikâyesiydi," dedi Yaşlı Quil incecik sesiyle. "Anlatacağım hikâye ise üçüncü eşin kendini feda etmesiyle ilgili.

Artık yaşlı bir adam olan Taha Aki'nin, ruh kurdunu bırakmasından yıllar sonra, kuzey tarafındaki Makah kabilesinde bir bela olmuş. Kabilelerinden pek çok kadın ortadan kaybolmuş, bunun için korktukları ve güvenmedikleri komşu kabilenin kurtlarını sorumlu tutmuşlar. Kurt adamlar, tıpkı atalarının yaptığı gibi birbirlerinin düşüncelerini okuyabiliyorlarmış. Kendilerinin hiçbir suçlarının olmadığını biliyorlarmış.

Taha Aki, Makah kabilesinin şefini yatıştırmaya çalıştıysa da başarılı olamamış çünkü çok fazla korkuyormuş. Taha Aki, bir savaşın başlamasını istemiyormuş. Halkını savunmak için uzun süre savaşamazmış. En büyük kurt adam, oğlu Taha Wi'yi savaş başlamadan önce gerçek suçluyu bulması için görevlendirmiş.

Taha Wi ve sürüden beş kurt daha Makah kabilesindeki kayıpların izini sürmek için dağlarda araştırma yapmaya gitmişler. Daha önce hiç karşılaşmadıkları bir şeyle karşılaşmışlar. Tuhaf, tatlı bir koku burunlarında bir acıya sebep olmuş."

Jacob'ın yanında daha da ufalmıştım. Dudağının kenarının, gülümseyişini bastırmak için seğirdiğini gördüm, beni koluyla daha sıkı sarmıştı.

"Böyle bir kokuyu nasıl bir canlının bıraktığına dair bir fikirleri yokmuş," diye devam etti Yaşlı Quil. Titreyen sesi Billy'ninkine hiç benzemiyordu ama konuşmasında tuhaf, vahşi bir hava vardı. Onun konuşması hızlandıkça, benim de nabzım hızlanıyordu.

"Çok az insan kokusu ve biraz da insan kanı bulmuşlar. Bunun aradıkları düşman olduğuna eminlermiş.

Araştırma onları kuzey taraflarına doğru götürmüş, Taha Wi bu yüzden sürünün yarısını, genç olanları, limana, Taha Aki'ye rapor vermesi için yollamış.

Taha Wi ve iki kardeşi geri dönmemiş.

Genç olanlar büyüklerini aramışlar ama tek bulabildikleri sessizlik olmuş. Taha Aki, oğulları için yas tutmuş. Oğullarının ölümü için intikam almayı dilemiş ama artık bunun için çok yaşlıymış. Yas kıyafetleri içerisinde Makah şefinin yanına gitmiş ve ona olanları anlatmış. Makah şefi onun acısını anlamış ve iki kabile arasındaki gerilim sona ermiş.

Bir yıl sonra iki Makah kızı, aynı gece kaybolmuş. Makah kabilesi hemen Quileute kurtlarını çağırmış ve onlar da tüm köyde daha önce buldukları o kokuyu almışlar. Kurtlar tekrar ava gitmişler.

Gidenlerden sadece biri geri dönebilmiş. Bu da, Taha Aki'nin üçüncü eşinden olma en büyük oğlu, sürüdeki en genç kurt olan Yaha Uta'ymış. Beraberinde, Quileute zamanında daha önce görülmemiş olan bir şey getirmiş; tuhaf, soğuk ve taş gibi sert ceset parçaları. Taha Aki'nin kanından olanlar, hatta olmayanlar bile, bu ceset parçalarından yayılan berbat kokuyu alabiliyorlarmış. Bu Makah kabilesinin aradığı düşmanmış.

Yaha Uta, neler olduğunu anlatmış: o ve kardeşleri yaratığı bulmuşlar. İnsana benziyormuş ama granit gibi sertmiş, yanında Makah kabilesindeki iki kız da varmış. Kızlardan biri çoktan ölmüş, bembeyaz olmuş, kansız bir şekilde yerde yatıyormuş. Diğeri ise yaratığın kolları arasındaymış, yaratık ağzını onun boynuna yapıştırmış. Bu korkunç sahneyle karşılaştıklarında kız yaşıyormuş ama yaratığa yaklaştıkları an kızın vücudundaki tüm kanı emmiş ve cansız bedenini yere bırakmış. Yaratığın beyaz dişleri kanla kaplıymış ve gözleri de kıpkırmızı parlıyormuş.

Yaha Uta, yaratığın ne kadar güçlü olduğundan ve hızından bahsetmiş. Bazı kardeşleri onu hafife aldıklarından hemen öldürülmüşler. Yaratık, oyuncak bebek gibi onları deşmiş. Yaha Uta ve diğer kardeşleri ise daha ihtiyatlılarmış. Beraber hareket ederek, yaratığa her açıdan saldırıp manevra yapmasına engel olmuşlar. Kurt güçlerinin ve hızlarının son noktasına kadar gelmişler ve bu daha önce başlarına hiç gelmemiş bir şeymiş. Yaratık, kaya kadar sert ve buz gibi soğukmuş. Sadece dişlerinin ona zarar verebildiğini fark etmişler. Yaratık onlarla savaşırken parçalara ayrılmaya başlamış.

Fakat yaratık çok hızlı öğreniyormuş ve hemen onların hareket kabiliyetlerini çözmüş. Yaha Uta'nın kardeşini ele geçirmiş. Yaha Uta, yaratığın boynunda bir boşluk bulmuş ve saldırmış. Dişleriyle yaratığın kafasını koparmış ama yaratığın elleri kardeşini sıkmaya devam etmiş.

Yaha Uta kardeşini kurtarabilmek için yaratığı parçalara bölmüş ama artık çok geçmiş. Fakat yaratık yenilmiş.

Ya da öyle sanıyorlarmış. Yaha Uta, yaratıktan geriye kalan kokulu parçaları yaşlılara uzatmış. Kopmuş bir el, yaratığın granitten kolunun yanında uzanıyormuş. Yaşlılar çubuklarla bunları dürterken, parçalar birbirine değdiğinde el, kol parçasına doğru hareket etmiş. Parçalar tekrar bir araya gelmeyi deniyormuş.

Dehşete düşen yaşlılar geride kalan parçaları yakmışlar. Büyük bir duman yükselmiş ve etrafa iğrenç bir koku yayılmış. Geriye sadece küller kalana kadar yakmışlar, külleri parçalara ayırıp çantalara koymuşlar ve uzaklara göndermişler; bazılarını okyanusa, bazılarını ormana ve bazılarını da mağaraya atmışlar. Taha

Aki, bir çantayı boğazına sarmış, böylece yaratık tekrar birleşmeye çalışırsa bunu anlayacakmış."

Yaşlı Quil durdu ve Billy'ye baktı. Billy, boynundaki kalın deri sırımı çıkardı. Ucunda, yılların rengini koyulaştırdığı küçük bir çanta vardı. Bazılarının nefesi kesilmişti. Ben de onlardan biri olabilirdim.

"Ona, Soğuk Olan, Kan İçici demişler ve onun tek olmadığından korkarak yaşamlarına devam etmişler. Geriye sadece tek bir koruyucu kurt kalmış, o da genç Yaha Uta'ymış.

Uzun süre beklemelerine gerek kalmamış. Yaratığın arkadaşı, bir diğer kan içici, Quileuteler'den intikam almak için gelmiş.

Hikâyelerde anlatılana göre, Soğuk Kadın, insan gözünün o güne kadar gördüğü en güzel şeymiş. Sabah köye geldiğinde gün doğumunun kraliçesi gibi görünüyormuş; güneş onun bembeyaz teni üzerinde parlıyor, altın rengi saçları dizlerine kadar iniyormuş. Olağanüstü güzel olan bembeyaz yüzünü simsiyah gözleri süslüyormuş. Bazıları onu gördüğünde tapmak için dizleri üzerine çökmüşler.

Kimsenin o güne kadar duymadığı tuhaf bir dilde, bağırarak bir şeyler sormuş. İnsanlar ona nasıl cevap vereceklerini bilemediklerinden şaşkına dönmüşler. Topluluğun arasında, Taha Aki'nin kanını taşıyan küçük bir çocuk varmış. Çocuk annesine sokulmuş ve koku onu rahatsız ettiği için çığlık atmaya başlamış. Konsüle doğru giden yaşlılardan biri çocuğun sesini duymuş ve neler olduğunu anlamış. İnsanlara kaçmalarını söylemişler. Kadın ilk olarak onu öldürmüş.

Soğuk Kadın'ın geldiği yönde yirmi kişi varmış. Sadece iki tanesi kurtulabilmiş, onlar da, yaratığın kana susamışlığından dolayı duraksamasını fırsat bilip kaçabilmişler. Konsüldeki diğer yaşlılar, oğulları ve üçüncü eşiyle birlikte olan Taha Aki'nin yanına gitmişler.

Yaha Uta olanları duyduğunda hemen ruh kurdu şeklini almış. Yalnız başına kan emiciyle dövüşmeye gitmiş. Taha Aki, üçüncü eşi, oğulları ve yaşlılar da onun arkasından gitmişler.

Oraya vardıklarında yaratığı bulamamışlar ama saldırısının sonuçlarını görebilmişler. Parçalanmış cesetler etraftaymış, bazıları hâlâ kanıyormuş. Etraf kan gölüne dönmüş. Sonra çığlıklar duymuş ve limana doğru koşmaya başlamışlar.

Bir grup Quileute, kayıklarla kaçmaya çalışıyormuş. Yaratık, arkalarından sanki bir köpekbalığı gibi yüzmüş ve kayığın ön tarafını büyük bir kuvvetle koparmış. Kayık batarken, yüzerek kaçmaya çalışanları yakalamış ve onları da parçalamış.

Kıyıda büyük bir kurt görmüş ve yüzenleri bırakmış. Süratle kurda doğru yüzmeye başlamış, o kadar hızlıymış ki, neredeyse görünmeyecekmiş. Yaha Uta'nın karşısına çıktığında üzerinden sular damlıyormuş. Beyaz parmağını ona doğrultmuş ve anlaşılmaz bir soru daha sormuş. Yaha Uta beklemiş.

Bu yakın bir dövüşmüş. Yaratık arkadaşı gibi savaşçı değilmiş. Ama Yaha Uta yalnızmış ve yaratığın ilgisini dağıtacak kimse yokmuş.

Yaha Uta dövüşü kaybettiğinde Taha Aki acıyla haykırmış. Öne çıkmış ve eski haline, beyaz çizgili kurda, dönüşmüş. Kurt yaşlıymış ama o, Ruh Adam Taha Aki'ymiş ve öfkesi onu kuvvetli yapmış. Dövüş tekrar başlamış.

Taha Aki'nin üçüncü eşi, oğlunun kendisinden önce öldüğünü görmüş. Şimdi de kocası dövüşüyormuş ve onun da kazanması için umut yokmuş. Konsüle olanları anlatan tanıkların dediklerini hatırlamış. Yaha Uta'nın önceki yaratığı nasıl alt ettiğini duymuş, bu sebeple, kardeşinin yaratığı oyalaması sayesinde kurtulduğunu biliyormuş.

Üçüncü eş yanında duran oğullarından birinin belinden bıçağını almış. Hepsi daha çocukmuş ve babaları ölürse sıranın onlara geleceğini biliyorlarmış.

Üçüncü eş, bıçağı havaya kaldırmış ve Soğuk Kadın'a doğru koşmaya başlamış. Soğuk Kadın gülümsemiş, kurtla olan dövüşe olan ilgisini kaybetmiş. Zayıf bir kadından ya da bıçağın teninde açacağı sıyrıktan korkmuyormuş, Taha Aki'ye son, ölümcül vuruşunu yapmak üzereymiş.

Ve üçüncü eş, Soğuk Kadın'ın beklemediği bir şey yapmış. Kan emicinin ayaklarının ucunda dizleri üzerine düşmüş ve bıçağı kendi kalbine saplamış.

Kan, kadının parmaklarına ve Soğuk Kadın'a sıçramış. Kan içici üçüncü eşin bedeninden yayılan taze kanın cazibesine karşı koyamamış. İçgüdüsel olarak kadına dönmüş ve bir saniyede susuzluğunu gidermiş.

Taha Aki'nin dişleri yaratığın boynunu kavramış.

Bu dövüşün sonu değilmiş ama Taha Aki artık yalnız değilmiş. Annelerinin ölümünü izleyen genç oğullar, henüz yetişkin olmamalarına rağmen ruh kurtlarına dönüşerek ileri doğru atılmışlar. Babalarıyla beraber yaratığın işini bitirmişler.

Taha Aki bir daha kabilesine geri dönmemiş. İnsan formuna da dönüşmemiş. Üçüncü eşinin bedeninin yanında bir gün boyunca uzanmış, ona dokunmaya kalkan herkese havlamış ve sonra da ormana gidip bir daha dönmemiş.

O zamandan beri soğuk olanlarla çok nadir sorun çıkarmış. Taha Aki'nin oğulları, kabileyi, yerlerini oğulları alana kadar korumuş. Kabilede asla üçten fazla kurt olmamış. Bu kadarı yeterliymiş. Zaman zaman kan içiciler bu topraklara gelseler de, kurtları beklemedikleri için şaşırmışlar. Bir kurt ölürse sayılarının azalacağını düşünerek asla ilk zamanlardaki gibi endişe etmemişler. Soğuk olanlarla nasıl savaşmaları gerektiğini öğrenmişler ve bu bilgi, bir kurdun aklından diğerine, ruhtan ruha ve babadan oğla aktarılmış.

Zaman geçmiş ve Taha Aki'nin kanından gelenler, yetişkin olduklarında kurda dönüşmemişler. Sadece etrafta soğuk olan varsa kurtlar geri dönmüşler. Soğuk olanlar her zaman bir ya da iki kişi gelmişler, bu yüzden kurt adamlar sürüsü az kişiden oluşuyormuş.

Sonra büyük bir topluluk gelmiş ve senin büyük büyükbaban onlarla savaşmak için hazırlanmış. Fakat onların lideri, Ephraim Black'le sanki bir insan gibi konuşmuş ve Quileuteler'e zarar vermeyeceğine dair söz vermiş. Tuhaf altın sarısı gözleri, söyledikleri gibi, öncekilerden farklı olduklarının kanıtıymış. Kurt adamlar sayıca azmış; soğuk olanların anlaşma teklif etmesi için bir neden yokmuş ve isteseler bu savaşı kazanabilirlermiş. Ephraim anlaşmayı kabul etmiş. Onlar kendi taraflarında duracak ve diğerleri ile aralarına çizgi çekeceklermiş.

Bu da, sürünün sayısının kabilenin bugüne dek gördüğü en yüksek sayıya ulaşmasına neden olmuş," dedi Yaşlı Quil ve bir dakika boyunca siyah gözlerini kapadı, gözleri kırışık ve sarkmış göz kapaklarının altında kalmıştı. Bana dinleniyor gibi görünmüştü. "Tabii ki, Taha Aki'nin zamanından kalanlar hariç," diye ekledi ve derin bir nefes verdi. "Ve böylece kabilemizin oğulları bir kez daha bu yükü taşımaya ve babalarının yaptığı fedakarlıkları yapmaya başladılar."

Uzun bir süre hepsi sessiz kaldı. Büyünün ve efsanenin anlattığı soydan gelenler ateşin çevresinde hüzünlü gözlerle birbirlerine baktılar. Hepsi aynı durumdaydı.

"Yük," dedi Quil alaycı ve alçak bir sesle. "Bence bu harika."

Ateşin karşısında oturan Seth Clearwater, kabilenin koruyucuları görevinden övündüğü için gözlerini iyice açtı ve başını onaylarcasına salladı.

Billy alçak sesle kıkırdadı. Görünüşe göre, büyü de ateşle birlikte sönmüştü. Aniden yeniden bir arkadaş topluluğuna dönüşmüştük. Jared, Quil'e bir taş atıp onu yerinden zıplatınca herkes güldü. Tekrar birbirleriyle konuşup şakalaşmaya başlamışlardı.

Leah Clearwater gözlerini açmadı. Yanaklarında gözyaşı olduğunu sandığım ışıltılar gördüm fakat bir dakika sonra tekrar baktığımda yoktular.

Ne Jacob ne de ben konuştuk. Yanımda sakince oturuyor, derin derin nefes alıyordu, bir an uykuya dalmak üzere olduğunu düşündüm.

Benim aklımsa çok uzaklardaydı. Yaha Uta'yı, diğer kurtları ya da Soğuk Kadın'ı – *onun* nasıl göründüğünü kolayca gözümün önüne getirebilmiştim – düşünmüyordum. Aslında, tüm bu büyünün tamamen dışında olan birini düşünüyordum. Tüm kabilenin hayatını kurtaran isimsiz kadının, üçüncü eşin, yüzünü aklımda canlandırmaya çalışıyordum.

Hiçbir özel yeteneği ve gücü olmayan sıradan bir kadındı. Fiziksel anlamda güçsüzdü ve hikâyedeki diğer tüm canavarlardan daha yavaştı. Fakat çözümün kendisi olmuştu. Kocasını, oğullarını ve kabilesini kurtarmıştı.

Onun adını hatırlamış olmalarını diledim...

Bir şey kolumu salladı.

"Hadi, Bells," dedi Jacob kulağıma. "Geldik."

Gözlerimi kırptım, kafam karışmıştı çünkü ateş sönmüştü. Şaşkınlıkla karanlığa baktım, etrafımdakileri anlamlandırmaya çalışıyordum. Artık kayalıklarda olmadığımı fark etmem bir dakikamı aldı. Jacob ve ben yalnızdık. Hâlâ onun kollarındaydım ama artık yerde oturmuyorduk.

Peki Jacob'ın arabasına nasıl gelmiştim?

"Ah, lanet olsun!" diye haykırdım, uykuya daldığımı fark ederek.

"Ne kadar geç oldu? Of, nerede şu aptal telefon?" Heyecanla ceplerime baktım ama bulamadım.

"Sakin ol. Daha gece yarısı olmadı. Ve ayrıca çoktan onu aradım, Bak, orada seni bekliyor."

"Gece yarısı mı?" Aptal gibi tekrar ettim, hâlâ aklım karışıktı. Karanlığa gözlerimi dikip baktım ve gözlerim otuz metre ilerdeki Volvo'yu seçtiğinde yüreğim ağzıma geldi. Kapının koluna uzandım.

"İşte," dedi Jacob ve cebime küçük bir şey koydu. Telefonumdu.

"Benim için Edward'ı mı aradın?"

Jacob'ın gülüşündeki ışıltıyı fark edecek kadar kendime gelebilmiştim. "Fark ettim ki, eğer doğru oynarsam, seninle daha çok zaman geçirebilirim."

"Teşekkürler, Jake," dedim, etkilenmiştim. "Gerçekten, sağ ol. Ve beni bu gece davet ettiğin için de teşekkürler. Bu çok..." Kelimeleri bulamıyordum. "Vay canına. Bambaşkaydı."

"Ve beni bir ineği yerken izlemek için bile kalmadın." Güldü. "Hoşuna gitmesine sevindim. Benim için de...güzeldi. Seninle orada olmak."

Uzakta bir hareket oldu. Soluk bir şey, siyah ağaçların arasındaydı. Yürüyor muydu?

"Pek sabırlı değil, ha?" dedi Jacob, ilgimin dağıldığını fark etmişti. "Git hadi. Ama yakında tekrar gel, olur mu?"

"Tabii ki, Jake," diye söz verdim ve arabanın kapısını açtım. Soğuk havanın bacaklarıma değdiğini hissettim ve titredim.

"İyi geceler, Bells. Hiçbir şey için endişelenme. Bu gece sana göz kulak olacağım."

Tek ayağımı arabadan dışarı atmıştım ki, bu söz üzerine durdum. "Hayır Jake. Git dinlen, ben iyi olacağım."

"Tabii, tabii," dedi fakat sesi kabul etmekten çok küçümser gibiydi.

"İyi geceler, Jake. Teşekkürler."

Ben hızla karanlığa doğru giderken arkamdan, "İyi geceler, Bella," diye fısıldadı.

Edward beni sınırda karşıladı.

"Bella," dedi, sesindeki rahatlamayı hissetmiştim. Kolları beni sıkıca sardı.

"Merhaba. Üzgünüm çok geciktim. Uykuya dalmışım ve–"

"Biliyorum. Jacob açıkladı." Arabaya doğru yürümeye başladı ve ben de onun yanında sendeleyerek ilerlemeye çalıştım. "Yorgun musun? Seni taşıyabilirim."

"İyiyim."

"Hadi seni eve, yatağına götürelim. İyi zaman geçirdin mi?"

"Evet. Harikaydı, Edward. Senin de gelmeni isterdim. Bunu istesem de açıklayamam. Jake bize efsanelerden bahsetti ve sanki...büyülenmiş gibiydik."

"Bana mutlaka anlatmalısın. Uyuduktan sonra elbette."

"Doğru düzgün anlatabileceğimi sanmıyorum," dedim ve ağzımı kocaman açarak esnedim.

Edward kıkırdadı. Kapıyı açtı ve beni arabaya bindirip emniyet kemerimi bağladı.

Parlak ışıklar üzerimize yansıyarak geçti. Jacob'ın farlarına doğru el salladım ama onun bu hareketi gördüğünden emin değildim.

Eve vardığımda Jacob Charlie'yi aradığından beklediğim gibi sorun çıkarmadı. Gece gidip uyumak yerine pencereyi açtım ve bir süre Edward'ın geri gelmesini bekledim. Hava şaşırtıcı şekilde soğuktu, neredeyse kış gelmiş gibiydi. Rüzgârlı kayalıklarda bu kadar soğuk olduğunu fark etmemiştim; tabi bunun nedeni ateşin yanında bulunmamız ve Jacob'la yan yana oturmamdı.

Yağmur başladığında soğuk tanecikler yüzüme vurdu.

Hava, rüzgârla sallanan ladin ağacının ilerisini göremeyecek kadar karanlıktı. Yine de gözlerimi zorlayarak fırtınada başka şekiller var mı diye görmeye çalıştım. Gözlerim karanlıkta hayalet gibi hareket eden soluk bir siluet ya da devasa bir kurdun gölgesini arıyordu...

Sonra karanlıkta tam yanımda bir hareket oldu. Edward açık camımdan içeri süzüldü, elleri yağmurdan daha da soğuktu.

"Jacob dışarıda mı?" diye sordum, Edward kollarıyla beni sardığından titremiştim.

"Evet...orada bir yerlerde. Ve Esme de eve dönüş yolunda."

Derin bir nefes aldım. "Çok soğuk ve yağmurlu. Bu aptalca." Tekrar titredim.

Güldü. "Sadece sana soğuk geliyor, Bella."

O gece rüyamda da üşümüştüm, belki de Edward'ın kollarında uyumamdan dolayı böyle olmuştu. Rüyamda, fırtınada dışarıdaydım, rüzgâr saçlarımı savuruyor, saçlarım yüzüme çarpıyordu ve gözlerim hiçbir şeyi görmüyordu. Hilal şeklindeki First Beach'de taşların üzerinde duruyor, belli belirsiz görünen ve hızla hareket eden şeklin ne olduğunu anlamaya çalışıyordum. Önce hiçbir şey yoktu fakat sonra siyah ve beyaz ışıkların birbirine doğru hamle yaptıklarını gördüm. Daha sonra sanki ay aniden bulutların arasından çıkmış da, her yeri aydınlatmış gibi her şeyi açıkça gördüm.

Rosalie ıslak ve dizlerine kadar inen saçlarını savurarak devasa bir kurda saldırıyordu. Kurdun burnunda gümüş renginde bir bölge vardı. İçgüdüsel olarak bunun Billy Black olduğunu anladım.

Birden koşmaya başladım ama sanki yavaş çekimde hareket ediyor gibiydim. Onları durdurmak için bağırmayı denedim ama rüzgâr sesimi çalmıştı ve ses çıkaramıyordum. Birinin fark etmesini umarak kollarımı salladım. Elimde bir şey parladı ve işte o zaman elimin boş olmadığını anladım.

Elimde uzun, keskin bir bıçak vardı, eski ve gümüşi renkteydi, üzerinde kurumuş, kararmış bir kan lekesi vardı.

Elimdeki bıçaktan korktum ve gözlerimi açtığımda kendimi karanlık odamda buldum. Fark ettiğim ilk şey yalnız olmadığımdı. Yüzümü Edward'ın göğsüne yapıştırdım, her şeyden çok, onun tatlı kokusunun kâbuslarımı hızla aklımdan uzaklaştıracağını biliyordum.

"Seni uyandırdım mı?" diye fısıldadı. Bir kâğıt hışırtısı duyuluyordu, bir de sanki tahta zemine hafifçe bir şey vuruyormuş gibi belli belirsiz bir ses vardı.

"Hayır," diye mırıldandım ve beni saran kolların

verdiği keyifle derin bir nefes verdim. "Kötü bir rüya gördüm."

"Anlatmak ister misin?"

Başımı hayır anlamında salladım. "Çok yorgunum. Eğer hatırlarsam yarın anlatırım."

Onun sallanışından güldüğünü anladım.

"Pekâlâ, sabah," diye kabul etti.

"Sen ne okuyordun?" diye mırıldandım, hâlâ tam olarak uyanamamıştım.

"*Uğultulu Tepeler*," diye cevap verdi.

Uykulu biçimde kaşlarımı çattım. "Senin o kitaptan hoşlanmadığını sanmıştım."

"Sen okumuyordun," diye mırıldandı, tatlı sesi farkında olmadan beni sakinleştirmişti. "Ayrıca...seninle ne kadar çok zaman geçirirsem, insani duygular bana o kadar karmaşık geliyor. Daha önce olma ihtimalini düşünmediğim bir şekilde Heathcliff'e sempati besleyebileceğimi keşfediyorum."

İnleyerek iç geçirdim.

Bir şeyler daha söyledi ama ben ne olduğunu anlayamadan uykuya daldım.

Sabah güneş gri bir inci gibiydi ve hava sakindi. Edward bana rüyamda ne gördüğümü sordu ama ben ne olduğunu hatırlayamadım. Hatırlayabildiğim tek şey, üşüdüğüm ve uyandığımda orada olduğu için memnun olduğumdu. Kalp atışlarım hızlanana kadar beni öptükten sonra, üstünü değiştirmek ve arabasını almak için eve gitti.

Elimdeki kıyafetlerimle giyinmeye çalıştım. Kirli sepetimi her kim karıştırdıysa, gardırobumdaki seçeneklerimi önemli derecede azaltmıştı. Bu kadar korkunç bir olayın ortasında olmasaydım, bu durum canımı fazlasıyla sıkabilirdi.

Kahvaltıya inmek üzereydim ki, hırpalanmış *Uğultulu Tepeler* kitabımın yerde durduğunu gördüm. Edward düşürmüş olmalıydı.

Neler söylediğini hatırlamaya çalışarak merakla kitabı yerden aldım. Heathcliff'e ve tüm insanlara sempati duymakla ilgili bir şeyler söylemişti. Bu doğru olamazdı; muhtemelen gördüğüm rüyanın bir parçasıydı.

Açık olan sayfada gözüme üç kelime çarptı ve paragrafı okumaya başladım. Bu Heathcliff'in konuşmasıydı ve bu kısmı oldukça iyi biliyordum.

Ve sen o zaman duygularımız arasındaki ayrımı göreceksin; o benim yerimde olsaydı ve ben de onun yerinde olsaydım, her ne kadar ona olan nefretim hayatımı mahvetmiş olsa da, ona bir kere olsun el kaldırmazdım. İstersen inanmayabilirsin! Catherine onu arzu ettiği sürece onu etrafından uzaklaştırmazdım. Beğenisini kaybettiği anda ise kalbini paramparça eder ve onun kanını içerdim! Ama o zamana kadar – eğer bana inanmıyorsan beni tanımamışsın demektir – işte o zamana kadar onun saçının bir teline dokunmadan önce yavaş yavaş ölürdüm!

Gözüme bu üç kelime çarpmıştı "onun kanını içerdim."

Ürpermiştim.

Evet, kesinlikle Edward'ın Heathcliff hakkında olumlu şeyler söylediğini hayal etmiş olmalıydım. Ve bu sayfa, muhtemelen onun okuduğu sayfa değildi. Kitabın herhangi bir sayfası açık kalmış olabilirdi.

12. ZAMAN

"İleriyi görebiliyorum…" Alice meşum bir ses tonuyla konuşmaya başladı.

Edward dirseğiyle onun kaburgalarına vurmaya çalıştıysa da, Alice çevik bir hareketle bundan kurtuldu.

"Pekâlâ," diye şikâyet etti. "Bunu bana Edward yaptırtıyor. Senin bu konuda çok zorluk çıkartacağını *gördüm*."

Okul bitmiş arabaya doğru ilerliyorduk ve onun neden bahsettiği konusunda ufacık da olsa bir fikre sahip değildim.

"Anlayacağım şekilde lütfen?" diye rica ettim.

"Hemen çocuklaşma. Sinirlenmene gerek yok."

"Şimdi korktum ama."

"Şimdi sen – yani aslında *biz* – bir mezuniyet partisi vereceğiz. Büyük bir şey değil. Heyecanlanacak bir olay yok. Ama ben senin sürpriz bir parti yapmaya çalıştığımda *delirdiğini* gördüm," – Edward onun saçını bozmak için uzandığında dans ederek kaçtı – "ve Edward sana anlatmam gerektiğini söyledi. Fakat büyük bir şey olmayacak, söz veriyorum."

Derin bir iç geçirdim. "Tartışmamız gereken bir detay var mı?"

"Hayır yok."

"Pekâlâ, Alice. Orada olacağım. Ve her anından nefret edeceğim. Söz veriyorum."

"İşte bu! Bu arada hediyeme bayıldım. Almana gerek yoktu."

"Alice daha almadım!"

"Ah, biliyorum. Ama alacaksın."

Endişeyle düşünmeye başladım, ona mezuniyet için ne almaya karar verdiğimi hatırlamaya çalışıyordum.

"İnanılmaz," diye homurdandı Edward. "Bu kadar ufak biri nasıl bu kadar can sıkıcı olabilir?"

Alice güldü. "Bu bir yetenek."

"Bunu bana söylemek için birkaç hafta bekleyemedin değil mi?" Huysuzca sordum. "Şimdi daha çok strese gireceğim."

Alice kaşlarını çattı.

"Bella," dedi yavaşça. "Bugün günlerden ne biliyor musun?"

"Pazartesi?"

Gözlerini devirdi. "Evet. Pazartesi…ayın dördü." Beni dirseğimden kavradı ve döndürüp spor salonunun üzerindeki sarı afişi gösterdi. Orada siyah harflerle mezuniyet tarihi yazıyordu. Tamı tamına bir hafta kalmıştı.

"Dördü mü? *Haziran*'ın mı? Emin misin?"

Kimse cevap vermedi. Alice sadece üzgün bir halde başını salladı, sadece numara yapıyordu. Edward ise kaşlarını havaya kaldırmıştı.

"İmkânsız. Bu nasıl oldu?" Kafamdan günleri saymaya başladım ama zamanın nasıl geçtiğini anlayamadım.

Biri sanki bana tekme atmış gibi hissetmiştim. Endişe ve gerilimle geçen haftalar...bir şekilde takıntı haline getirdiğim zaman, birdenbire hızla geçip gitmişti. Her şeyi ayarlayıp yoluna koyacağım süre yok olup gitmişti. Artık zamanım yoktu.

Ve hazır değildim.

Bunu nasıl yapacağımı bilmiyordum. Charlie ve Renée'ye nasıl elveda diyeceğimi bilmiyordum...ya da Jacob'a...insanlığıma.

Ne istediğimi biliyordum ama ona birden ulaşmak beni korkutmuştu.

Teoride tedirgin olsam da, ölümlü halimi ölümsüzlükle takas etmek için istekliydim. Hepsinden ötesi Edward ile sonsuza kadar birlikte olacaktım. Sonra bir de beni avlamak isteyen kişiler vardı. Öylece çaresizce ve rahatça oturup beni bulmalarını bekleyemezdim.

Teoride hepsi çok mantıklıydı.

Pratikteyse... İnsan olmak bildiğim tek şeydi. Önümde uzanan gelecek, içine girmeden bilemeyeceğim büyük ve karanlık bir delikti.

Çok basit bir bilgi olan bugünün tarihini bilinçaltım isteyerek bastırmış olmalıydı. Sanki idam mangasının önüne çıkacakmış gibi sabırsızca günleri saymaya başlayacağımı hissettim.

Belli belirsiz Edward'ın kapıyı açtığını, arkada Alice'in konuştuğunu ve yağmurun ön cama hızla vurduğunun farkındaydım. Edward aklımın onlarla birlikte olmadığını anlamıştı. Yine de beni içine düştüğüm dalgınlıktan çıkarmak için uğraşmadı. Ya da uğraştı ve ben fark etmedim.

Nihayet eve gelmiştik, Edward beni koltuğa oturttu ve o da yanıma oturdu. Camdan dışarıya, gri sis tabakasına baktım ve kararlılığımın nereye gittiğini bulmaya çalıştım. Neden endişeleniyordum? Zamanın yaklaştığını biliyordum. Bu neden beni endişelendirmişti şimdi?

Ne kadar süre camdan dışarıya bakmama izin verdiğini bilmiyorum. Fakat yağmur karanlık içerisinde yok olduğunda artık bu süre ona çok fazla gelmiş olmalıydı.

Soğuk ellerini yüzümün iki yanına koydu ve altın rengi gözlerini benimkilere dikti.

"Lütfen bana ne düşündüğünü söyler misin? Ben delirmeden *önce*?"

Ona ne söyleyebilirdim ki? Bir korkak olduğumu mu? Doğru kelimeleri arıyordum.

"Dudakların bembeyaz. Konuş, Bella."

Derin bir soluk aldım ve üfleyerek verdim. Ne kadar süredir nefesimi tutuyordum?

"Tarih beni hazırlıksız yakaladı," diye fısıldadım. "Hepsi bu."

Bekledi, yüzü şüphe ve endişe doluydu.

Açıklamaya çalıştım. "Ne yapmalıyım emin değilim... Charlie'ye ne anlatmalıyım...ne söylemeliyim...nasıl yapmalıyım..." Sesim azalarak duyulmaz hale gelmişti.

"Bu parti hakkında değil, öyle mi?"

Kaşlarımı çattım. "Hayır. Ama bunu hatırlattığın için teşekkürler."

Edward, yüzüme bakıp neler olduğunu anlamaya çalışırken yağmurun sesi daha da şiddetlendi.

"Sen hazır değilsin," diye mırıldandı.

"Hazırım," diye cevap verdim hızla yalan söyleyerek, istemsiz bir tepkiydi bu. Bunu fark ettiğini görebiliyordum, bu yüzden derin bir nefes aldım ve ona gerçeği söyledim. "Hazır olmak zorundayım."

"Hiçbir şey yapmak zorunda değilsin."

Nedenleri dile getirdiğim an, panik duygusunun gözlerimden okunduğunu biliyordum. "Victoria, Jane, Caius, odamdaki her kimse onun için...!"

"Tüm bu nedenlere rağmen beklemelisin."

"Bu hiç mantıklı değil, Edward!"

Avucunun arasındaki yüzümü daha da sıktıktan sonra yavaşça ve dikkatli bir şekilde konuşmaya başladı.

"Bella, hiçbirimizin seçme şansı yoktu. Neler olduğunu biliyorsun...özellikle de Rosalie'ye. Hepimiz mücadele ettik, üzerinde hiçbir kontrolümüzün olmadığı bu şeyle barışık yaşamaya çalışıyoruz. Senin için böyle olmasına izin vermeyeceğim. Senin bir seçme şansın *olacak*."

"Ben çoktan seçimimi yaptım."

"Bunu sırf ölüm tehdidi altında olduğun için yapmayacaksın. Sorunların icabına bakacağız ve seninle ben ilgileneceğim," diye söz verdi. "Bunların üstesinden geldiğimizde, ve seni zorlayan hiçbir şey olmadığında eğer istersen o zaman bana katılmaya karar verirsin. Korktuğundan dolayı değil. Bunu zorla yapmamalısın."

"Carlisle'a söz verdim," diye mırıldandım itiraz ederek. "Mezuniyetten sonra."

"Sen hazır olana kadar değil," dedi kendinden emin bir halde. "Ve kesinlikle, kendini tehdit altında hissederken de değil."

Cevap vermedim. Daha fazla tartışmak istemiyordum; o anda hâlâ kararımı vermiş değildim.

"İşte böyle." Beni alnımdan öptü. "Hiçbir şey için endişelenme."

Sarsak bir kahkaha attım. "Yaklaşan son haricinde."

"Güven bana."

"Güveniyorum."

Sakinleşmemi beklerken sessizce beni izledi.

"Sana bir şey sorabilir miyim?"

"Her şeyi."

Tereddüt ettim ve dudağımı ısırdım, daha sonra merak ettiğim şeyi değil de bambaşka bir şeyi sordum.

"Alice'e mezuniyet için ne alıyorum?"

Kıs kıs güldü. "Görünüşe göre ikimize de konser bileti alacaksın – "

"Doğru!" Rahatlamıştım, nerdeyse gülümseyecektim. "Tacoma'daki konser için. Reklamını geçen hafta gazetede gördüm ve bunun iyi bir fikir olduğuna karar verdim çünkü albümlerinin güzel olduğunu söylemiştin."

"Bu harika bir fikir. Teşekkürler."

"Umarım biletler tükenmemiştir."

"Takıldığın şeyin bu olduğunu sanmıyorum."

İç geçirdim.

"Sormak istediğin başka bir şey daha var," dedi.

Kaşlarımı çattım. "Bu işte çok iyisin."

"Senin yüz ifadeni anlama konusunda oldukça deneyimliyim. Sor hadi."

Gözlerimi kapadım ve yüzümü göğsüne dayadım. "Benim bir vampir olmamı istemiyorsun."

"Hayır, istiyorum," dedi yavaşça ve bekledi. "Bu bir soru değil," dedi bir süre sonra.

"Şey...aslında ben şunun için endişeleniyordum... *neden* bu şekilde hissettiğin hakkında."

"Endişeleniyorsun?" Bu kelimeyi şaşkınlıkla tekrarladı.

"Bana nedenini söyler misin? Yani tüm gerçeği, duygularımı önemsemeden anlatır mısın?"

Bir süre tereddüt etti. "Eğer sorunu cevaplarsam, sen de sorunu *açıklar mısın*?"

Başımı salladım, yüzümü hâlâ göğsünde gizliyordum.

Cevap vermeden önce derin bir nefes aldı. "Çok daha iyisini bulabilirsin, Bella. Biliyorum benim bir ruhum olduğuna inanıyorsun ama ben bundan pek emin değilim ve riske attıkların..." Başını yine yavaşça salladı. "Benim için buna izin vermek – yani seni asla kaybetmemek için benim gibi yapmak – benim hayal edebildiğim en bencilce şey. Bunu kendim için her şeyden daha çok istiyorum. Ama senin için daha da çok istiyorum. Bunu kabul etmek... Sanki suç işliyormuş gibi hissettiriyor. Sonsuza kadar yaşayacak olsam da, bu yapacağım en bencilce şey olacak.

"Eğer senin için insan olabilme şansım olsaydı, bedeli ne olursa olsun bunu öderdim."

Sessizce oturdum ve söylediklerini sindirmeye çalıştım.

Edward kendisinin *bencil* olduğunu düşünüyordu. Yüzüme bir gülümsemenin yayıldığını hissettim.

"Yani...ben farklı olduğumda...benden hoşlanmaya devam edeceksin. Eskisi gibi yumuşacık, sıcak ve aynı kokmasam da mı? Neye dönüştüğümü umursamadan, gerçekten beni istemeye devam edecek misin?"

Sertçe nefesini verdi. "Senden *hoşlanmayacağımdan* mı endişe ediyorsun?" diye üsteledi. Ben soruyu cevaplayamadan gülmeye başladı. "Bella, tamamen sezgilerine güvenerek yaşayan birisin ama yine de bazen çok duygusuz olabiliyorsun!"

Bunu aptalca bulacağını biliyordum ama rahatlamıştım. Eğer beni gerçekten istiyorsa, geri kalan her şeyin üstesinden gelebilirdim...bir şekilde. *Bencil* kelimesi, birdenbire gözüme çok güzel görünmüştü.

"Bunun benim için ne kadar kolay olacağını fark ettiğini hiç sanmıyorum, Bella," dedi, sesinde hâlâ alaycı bir ton vardı. "Ben zamanımı senin ölmemen için çabalayarak geçirdiğimden kesinlikle bir şeyleri kaçırıyorum. Bu da onlardan biri..."

Yanaklarımı sıkarken gözlerimin içine baktı, kızardığımı hissetmiştim. Tekrar tatlı bir şekilde güldü.

"Ve kalbinin sesi," diyerek devam etti, daha ciddiydi ama gülümsüyordu. "Benim dünyamdaki en önemli ses. Öylesine alıştım ki, yemin ederim kilometrelerce öteden bile duyabiliyorum. Ama bunların hiçbirinin bir önemi yok. Sadece *bu*," dedi ve yüzümü avuçların arasına aldı. "*Sen* önemlisin. Sana sahip olmam. Sen her zaman benim Bella'm olacaksın, tek fark, bundan sonra daha dayanıklı olacak olman."

Derin bir nefes verdim ve gözlerimi keyifle kapayıp elleri arasında kaldım.

"Şimdi benim için bir soruyu cevaplar mısın? Yani tüm gerçeği, duygularımı önemsemeden anlatır mısın?"

"Tabii ki," diye cevapladım hemen, gözlerim şaşkınlıktan açılmıştı. Ne bilmek istiyor olabilirdi?

Kelimeler yavaşça ağzından dökülmeye başladı. "Benim karım olmak istemiyorsun."

Kalbim durdu ve sonra da hızla çarpmaya başladı. Soğuk bir ter damlası boynumdan aşağıya süzüldü ve ellerim buz gibi oldu.

Durdu ve verdiğim tepkiyi izledi.

Aşağıya baktı, uzun kirpiklerinin gölgesi elmacık kemiklerine düştü ve ellerini yüzümden çekerek benim buz gibi olmuş sol elimi tuttu. Konuşurken parmaklarımla oynadı.

"Senin böyle hissetmenden endişeleniyordum."

Yutkunmaya çalıştım. "Bu da bir soru değil," diye fısıldadım.

"Lütfen, Bella?"

"Gerçeği mi?" Ağzımdan sadece bunlar çıkmıştı.

"Tabii ki. Her neyse onu kaldırabilirim."

Derin bir nefes aldım. "Bana güleceksin."

Şaşırmış halde gözlerini gözlerime dikti. "Gülmek mi? Bunu hiç sanmıyorum."

"Görürsün," diye mırıldandım ve iç geçirdim. Utançtan yüzüm beyazdan kırmızıya dönmüştü.

"Peki, tamam! Eminim söyleyeceklerim sana şaka gibi gelecek ama gerçekler! Bu çok... çok...çok *utanç verici*!" Yüzümü tekrar onun göğsüne yaslayarak saklanmaya çalıştım.

Kısa bir sessizlik oldu.

"Anlayamıyorum."

Geriye çekildim ve ona ters bir bakış attım, utanmak beni kırbaçlamış, bir anda kavgaya hazır hale getirmişti.

"Ben *öyle* bir kız değilim, Edward. Liseden mezun olur olmaz erkek arkadaşı tarafından hamile bırakılıp evlenen taşra kızlarından! İnsanların ne düşüneceğini biliyor musun? Hangi yüzyılda yaşadığımızın farkında mısın? İnsanlar artık on sekizinde evlenmiyor! Akıllı, sorumluluk sahibi ve olgun insanlar, o yaşta evlenmiyor! Ben öyle bir kız olmayacaktım! Ben o..." Sözümü tamamlayamadım, bütün isteğimi kaybetmiştim.

Edward'ın yüz ifadesinden söylediklerim hakkında ne düşündüğünü anlamak mümkün değildi.

"Bu mu yani?" dedi en sonunda.

Gözlerimi kırpıştırdım. "Yetmez mi?"

"Yani sen...ölümsüzlükten çok beni mi istiyorsun?"

Ve sonra onun güleceğini sandığım halde, aniden endişelendiğimi fark ettim.

"Edward!" Gülme krizine kapılmış bir halde konuşmaya çalıştım. "Ve ben...her zaman... senin... benden...daha *akıllı*...olduğunu düşünmüştüm!"

Beni kolumdan yakaladı, onun da güldüğünü fark etmiştim.

"Edward," dedim konuşmaya çabalayarak, "sensiz sonsuza kadar yaşamanın bir anlamı yok. Sensiz bir gün daha yaşamak istemezdim."

"Pekâlâ, rahatladım," dedi.

"Yine de...bu hiçbir şeyi değiştirmez."

"Bunun anlaşılmış olması güzel. Ve senin bakış açını da anlıyorum Bella, gerçekten. Ama benimkini de anlamaya çalışmanı isterdim."

Birdenbire onun ne demek istediğini anladım, bu yüzden yüzümü memnun tutmaya çalıştım.

Altın rengi gözleri benimkilere kilitlenmişti.

"Anlarsın ya Bella, ben her zaman *o çocuk* oldum. Kendi dünyamda ben zaten bir erkektim. Aşkı aramıyordum. Hayır, asker olmak için fazlaca hevesliydim; tek düşündüğüm ve bize istememiz için sunulan tek şey, savaşta kazanmanın verdiği keyifti ama eğer..." Duraksadı ve başını hafifçe yana eğdi. "Eğer o kişiyi bulabilseydim, bunu söylerdim ama olmayacaktı. Eğer o zamanlar *seni* bulabilseydim, kafamda nasıl devam edeceğime dair bir şüphe olmazdı. Ben *o çocuktum*. Aradığım kişinin sen olduğunu anlar anlamaz, dizleri üzerine çöküp elini tutmak için çabalayacak kişiydim. Sonsuza kadar seninle olmak istiyorum."

Yüzünde çarpık bir gülüş belirdi.

Gözümü kırpmadan ona bakıyordum.

"Nefes al, Bella," diye hatırlattı bana gülümseyerek.

"Şimdi olaya, az da olsa, benim tarafımdan bakabiliyor musun, Bella?"

Ve bir anlığına bunu başardım. Kendimi, uzun bir etek, dantelli ve dik yakalı bir bluz giyerken gördüm, saçlarımı da topuz yapmıştım. Edward ise, açık renk takımı ve elinde tuttuğu buketle verandada yanıma oturmuştu, oldukça şık görünüyordu.

Kendime gelmek için kafamı salladım ve yutkundum. Bir an gözümün önünde *Yeşilin Kızı Anne* serisinden sahneler canlanmıştı.

"Edward, olay şu ki," diye devam ettim soru sormaktan kaçınan, titreyen bir sesle. "*Evlilik* ve *sonsuzluk* kelimeleri, benim aklımda birbirini dışlayan ya da iç içe geçen kavramlar değil. Ve eğer benim dünyamda yaşıyorsak, onun kurallarına da uymalıyız. Tabii, ne demek istediğimi anlıyorsan."

"Fakat diğer yandan," diye itiraz ederek araya girdi, "yakında tüm bu dünyayı arkanda bırakacaksın. O yüzden, yerel bir kültürün artık senin için geçici olacak bir adeti, neden senin kararında etkilisi olsun ki?"

Dudaklarımı büktüm. "Peki ya Roma'da?"

Bana güldü. "Bugün evet ya da hayır demek zorunda değilsin, Bella. Her iki tarafında bakış açısını anlamak iyi değil mi?"

"Öyleyse senin şartın...?"

"Hâlâ geçerli. Ne demek istediğini anlıyorum, Bella ama beni istediğin için kendini değiştirmek istiyorsan..."

"Da da daa daaaam," diyerek onayladım. Her ne kadar düğün marşını çalmaya çalıştıysam da, ağzımdan cenaze merasimi gibi çıkmıştı.

Zaman hızla akıyordu.

O gece kâbus görmeden geçti ve sabah olduğunda mezuniyet günü karşımda duruyordu. Önümde çalışmam gereken ve birkaç günde bile yarılayamayacağım bir sürü ders vardı.

Kahvaltı için aşağıya indiğimde Charlie'nin çoktan gittiğini fark ettim. Gazeteyi masanın üzerine bırakmıştı ve bu bana bir şeyler almam gerektiğini hatırlattı. Hâlâ konser reklamının yayınlandığını umuyordum; o aptal biletleri alabilmek için telefon numaralarına ihtiyacım vardı. Artık sürpriz bir hediye değildi. Zaten en başından Alice'e bir sürpriz planlamak o kadar da akıllıca bir fikir değildi.

Eğlence kısmına bakmak için gazeteyi elime aldım ama gözüm birden başlığa takıldı. Ön sayfadaki haberin başlığını okurken bir korku dalgasının beni ele geçirdiğini hissettim.

KATLİAMLAR SEATTLE'I DEHŞETE BOĞUYOR

Bundan daha on yıl kadar önce, Seattle'da, Amerika tarihinin en çok kurbana sahip seri katili yakalanmıştı. Yeşil Nehir Katili Gary Ridgway, 48 kadını öldürmekten mahkûm edilmişti.

Ve şu anda, abluka altındaki Seattle, muhtemelen daha da korkunç bir canavara ev sahipliği yapıyor.

Polis son zamanlardaki cinayet ve kayıp vakaları için kimseyi tutuklamıyor. En azından şimdilik. Onlar bu katliamın bir kişi tarafından yapılmış olduğuna pek inanmıyorlar. Bu katil – ki gerçekten bir kişiyse

– sadece son üç aydaki birbiriyle bağlantılı 39 cinayet ve kayıp vakasından sorumlu. Karşılaştırmak gerekirse, Ridgway'in işlediği 48 cinayette kurbanları 21 yaş üzeri grupta dağılım gösteriyordu. Eğer bu ölümlerden tek bir kişi sorumluysa, Amerika tarihindeki en vahşi seri katilden söz ediyoruz demektir.

Polis çete olarak hareket edildiği teorisine inanıyor. Bu teoriyi, kurbanların sayısı ve kurbanların seçimindeki farklılıklar destekliyor.

Karındeşen Jack'ten Ted Bundy'ye kadar tüm seri katillerin, hedeflerini, yaş, cinsiyet, ırk ya da bunların kombinasyonlarını baz alarak seçtiği gözlemlenmişti. Bu suç dalgasının kurbanları ise 15 yaşındaki, onur listesine giren Amanda Reed'den, 67 yaşındaki emekli postacı Oman Jenks'e kadar uzanıyor. Kurbanların 18'i kadın ve 21 tanesi de erkek. Kurbanlar arasında ırksal olarak şu dağılım gözlemleniyor; Kafkas, Afrika kökenliler, İspanyollar ve Asyalılar.

Görünüşe göre seçimler rasgele yapılıyor. Öldürme nedeniyse, öldürmek dışında bir amaç içermiyor gibi görünüyor.

Öyleyse neden bir seri katil olduğu düşünülüyor?

Bu cinayetlerin işleniş şekilleri öylesine benzerlik gösteriyor ki, bu bütün diğer ihtimalleri geçersiz kılıyor. Kurbanların her biri ağır şekilde yanmış ve kimlikleri diş kayıtları sayesinde belirlenmiş. Bu yangınlarda katalizör etkisi gösterecek maddelerin, alkol ve gaz yağı gibi, kullanıldığından bahsediliyor ama henüz buna dair bir delil bulunamadı. Kurbanlara ait bedenlerin hepsi saklanma gereği duyulmadan, umarsızca ortada bırakılmış halde bulundu.

Daha da korkuncuysa, delillerin çoğunun, kurbanlara büyük bir şiddet uygulanmış olduğunu göstermesi üzerine – büyük bir basınç sonucu kırılmış ve parçalanmış kemikler – bu davada görevli olan adli doktorlar, bunların ölmeden önce yapılmış olduğuna inanıyorlar. Tabii delilerin durumu düşünülürse, bu sonuçlardan tam anlamıyla emin olmak oldukça zor.

Seri katil inancını destekleyen bir diğer delilse her suç mahallinin, yani kurbanlardan geriye kalanların, kusursuz şekilde temiz olması. Ne bir parmak izi ne bir iplik bırakılmış. Hatta bir saç teli dahi geride bırakılmamış. Ortadan kaybolmalar esnasında da hiçbir zanlı bulunamadı.

Bu kaybolmaların hiçbirinde, dikkat çekmemek için uğraşılmamış. Kurbanlar arasında kolay hedefler yok. Hiçbiri kayboldukları nadiren haber verilen evsiz ya da kaçaklardan biri değildi. Kurbanlar, evlerinden, dört katlı apartmanlarından, sağlık kulüplerinden, düğün davetlerinden kaçırılmış. Belki de içlerinden en şaşırtıcı olanı 30 yaşındaki amatör boksör olan Robert Walsh'ın kız arkadaşıyla sinemaya gittiği sırada yaşandı; kadın birkaç dakika sonra onun yanındaki koltukta oturmadığını fark etti. Bedenini otuz kilometre ötedeki mahalle çöplüğünde, çöplüğü söndürmeye gelen itfaiyeciler buldu.

Bu katliamdaki kurbanlar arasındaki bir diğer ortak nokta ise her birinin gece kaybolmuş olması.

En çok endişe edilen şey ne peki? Tüm bunların olma hızı. İlk altı cinayet ilk ay işlenmişti, 11 tanesi ise ikinci ayda işlenmişti. Ve polis ilk yanmış bedeni bulduktan sonra bundan sorumlu olan kişiye ait hiçbir bulgu bulamadı.

Deliller kafa karıştırıcı ve geride kalanlar da korkunç bir halde. Saldırgan bir çete mi, yoksa vahşi bir seri katil mi? Ya da polisin dahi düşünemediği bambaşka bir şey mi var?

Su götürmez tek bir gerçek var ki, o da iğrenç bir yaratığın Seattle'da kol gezdiği.

Son cümleyi üç defa okumaya çalışmıştım ama sonra, sorunun benim titreyen ellerim olduğunu anladım.

"Bella?"

Okumaya konsantre olduğumdan Edward'ın sesi yumuşak olduğu halde birden nefesim kesildi ve arkama döndüm.

Kapının girişinde, kaşlarını çatmış duruyordu. Hemen yanıma geldi ve elimi tuttu.

"Seni korkuttum mu? Çok üzgünüm. Kapıyı çaldım…"

"Hayır, hayır," dedim hemen. "Şunu gördün mü?" Gazeteyi uzattım.

Gazeteye bakarken kaşlarını çattı ve alnı kırıştı.

"Bugünkü gazeteyi henüz görmemiştim. Ama gittikçe kötüleştiğini biliyorum. Bir şeyler yapacağız… hemen."

Bundan hoşlanmamıştım. Onların risk almalarından nefret etmiştim ve Seattle'da bulunan her kim ya da her neyse, ödümü koparmaya başlamıştı. Fakat Volturi'nin gelme fikri de yeterince ürkütücüydü.

"Alice ne diyor?"

"Sorun da bu." Kaşlarını sertçe çattı. "Hiçbir şey göremiyor...üstelik kaç defa kontrol etmek için denediğimiz halde. Güvenilirliğini kaybetmeye başladı. Bugünlerde çok fazla şeyi gözden kaçırdığını hissediyor, bir şeylerin ters gittiğini söylüyor. Belki de görü yeteneğini yitiriyordur."

Gözlerimi açtım. "Böyle bir şey olabilir mi?"

"Kim bilir? Bugüne kadar kimse bunun üzerine bir çalışma yapmadı...ama gerçekten şüpheleniyorum. Bu şeyler zamanla pekişir. Aro ve Jane'e bak mesela."

"Öyleyse sorun ne?"

"Sanırım, kehanetin kendi kendini yerine getirmesi. Biz sürekli Alice'in bir şeyler görmesini bekliyoruz...ve o da bir şeyler görmüyor çünkü o bir şeyler görene kadar harekete geçmeyeceğiz. Böylece o da bizi göremiyor. Belki de bunu gözü kapalı yapmalıyız."

Ürperdim. "Hayır."

"Bugün derse gitmek için büyük bir isteğin var mı? Final sınavları sadece birkaç gün sonra; bize yeni bir şey öğreteceklerini sanmıyorum."

"Sanırım okula gitmeden bir gün daha yaşayabilirim. Ne yapacağız?"

"Jasper ile konuşmak istiyorum."

Gene Jasper. Bu tuhaftı. Jasper, Cullen ailesinde hiçbir zaman baskın biri olmamıştı, bir şeylerin parçasıydı ama asla merkezde bulunmazdı. Varsayımımı dillendirmesem de, onun sadece Alice için orada bulunduğunu düşünüyordum. Alice nereye gitse onu takip edeceğini hissetmiştim ama böyle bir yaşam tarzı onun ilk seçimi değildi. İşin aslı, büyük ihtimalle, o, bu yaşam tarzını devam ettirmekte diğerlerine nazaran daha büyük zorluk çekiyordu.

Hiçbir zaman, Edward'ın Jasper'a bağlı olduğunu da görmemiştim. Jasper'ın yeteneğinin ne olduğunu tekrar merak etmiştim. Jasper'ın geçmişi hakkında, Alice onu bulmadan önce güneyden geldiği dışında hiçbir şey bilmiyordum. Bir nedenden ötürü Edward her zaman en yeni kardeşi hakkında sorulan sorulardan çekinirdi. Ve ben de, uzun boylu, sarışın ve film yıldızlarına benzeyen vampirden gözüm korktuğundan ona doğruca soramazdım.

Eve gittiğimizde Carlisle, Esme ve Jasper'ı merakla haberleri izlerken bulduk, sesi o kadar kısıktı ki, anlayamıyordum. Alice büyük merdivenlerin son basamağında oturmuş, ellerini yüzünün arasına almıştı ve bezgin görünüyordu. Biz içeri girdiğimizde Emmett yavaşça mutfak kapısından içeri girdi, oldukça keyifli görünüyordu. Hiçbir şey Emmett'ı rahatsız edemezdi.

"Selam Edward. Okuldan mı kaçtın, Bella?" Bana gülümsedi.

"İkimiz de kaçtık," diye hatırlattı ona Edward.

Emmett güldü. "Evet, ama okul hayatı boyunca bu *onun* için bir ilk. Okulda bir şeyler kaçırıyor olabilir."

Edward gözlerini devirdi ama en sevdiği kardeşini görmezden geldi. Carlisle'a gazeteyi uzattı.

"Şimdi de bir seri katil olduğunu düşünüyorlar, gördün mü?" diye sordu.

Carlisle iç geçirdi. "CNN'de iki uzman, sabahtan beri her ihtimali tartışıyor."

"Bunun devam etmesine izin veremeyiz."

"Hadi, gidelim o zaman," dedi Emmett istekle. "Can sıkıntısından ölüyorum."

Üst kattan inen merdivenlerden bir oflama sesi geldi.

"Nasıl da kötümser," diye söylendi Emmett.

Edward, Emmett'e katıldı. "Gitmek zorundayız."

Rosalie merdivenlerin başında belirdi ve süzülerek aşağıya indi. Yüzü ifadesizdi.

Carlisle başını salladı. "Bugüne kadar bu tip bir şeye asla dahil olmadık. Bu bizim işimiz değil. Biz Volturi değiliz."

"Volturi'nin buraya gelmesini istemiyorum," dedi Edward. "Bize daha az tepki süresi verir."

"Ve Seattle'daki tüm o masum insanlar," diye mırıldandı Esme. "Onların bu şekilde ölmelerine izin vermek hiç doğru değil."

"Biliyorum," dedi Carlisle iç geçirerek.

"Ah," dedi Edward keskince, başını çevirip Jasper'a bakmıştı. "Bunu hiç bu yönden düşünmemiştim. Anlıyorum. Haklısın, böyle olmalı. O zaman her şeyi değiştirelim."

Ona kafası karışmış bir halde bakan tek kişi ben olmasam da, muhtemelen sinirlenmiş bir halde bakmayan tek kişi de bendim.

"Sanırım bunu diğerlerine sen açıklasan daha iyi olacak," dedi Edward, Jasper'a. "Bunun amacı ne olabilir?" Edward odanın içerisinde yürümeye başladı, düşüncelere dalmıştı.

Kalktığını görmemiştim ama Alice yanımdaydı.

"Ne saçmalıyor o?" diye sordu Alice, Jasper'a. "Ne düşünüyorsun?"

Jasper, herkesin ilgisinin ona yönelmiş olmasından hiç memnun görünmüyordu. Tereddüt etti, grupta bulunan herkesin yüzüne baktı ve sonra gözleri benim üzerimde durdu. Söyleyeceği şeyi duymak için herkes hareketlenmişti

"Kafan karışık," dedi bana, derin sesi oldukça sakindi.

Bu varsayımında hiçbir soru yoktu. Jasper ne hissettiğimi biliyordu, herkesin ne hissettiğini biliyordu.

"Hepimizin kafası karışık," diye şikâyet etti Emmett.

"Sabırlı olması için ona zaman verebilirsin," dedi Jasper. "Bella da bunu anlayacaktır. O bizden biri artık."

Sözleri beni hazırlıksız yakalamıştı. Jasper ile mümkün olduğunca az zaman geçirdiğimden dolayı, özellikle de doğum günümde beni öldürmeye çalıştığından, benim hakkımda böyle düşündüğünü fark etmemiştim.

"Beni ne kadar tanıyorsun, Bella?" diye sordu.

Emmett abartılı bir şekilde soluk verdi ve aynı şekilde, sabırsızlıkla beklemek için koltuğa oturdu.

"Çok değil," diye kabul ettim.

Jasper, onu seyreden Edward'a gözlerini dikti.

"Hayır," diye yanıtladı Edward onun düşüncesini. "Eminim ona neden geçmişini anlatmadığımı anlayabiliyorsundur. Ama sanırım şimdi duymasının vakti geldi."

Jasper düşünceli bir şekilde başını salladı ve kazağının kolunu kıvırmaya başladı. Kafam karışmış bir halde onu merakla seyrediyor, ne yaptığını anlamaya çalışıyordum. Bileğini yanında duran abajurun altına tutup ampule yaklaştırdı ve parmaklarını soluk teninin üzerindeki hilal şeklindeki izin üzerinde gezdirdi.

Bu şeklin neden bana tanıdık geldiğini anlamam zaman aldı.

"Aa," dedim, anladığımda. "Jasper, bendeki yara izinin aynısı sende de var."

Elimi tuttum ve benim krem rengi tenimde daha göze batar şekilde görünen gümüşi renkteki hilali gösterdim.

Jasper hafifçe gülümsedi. "Seninkine çok benzeyen bir sürü izim var, Bella."

Jasper ince kazağını sıyırırken yüzündeki ifadeyi anlamak imkânsızdı. Gözlerim önce derisine kalınca kazınmış olan izi anlamlandıramadı. Kazınmış yarım ay şekli, altında durduğu beyaz ışık ve aynı renkteki ten renginden dolayı belli belirsiz fark ediliyordu. Ve sonra, o şeklin benim elimdeki izin bire bir aynısı olduğunu fark ettiğimde nefesim kesildi.

Kendi küçük izime baktım – nasıl iz kaldığını anımsamıştım. James'in dişlerinin şekline baktım, tenimdeki izi sonsuza kadar kalacaktı.

Sonra da gözümü dikmiş ona bakarken soluk soluğa konuştum. "Jasper sana ne *oldu*?"

13. YENİ DOĞAN

"Senin eline olanın aynısı," diye yanıtladı Jasper sakin bir biçimde. "Tek farkı, benimki bin defa tekrarlandı." Acıklı bir şekilde güldü ve koluna hafifçe dokundu. "Bizim zehrimiz böyle iz bırakan tek şey."

"*Neden*?" diye sordum korkuyla, biliyorum, kaba bir haraketti ama ustaca oluşturulmuş bu ize bakmaktan kendimi alamıyordum.

"Benimki diğerleriyle tamamen aynı değildi...evlatlık edinilmiş kardeşlerim gibi terbiye edilmiş değildim. Benim başlangıcım oldukça farklı." Sesi sona doğru sertleşmişti.

Dehşete düştüğümden ağzım açık şekilde ona bakıyordum.

"Hikâyemi anlatmadan önce," dedi Jasper, "*bizim* dünyamızda bazı yerler olduğunu anlamak zorundasın Bella, bu yerlerde yaşlanmama süreci haftalarla sınırlıdır, yüzyıllarla değil."

Diğerleri bunu daha önce duymuşlardı. Carlisle ve Emmett, ilgilerini tekrar televizyona vermişlerdi. Alice ise, sessizce Esme'nin ayaklarının dibine oturmuştu. Fakat Edward da, en az benim kadar dikkatini vermiş görünüyordu; verdiğim her tepkiyi yakından izlediğinin farkındaydım.

"Nedenini anlamak için, bu dünyaya tamamen farklı bir bakış açısıyla bakmalısın. Bitmeyen susuzluk duygusunun...nasıl güçlü ve aç gözlü bir şey olduğunu hayal etmelisin.

Yani, bu dünyada, diğerlerinden çok, bizim için arzu edilen yerler var. Daha az kontrollü ve hâlâ keşfedilmemiş yerler.

"Bir an için önünde batı yakasının bir haritası olduğunu hayal et. Her insan yaşamını kırmızı bir nokta olarak düşün. Koyu kırmızı olanlardan daha kolay şekilde beslenebiliyoruz."

Kafamda bunu canlandırırken *beslenme* kelimesinden dolayı ürpermiştim. Fakat Jasper, beni korkutacağı için endişeleniyormuş gibi görünmüyordu, Edward'ın her zaman olduğu gibi aşırı korumacı değildi. Duraksamadan devam etti.

"Güneydeki topluluklar, insanların fark edip fark etmediğini umursamaz. Bu yüzden Volturi onları sürekli denetim altında tutar. Güneydeki toplulukların korktuğu tek şey Volturi'dir. Eğer Volturi olmasaydı hepimiz kolayca ifşa olurduk."

Bu kelimeyi böyle telaffuz etmesinden dolayı kaşlarımı çatmıştım çünkü saygıyla ve neredeyse minnetle konuşmuştu. Volturi'nin iyi olabileceği ihtimali, kabul etmesi oldukça zor bir şeydi.

"Kuzeydekiler ise, kıyasla, medenilerdir. Genelde bizler gece olduğu kadar gündüz de eğlenen göçebeleriz, insanlarla şüphe uyandırmayacak şekilde ilişki kurarız. Bizim için gizlilik esastır.

Güneydeki dünya ise tamamen farklı. Ölümsüzler sadece geceleri ortaya çıkar. Günlerini, bir sonraki hamlelerini planlayarak ya da düşmanlarını belirleyerek geçirirler. Çünkü güneyde, asla ateşkes olmayan ve yüzyıllardır devam eden bir savaş var . Topluluklar, nadiren insanların varlığını fark eder ve sadece yiyecek için askerler hayvan sürülerini beklerler. Volturi'den saklanmak için hayvan sürüleriyle ilgilenirler.

"Fakat onlar ne için savaşıyor?" diye sordum.

Jasper gülümsedi. "Haritadaki kırmızı noktaları anımsadın mı?"

Bekledi, bu yüzden başımı onaylarcasına salladım.

"Koyu kırmızı olanlar için savaşıyorlar.

Yani diyelim ki, bir zamanlar Meksiko şehrinde bir vampir varmış ve orada tekmiş. O zaman o her gece iki ya da üç defa beslenebilirdi ve kimse de bunu fark etmezdi. Rekabete yer vermemek için de planlar yapardı.

Diğerleri de onunla aynı isteği paylaşıyordu. Bazıları daha etkili taktiklerle ortaya çıktılar.

Fakat en etkili taktik, adı Benito olan genç bir vampir tarafından keşfedildi. Kimse onun adını duymamıştı, Dallas'ın kuzeyinden, bir yerlerden gelmişti ve Houston yakınlarında bir bölgeyi paylaşan iki vampir topluluğunu katletmişti. İki gece sonra, Meksiko'nun kuzeyindeki Monterrey'de daha güçlü klanlarla çarpıştı. Tekrar, kazandı."

"Nasıl kazandı peki?" diye sordum merakla.

"Benito yeni doğanlardan bir ordu oluşturmuştu. Bunu düşünen ilk kişi o olmuştu, başlangıçta durdurulamazdı. Genç vampirler, değişken, vahşi ve kontrol edilmeleri neredeyse imkânsız varlıklardır. Yeni doğan bir vampiri ikna edip kendini kontrol etmesini öğretebilirsin ama onu ya da on beş tanesi bir araya geldiğinde tam bir kâbus olurlar. Onlara düşman olarak gösterdiğin herkese saldırırlar. Benito savaşmaları için onlardan bir sürü yapmaya devam etti çünkü yeni doğanlar hem kendi içlerinde savaşıyorlardı hem de vampir topluluklarının yarısını katlederken yok olup gitmişlerdi.

Yani, yeni doğanlar tehlikeli de olsalar, eğer ne yaptığını bilirsen onları yenebilirsin. Fiziksel olarak, ilk yıllarında, muazzam bir güçleri vardır ve eğer önlerine kendilerinden daha yaşlı bir vampir çıkarsa onu kolaylıkla parçalayabilirler. Fakat onlar içgüdülerinin köleleridir ve bu yüzden davranışları tahmin edilebilir. Genelde dövüş yetenekleri yoktur, sadece kuvvetli ve vahşidirler. Ayrıca o zamanlar sayıca çok kalabalıklardı.

Meksiko'nun güneyindeki vampirler başlarına ne geleceğini biliyordu ve yapabilecekleri tek şeyin Benito'ya karşılık vermek olduğunu düşündüler. Kendi ordularını yarattılar...

Kıyamet kopmuştu ve bu kelimeyi sadece laf olsun diye söylemiyorum çünkü böyle bir şeyi hayal edebileceğini sanmıyorum. Biz ölümsüzlerin de kendi tarihleri var ve bu savaş asla unutulmayacak. Tabii ki bu zamanlar, Meksiko'daki insanlar için de pek iyi zamanlar değildi."

Ürpermiştim.

"Ölü sayısı devasa rakamlara ulaştığında – ki sizin

tarihiniz bu ölümler için bir hastalığı suçlamıştı – Volturi öne çıktı. Tüm koruyucular bir araya geldi ve Kuzey Amerika'nın ilerisinde her yeni doğan vampiri buldular. Benito kendini Pueblo'da korumaya almıştı, Meksiko'yu ele geçirebilmek için ordusunu elinden geldiğince hızla inşa etmişti. Volturi işe önce onunla başladı ve sonra da geri kalanlarla ilgilendi.

Yeni doğanlarla beraber olan herkes oracıkta imha edildi, tüm vampirler kendini Benito'dan korumak istediğinden dolayı Meksiko şehri bir süre vampirlerden arınmıştı.

Volturi her yeri yaklaşık bir yılda temizledi. Bu da tarihimizin hatırlayacağı bir başka önemli olay oldu, tüm bu yaşananlardan geriye sadece birkaç görgü şahidi kalmıştı. Onlardan biriyle konuştum, Volturi, Culiacán'a gittiğinde olanları uzaktan görmüştü."

Jasper titredi. Onu daha önce bu kadar korkmuş ya da endişeli görmemiştim. Bu ilkti.

"Bu zaptetme hareketi güneye yayılmadı. Dünyanın geri kalanı bu hareketten etkilenmedi. Bugünkü sakin yaşamımızı Volturi'ye borçluyuz.

Fakat Volturi İtalya'ya geri döndüğünde sağ kalanlar bölgelerini hemen geri istediler.

Vampir toplulukları arasında anlaşmazlıkların başlaması çok uzun sürmedi. Bir sürü anlaşmazlık vardı. Kan davası güdülüyordu. Yeni doğanlardan ordu kurma fikri artık hep akıllarında bir yerlerde vardı, bazıları buna karşı koymadan uyguladılar. Fakat Volturi asla unutulmamıştı ve güney toplulukları bu defa daha dikkatliydiler. Yeni doğanlar, dikkatle insanlar arasından seçildi ve onlara eğitim verildi. Bu defa ihtiyatlıydılar, büyük bir kısmı insan olarak bırakıldı. Onları yaratanlar, Volturi'nin dönmesini istemiyorlardı, bu yüzden de buna neden olmaya hiç niyetleri yoktu.

Savaşlar devam etti ama küçük ölçekli olarak. Bazen birileri çok ileri giderse, hemen insanların gazetelerinde spekülasyonlar başlardı ve Volturi'nin gelip tüm şehri temizleyeceği bilinirdi. Ama diğerleri, yani dikkatli olanlar buna izin vermedi..."

Jasper bir süre boşluğa doğru baktı.

"Yani sen böyle değiştin." Sesim bir fısıltı halinde çıkmıştı.

"Evet," diye kabul etti. "İnsan olduğum zamanlarda, Teksas, Houston'da yaşardım. 1861 yılında on yedi yaşımdayken Konfederasyon Ordusu'na katıldım. Kayıt memuruna yalan söyleyip yirmi yaşındayım dedim. Buna inanacakları kadar uzun boyluydum.

Askeri kariyerim kısa sürmesine rağmen oldukça parlak geçti. İnsanlar her zaman...benden hoşlanırlardı ve söylediklerimi dinlerlerdi. Babam bunun karizma olduğunu söylerdi. Tabii ki, şimdi bundan daha fazlası olduğunu biliyorum. Fakat nedeni ne olursa olsun, hızla terfi ettim, hatta benden yaşça büyük olanları bile geride bıraktım. Konfederasyon Ordusu henüz yeniydi ve kendisini organize etmeye çalışıyordu, bu yüzden fırsatları elimden geldiğince iyi değerlendirdim. Galveston'daki ilk savaşta – aslında bu daha çok bir çatışmaydı – yaşım hakkındaki gerçeği söylememiş olsam da, Teksas'taki en genç binbaşıydım.

Birleşik Ordusu'nun birlikleri şehrin kıyılarından geldiklerinde kadın ve çocukları tahliye etmekle görevlendirildim. Onları hazırlamak bir günümüzü almıştı. Sonra onların ilk kısmını Houston'a nakletmiştim.

O geceyi oldukça net hatırlıyorum.

Karanlık çöktükten sonra şehre ulaşmıştık. Orada getirdiğim sivillerin güvende olduğuna emin olacak kadar kalmıştım. Hemen sonra atımı değiştirdim ve Galveston'a geri döndüm. Dinlenmeye zaman yoktu.

Şehirden sadece iki kilometre uzakta üç tane kadın bulmuştum. Onların gruptan geride kaldıklarını sandım ve onlara yardım etmek için atımdan indim. Fakat gecenin soluk ışığında yüzlerini gördüğümde donup kaldım. Tereddüde düşmeden söyleyebilirdim ki, üçü, o güne kadar gördüğüm en güzel kadınlardı.

Soluk tenleri vardı. O zaman bunun harika olduğunu düşündüğümü hatırlıyorum. Hatta siyah saçlı olanın, yüzü kesinlikle onun Meksikalı olduğunu belli ediyordu, teni ay ışığında porselen gibi görünüyordu. Hepsi de genç görünüyordu, bu yüzden onlara kız diye hitap etmek daha doğruydu. Onların bizim gruptan geride kalmadıklarını anlamıştım. O üçünü daha önce görmüş olsaydım, bunu bilirdim.

Nutku tutuldu, dedi uzun olan tatlı ve yumuşak bir sesle. Sesi sanki bir rüzgâr çanı gibiydi. Saçları sapsarı ve teni bembeyazdı.

Diğeri de sarışındı ve teni kireç gibi beyazdı. Onun yüzü bir meleğinki gibiydi. Bana doğru eğildi ve derin bir soluk aldı.

Mmm, diye inledi. *Çok tatlı.*

Kısa olan, esmer olan yani, elini kızın omzuna koydu ve ona hızla bir şeyler söyledi. Sesi çok tatlıydı, kulağa şarkı gibi geliyordu ama görünüşe göre bunu bilerek yapmıştı.

Konsantre ol Nettie, dedi.

İnsanların birbirleriyle nasıl bağlantılı olduklarına dair her zaman iyi bir sezim olmuştu ve hemen, esmer olanın diğerlerini bir şekilde yönettiğini anlamıştım. Eğer asker olsalardı, içlerinde en üst rütbeli olanın o olduğunu söylerdim.

Düzgün görünüyor. Genç, güçlü, bir asker... Esmer olan duraksadı, konuşmaya çalıştıysam da başarılı olamadım. *Ve onda çok daha fazlası var...hissediyor musunuz?* diye sordu yanındaki diğer ikisine. *O... ilgi çekici.*

Ah, evet, diye hemen onayladı Nettie ve tekrar bana doğru eğildi.

Sabırlı ol, dedi esmer olan ve ötekini uyardı. *Bunu ayırmak istiyorum*.

Nettie kaşlarını çattı; canı sıkılmış görünüyordu.

Sen daha iyi bilirsin, Maria, dedi uzun boylu sarışın. *Eğer o senin için önemliyse. Ben de her zaman öldürdüğümün iki katı kadar öldürürüm.*

Evet, onu kendime ayıracağım, diye kabul etti. *Bundan gerçekten hoşlandım. Nettie'yi götüreceksin, değil mi? Yoğunlaşmaya çalışırken arkamı kollamak zorunda kalmak istemiyorum.*

Bu güzel yaratıkların neden bahsettiklerini anlamamış olsam da tüylerim diken diken olmuştu. O melek yüzlü olan öldürmekten bahsettiğinde içgüdülerim bana bir tehlike olduğunu söyledi ama kararım içgüdülerime baskın çıktı. Kadınlardan korkulması gerektiği değil, onları korumam gerektiği öğretilmişti.

Hadi avlanmaya gidelim, diye istekle kabul etti Nettie ve diğer uzun kızın elini tuttu. Yüzlerini döndüler – öylesine hoş görünüyorlardı ki! – ve şehre doğru koşmaya başladılar. Neredeyse uçuyor gibiydiler, çok hızlılardı. Beyaz elbiseleri arkalarında kanat gibi uçuşuyordu. Hayretle gözlerimi kırpıştırdığımda çoktan gitmişlerdi.

Beni merakla süzen Maria'ya döndüm.

Hayat boyunca hiç batıl inançlarım olmamıştı. O zamana kadar, asla hayaletlere ya da diğer saçma şeylere inanmamıştım. Ama birden o kadar da mantıksız gelmemeye başlamışlardı.

Senin adın ne asker? diye sordu Maria.

Binbaşı Jasper Whitlock bayan, kekelemiştim, hayalet bile olsa, bir kadına kaba davranamazdım.

Umarım hayatta kalırsın Jasper, dedi yumuşacık bir sesle. *Senin için iyi hislerim var.*

Bana bir adım yaklaştı ve sanki beni öpecekmiş gibi başını kaldırdı. İçgüdülerim kaçmamı haykırsa da, donup kalmıştım."

Jasper duraksadı, yüzü düşünceli görünüyordu. "Birkaç gün sonra," dedi en sonunda. Hikâyeyi benim için mi, yoksa benim bile, Edward'dan yayıldığını hissettiğim gerilimden dolayı mı düzelttiğinden emin değildim, "yeni hayatıma başladım."

"İsimleri, Maria, Nettie ve Lucy'ydi. Çok uzun zamandır bir arada değillerdi. Diğer ikisini bir araya getiren Maria olmuştu. Son savaştan sağ kurtulmayı başarmışlardı. Birliktelikleri tamamen ortak çıkarlarına dayanıyordu. Maria intikam almak ve kendi bölgesini geri almak istemişti. Diğerleri de, sanırım şöyle diyebiliriz, kendi sürülerinin alanlarını arttırmak istemişlerdi. Bir araya gelip bir ordu kurmuşlardı ve her zamankinden daha dikkatli olacaklardı. Bu Maria'nın fikriydi. Üstün bir ordu istiyordu ve bu yüzden potansiyele sahip insanlar arıyordu. Bize diğerlerinden çok daha fazla ilgi ve eğitim verdi. Bize dövüşmeyi ve insanlar arasında göze batmamayı öğretti. Tüm bunları yaptığımızda ödüllendirildik..."

Bir an için duraksadı.

"Acelesi vardı. Büyük bir grup yeni doğanın gücünün yılın sonuna doğru zayıflayacağını biliyordu ve bu yüzden biz hâlâ güçlüyken harekete geçmek istiyordu.

Maria'nın topluluğuna katıldığımda altı kişiydik. On beş gün içerisinde aramıza dört kişi daha katılmıştı. Hepimiz erkektik – Maria askerleri istemişti – ve bu bizi kendi aramızda dövüşmemiz için daha da çok ateşliyordu. İlk dövüşümü kendi silah arkadaşlarıma karşı yapmıştım. Diğerlerinden daha hızlıydım, dövüşte de daha iyiydim. Maria benden memnundu, öyle ki, yendiklerimin yerine yenilerini yapmak zorunda kaldı. Sık sık ödüllendirildim ve bu beni güçlendirdi.

Maria karakter tahlilinde oldukça iyiydi. Beni diğerlerinden sorumlu hale getirdi. Sanki terfi etmiştim. Bu benim doğama kesinlikle uygundu. Kayıplar gözle görülür biçimde azaldı ve sayımız yirmi civarına ulaştı.

***

İçinde bulunduğumuz zamanlar kesinlikle tedbirli olmamız gereken zamanlardı. İçinde bulunduğum ortamı duygusal anlamda etkileyebilme yeteneğim tam olarak ortaya çıkmamıştı. Kısa süre içerisinde, yeni doğan vampirlerle daha önce görülmemiş bir şekilde iş birliği yapmaya başladık. Hatta Maria, Nettie, ve Lucy bile beraber daha rahat çalışmaya başladılar.

Maria'nın bana olan düşkünlüğü arttı ve bana bağlanmaya başladı. Ve bir şekilde ben de, ona tapmaya başladım. Diğer türlü bir yaşamın var olduğuna dair fikrim yoktu. Maria bize bunun bu şekilde olduğunu söylemişti ve bizler de inanmıştık.

Bana benim ve kardeşlerimin ne zaman dövüşe hazır olacağını sordu, kendimi kanıtlamak için istekliydim. Sonunda yirmi üç kişilik bir ordu oluşturdum. Yirmi üç adet inanılmaz biçimde kuvvetli yeni doğan vampir, daha önce olmadığı kadar yetenekli ve organizeydiler. Maria mest olmuştu.

Monterrey'e, onun evine gittik ve Maria bizleri düşmanlarının üzerine saldı. Onların sadece dokuz adet yeni doğan vampiri vardı ve iki yetişkin vampir tarafından kontrol ediliyorlardı. Maria'nın sandığından çok daha kolay bir şekilde onları yendik, sadece dört kayıp vermiştik. O güne kadar, asla böylesi bir zafer duyulmamıştı.

Ve biz iyi eğitimliydik. Kimsenin ilgisini çekmemiştik. Hiçbir insan farkına varamadan şehir el değiştirmişti.

Başarı Maria'yı aç gözlü yapmıştı. Gözünü diğer

şehirlere dikmesi çok uzun zaman almadı. İlk yılın sonunda Texas'ın çoğunu ve Meksiko'nun kuzeyini kontrol eder hale gelmişti. Sonra diğerleri güneyden onu geri püskürtmek için geldiler."

İki parmağıyla kolundaki ize dokundu.

"Savaş kızışmıştı. Çoğu kişi Volturi'nin tekrar geri döneceğini düşünerek endişeleniyordu. On sekiz ay sonunda, ilk baştaki yirmi üç kişilik asıl ordudan geriye sadece ben kalmıştım. Hem kazanmış hem de kaybetmiştik. Nettie ve Lucy de sonunda Maria'ya düşman oldular fakat onları da yendik.

Maria ve ben Monterrey'i elimizde tutuyorduk. Çarpışmalar hâlâ devam etse de, bunu sakince yapmıştık. Fethetme fikri artık önemsizdi; savaş artık sadece intikam ve kan davası yüzünden devam ediyordu.

Maria ve ben, her ihtimale karşı bir düzine yeni doğanı hazır bekletiyorduk. Bizim için önemsizdiler; piyondular, feda edilmeye hazırdılar.

Sayıları arttığı zaman onlardan kurtulurduk. Hayatım aynı şiddet döngüsü içerisinde devam etti ve yıllar geçti. Her şeyden sıkılmaya başlamıştım artık...

Aradan yıllar geçtikten sonra, yeni doğan vampirlerden biriyle arkadaş oldum. Becerikliydi ve ilk üç yılının sonunda her şeye rağmen hayatta kalmıştı. Adı Peter'dı. Peter'ı severdim; O... uygardı. Sanırım onu tanımlayacak en doğru sözcük. Dövüşmekte oldukça iyi olsa da bundan zevk almıyordu.

Yeni doğanlarla ilgilenmek üzere görevlendirildi. Onlara bakıcılık yaptığını da söyleyebilirsin. Bu tam zamanlı bir işti.

Ve sonra gene tasfiye edilme zamanları geldi. Yeni doğanlar güçlülerdi; eskilerin yerini almalılardı. Onlardan kurtulmamda bana yardım etmeliydi. Onları ayırdık, anlarsın ya, birer birer... Her zaman olduğu gibi uzun bir geceydi. Bu defa, bazılarında potansiyel olduğu konusunda beni ikna etmeye çalıştı ama Maria onlardan kurtulmamız gerektiğini emretmişti. Peter'a hayır dedim.

İşi yarılamıştık ve bunun Peter'ı kötü etkilediğini hissedebiliyordum. Bir sonraki kurbanı çağırdığımda onu gönderip kendim mi halletmeliyim diye düşünmeye başlamıştım. Aniden sinirlenmesi, beni şaşırtmıştı. Tepkisi ne olursa olsun kendimi hazırladım. İyi bir dövüşçüydü ama asla benimle boy ölçüşemezdi.

Çağırdığım yeni doğan kadındı, henüz sadece bir yılı geride bırakmıştı. Adı Charlotte'tu. O içeri girdiğinde Peter'ın içinde bulunduğu hali birden değişti; duyguları onu ele vermişti. Kıza kaçması için bağırdı ve o da onun arkasından fırladı. Onların peşine düşebilirdim ama yapmadım. Onları...yok etmek için isteksizdim.

Maria bundan dolayı benden rahatsız oldu...

Beş yıl sonra, Peter gizlice geri geldi. Gelmek için iyi bir gün seçmişti.

Maria ruh halimin hiç olmadığı kadar bozulmasından ötürü şaşkındı. O asla yılgın hissetmezdi ve benim neden böyle farklı olduğumu merak ediyordu. Yakınıma geldiğinde duygularının nasıl değiştiğini fark etmeye başlamıştım. Kimi zaman korkuyor...ve kin güdüyordu. Peter döndüğü sırada tek dostumu, varoluş nedenimi yok etmek için hazırlıyordum.

Peter bana, Charlotte ile olan yeni hayatından bahsetti, bana asla hayal edemeyeceğim seçenekler olduğunu söyledi. Beş yıldır hiç dövüşmemişlerdi ve kuzeyde pek çok vampirle tanışmışlardı. Karmaşadan uzak yaşayabiliyorlardı.

Bir konuşmamız sırasında beni ikna etti. Gitmek için hazırdım ve bir şekilde Maria'yı öldürmediğim için rahatlamıştım. Carlisle ve Edward'la olduğum gibi onunla da yıllarca yoldaş olmuştum ama aramızdaki bağ kesinlikle güçlü değildi. Dövüşme için, kan için yaşarsan, ilişkilerin sağlam olmaz ve kolayca bozulur. Arkama bakmadan çekip gittim.

Peter ve Charlotte ile birkaç yıl seyahat ettim, bu yeni ve barışçıl dünyayı tanıdım. Fakat bunalımlı halimden bir türlü sıyrılamadım. Bendeki sorunun ne olduğunu anlayamıyordum. Peter benim avlandıktan sonra daha da kötüleştiğimi fark etti.

Bunun üzerinde düşündüm. Yıllarca süren kıyım ve vahşetten sonra neredeyse tüm insanlığımı kaybetmiştim. Bir karabasandım, en korkuncundan bir canavardım. Ne zaman bir insanı avlasam, diğer yaşamıma ait bir şeyleri anımsatmasını umuyordum. Benim güzelliğime hayranlıkla gözlerini dikmiş bakarken, zihnimde Maria ve diğerlerini, son defa Jasper Whitlock olduğum sırada bana nasıl baktıklarını görebiliyordum. Bu benim için güçlü bir anıydı ama bildiğim her şeyden daha güçlüydü çünkü avımın hissettiği her şeyi hissedebiliyordum. Onları öldürürken onların hislerini duyuyordum.

Etrafımdaki duyguları yönlendirmenin nasıl olduğunu sen de hissedebilirsin, Bella ama bir oda dolusu duygunun *beni* nasıl etkilediğini bilemezsin. Her günü bir duygu sağanağı içerisinde geçiriyorum. Ömrümün ilk yüz yılında kana susamış intikam dolu bir dünyada yaşadım. Nefret benim tek dostumdu. Maria'yı terk ettiğim için rahatlamıştım ama hâlâ kurbanımın korkusunu ve dehşetini hissediyordum.

Bu bana çok gelmeye başlamıştı.

İçine düştüğüm bunalım kötüleşti ve Peter ile Charlotte'dan uzaklaştım. Artık uygar olduklarından, benim baştan beri hissettiğim nefreti onlar hissetmiyordu. Tek istedikleri savaştan uzakta kalmaktı. Öldürmekten yorulmuştum, hatta insanları bile.

Fakat öldürmeye devam etmeliydim. Başka ne seçim şansım vardı ki? Daha az sıklıkla öldürmeye çalıştım ama çok susadığımda onu da umursamadım. Bir asır boyunca kendimi hiçbir zevkten mahrum etmemişken şimdi kendi kendimi disipline etmeye çalışıyordum... zorluydu. Hâlâ bu konuda çok iyi değildim."

Ben de, Jasper gibi kendimi hikâyeye kaptırmıştım. Birden, yüzündeki boş ifadenin yerini huzurlu bir gülümsemeye bırakması karşısında şaşırdım.

"Philadelphia'daydım. Fırtına vardı ve ben gün boyunca dışarıdaydım. Bir şeyler beni rahatsız ediyordu. Yağmurun altında dikilmenin insanların ilgisini çekeceğini biliyordum bu yüzden nerdeyse boş olan bir kafeye sığındım. Kimseyi fark etmeyecek kadar gözüm kararmıştı, bu susamış olduğum anlamına geliyordu ve bu beni endişelendirmişti. Ordaydı ve doğal olarak beni bekliyordu."

Güldü.

"İçeri girdiğim anda, uzun taburesinden tek hamlede aşağıya indi ve bana doğru yürümeye başladı.

Bu beni endişelendirmişti. Bana saldırmak istediğinden emin olamamıştım. Geçmişimden dolayı aklıma gelen ilk şey buydu. Fakat o gülümsüyordu. Ve ondan yayılan duyguları daha önce hiç hissetmemiştim."

"Beni çok uzun süre bekletmiştin," dedi Alice.

Alice'in ne zamandan beri arkamda durduğunu bilmiyordum.

"Ve sen, başını iyi bir güneyli beyefendisi gibi eğmiş ve *Üzgünüm bayan*, demiştin." Alice bunu söyler söylemez gülmeye başladı.

Jasper da ona gülümsedi. "Elini uzatmıştın ve ben de bir an olsun yaptığım şeyin ne kadar mantıksız olduğunu düşünmeyi bırakmadan elini tutmuştum. Bir yüz yıl boyunca ilk defa umutlandığımı hissetmiştim."

Jasper konuşurken Alice'in elini tuttu.

Alice gülümsedi. "Rahatlamıştım. Bir daha asla ortaya çıkmayacağını düşünmüştüm."

Uzun bir süre birbirlerine gülümsediler ve sonra Jasper bana döndü, yüzündeki yumuşak ifade yavaş yavaş kayboldu.

"Alice bana Carlisle'ın olaylara bakışını ve ailesini anlattı. Böyle bir var oluşun mümkün olduğuna inanmakta güçlük çekmiştim. Fakat Alice beni iyimser hale getirmişti. Böylece onları bulmak üzere yola çıktık."

"Hepsinin korkudan ödünü koparmışlar," dedi Edward, Jasper bana dönüp açıklama yapmadan önce gözlerini devirdi. "Emmett ve ben avlanmaya gitmiştik. Jasper tüm o savaş yaralarıyla ortaya çıkmış üstelik yanında bu küçük manyak da varmış" – keyifle Alice'i dirseğiyle dürtmüştü – "herkesi ismiyle selamlamış, herkes hakkında her şeyi biliyormuş ve hangi odaya yerleşebilirim diye sormuş."

Alice ve Jasper uyum içerisinde güldüler, kalın ve ince sesleri birbirine karışmıştı.

"Eve geldiğimde tüm eşyalarım garajdaydı," diye devam etti Edward.

Alice omuz silkti. "Ama en iyi manzaraya sen sahiptin."

Kahkahalarla güldüler.

"Bu güzel bir hikâye," dedim.

Üç çift göz akıl sağlığımı sorgularcasına bana baktı.

"Yani son kısmı," diye kendimi savundum. "Alice ile mutlu son."

"Alice her şeyi farklı hale getirmişti," diye kabul etti Jasper. "Mutluluk dolu bir duygu selindeydim."

Fakat kısa bir an sonra sıkıntı geri döndü.

"Bir ordu," diye fısıldadı Alice. "Neden bize söylemedin?"

Diğerleri tekrar konuşmayla ilgilenmeye başlamışlardı, gözleri Jasper'ın yüzüne kilitlenmişti.

"İşaretleri yanlış yorumladığımı düşünmüştüm. Çünkü bunun bir nedeni olmalıydı. Neden biri Seattle'da bir ordu yaratsın ki? Oranın bir tarihi yoktu, kin güdecek birileri yoktu. Birilerinin bir yerleri ele geçireceği düşüncesi mantıksızdı; zaten bunu isteyen kimse ortada yoktu. Göçebeler gitmişlerdi, mücadele edecek kimse yoktu. Savunmaya geçilecek kimse kalmamıştı.

Fakat bunu daha önce de gördüm ve bunun başka bir açıklaması yok. Seattle'da yeni doğan vampirlerden oluşturulmuş bir ordu var. Yirmi kişiden az olduklarını tahmin ediyorum. Kötü olan kısmıysa, eğitimsiz olmaları. Onları her kim yapmışsa, hemen salmış. Bu yüzden daha da kötü hale gelecek ve Volturi bu işe el koyana kadar sona ermeyecek. Aslında bu kadar devam etmesine izin vermelerine bile şaşırıyorum."

"Biz ne yapabiliriz?" diye sordu Carlisle.

"Eğer Volturi'nin dahil olmasını istemiyorsak, yeni doğanları biz yok etmeliyiz ve bunu hızla yapmalıyız." Jasper'ın yüzü sertleşmişti. Artık onun hikâyesini biliyor ve bu değerlendirmenin onun için ne kadar rahatsız edici olduğunu tahmin edebiliyordum. "Bunu nasıl yapacağınızı size öğretebilirim. Şehirde bu hiç kolay olmayacak. Genç vampirler gizliliği umursamazlar ama biz umursamak zorundayız. Bu bizi kısıtlayacak. Belki de onların önüne yem atıp başka yöne çekmeliyiz."

"Belki de bunu yapmak zorunda kalmayız." Edward'ın sesi soğuktu. "Biri bölgemizi tehdit ederken bir ordu oluşturmak, yapılabilecek tek şey...değil mi?"

Jasper'ın gözleri kısılmış, Carlisle'ın gözleri ise şaşkınlıktan irileşmişti.

"Tanya'nın ailesi de yakınlarda," dedi Esme yavaşça, Edward'ın önerisini kabul etmekte isteksizdi.

"Yeni doğanların onlara zarar vereceğini sanmıyorum, Esme. Sanırım hedeflerinin kendimiz olduğumuzu düşünmek zorundayız."

"Onlar bizim peşimizden gelmiyorlar," diye üsteledi Alice ve sonra da duraksadı. "Ya da…bunu bilmiyorlar. Henüz."

"Bu da ne demek şimdi?" diye sordu Edward merakla. "Ne hatırladın?"

"Belli belirsiz ışıklar," dedi Alice. "Neler olduğunu görmeye çalıştığımda net bir şey göremiyorum, somut bir şey olmuyor. Ama tuhaf görüntüler görüyorum. Mantıklı hale getiremeyeceğim kadar az şey görüyorum. Sanki biri onların zihinleriyle oynayıp ne olduğunu anlayamamam için sürekli planını değiştiriyor gibi…"

"Kararsız mı?" diye sordu Jasper hayretle.

"Bilmiyorum…"

"Kararsız değil," diye homurdandı Edward. "Bilgili. Biri senin bir şey karar verilmeden göremeyeceğini biliyor. Bizden saklanan biri. Senin görü yeteneğindeki boşluklardan yararlanıyor."

"Bunu kim bilebilir ki?" Alice'in sesi belli belirsiz çıkmıştı.

Edward'ın gözleri buz gibi sertti. "Aro seni kendisini tanıdığı kadar iyi tanıyor."

"Fakat eğer gelmeye karar verselerdi, bunu görürdüm…"

"Elbette ellerini kirletmek istiyorlarsa."

"Biri yardım ediyor," dedi Rosalie, ilk defa konuşuyordu. "Güneyden birisi...başı kurallarla belada olan biri. Çoktan yenilmiş olan bu kişiye ikinci bir şans verilmiş olmalı. Eğer küçük bir sorunun çaresine bakarsa... Bu Volturi'nin geç kalmış cevabını açıklıyor."

"Neden?" diye sordu Carlisle, hâlâ şaşkındı. "Volturi'nin bunu yapması için bir nedeni – "

"Gözümüzün önündeydi," dedi Edward yüksek sesle. "Bu kadar erken geldiğine inanamıyorum çünkü diğer düşünceleri daha güçlüydü. Aro kafasında beni bir tarafta Alice'i ise diğer tarafta gördü. Gelecek ve geçmiş karşısında duruyordu. Böyle bir güç, onu kendinden geçirdi. Bu planından vazgeçireceğini sanmıştım. Bunu çok fazla istemişti. Fakat seni de düşünüyordu Carlisle, senin büyüyen ve güçlenen aileni. Korkuyla ve kıskançlıkla; onun sahip olduğundan... fazlasına sahip oluyordun, onun istediklerine. Bunu düşünmemeye çalıştı ama bunu tamamen saklayamadı. Rekabeti sona erdirme fikri ortaya çıktı; ayrıca onların bugüne kadar bulduğu en geniş vampir topluluğuyduk..."

Korkuyla yüzüne baktım. Bunu bana asla söylememişti ama nedenini biliyordum. Şimdi Aro'nun amacını anlayabiliyordum. Edward ve Alice siyahlar içerisindeydi, pelerinleri uçuşuyordu ve Aro'nun yanında kan kırmızı buz gibi gözlerle sürükleniyorlardı...

Carlisle kâbusumdan beni uyandırdı. "Görevlerine çok bağlılardır. Kendi kurallarını asla bozmuş olamazlar. Bu mücadele ettikleri her şeye ters düşer."

"Her şey bittikten sonra temizlik yapacaklar. Çifte

ihanet," Edward bunu vahşi bir ses tonuyla söyledi. "Hiç kayıp olmayacak."

Jasper öne eğildi ve itiraz edercesine başını salladı. "Hayır, Carlisle haklı. Volturi kuralları bozmaz. Ayrıca bu çok dikkatsizce. Bu...kişi, bu tehdit, her neyse, ne yaptığına dair fikri yok. Bunu ilk defa yaptığı çok açık. Volturi'nin bu işe dahil olduğuna inanamam. Fakat dahil olacaklar."

Hepsi gerilimden dolayı donmuş bir halde birbirlerine baktılar.

"Öyleyse gidelim," dedi Emmett neredeyse haykırarak. "Ne için bekliyoruz?"

Carlisle ve Edward uzun süre birbirlerine baktılar. Edward sonra başıyla onayladı.

"Bize öğretmenlik yapman için sana ihtiyacımız olacak, Jasper," dedi Carlisle en sonunda. "Onları nasıl yok etmemiz gerektiğini öğreteceksin." Carlisle dişlerini sıkıyordu ama çektiği acıyı gözlerinde görebiliyordum. Kimse, Carlisle'dan daha fazla şiddetten nefret edemezdi.

Tüm bu olanlarda beni rahatsız eden bir şey vardı ama ne olduğunu bir türlü bulamıyordum. Uyuşmuş gibiydim, korkmuştum ve dehşete düşmüştüm. Fakat yine de önemli olan bir şeyleri gözden kaçırdığımı hissediyordum. Tüm bu karmaşayı mantıklı şekilde açıklayacak olan şeyi.

"Yardıma ihtiyacımız olacak," dedi Jasper. "Tanya'nın ailesinin istekli olacağını düşünüyor musun...? Beş yetişkin vampirin daha bize katılması büyük bir fark yaratabilirdi. Sonra Kate ile Eleazar'ın bizim tarafımızda olması da büyük bir avantaj. Onların yardımıyla işler çok kolay hale gelebilirdi."

"Onlara soracağız," diye cevap verdi Carlisle.

Jasper cep telefonunu uzattı. "Acele etmeliyiz."

Doğuştan sakin biri olan Carlisle'ın bu kadar sarsıldığını hiç görmemiştim. Telefonu aldı ve pencerenin olduğu tarafa gitti. Numaraları tuşladı, ahizeyi kulağına tuttu ve elini cama yasladı. Sisli sabaha doğru, kederli ve kararsız bir şekilde bakıyordu.

Edward, elimi avucuna aldı ve beni iki kişilik koltuğa çekti. Yanına oturdum, o Carlisle'a bakarken ben de onu izledim.

Carlisle'ın sesi alçaktı ve hızlı konuşuyordu, ne dediğini anlamak zordu. Tanya'yı selamladığını ve hızla konuya girdiğini duymuştum ama çok hızlı konuştuğundan anlayamıyordum. Fakat yine de Alaska'daki vampirlerin Seattle'da yaşananlar hakkında bilgisiz olmadığını söyleyebilirdim.

Sonra aniden Carlisle'ın sesinde bir değişiklik oldu.

"Ah," dedi, sesinde şaşkınlık vardı. "Biz bunu fark etmemiştik…yani İrina'nın böyle hissettiğini."

Edward inledi ve gözlerini yumdu. "Kahretsin. Laurent, cehennemin en derin çukuruna aitsin."

"Laurent?" Adeta kan yüzümden çekilmişti. Edward cevap vermedi. Carlisle'ın söylediklerine odaklanmıştı.

Laurent'la geçen baharki karşılaşmayı unutmam ya da hatırlayamamamın imkânı yoktu. Jacob ve sürüsü gelip araya girmeden önce söylediği her kelimeyi hatırlıyordum.

Aslında buraya ona bir iyilik yapmak için geldim…

Victoria, Laurent'i gözlem yapması için yollamıştı ama kurtlar onu sağ bırakmamıştı, bu yüzden gidip bilgi verememişti.

Laurent, James'in ölümünden sonra Victoria ile bağlarını korumuştu ayrıca yeni bağlantılar ve ilişkiler de geliştirmişti. Tanya'nın ailesiyle yaşamak üzere Alaska'ya gitmişti, Tanya şu alev rengi saçları olan. Tanya'nın ailesi, Cullen ailesinin vampir dünyasındaki en yakın dostlarıydı. Laurent ölmeden önce bir yıl onlarla birlikte yaşamıştı.

Carlisle hâlâ konuşuyordu ve sesi pek de rica eder tonda değildi. İkna edici ama asabiydi de. Sonra aniden bu asabi ruh halinin esiri oldu.

"Böyle bir ihtimal dahi söz konusu değil," dedi Carlisle sert bir şekilde. "Bir anlaşmamız var. Onlar bozmadı ve biz de bozmayacağız. Bunu duyduğum için üzgünüm… Tabii ki. Bizler elimizden gelenin en iyisini yapacağız."

Carlisle cevap beklemeden telefonu kapattı. Dışarıdaki sise bakmaya devam ediyordu.

"Sorun ne?" diye fısıldadı Emmett, Edward'a.

"İrina, bizim dostumuz Laurent ile sandığımızdan daha yakınmış. Bella'yı korumak için onu öldürdüklerinden dolayı kurtlara kin güdüyor. O – " Duraksadı, bana baktı.

"Devam et," dedim elimden geldiğince tepkisiz kalmaya çalışarak.

Gözlerini kıstı. "İntikam istiyor. Sürüyü ortadan kaldırmak istiyor. Bizim iznimiz karşılığında yardım etmeyi teklif ediyordu."

"Hayır!" diye haykırdım.

"Endişelenme," dedi kayıtsız bir şekilde. "Carlisle bunu asla kabul etmezdi." İkilemde kaldı, sonra da derin bir nefes verdi. "Ben de öyle. Laurent bunu hak etti ve bunun için hâlâ kurtlara borçluyum."

"Bu iyi değil," dedi Jasper. "Bu başa baş bir mücadele değil. Becerikli dövüşçüler olabiliriz ama sayımız yeterli değil. Kazanabiliriz ama bunun bedeli ne olur?" Gergin gözleri bir an Alice'e baktı ve sonra başka bir yöne doğru döndü.

Jasper'ın ima ettiği şey yüzünden içimden çığlık atmak geliyordu.

Kazanabilirdik, ama kaybedebilirdik de. Bazıları hayatta kalamayabilirdi.

Odadakilerin yüzlerine baktım; Jasper, Alice, Emmett, Rose, Esme, Carlisle…Edward. Onlar benim ailemdi.

14. İTİRAF

"Ciddi olamazsın," dedim, çarşamba öğleden sonraydı. "Kesinlikle aklını kaçırmışsın!"

"Benim hakkımda istediğini söyle," dedi Alice. "Bu parti gene de yapılacak."

Gözlerimi dikmiş ona bakıyordum. Sanki birileri kavga etmiş ve tepsimin üzerine düşmüşler gibi gözlerimi hayretle açmıştım.

"Ah sakin ol, Bella! Bunu yapmamamız için bir neden yok. Ayrıca davetiyeler çoktan yollandı."

"Ama...sen...ben...delisin!" Öfkeyle kekelemiştim.

"Bana zaten hediyeni aldın," diye hatırlattı. "Başka bir şey yapmana gerek yok, sadece gel."

Kendimi sakinleştirmek için çabaladım. "Şu an olanları hesaba katarsak bir parti yapmak çok da uygun olmaz."

"Olan şey mezuniyet ve bir parti yapmanın zamanı geldi de geçiyor bile."

"Alice!"

İç çekti ve ciddileşmeye çalıştı. "Halletmemiz gereken birkaç şey var ve bunlar zaman alacak. Burada otururken de bir şeyleri kutlayabiliriz. Liseden mezun olan sensin. Bir daha asla insan olmayacaksın, Bella. Bu hayatında bir defa olacak bir şey."

Edward tartışmamız boyunca sessizliğini korumuştu ama hemen uyaran bir bakış attı. Alice ona dilini çıkardı. Haklıydı. Kafeteryanın uğultusunda sesi asla duyulmazdı. Ve sözlerinin arkasındaki gerçek anlamı da kimse sezemezdi.

"Halletmemiz gereken o birkaç şey de ne?" Konunun yön değiştirmesine izin vermedim.

Edward kısık bir sesle yanıtladı. "Jasper bizim biraz yardım alabileceğimizi düşünüyor. Tanya'nın ailesi bizim tek seçeneğimiz değil. Carlisle eski dostlarının izini sürüyor, Jasper da Peter ile Charlotte'un peşinde. Maria ile konuşmayı planlıyor...fakat güneylileri buna dahil etmeye pek niyetli değil."

Alice zarif bir şekilde ürperdi.

"Onları ikna etmek çok da zor olmasa gerek," diye devam etti. "Kimse İtalya'dan bir ziyaret olmasını istemiyor."

"Fakat bu arkadaşlar, onlar...*vejeteryan* olmayacak, değil mi?" Cullenlar'ın yaptığı gibi, alaycı bir şekilde konuşmuştum.

"Hayır," diye yanıtladı Edward aniden ifadesiz bir yüzle.

"Burada? Forks'ta mı?"

"Onlar arkadaş," Alice beni rahatlatmaya çalıştı. "Her şey yolunda gidecek. Endişelenme. Ve Jasper, bize yeni doğanları alt etmemiz konusunda ders de verecek..."

O anda Edward'ın gözleri parladı ve hızla yüzünde bir gülümseme belirdi. Aniden midemin buzdan kıymıklarla dolduğunu hissettim.

"Ne zaman gidiyorsunuz?" diye sordum boğuk bir sesle. Buna dayanamıyordum. Yani birilerinin geri dönmeme ihtimaline. Çok cesur ve dikkatsiz olduğundan dolayı bu Emmett olabilirdi. Ya da Esme, öylesine tatlı ve anaçtı ki, onu dövüşürken hayal edemiyordum. Ya bu kişi minicik ve kırılgan görünüşlü Alice olursa? Ya da... Onun adını aklımdan geçirip bu ihtimali düşünemiyordum bile.

"Bir hafta," dedi Edward kayıtsızca. "Bu bize yeterince zaman verecektir."

Buzdan kıymıklar bir kez daha ortaya çıkmıştı. Birdenbire midem bulanmıştı.

"Rengin yeşile döndü, Bella," dedi Alice.

Edward koluyla beni sardı ve kendisine doğru çekti. "Her şey yolunda gidecek, Bella. Güven bana."

Tabii, kendimi düşünmüştüm. Ona güveniyordum. Ne olursa olsun arkasına yaslanacak ve sevdiği kişinin geri gelip gelmeyeceğini merak edecek kişi o olmayacaktı.

Ve birden aklıma geldi. Belki de geride kalmama gerek yoktu. Bir hafta oldukça uzun bir süreydi.

"Yardım arıyorsunuz," dedim yavaşça.

"Evet." Alice ses tonumun değişmesinden dolayı başını havaya kaldırdı.

Cevap verirken sadece Alice'e bakmıştım. Sesim bir fısıltıdan çok daha yüksek bir şekilde çıkmıştı. "Ben yardım edebilirim."

Edward'ın vücudu kaskatı kesildi ve kolu beni daha sıkı sardı. Sonra oflarcasına soluğunu hızla verdi.

Fakat hâlâ sakin olan Alice, onu aynı şekilde cevapladı. "Bu gerçekten de hiç *yardımcı* olmazdı."

"Neden ama?" diyerek itiraz ettim; sesimdeki çaresizliği ben bile duymuştum. "Sekiz, yediden daha iyidir. Gereken zamandan fazlasına sahibiz."

"Seni yararlı hale getirebilmemiz için yeterli zaman yok, Bella," diye soğukkanlı bir şekilde itiraz etti. "Jasper'ın genç olanları nasıl tanımladığını hatırlıyor musun? Dövüşte iyi olmayacaksın. İç güdülerini de kontrol edemeyecek ve kolay bir hedef haline geleceksin. Dahası, Edward da seni korumaya çalışırken yaralanacak." Alice ellerini göğsünde birleştirdi, doğruluğu tartışılmaz olan savunmasından memnun kalmışa benziyordu.

Bütün bunları söylediğinde onun haklı olduğunu anladım. Sandalyeme yığıldım, son umudum da bertaraf edilmişti. Edward ise, benim aksime rahatlamıştı.

Edward kulağıma eğilip fısıldayarak hatırlattı. "Korktuğundan dolayı değil."

"Ah," dedi ve aniden yüzünde boş bir ifade belirdi. Sonra da yüzünü astı. "Son dakika ertelemelerinden nefret ediyorum. Böylece partiye katılacaklar listesi altmış beş kişiye inmiş oldu…"

"*Altmış beş* mi!" Yine hayretle gözlerimi açmıştım. O kadar arkadaşım yoktu. O kadar insan tanıyor muydum peki?

"Kim iptal etti?" diye sordu Edward merakla, beni görmezden gelerek.

"Renée."

"Ne?" dedim heyecanla.

"Mezuniyetin için sana sürpriz yapacaktı ama bir şeyler ters gitti. Eve gittiğinde bir mesaj alacaksın."

Bir süreliğine rahatlamanın verdiği keyfin tadını çıkardım. Annem için ters giden her neyse ona minnettardım. Eğer Forks'a *şimdi* gelseydi...Bunu düşünmek istemiyordum. Kafam infilak edebilirdi.

Eve ulaştığımda telesekreterin mesaj uyarı lambası yanıyordu. Annem, Phil'in maç esnasında sakatlandığını söylediğinde rahatlama hissi tekrar ortaya çıktı. Anlattığı kadarıyla Phil bir oyuncu tarafından düşürülüp kalça kemiğini kırmıştı. Tamamen bakıma muhtaç durumdaydı ve onu bırakıp gelmesinin imkânı yoktu. Mesaj sona erdiğinde annem hâlâ özür dilemeye çalışıyordu.

"En azından bir," diye iç geçirdim.

"Bir ne?" diye sordu Edward.

"Bu hafta öldürülecek diye endişelenmeyeceğim en azından biri var."

Edward gözlerini devirdi.

"Neden sen ve Alice bunu ciddiye almıyorsunuz?" diye sordum merakla. "Bu olay *ciddi*."

Gülümsedi. "Sadece güven."

"Harika," diye homurdandım. Telefonun ahizesini kaldırdım ve Renée'nin numarasını çevirdim. Bunun uzun bir konuşma olacağını biliyordum ama bu konuşmaya pek bir katkımın olmayacağının da farkındaydım.

Sadece dinledim ve araya girebildiğim zamanlarda onu rahatlatmaya yönelik şeyler söyledim: Kızmadım, hayal kırıklığına uğramadım, üzülmedim. Phil'in iyileşmesine yoğunlaşması gerekiyordu. Phil'e "geçmiş olsun" dedikten sonra Forks Lisesi'ndeki mezuniyetle ilgili her detayı ona anlatacağımı söz verdim. Telefonu kapatmak için çaresizce finallerime çalışmam gerektiği bahanesini kullanmak zorunda kaldım.

Edward'ın sabrı sınırsızdı. Tüm konuşma boyunca kibarca beklemiş, saçlarımla oynamış, ne zaman başımı kaldırıp ona baksam gülümsemişti. Uğraşmam gereken bir sürü sorun varken bu tip şeylere dikkat etmek yüzeyselce olsa da, onun gülümseyişi her daim nefesimi kesmeyi başarıyordu. O kadar güzeldi ki, bazen başka bir şeyi düşünmek çok zor oluyordu; Phil'in sorunu, Renée'nin özürleri ya da saldırgan vampir orduları. Ben sadece bir insandım.

Telefonu kapatır kapatmaz hemen parmak uçlarımda yükselip onu öpmek için uzandım. Ellerini belime koydu ve beni mutfak tezgâhının üzerine kaldırdı böylece ona uzanmak için zorluk çekmeyecektim. İşe yaramıştı, en azından benim için. Kollarımı onun boynunun çevresine doladım ve buz gibi soğuk göğsüne yaslandım.

Her zaman olduğu gibi hemen kendini geri çekti.

Yüzümün asıldığını fark ettim. Kollarımın ve bacaklarımın arasından kurtulmaya çalışırken yüzümün ifadesine güldü. Yanımda durup tezgâha doğru yaslandı ve kolunu hafifçe omzumun çevresine doladı.

"Biliyorum, benim kendimi kontrol etmede mükemmel olduğumu düşünüyorsun ama aslında öyle değil."

"Keşke öyle olsa," diye iç geçirdim.

Ve o da iç geçirdi.

"Yarın okuldan sonra," dedi, konuyu değiştiriyordu, "Carlisle, Esme ve Rosalie ile beraber ava gideceğim. Sadece birkaç saatliğine. Yakınlarda olacağız. Alice, Jasper ve Emmett senin güvenliğini sağlayacaklar."

"Of," diye inledim. Yarın finallerim vardı ve günümün geri kalanı boş geçecekti. Ders programımda beni zorlayan iki ders olan matematik ve tarihi geride bırakmıştım, bu yüzden bütün günü onsuz geçirecektim ve endişelenmekten başka yapacak bir şeyim yoktu. "Birilerinin bana bakıcılık yapmasından nefret ediyorum."

"Bu geçici," diyerek söz verdi.

"Jasper sıkılacak. Emmett ise benimle dalga geçip duracak."

"Sana en iyi şekilde davranacaklardır."

"Peki," diye mırıldandım.

Ve sonra aklıma birilerinin bana bakıcılık yapması dışında bir plan geldi. "Biliyorsun... O partiden beri La Push'a gitmedim."

Yüzündeki ifadenin değişimini yakından izledim. Gözleri kısılmıştı.

"Orada da yeterince güvende olurum."

Birkaç saniye bunun üzerine düşündü. "Muhtemelen haklısın."

Tam ona isterse burada kalacağımı söyleyecektim ki, dalgacı Emmett'ın bunu herkese yayacağına karar verdim ve konuyu değiştirdim. "Şimdiden susadın mı?" diye sordum, gözlerinin altında parlayan gölgelere bakarak. Göz bebekleri hâlâ koyu altın rengindeydi.

"Pek değil." Cevaplamak için isteksiz görünüyordu ve bu beni şaşırtmıştı. Bir açıklama bekliyordum.

"Elimizden geldiğince güçlü olmak istiyoruz," diye açıkladı, hâlâ isteksizdi. "Muhtemelen yol üzerinde tekrar avlanacağız, büyük bir av arayacağız."

"Bu sizi daha mı güçlü yapıyor?"

Bir şeyler anlamak umuduyla yüzüme baktı ama bulduğu tek şey meraktı.

"Evet," dedi en sonunda. "İnsan kanı bizi en güçlü halimize getiriyor, tabii belli ölçülerde. Jasper hile yapmayı düşünüyor – bu fikre karşı bile olsa – fakat böyle bir şey önermeyecek. Carlisle'ın nasıl bir tepki vereceğini biliyor."

"Bu yardımcı olur muydu?" diye sordum sessizce.

"Önemi yok. Varlığımızı değiştirmeyeceğiz."

Kaşlarımı çattım. Eğer yardımı dokunacaksa...ve sonra titredim çünkü onu korumak için yabancı birinin ölümüne olumlu yaklaştığımı fark etmiştim. Kendimden korkmuştum fakat yine de bu fikri tamamen görmezden gelemiyordum.

Tekrar konuyu değiştirdi. "Bu kadar güçlü olmalarının sebebi de bu. Yeni doğanlar insan kanıyla dolular ve kendi kanları da değişime tepki veriyor. Dokulara sızıyor ve onları güçlendiriyor. Vücutları kanı yavaşça kullanıyor, Jasper'ın dediği gibi, güçleri bir yıl kadar sonra azalmaya başlıyor."

"*Ben* ne kadar güçlü olacağım?"

Gülümsedi. "Benden güçlü olacaksın."

"Emmett'dan da mı güçlü?"

Yüzüne daha büyük bir gülümseme yayıldı. "Evet. Bana bir iyilik yap ve ona bilek güreşinde meydan oku. Onun için güzel bir deneyim olurdu."

Güldüm. Kulağa çok aptalca geliyordu.

Sonra içimi çektim ve tezgâhtan aşağıya hopladım çünkü orada daha fazla hareketsiz duramayacaktım. Zaten gidip ders çalışmak, hatta bayan bir ineklemek zorundaydım. Neyse ki Edward yardım ediyordu ve o mükemmel bir öğretmendi. Her konuda inanılmaz bir bilgisi vardı. En büyük sorunumun sınavlara konsantre olmak olduğunu anlamıştım. Eğer bu konuyla biraz daha ilgilenmezsem, tarih dersimin makalesini güneydeki vampir savaşları hakkında yazabilirdim.

Jacob'ı aramak için çalışmaya ara verdim. Edward ben telefondayken Renée ile konuştuğum zamanki kadar rahat görünüyordu. Tekrar saçlarımla oynamaya başladı.

Vakit öğleden sonrayı geçmiş olsa da, Jacob uyuyordu ve telefonum Jacob'ın uyanmasına neden olmuştu. Sesi başlarda oldukça huysuz geliyordu. Ertesi gün onu ziyaret edip edemeyeceğimi sorduğumda neşesi yerine geldi. Quileute okulu yaz tatiline çoktan girmişti, bu yüzden bana olabildiğince erken gelmemi söyledi. Bebek bakıcımı seçme şansım olduğu için memnun olmuştum. Günü Jacob'la geçirmenin az da olsa bir asaleti vardı.

Fakat bu asalet, Edward'ın sanki velisi olduğu çocuğu bırakmaya gidiyormuş gibi sınıra kadar onunla gitmemle ısrar etmesiyle uçup gitmişti.

"Pekâlâ, sınavlarında yaptıkların hakkında ne düşünüyorsun?" diye sordu Edward beni bırakırken.

"Tarih kolaydı ama matematikten emin değilim. Yaptıklarım mantıklı gibi geliyor ama muhtemelen bu kaldım da demek olabilir."

Güldü. "Eminim iyi geçmiştir. Ama gerçekten endişeliysen, Bay Varner'a sana A vermesi için rüşvet verebilirim."

"Iyy, teşekkürler ama kalsın."

Tekrar güldü ama son dönemeci dönüp bekleyen kırmızı arabayı gördüğünde artık gülmüyordu. Dikkatini toplamış bir halde kaşlarını çattı ve arabayı park ettiğinde derin bir iç çekti.

"Sorun ne?" diye sordum elimi kapının koluna attığımda.

Başını bir şey yok dermiş gibi sağa sola salladı. "Hiç." Ön camdan diğer arabaya bakarken gözlerini kısmıştı. Bu bakışı daha önce de görmüştüm.

"Jacob'ın düşüncelerini *dinlemiyorsun,* değil mi?"

"Biri bağırırken görmezden gelmek çok da kolay olmuyor."

"Ah." Bir süre sustum. "Ne diye bağırıyor?" diye sordum fısıltıyla.

"Sana bundan bahsedeceğinden kesinlikle eminim," dedi alaycı bir ses tonuyla.

Konunun üstüne gidecektim ki, Jacob kornasına bastı. İki sabırsız korna sesi duyuldu.

"Bu çok kaba," diye homurdandı Edward.

"Jacob işte," diye iç geçirdim ve Jacob, Edward'ı daha fazla sinirlendirecek bir şey yapmadan önce hızla arabadan indim.

Jacob'ın arabasına binmeden önce uzaktan Edward'a el salladım, bu korna işine oldukça bozulmuş gibiydi...ya da Jacob'ın düşündüğü her neyse ona. Fakat gözlerim her zaman zayıf olmuştu ve sürekli hata yapan biri olduğumdan yanlış görmüş de olabilirdim.

Edward'ın bana geri dönmesini istedim. İkisinin de arabalarından çıkıp el sıkışmalarını ve arkadaş olmalarını istedim, *kurt adam* ve *vampir* kimliklerinin ötesinde Jacob ve Edward olarak. Sanki iki inatçı mıknatısı elimde tutuyor, doğaya karşı gelerek onları birleştirmeye çalışıp bunu denemekten vazgeçmiyordum...

İç geçirdim ve Jacob'ın arabasına bindim.

"Selam, Bells." Jake'in ses tonu neşeli ama yorgundu. O yola bakarken onun yüzünü inceledim, benden daha hızlı sürüyordu ama Edward'dan daha yavaştı.

Jacob farklı görünüyordu, belki de hastaydı. Göz kapakları sarkmış ve yüzü de asıktı. Kabarık saçlarının her bir tutamı farklı yönlere yatmıştı; saçları neredeyse çene hizasına gelmişti.

"İyi misin, Jake?"

"Sadece yorgunum." Büyük bir esnemeyle ağzını araladı. Esnemesi bittiğinde, "Bugün ne yapmak istersin?" diye sordu.

Bir dakika boyunca ona baktım. "Şimdilik senin yerinde takılalım," diye önerdim. Bundan daha fazlasını yapabilecekmiş gibi görünmüyordu. "Sonra bisiklete binebiliriz."

"Tabii, tabii," dedi ve tekrar esnedi.

Jacob'ın evi boştu ve bu tuhafıma gitmişti. Billy'nin her zaman oranın demirbaşı olduğunu düşündüğümü fark ettim.

"Baban nerede?"

"Clearwaterlar'da. Harry öldüğünden beri orada çok zaman geçiriyor. Sue epey bir yalnızlık çekiyor."

Tek kişilik eski kanepeye oturdu ve bana yer açabilmek için kenara büzüştü.

"Ah. Bu çok hoş. Zavallı Sue."

"Evet...biraz sorunları var..." Tereddüt etmişti. "Çocuklarıyla."

"Seth ve Leah için babalarını kaybetmek mutlaka zor olmuştur..."

"Ya," diye kabul etti, düşüncelere dalmıştı. Kumandaya uzandı ve düşünmeden televizyon izlemeye başladı. Tekrar esnedi.

"Neyin var Jake? Zombiye benziyorsun."

"Dün gece iki saat uyuyabildim, ondan önceki gece de dört saat," dedi. Kollarını yavaşça esnetti, eklemlerinden gelen sesi duyabiliyordum. Sol kolunu koltuğun üzerine, benim arkama koydu ve kafasını duvara yasladı. "Çok yorgunum."

"Neden uyumuyorsun?" diye sordum.

Bana dönüp surat yaptı. "Sam zor durumda. Senin kan emicilere güvenmiyor. İki haftadır çifte vardiya yapıyorum, henüz kimseyle karşılaşmadım ama o gene de bunu devam ettiriyor. Şimdilik bununla tek başıma uğraşıyorum."

"Çifte vardiya mı? Bunun nedeni bana bir şey olacak diye endişelenmen mi? Jake, bu çok yanlış! Uyumalısın. Ben iyi olacağım."

"Sorun değil." Gözleri aniden canlandı. "Odana kimin geldiğini buldun mu? Yeni bir şeyler var mı?"

İkinci soruyu duymazdan geldim. "Hayır, benim, şey, yani ziyaretçim hakkında hiçbir şey bulamadık."

"Ben etrafta olacağım," dedi ve yorgun gözlerini yumdu.

"Jake..." diye inledim.

"Bak, en azından bunu yapabilirim. Sana sonsuza kadar sürecek bir kölelik önerdim. Ömür boyunca senin kölen olacağım."

"Bir köle istemiyorum!"

Gözlerini açmadı. "Ne *istiyorsun*, Bella?"

"Arkadaşım Jack'i istiyorum ve onun yarı ölü olmasını ve kendisini yanlış yollara saptırarak acı çekmesini istemiyorum—"

Sözümü kesti. "Olaya bir de şu şekilde bak. Amacım bir vampiri takip edip öldürmek, tamam mı?"

Cevap vermedim. Sonra bana baktı ve gizlice verdiğim tepkiyi tarttı.

"Şaka yapıyordum, Bella."

Gözümü televizyona diktim.

"Pekâlâ, haftaya özel bir planın var mı? Mezun oluyorsun. Bu çok önemli." Sesi sıradan bir şekilde çıkmış ve yüzü asılmıştı, yorgun bir halde bana bakarken gözleri kapanıverdi. Gözlerini bu sefer yorgunluktan kapatmamıştı. Her ne kadar bunu geciktirecek olsam da, mezuniyetten sonra bana olacakları kabullenmek onun için hâlâ zordu.

"*Özel* bir plan yok," dedim dikkatlice, sözlerimin onu rahatlatmasını ve daha fazla detay istememesini umuyordum. Şu anda bu konu hakkında konuşmak istemiyordum. Bunun bir nedeni, zorlu bir tartışmaya girebilecek gibi görünmemesiydi. Diğer nedeniyse, sözlerimden kaygılarımı anlayabilecek olmasıydı. "Aslında, bir mezuniyet partisine gitmek zorundayım. Kendi mezuniyet partime." Bunu iğrenerek söylemiştim. "Alice partileri *seviyor* ve tüm kasabayı partiye davet etti. Korkunç olacak."

Ben konuşurken gözlerini açtı ve yüzünde beliren gülümseme yorgunluğunu az da olsa gölgeledi. "Davetiye almadım. Buna çok alındım," diyerek dalga geçti.

"Kendini davet edilmiş say. Bu aslında *benim* partim, istediğim kişiyi davet edebilmeliyim."

"Teşekkürler," dedi alayla, gözlerini tekrar kapattı.

"Keşke sen de gelebilseydin," dedim, bunu çaresizce, olmayacağını bile bile söylemiştim. "Bu daha eğlenceli olurdu. Yani benim için."

"Tabii, tabii," diye mırıldandı. "Bu çok...akıllıca olurdu..."

Bir saniye sonra cümlesini tamamlayamadan horlamaya başlamıştı.

Zavallı Jacob. Uyuyan yüzüne baktım ve onu böyle görmek beni mutlu etti. Uyurken yüzündeki tüm sıkıntı ve koruyucu tavır yok olmuştu ve aniden bu kurt adam olaylarından önce tanıdığım çocuğa dönüşmüştü. Daha genç görünüyordu. Benim Jacob'ıma daha çok benziyordu.

Koltuğa iyice yerleştim ve uyanmasını bekledim, bir süre uyumasını ve kaybettiği zamanı telafi etmesini umuyordum. Kanalları gezdim bende ama bir şey bulamadım. Bir yemek programını izlemeye başladım, izlerken Charlie'ye asla böyle yemekler yapamayacağımı düşünüyordum. Jacob, daha da gürültülü bir şekilde horlamaya devam etti. Televizyonun sesini açtım.

Ben de tuhaf bir şekilde rahatlamış, neredeyse uyuyacak hale gelmiştim. Bu ev benimkinden daha güvenli gelmişti, muhtemelen bunun nedeni kimsenin beni aramak üzere buraya gelmeyecek olmasıydı. Koltuğa kıvrıldım ve biraz kestirmeyi düşündüm. Jacob bu kadar gürültülü olmasa belki bunu başarabilirdim. En sonunda uyumak yerine düşünmeye başladım.

Finaller sona ermişti ve çoğu da kolaydı. Matematik, ki kolay olmayan ders buydu, sonucu ne olursa olsun geride kalmıştı. Lise eğitimim sona ermişti. Ve bunun hakkında ne hissettiğimi bilmiyordum. İnsan hayatımın sona ereceğine odaklandığımdan bunun üzerinde tarafsızca düşünmemiştim.

Edward'ın, "korktuğundan dolayı değil" sözünü kullanmayı ne kadar süredir planladığını merak ediyordum. Buna bir son vermeliydim.

Eğer mantıklı düşünecek olursam, mezun olduktan hemen sonra Carlisle'dan beni değiştirmesini istemek en doğru olanıydı. Forks bir savaş alanı kadar tehlikeli olmaya başlamıştı. Hayır, Forks savaş alanının ta kendisiydi. Ayrıca...bu mezuniyet partisini kaçırmak için de güzel bir bahane olurdu. Değişmek için en önemsiz nedeni bulduğum için kendi kendime gülümsedim. Aptalcaydı...ama gene de zorlayıcıydı.

Fakat Edward haklıydı; hâlâ hazır değildim.

Ve mantıklı olmak da istemiyordum. Onun, yani beni dönüştürecek kişinin Edward olmasını istiyordum. Bu mantıklı bir tutku değildi. Şundan emindim ki, biri beni ısırdıktan iki saniye sonra zehir damarlarımda yayılırken beni kimin ısırdığının bir önemi kalmayacaktı. Yani kimin yaptığının bir önemi olmayacaktı.

Bunun neden önemli olduğunu açıklamak, kendim için bile, zordu. Bunu yapacak kişinin o olması önemliydi. Çocukcaydı ama yine de hissedeceğim son şeyin *onun* dudakları olması fikrinden çok hoşlanmıştım. Hatta bundan fazlası, utanç verici olsa ve ben bunu sesli söyleyemeyecek olsam da, *onun* zehirinin beni dönüştürmesini istiyordum. Bu beni elle tutulur ve su götürmez bir şekilde onun yapacaktı.

Fakat onun zamk gibi evlilik planına yapışacağını biliyordum çünkü peşinde olduğu şey bu işi geciktirmekti ve bunda oldukça da iyiydi. Kendimi, aileme bu yaz onunla evleneceğimi söylerken hayal ettim. Bu hayalin içinde Angela, Ben ve Mike da vardı. Yapamıyordum. Söyleyecek hiçbir şey bulamıyordum. Onlara vampir olacağımı söylemek daha basit olurdu. En azından anneme... Ona her şeyi detaylıca anlatırdım. Vampir olacağımı söylemek evleniyor olmamdan daha az sorun çıkarırdı. Onun yüz ifadesini hayal ederken kendi kendime gülümsedim.

Sonra, bir anlığına, yine Edward'ı ve kendimi başka bir dünyadan gelmiş gibi görünen kıyafetlerle verandada otururken hayal ettim. Bu öyle bir dünyaydı ki, parmağımda yüzük olması kimseyi şaşırtmayacaktı. Daha yalın bir yer, sevginin daha basit yollarla ifade edildiği bir yer. Bir artı birin iki ettiği bir yer...

Jacob büyük bir homurtuyla diğer tarafa döndü. Kollarını koltuğun arkasından sallandırmış ve beni kendine doğru çekmişti.

Bu çok tatlıydı ama o çok ağırdı! Ve *sıcaktı*. Birkaç saniye içinde sıcaktan bunalmıştım.

Onu uyandırmadan kolunun altından çıkmaya çalıştım ama kolunu biraz hızlıca itmek zorunda kalınca, kolu üzerimden düşerken gözlerini açtı. Ayağa fırladı ve endişeyle etrafına baktı.

"Ne? Ne?" diye sordu kafası karışmış bir halde.

"Bendim sadece, Jake. Seni uyandırdığım için özür dilerim."

Bana dönüp baktı, kafası karışmış bir halde gözlerini kırpıştırdı. "Bella?"

"Merhaba, uykucu."

"Ah, kahretsin. Uyuya mı kaldım? Üzgünüm! Ne kadar süre uyudum?"

"Emeril'ın birkaç yemek tarifini izleyecek kadar. Açıkçası sayısını unuttum."

Tekrar yanıma oturdu. "Off. Bunun için üzgünüm, gerçekten."

Saçlarını okşadım, dağılmış olanları düzeltmeye

çalışıyordum. "Bunun için kötü hissetme. Biraz uyuduğun için memnunum."

Esnedi ve gerindi. "Bugünlerde gerçekten işe yaramaz bir haldeyim. Billy'nin sürekli gitmesine şaşmamalı. Çok sıkıcıyım."

"İyisin," diyerek onu ikna etmeye çalıştım.

"Ah, hadi dışarı çıkalım. Biraz yürümeliyim yoksa gene kendimden geçeceğim."

"Jake, uyumaya devam et. Ben iyiyim. Beni alması için Edward'ı arayacağım." Konuşurken cebimi yokladım ve boş olduğunu fark ettim. "Kahretsin, senin telefonunu kullanmak zorundayım. Sanırım arabada unuttum." Toplanmaya başlamıştım.

"Hayır!" dedi Jacob, elimden tuttu. "Hayır, kal. Zaten çok nadir geliyorsun. Tüm zamanı böyle ziyan ettiğime inanamıyorum."

Konuşurken beni koltuktan kaldırdı ve önden kapıya doğru gitti, kapıdan geçerken başını eğmişti. Hava nedensiz yere soğumuştu, dışarıda fırtına olmalıydı. Sanki mayıs değil de, şubat ayındaydık.

Soğuk hava Jacob'ı daha da fazla endişelendirmişti. Evin önünde bir aşağı bir yukarı yürümeye başladı, beni de yanında sürüklüyordu.

"Ben bir salağım," diye mırıldandı kendi kendine.

"Ne oldu Jake? Sadece uykuya daldın." Omuz silktim.

"Seninle konuşmak istiyordum. Buna inanamıyorum."

"Konuş o zaman benimle," dedim.

Jacob bir an gözlerime baktı ve sonra hemen kaçırdı. Neredeyse kıpkırmızı olmuştu ama koyu renkli teninden dolayı bunu söylemek güçtü.

Aniden aklıma Edward'ın beni bırakırken söyledikleri geldi. Jacob bana her ne söyleyecekse kafasında haykırıyordu. Dudaklarımı kemirmeye başlamıştım.

"Bak," dedi Jacob. "Bunu daha farklı yapmayı planlıyordum." Güldü ama sanki kendi kendine gülüyordu. "Daha kolay olacaktı," diye ekledi. "Yetiştirmeye çalıştım ama," bulutlara baktı, hava kararmak üzereydi, "işten zamanım kalmadı."

Gergin bir kahkaha attı. Hâlâ yavaşça yürüyorduk.

"Neden bahsediyorsun?" diye sordum inatla.

Derin bir nefes aldı. "Sana bir şeyler söylemek istiyorum. Ve bunu zaten biliyorsun...ama bunu sesli söylemek zorundayım. Bu konuda hiçbir karışıklık olmasın diye."

Durdum ve o da durdu. Elimi ondan aldım ve kollarımı göğsümde birleştirdim. Aniden söylemek için hazırlandığı her neyse bunu duymak istemediğime karar verdim.

Jacob'ın kaşları aşağıya düştü ve gözlerini gölgeledi. Bana diktiği gözleri kapkaraydı.

"Sana aşığım, Bella," dedi Jacob kendinden emin güçlü bir şekilde. "Bella, seni seviyorum. Ve onun yerine beni seçmeni istiyorum. Senin böyle hissetmediğini biliyorum ama başka seçeneklerinin de olduğunu bilmeni istiyorum. Aramızda bir yanlış anlama olmasını istemiyorum."

15. BAHİS

Bir dakika boyunca gözlerimi ayırmadan ona baktım, nutkum tutulmuştu. Ona söyleyecek hiçbir şey bulamıyordum.

Yüzümdeki şaşkın ifadeyi seyrederken onun yüzüne bir ciddiyet hâkim olmuştu.

"Tamam," dedi, gülümseyerek. "Hepsi bu."

"Jake – " Boğazımda sanki büyük bir yumru varmış gibi hissediyordum. Boğazımı temizlemeye çalıştım. "Yapamam, yani yapmam...gitmeliyim."

Arkamı döndüm, ama beni omuzlarımdan yakaladı ve etrafımda döndürdü.

"Hayır, bekle. *Biliyorum,* Bella. Ama bak, bana cevap ver, tamam mı? Gitmemi ve bir daha seni görmememi mi istiyorsun? Dürüst ol."

Sorduğu soruya konsantre olmam zordu, cevap vermem bir dakikamı aldı. "Hayır bunu istemiyorum," diyebildim en sonunda.

Jacob tekrar gülümsedi. "Anlıyorum."

"Fakat çevremde olmanı istememin sebebi, seninkiyle aynı değil," diye itiraz ettim.

"Neden çevrende olmamı istiyorsun, anlat bana."

Dikkatlice düşündüm. "Sen olmadığında seni özlüyorum. Sen mutlu olduğunda," bunu dikkatlice söylemiştim, "ben de mutlu oluyorum. Ama aynı şeyleri Charlie için de söyleyebilirim, Jacob. Sen ailedensin. Seni seviyorum ama sana âşık değilim."

Kaygısızca başını salladı. "Fakat etrafında olmamı istiyorsun."

"Evet." İç geçirdim. Cesaretinin kırılması imkânsızdı.

"Öyleyse etrafında olmaya devam edeceğim."

"Ulaşılması zor şeylerden hoşlanıyorsun," diye mırıldandım.

"Evet." Parmaklarının ucuyla sağ yanağıma dokundu. Ben de onu uzaklaştırmak için eline vurdum.

"Davranışlarına biraz da olsa çeki düzen vermeyi düşünüyor musun?" diye sordum, rahatsız olmuştum.

"Hayır, düşünmüyorum. Sen karar ver, Bella. Beni olduğum gibi, kötü huylarım da dahil, kabul edersin ya da etmezsin."

Ona dik dik baktım, yılmıştım. "Bu çok acımasızca."

"Sen de öylesin."

Beni çekti ve ben de gönülsüzce geri adım attım. Haklıydı. Bu kadar acımasız olmasaydım – ve açgözlü tabii – ona artık arkadaş olmak istemediğimi ve gitmesini söylerdim. Onun canının acıtacağını bile bile arkadaş olmaya devam etmem yanlıştı. Burada ne yaptığımı bilmiyordum ama aniden bunun doğru olmadığına emin oldum.

"Haklısın," diye fısıldadım.

Güldü. "Seni affediyordum. Sadece bana *çok* kızmamaya çalıştığın için. Çünkü vazgeçmemeye daha henüz karar verdim. Ümitsiz vakalarda karşı koyamadığım bir şeyler var."

"Jacob." Onun karanlık gözlerine sertçe baktım, beni ciddiye almasını sağlamaya çalışıyordum. "*Onu* seviyorum Jack. O benim tüm yaşamım."

"Beni de seviyorsun," diye hatırlattı. Karşı çıkmaya çalıştığımda ise elini kaldırdı. "Aynı şekilde değil, biliyorum. Ama o senin tüm yaşamın değil. Artık değil. Belki bir zamanlar öyleydi ama gitti. Ve şimdi yaptığı seçimin sonuçlarına katlanmak zorunda, yani *bana*."

Başımı hayretle salladım. "Katlanılmaz birisin."

Aniden ciddileşti. Çenemi avcunun arasına aldı ve sıkıca tuttu böylece ondan kaçamayacaktım.

"Kalbin atmayana kadar, Bella," dedi. "Savaşmak için burada olacağım. Seçeneklerinin olduğunu unutma."

"Seçenekler istemiyorum," diye itiraz ettim ve çenemi onun avcundan kurtarmaya çalıştıysam da başaramadım. "Ve kalp atışlarım artık sayılı, Jacob. Zaman neredeyse doldu."

Gözlerini kıstı. "Her şeye rağmen savaşacağım, üstelik şimdi daha da güçlü savaşacağım," diye fısıldadı.

Hâlâ parmakları çenemi sıkıca tutuyordu ve gözlerinde bir şeylerin hareketlendiğini gördüm.

"Hay – " İtiraz etmeyi denedim ama artık çok geçti.

Dudakları benimkilerine çarptı, itirazı yarıda kesilmişti. Beni öfkeyle, sertçe öptü. Beni öperken diğer eli kaçmamı imkânsız hale getirmek için boynumu tutuyordu. Bütün gücümle onu itmeye çalıştıysam da, bir şey fark etmedi. Öfkesine rağmen dudakları yumuşaktı ve benimkileri, daha önce tatmadığım kadar sıcak bir şekilde kavramıştı.

Yüzünü tutup itmeye çalıştım ama yine başarısız oldum. Bu defa fark etmiş gibi görünüyordu ama bu onu daha da kızdırmaktan başka bir işe yaramamıştı. Dudakları zorla benimkileri aralamaya çalışıyordu, sıcak nefesini hissedebiliyordum.

İçgüdülerimle hareket etmeye karar vermiştim, ellerimi indirdim ve karşı koymayı bıraktım. Gözlerimi açtım ve savaşmadım, hiçbir şey hissetmedim de... sadece durmasını bekledim.

İşe yaradı. Öfkesi yok olmuştu, bana baktı. Dudaklarını benim dudaklarıma hafifçe bastırdı, bir kere, iki kere... üç kere. Bense heykel gibi durdum ve onu bekledim.

Sonunda yüzümü serbest bıraktı ve geriye çekildi.

"Bitti mi?" diye sordum ifadesiz bir şekilde.

"Evet," dedi iç geçirerek. Gözlerini kapattı ve gülümsemeye başladı. Kolumu geriye doğru savurdum ve bütün gücümle ağzına bir yumruk geçirdim.

Çatırtıya benzeyen bir ses duyuldu.

"Ah! AAAH!" diyerek haykırdım, deli gibi yerimde zıpladım ve elimi göğsüme koyup eğildim. Kırılmıştı, bunu hissetmiştim.

Jacob hayretle bana bakıyordu. "İyi misin?"

"Hayır, lanet olsun! *Sen elimi kırdın!*"

"Bella, *sen* elini kırdın. Şimdi etrafımda dans etmeyi kes ve bakmama izin ver."

"Dokunma bana! Eve gidiyorum ben!"

"Arabamı alayım," dedi sakince. Filmlerdeki gibi çenesini bile sıvazlamamıştı. Ne kadar da sinir bozucu bir durumdu.

"Hayır, teşekkürler," diyerek tısladım. "Yürümeyi tercih ederim." Yola doğru döndüm. Sınırdan sadece birkaç kilometre uzaktaydım. Ondan uzaklaşır uzaklaşmaz Alice beni görür ve beni alması için birini yollardı.

"Hadi seni eve bırakmama izin ver," diye ısrar etti Jacob. İnanılır gibi değildi, hâlâ kolunu belime atacak cesareti vardı.

Ondan uzaklaşmak için silkindim.

"Pekâlâ!" dedim homurdanarak. "Hadi bakalım! Edward'ın sana ne yapacağını görmek için sabırsızlanıyorum! Umarım boynunu kırar, seni yüzsüz, iğrenç, gerizekâlı KÖPEK!"

Jacob gözlerini devirdi. Arabasının kapısını açtı ve binmeme yardım etti. Sürücü koltuğuna geçtiğinde ıslık çalıyordu.

"Canını az da olsa acıtamadım, değil mi?" diye sordum öfkeyle ve hayal kırıklığı içerisinde.

"Şaka mı yapıyorsun? Eğer çığlık atmaya başlamasaydın, bana vurmaya çalıştığını anlamayacaktım bile. Taştan falan yapılmış değilim ama o kadar *yumuşak* da değilim."

"Senden nefret ediyorum, Jacob Black."

"Bu iyi işte. Nefret tutku dolu bir duygudur."

"Sana tutkuyu göstereceğim," diye söylendim. "Tutku cinayeti neymiş göreceksin."

"Ah, hadi ama," dedi, neşeyle tekrar ıslık çalmaya başladı. "Bir kayayı öpmekten daha eğlenceli olmalı."

"Yaklaşamadın bile," dedim soğukça.

Dudaklarını ısırdı. "Bunu söyleyebilirdin."

"Söylemezdim."

Bir anlığına bu onu rahatsız etse de sonra hemen canlandı. "Sadece kızgınsın. Bu tip şeylerde hiç deneyimim yok ama oldukça inanılmaz olduğumu düşündüm."

"Iyy," dedim inleyerek.

"Bu gece bunun hakkında düşüneceksin. O senin uyuduğunu sanarken sen seçeneklerin hakkında düşünüyor olacaksın."

"Eğer bu gece seni düşünürsem, bunun nedeni *kâbus* görüyor olacağımdandır."

Yavaşça arabayı durdurdu ve dönüp karanlık, kocaman açtığı gözleriyle bana ciddi bir bakış attı. "Sadece nasıl olabileceğini düşün, Bella." Sesi ısrarcı ama yumuşaktı. "Benim için hiçbir şeyi değiştirmek zorunda kalmazdın. Hem biliyorsun, beni seçersen Charlie de mutlu olurdu. Seni vampirin kadar iyi koruyabilirim, hatta daha iyi bile koruyabilirim. Ve seni mutlu ederdim, Bella. Onun veremeyeceği pek çok şeye sahibim. Bahse girerim sana zarar vereceğinden seni asla böyle öpememiştir. Sana asla, asla zarar vermezdim, Bella."

Yaralı olan elimi havaya kaldırdım.

İç geçirdi. "Bu benim suçum değildi. Bunu bilmen gerekirdi."

"Jacob, onsuz mutlu olamam."

"Hiç denemedin," diye itiraz etti. "O gittiğinde tüm enerjini onu beklemeye harcadın. Seni bıraksa mutlu olabilirdin. Benimle mutlu olabilirsin."

"Onun dışında kimseyle mutlu olmak istemiyorum," dedim ısrarla.

"Asla bana güvendiğin kadar ona güvenemeyeceksin. Seni bir kere terk etti, bunu tekrar yapabilir."

"Hayır, yapmayacak," dedim dişlerimin arasından. Söylediklerinin hatırlattıkları canımı yaktı. Onun da canını yakmak istedim. "Sen de beni terk ettin," diye hatırlattım ona buz gibi bir sesle, benden saklanarak geçirdiği haftaları düşünüyordum, ormanda bana söylediklerini...

"Asla yapmadım," diye heyecanla karşı çıktı. "Sana anlatamayacağımı söylemişlerdi. Eğer birlikte olacaksak, bu *senin için* güvenli olmazdı. Ama seni asla terk etmedim, asla! Geceleri evinin çevresinde dolaşıyordum, tıpkı şimdi olduğu gibi. İyi olduğundan emin olmak için."

Artık benim hissettiğim gibi kötü hissetmesini istemiyordum.

"Beni eve götür. Elim acıyor."

İç geçirdi ve yolu takip ederek normal hızda sürmeye başladı.

"Bunu sadece bir düşün, Bella."

"Hayır," dedim inatla.

"Düşüneceksin. Bu gece. Ve sen beni düşünürken ben de seni düşüneceğim."

"Dediğim gibi, kâbus."

Bana dönüp gülümsedi. "Sen de beni öptün."

Hızla nefesimi verdim, düşünmeden ellerimi yumruk haline getirip sıkmaya çalıştığımda canım yandı ve inledim.

"İyi misin?" diye sordu.

"Hayır, *öpmedim*."

"Sanırım farkı söyleyebilirim."

"Belli ki fark edemiyorsun. O bir karşılık veriş değildi, sadece seni başımdan savmaya çalışıyordum, seni *salak*."

Genzinden gelen bir sesle güldü. "Huysuz. *Aşırı derecede* müdafacı olduğunu söyleyebilirim."

Derin bir nefes aldım. Onunla tartışmanın bir anlamı yoktu; söylediğim her şeyi çarpıtıyordu. Elime konsantre oldum, neresinin kırıldığından emin olmak için parmaklarımı açmaya çalışıyordum. Parmaklarımın eklem yerlerinde keskin bir acı hissettim. İnledim.

"Elin için gerçekten üzgünüm," dedi Jacob, sesi içtendi. "Bir dahakine bana vurmak istediğinde beyzbol sopası ya da levye kullan, tamam mı?"

"Bunu unutacağımı sanma," diye mırıldandım.

Evin sokağına gelene kadar nereye gittiğimizi fark etmemiştim.

"Neden beni buraya getirdin?"

Bana boş gözlerle baktı. "Senin eve gitmek istiyorum dediğini sanıyordum?"

"Ahh. Sanırım beni Edward'ın evine götüremezsin, değil mi?" Bu sözleri ümitsizce söylemiştim.

Yüzünde bir acı ifadesi belirdi ve bunun onu, o ana kadar söylediğim her şeyden daha fazla etkilediğini fark ettim.

"Bu senin evin, Bella," dedi usulca.

"Evet, ama burada bir doktor yaşıyor mu?" Elimi tekrar havaya kaldırdım.

"Ah." Bunun üzerinde bir dakika kadar düşündü. "Seni hastaneye götüreyim. Ya da Charlie götürsün istersen."

"Hastaneye gitmek istemiyorum. Bu çok utanç verici ve gereksiz."

Evin önüne gelince arabayı yavaşlattı, yüzünde kendinden emin olmayan bir ifade vardı. Charlie'nin aracı garaj yolundaydı.

İç geçirdim. "Eve git, Jacob."

Arabadan sarsakça indim ve eve doğru yürümeye başladım. Arabanın motoru sustu, Jacob'ı yanımda bulduğumda sinirlenmekten çok şaşırmıştım.

"Ne yapıyorsun?" diye sordu.

"Elime koymak için biraz buz alacağım ve sonra da Edward'ı arayıp elimi tedavi etmesi için beni Carlisle'a götürmesini isteyeceğim. O sırada hâlâ burada olursan da, sana levye ile saldıracağım."

Cevap vermedi. Evin kapısını açtı ve geçmem için tuttu.

Sessizce Charlie'nin uzandığı oturma odasının önünden geçtik.

"Merhaba çocuklar," dedi Charlie, oturmaya çalışarak. "*Seni* burada görmek çok güzel, Jake."

"Selam, Charlie," dedi Jacob ve sonra duraksadı. Sessizce mutfağa geçtim.

"Neyi var?" diye merakla sordu Charlie.

Jacob'ın, "Elini kırdığını düşünüyor," dediğini duydum. Dondurucunun kapağını açtım ve buz kalıbını tezgâhın üzerine koydum.

"Bunu nasıl yaptı?" Babam olarak bu olayla daha az eğlenmesi ve daha düşünceli davranması gerektiğini düşünüyordum.

Jacob kahkaha attı. "Bana vurdu."

Charlie de güldü, ben lavabonun başında buzları kalıptan çıkarmak için kenara vururken kaşlarını çattım. Buz parçaları lavaboya saçıldı ve sağlam olan elimle bir avuç alıp kenarda asılı duran kurutma havlusunun içine sardım.

"Neden sana vurdu?"

"Çünkü onu öptüm," dedi Jacob utanmazca.

"Aferin sana," Charlie onu tebrik etti.

Dişlerimi sıktım ve telefona uzandım. Edward'ın cep telefonunun numarasını çevirdim.

"Bella?" diye yanıtladı Edward daha ilk çalışta. Ses tonu rahatlamış, hatta daha çok memnun geliyordu. Volvo'sundan gelen motoru sesini duyabiliyordum; çoktan arabaya binmişti. Bu iyiydi işte. "Telefonunu bırakmışsın...Üzgünüm, Jacob seni eve mi bıraktı?"

"Evet," diye homurdandım. "Lütfen gelip beni alır mısın?"

"Yoldayım," dedi hemen. "Sorun ne?"

"Carlisle'ın elime bakmasını istiyordum. Sanırım elim kırıldı."

Oturma odasından gelen gürültüler sona ermişti, Jacob'ın ne zaman kaçıp gideceğini merak ediyordum.

Merhametsizce gülümsedim, onun huzursuz olduğunu hayal ediyordum.

"Ne oldu?" diye ısrarla sordu Edward, ses tonunda heyecandan eser yoktu.

"Jacob'a yumruk attım," diye itiraf ettim.

"İyi," dedi soğuk bir ses tonuyla. "Yine de canın yandığı için üzgünüm."

Birdenbire güldüm, çünkü onun tavrı da en az Charlie'ninki kadar tatlıydı.

"Umarım sen de onun *canını yakarsın*." Düş kırıklığı içerisinde iç çektim. "Ben hiç hasar veremedim."

"Bunu halledebilirim," dedi.

"Ben de bunu söylemeni umuyordum."

Kısa bir sessizlik oldu. "Bu pek senin söyleyeceğin türden bir şeye benzemiyor," dedi, artık sesi ihtiyatlıydı. "O ne *yaptı*?"

"Beni öptü," diye söylendim.

Telefonun diğer ucunda duyduğum tek şey otomobilinin hızlanan motoruydu.

Diğer odada Charlie'nin tekrar konuşmaya başladığını duymuştum. "Belki de gitsen iyi olur Jake," demişti.

"Mahsuru yoksa sanırım biraz burada takılacağım."

"Kendi cenazende yani," diye mırıldandı Charlie.

"Köpek hâlâ oralarda mı?" Edward nihayet konuşmuştu.

"Evet."

"Ben de köşeyi döndüm," dedi ürkütücü bir ses tonuyla ve telefon kapandı.

Telefonu gülümseyerek kapattığım da onun arabasının sokağa girdiğini duydum. Evin önüne geldiğinde frenleri gürültüyle inledi. Kapıyı açmaya gittim.

"Elin nasıl?" diye sordu Charlie yanından geçerken. Jacob ise onun yanında durmuş, gülümsüyordu, kesinlikle çok sakindi.

Elimin üzerindeki buz torbasını kaldırdım. "Şişiyor."

"Belki de kendi boyutlarında birini seçmeliydin," dedi Charlie.

"Belki de," diye kabul ettim. Kapıyı açmak için gittim. Edward bekliyordu.

"İzin ver bakayım," diye mırıldandı.

Elimi nazikçe inceledi, canımın yanmaması için çok dikkatliydi. Elleri de en az buz kadar soğuktu ve tenime değmeleri iyi hissetmemi sağlıyordu.

"Sanırım kırık konusunda haklısın," dedi. "Seninle gurur duyuyorum. Bu hale getirmek için epey güç kullanmış olmalısın."

"Elimden geldiğince." İç geçirdim. "Görünen o ki yetmedi."

Kibarca elimi öptü. "Ben ilgileneceğim," diye söz verdi. Ve sonra seslendi, "Jacob," sesi hâlâ sakindi.

"Hey, hey!" diye uyardı Charlie.

Charlie'nin oturduğu yerden kalktığını duydum. Jacob sessizce odadan çıktı ve hole doğru yürüdü, Charlie onun arkasında, çok da uzakta değildi. Jacob her şeye hazır görünüyordu ve istekliydi.

"Kavga istemiyorum, anladınız mı?" Charlie konuşurken sadece Edward'a bakıyordu. "Eğer rozetimi ortaya koyarsam, olay benim isteğimle resmi bir hal alır."

"Buna gerek olmayacak," dedi Edward soğukkanlı bir biçimde.

"Neden beni tutuklamıyorsun, baba?" diye öneride bulundum. "Yumruk atan kişi benim."

Charlie tek kaşını havaya kaldırdı. "Jake'e dava açmamı mı istiyorsun?"

"Hayır," Jacob gülümsedi, iflah olmazdı. "Karşılığı neyse çekerim."

Edward gülümsedi.

"Baba odanda bir yerlerde beyzbol sopan yok muydu senin? Bir dakikalığına ödünç alabilir miyim?"

Charlie bana soğuk bir yüz ifadesiyle baktı. "Yeter, Bella."

"Hadi, geç olmadan eline bakması için seni Carlisle'a götüreyim," dedi Edward. Koluyla beni sardı ve kendine doğru çekti.

"Pekâlâ," dedim ve ona dayandım. Artık kızgın değildim çünkü Edward benimleydi. Kendimi daha iyi hissediyordum ve elim de o kadar rahatsız etmiyordu.

Yan yola doğru yürümeye başladığımızda Charlie'nin arkamdan endişeyle fısıldadığını duydum.

"Ne yapıyorsun? Delirdin mi?

"Bana bir dakika ver, Charlie," diye yanıtladı Jacob. "Endişelenme, geri döneceğim."

Arkama dönüp baktığımda Jacob'ın bizi takip ettiğini ve Charlie'nin endişeli bir halde kapıyı kapattığını gördüm.

Edward önce onu görmezden geldi ve beni arabaya kadar geçirdi. Binmeme yardım etti, kapıyı kapadı ve sonra da arkasını dönüp Jacob'la yüzyüze geldi.

Endişeyle açık olan camdan aşağıya sarktım. Charlie'nin salonun perdeleri arasından bakan silueti seçilebiliyordu.

Jacob'ın duruşu sıradandı, ellerini göğsünde birleştirmişti ama çenesindeki kasların gerildiğini görebiliyordum.

Edward'ın ses tonu sakin ve yumuşaktı ama bu hali sözlerini tuhaf şekilde daha da tehditkâr yapıyordu. "Seni şimdi öldürmeyeceğim çünkü bunun Bella'yı üzeceğini biliyorum."

"Hmm," diye inledim.

Edward hızla bana döndü ve gülümsedi. Yüzü hâlâ sakindi. "Bu seni yarın rahatsız ederdi," dedi, yanağımı parmaklarıyla okşarken.

Sonra Jacob'a döndü. "Fakat eğer onu bir daha yaralı getirirsen – ve bunun kimin suçu olduğu umurumda değil; ayağının takılması ya da gökten bir meteorun düşüp onun kafasına isabet etmesi önemli değil – eğer onu, benim sana bıraktığımdan daha az mükemmel bir şekilde bana teslim edersen kuyruğunu bacaklarının arasına sıkıştırıp kaçmayı da aklına koysan iyi olur. Bunu anladın mı kırma?"

Jacob gözlerini devirdi.

"Şimdi yapmaya ne dersin?" diye mırıldandım

Edward sanki beni duymamış gibi devam etti. "Ve eğer onu bir kez daha öpersen, senin çeneni kırarım." Sesi hâlâ kadife gibi yumuşaktı ve ölümcüldü.

"Ya beni istiyorsa?" dedi Jacob küstah bir halde.

"Hah!" diye haykırdım.

"Eğer istediği buysa, o zaman itiraz etmem." Edward tasasızca omuz silkti. "Vücut dilini yorumlamak yerine bunu *söyleyeceğini* beklemek isteyebilirsin, neticede bu senin çenen."

Jacob gülümsedi.

"İstersen," diye söylendim.

"Evet, ister," diye mırıldandı Edward.

"Pekâlâ, kafamda yaptığın araştırma sona erdiyse," Jacob bunu içerlemiş bir şekilde söylemişti, "neden onun eline baktırmak için gitmiyorsun?"

"Bir şey daha var," dedi Edward yavaşça. "Onun için de mücadele edeceğim. Bunu bilmelisin. Bu işi olmuş gibi görmüyorum ve onun için senden iki kat fazla mücadele edeceğim."

"İyi," diye homurdandı Jacob. "Baştan kaybetmiş birini yenmenin bir eğlencesi yok."

"O benim." Edward'ın sesi genzinden çıkmıştı, daha önceki gibi sakin değil son derece karanlıktı. "Onun için mücadele etmeyeceğim demedim."

"Ben de."

"İyi şanslar."

Jacob başını salladı. "Evet, *iyi* olan kazansın."

"Haklısın…köpekcik."

Jacob yüzünü buruşturdu, sonra eski sakin halini takınıp öne doğru eğildi ve bana gülümsedi. Ona öfkeyle baktım.

"Umarım elin yakında düzelir. Canını yaktığım için özür dilerim."

Çocukça bir hareket yaparak yüzümü başka yöne çevirdim.

Edward arabanın çevresinde dolaşıp sürücü kısmına geçerken bir daha dönüp bakmadığımdan Jacob'ın eve mi gittiğini yoksa orada dikilip beni mi seyrettiğini bilmiyordum.

"Nasıl hissediyorsun?" diye sordu Edward arabayı sürerken.

"Öfkeli."

Güldü. "Elini sormuştum."

Omuz silktim. "Daha kötülerini de yaşadım."

"Doğru," onayladı ve kaşlarını çattı.

Edward arabayı garajlarına doğru sürdü. Emmett ve Rosalie de oradaydı, Rosalie'nin kot pantolonla sımsıkı sarılmış düzgün bacakları, Emmet'ın devasa cipinin altından çıkmıştı. Emmett ise onun yanına oturmuştu ve bir eli cipin altından ona doğru uzanmıştı. Ne yaptığını anlamam biraz zamanımı aldı, Emmett kriko görevi görüyordu.

Edward beni arabadan dikkatlice indirirken Emmett merakla izliyordu. Gözleri, göğsümde duran elime kilitlenmişti.

Emmett gülümsedi. "Gene mi düştün, Bella?"

Ona kızgın bir bakış attım. "Hayır, Emmett. Bir kurt adamın yüzüne yumruk attım."

Emmett gözlerini kırpıştırdı ve sonra da kahkahalara boğuldu.

Edward bana yardım ederken onların yanından geçtiğimiz sırada Rosalie arabanın altından konuşmaya başladı.

"Jasper bahsi kazanacak." Bunu kendini beğenmiş bir tavırla söylemişti.

Emmett bir anda gülmeyi kesti ve dikkatli gözlerle bana baktı.

"Ne iddiası?" diye sordum.

"Hadi, seni Carlisle'a götürelim," dedi Edward aceleyle. Emmett'a gözlerini dikmişti. Neredeyse fark edilmeyecek biçimde başını salladı.

"Ne iddiası?" Ona doğru dönüp ısrarla sordum.

"Teşekkürler, Rosalie," diye mırıldandı, sonra da kolunu belime doladı ve beni eve doğru çekiştirdi.

"Edward…" diye homurdandım.

"Bu çok çocukça," dedi ve omuz silkti. "Emmett ve Jasper kumar oynamaktan hoşlanıyor."

"Emmett bana söyler." Dönmeye çalıştım ama kolu sanki çeliktenmiş gibi beni sarmıştı.

İç geçirdi. "Onlar senin ilk yılında kaç defa…hata yapacağın üzerine bahse girdiler."

"Ya." Yüzümü buruşturdum, ne demek istediğini anladığım an ortaya çıkan korkumu bastırmaya çalıştım. "Benim kaç insan öldüreceğim konusunda bahse mi girdiler?"

"Evet," diye isteksizce kabul etti. "Rosalie, öfkenin bahsi Jasper'ın lehine çevireceğini düşünüyor."

Biraz tuhaf hissetmiştim. "Jasper'ın bahsi yüksek o zaman."

"Kendini adapte etme sürecinde biraz sorun yaşarsan, bu onu mutlu ederdi. Jasper gruptaki en zayıf halka olmaktan sıkıldı."

"Kesinlikle. Elbette öyle, olur. Eğer Jasper'ı mutlu edecekse, sanırım fazladan birkaç kişiyi öldürebilirim.

Neden olmasın?" Bunları kendi kendime, monoton bir ses tonuyla söylemiştim. Kafamdaysa gazete başlıklarını ve ölülerin listelerini canlandırıyordum...

Beni sardığı koluyla iyice kavradı. "Bunun için şimdi endişelenmene gerek yok. Aslında eğer istemiyorsan bunun için hiç endişelenmek zorunda değilsin."

İnledim ve Edward bunun nedeninin elimdeki acı olduğunu düşünerek beni eve götürmek için daha hızlı çekiştirdi.

Elim *kırılmıştı* ama ciddi bir hasar yoktu, sadece elimdeki bir eklemde çatlak vardı. Alçıya almasını istemedim ve Carlisle da, eğer elimi bandajda tutarsam daha iyi olacağını söyledi. Ben de bandajı açmayacağıma söz verdim.

Carlisle dikkatli şekilde elimi bandajlamak için uğraşırken Edward bunu düşünmememi söylüyordu. Edward pek çok defa acı çektiğim için endişelendi ama her defasında öyle olmadığım konusunda onu ikna ettim.

Sanki endişelenecek bir başka şeye daha ihtiyacım varmış gibi.

Geçmişini anlattığından beri Jasper'ın yeni dönüşmüş vampirler hakkındaki hikâyeleri aklımda dönüp duruyordu. Şimdi bu hikâyelere bakışım, Jasper ve Emmett'ın girdiği bahis sonucu daha da keskin bir hal almıştı. Nesine iddiaya girdiklerini merak etmiştim. İnsanın her şeyi varken nasıl bir ödül isterdi ki?

Her zaman farklı olacağımı biliyordum. Umarım Edward'ın dediği kadar kuvvetli olurdum. Güçlü ve hızlı, özellikle de, güzel. Edward'ın yanında durabilecek ve onun bana ait olduğunu belli edebilecek kadar.

Olabileceğim diğer şeyleri düşünmemeye çalışıyordum. Vahşi. Kana susamış. Belki de insanları öldürmek için kendimi tutamayacaktım. Bana asla zarar vermemiş olan yabancıları. Tıpkı Seattle'da artan, arkadaşları, aileleri ve bir zamanlar gelecekleri olan kurbanlar gibi. Bir zamanlar *yaşamı* olan insanlar. Ve ben bunları onlardan alan bir canavar olabilirdim.

Aslında, bu kısmını halledebilirdim çünkü Edward'ın, kesinlikle pişman olacağım bir şey yapmama izin vermeyeceğine tam anlamıyla güveniyordum. Eğer istersem beni Antarktika'ya penguen avlamaya götüreceğini biliyordum. Ve iyi bir insan olmak için ne gerekirse yapardım. İyi bir vampir. Eğer bu kadar endişelenmeseydim bu düşünce beni bir hayli güldürürdü.

Çünkü eğer gerçekten – Jasper'ın anlattıkları sonucu kafamda şekillenen, kâbus gibi bir yenidoğan olursam – bu nasıl *ben* olabilirdim ki? Peki ya o zaman tek isteğim insanları öldürmek olursa, *şimdi* istediğim şeylere ne olacaktı?

Edward insanken hiçbir şeyi kaçırmamamı takıntı haline getirmişti. Genelde bu çok aptalca geliyordu. Kaçırdığıma üzüleceğim çok da fazla insani deneyim yoktu. Edward'la beraber olduğum sürece başka ne isteyebilirdim ki?

Carlisle elimi tedavi ederken onun yüzüne baktım. Dünyada ondan fazla istediğim başka hiçbir şey yoktu. Gerçekten de bunun *değişme ihtimali* var mıydı?

Bırakmak istemeyeceğim insani bir deneyim var mıydı?

16. ÇAĞ

"Giyecek hiçbir şeyim yok!" diye kendi kendime sızlandım.

Sahip olduğum her kıyafeti yatağın üzerine sermiştim; çekmece ve dolaplarımı boşaltmıştım. Bir şeylerin çıkması muhtemel olan gizli yerlere bile bakmıştım.

Bej rengi eteğim sallanan sandalyenin arkasına asılı şekilde, ona uygun giyecek bir şeyler bulmam için beni bekliyordu. Beni güzel ve yetişkin gösterecek bir şeyler. *Özel bir olay* için giyilebilecek bir şeyler. Elimde hiçbir şey yoktu.

Neredeyse gitme zamanı gelmişti ve ben hâlâ en sevdiğim eski süveterimi giyiyordum. Daha iyi bir şey bulamazsam – şu anda pek de iyi göründüğümü sanmıyordum – bu kıyafetle mezuniyete gidecektim.

Yatağın üzerindeki kıyafet öbeğine kaşlarımı çatarak baktım.

Çalınan kırmızı bluzum eğer şu anda burada olsaydı, onu giymek isteyeceğimi biliyordum. Sağlam olan elimle duvara bir yumruk attım.

"Geri zekâlı, can sıkıcı, hırsız vampir!" diye kendi kendime homurdandım.

"Ben ne yaptım?" diye sordu Alice.

Sanki tüm bu süre zarfında oradaymış gibi, açık olan camın yanında yaslanmış duruyordu.

"Tak, tak," diye ekledi gülümseyerek.

"Beni kapıda beklemek gerçekten o kadar zor mu?"

Yatağımın üzerine beyaz bir kutu fırlattı. "Sadece geçiyordum. Düşündüm de belki giyecek bir şeye ihtiyacın vardır."

Kıyafetlerimin üzerindeki büyük pakete baktım ve yüzümü buruşturdum.

"Kabul et," dedi Alice. "Ben bir kurtarıcıyım."

"Sen bir kurtarıcısın," diye mırıldandım. "Teşekkürler."

"Pekâlâ, değişim için bir şeylerin olması güzel. Bunun ne kadar can sıkıcı olduğunu bilemezsin, bir şeyleri benim gibi kaybetmekten bahsediyorum. Kendimi işe yaramaz hissediyorum. Çok...normal hissediyorum." Bu kelimeden dolayı korkuyla sindim.

"Böyle hissetmenin nasıl bir şey olduğunu hayal edemiyorum. Normal olmak mı? Iyy."

Güldü. "Neyse, en azından bu, can sıkıcı hırsızının aldıklarını telafi eder. Şimdi Seattle'da olanları neden göremediğimi anlamak zorundayım."

O bunları söylediğinde – daha doğrusu bu iki olayı tek bir cümlede bir araya getirdiğinde – aniden kafama bir şeyler dank etti. Tarif edilmesi zor bir şeyler, günlerdir beni rahatsız ediyordu, bir türlü bir araya getiremediğim önemli bir bağlantı birdenbire ortaya çıkmıştı. Gözümü dikmiş ona bakıyordum, yüzümde şaşkın bir ifade vardı.

"Açmayacak mısın?" diye sordu. Hemen hareket etmediğimi görünce iç geçirdi ve üstteki kutuyu çekti. İçinden bir şey çıkardı ve havaya kaldırdı ama onun ne olduğuyla ilgilenemedim. "Çok tatlı, ne dersin? Mavi rengi seçtim çünkü Edward'ın senin üzerine en çok yakıştırdığı renk bu."

Onu dinlemiyordum.

"Aynı," diye fısıldadım.

"Nedir o?" diye sordu. "Bunun gibi bir şeyin yok. Sürekli bir eteğin olduğu için sızlanıp duruyordun!"

"Hayır, Alice! Boş ver elbiseyi, dinle!"

"Beğenmedin mi?" Alice'in yüzü hayal kırıklığı ile gölgelenmişti.

"Dinle, Alice, fark etmedin mi? *Aynı*! Eşyalarımı çalan kişi ve Seattle'daki yeni vampirler. Onlar beraber!"

Elbise parmaklarının arasından kaydı ve kutuya düştü.

Alice konsantre olmuştu, sesi aniden sertleşti. "Neden böyle olduğunu düşünüyorsun?"

"Edward'ın ne dediğini hatırlıyor musun? Senin yeni doğan vampirleri görü yeteneğindeki açıklar yüzünden görememen hakkında söylediklerini? Ve sen daha önce ne demiştin, zamanlamanın mükemmel olması hakkında. Hırsızımın sanki seni tanıyormuşçasına bağlantı kurmamasından bahsediyorum. Sanırım haklıydın, Alice, bence o biliyordu. Sanırım yeteneğindeki bu açıkları kullanıyordu. Ve bu yeteneğini bilen *iki* farklı insanın, aynı anda bir şeyler yapmaya karar vermeleri biraz garip, değil mi? İmkânsız. Bunları yapan tek bir kişi. Aynı kişi. Kokumu çalanla orduyu kuran kişi, aynı kişi."

Alice şaşırtılmaya alışkın değildi. Donup kalmıştı. İki dakika boyunca hareket etmedi. Sonra gözleri tekrar benim üzerimde yoğunlaştı.

"Haklısın," dedi boğuk bir sesle. "Tabii ki, haklısın. Ve bu şekilde düşününce…"

"Edward yanlış anladı," diye fısıldadım. "Bu bir testti…işe yarayıp yaramadığını görmek için. Senin görebileceğin hiçbir şey yapmadığından güvenle girip çıkabilecekti. Yani beni öldürmek gibi… Ve eşyalarımı da beni bulduğunu göstermek için almadı. O benim kokumu çaldı…böylece *diğerleri* beni bulabilecekti."

Gözleri hayretle ardına kadar açıldı. Haklıydım ve onun bunu bildiğini de görebiliyordum.

"Ah, hayır," dedi ve ağzı açık kaldı.

Duygularım artık bir anlam kazanmıştı. Birinin bir vampir ordusu kurmaya çalıştığını düşününce – bu ordu Seattle'da onlarca insanı korkunç bir şekilde katletmişti – asıl amaçlarının beni öldürmek olduğunu anlamak bir rahatlama spazmı geçirmeme neden oldu.

Bu rahatlamanın bir kısmı, önemli bir noktayı kaçırdığımı düşündüğüm için çektiğim rahatsızlık duygusunun ortadan kalkmış olmasıydı.

Ama daha büyük olan diğer kısmı tamamen farklı bir nedenden dolayıydı.

"Neyse," dedim fısıldayarak, "herkes rahatlayabilir. Kimse Cullen ailesini ortadan kaldırmanın peşinde değilmiş."

"Eğer bir şeylerin değiştiğini sanıyorsan, tamamen

yanılıyorsun," dedi Alice dişlerinin arasından. "Eğer birisi bizden birini istiyorsa, hepimizi geçmek zorunda."

"Teşekkürler Alice. Fakat en azından neyin peşinde olduklarını biliyoruz. Bu bize yardımcı olacaktır."
"Belki," diye mırıldandı. Odada yürümeye başlamıştı.
Pat, pat. Bir yumruk odamın kapısına vurdu.
Adeta yerimden zıplamıştım. Alice fark etmemişti bile.
"Hâlâ hazır değil misin? Geç kalacağız!" Charlie şikâyet ediyordu. Charlie de, en az benim kadar, bu tip organizasyonlardan nefret ederdi. Ayrıca, giyinmek konusunda da sorunları vardı.
"Neredeyse hazırım. Bana bir dakika ver," dedim kısık bir sesle.
Bir süre sonra cevap verdi. "Ağlıyor musun?"
"Hayır. Sinirliyim. Git hadi."
Merdivenlerden inerken çıkardığı sesleri duydum.
"Gitmeliyim," diye fısıldadı Alice.
"Neden?"
"Edward geliyor. Eğer bunu duyarsa…"
"Git, git!" dedim aceleyle. Eğer Edward bunu öğrenirse deliye dönerdi. Bunu ondan saklayamazdım ama mezuniyet töreni, onun vereceği tepki için iyi bir zaman değildi.
"Bunu giy," dedi Alice pencereden aşağı inerken.
Dediğini yaptım, kıyafet göz kamaştırıcıydı.
Saçlarıma daha çarpıcı bir şeyler yapmayı planlamıştım ama zaman dolmuştu, bu yüzden diğer gün-

lerde yaptığım gibi sıradan biçimde açık bıraktım. Önemli değildi. Aynadaki görüntüm beni rahatsız etmemişti, Alice'in getirdiklerinin bu kadar yakışmış olmasına şaşırmıştım. O kadar da önemli değildi aslında. Polyesterden yapılmış çirkin sarı mezuniyet cüppesini koluma attım ve merdivenlerden aşağıya indim.

"Hoş görünüyorsun," dedi Charlie, duygularını boğuk sesinin altında saklıyordu. "Yeni mi?"

"Evet," diye mırıldandım, konsantre olmaya çalışıyordum. "Alice verdi. Teşekkürler."

Edward, kız kardeşi ayrıldıktan birkaç dakika sonra geldi. Yüzüme sakin bir ifade oturtacak vaktim olmamıştı. Fakat Charlie'nin arabasıyla gideceğimizden sorunun ne olduğunu soracak şansı hiç olmayacaktı.

Charlie geçen hafta mezuniyet törenine Edward'la gitmeye niyet ettiğimi öğrendiğinde oldukça aksi davranmıştı. Ve bunun nedenini de anlayabiliyordum; ebeveynlerin mezuniyet günü bazı hakları olmalıydı. Onunla gitme inceliğini gösterdim ve Edward da neşeyle hepimizin beraber gidebileceği önerisinde bulundu. Carlisle ve Esme'nin bununla ilgili bir sorunu yoktu. Charlie ise makûl bir neden bulup itiraz edemediğinden bu öneriyi çaresizce kabul etmişti. Ve şimdi Edward, babamın polis arabasının arka koltuğunda, fiberglas paravanın arkasında gülümseyerek oturuyordu. Bunun nedeni, muhtemelen babamın yüzündeki keyifli ifadeydi ve babam ne zaman aynadan Edward'ı kontrol etse, yüzündeki gülümseme daha da genişliyordu. Muhtemelen onun başını belaya sokup bunun gerçek olmasının hayalini kuruyordu.

"İyi misin?" diye fısıldadı Edward arabadan inmeme yardım ederken.

"Endişeliyim," diye yanıtladım ve bu pek de yalan sayılmazdı.

"Çok güzelsin," dedi.

Daha fazlasını da söylemek istiyor gibi görünüyordu ama Charlie orda olduğunu belli eden bir hareket yaparak omuz silkti ve elini benim omzuma koydu.

"Heyecanlı mısın?" diye sordu.

"Pek değil," dedim.

"Bella, bu önemli bir olay. Liseden mezun oluyorsun. Artık gerçek dünyaya giriyorsun. Üniversiteye. Kendi başına yaşayacaksın...artık benim küçük kızım olmayacaksın." Charlie konuşmasının sonunu getirememişti.

"Baba," diye inledim. "Tüm gözyaşlarını üzerime boşaltma."

"Kim ağlıyor?" diye homurdandı. "Pekâlâ, sen neden heyecanlı değilsin?"

"Bilmiyorum, baba. Sanırım hâlâ bir şeyleri tam olarak idrak edemedim."

"Alice'in senin için bu partiyi vermesi güzel. Seni neşelendirecek bir şeylere ihtiyacın var."

"Elbette. İhtiyacım olan şey, kesinlikle bir parti."

Charlie ses tonuma güldü ve omzumu okşadı. Edward bulutlara baktı, yüzü düşünceliydi.

Babam bizi spor salonunun arka kapısında bıraktı ve diğer aileler gibi ana giriş kapısına yöneldi.

Öğrenci işlerinden Bayan Cope ve matematik öğretmeni Bay Varner, öğrencileri alfabetik olarak dizmeye çalışıyorlardı.

"Öne Bay Cullen," diye bağırdı Bay Varner, Edward'a.

"Selam, Bella!"

Kafamı kaldırdığımda Jessica Stanley'nin, sıranın sonundan, yüzünde bir gülümsemeyle bana el salladığını gördüm.

Edward beni hızla öptü ve C harfinin olduğu yerde beklemeye gitti. Alice orada yoktu. Ne yapacaktı? Mezuniyete gelmeyecek miydi? Benimki ne kadar da kötü bir zamanlamaydı. Bu hengame bittikten sonra her şeyi çözmeliydim.

"Buraya gel, Bella!" diye bağırdı Jessica tekrar.

Sıranın sonuna Jessica'nın arkasına geçmek üzere yürüdüm, aniden neden bu kadar arkadaş canlısı olduğunu merak ediyordum. Yaklaştıkça Jessica'nın beş kişi arkasında bulunan Angela'nın da, aynı meraklı ifadeyle onu izlediğini gördüm.

Jess, ben daha onun duyma menziline girmeden konuşmaya başlamıştı.

"…Bu harika. Yani biz tanıştık ve şimdi de beraber mezun oluyoruz," dedi coşkuyla. "Bittiğine inanabiliyor musun? Çığlık atmak istiyorum!"

"Ben de öyle," diye mırıldandım.

"Bu inanılmaz. Buradaki ilk gününü hatırlıyor musun? Sanki uzun yıllardır tanışıyormuşuz gibi arkadaş olmuştuk. Ve şimdi ben Kaliforniya'ya, sen ise Alaska'ya gidiyorsun ve seni çok özleyeceğim! Bana söz ver, tekrar birlikte zaman geçireceğiz! Bir parti verdiğin için çok mutluyum. Bu mükemmel. Çünkü biz son zamanlarda çok fazla vakit geçiremedik ve şimdi de ayrılıyoruz..."

Konuşmaya devam etti, durmak bilmiyordu ve arkadaşlığımızın bir anda tekrar eski haline gelmesinin sebebi, mezuniyet nostaljisi ve partime davet edilmiş olmasıydı, kesinlikle yaptığım bir şeyle alakası yoktu. İlgimi elimden geldiğince ona vermeye çalışarak cüppemi omuzlarıma attım. Ve aniden Jessica ile olan arkadaşlığımız böyle biteceği için memnun olduğumu fark ettim.

Çünkü bu bir sondu, Eric'in yapmasının bir önemi yoktu, bu veda konuşmasıydı. Törenin açılış konuşması, "başlangıcı" ifade etse de, sondu ve tüm bu basmakalıp şeyler önemsizdi. Hepimiz bazı şeyleri geride bırakacaktık ama ben diğerlerinden daha fazlasını bırakacağımdan bu benim için daha da önemliydi.

Her şey çok hızlı oldu. Sanki ileri sarma tuşuna basılmış gibiydi. Bu kadar hızlı mı ilerlememiz gerekiyordu? Ve sonra Eric hızla ne kadar endişeli olduğunu söyledi, kelimeler ve anlamları artık aynı değildi. Müdür Greene isimleri okumaya başladı, ardı arkasına yeterince boşluk vermeden yaptı bunu; spor salonunun ön kısmında insanlar bu hıza yetişmeye çalışıyordu. Zavallı Bayan Cope müdürün doğru diplomayı doğru öğrenciye vermesini sağlamaya çalıştığından tüm olayı o yönetmeye başlamıştı.

Alice'i izliyordum, aniden ortaya çıkmış ve sahnedeki yerini almıştı, yüzünde derin bir konsantrasyon vardı. Edward da onu takip etti, yüzünde kafası karışmış bir ifade vardı ama kesinlikle canı sıkkın değildi. Sadece o ikisi, üstlerindeki korkunç sarı rengi hakkını vererek taşıyorlardı. Diğerlerinden ayrı duruyorlardı, güzellikleri ve zarafetleri başka bir alemdendi. Nasıl olmuştu da, onların insan olduğu saçmalığına inanabilmiştim, merak ediyordum. Kanatları olan bir çift melek orada durmuş olsaydı, eminim daha az kuşku uyandırıcı olurdu.

Bay Greene'nin adımı söylediğini duydum ve oturduğum yerden kalkıp önümde ilerleyen sıraya girdim. Spor salonun arkasındaki heyecanın farkındaydım ve etrafıma bakınınca Jacob'ın Charlie'yi çekiştirdiğini gördüm, heyecanla konuşuyorlardı. Billy'nin kafasının artık nasıl sadece Jake'in dirseğine kadar gelebildiğini anlamaya çalışıyordum. Onlara gülümsedim.

Bay Greene listedeki isimleri okumayı bitirdiğinde yüzünde mahcup bir gülümseyişle diplomalarımızı vermeye devam etti.

"Tebrikler, Bayan Stanley," diye mırıldandı Jess'in diplomasını verirken.

"Tebrikler, Bayan Swan," diye mırıldandı bana da, diplomamı sağlam olan elime tutuşturdu.

"Teşekkürler," dedim sessizce.

Ve işte hepsi buydu.

Jessica'nın yanında, diğer mezunlarla birlikte duruyordum. Jess'in gözleri kıpkırmızıydı ve yüzünü cüppesinin koluna siliyordu. Onun ağladığını anlamam zaman almıştı.

Bay Greene benim duymadığım bir şeyler söyledi ve çevremdeki herkes bağırıp çığlık attı. Sarı kepler yağmaya başladı. Gecikerek de olsa ben de kepimi attım ve yere düştü.

"Ah, Bella!" Jess aniden konuşmaya başladı. "Bitirdiğimize inanamıyorum."

"Bittiğine inanamıyorum," diye mırıldandım.

Kolunu boynuma doladı. "Görüşmeye devam edeceğimize söz ver."

Onun bu isteğinden kaçınmaya çalışırken ona sarılmak tuhaftı. "Seni tanıdığım için memnunum, Jessica. Güzel bir iki yıldı."

"Öyleydi," dedi ve derin bir iç geçirip burnunu çekti. Sonra da kollarını üzerimden çekti. "Lauren!" diye ciyakladı ve çılgınca el sallayıp sarı cüppeler kalabalığının içine daldı. Artık topluluğun içerisinde aileler de vardı ve bu etrafın daha da sıkışık olmasına neden olmuştu.

Kalabalık arasında Angela ve Ben'i görebiliyordum, ikisi de aileleri tarafından ablukaya alınmıştı. Onları sonra tebrik edebilirdim.

Boynumu uzattım ve Alice'i aramaya başladım.

"Tebrikler," diye kulağıma fısıldadı Edward, kollarını belime dolamıştı. Sesi sakindi; hiç acelesi yoktu, benim için önemli olan bu anı doyasıya yaşamamı istiyordu.

"Ah, teşekkürler."

"Hâlâ endişelerinden arınmış görünmüyorsun," dedi.

"Daha değil."

"Endişelenecek ne kaldı ki? Parti mi? O kadar da korkunç olmayacaktır."

"Muhtemelen haklısın."

"Kimi arıyorsun?"

Arayışımı sandığım kadar gizli bir şekilde yapamamıştım. "Alice. Nerede o?"

"Diplomasını alır almaz çıktı."

Sesinde farklı bir ton vardı. Spor salonunun arka kapısına doğru bakarken yüzünde beliren kafası karışık ifadeye baktım ve içgüdüsel olarak bir karar verdim.

"Alice için mi endişeleniyorsun?"

"Iıı…" Buna cevap vermek istememişti.

"Ne düşünüyordu bu arada? Yani seni aklından uzak tutmak için."

Gözlerinde bir ışık belirdi ve kuşkuyla onları kıstı. "Cumhuriyetin Savaş İlahisi'nin sözlerini Arapça'ya çeviriyordu aslında. Bunu bitirdiğinde Kore işaret diline geçmişti."

Asabi şekilde güldüm. "Sanırım bu onun aklını yeterince meşgul tutacaktır."

"Benden ne sakladığını biliyorsun," dedi.

"Tabii." Belli belirsiz gülümsedim. "Buna neden olan kişi benim."

Duraksadı, kafası karışmıştı.

Çevreme bakındım. Charlie muhtemelen kalabalığın içerisinde beni bulmaya çalışıyor olmalıydı.

"Alice'i bilirsin," diye fısıldadım, "seni muhtemelen partinin sonuna kadar bu işten uzak tutmaya çalışacaktır. Fakat partinin iptal olmasından yana olsam da, ne olursa olsun çılgına dönme, tamam mı? Mümkün olduğunca çok bilgiye sahip olmak her zaman iyidir. Bir şekilde bunun yardımı olacak."

"Neden bahsediyorsun?"

Ansızın diğerlerinin arasından Charlie'nin kafası çıktı, beni arıyordu. Beni gördü ve el salladı.

"Sadece sakin ol, tamam mı?"

Başını salladı, dudakları çizgi halini almıştı.

Hızla, fısıltı halinde düşündüklerimi ona açıklamaya başladım.

"Bence bize her yönden geliyor olmaları konusunda yanılıyorsun. Sanırım bize tek bir yönden geliyorlar...ve sanırım sadece bana geliyorlar. Hepsi bağlantılı, öyle olmalı. Alice'in görü yeteneğiyle oynayan sadece bir kişi. Odamdaki kişi ise bir testti sadece, biri ondan habersiz hareket edebilir mi, diye anlayabilmek içindi. Onun aklını karıştıran, yeni doğanlar ve eşyalarımı çalan aynı kişi olmalı – hepsi bağlantılı yani. Kokum onlar içindi yani."

Nihayet konuşmamı bitirdiğimde yüzü bembeyaz olmuştu.

"Fakat kimse sizin için gelmiyor, anlıyorsun, değil mi? Bu iyi. Esme, Alice, Carlisle; kimse onları incitmek istemiyor!"

Gözleri irileşti, panik, korku ve dehşetle iyice açıldı. Alice gibi, o da haklı olduğumu görebiliyordu.

Elimi yanağına koydum. "Sakin ol," diye yalvardım.

"Bella!" Charlie sevinçle haykırdı, etrafı saran aileleri iterek geliyordu. Bana sarıldı, o bunu yaptığında Edward kenara çekildi.

"Teşekkürler," dedim mırıltı halinde, Edward'ın yüz ifadesinden dolayı kafam meşguldü. Hâlâ kendini kontrol edecek durumda değildi. Sanki beni kapıp kaçacakmış gibi ellerini belli belirsiz bana doğru uzatmıştı. Kendime ondan daha fazla hakim olsam da, kaçmak çok da kötü bir fikirmiş gibi gelmemişti bana.

"Jacob ve Billy gitmek zorunda kaldılar. Buraya geldiklerini gördün, değil mi?" diye sordu Charlie, geriye doğru bir adım atmıştı ama eli hâlâ omzumdaydı. Sırtını Edward'a dönmüştü – muhtemelen onu dışlamaya çalışıyordu ama o anda bunu yapmasında hiçbir sorun yoktu çünkü Edward'ın ağzı açık kalmıştı ve gözleri korku içerisindeydi.

"Evet," diyerek babamı inandırmaya çalıştım, ilgimi ona vermeye çalışıyordum.

"Buraya gelmeleri ne kadar da hoş," dedi Charlie.

"Hımm."

Tamam, Edward'a söylemek çok kötü bir fikirdi. Alice düşüncelerini perdelemekte haklıydı. Bir yerlerde yalnız kalana kadar beklemeliydim, belki de tüm ailesiyle birlikteyken yapmalıydım bunu. Ve yakınlarda kırılabilecek şeyler de olmamalıydı, pencere... araba...okul binası gibi. Onun yüzü tüm korkularımı tekrar geri getirmişti. Yüzündeki korku ifadesi yerini öfkeye bırakmıştı.

"Yemek için nereye gitmek istersin?" diye sordu Charlie. "Neresi olursa."

"Ben pişirebilirim."

"Aptal olma. Lodge'a gitmek ister misin?" diye sordu hevesle.

Charlie'nin en sevdiği lokantada, bugüne kadar pek de fazla eğlenmemiş olsam da, şimdi de pek bir şey fark etmeyecekti. Nereye gidersek gidelim, bir şeyler yiyebileceğimi sanmıyordum.

"Elbette, Lodge, harika olur," dedim.

Charlie'nin yüzünde kocaman bir gülümseme belirdi ve sonra da derin bir iç geçirdi. Edward'a doğru şöyle bir döndü, aslında ona bakmıyordu bile.

"Sen de geliyor musun, Edward?"

Gözlerimi ona diktim, ona yalvarıyordum. Charlie neden cevap vermediğini anlamadığından bana döndüğü sırada Edward kendini topladı.

"Hayır, teşekkürler," dedi Edward kuru bir şekilde, yüzü sert ve soğuktu.

"Ailenle planların mı var?" diye sordu Charlie, kızmıştı. Edward Charlie'ye karşı her zaman hak ettiğinden daha kibar davranmıştı ve bu ani düşmanlık onu şaşırtmıştı.

"Evet. Müsaade ederseniz..." Edward hemen arkasını döndü ve artık azalmış olan kalabalığın içerisine daldı. Her zaman sergilediği dikkatli hareketlerden farklı olarak, biraz daha hızlı hareket etmişti.

"Ben ne dedim şimdi?" dedi Charlie suçlu bir ifadeyle.

"Endişelenme, baba," diye teselli ettim onu. "Sebebin sen olduğunu sanmıyorum."

"Siz ikiniz gene mi kavga ettiniz?"

"Kimse kavga etmiyor. Sen işine bak."

"Benim *işim* sensin."

Gözlerimi devirdim. "Hadi yemeğe gidelim."

Lodge oldukça kalabalıktı. Bana göre bu yer pahalı ve pejmürdeydi ama kasabaya yakın tek nezih lokantaydı bu yüzden popülerliğini hep korumuştu. Charlie iyi pişmiş pirzolasını yerken ve sandalyesinin arkasından Tyler Crowley'nin ailesiyle laflarken, ben de suratsızca duvarda asılı duran doldurulmuş geyik başına bakıyordum. Gürültülüydü. Herkes mezuniyetten gelmişti ve çoğu beklerken ya da Charlie gibi oturdukları yerden sağa sola laf yetiştiriyordu.

Sırtımı ön cama yasladım ve etrafıma baktım, üzerimdeki gözlerin sahibinin orada olup olmadığını kontrol etmek için kendimi zor tutuyordum. Hiçbir şey göremeyeceğimi biliyordum. Bir an olsun beni yalnız bırakmayacağını biliyordum. Özellikle de olanlardan sonra.

Yemek bitmek bilmiyordu. Charlie, etrafıyla konuşmakla meşguldü ve çok yavaş yiyordu. Charlie başka yöne baktığı sırada hamburgerimin parçalarını mendilimin içerisine boşalttım. Yemek çok fazla vakit almış gibi görünüyordu ama saatime bakmam – ki bunu gerektiğinden daha sık şekilde yapmıştım – hiçbir şeyi hızlandırmıyordu.

Nihayet Charlie paranın üstünü aldı ve masaya bahşiş bıraktı. Ayağa kalktım.

"Bu kadar çabuk mu?" diye sordu.

"Alice'e yardım etmek istiyorum," dedim.

"Peki." Herkese iyi geceler demek için döndü. Arabanın yanında beklemek üzere lokantadan ayrıldım.

Arabanın kapısına yaslanmış Charlie'nin kendi partisinden ayrılmasını bekliyordum. Park yeri neredeyse kararmıştı, bulutlar öylesine yoğundu ki, güneşin batıp batmadığına emin olamıyordum. Hava basıktı, neredeyse yağmur yağmak üzereydi.

Gölgeler arasında bir şeyin hareket ettiğini gördüm.

Edward karanlığın ortasında belirdiğinde endişemin yerini rahatlama aldı.

Tek kelime etmeden beni göğsüne bastırdı. Soğuk bir el çenemi kavradı ve yüzümü yukarı kaldırıp dudaklarını dudaklarıma bastırdı. Çenesindeki gerilimi hissedebiliyordum.

"Nasılsın?" diye sordum nefes almama izin verdiği anda.

"Pek iyi değil," diye mırıldandı. "Fakat kendimi topladım. Seni öyle bıraktığım için üzgünüm."

"Benim hatam. Sana söylemek için beklemeliydim."

"Hayır," diye itiraz etti. "Bu bilmem gereken bir şeydi. Bunu anlayamadığıma inanamıyorum!"

"Kafanda bir sürü şey vardı."

"Senin yok muydu?"

Aniden beni tekrar öptü, cevap vermeme izin vermemişti. Geriye çekildi, "Charlie geliyor."

"Beni senin evine bırakmasını sağlayacağım."

"Sizi oraya kadar izleyeceğim."

"Bu gerçekten gerekli değil," demeye çalıştım ama o çoktan gitmişti bile.

"Bella?" Charlie lokantanın kapısında gözlerini kısmış, karanlıkta beni bulmaya çalışıyordu.

"Buradayım."

Charlie sallanarak ve söylenerek arabaya bindi.

"Pekâlâ, nasıl hissediyorsun?" diye sordu, arabayı otoyolda kuzeye doğru sürerken. "Önemli bir gündü."

"İyi hissediyorum," diyerek yalan söyledim.

Güldü, yalan söylediğimi kolayca anlamıştı. "Parti için mi endişeleniyorsun?" diye tahminde bulundu.

"Evet," diye tekrar yalan söyledim.

Bu defa fark etmedi. "Asla parti delisi kızlardan biri olmadın."

"Bu özelliğimi nereden aldım acaba," diye mırıldandım.

Charlie kıkırdadı. "Neyse, oldukça güzel görünüyorsun. Keşke senin için bir şeyler yapabilseydim. Üzgünüm."

"Saçmalama, baba."

"Saçmalamıyorum. Senin için her zaman doğru olanı yapmadığımı hissediyorum."

"Bu çok gülünç. Harika bir iş çıkarıyorsun. Dünyanın en iyi babasısın. Ve…" Charlie ile duygular hakkında konuşmak hiç kolay değildi ama azimle boğazımı temizledim. "Ve seninle yaşamaya geldiğim için memnunum, baba. Bugüne kadar verdiğim en iyi karardı. Bu yüzden sakın endişelenme. Seninki sadece mezuniyet sonrası kötümserlik."

Güldü. "Belki. Ama yine de bazı yerlerde hata yaptığıma eminim. Yani, şu eline bir bak!"

Boş boş ellerime baktım. Bandajlı sağ elimi nadiren düşünüyordum. Kırılan eklemim de artık canımı yakmıyordu.

"Asla nasıl yumruk atman gerektiğini öğretmeme gerek olacağını düşünmemiştim. Ve bunda yanıldım."

"Senin Jacob'ın tarafında olduğunu sanıyordum?"

"Ne olursa olsun senin yanındayım, eğer biri, seni izin olmadan öpüyorsa kendine zarar vermeden hislerini nasıl ifade edeceğini bilmen lazım. Baş parmağını yumruk atarken yumruğunun içinde tutmadın, değil mi?"

"Hayır, baba. Bu yaptığın garip ama yine de sevimli, ancak derslerin buna yardımcı olacağını hiç sanmıyorum. Jacob'ın kafası *gerçekten* çok sert."

Charlie bir kahkaha attı. "Bir dahakine karnına vur."

"Bir dahakine mi?" dedim inanmayarak.

"Off, o çocuğa bu kadar sert davranma. O çok genç."

"O iğrenç."

"Hâlâ senin arkadaşın."

"Biliyorum." İç geçirdim. "Bu konuda neyin doğru olacağını bilmiyorum, baba."

Charlie yavaşça başını salladı. "Evet. Doğru olan her zaman apaçık ortada olmuyor. Bazen biri için doğru olan şey, başkası için yanlış olabiliyor. Yani...bunu çözmede sana iyi şanslar."

"Teşekkürler," diye mırıldandım kuru bir şekilde.

Charlie tekrar güldü ve sonra da kaşlarını çattı. "Eğer bu parti zıvanadan çıkarsa..." diye başladı.

"Bunun için endişelenme, baba. Carlisle ve Esme de orada olacaklar. İstersen sen de gelebilirsin."

Charlie gözlerini kısmış, ön camdan geceye doğru bakarken yüzünü buruşturdu. Charlie, iyi bir partide en az benim kadar eğlenirdi.

"Çıkış nerede?" diye sordu. "Yolları biraz daha belirgin yapmaları gerekiyor, bu karanlıkta bulmanın imkânı yok."

"Bir sonraki virajdan sonra, sanırım." Dudaklarımı büktüm.

"Biliyor musun, haklısın. Bulmak imkânsız. Alice davetiyeye bir harita ekleyeceğini söylemişti, yine de herkes kaybolacaktır." Bunu düşününce kendi kendime güldüm.

"Belki de," dedi Charlie yol doğuya kıvrıldığında. "Belki de değil."

Siyah kadifeden karanlık, Cullenlar'ın evine giden yolla birlikte dağılmıştı. Birisi ağaçlara ışıl ışıl parlayan lambalar asmıştı, bunu kimsenin kaçırmasının imkânı yoktu.

"Alice," dedim huysuzca.

"Vay," dedi Charlie yola ulaştığında. O iki ağaç, ışıklandırılmış tek yer değildi. Her yirmi adımda bir ağaçlara büyük beyaz evi işaret eden ışıklar asılmıştı. Tüm yol, yani beş kilometre, boyunca bu devam ediyordu.

"Hiçbir işi de yarım bırakmaz, değil mi?" dedi Charlie, onun bu huyuna saygı duyduğunu belli ederek.

"Gelmek istemediğine emin misin?"

"Kesinlikle eminim. İyi eğlenceler, ufaklık."

"Çok teşekkürler, baba."

Arabadan inip kapıyı kapattığımda kendi kendine gülüyordu. Yol boyunca gidişini izledim, hâlâ gülümsüyordu. Derin bir iç çektim ve kendi partime tahammül etmek üzere merdivenlere yöneldim.

17. ANLAŞMA

"Bella?"

Edward'ın yumuşak sesi arkamdan geldi. Aniden verandanın merdivenlerinde belirmişti, saçları koşmaktan darmadağın olmuştu. Hemen, tıpkı park yerindeki gibi, beni kolları arasına aldı ve tutkuyla öptü.

Bu öpücük beni çılgına çevirmişti. Çok yoğun ve çok güçlüydü. Sanki çok az zamanımızın kalmasından korkuyormuş gibiydi.

Bunu düşünmeye devam edemezdim. Sonraki birkaç saatte insanlarla iletişime geçeceksem, bunun imkânı yoktu. Kendimi ondan uzaklaştırdım.

"Hadi bu aptal partiyi bitirelim," diye mırıldandım, onun gözlerine bakmadan.

Ellerini yüzümün iki yanına koydu ve ben ona bakana kadar bekledi.

"Sana bir şey olmasına izin vermem."

Sağlam olan elimle dudaklarına dokundum. "Kendim için o kadar da endişeli değilim."

"Neden buna o kadar da şaşırmadım?" diye mırıldandı kendi kendine. Derin bir nefes aldı ve aniden gülümsedi. "Kutlamaya hazır mısın?" dedi.

İnledim.

Kapıyı benim için tuttu ve elini korumacı bir tavırla belime doladı. Bir süreliğine dondum kaldım, sonra da inanmaz bir tavırla başımı sağa sola salladım.

"İnanılmaz."

Edward omuz silkti. "Alice her zaman Alice olacak."

Cullenlar'ın evinin girişi bir gece kulübünün girişine dönüştürülmüştü. Sadece televizyonda görmeye alışık olduğum parti evlerine benziyordu.

"Edward!" diye bağırdı Alice. "Önerine ihtiyacım var." Eliyle CD yığınını gösterdi. "Rahatlatıcı ve tanıdık bir şeyler mi dinletmeliyiz? Yoksa," – daha sonra başka bir yığını gösterdi – "onların müzik zevklerine yön mü vermeliyiz?"

"Rahatlatmaya devam edelim," diye önerdi Edward. "Onlara öneride bulunabilirsin ama baskı yapamazsın."

Alice ciddi bir tavırla başını salladı ve yön verici olan CDleri bir kutuya doldurmaya başladı. Üzerine askılı, payetli bir bluz ve kırmızı deri pantolon giydiğini fark ettim. Çıplak teni, kırmızı ve mor renklerini üzerinde titreştiriyordu.

"Sanırım partiye uygun giyinmedim."
"Mükemmelsin," diye itiraz etti Edward.
"Çok güzel oldun," diyerek onu destekledi Alice.
"Teşekkürler." İç geçirdim. "Gerçekten insanların geleceğini düşünüyor musun?" Sesimdeki umutsuzluk fark edilmeyecek gibi değildi. Alice suratını astı.

"Herkes gelecek," diye yanıtladı Edward. "Herkes Cullenlar'ın gizemli evini görmek için ölüyor."

"Harika," diye homurdandım.

Yardım edebileceğim hiçbir şey yoktu. Uykuya ihtiyacım olmasa ve daha hızlı hareket etsem bile, bu işi Alice'in yaptığı şekilde yapabileceğimi hiç sanmıyordum.

Edward bir an bile beni yalnız bırakmadı, Jasper'ı ararken beni de yanında sürükledi ve sonra da Carlisle'a benim düşüncemi açıkladı. Onlar Seattle'daki orduya saldırmaktan bahsederken korku içerisinde onları dinliyordum. Jasper'ın sayıca az olmamızdan dolayı memnun olmadığını görebiliyordum ama Tanya'nın isteksiz ailesi dışında bağlantı kurabilecekleri kimse yoktu. Jasper, Edward'ın aksine, çaresizliğini saklama gereği duymuyordu. Bu kadar büyük riske girmek istemediğini anlamak hiç de zor değildi.

Onların eve geri dönmesini umarak geri planda bekleyemezdim. Yapamazdım. Deliye dönerdim.

Kapı çaldı.

Aniden hepsi inanılmaz bir hızla normale döndüler. Carlisle'ın yüzündeki sıkıntının yerini sıcak ve içten, mükemmel bir gülümseme aldı. Alice müziğin sesini açtı ve dans etmeye başladı.

Gelen arkadaşlarım da, kendi başlarına geldikleri için çok endişeliydiler. Jessica yanında Mike ile gelen ilk kişiydi. Tyler, Conner, Austin, Lee, Samantha... hatta Lauren bile onların arkasında meraklı gözlerle bakıyordu. Hepsinde büyük bir merak vardı ve evin nasıl dekore edildiğini görünce büyük bir şaşkınlığa uğradılar. Oda boş değildi; tüm Cullenlar yerlerini almış ve insani davranışlarını sergilemek üzere hazırlanmışlardı. Bu gece en az onlar kadar rol yapacağımı hissediyordum... Jess ve Mike'ı selamlamak üzere yanlarına gittim, sesimin heyecanlı çıkmasını umuyordum. Başka birilerine daha hoş geldin diyemeden kapı bir kez daha çaldı. Angela ve Ben'i içeriye davet ettim, sonra da kapıyı açık bıraktım çünkü Eric ile Kate de merdivenlerden yukarı çıkıyorlardı.

Bir daha panik yapma şansım olmadı. Herkesle konuşmak zorundaydım, elimden geldiğince neşeli bir parti sahibi olmaya çalışıyordum. Her ne kadar parti, Alice, Edward ve benim için düzenlenmiş olsa da, konukların öncelikli hedefi bendim. Belki de bunun sebebi, Cullen ailesinin parti ışıklarının altında tuhaf görünmesiydi. Belki de bu ışıklar odayı gizemli ve karanlık gösteriyordu. Fakat bu atmosferden dolayı kimse Emmett gibi birinin yanında durmak istemiyordu. Emmett'ın yemek masasının yanından Mike'a gülümsediğini ve ışığın dişlerinden yansıdığını gördüm, bunu gören Mike hemen geriye doğru istemsiz bir adım atmıştı.

Alice, muhtemelen bunu bilerek yapmıştı, böylece beni ilginin merkezinde tutacaktı ve bu şekilde daha çok eğleneceğimi düşünmüş olmalıydı. Beni insanların olması gerektiğine inandığı hale getirmek için sonsuz bir gayretle çabalamaya devam ediyordu.

Parti, Cullenlar'ın gerginliğine rağmen su götürmez şekilde başarılı olmuştu. Belki de, bu halleri atmosfere gerilim katmıştı. Müzikler çarpıcıydı, ışıklar neredeyse hipnotize ediciydi. Yemek masasının ortadan kalkmasıyla sanki her şey daha da iyi bir hale gelmişti. Oda klostrofobik bir hale gelmeden kalabalıklaşmıştı. Görünüşe göre tüm son sınıf oradaydı, hatta daha alt sınıflardan da gelenler vardı. Bedenler sallanarak ayaklarının altındaki zemine vuruyordu, parti dansla devam edecek gibi görünüyordu.

Alice'in fikrini kabul etmiş ve herkesle bir dakika da olsa sohbet etmiştim. Herkes mutlu görünüyordu. Bu partinin, Forks'ta bugüne kadar yapılmış en havalı şey olduğundan emindim. Alice keyiften deliye dönmüştü, kimsenin bu geceyi unutmayacağına emindim.

Tüm odayı dolaştıktan sonra Jessica'nın yanına geri geldim. Heyecanla konuşuyordu ve ona dikkatimi vermek zorunda değildim çünkü genelde cevap verilmesi gerekmeyen şeyler söylüyordu. Edward hâlâ yanımdaydı ve beni bırakmıyordu. Bir elini sürekli belimde tutuyordu, hatta beni şimdi daha da yakınına çekmişti.

O yüzden aniden elini çektiğinde ve uzaklaştığında şüphelendim.

"Burada kal," diye kulağıma fısıldadı. "Hemen geleceğim."

Benim nereye gidiyorsun diye sormama fırsat bırakmadan, insanlara mümkün olduğunca değmemeye çalışarak nazikçe aralarından geçti. Gözlerimi kısmış, arkasından bakarken Jessica bağırarak müziğe eşlik etmeye başladı, farkında olmadan ilgimin dağılmasına neden olmuştu.

Edward'ın mutfağın girişindeki karanlık gölgeye ulaşmasını izledim, ışıklar oraya belli belirsiz vuruyordu. Birine doğru eğilmiş konuşuyordu ama önümdeki kafalardan dolayı kim olduğunu göremiyordum.

Parmaklarımın ucunda yukarı kalktım ve boynumu ileriye doğru uzattım. Tam o anda kırmızı ışık onun sırtına vurdu ve Alice'in tişörtünde parıldadı. Işık onun yüzüne sadece bir anlığına gelmişti ama bu kadarı bile yeterliydi.

"Bana bir dakika izin ver, Jess," diye mırıldandım ve kolumu ondan kurtardım. Yüzünün ifadesine dikkat etmemiş, hatta bu kabalığımın onu incitip incitmediğini görmek için geriye bile dönüp bakmamıştım.

Kalabalığın arasından başımı kaldırdım ve biraz sertçe insanları itmeye başladım. Artık sadece birkaç insan dans ediyordu. Hemen mutfak kapısına gittim.

Edward gitmişti ama Alice hâlâ oradaydı ve yüzünde boş bir ifade vardı. Sanki korkunç bir şeye tanıklık etmiş insanlarda görülebilecek türden bir ifadeydi bu. Destek almak istercesine bir elini kapının kenarına dayamıştı.

"Ne oldu, Alice, ne oldu? Ne gördün?" Ellerimi önümde kenetlemiştim, adeta yalvarıyordum.

Bana bakmadı, başka bir yöne bakıyordu. Onun bakışını takip ettim ve Edward'ı izlediğini gördüm. Edward'ın yüzünde buz gibi bir ifade vardı. Döndü ve merdiven altındaki gölgelerin içinde kayboldu.

Daha sonra, saatler sonra ilk defa kapının zili çaldı ve Alice yüzünde şaşkın bir ifadeyle konuşmak için bana döndü.

"Kurt adamı kim davet etti?" diye yakındı.

Kaşlarımı çattım. "Sanırım o işin sorumlusu benim."

Bu daveti iptal ettiğimi düşünmüştüm. Jacob'ın bütün olanlardan sonra buraya geleceğini hayal etmemiştim.

"Öyleyse sen ilgilen. Ben Carlisle ile konuşmalıyım."

"Hayır, Alice, bekle!" Kolunu yakalamaya çalıştım ama o çoktan gitmişti bile ve elim boşluğa savruldu.

"Kahretsin!" diye homurdandım.

Bunun o olduğunu biliyordum. Alice neyin yaklaştığını görmüştü ve orada durup kapıya bakabileceğimi sanmıyordum. Kapı zili tekrar çaldı, çok uzun çalmıştı, birisi durmaksızın zile basıyordu. Kararlı bir şekilde kapıya arkamı döndüm ve karanlık odada Alice'i aradım.

Hiçbir şey göremiyordum. Merdivenlere doğru gitmeye başladım.

"Selam, Bella!"

Müziğin ara verdiği sırada Jacob'ın sesi yankılanmıştı. Adımı duyar duymaz dönüp ona baktım.

Suratım asılmıştı.

Sadece bir kurt adam yoktu, üç tane birden vardı. Jacob tek başına gelmemiş, yanında Quil ve Embry'yi de getirmişti. İkisi de gergin bir halde etrafa bakıyorlar, gözlerini kısmış sanki perili bir eve gelmiş gibi hızla etraftakileri tarıyorlardı. Embry kapıda endişeyle duruyordu, vücudu dönüp gidecekmiş gibi kapıya yönelmişti.

Jacob diğerlerinden daha sakindi, bana el salladı ve tiksintiyle burnunu buruşturdu. Ona, güle güle anlamında, el salladım ve dönüp Alice'i aramaya devam ettim. Lauren ve Conner'ın arasındaki boşluğa geçtim.

Aniden yanıma geldi ve elini omzuma koyup beni mutfağın oradaki gölgelikten çekip çıkardı. Bileğimden yakalayıp beni kalabalığın içerisine çekti.

"Sıcak bir parti," dedi.

Elimi ondan kurtardım ve ters ters baktım. "Burada ne *yapıyorsun*?"

"Beni sen davet ettin, hatırlıyorsun, değil mi?"

"Yumruğum senin için hafif oldu ama izin ver, tercüme edeyim; bu senin davetini de iptal etmişti."

"Bu kadar can sıkıcı olma. Sana mezuniyet hediyeni getirdim."

Elimi göğsümde birleştirdim. Şu anda Jacob ile tartışmak istemiyordum. Alice'in ne gördüğünü, Edward ve Carlisle'ın bu konuda ne söylediğini bilmek istiyordum. Onları görebilmek için kafamı Jacob'tan başka yöne çevirdim.

"Aldığın yere geri iade et, Jake. Yapmam gereken şeyler var…"

Bir adım ileri gelerek ilgimi çekmeye çalıştı.

"Bunu geri alamam. Bir mağazadan almadım, kendim yaptım. Yapmam da uzun zaman aldı."

Tekrar çevreme bakındım ama Cullenlar'dan kimseyi göremedim. Nereye gitmişlerdi? Gözlerim karanlık odayı taradı.

"Ah, hadi ama, Bell. Sanki burada yokmuşum gibi davranma!"

"Öyle davranmıyorum." Onları hiçbir yerde göremiyordum. "Bak, Jake, şu anda kafamda bir sürü şey var."

Elini çenemin altına koydu ve yüzümü kendisine çevirdi. "Birkaç saniyeliğine tüm ilgini bana vermeni isteyebilir miyim, Bayan Swan?"

Onun dokunuşundan kurtulmak için silkindim. "Ellerini benden uzak tut, Jacob," diye tısladım.

"Üzgünüm!" dedi birdenbire, ellerini teslim olurcasına havaya kaldırdı. "Gerçekten üzgünüm. Geçen gün olanlar için de yani. Seni o şekilde öpmemeliydim. Bu yanlıştı. Sanırım…şey, sanırım kendimi beni istediğine inandırmıştım."

"İnandırmak. Nasıl da doğru bir tanım!"

"Kibar ol. Özrümü kabul edebileceğini biliyorsun."

"Peki. Özrün kabul edildi. Şimdi, bana biraz zaman verirsen…"

"Peki," diye mırıldandı. Sesi öncekinden farklıydı. Gözlerini yere dikmiş, benden saklamaya çalışıyordu. Alt dudağı da bir parça sarkmıştı.

"Sanırım *gerçek* arkadaşlarınla olmak istiyorsun," dedi aynı yılgın ses tonuyla. "Anladım."

İnledim. "Ah, Jake, biliyorsun, bu yaptığın hiç adil değil."

"Öyle mi?"

"Adil olmalısın." Öne eğildim ve dikkatlice yüzüne baktım, gözlerine bakmaya çalışıyordum. Sonra yukarı baktı, başımın üzerine, bakışlarımdan kaçmaya çalışıyordu.

"Jake?"

Bana bakmayı reddediyordu.

"Hey, benim için bir şey yaptığını söylemiştin, değil mi? Sadece konuşuyor muydun yoksa? Hediyem nerede?" Sahte merakım içler acısıydı ama gene de işe yaramıştı. Gözlerini devirdi ve yüzünü buruşturdu.

Aynı acınası oyuna devam ettim, elimi öne uzattım ve avucumu açtım. "Bekliyorum."

"Tabii," dedi alayla. Sonra eliyle arka cebine uzandı ve kabaca rengârenk kumaşlara sarılmış küçük bir kutu çıkardı. Deri iplerle bağlanmıştı bu kutu. Avucumun içine bıraktı.

"Hey, bu çok tatlı, Jake. Teşekkürler!"

İç geçirdi. "Hediye *içinde*, Bella."

"Ya."

Deri ipleri açmakta biraz sorun yaşadım. Tekrar iç geçirdi ve paketi elimden alıp bağı kolayca açtı. Kutuyu ters çevirerek bana uzattı ve avucuma gümüş bir şey düştü. Metal zincir şıngırdadı.

"Bilezik kısmını yapmadım," dedi. "Sadece tılsım kısmını."

Zincirin bir ucunda tahtadan bir oyma vardı. Onu parmaklarımın arasına aldım ve yakından baktım. Bu küçücük parça da öylesine ince detaylar vardı ki... Minyatür boyutlardaki kurt son derece gerçek görünüyordu. Kırmızıya çalan bir kahverengiye oyulduğundan rengi de tenime çok uygundu.

"Bu çok güzel," diye fısıldadım. "Bunu sen mi *yaptın*? Nasıl?"

Omuz silkti. "Billy'nin bana öğrettiği bir şeydi. O bu konuda benden daha iyidir."

"Buna inanmak güç," diye mırıldandım ve minik kurdu parmaklarımın arasında çevirmeye devam ettim.

"Beğendin mi?"

"Evet! Bu inanılmaz, Jake."

Gülümsedi, bu defa mutlu görünüyordu fakat sonra ifadesi aniden tekrar değişti. "Bunu beni hatırlayasın diye yaptım. Nasıl olduğunu bilirsin, gözden uzak olunca…"

Davranışını görmezden geldim. "Takmama yardım et."

Sağ elim bandajda olduğundan sol bileğimi uzattım. Büyük parmakları için zor gibi görünse de kolayca taktı.

"Takacak mısın?" diye sordu.

"Tabii ki."

Bana gülümsedi. Onda görmekten hoşlandığım mutlu bir gülümsemeydi bu.

Bir anlığına döndüm ve Edward ya da Alice odada mı diye endişeyle etrafa bakmaya başladım.

"İlgin neden bu kadar dağınık?" diye sordu Jacob merakla.

"Hiç," diye yalan söyledim, konsantre olmaya çalışıyordum. "Hediye için teşekkürler, gerçekten. Çok sevdim."

"Bella?" Kaşlarını çatmıştı, gözlerinde koyu gölgeler belirmişti. "Bir şeyler oluyor, değil mi?"

"Jake, ben…hayır, bir şey olmuyor."

"Bana yalan söyleme, sürekli söylüyorsun. Bana neler olduğunu anlat. Hepsini öğrenmek istiyoruz," dedi, sondaki çoğul ekini bir anda sokuşturuvermişti.

Muhtemelen haklıydı; kurtlar da olan bitenle ilgililerdi. Tek şüphem, bunun için doğru zaman olup olmadığıydı. Alice'i bulana kadar da bilemeyecektim.

"Jacob, sana anlatacağım. Sadece bana neler olduğunu anlayana kadar müsaade et, tamam mı? Alice ile konuşmalıyım."

Yüzünde şüpheci bir ifade belirdi. "Medyum bir şeyler gördü."

"Evet, sen ortaya çıkmadan hemen önce."

"Bu odandaki kan emiciyle mi ilgili?" diye mırıldandı, sesini müziğe uydurup alçakta tutmaya çalışıyordu.

"Onunla ilgili," diye kabul ettim.

Yüzüme bakarken başını yana doğru eğdi. "Bir şey biliyorsun ama bana söylemiyorsun... *büyük* bir şey."

Yalan söylemenin ne gereği vardı ki? En nihayetinde beni benden daha iyi tanıyordu. "Evet."

Jacob çok kısa bir süre gözlerini bana dikti ve sonra da girişte bekleyen arkadaşlarına dönüp tuhaf ve rahatsız bir şekilde baktı. Onun yüzündeki ifadeyi gördükleri anda hareket etmeye başladılar ve dans edenlerin arasına karıştılar. Sanki dans ediyor gibi görünüyorlardı. Yarım dakika içerisinde Jacob'ın yanına gelmişlerdi.

"Şimdi. Açıkla," dedi Jacob.

Embry ve Quil etrafa baktılar, kafaları karışmış gibi görünüyorlardı ama temkinliydiler.

"Jacob, her şeyi bilmiyorum." Biri beni kurtarsın diye odaya bakınmaya devam ediyordum. Beni köşeye sıkıştırmışlardı, hem de her anlamda.

"Ne biliyorsun o zaman?"

Üçü de aynı anda ellerini göğüslerinde kavuşturdular. Biraz gülünç, aynı zamanda da tehditkâr bir tavırdı.

Ve sonra Alice'in merdivenlerden aşağıya indiğini gördüm, bembeyaz teni mor ışıkta parlıyordu.

"Alice!" diye bir çığlık attım, rahatlamıştım.

Müzik sesimi bastırmış olsa da, adını söyler söylemez bana doğru döndü. Hevesle el salladım ve bana doğru eğilmiş üç kurt adamı gördüğü andaki yüz ifadesini izledim. Gözlerini kısmıştı.

Yüzünde büyük bir korku ve endişe vardı.

Jacob, Quil ve Embry, üçü de, geriye çekilmişlerdi ve yüzlerinde huzursuz bir ifade vardı. Alice kollarını belime doladı.

"Seninle konuşmalıyım," diye fısıldadı kulağıma.

"Jake, sonra görüşürüz..." diye mırıldandım yanlarından uzaklaşırken.

Jacob, kolunu tam önümüze uzattı ve elini duvara dayadı. "Hey, bu kadar çabuk değil."

Alice hayretle ona bakıyordu. "Pardon?"

"Bize neler olduğunu anlat," diye kükredi.

Aniden Jasper ortaya çıktı. Daha bir saniye önce yolumuz Jacob tarafından kesilmişti ama sonraki saniye Jasper, Jake'in diğer tarafında belirmişti ve yüzünde korkunç bir ifade vardı.

Jacob yavaşça kolunu geri çekti. Bu yapılabilecek en iyi hareket gibi görünüyordu, büyük ihtimalle kolunu tek parça tutmak istemişti.

"Bilmeye hakkımız var," diye mırıldandı Jacob, gözlerini dikmiş hâlâ Alice'e bakıyordu.

Jasper onların tam ortasında duruyordu.

"Hey, hey," diyerek araya girdim ve histerik bir gülüşle devam ettim, "partideyiz, hatırlıyorsunuz, değil mi?"

Kimsenin ilgisini çekememiştim. Jacob, gözlerini dikmiş Alice'e bakarken Jasper da gözlerini Jacob'tan ayırmıyordu. Alice'in yüzü birdenbire düşünceli bir hal almıştı.

"Tamam, Jasper. Aslında haklı."

Jasper pozisyonunu değiştirmedi.

Bu belirsizlik anı beni deli edecekti. "Ne gördün, Alice?"

Bir anlığına Jacob'a baktı ve sonra bana döndü, açıkça onların da duymasını istiyordu.

"Karar verildi."

"Seattle'a mı gideceksiniz?"

"Hayır."

Kanın yüzümden çekildiğini hissettim. Midem bulanmıştı. "Buraya geliyorlar." Nefesim kesilmişti.

Quileute gençleri sessizce, yüzlerimizde beliren her ifadeyi izliyorlardı. Yerlerine çakılıp kalmışlardı ama tam anlamıyla sakin oldukları söylenemezdi. Üçünün de elleri titriyordu.

"Evet."

"Forks'a," diye fısıldadım.

"Evet."

"Ne için?"

Başını salladı, sorumu anlamıştı. "Biri senin kırmızı tişörtünü taşıyor."

Yutkunmaya çalıştım.

Jasper, bize onaylamaz gözlerle bakıyordu. Bunun kurt adamların önünde tartışılmasından hoşlanmadığının farkındaydım. "Buna izin veremeyiz. Kasabayı koruyacak kadar kalabalık değiliz."

"Biliyorum," dedi Alice, yüzü aniden solmuştu. "Fakat onları nerede durdurduğumuzun bir önemi yok. Sayımız yetmez, bazıları mutlaka aramak için buraya gelecektir."

"Hayır!" diye bağırdım.

Partinin gürültüsü benim bu karşı çıkışımı bastırmıştı. Etrafımızda arkadaşlarım, komşularım, dostlarım ve düşmanlarım vardı; gülüyorlar ve dans ediyorlardı. Ne büyük bir dehşet ve korkuyla karşı karşıya olduklarından habersizlerdi. Ve bu tehlikenin nedeni bendim.

"Alice," dedim güçlükle. "Gitmek zorundayım, buradan gitmek zorundayım."

"Bunun yardımı olmaz. İz sürücüleri halletsek de, onlar gene de buraya gelecekler."

"Öyleyse onlarla karşı karşıya gelmeliyim!" Eğer sesim boğuk ve gergin olmasaydı, bir haykırma gibi çıkabilirdi. "Belki aradıklarını bulurlarsa, kimseye zarar vermeden giderler!"

"Bella!" diye itiraz etti Alice.

"Dur bakalım," dedi Jacob emreder gibi. *"Ne* geliyor?"

Alice ona buz gibi bir bakış fırlattı. "Bizim türümüzden. Çok daha fazlası."

"Neden?"

"Bella için. Tek bildiğimiz bu."

"Hepsi senin için mi geliyor?" diye sordu.

Jasper'ın öfkesi belli oluyordu. "Bazı avantajlarımız var köpekçik. Bir dövüş bile olabilir."

"Hayır," dedi Jacob ve yüzüne tuhaf bir gülümseme yayıldı. "*Bileden* fazlası olacak."

"Mükemmel!" diye tısladı Alice.

Donmuş bir halde Alice'in yüzünde beliren ifadeye bakıyordum. Yüzü sevinçle canlanmıştı, kusursuz yüzündeki bütün umutsuzluk silinmişti.

Jacob'a gülümsedi ve Jacob da Alice'e gülümsedi.

"Bu tabii ki her şeyi değiştirir," dedi Alice kendinden memnun bir biçimde. "Uygunsuz bir durum ama her şeyi hesaba katarsak, kabul ediyorum."

"Birlikte hareket emeliyiz," dedi Jacob. "Bu bizim için kolay olmayacak. Fakat bu sizin değil, daha çok bizim işimiz."

"O kadar ileri gitmezdim ama yardıma ihtiyacımız var. Seçici olmayacağız."

"Dur, dur, dur, dur," diye aralarına girdim.

Alice parmak uçlarındaydı ve Jacob ona doğru eğilmişti, ikisinin yüzü de keyifliydi. Fakat ikisi de, kokularından dolayı burunlarını kırıştırmışlardı. Sabırsızca bana baktılar.

"Birlikte mi?" dedim dişlerimin arasından.

"Ciddi ciddi, bizi bu işten uzak tutabileceğini mi düşündün, gerçekten?" dedi Jacob.

"Bu işe karışmıyorsunuz!"

"Senin medyum öyle düşünmüyor."

"Alice! Onlara hayır de!" diye ısrar ettim. "Öldürülecekler!" Jacob, Quil ve Embry, bu söylediğime kahkahalarla güldüler.

"Bella," dedi Alice teskin edici bir ses tonuyla, "ayrı olursak öldürülebiliriz. Birlik olursak – "

"Sorun olmayacaktır," diye cümleyi tamamladı Jacob. Quil gene kahkahayla güldü.

"Kaç kişiler?" diye hevesle sordu Quil.

"Hayır!" diye bağırdım.

Alice dönüp bana bakmadı bile. "Değişir. Bugün yirmi bir kişiler ama sayıları azalıyor."

"Neden?" diye sordu Jacob merakla.

"Uzun hikâye," dedi Alice, aniden dikkatle odaya bakmaya başlamıştı. "Ve burası bu konuşma için doğru yer değil."

"Bu gece nasıl?" diye ısrar etti Jacob.

"Evet," diye yanıtladı Jasper. "Zaten bir toplantı planlamıştık... strateji için. Eğer bizimle yan yana dövüşecekseniz, biraz eğitime ihtiyacınız olacak."

Cümlenin son kısmından dolayı tüm kurtların yüzünde hoşnutsuz bir ifade belirdi

"Hayır!" diye inledim.

"Bu biraz tuhaf olacak," dedi Jasper düşünceli bir şekilde. "Asla beraber çalışabileceğimizi düşünmemiştim. Bu ilk olmalı."

"Bundan şüphen olmasın," diye onayladı Jacob. Acelesi var gibi görünüyordu. "Sam'in yanına dönmeliyiz. Ne zaman buluşacağız?"

"Siz ne zaman gelebilirsiniz?"

Üçü de gözlerini devirdi. "Ne zaman buluşacağız?" diye tekrar etti sorusunu Jacob.

"Üç?"

"Nerede?"

"Hoh Forest korucu merkezinin on beş kilometre kuzeyinde. Batıdan gelin, kokumuzu izleyerek yolu bulabilirsiniz."

"Orada olacağız."

Gitmek üzere arkalarını döndüler.

"Bekle, Jake!" diye bağırdım arkasından. "*Lütfen*! Bunu yapma!"

Duraksadı, yüzünde bir gülümsemeyle geriye döndüğünde Embry ve Quil sabırsızca kapıya doğru ilerliyorlardı. "Komik olma, Bells. Bana, sana verdiğimden çok daha iyi bir hediye veriyorsun."

"Hayır!" diye bağırdım. Elektro gitar, haykırışımın duyulmasına engel olmuştu.

Cevap vermedi; çoktan gitmiş olan arkadaşlarını yakalamak için hızlandı. Tek yapabildiğim çaresizce Jacob'ın gidişini izlemek oldu.

18. EĞİTİM

"Bu dünya tarihindeki en uzun parti olmalı," diye şikâyet ettim eve giderken.

Edward buna katılıyormuş gibi görünmüyordu. "Bitti ama," dedi, beni yatıştırmak istercesine kolumu okşadı.

Çünkü yatıştırılmaya ihtiyacı olan tek kişi bendim. Edward artık iyiydi, tüm Cullenlar iyiydiler.

Hepsi beni rahatlatmaya çalıştılar; ben ayrılırken Alice kafamı okşadı ve Jasper kan akışım normale dönene kadar gözlerini benden ayırmadı. Esme alnımdan öptü ve her şeyin yolunda gideceğine söz verdi, Emmett ise gürültüyle güldü ve neden kurt adamlarla dövüşmesine izni olan tek kişinin ben olduğumu sordu... Jacob'ın çözümü hepsini rahatlatmıştı, hatta haftalar süren gerilimden sonra mutlu bile sayılırlardı. Şüphenin yerini güven almıştı. Parti gerçek bir kutlamayla sona ermişti.

Benim için ise öyle olmamıştı.

Cullenlar'ın benim için savaşması yeterince kötü değilmiş gibi buna izin vermek bile yeterince zordu. Bu kaldırabileceğimden çok daha fazla gibiydi.

Fakat Jacob için öyle değildi. Onun aptal ve hevesli, çoğu benden bile genç olan kardeşleri için de. Onlar sadece aşırı gelişmiş çocuklardı ve bu olaya sahildeki bir piknik gözüyle bakıyorlardı. Onları tehlikeye atamazdım. Kendimi çığlık atmamak için zor tutuyordum.

Artık fısıldıyor ve sesimi kontrol etmeye çalışıyordum.

"Bu gece beni de yanında götüreceksin."

"Bella, çok yoruldun."

"Sence uyuyabilir miyim?"

Kaşlarını çattı. "Bu bir deneme. Bunun hiçbirimiz için mümkün olduğunu sanmıyorum... yani işbirliğinin. Bunun ortasında kalmanı istemiyorum."

Sanki tüm bunlar endişelenmeme yol açmıyordu. "Eğer beni götürmezsen, ben de Jacob'ı ararım."

Gözlerini kıstı. Yaptığım yanlıştı, bunu biliyordum. Fakat arkada bırakılmamak için yapabileceğim başka bir şey yoktu.

Cevap vermedi; artık Charlie'nin evine gelmiştik. Oturma odasının ışığı yanıyordu.

"Üst katta görüşürüz," diye mırıldandım.

Parmaklarımın ucunda içeri girdim. Charlie, televizyonun karşısındaki minicik koltukta uyuyordu, o kadar gürültülü horluyordu ki, yanında top patlatsam duymayacağından emindim.

Omzunu kuvvetli bir şekilde sarstım.

"Baba! Charlie!"

Homurdandı, gözleri hâlâ kapalıydı.

"Eve geldim. Burada yatmaya devam edersen, sırtını inciteceksin. Kalk hadi."

Onu birkaç kez daha salladım. Gözlerini tam olarak açmasa da, onu koltuktan kaldırmayı başarmıştım. Yatağa gitmesine yardım ettim, kıyafetleri üzerinde yatağın üzerine kendini attı ve tekrar horlamaya başladı.

Uzun bir süre beni merak edecekmiş gibi görünmüyordu.

Yüzümü yıkayıp üzerime kot pantolonumla bluzumu giyerken Edward odamda beni bekliyordu. Üzerinde Alice'in bana verdiği kıyafetin asılı olduğu sallanan koltukta oturmuş beni seyrederken hiç de mutlu görünmüyordu.

"Gel buraya," dedim, elini tuttum ve onu yatağa çektim.

Onu yatağa yatırdım ve göğsünün üstüne kıvrıldım. Belki haklıydı, uyuyabilecek kadar yorgundum ama bensiz gitmesine izin vermeyecektim.

Yorganımı üzerime örttü ve bana iyice sarıldı.

"Lütfen rahatla."

"Tabii."

"Bu işe yarayacak, Bella. Bunu hissediyorum."

Dişlerimi sımsıkı kenetledim.

Hâlâ rahatmış gibi davranıyordu. Benim dışımda kimsenin yaralanacağı konusunda endişesi yoktu. Jacob ve arkadaşları için bile, hatta özellikle de onlar için endişelenmiyordu.

Bir türlü anlayamadığımdan yakındı. "Dinle beni, Bella. Bu çok *kolay* olacak. Yeni doğanlar tamamen şoka girecek. Kurt adamların var oldukları hakkında en ufak bir fikirleri yok. Onları sürü halinde hareket ederken gördüm, Jasper'ın hatırladığı şekilde yani. Kurtların avlanma tekniklerinin onlar üzerinde kusursuz bir şekilde işleyeceğine kesinlikle inanıyorum. Ve onları ayırıp kafalarını karıştırabiliriz, ki bu bizim için hiç de kolay olmayacak. Bu yüzden biri arkasına yaslanıp beklese iyi olacak," diye dalga geçti.

"Çok basit," diye mırıldandım duygusuzca göğsünde uzanmış yatarken.

"Şşş," diye hafifçe çenemi okşadı. "Endişelenme artık."

Yeniden ninnisine başlamıştı ama birden bunun beni sakinleştirmediğini fark ettim.

Sevdiğim insanlar, yani kurt adamlar ve vampirler, zarar görecekti. Benim yüzümden. Yine. Kötü şansımın biraz daha bana odaklanmış olmasını diledim. Gökyüzüne doğru bağırmak istiyordum: *İstediğin benim – tam buradayım! Sadece ben!*

Benim dışımda kimseye zarar vermemesi için bir yol bulmak istiyordum. Bu kolay olmayacaktı. Beklemeli ve dayanmalıydım...

Bir türlü uykuya dalmadım. Dakikalar beni şaşkınlığa düşürecek şekilde hızla geçti. Edward kalkmak için doğrulduğunda hâlâ gergindim.

"Kalıp uyumak istemediğine emin misin?"

Ona tatsız bir bakış attım.

İç geçirdi ve camdan atlamadan evvel beni kollarıyla sıkıca sardı.

Beni sırtına alıp hızla karanlık ve sessiz ormana doğru koşmaya başladı, öylesine hızlı gidiyorduk ki, koşmasındaki coşkuyu hissedebiliyordum. Tüm yolu koştu, bunu biraz da eğlenmek için, rüzgârı saçlarında hissetmek için yapmıştı. Bunun gibi şeyler, daha az endişe verici zamanlarda, beni mutlu edebilirdi.

Büyük düzlüğe vardığımızda ailesi oradaydı, rahatlardı ve havadan sudan konuşuyorlardı. Emmett'ın kahkahası geniş boşlukta yankılandı. Edward beni yere indirdi ve el ele onlara doğru yürüdük.

Ay bulutların arkasına saklandığından etraf çok karanlıktı, bu yüzden, bu yerin beysbol oynadıkları açıklık olduğunu fark etmem biraz zaman aldı. Burası, bundan bir yıl kadar önce, James ve onun topluluğunun Cullenlar'ı rahatsız ettikleri yerdi. Tekrar burada olmak tuhaf hissetmeme sebep olmuştu. Sanki James, Laurent ve Victoria olmadan ekip tamamlanmayacak gibiydi. Fakat James ve Laurent asla geri dönmeyeceklerdi. Yani bu olay bir daha tekrarlanmayacaktı. Belki de her şey bozulmuştu.

Evet, biri her şeyi bozmuştu. Acaba Volturi'nin bu eşitlikteki değişken olma ihtimali neydi?

Bundan şüpheleniyordum.

Victoria'yı her zaman bir doğal afet gibi görmüştüm. Sanki bir sahile doğru dümdüz gelen bir hortum gibiydi; kaçınılmaz, acımasız ama bir şekilde tahmin edilebilir. Belki de onu böyle sınırlamak yanlıştı. Adapte olmakta hiç sorun çekmiyor olmalıydı.

"Ne düşünüyorum, biliyor musun?" diye sordum Edward'a.

Güldü. "Hayır."

Gülümsemeye çalıştım.

"Ne düşünüyorsun?"

"Bence *hepsi* birbiriyle bağlantılı. Sadece ikisi değil, üçü de."

"Anlamadım."

"Buraya geri geldiğinden beri üç tane kötü şey oldu." Parmaklarımla saydım. "Seattle'daki yeni doğanlar. Odamdaki yabancı. Ve, hepsinden önemlisi de, Victoria beni aramaya geldi."

Söylediklerim üzerinde düşünerek gözlerini kıstı. "Neden böyle düşünüyorsun?"

"Çünkü Volturi'nin kurallarını sevdiği konusunda Jasper'a katılıyorum. Onlar her şekilde ellerinden gelenin en iyisini yapacaklardır." Ve içimden ekledim, eğer beni ölü istiyorlarsa öleceğim. "Geçen yıl Victoria'yı takip ettiğini hatırlıyorsun, değil mi?"

"Evet," dedi kaşlarını çatıp. "Bunda çok iyi değildim."

"Alice bana Teksas'ta olduğunu söylemişti. Onu orada da takip ettin mi?"

"Evet. Hımm..."

"Görüyorsun ya. Oraya gitmesinin bir nedeni olabilir. Fakat o ne yaptığını bilmiyor, bu yüzden yeni doğanlar kontrolden çıktı."

Başını sallamaya başladı. "Sadece Aro, Alice'in görü yeteneğinin nasıl çalıştığını biliyor."

"Aro *her şeyi* biliyor ama Tanya, İrina ve Denali'deki diğer arkadaşların da bundan *yeterince* haberdar, değil mi? Laurent uzun süre onlarla birlikte yaşadı. Ve eğer ona iyilik yapacak kadar arkadaşıysa, neden bildiklerini ona anlatmamış olsun ki?"

Edward kaşlarını çattı. "Senin odandaki Victoria değildi."

"Yeni arkadaşlar edinmiş olamaz mı? Düşünsene, Edward. Eğer Victoria Seattle'da bunları yapabiliyorsa, bir sürü yeni arkadaş *yapmış* olabilir.Onları yaratmıştır."

Düşünürken alnı kırışmıştı.

"Hımm," dedi en sonunda. "Bu mümkün. Hâlâ Volturi'nin buna dahil olduğunu düşünüyorum... Fakat senin teorin de kulağa mantıklı geliyor. Victoria'nın kişiliği. Teorin onun kişiliğine tamamen uygun. En başından beri kendini saklama konusunda inanılmaz bir yetenek sergiledi. Belki de onun özel yeteneği de budur. Her koşulda, bu senaryo onu bizden gelecek tehlikeye karşı koruyor, o sadece oturup bekleyecek ve yarattığı yeni doğanlar burayı kasıp kavuracak. Belki de sadece birazcık Volturi'den zarar görecek. Ya da kazanmak için bize güveniyor olabilir, ne olursa olsun büyük kayıplar vermemizi bekliyor. Fakat onun küçük ordusundan geriye tanıklık yapacak kimse kalmayacak. Aslında," düşünceli bir şekilde devam etti, "eğer hayatta kalan olursa, bahse girerim bizzat kendisi onları yok edecektir... Fakat yine de hâlâ bir arkadaşı olmalı, elbette doğal yollardan edindiği bir arkadaş. Yeni doğan bir vampir senin babanı sağ bırakmazdı..."

Bir süre kaşlarını çattı ve aniden bana dönüp gülümsedi, dalgınlığından sıyrılmıştı. "Böyle bir olasılık da var. Ne olursa olsun, sonuna kadar her şeye hazırlıklı olmalıyız. Bugün sezgilerin oldukça kuvvetli," diye ekledi. "Etkileyici."

İç çektim. "Belki de sadece bu yere tepki veriyorum. Burası sanki onun bana yaklaştığını... beni izlediğini hissettiriyor."

Bu düşünce, çenesindeki kasların gerilmesine neden olmuştu. "Sana asla dokunamayacak, Bella," dedi.

Bu sözlerine rağmen gözleri karanlık ormandaki ağaçları taradı. Yüzünde tuhaf bir ifadeyle gölgeleri inceliyordu. Dudakları geriye sıyrılmış, dişleri ve gözleri ay ışığında parlıyordu. Umut, vahşet ve korku; hepsi bir aradaydı.

"Fakat onun bu kadar yaklaşmasına izin vermezdim," diye mırıldandı. "Victoria ya da aklında sana zarar vermeyi geçiren kimse. Buna kendim son veririm. Kendi ellerimle."

Sesindeki acımasız arzu ürpermeme neden olmuştu. Elini sımsıkı tuttum, onun kadar güçlü olup sonsuza kadar böyle el ele tutuşabilmeyi diledim.

Neredeyse ailesinin yanına varmıştık ve ilk defa o an, Alice'in diğerleri gibi iyimser olmadığını fark ettim. Onlardan uzakta durmuş, Jasper'ın egzersiz öncesi kollarını gererek ısınmasını izliyordu.

"Alice'in canı mı sıkkın?" diye fısıldadım.

Edward güldü. "Kurt adamlar yolda, neler olacağını göremiyor. Böyle kör olmak onu rahatsız ediyor."

Alice bizden en uzakta bulunan kişi olsa da, Edward'ın kısık sesini duydu. Başını kaldırdı ve ona dil çıkardı. Edward tekrar güldü.

"Selam, Edward," dedi Emmett. "Selam, Bella. Senin de idman yapmana izin verecek mi?"

Edward kardeşine homurdandı. "Lütfen, Emmett, onun aklına böyle şeyler sokma."

"Misafirlerimiz ne zaman gelecek?" diye sordu Carlisle, Edward'a.

Edward hiçbir şey söylemedi ve sonra da derin bir iç geçirdi.

"Bir buçuk dakika kadar sonra. Fakat gidip bunu çözmek zorundayım. Aramıza insan formunda katılacak kadar bize güvenmiyorlar."

Carlisle başını anlayışla salladı. "Bu onlar için oldukça zorlayıcı. Geldikleri için minnettarım."

Gözlerimi Edward'a dikmiştim. "Kurt olarak mı geliyorlar?"

Dikkatli şekilde verdiğim tepkiye baktı ve başını salladı. Yutkundum, Jacob'ı kurt halinde iki defa görmüştüm. İlk seferinde Laurent ile çayırlıktaydım, ikinci seferindeyse ormandaki patikadaydık ve Paul bana kızmıştı… İkisi de korku dolu anılardı.

Edward'ın gözlerinde acayip bir ışık belirdi, tahmin ettiğim gibi ona bir şey olmuştu. Hemen arkasını döndü, ben daha ne olduğunu göremeden Carlisle ve diğerlerine dönmüştü.

"Hazırlanın. Fikirlerini değiştirmeye niyetleri yok."

"Bu da ne demek?" diye sordu Alice.

"Şşş," diye uyardı Edward ve gözünü karanlığa doğru dikip bakmaya başladı.

Cullenlar'ın çemberi bozulmuş, aile üyeleri, Jasper ve Emmett'ın önde durduğu düz bir çizgi halinde yan yana dizilmişlerdi. Edward da onların da yanında durmak istediğinde bana döndü ve öne doğru eğildi. Elini sıkıca tuttum.

Gözlerimi kısmış ormana bakıyor ama hiçbir şey göremiyordum.

"*Kahretsin*," diye mırıldandı Emmett sessizce. "Daha önce böyle bir şey görmüş müydünüz?"

Esme ve Rosalie endişeyle birbirlerine baktılar.

"Ne o?" dedim elimden geldiğince sessiz konuşarak. "Göremiyorum."

"Sürü büyümüş," diye mırıldandı Edward kulağıma.

Quil'in sürüye katıldığını söylememiş miydim? Zorlukla altı kurdun belirdiğini gördüm. Nihayet karanlıkta bir şey parlamıştı. Gözleri olması gereken yerden daha yukarıdaydı. Kurtların ne kadar uzun olduklarını unutmuştum. Kürklerinin dışından atlarınkine benzeyen belirgin kasları göze çarpardı ve bıçak gibi dişlerini görmezden gelmek de imkânsızdı.

Sadece gözlerini görebiliyordum. Ve daha fazlasını görmek için çabaladığım da altı çift gözle daha yüz yüze geldim. Çabucak kafamdan her bir çifti iki defa saydım.

On kişiydiler.

"Etkileyici," diye mırıldandı Edward duyulması neredeyse imkânsız bir sesle.

Carlisle ağırdan aldı ve temkinli bir şekilde öne çıktı. Bu dikkatli olunması gereken bir andı, güven tazelenmesi gerekiyordu.

"Merhaba," diye selamladı görünmez kurtları.

"Teşekkürler," dedi Edward tuhaf ve yalın bir ses

tonuyla. Sonra aniden bu kelimelerin Sam'den çıktığını fark ettim. Sıranın ortasında ve en yüksekte bulunan gözlere baktım. Karanlıkta onu siyah bir kurttan ayırmak neredeyse imkânsızdı.

Edward tekrar aynı ayrıksı tonda konuşmaya ve Sam'in sözlerini aktarmaya devam etti. "İzlemeye ve dinlemeye geldik, daha fazlası olmayacak. Kendimizi en fazla bu kadar kontrol altında tutabiliriz."

"Bu yeter de artar bile," diye yanıtladı Carlisle. "Oğlum Jasper," – yanında tetikte ve gergin bir şekilde duran Jasper'ı gösterdi – "bu konuda gerekli deneyime sahip. Nasıl dövüşeceğimiz ve onları nasıl yeneceğimiz konusunda bizi eğitecek. Eminim siz de bunu kendi avlanma tarzınıza uygulayabilirsiniz."

"Onlar sizden farklı mı?" diye sordu Sam Edward'ın ağzından.

Carlisle, evet dercesine başını salladı. "Onlar tamamen yeni. En fazla bir aydır yaşıyorlar. Bir şekilde çocuk olduklarını söyleyebiliriz. Ne yetenekleri ne de stratejileri var, sadece vahşi bir kuvvete sahipler. Bu gece sayıları yirmiye ulaştı. On bize, on da size. Çok zor olmasa gerek. Sayıları daha az olabilir. Yeni olanlar kendi aralarında da savaşıyorlar."

Kurtlardan coşkulu bir homurtu yükseldi.

"Eğer gerekli olursa, payımıza düşenden fazlasını almaya heveslyiz," diye tercüme etti Edward, ses tonu bu defa biraz farklıydı.

Carlisle gülümsedi. "Nasıl olacağını göreceğiz."

"Nasıl ve ne zaman geleceklerini biliyor musun?"

"Dört gün içerisinde sabah vakti dağları geçecekler. Yaklaştıklarında Alice yollarımızı kesiştirmek için yardım edecek."

"Bilgi için teşekkürler. Bekleyeceğiz."

Bir iç geçirme sesiyle gözler birden yere döndü.

İki kalp atımı boyunca bir sessizlik oldu ve sonra Jasper vampirler ve kurt adamlar arasındaki boşluğa geçti. Onu görmek benim için zor değildi. Teni, karanlıkta, tıpkı kurtların gözleri gibi parlıyordu. Jasper Edward'a doğru ihtiyatlı bir şekilde baktı, Edward başıyla onay verdikten sonra Jasper sırtını kurt adamlara döndü. İç geçirdi, rahatsız olduğu her halinden belliydi.

"Carlisle haklı." Jasper sadece bizimle konuşuyor, arkasında bulunan seyircileri görmezden geliyordu. "Çocuklar gibi savaşacaklar. Hatırlamanız gereken, çok önemli iki şey olacak; ilki, çevrenizi sarmalarına izin vermeyin, ikincisi ise asla onları öldürmek için açık bir şekilde saldırmayın. Tek yapmanız gereken bunlar. Onlara yaklaştıkça ve takip etmeye devam ettikçe akılları karışacak ve tepki vermekte zorlanacaklar. Emmett?"

Emmett kocaman bir gülümsemeyle öne çıktı.

Jasper geri geri gitti ve iki grup arasındaki boşluğun en kuzey ucunda durdu. Emmett'e doğru el salladı.

"Tamam, Emmett önce sen. O bir yeni doğanın saldırısı için en iyi örnek," diye mırıldandı.

Emmett gözlerini kıstı. "Hiçbir şeyi kırmamayı *deneyeceğim.*"

Jasper gülümsedi. "Emmett'in gücüne güvenmesini kastediyordum. Saldırı konusu oldukça basit. Yeni doğanlar da saldırırken basit düşünecekler. Sadece git ve öldür, Emmett."

Jasper birkaç adım daha geriye gitti, bedeni gergin görünüyordu.

"Pekâlâ, Emmett. Hadi, beni yakalamayı dene."

Ve bir daha Jasper'ı göremedim. Emmett, ona bir ayı gibi saldırıp dişlerini sıkarak hırladığında bir bulanıklıktan başka bir şey değildi. Emmett da inanılmaz bir hızla saldırıyordu ama Jasper gibi değildi. Jasper sanki bir hayalet gibiydi. Bir ara Emmett'in devasa elini onun üzerinde gördüğüme emindim ama parmakları hava dışında bir şeye uzanamamıştı. Yanımda bulunan Edward da ileri eğilmiş, gözleri bu mücadeleye kilitlenmişti. Sonra Emmett birden dondu.

Jasper onu arkasından yakalamıştı, dişleri boğazından sadece birkaç santimetre kala durmuştu.

Emmett küfretti.

Bunu izleyen kurtların tarafından da takdire benzeyen bir uğultu duyuldu.

"Bir daha," dedi Emmett, bu defa yüzünde gülümseme yoktu.

"Benim sıram," diye itiraz etti Edward. Parmaklarım onunkilere daha sıkı sarıldı.

"Bir dakika." Jasper gülümsedi ve geriye doğru adım attı. "Önce Bella'ya bir şey göstermek istiyorum."

Endişeli gözlerle Alice'e elle işaret verip öne çıkarmasını izledim.

"Onun için endişelendiğini biliyorum," dedi Jasper ortada keyifle yerinde duramayan Alice'i ima ederek. "Neden endişelenmemen gerektiğini sana göstereyim."

Jasper'ın asla Alice'in zarar görmesine izin vermeyeceğini bilsem de, Jasper'ın onunla karşılaşmak için arkasında eğildiğini görmek benim için zordu. Alice hareketsizce duruyor ve kendi kendine gülümsüyordu, Emmett'ın ardından küçük bir bebek gibi görünüyordu. Jasper hızla bir hamle yaptı, aniden onun sol tarafında belirmişti.

Alice gözlerini kapadı.

Jasper daha önce onun durduğu yerde bitince kalbim aniden hızla çarptı.

Jasper sıçradı, ortadan kaybolmuştu. Birdenbire Alice'in diğer tarafında ortaya çıktı. Alice hareket etmedi.

Jasper döndü ve üstüne fırladı, ilk seferinde olduğu gibi arkasında eğilmiş duruyordu; tüm bunlar olurken Alice öylece durmuş, gözleri kapalı şekilde gülümsüyordu.

Artık Alice'i daha dikkatli izliyordum.

Artık *o* da hareket ediyordu ama Jasper'ın saldırılarından dolayı ilgim dağılmıştı ve gözden kaçırmıştım. Küçük bir adım atarak Jasper'ın daha önce olduğu yere doğru hareket etti. Bir adım daha attı, bu arada Jasper onun bileğini yakalamaya çalıştı ama başaramadı.

Jasper yaklaştı ve Alice daha da hızlı hareket etmeye başladı. Dans ediyordu; dönüyor, bükülüyor ve kendi çevresinde dolanıyordu. Jasper onun ortağıydı, saldırıyor, ona ulaşmayı deniyor ama bunu asla başaramıyordu, sanki her hareket önceden tasarlanmış bir dans figürü gibiydi. Nihayet, Alice gülmeye başladı.

Jasper'ın tam arkasında belirmişti, dudakları onun boynunda duruyordu.

"Yakaladım," dedi ve onu boynundan öptü.

Jasper kıkırdadı ve başını salladı. "Sen gerçekten de korkunç, küçük bir canavarsın."

Kurtlar tekrar uğuldamaya başladılar. Bu defa sesleri daha ihtiyatlı çıkmıştı.

"Biraz saygı duymayı öğrenmeleri iyi," diye mırıldandı Edward keyifle. Sonra yüksek sesle konuştu. "Benim sıram."

Gitmeden önce elimi sıktı.

Alice yanıma gelip onun yerini aldı. "Fena değil, ha?" diye sordu sırıtarak.

"Hiç fena değil," dedim, gözlerimi süzülerek Jasper'a doğru yürüyen Edward'dan ayıramıyordum. Hareketleri, sanki vahşi bir kedi gibi, kıvrak ve uyanıktı.

"Gözüm üzerinde, Bella," diye fısıldadı Alice aniden, dudakları kulağımın hemen yanında olmasına rağmen sesi öylesine alçaktı ki, zorlukla duymuştum.

Merakla yüzüne baktım ve tekrar hemen Edward'a geri döndüm. Edward Jasper'a saldırıyordu, birbirlerine yaklaştıkça sanki vuruyormuş gibi yapıyorlardı.

Alice'in yüzünde kınayan bir ifade vardı.

"Eğer bunu gerçekten planlıyorsan, onu uyarırım," diye tehdit etti aynı mırıldanan ses tonuyla. "Kendini tehlikeye atmanın hiçbir yararı olmaz. Sen ölürsen, o ikisinin pes edeceğini mi sanıyorsun? Savaşmaya devam ederler, biz de öyle. Hiçbir şeyi değiştiremezsin, bu yüzden iyi ol, tamam mı?"

Suratımı buruşturdum, onu görmezden gelmeye çalışıyordum.

"Gözüm üzerinde," diye tekrar etti.

Edward bu defa Jasper'a yaklaşmıştı, bu dövüş diğerlerinkine oranla daha zorluydu. Jasper'a yüzyılların deneyimi rehberlik ediyordu ve elinden geldiğince içgüdüleri doğrultusunda davranmaya çalışıyordu ama düşünceleri onu ele verdiğinden o hareket etmeden Edward harekete geçiyordu. Edward oldukça hızlıydı ama Jasper'ın manevraları onun için sıra dışıydı. Tekrar tekrar karşı karşıya geldiler ama ikisi de birbirlerine üstünlük sağlayamadılar, homurtuları içgüdüsel olarak yükselmişti. İzlemesi zordu ama görmezden gelmeye çalışmak da o kadar kolay sayılmazdı. Ne yaptıklarını anlayamayacağım kadar hızlı hareket ediyorlardı. Aniden kurtların keskin gözleri ilgimi çekti. İçimden bir ses kurtların bundan, benden daha fazla sıkıldıklarını söylüyordu.

Sonunda Carlisle boğazını temizledi.

Jasper güldü ve geriye doğru bir adım attı. Edward doğruldu ve ona gülümsedi.

"İşe dönme zamanı," dedi Jasper razı olarak. "Berabere diyebiliriz."

Herkes sırayla yapmaya başladı, Carlisle, sonra Rosalie, Esme ve gene Emmett. Jasper Esme'ye saldırdığında korkuyla geri çekildim ve kirpiklerimin arasından izlemeye çalıştım. Bu izlemesi en zor olandı. Sonra Jasper yavaşladı ama hâlâ onun hareketlerini tam olarak anlayacağım kadar yavaş değildi.

"Ne yaptığımı görüyorsunuz, değil mi?" diye

sordu. "Evet, aynen böyle," diyerek cesaretlendirdi. "Yanlarınıza odaklanın. Hedefinizin nerede olacağını unutmayın. Hareket etmeye devam edin."

Edward iyice yoğunlaşmıştı, diğerlerinin göremediklerini görmeye çalışıyor, dikkatle izliyordu.

Gözlerim ağırlaşmaya başladığından, izlemesi benim için oldukça zor bir hal almıştı. Zaten son zamanlarda iyi uyuyamıyordum ve en son yirmi dört saat önce uyumuştum. Edward'a yaslandım ve göz kapaklarımın düşmesine izin verdim.

"Bitirdik," diye fısıldadı.

Jasper da bunu doğruladı, ilk defa kurtlara doğru döndü, yüzünde rahatsız bir ifade vardı. "Yarın da pratik yapacağız. Lütfen kendinizi davetli olarak görün ve tekrar gelin."

"Evet," diye yanıtladı Sam Edward'ın ağzından. "Burada olacağız."

Sonra Edward iç geçirdi, omzumu okşadı ve benden bir adım uzaklaştı. Ailesine doğru döndü.

"Sürü, birbirimizin kokusuna aşina olursak bunun yardımı olacağını düşünüyor. Böylece hata yapmayacaklar. Eğer sakince dururlarsak, bu onlar için daha kolay olur."

"Kesinlikle," dedi Carlisle Sam'e. "Ne gerekiyorsa."

Sürü ayağa kalktığında hepsinden ürkütücü ve genizden gelen bir uğultu yükseldi.

Yorgunluğumu unutarak merakla gözlerimi açtım.

Gecenin koyu karanlığı solmaya başlamıştı. Güneş bulutların arasından belli belirsiz aydınlatıyordu ama dağların ötelerinde henüz ufukta doğmamıştı. Onlar yaklaştıkça aniden... renklerini fark ettim.

Sam liderleriydi. İnanılmaz büyük ve gece gibi siyahtı, adeta kâbuslardan fırlamış bir canavardı. Onları çayırda gördüğüm o zamandan sonra pek çok defa kâbuslarıma girmişlerdi.

Şimdi onların hepsini görebiliyordum, gözlerin ait olduğu bedenler karşımdaydı, görünüşe göre ondan fazlaydılar. Sürü tam anlamıyla karşı konulamazdı.

Gözümün kenarından Edward'ın bana baktığını gördüm, dikkatlice tepkimi izliyordu.

Sam Carlisle'ın durduğu yerin önüne geldiğinde tüm sürü onun arkasında sıra oldu. Jasper taş kesilmişti ama Emmett, Carlisle'ın diğer yanında durmuş, gülümsüyordu.

Sam, Carlisle'ı kokladı, yaptığı şey yüzünden irkilmiş görünüyordu. Sam daha sonra koklamak için Jasper'a geçti.

Gözlerim, kurtların tedbirli hareketlerini izliyordu. Sürüye eklenen birkaç yeni kişiyi ayırt edebileceğimden emindim. Diğerlerinden daha ufak gri bir kurt vardı, sırtındaki tüyler hoşnutsuzlukla dikilmişti. Bir tane daha vardı, kum rengindeydi ve uzundu, diğerlerinin yanında sürüden ayrı gibi görünüyordu. Sam, kum rengi kurdu Jasper ve Carlisle'ın ortasından sola doğru çektiğinde bir inleme duyuldu.

Sam'in tam arkasındaki kurda bakıyordum. Tüyleri, kırmızıya çalan kahverengiydi ve diğerlerininkinden daha uzun ve kabarıktı. Boyu neredeyse Sam kadar vardı, sürüdeki en uzun ikinci eleman oydu. Duruşu kayıtsızdı, umursamaz tavrı diğerlerine oranla daha belirgindi.

Rengi kırmızıya çalan kahverengi kurt bakışlarımı fark etmiş gibiydi ve gözlerini bana dikti. Siyah gözleri bana tanıdık gelmişti.

Ben de ona baktım. Yüzümde büyülenmiş gibi bir ifade olduğunu tahmin ediyordum.

Kurt ağzını açtı ve dişlerini ortaya çıkardı. Eğer ağzından sarkan dili olmasa bu ürkütücü olabilirdi fakat sanki kurtlara özgü bir şekilde gülümsüyordu.

Kıkırdadım.

Jacob'ın gülümseyişi daha da büyüdü ve keskin dişleri iyice ortaya çıktı. Sürüsündekilerin ona merakla bakmasına aldırmadan sıradaki yerini terk etti. Aceleyle, yanı başımda duran Alice'i ve Edward'ı geçip yakınımda bir yere geldi. Bir yandan da Edward'ın yüzündeki ifadeyi kontrol ediyordu.

Bir heykel gibi hareketsiz duran Edward davranışlarımı anlamaya çalışıyordu.

Jacob ön ayakları üzerine eğildi ve başını eğdi, böylece benle aynı boyda olmuştu. Gözlerini bana dikmiş bakarken o da, tıpkı Edward gibi, verdiğim tepkiyi ölçüyordu.

"Jacob?" dedim bir solukta.

Göğsünden gelen bir sesle yanıtladı, sanki gülmüştü.

Elimi ona uzattım, parmaklarım titriyordu. Yüzünün yanındaki kızıl kahve tüylere dokundum.

Siyah gözlerini kapadı ve kocaman kafasını avucumun içine bıraktı. Boğazından düzenli bir mırıldanma geliyordu.

Kürkü hem sert hem yumuşaktı ve benim tenime kıyasla sıcaktı. Parmaklarımı, merakla tüyleri arasında gezdirdim, yapısını anlamaya çalışıyordum. Sonra renklerin koyulaştığı boynunu okşadım. Ona ne kadar yaklaştığımın farkında değildim; birdenbire Jacob yüzümü boydan boya yaladı.

"Iyy, İğrençsin, Jake!" diyerek inledim, geriye doğru sıçradım ve o sanki bir insanmışçasına ona vurdum. Yana doğru sıçradı ve öksürürcesine dişlerinin arasından havladı, belli ki bu bir kahkahaydı.

Kendimi gülmemek için zor tutarak yüzümü bluzumun kenarına sildim.

İşte o an, hem Cullenlar'ın hem de kurt adamların bizi izlediğini fark ettim. Cullenlar'ın kafası karışmıştı ve yüzlerinde iğrenmiş bir ifade vardı. Kurtların yüz ifadelerini anlamak zordu. Sam'in pek mutlu olmadığını düşündüm.

Ve sonra Edward'ı gördüm, sinirlenmişti ve hayal kırıklığına uğradığı ortadaydı. Benden daha farklı bir tepki beklediğini fark ettim. Çığlık atıp kaçmamı bekliyor gibiydi.

Jacob tekrar güldüğünü gösteren o sesi çıkardı.

Diğer kurtlar artık gidiyorlardı ve gözlerini bir an olsun Cullenlar'dan ayırmadılar. Onların gidişini izlerken Jacob yanımda duruyordu. Kısa bir süre içerisinde, karanlık ormanın içerisinde gözden kayboldular. Sadece içlerinden iki tanesi tereddütle bekleyip

Jacob'ı izliyordu, duruşlarında bir endişenin olduğu fark edilebiliyordu.

Edward iç geçirdi ve Jacob'ı görmezden gelerek diğer tarafıma geçip elimi tuttu.

"Gitmek için hazır mısın?" diye sordu.

Ben cevap vermeden önce Jacob'a baktı.

"Henüz tüm detaylar üzerinde çalışmadım," diye cevap verdi Jacob'ın düşüncelerine.

Jacob bu sefer huzursuzca homurdandı.

"Bu daha da karmaşık," dedi Edward. "Bunu düşünme; güvende olmasını sağlayacağım."

"Neden bahsediyorsun?" diye sordum.

"Sadece strateji üzerinde tartışıyoruz," dedi Edward.

Jacob yüzlerimize bakarak başını ileri geri salladı. Sonra da aniden ormana doğru koştu. İlk defa o zaman, arka bacağının sarılmış olduğunu fark ettim.

"Bekle," diye bağırdım, bir elim kendiliğinden onu yakalamak istercesine arkasından uzandı. Fakat saniyeler içerisinde ağaçların arasında kaybolmuş, diğer kurtlar da onun arkasından gitmişti.

"Neden gitti?" diye sordum acıyla.

"Geri geliyor," dedi Edward. İç geçirdi. "Kendisi konuşmak istiyor."

Gözden kaybolduğu yere baktım ve tekrar Edward'a yaslandım. Neredeyse kendimden geçmek üzereydim ama bununla mücadele ediyordum.

Jacob koşarak tekrar görüş alanına girdi, bu defa iki ayağı üzerindeydi. Geniş göğsü çıplak, saçları ise karmakarışıktı. Üzerinde sadece ıslak bir pantolon vardı, çıplak ayakları soğuk zemine basıyordu. Artık yalnızdı ama arkadaşlarının ağaçların arasında saklandıklarına emindim.

Kendi aralarında sessizce konuşan Cullen topluluğuna aldırmadan hızla yanımıza geldi.

"Pekâlâ, kan emici," dedi Jacob bizden birkaç adım uzaktayken, kaçırdığım konuşmaya devam ediyorlardı. "Bu kadar karmaşık olan da ne?"

"Her ihtimali düşünmeliyim," dedi Edward sıradan bir şekilde. "Ya biri seni geçerse?"

Jacob bu fikre sadece güldü. "Öyleyse onu bizim bölgede bırak. Collin ve Brady'yi arkada bırakacağız. Orada güvende olacaktır."

Somurttum. "Benden mi bahsediyorsunuz?"

"Sadece dövüş esnasında seni ne yapacağını bilmek istiyorum," diye açıkladı Jacob.

"Beni ne mi *yapacak*?"

"Forks'ta kalamazsın, Bella." Edward'ın sesi teskin ediciydi. "Seni nerede arayacaklarını biliyorlar. Ya içlerinden biri bizi geçerse?"

Kanın yüzümden çekildiğini hissedebiliyordum. "Charlie?" diye inledim.

"O Billy ile birlikte olacak," diye teselli etti Jacob beni. "Babam, onu getirmek için cinayet işlemek zorunda kalsa bile bunu yapacağını söyledi. Muhtemelen bu kadar uğraştırmaz. Bu cumartesi, değil mi? Evet bir maç var."

"Bu cumartesi mi?" diye sordum, başım dönüyordu. Aklıma gelen tuhaf düşünceleri başımdan savamayacak kadar sersemlemiştim. Edward'a dönüp kaşlarımı çattım. "Bu berbat! Senin mezuniyet hediyen o gündü."

Edward güldü. "Düşündüğün şey buysa," dedi "Biletleri başkasına verebilirsin."

Aniden bu fikir çok mantıklı geldi. "Angela ve Ben," dedim. "En azından kasabadan çıkmış olurlar."

Yanağıma dokundu. "Herkesi kasabadan çıkaramazsın," dedi tatlı bir sesle. "Seni saklamak bir önlem. Sana demiştim, şu anda hiçbir sorunumuz yok. Bizi eğlendirecek kadar kalabalık olmayacaklar."

"Peki ya onu La Push'ta tutmaya ne dersin?" diye araya girdi Jacob sabırsızca.

"O tarafta çok fazla gezindi," dedi Edward. "İzlerini her yere bıraktı. Alice sadece genç vampirlerin geldiğini gördü ama birinin onları yarattığı aşikâr. Onların arkasında onlardan daha deneyimli biri var. Bu kişi her kimse," – Edward bu kısımda duraksadı ve bana baktı – "erkek ya da kadın, bu sadece dikkat dağıtmak için olabilir. Bu kişi eğer kendisini düşünürse, Alice onu görebilecek ama bu arada bizler çok meşgul olabiliriz. Belki de biri bunun olacağına güveniyor olabilir. Onu çok sık gittiği bir yerde bırakamam. Bulunması zor bir yerde saklanmalı. Bu önemli bir şey ve bunu şansa bırakamam."

O bunları açıklarken alnımı kırıştırmış onu dinliyordum. Omzumu okşadı.

"Sadece aşırı tedbirliyim," dedi.

Jacob, solumuzda kalan ormanları, Olympic Dağları'na kadar uzanan düzlüğü gösterdi.

"Öyleyse orada sakla," diye önerdi. "Bir milyon

ihtimal var. İçimizden birinin, ihtiyaç duyulursa birkaç dakika içerisinde olabileceği yerlerden bahsediyorum."

Edward başını salladı. "Onun kokusu çok güçlü ve benimkiyle birleştiğinde daha da fark edilir oluyor. Onu yanımda götürsem bile arkasında iz bırakacaktır. *Bizim* izlerimiz her yerde ama Bella'nın kokusuyla birleşince bu onların ilgisini çekebilir. Hangi yoldan geleceklerini bilmiyoruz çünkü *onlar* da hâlâ bilmiyor. Bizi bulmadan önce onun kokusuyla karşılaşırlarsa..."

İkisi de aynı anda yüzlerini buruşturup kaşlarını çattılar.

"Zorlukları görüyorsun."

"Bir yol olmalı mutlaka," diye mırıldandı Jacob. Dudaklarımı büktüm ve ormana doğru baktım.

Ayaklarım üzerinde zorlukla duruyordum. Edward kolunu benim belime koyup beni daha da yakınına çekti ve bana destek oldu.

"Seni eve götürsem iyi olacak. Bitkin haldesin. Hem Charlie de yakında uyanır..."

"Bir dakika," dedi Jacob, gözlerinde bir ışık belirmişti. "Kokum senin mideni bulandırıyor değil mi?"

"Hmm, hiç de fena değil." Edward iki adım ilerledi. "Bu olabilir." Ailesine döndü. "Jasper?" dedi.

Jasper merakla baktı. Alice ile birlikte hemen arkasında duruyordu. Yüzünde gene hoşnutsuz bir ifade vardı.

"Peki, Jacob." Edward başıyla onayladı.

Jacob yüzünde karmaşık duygularla bana döndü.

Bu yeni plan her neyse, belli ki onu heyecanlandırmıştı ama yine de eski düşmanları, yeni müttefikleri olan Cullenlar'a yaklaşmak onu tedirgin etmişti. Ve kollarını açıp bana doğru geldiğinde tedirgin olma sırası bendeydi.

Edward derin bir nefes aldı.

"Kafalarını karıştırabileceğimiz kadar senin kokunu saklayabilecek miyiz, göreceğiz," diye açıkladı Jacob.

Açık olan kollarına kuşkuyla baktım.

"Seni taşımasına izin ver, Bella," dedi Edward. Sesi sakindi ama yine de bastırmaya çalıştığı nefretini hissetmiştim.

Kaşlarımı çattım.

Jacob sabırsızca gözlerini devirdi ve sonra da bir hamlede beni kollarıyla kaldırdı.

"Bebek gibi davranma," diye mırıldandı.

Fakat onun gözleri de, tıpkı benimki gibi Edward'ın üzerindeydi. Edward'ın yüzü sakin ve durağandı. Jasper ile konuştu.

"Bella'nın kokusu benim için çok güçlü. Sanırım başka biri denerse, daha doğru olur."

Jacob onlara arkasını döndü ve ormana doğru gitti. Karanlık etrafımızı sardığında hiçbir şey söyleyemedim. Jacob'ın kollarının arasında somurtmuş duruyordum. Fazla yakın olduğumuzu hissetmiştim. Bu kadar *sıkıca* sarılmasına gerek yoktu. Elimden bir şey gelmiyordu ama onun da böyle hissedip hissetmediğini merak ediyordum. Bu bana La Push'taki son öğleden sonramı anımsatmıştı ve bunun hakkında düşünmek istemiyordum. Kollarımı göğsümde birleştirdim, bu anı, öfkeyle elimdeki bandajı hatırlamama neden olmuştu.

Çok uzağa gitmedik; belki de başlangıç noktamız olan açıklıktan sadece yarım futbol sahası kadar uzaklaşmıştık. Edward orada tek başına duruyordu ve Jacob onun yanına gitti.

"Beni aşağı bırakabilirsin."

"Hiçbir şeyi şansa bırakıp deneyi mahvetmek istemiyorum." Yürümesi yavaşladı ve kolları beni daha da sıkı sardı.

"*Çok* sinir bozucusun," diye mırıldandım.

"Teşekkürler."

Aniden Jasper ve Alice, Edward'ın yanında belirdiler. Jacob bir adım daha attı ve beni Edward'dan on adım kadar uzakta yere indirdi. Jacob'a dönüp bakmadan Edward'a doğru yürüdüm ve elini tuttum.

"Eee?" dedim.

"Hiçbir şeye dokunmadığın sürece, Bella, birinin senin kokunu takip edebileceğini hayal dahi edemiyorum," dedi Jasper yüzünü buruşturarak. "Kokun neredeyse tamamen kaybolmuş."

"Tam bir başarı," diye onayladı Alice, burnunu kırıştırmıştı.

"Ve bu benim aklıma bir fikir getirdi."

"İşe yarayacak türden," diye hevesle ekledi Alice.

"Zekice," diye onayladı Edward.

"Buna nasıl *dayanacaksın*?" diye mırıldandı Jacob bana.

Edward Jacob'ı duymazdan geldi ve açıklamak için

bana baktı. "Biz, aslında sen, ormandaki düzlüğe doğru arkanda sahte bir iz bırakacaksın, Bella. Yeni doğanlar peşine düştüklerinden bu koku onları deli edecek ve kolayca bizim istediğimiz yoldan gelecekler. Alice çoktan bu planın işe yarayacağını gördü. *Bizim* kokumuzu aldıklarındaysa ikiye ayrılıp peşimize düşecekler. Yarısı ormana gidecek, bu kısımda Alice'in görü yeteneği aniden işe yaramıyor…"

"İşte bu!" diye tısladı Jacob coşkuyla.

Edward ona gülümsedi, gerçekten de arkadaş canlısı bir gülümsemeydi.

Ben ise kendimi kötü hissetmiştim. Nasıl olur da böyle bir şey için bu kadar istekli olabilirlerdi. İkisinin de tehlikede olmasına nasıl katlanırdım? Buna dayanamazdım.

Yapamazdım.

"Aklından bile geçirme," dedi Edward aniden, sesinde iğrenme vardı. Bu beni yerimden zıplatmıştı, bir şekilde benim çözüm yolumu fark etmiş olduğunu düşünerek endişelendim ama onun gözleri Jasper'daydı.

"Biliyorum, biliyorum," dedi Jasper hemen. "Sadece aklımdan geçti, gerçekten."

Alice onun ayağına bastı.

"Eğer Bella gerçekten o açıklıkta durursa," diye açıklamaya çalıştı Jasper ona, "bu onları deli eder. Onun dışında hiçbir şeye konsantre olamazlar. Bu sayede kolayca onları…"

Edward'ın bakışı, Jasper'ın fikrini değiştirmişti.

"Tabii ki, bu onun için çok tehlikeli olur. Sadece

yanlış bir düşünceydi," dedi hemen. Fakat gözünün ucuyla bana bakıyordu ve bu bakış oldukça istekliydi.

"Hayır," dedi Edward. Son noktayı koymuştu.

"Haklısın," dedi Jasper. Alice'in elini tuttu ve diğerlerine döndü. "İkiye karşı üç?" Tekrar pratik yapmak istiyordu.

Jacob, onun arkasından hoşnutsuz bir şekilde baktı.

"Jasper bu olaya askeri bir açıdan bakıyor," diye kardeşini savundu Edward. "Tüm seçenekleri gözden geçiriyor. Bu duyarsızlık değil, sadece her ihtimali düşünmekle ilgili bir şey."

Jacob küçümsercesine güldü.

Jacob, bilinçli olma halinin neredeyse son raddesine ulaşmıştı. Edward'dan sadece üç adım uzakta, diğerlerinin tam ortasında duruyordu. Havadaki gerilimi hissedebiliyordum. Bu sanki manyetik bir alan gibiydi, rahatsız edici bir yoğunluk vardı.

Edward tekrar konuya geri döndü. "Sahte iz bırakması için cuma öğleden sonra onu getireceğim. Ondan sonra bizimle buluşabilirsin ve onu bildiğim bir yere taşırsın. Tamamen yoldan uzak, savunmaya açık olan ve onların erişmesi zor olan bir yere. Oraya başka bir yoldan ulaşacağım."

"Ve sonra ne olacak? Onu bir cep telefonuyla mı bırakacaksın?" diye sordu Jacob ciddi bir ses tonuyla.

"Daha iyi bir fikrin var mı?"

Jacob aniden gülümsedi. "Aslında var."

"Ah...gene mi, hiç de fena değilsin köpek."

Jacob hızla bana döndü, sanki beni de konuşmaya dahil etmeye çalışan iyi bir çocuk gibiydi. "Seth'le, genç olanlardan ikisiyle kalması için konuşmayı denedik. Hâlâ çok genç ama çok da inatçı. Bu yüzden onun için yeni bir görevim var."

Anlıyormuş gibi bakmayı denedim ama kimseyi kandıramamıştım.

"Seth Clearwater, kurt halinde kaldığı sürece sürüyle bağlantıda kalacak," dedi Edward. "Uzaklık sorun olmaz mı?" diye ekledi Jacob'a dönerek.

"Hayır."

"Beş yüz kilometre bile mi?" diye sordu Edward. "Bu şaşırtıcı."

Jacob tekrar iyi bir çocuk olmuştu. "Bu denediğimiz en uzak mesafe," dedi bana. "Yine de gün gibi ortada."

Dalgın bir şekilde başımı salladım; Seth Clearwater'ın da kurt adam olduğu haberini sindirmeye çalışırken konsantre olmam oldukça zor olmuştu. Onun ışıl ışıl gülümsemesini hayal edebiliyordum, Jacob'ın gençliği gibiydi; eğer öyleyse on beş yaşından büyük olamazdı. Konsülün, şölen ateşi çevresinde toplandığı sıradaki hevesi artık yeni bir anlam kazanmıştı...

"Bu iyi bir fikir." Edward bunu kabul etmeye istekli gibi görünüyordu. "Orada Seth ile birlikte olursa anında bağlantı kurma olayı olmasa bile daha iyi hissederim. Bella'yı nasıl yalnız bırakırım bilmiyordum. Demek sonunda bu noktaya kadar geldik! Kurt adamlara güveniyoruz!"

"Vampirlere karşı savaşmak yerine onlarla *birlikte*

savaşmak!" diyerek Edward'ın sevimsiz ses tonunu taklit etti Jacob.

"Yine de onlardan bazılarına karşı dövüşeceksin," dedi Edward.

Jacob gülümsedi. "Burada bulunmamızın sebebi de bu zaten."

19. BENCİL

Edward, artık daha fazla dayanamayacağımı düşünerek beni eve taşıdı. Yolda uyuyakalmış olmalıydım.

Uyandığımda yatağımdaydım ve kasvetli ışık, pencereden içeri tuhaf bir açıyla kırılarak giriyordu. Neredeyse öğleden sonra gibiydi.

Esnedim ve gerindim, sonra parmaklarım onu aradı ama bulamadı.

"Edward?" diye mırıldandım.

Parmaklarım soğuk ve düz bir şeye değdi. Eliydi.

"Gerçekten de bu sefer uyandın mı?" diye homurdandı.

"Mmm," diye içimi çekerek onayladım. "Yoksa uyanıp durdum mu?"

"Çok hareketliydin, bütün gün konuştun."

"Bütün *gün*?" Gözlerimi kırpıştırdım ve tekrar camdan dışarı baktım.

"Uzun bir gece geçirdin," dedi rahatlatıcı bir ses tonuyla. "Yatakta bir gün geçirmeyi hak ettin."

Kalkıp oturdum ve birden başım döndü. Işık gerçekten de batıdan doğuya doğru gidiyordu. "Vay canına."

"Aç mısın?" diye sordu. "Yatakta kahvaltı yapmak ister misin?"

"Ben hallederim," diye inledim tekrar esneyerek. "Kalkıp hareket etmem gerek."

Mutfağa giderken sanki düşecekmişim gibi elimden tuttu. Belki de, uykumda yürüdüğümü sanıyordu.

Basit bir şeyler yaptım ve tost makinesine birkaç turta attım. Sonra tost makinesinin parlak yüzeyinde kendimi gördüm.

"Ah, berbat haldeyim."

"Uzun bir geceydi," diye tekrarladı. "Burada kalıp uyumalıydın."

"Doğru! Ve *her şeyi* kaçırırdım. Artık ailenin bir parçası olduğum gerçeğini kabul etmeye başlamalısın."

Gülümsedi. "Sanırım bu fikre alışabilirim."

Kahvaltımı alıp oturdum, o da yanıma oturdu. İlk ısırığımı almak için turtamı kaldırdığımda, elime baktığını fark ettim. Aşağı doğru baktım ve hâlâ Jacob'ın bana partide vermiş olduğu hediyeyi taktığımı gördüm.

"İzin verir misin?" diye sordu minik tahtadan oyulmuş kurda uzanarak.

Gürültülü bir şekilde yutkundum. "Ah, tabii."

Elini tılsımlı bileziğin altına götürdü ve küçük figürü buz gibi avucunun içinde tuttu. Bir an için korktum. Parmaklarının küçücük bir hareketi, bileziği paramparça edebilirdi.

Ama tabii ki Edward böyle bir şey yapmazdı. Bunu düşündüğüm için bile utanç duydum. Kurdu avucunda sadece bir dakika tuttu ve bıraktı. Bilezik bileğimde hafifçe sallandı.

Gözlerindeki ifadeyi okumaya çalıştım. Tüm görebildiğim dalgınlıktı; geri kalan her şeyi saklamıştı, tabii eğer başka bir şey varsa.

"Jacob Black sana hediyeler verebiliyor."

Bu, ne bir soru ne de bir suçlamaydı. Sadece gerçeğin bir beyanıydı. Ama ben geçen doğum günüme ve hediyeler yüzünden tepemin atmasına gönderme yaptığını biliyordum. Hiçbirini istememiştim. Özellikle de Edward'ın verdiklerini. Mantıklı bir hareket değildi ve zaten herkes bu fikrimi görmezden gelmişti...

"Bana sen de hediyeler verdin," diye hatırlattım ona. "Elde yapılmış olanları sevdiğimi biliyorsun."

Birkaç saniyeliğine dudaklarını büktü. "Peki ya elden düşmeler? Onlar da kabul edilebilir mi?"

"Ne demek istiyorsun?

"Bu bilezik." Parmağını bileğimin çevresine sürdü. "Bunu çok takacak mısın?"

Omuz silktim.

"Çünkü onun duygularını incitmek istemezsin," dedi kurnazlıkla.

"Tabii, sanırım öyle."

"O zaman sence de adil olmaz mıydı," diye sordu, elime bakarak. Avucum yukarı gelecek şekilde elimi çevirdi ve parmağını bileğimdeki damarların üzerinde dolaştırdı. "Mesela küçük bir simge koysaydım?"

"Simge?"

"Bir tılsım. *Beni* aklına getirecek bir şey."

"Sahip olduğum tüm düşüncelerde sen varsın. Hatırlamak için bir şeye ihtiyacım yok."

"Peki, sana bir şey verseydim, takar mıydın?" diye üsteledi.

"Elden düşme bir şey mi?"

"Evet, bir süredir elimde olan bir şey." Yüzüne meleğimsi gülümsemesini kondurmuştu.

Eğer bu Jacob'ın hediyesine tek tepkisi olacaksa, seve seve kabul edebilirdim. "Seni ne mutlu edecekse."

"Eşitsizliği fark ettin mi?" diye sordu, ses tonu suçlamaya dönmüştü. "Çünkü ben kesinlikle fark ettim."

"Ne eşitsizliği?"

Gözleri kısıldı. "Başka herkes sana bir şeyler verebiliyor. Benim dışımda herkes. Sana bir mezuniyet hediyesi almak beni çok mutlu ederdi ama almadım. Bunun seni, başka birisinin hediye vermesinden daha fazla üzeceğini biliyordum. Bu oldukça büyük bir haksızlık. Bunu nasıl açıklıyorsun?"

"Kolay." Omuz silktim. "Sen herkesten daha önemlisin. Ve sen bana *seni* verdin. Bu zaten hak ettiğimden çok daha fazlası ve vereceğin herhangi bir şey bu dengeyi bozardı."

Bunu bir an için düşündü ve sonra gözlerini devirdi. "Beni dikkate alış şeklin gülünç."

Sakince tartımı çiğnedim. Tamamıyla tersini anladığını söylediğimde beni dinlemeyeceğini biliyordum.

Edward'ın telefonu çaldı.

Açmadan önce numaraya baktı. "Ne oldu, Alice?"

Tepkisini beklerken birden tedirgin oldum. Ama Alice ne söylediyse bu onu şaşırtmadı. Birkaç kere içini çekti.

"O kadarını ben de tahmin etmiştim," dedi gözlerimin içine bakıyordu, yüzünde onaylamayan bir ifade vardı. "Uykusunda konuşuyordu."

Kızardım. Ne demiştim acaba?

"Ben hallederim." diye söz verdi.

Telefonu kapatırken bana dik dik baktı. "Benimle konuşmak istediğin bir şey var mı?"

Bir an düşündüm. Alice'in dün geceki uyarısını göz önüne alırsak, neden aradığını tahmin edebilirdim. Ve gün içinde uyurken gördüğüm kâbusları – Jasper'ı kovaladığım, onu takip etmeye çalıştığım. Labirent gibi ormanlıktaki açıklığı bulduğum ve Edward'ı ve beni öldürmeye çalışan canavarları orada bulacağımı bildiğim ama çoktan kararımı vermiş olduğum için onları umursamadığım kâbusları – hatırladıkça Edward'ın ben uyurken neler duyduğunu da tahmin edebilirdim.

Bir anlığına dudaklarımı büktüm, bakışlarına karşılık veremiyordum. Bekledi.

"Jasper'ın fikrini sevdim," dedim sonunda.

İnledi.

"Yardım etmek istiyorum. *Bir şeyler* yapmak istiyorum," diye ısrar ettim.

"Tehlikede olmanın bir yardımı olmaz."

"Jasper olacağını düşünüyor. Bu onun uzmanlık alanı."

Edward bana ters ters baktı.

"Beni uzak tutamazsın," diye tehdit ettim. "Sen benim için bütün riskleri göze alırken ben ormanda saklanmayacağım."

Birdenbire gülümsemesini zor tutmaya başladı. "Alice seni açıklıkta görmüyor, Bella. Seni ormanlıkta kaybolmuş bir şekilde sendelerken görüyor. Bizi bulmayı başaramayacaksın; sadece daha sonrasında seni bulmam için bana daha çok zaman kaybettireceksin."

Onun gibi sakin kalmaya çalıştım. "Bunun sebebi, Alice'in Seth Clearwater'ı hesaba katmamış olması," dedim kibarca. "Eğer katmış olsaydı, elbette hiçbir şey göremiyor olacaktı. Ama Seth de, en az benim kadar, orada olmak istiyor gibi görünüyor. Bana yol göstermesi için onu ikna etmek çok da zor olmasa gerek."

Öfkesi yüzüne yansıdı ve sonra derin bir nefes alıp kendini topladı. "İşe yarayabilirdi...eğer bana söylemeseydin. Şimdi tek yapmam gereken, Sam'den Seth'e kesin emirler vermesini istemek. Her ne kadar yapmak istese de, Seth öyle bir emre karşı gelemez."

Tatlı tatlı gülümsedim. "Ama Sam neden o emirleri versin ki? Benim orada bulunmamın ne kadar yardımcı olacağını söylersem, eminim Sam, sana değil de, bana bir iyilik yapmayı tercih eder."

Tekrar kendini toparlamak zorunda kaldı. "Belki de haklısın. Ama eminim Jacob bu emirleri vermek için fazlasıyla istekli olacaktır."

Kaşlarımı çattım. "Jacob?"

"Jacob komutada ikinci. Sana hiç söylememiş miydim? Onun emirlerinin de dinlenmesi gerekiyor."

Beni alt etmişti. Gülüşünden bunu onun da bildiği belliydi. Alnım kırıştı. Sadece bu durumda, Jacob onun tarafındaydı, bundan emindim. Ve Jacob bana bunu hiç söylememişti.

Edward, bu anlık sersemleyişimden faydalandı ve sakin ve yumuşak bir sesle devam etti.

"Dün akşam sürüdekilerin zihinlerine muhteşem bir bakış attım. Pembe diziden de iyiydi. Bu kadar geniş bir sürüdeki dinamiğin, bu kadar karmaşık olabileceği hayatta aklıma gelmezdi. Bireysel çekime karşı çoğunluk psikolojisi... Kesinlikle büyüleyici."

Besbelli dikkatimi dağıtmaya çalışıyordu. Ona dik dik baktım.

"Jacob fazlasıyla iyi sır saklıyor," dedi sırıtarak.

Cevap vermedim, sadece düşüncemi savunmaya devam edip bir açık bekleyerek dik dik bakmaya devam ettim.

"Örneğin, dün gece oradaki daha küçük gri kurdu fark ettin mi?"

Başımla katı bir şekilde onayladım.

Kıkırdadı. "Onlar bütün efsanelerini çok ciddiye alırlar. Ama meğer hiçbir hikâyenin onları hazırlayamayacağı şeyler varmış."

İçimi çektim. "Tamam, pes ediyorum. Neden bahsediyorsun?"

"Her zaman hiçbir şüphe duymaksızın, dönüşüm geçirme gücüne sahip olan kişinin, sadece orijinal kurdun öz torunu olabildiğini kabul etmişlerdi."

"Yani, öz torun olmayan biri mi dönüşüm geçirmiş?"

"Hayır. Kız gerçekten de öz torunu."

Gözlerimi kırpıştırdım ve gözlerim açıldı. "*Kız*?"

Başını salladı. "Seni tanıyor. Adı Leah Clearwater."

"Leah bir kurt adam mı!" diye haykırdım. "Ne? Ne zamandır? Jacob neden bana söylemedi?"

"Paylaşmaya izni olmadığı şeyler vardı. Mesela, sayıları... Daha önce de söylediğim gibi, Sam bir emir verdiği zaman, sürü basitçe bu emri yok sayamıyor. Jacob benim yanımdayken başka şeyler düşünmeyecek kadar dikkatliydi. Tabii dün geceden sonra, hepsi uçtu gitti."

"Buna inanamıyorum. Leah Clearwater!" Birdenbire, Jacob'ın Leah ve Sam'den bahsettikten sonra çok fazla şey söylemiş gibi davrandığını hatırladım. Sam'in bütün sözlerini bozduğunu bilerek *her gün* Leah'nın gözlerinin içine bakmak zorunda oluşu hakkında söyledikleri... Yaşlı Quil içindekileri söyleyerek üzerindeki yükü atıp Quileute *oğullarının* paylaştıklarını feda ederken, yanağında bir gözyaşı parlayan, uçurumun kenarındaki Leah... Ve çocuklarıyla sorun yaşadığı için Sue ile vakit geçiren Billy... Meğer aslında sorun her ikisinin de kurt adam olmasıymış!

Daha önce Leah Clearwater'ı pek düşünmemiştim. Sadece Harry ölünce onun kaybı için üzülmüş, sonrasında da Jacob, Sam ve kuzeni Emily arasındaki tuhaf aşk hikâyesinin nasıl Leah'nın kalbini kırdığını anlattığında ona acımıştım.

Ama şimdi Sam'in sürüsünün bir parçasıydı, onun düşüncelerini okuyabiliyordu...ve kendi düşüncelerini saklamaktan da acizdi.

Bu kısımdan gerçekten nefret ediyorum, demişti Jacob. *Utanç duyduğun her şey, herkesin görebilmesi için ortalığa serilmiş durumda.*

"Zavallı Leah," diye fısıldadım.

Edward homurdandı. "Diğerleri için, hayatı ondan

beklenmeyecek şekilde nahoş yapıyor. Senin sempatini hak ettiğinden emin değilim."

"Ne demek istiyorsun?"

"Bütün düşüncelerini başkalarıyla paylaşmak onlar için yeterince zor. Çoğu iş birliği yapmaya, durumu daha kolaylaştırmaya çalışıyor. Tek bir üyeleri bile bilerek kötü niyetli oluyorsa, bu durum her biri için acı verici oluyor."

"Yeterince sebebi var," diye mırıldandım hâlâ onun tarafını tutmaya devam ederek.

"Ah, biliyorum," dedi. "Âşık olma dayatması, hayatımda tanık olduğum en tuhaf şeylerden biri ve ben gerçekten de tuhaf şeyler gördüm," dedi ve kafasını hayretle salladı. "Sam'in Emily'sine bağlı oluş şekli tarif edilemez, ya da *onun Sam'i* demeliyim. Sam'in gerçekten başka çaresi yoktu. Bana perilerin aşk efsunlarının yol açtığı bütün o kaosu anlatan *Bir Yaz Gecesi Rüyası*'nı hatırlatıyor...sihir gibi," diyerek gülümsedi. "Neredeyse benim sana hissettiğim kadar güçlü bir duygu."

"Zavallı Leah," dedim tekrar. "Ama kötü niyetli derken ne demek istiyorsun?"

"Sürekli diğerlerinin hatırlamak istemediği şeyleri düşünüp duruyor," diye açıkladı. "Örneğin, Embry."

"Embry'nin nesi var?" diye sordum şaşırarak.

"On yedi yıl önce, annesi, ona hamileyken Makah arazisinden taşınmıştı. Quileute değildi. Herkes babanın Makahlar'dan olduğunu düşündü. Ama sonra sürüye katıldı."

"Sonra?"

"Babası için bazı adaylar var; Quil Ateara Sr., Joshua Uley ya da Billy Black. Tabii o zamanlar hepsi de evliydi."

"Hayır!" diye haykırdım. Edward haklıydı, bu tamamen bir pembe dizi gibiydi.

"Şimdi Sam, Jacob ve Quil'in üçü de, hangisinin bir üvey kardeşi var, diye merak ediyorlar. Hepsi Sam olmasını istiyorlar çünkü onun babası hiçbir zaman ona karşı bir baba gibi olmamıştı. Ama tabii ortada her zaman bir şüphe var. Jacob, hiçbir zaman Billy'ye bu konu hakkında soru soramamış."

"Vay canına. Bir gecede bütün bunların hepsini nasıl anladın?"

"Sürünün zihni büyüleyici. Hepsi birlikte ve aynı zamanda, ama ayrı ayrı düşünüyorlar. Okuyacak o kadar çok şey var ki!"

Sesi hafif pişman geliyordu, sanki tam en önemli noktasında bir kitabı okumayı bırakmış birisi gibi. Güldüm.

"Sürü oldukça etkileyici," diyerek ona katıldım. "Neredeyse, senin benim dikkatimi dağıtmaya çalıştığın zamanlardaki kadar etkileyici."

İfadesi yine kibarlaştı. Mükemmel bir poker yüzüne sahipti.

"O açıklıkta olmalıyım, Edward."

"Hayır," dedi konuyu kapatırcasına.

O anda aklıma kesin bir yol geldi.

O açıklıkta bulunmam o kadar da zorunlu değildi. Sadece Edward neredeyse orada olmam gerekiyordu.

Zalimce, diye suçladım kendimi. *Bencil, bencil, bencil! Yapma bunu!*

İç sesimi duymazlıktan geldim. Yine de konuşurken ona bakamıyordum. Suçluluk hissi, gözlerimi masaya yapıştırmıştı.

"Tamam, bak, Edward," diye fısıldadım. "Şöyle bir şey var...daha önce bir kere delirdim. Sınırlarımı biliyorum. Ve beni tekrar terk edersen, buna katlanamam."

Çektirdiğim acının ne kadar derin olduğunu bilmekten korktuğum için bakışlarımı kaldırıp tepkisine bakmadım. Aniden nefes alışını ve sonrasında onu takip eden sessizliği dinledim. Sözlerimi geri alabilmeyi dileyerek koyu renkli tahta masaya bakmaya devam ettim. Ama alamayacağımı biliyordum. İşe de yaramazdı.

Birdenbire, kollarıyla beni sarmıştı. Elleri, yüzümü ve kollarımı okşuyordu. Beni teselli ediyordu. Suçluluk, sarmal bir hale geçip bütün vücudumu sardı. Ama yaşama içgüdüsü daha güçlüydü. O, benim hayatta kalmam için, şüphesiz, en önemli etkendi.

"Durumun öyle olmadığını biliyorsun, Bella" diye mırıldandı. "Çok uzakta olmayacağım ve hemen bitecek."

"Buna katlanamam," diye üsteledim, hâlâ aşağıya bakıyordum. "Geri dönüp dönmeyeceğini bilmemek... Ne kadar çabuk biterse bitsin, buna nasıl katlanırım?"

Derin bir iç çekti. "Kolay olacak, Bella. Korkuların anlamsız."

"Hepsi mi?"

"Hepsi."

"Ve herkes iyi olacak mı?"

"Herkes," diye söz verdi.

"Benim açıklıkta olmam için hiçbir sebep yok mu?"

"Tabii ki yok. Alice az önce on dokuz kişi olduklarını söyledi. Çok kolay halledeceğiz."

"Doğru. O kadar kolay ki, biri gitmese de olur demiştin," dedim dün geceki sözlerini tekrarlayarak.

"Evet."

Çok kolaydı – bunu görmüş olması gerekirdi.

"O kadar kolay ki, belki sen de gitmesen olur."

Uzun bir sessizlikten sonra, nihayet başımı kaldırıp tepkisine bakabildim.

Poker yüzü geri gelmişti.

Derin bir nefes aldım. "Öyleyse, biri ya da öteki. Demek ki, benim bilmemi istediğinden çok daha fazla tehlikesi var ve bu durumda edebileceğim her yardımı edebilmek için benim de orada olmam doğru olur. Ya da...o kadar kolay ki, sensiz de halledebilirler. Hangisi?"

Konuşmadı.

Ne düşündüğünü biliyordum. Benim düşündüğümün aynısını düşünüyordu. Carlisle. Esme. Emmett. Rosalie. Jasper. Ve...bu son ismi düşünmemek için kendimi zorladım. Ve Alice.

Bir canavar olup olmadığımı merak ettim. Onun olduğunu düşündüğü türde, gerçek türde bir canavar değildim. İnsanları kıran türde bir canavar. Söz konusu istediği şeyler olunca sınırları olmayan türden bir canavar.

Benim tek istediğim onu güvende tutmaktı, benimle birlikte güvende olacaktı. Neler yapabileceğime dair bir sınırım var mıydı, bunun için neleri feda ederdim? Emin değildim.

"Benden, benim yardımım olmadan dövüşmelerine izin vermemi mi istiyorsun?" dedi alçak sesle.

"Evet." İçimden kendimi bu kadar rezil hissederken, sesimi o kadar düzgün tutabildiğime şaşırdım. "Ya da bırak, ben de geleyim. Her iki türlü de birlikte olacağız."

Derin bir nefes aldı ve yavaş bir şekilde nefesini verdi. Ellerini yüzümün iki tarafına koydu ve bakışlarına karşılık vermem için zorladı. Gözlerimin içine uzun uzun baktı. Ne aradığını merak ettim, ya da ne bulduğunu. Suçluluk duygusu yüzümde de, beni hasta eden, midemdeki kadar ağır mıydı?

Gözleri, okuyamadığım bir duyguyla kısıldı ve telefonunu çıkarmak için bir elini indirdi.

"Alice," dedi içini çekerek. "Gelip bir süreliğine Bella'ya göz kulak olabilir misin?" Sözüne karşılık vereceğimi bekleyerek tek kaşını kaldırmıştı. "Jasper'la konuşmalıyım."

Besbelli Alice kabul etmişti. Telefonu kaldırdı ve yüzüme dik dik bakmaya devam etti.

"Jasper'a ne diyeceksin?" dedim fısıldayarak.

"Onunla bir konuda konuşacağım...onlarla gitmemem konusunda."

Bu sözlerin onun için ne kadar zor olduğunu yüzünden okumak, o kadar da zor değildi.

"Üzgünüm."

Üzgündüm. Ona bunu yaptırmaktan nefret ediyordum. Ama sahte bir gülümsemeyle bensiz gitmesini söyleyecek kadar da değil. Kesinlikle o kadar değil.

"Özür dileme," dedi biraz gülümseyerek. "Nasıl hissettiğini bana söylemekten asla korkma, Bella. Eğer ihtiyacın olan şey buysa..." Omuz silkti. "Sen benim ilk önceliğimsin."

"O açıdan söylememiştim. Sanki ailen yerine beni seçmeliymişsin gibi..."

"Bunu biliyorum. Ayrıca bu istediğin şey değildi. Sen bana katlanabileceğin iki seçenek sundun, ben de kendi katlanabileceğimi seçtim. Uzlaşmanın böyle işlemesi gerekiyor."

Öne eğildim ve alnımı göğsüne yasladım. "Teşekkür ederim," diye fısıldadım.

"Her zaman," diye cevap verdi saçlarımı öperek. "Ne olursa."

Bir süre hareket etmedik. Yüzümü gömleğine bastırarak saklı tuttum. İçimde iki ses mücadele ediyordu. Biri iyi ve cesur olmamı isteyen, diğeri de iyi olana çenesini kapamasını söyleyen.

"Üçüncü eş kim?" diye sordu birden.

"Ha?" dedim oyalanarak. O rüyayı tekrar gördüğümü hatırlamıyordum.

"Dün gece 'üçüncü eş' hakkında bir şeyler mırıldanıyordun. Geri kalanlar biraz anlam ifade etti ama ondan sonrasını anlamadım."

"Ah. Hımm, evet. O gece ateşin çevresinde dinlediğim hikâyelerden biri sadece." Omuz silktim. "Sanırım beynime kazınmış."

Edward benden uzaklaştı ve kafasını yana yatırdı. Muhtemelen sesimdeki rahatsızlık yüzünden kafası karışmıştı.

Daha fazla soru soramadan, Alice mutfak kapısının önünde, huysuz bir ifadeyle belirdi.

"Bütün eğlenceyi kaçıracaksın," diye homurdandı.

"Merhaba, Alice," diyerek karşıladı onu. Bir parmağını çenemin altına koydu ve veda öpücüğü verebilmek için yüzümü hafifçe kaldırdı.

"Gece geç gelirim," dedi. "Bu konuyu diğerleriyle de konuşmam, işleri ayarlamam gerek."

"Tamam."

"Ayarlanacak bir şey yok," dedi Alice. "Onlara söyledim bile. Emmett bundan memnun oldu."

Edward içini çekti. "Elbette memnun olur."

Sonra beni Alice'le yüzleşmek üzere bırakarak çıkıp gitti.

Alice ters bir bakış attı.

"Üzgünüm," diye tekrar özür diledim. "Sence bu durum, seni daha fazla tehlikeye sokar mı?"

Homurdandı. "Çok fazla endişeleniyorsun, Bella. Saçların erken beyazlayacak."

"Neden mutsuzsun o zaman?"

"Edward işler onun istediği gibi gitmediği zaman fazlasıyla dırdırcı birine dönüşür. Sadece önümüzdeki birkaç ay onunla birlikte yaşayacağımı düşünüyorum da." Surat yaptı. "Sanırım, senin aklını başında tutacaksa, buna değer. Ama keşke bu karamsarlığını kontrol edebilsen, Bella. Çok gereksiz."

"Jasper'ın sensiz gitmesine izin verir miydin?" diye ısrar ettim.

Alice yüzünü buruşturdu. "O farklı."

"Öyle tabii ki."

"Git kendini temizle biraz," diye emretti. "Charlie on beş dakika içinde evde olacak, eğer böyle perişan görünürsen, bir daha senin dışarı çıkmana izin vermez."

Vay canına, gerçekten bütün günü kaybetmiştim.

Charlie eve geldiğinde tamamıyla insan içine çıkabilecek haldeydim. Güzelce giyinmiş bir halde, saçlarım düzgün, mutfakta akşam yemeğini masaya koyuyordum. Alice, Edward'ın her zamanki yerine oturdu ve bu da Charlie'yi mutlu etmeye yetti.

"Selam, Alice! Nasılsın, canım?"

"İyiyim, Charlie, teşekkürler."

"Görüyorum ki, sonunda yataktan çıkabilmişsin, uykucu," dedi bana yanına otururken, tekrar Alice'e dönmeden önce. "Herkes dün ailenin verdiği partiden bahsediyor. Bahse girerim, önünde esaslı bir temizlik işi vardır."

Alice omuz silkti. Onu tanıyordum ve işleri çoktan bitirdiğine emindim.

"Buna değdi." dedi. "Harika bir partiydi."

"Edward nerede?" diye sordu Charlie biraz gönülsüzce. "Temizliğe yardım ediyor mu?"

Alice içini çekti ve suratı acıklı bir hal aldı. Muhtemelen bir roldü bu ama benim pozitif kalabilmem için fazla mükemmeldi. "Hayır. Hafta sonunu Emmett ve Carlisle ile birlikte geçirme planları yapıyor."

"Yürüyüş mü yine?"

Alice başını salladı, yüzünde üzgün bir ifade vardı. "Evet. Benim dışımda, hepsi gidiyor. Her okul yılının sonunda sırt çantalarımızı alıp gezeriz, bir çeşit kutlama olarak, ama bu sene yürüyüşe gitmek yerine alışveriş yapmayı tercih ettiğime karar verdim ve hiçbirisi de benimle birlikte kalmayacak. Terk edildim."

Yüzü buruştu ve ifadesi öyle yıkılmış bir hal aldı ki, Charlie hemen öne eğilip yardım edebilmek ümidiyle bir elini uzattı. Ona şüphelenerek dik dik baktım. Ne yapıyordu?

"Alice, hayatım, neden gelip bizimle kalmıyorsun?" diye önerdi Charlie. "O büyük evde yapayalnız kalacağını düşünmek beni üzer."

İçini çekti. Masanın altından bir şey ayağımı ezdi.

"Ay!" diye haykırdım.

Charlie bana döndü. "Ne?"

Alice bana hayal kırıklığına uğramış bir bakış attı. Bu gece her şeyi çok yavaş anladığımı düşündüğünü söyleyebilirdim.

"Ayağımı çarptım," diye mırıldandım.

"Ah." Tekrar Alice'e döndü. "O zaman, ne dersin?"

Tekrar ayağıma bastı, bu sefer o kadar sert değildi.

"Ee, baba, biliyorsun burada yatacak çok da iyi bir yer sağladığımız söylenemez. Eminim Alice yerde yatmak istemiyordur..."

Charlie dudaklarını büzdü. Alice tekrar o yıkılmış ifadesini takındı.

"Belki de Bella seninle birlikte orada kalmalı," diye önerdi. "Sadece ailen geri dönünceye kadar."

"Ah, bunu yapar mısın, Bella?" Alice bana ışıl ışıl parlayan bir şekilde gülümsedi. "Benimle alışveriş yapmakta bir sakınca görmezsin, değil mi?"

"Elbette," diye onayladım. "Alışveriş. Tamam."

"Ne zaman gidiyorlar?" diye sordu Charlie.

Alice yine surat yaptı. "Yarın."

"Ne zaman gelmemi istersin?" diye sordum.

"Akşam yemeğinden sonra sanırım," dedi, sonra bir parmağını çenesine koyup düşünceli bir yüz ifadesi takındı. "Cumartesi meşgul değilsin, değil mi? Alışveriş için şehir dışına çıkmayı istiyorum ve tam günlük bir şey olacak."

"Seattle olmaz," dedi birden Charlie lafa karışarak, kaşlarını çatmıştı.

"Tabii ki, olmaz," diye onayladı hemen Alice, ama ikimiz de biliyorduk ki, Seattle cumartesi günü fazlasıyla güvenli olacaktı. "Ben Olympia diye düşünüyordum, belki...."

"Bu hoşuna giderdi, Bella." Charlie'nin sesinde rahatlamanın verdiği neşe vardı. "Git de şehrin tadını çıkar."

"Evet, baba. Harika olacak."

Kolay bir sohbet ile Alice dövüş için programımı boşaltmıştı.

Edward fazla geç olmadan döndü. Charlie'nin iyi yolculuklar dileklerini şaşırmaksızın kabul etti. Sabah erkenden ayrılacaklarını söyledi ve her zamankinden daha önce iyi geceler diyerek Alice ile birlikte gittiler.

Onlar ayrıldıktan kısa bir süre sonra ben de uyuyacağımı söyledim.

"Yorgun olamazsın," diye itiraz etti Charlie.

"Birazcık." Yalan söylemiştim.

"Partileri kaçırmaktan hoşlanman çok da şaşırtıcı değil," diye mırıldandı. "Kendine gelmen zaman alıyor."

Yukarıda, Edward yatağımda boylu boyunca yatıyordu.

"Kurtlarla ne zaman buluşuyoruz?" diye mırıldandım.

"Bir saat içinde."

"Bu iyi. Jake ve arkadaşlarının biraz uykuya ihtiyaçları var."

"Senin kadar değil," dedi.

Evde kalmamı sağlamaya çalışacağını düşünerek konuyu değiştirdim. "Alice, sana beni yine kaçırmayı düşündüğünden bahsetti mi?"

Sırıttı. "Aslında, kaçırmıyor."

Şaşkınlıkla ona dik dik baktım ve o da sessizce bu halime güldü.

"Seni rehin tutma yetkisi olan tek kişi benim, unuttun mu?" dedi. "Alice diğerleriyle birlikte ava gidecek." İçini çekti. "Sanırım artık böyle şeyler yapmama gerek kalmadı."

"Beni sen mi kaçırıyorsun?"

Başını onaylarcasına salladı.

Kısaca bunun üzerine düşündüm. Aşağıda dinleyen ve sürekli kapıya gelip kontrol eden bir Charlie yok. Ve bir ev dolusu tamamen uyanık, insanın işine burnunu sokabilecek kadar hassas duyma yetileri olan vampirler de yok... Sadece o ve ben... Gerçekten yalnız.

"Senin için bir sakıncası var mı?" diye sordu, sessizliğim onu endişelendirmişti.

"Şey... yok tabii ki, ama bir şey dışında."

"Ne?" Gözleri kaygılıydı. Bu akıl almaz bir şeydi ama yine de benimle olmaktan huzursuz gibi görünüyordu. Belki de daha açık olmalıydım.

"Alice neden Charlie'ye bu *gece* gittiğini söylemedi?" diye sordum.

Rahatlamış bir halde güldü.

Açıklığa giderken yaptığımız yolculuktan dün gecekinden daha çok zevk aldım. Hâlâ kendimi suçlu hissediyor, hâlâ korkuyordum ama artık dehşete düşmüş değildim. İşe yarayabiliyordum. Gelecek olanın ötesini görebiliyor ve *neredeyse* her şeyin iyi olacağına inanabiliyordum. Edward'ın dövüşü kaçırma fikriyle ilgili bir sorunu yokmuş gibi görünüyordu...ve bu da dövüşün kolay olacağını söylemesine inanmamayı güçleştiriyordu. Zaten buna kendisi de inanmasa, ailesini bu şekilde bırakmazdı. Belki Alice haklıydı, fazla endişeleniyordum.

Açıklığa en son biz vardık.

Vardığımızda Jasper ve Emmett güreşiyorlar, kahkahalarıyla ısınıyorlardı. Alice ve Rosalie, sert zeminin üzerine uzanmışlar, onları seyrediyorlardı. Esme ve Carlisle ise baş başa vermiş, birkaç metre ilerde konuşuyorlardı.

Bu gece hava çok daha aydınlıktı, ay ince bulutların arasından parlıyordu ve ben farklı açılardan izlemek üzere antrenman alanının kenarında, birbirlerinden uzak oturmuş üç kurdu kolaylıkla görebiliyordum.

Jacob'ı tanımak çok kolaydı; başını kaldırıp geldiğimiz yöne doğru bakmadan bile onu bir bakışta tanıyabilirdim.

"Kurtların geri kalanı nerede?" diye merak ettim.

"Hepsinin burada olmasına gerek yok. Tek kişi halledebilir ama Sam, Jacob istekli bile olsa sadece onu gönderebilecek kadar bize güvenmedi. Quil ve Embry onun her zamanki... Sanırım o ikisine onun yoldaşları diyebiliriz."

"Jacob sana güveniyor."

Başıyla onayladı. "Onu öldürmeye çalışmayacağımıza güveniyor. Sadece bu kadar."

"Bu gece onlara katılacak mısın?" diye sordum tereddütle. Bunun onun için ne kadar zor olacağını biliyordum. Aynı ben geride kalsaydım, benim için zor olacağı gibi. Belki de daha zor.

"İhtiyacı olduğunda Jasper'a yardım edeceğim. Eşit sayıda olmayan gruplaşmayı deneyip birden fazla saldırganla baş etmeyi öğretmeyi istiyor."

Omuz silkti.

Ve taze bir panik dalgası kendime olan bütün güven duygumu paramparça etti.

Sayıları hâlâ daha azdı. İşleri daha kötü hale getiriyordum.

Tepkimi saklamaya çalışarak sahaya baktım.

Fakat, kendime yalan söylerken, her şeyin benim ihtiyacım olduğu şekilde yoluna gireceğine kendimi inandırmaya çalışırken bakmak için yanlış bir yerdi. Çünkü gözlerimi Cullenlar'dan uzaklaştırdığımda –

şimdilik oyun gibi olan bu dövüşlerin birkaç gün içinde gerçek ve ölümcül hale geleceğini aklımdan uzaklaştırdığımda – Jacob bakışlarımı yakaladı ve gülümsedi. Daha önceki kurtsu sırıtışın aynısıydı, gözleri, aynı insanken kısıldığı gibi kısılıyordu.

Çok da uzun olmayan bir süre önce, kurt adamları korkutucu bulduğuma inanmak güçtü. Eskiden öyle çok korkuyordum ki, onlarla ilgili kâbus görmekten uyuyamıyordum.

Artık sormama gerek kalmadan, diğerlerinden hangisinin Embry, hangisinin Quil olduğunu biliyordum. Embry, gözle görülür bir şekilde daha zayıf, sırtında siyah benekler olan, oturmuş sabırla diğerlerini izleyen gri kurttu. O sırada Quil ise – koyu çikolata kahverenginde, suratına doğru daha açık renkli olan – sabit bir şekilde kasılmış, bu sahte dövüşe katılmak için sabırsızlanıyormuş gibi görünüyordu. Böyleyken bile canavar gibi değildiler. Arkadaştılar.

Ay ışığı granit sertliğindeki tenlerinin üzerinde parlarken, kobra yılanından bile hızlı hareket eden Emmett ve Jasper'ın yenilmez görünüşünün yanından bile geçmeyecek şekilde arkadaşlardı. Bulaştıkları tehlikeyi anlamadıkları anlaşılan arkadaşlardı onlar. Bir şekilde hâlâ fani olan arkadaşlar. Kanayabilen, ölebilen arkadaşlar...

Edward'ın kendine güveni insanın endişelerini gideriyordu çünkü ailesi için gerçekten endişelenmediği açıktı. Ama kurtlara bir şey olması onu üzer miydi? Eğer bu ihtimal onu rahatsız etmiyorsa, kaygılı olması için bir sebep var mıydı? Edward'ın kendine güveni sadece tek bir korkum için işliyordu.

Boğazımdaki yumruya rağmen zorlukla yutkunarak Jacob'ın gülümseyişine karşılık verdim. Olan biteni doğru anlamlandırıyormuş gibi gözükmüyordum.

Jacob hafifçe ayağa sıçradı ve kütlesine ters orantılı bir çeviklikle, Edward ve benim kenarda dikildiğimiz yere doğru koştu.

"Jacob," Edward kibarca onu karşıladı.

Jacob'ın kara gözleri benim üzerimdeydi ve onu görmezden geldi. Dün yaptığı gibi, başını yana eğerek benim seviyeme indirdi. Hayvansı burnundan hafif bir inilti çıktı.

"Ben iyiyim," diye cevap verdim, Edward'ın yapmak üzere olduğu çeviriye ihtiyaç duymadan. "Sadece endişeliyim, biliyorsun."

Jacob bana bakmaya devam etti.

"Nedenini bilmek istiyor," diye mırıldandı Edward.

Jacob hırladı – tehdit edici değil, sinir olmuş bir sesle – ve Edward'ın dudakları seyirdi.

"Ne?" diye sordum.

"Benim çevirimin eksik olduğunu düşünüyor. Asıl düşündüğü şey, 'Bu çok aptalca. Endişelenecek ne var ki?' idi. Çevirirken düzenledim çünkü kaba olduğunu düşündüm."

Hafifçe gülümsedim, bunu komik bulamayacak kadar kaygılıydım. "Endişelenecek çok şey var," dedim Jacob'a. "Bir grup gerçekten aptal kurdun kendi kendilerinin zarar görmesine sebep olması gibi."

Jacob, öksürüğe benzeyen bir havlamayla güldü.

Edward içini çekti. "Jasper'ın yardıma ihtiyacı var. Çevirmen olmadan sorun yaşar mısın?"

"İdare edebilirim."

Edward bir anlığına bana özlem dolu bir bakış attı, ifadesini anlamak güçtü, sonra arkasını döndü ve Jasper'ın beklediği yere doğru hızla ilerlemeye başladı.

Olduğum yerde oturdum. Yer soğuk ve rahatsızdı.

Jacob öne doğru bir adım attı, sonra bana baktı ve boğazından alçak sesli bir inilti çıktı. Tekrar yarım bir adım daha attı.

"Bensiz git," dedim. "İzlemek istemiyorum."

Jacob başını tekrar yana eğdi ve sonra gürültüyle iç çekerek yanıma kıvrıldı.

"Gerçekten, gidebilirsin." diye onu temin ettim. Cevap vermedi, sadece başını patilerinin üstüne koydu.

Başımı kaldırıp parlak gümüş renkli bulutlara baktım, dövüşü görmek istemiyordum. Hayalgücüm fazlasıyla iyi çalışıyordu. Açıklığa doğru bir meltem esince ürperdim.

Jacob, sıcak kürkünü sol tarafına bastırarak bana biraz daha yanaştı.

"Ee, teşekkürler." diye mırıldandım.

Birkaç dakika sonra, geniş omzuna yaslandım. Bu şekilde çok daha rahattı.

Bulutlar gökyüzünde yavaşça ilerliyordu, kalın parçalar ayın üzerinde hareket ettikçe hava bir kararıp bir aydınlanıyordu.

Dalgınlıkla, boynunun etrafındaki kürkü okşamaya başladım. Önceki gece çıkarttığı tuhaf inleme sesini yine çıkartıyordu. Evi hatırlatan bir sesti. Daha sertti, kedi mırıltısından daha vahşiceydi, ama aynı memnuniyet duygusunu taşıyordu.

"Biliyor musun, hiç köpeğim olmadı," diye dalga geçtim. "Her zaman bir tane istemiştim ama Renée'in alerjisi var."

Jacob gülünce bedeni elimin altımda titredi.

"Cumartesi için hiç endişeli değil misin?" diye sordum.

Devasa kafasını bana çevirince gözlerini devirdiğini görebildim.

"Keşke ben de böyle olumlu olabilseydim."

Başını bacaklarıma yasladı ve tekrar inlemeye başladı. Bu da, kendimi biraz da olsa iyi hissetmeme yetti.

"Öyleyse yapmamız gereken bir yürüyüş var, sanırım."

Mırıldandı, sesi heyecanlıydı.

"*Uzun* bir yürüyüş olabilir," diye uyardım. "Edward uzaklıkları normal bir insan gibi yargılamıyor, biliyorsun."

Jacob yine havlamaya benzer bir kahkaha attı. Ilık kürkünün biraz daha derinlerine yerleştim ve başımı boynuna yasladım.

Garipti. Tuhaf biçimde gerçekleşiyor olmasına rağmen Jake'le geçirdiğimiz eski zamanları hatırlattı. Nefes alıp vermek kadar doğal, kolay, gayretsiz bir arkadaşlık... Tüm bu kurt durumunun, Jake'le olan arkadaşlığımızın bitişinin sebebi olduğu düşünülürse, bunu burada, bu şekilde tekrar bulmam garipti.

Onlar açıklıkta öldürme oyunlarına devam ederken, ben de puslu ayı seyrettim.

20. UZLAŞMA

Her şey hazırdı.

Alice'le iki günlük yolculuğum için toplanmıştım ve çantam kamyonetimin yolcu koltuğunda beni bekliyordu. Konser biletlerini Angela, Ben ve Mike'a vermiştim. Mike, tam da benim umduğum gibi Angela'yı alacaktı.

Billy, Yaşlı Quil Ateara'nın teknesini ödünç almış ve öğleden sonraki oyunlar başlamadan önce, açık denizde balık avlamak üzere Charlie'yi davet etmişti. Colin ve Brady en genç iki kurt adamdı ve henüz birer çocuk olmalarına rağmen, yalnızca on üç yaşlarındaydılar, La Push'u korumak üzere geride kalmışlardı. Yine de, Charlie, Forks'ta kalan herhangi birinden daha güvende olacaktı.

Yapabileceğim her şeyi yapmıştım. Bunu kabul edip kontrolüm dışındaki şeyleri kafamdan atmaya çalıştım, en azından bu gecelik. Öyle ya da böyle, her şey kırk sekiz saat içinde sona erecekti. Düşüncesi bile rahatlatıcıydı.

Edward gevşememi istemişti ve ben de bunun için elimden geleni yapmaya çalışıyordum.

"Bu gece için, sadece sen ve benim dışımdaki her

şeyi unutabilir miyiz?" diye yalvardı gözlerinin gücünün tamamını üstüme salarak. "Buna hiçbir zaman vaktimiz olmuyor. Seninle olmaya ihtiyacım var. Sadece seninle."

Korkularımı unutmanın zor olduğunu bilmeme rağmen katılması güç bir istek değildi. Şimdi kafamda başka meseleler vardı, bu gece yalnız kalacağımızı bilmek gibi ve bu da unutmama yardımcı olabilirdi.

Değişen bir şeyler vardı.

Örneğin, hazırdım.

Ailesine ve dünyasına katılmaya hazırdım. Hissettiğim korku, suçluluk ve keder, bana bu kadarını öğretmişti. Bulutların arasındaki ayı seyredip bir kurt adama yaslanırken bunun üzerine yoğunlaşmak için bir şansım vardı ve bir daha paniklemeyeceğimi biliyordum. Bir daha başımıza bir şey geldiğinde, hazır olacaktım. Yük değil, yardımcı olacaktım. Bir daha asla, benimle ailesi arasında bir seçim yapmak zorunda kalmayacaktı. Ortak olacaktık, Alice ve Jasper gibi. Bir dahaki sefere payıma düşeni yapacaktım.

Ölüm tehlikesinin tamamen ortadan kalkmış olmasını isterdim, böylece Edward da tatmin olurdu. Ama buna gerek yoktu. Hazırdım.

Sadece tek bir eksik parça vardı.

Tek parça, çünkü *değişmeyen* şeyler vardı ve onu umutsuzca sevdiğim gerçeği de buna dahildi. İnsanlığımla birlikte kaybetmeye razı olduğum ve razı olmadığım şeyler üzerine Jasper ve Emmett'in girdiği bahsin sonuçlarını düşünmek için fazlasıyla vaktim olmuştu. İnsanlıktan çıkmadan önce hangi insan tecrübesini yaşamak için ısrar edeceğimi biliyordum.

Bu yüzden, bu gece çözmemiz gereken bazı meseleler vardı. Geçtiğimiz iki yıl içerisinde gördüklerimden sonra, *imkânsız* sözcüğüne artık inanmıyordum. Beni durdurmak için bundan daha fazlası gerekecekti.

Tamam, şey, dürüst olmak gerekirse, muhtemelen bundan daha karmaşık olacaktı. Ama yine de deneyecektim.

Ne kadar kararlı olsam da, evine giden uzun yolda arabayı sürerken hâlâ gergin hissetmeme şaşırmamıştım çünkü yapmaya çalıştığım şeyi nasıl yapacağımı bilmiyordum. Bu da beni aşırı sinirli yapıyordu. Yolcu koltuğunda oturuyor, benim arabayı bu kadar yavaş sürüyor oluşuma gülmemeye çalışıyordu. Direksiyona geçmek için ısrar etmemesine çok şaşırmıştım ama yine de bu gece benim hızımda gitmekten memnun görünüyordu.

Eve vardığımızda karanlık olmuştu. Buna rağmen çayır, evin pencerelerinden parlayan ışıkla aydınlanıyordu.

Motoru kapatır kapatmaz, kapımın yanında belirdi ve benim için açtı. Bir koluyla beni kaldırdı, diğer koluyla da çantamı bagajdan alıp omzunun üstüne attı. Arkamdan kamyonetin kapısını bir tekmeyle kapattığında dudakları benimkileri bulmuştu.

Öpüşmeye ara vermeden, kollarından kurtulmamam için beni kucakladı ve eve kadar taşıdı.

Ön kapı açık mıydı? Bilmiyordum. Ama içerdeydik ve başım dönüyordu. Kendime arada bir nefes almayı hatırlatmam gerekiyordu.

Bu öpüşme beni korkutmamıştı. Kontrolünden

çıkan, korku ve paniği hissedebildiğim o önceki zamanlar gibi değildi. Dudakları artık tedirgin değil, istekliydi. Bu geceyi birlikte olmaya yoğunlaşmak üzere ayırdığımız için en az benim kadar heyecanlı görünüyordu. Beni birkaç kez daha öptü. Girişte dikilirken, her zaman olduğundan daha az ihtiyatlı görünüyordu. Dudakları soğuk ve ısrarcıydı.

Tedbirli bir şekilde iyimser hissetmeye başlamıştım. Belki de istediğimi almak, beklediğim kadar da zor olmayacaktı.

Hayır, tabii ki düşündüğüm kadar zor olacaktı.

Hafif bir kıkırdamayla beni kendinden uzaklaştırarak aramıza bir kol uzunluğunda mesafe koydu.

"Eve hoş geldin," dedi, gözleri parlak ve sıcaktı.

"Kulağa hoş geliyor," dedim, nefesim kesilmişti.

Beni nazikçe yere indirdi. İki kolumu da çevresine sarmıştım, aramızda olabilecek en ufak bir boşluğa bile izin vermeyi reddediyordum.

"Sana bir şey vereceğim," dedi keyifle.

"Aa?"

"Elden düşme hediyen, hatırladın mı? İzin verilebilir olduğunu söylemiştin."

"Ah, doğru. Sanırım öyle demiştim."

İsteksizliğime güldü.

"Yukarda odamda. Gidip getireyim mi?"

Odasında? "Tabii." Parmaklarımı onunkilere sıkıca sarmıştım.

"Hadi gidelim."

Hediyemi vermek için fazlasıyla istekli olmalıydı çünkü insan hızı, onun için yeterince hızlı değilmiş gibi görünüyordu. Beni tekrar kucakladı ve odasına kadar neredeyse uçarak götürdü. Kapıda beni yere indirdi ve dolabına fırladı.

Ben daha bir adım atamadan geri dönmüştü ama ben onu görmezden gelip geniş, altın renkli yatağa gittim, kenarına oturdum ve sonra ortasına doğru kaydım. Bir top gibi kıvrıldım ve kollarımı dizlerimin etrafına sardım.

"Tamam," diye mızmızlandım. Artık olmayı istediğim yerde olduğumdan biraz tereddütü hak ediyordum.

Edward güldü.

Yanıma oturmak için yatağa gelince kalbim hızlı bir şekilde atmaya başladı. Umarım bu tepkimin birazını bana hediye verdiği için vereceğim tepki yerine sayar diye, düşünüyordum.

"Bir elden düşme," diye hatırlattı yavaşça. Bileklerimi bacaklarımdan çekti ve bir anlığına gümüş bileziğe dokundu. Sonra kolumu bıraktı.

Dikkatli bir şekilde bileziği inceledim. Zincirdeki kurdun tam karşısında, harikulade, kalp şeklinde bir kristal asılıydı. Taşın kesilmiş milyonlarca yüzeyi vardı, bu nedenle, lambadan gelen ufacık ışıkta bile parıldıyordu. Nefesim kesildi.

"Annemindi," dedi ve omuz silkti. "Böyle birkaç süs eşyası daha miras kaldı. Bazılarını Esme'yle Alice'e verdim. Bu nedenle, açıkçası çok da önemli değil."

İkna etme çabasına gülümsedim.

"Ama bence çok hoş," diye devam ettim. "Katı ve soğuk," diye güldü. "Ve güneşli havada gökkuşağı çıkartıyor."

"Ama en önemli benzerliği unuttun," diye mırıldandım. "Çok da güzel."

"Kalbim de onun kadar sessiz," dedi düşünceli bir halde. "Ve o da senin."

Bileğimi oynatınca kalp parıldadı. "Teşekkür ederim. Her ikisi için de."

"Hayır, ben sana teşekkür ederim. Hediyeyi bu kadar kolay kabul etmen içimi rahatlattı. Senin için de iyi bir alıştırma oldu." Dişlerini göstererek sırıttı.

Ona yaslandım, kafamı kollarının altına yerleştirerek ona sokuldum. Michelangelo'nun *Davut* heykeline sarılmış gibiydim ama bu muhteşem mermer yaratık kollarını etrafıma dolayıp beni yanına çekmişti.

Başlamak için iyi bir zaman gibi görünüyordu.

"Bir şey konuşabilir miyiz? Fikirlerini açıkça söylersen çok sevinirim."

Bir an için tereddüt etti. "Elimden geleni yapacağım," diye onayladı, şimdi daha dikkatli görünüyordu.

"Herhangi bir kuralı ihlâl etmiyorum," dedim. "Bu kesinlikle seninle benim hakkımda." Boğazımı temizledim. "Şey.. Geçen gece o kadar iyi uzlaşabilmemiz beni etkiledi. Düşünüyordum da, belki aynı prensibi farklı bir durumda da uygulayabiliriz." Bir an neden böyle resmi olduğumu merak ettim, gergin olmamdan dolayı olmalıydı.

"Ne konuda uzlaşmak istiyordun?" diye sordu, sesinde neşe vardı.

Konuyu açmak için doğru kelimeleri bulmaya çabalıyordum.

"Kalbinin atışına da bak," diye mırıldandı. "Bir sinek kuşunun kanatları gibi çarpıyor. İyi misin?"

"Harikayım."

"Lütfen devam et, o zaman," diye cesaret verdi.

"Şey, sanırım, ilk önce seninle şu gülünç evlilik şartı konusunu konuşmak istiyordum."

"Sadece sana göre gülünç. Ne olmuş ona?"

"Merak ediyordum da...o *konu* tartışmaya açık mı?"

Edward kaşlarını çattı, artık ciddiydi. "Şimdiye kadar verilmiş en büyük tavizlerden birini verdim. Senin yaşamını benimkinin önüne koymayı kabul ettim. Ve bu bana senin tarafından yapılacak birkaç fedakarlığı hak ettirmeli."

"Hayır." Kafamı salladım, kendime hâkim olmaya çalışıyordum. "O kısımda anlaştık. Şu anda benim... yeniliklerimi tartışmıyoruz. Sadece birkaç detaya şekil vermek istiyorum."

Şüpheli gözlerle bana baktı. "Tam olarak hangi detaylardan bahsediyorsun?"

Tereddüt ettim. "Önce senin ön şartlarına açıklık getirelim."

"Ne istediğimi biliyorsun."

"*Evlilik*," dedim ayıp bir kelimeymiş gibi.

"Evet." Yüzüne geniş bir gülümseme yayıldı. "Başlangıç olarak."

Yaşadığım şok, özenle kendine hâkim olmaya çalışan ifademi bozmuştu. "Dahası mı var?"

"Şey," dedi yüzünden hesap yapıyormuş gibi görünüyordu. "Eğer karımsan, o zaman benim malım senin malın olacak...okul parası gibi. Böylece Dartmouth ile ilgili herhangi bir problem olmayacak."

"Başka? Hazır absürd olmaya başlamışken?"

"Biraz *zamana* hayır demezdim."

"Hayır. Zaman yok. İşte bu anlaşmamızı bozar."

Uzunca bir iç geçirdi. "Sadece bir ya da iki yıl?"

Kafamı salladım ve dudaklarımı inatçı bir şekilde büzdüm. "Diğerine geçelim."

"O kadar. Tabii arabalardan bahsetmek istemiyorsan..."

Ben yüzümü buruşturunca sırıttı, sonra da elimi tutup parmaklarımla oynamaya başladı.

"Bir canavara dönüşmekten başka bir istediğin olduğunu fark etmemiştim. Aşırı derecede merak ediyorum." Sesi alçak ve yumuşaktı. Eğer onu tanımasaydım, sesindeki o küçük soğukluğu fark etmek zor olurdu.

Ellerimin üzerindeki ellerine bakarak durakladım. Hâlâ söze nasıl başlayacağımı bilemiyordum. Gözlerinin beni izlediğini hissettim ve başımı kaldırıp bakmaya korktum. Kan yüzümü yakmaya başlamıştı.

Serin parmakları yanağımı okşadı. "Kızarıyor musun?" diye sordu şaşırmış bir halde. Gözlerimi aşağıda tuttum. "Lütfen, Bella, söyleyeceklerini geciktirmen acı veriyor."

Dudaklarımı ısırdım.

"Bella." Ses tonu sitem doluydu ve bana düşüncelerimi kendime saklamamın onun için nasıl zor olduğunu hatırlatıyordu.

"Şey, ben biraz endişeliyim...sonrası için," diye itiraf ettim, sonunda ona bakabilmiştim.

Bedeninin gerildiğini hissettim, ama sesi nazik ve kadifemsiydi. "Seni endişelendiren ne?"

"Sonrasında tek yapmak isteyeceğim şeyin kentte kıyım yapmak olacağı konusunda hepiniz *öylesine* eminsiniz ki," diye itiraf ettim, seçtiğim kelimeler yüzünden yüzünü buruşturmuştu. "Ve tüm o kargaşayla çok meşgul olacağımdan ondan sonra bir daha kendim olamayacağımdan....ve bir daha seni...bir daha seni şimdi istediğim şekilde istemeyeceğimden korkuyorum."

"Bella, o kısım sonsuza dek sürmüyor," diye bana güvence verdi.

Söylemek istediğimi anlamamıştı.

"Edward," dedim gergin bir halde, bileğimdeki bir noktaya gözlerimi dikerek. "İnsanlıktan çıkmadan önce yapmak istediğim bir şey var."

Devam etmemi bekledi. Etmedim. Yüzüm yanıyordu.

"Sen ne istersen," diye cesaret verdi, endişeli ama ne demek istediğimi hâlâ anlamamış bir halde.

"Söz verir misin?" diye mırıldandım. Kendi sözleriyle onu köşeye sıkıştırma girişiminin bir işe yaramayacağını biliyordum ama yine de karşı koyamamıştım.

"Evet," dedi. Başımı kaldırıp gözlerine baktım; ciddi ve şaşkındı. "Ne istediğini söyle ve senin olsun."

Kendimi bu kadar beceriksiz ve salak hissettiğime inanamıyordum. Çok fazla masumdum, ki bu da, tabii ki, tartışmanın merkeziydi. Nasıl baştan çıkarıcı olunacağına dair en ufak bir fikrim yoktu. Hevesli ve utangaç olmakla idare etmek zorundaydım.

"Seni," diye mırıldandım neredeyse tutarsızca.

"Ben seninim." Gülümsedi, hâlâ söylemek istediklerimden habersizdi, ben bakışlarımı kaçırırken gözlerime bakmaya çalışıyordu.

Derin bir nefes aldım ve öne doğru hareket edip dizlerimin üzerinde durdum. Sonra kollarımı boynuna doladım ve onu öptüm.

O da beni öptü, şaşkın ama istekliydi. Dudaklarıma değen dudakları nazikti ama aklının başka yerde olduğunu anlayabiliyordum; *aklımda* ne var, onu anlamaya çalışıyordu. Bir ipucuna ihtiyacı olduğuna karar verdim.

Kollarımı boynundan geri çekerken ellerim titriyordu. Parmaklarım boynundan gömleğinin yakasına kaydı. Düğmeleri çözmeye çalışmam titreme pek de yardımcı olmuyordu.

Dudakları dondu, neredeyse sözlerimin ve hareketlerimin anlamını çözdüğüne dair kafasında yankılanan o klik sesini duyabiliyordum.

Hemen beni itti, yüzünde fazlasıyla onaylamaz bir ifade belirmişti.

"Mantıklı ol, Bella."

"Söz verdin, ne istersem," diye hatırlattım ümitle.

"Bunu tartışmayacağız." Açmayı becerebildiğim iki düğmeyi hızla iliklerken bana dik dik baktı.

Dişlerimi sıkmıştım.

"Ben tartışacağız diyorum," diye hırladım. Ellerimi bluzuma yöneltip üst düğmeyi çekerek açtım.

"Ben de tartışmayacağız diyorum," dedi sıradan bir ses tonuyla.

Birbirimize ters ters baktık.

"Bilmek istedin," diye belirttim.

"Biraz gerçekçi olursun diye düşünmüştüm."

"Yani sen benden her türlü aptalca ve gülünç şeyi isteyebilirsin – *evlenmek* gibi – ama benim *tartışmaya* bile iznim yok!"

Ben bağırırken, ellerimi birleştirip tek eliyle tuttu ve ötekiyle de ağzımı kapattı.

"Hayır." Yüzü sertti.

Sakinleşmek için derin bir nefes aldım. Ve, sinirim geçmeye başladıkça, başka bir şey hissettim.

Neden tekrar aşağı baktığımı ve kızarmanın geri döndüğünü anlamam bir dakikamı almıştı. Neden midem huzursuz, neden gözlerim bu kadar ıslaktı, neden birdenbire odadan koşarak uzaklaşmayı istemiştim?

Reddedilme tüm vücudumu sardı, içgüdüsel ve güçlüydü.

Mantıksız olduğunu biliyordum. Diğer her şeyde benim güvenliğimin tek etken olduğunu kanıtlamıştı ve bu konuda oldukça netti. Ancak daha önce hiç kendimi bu kadar savunmamız kılmamıştım. Gözlerinin rengiyle uyumlu altın yorgana gözlerimi diktim, istenmediğimi ve istenemez olduğumu söyleyen ters tepkiyi kafamdan atmaya çalıştım.

Edward içini çekti. Ağzımın üstündeki elini çenemin altına indirdi ve ona bakabilmem için başımı kaldırdı.

"Yine ne var?"

"Hiçbir şey," diye mırıldandım.

Ben başarısız bir şekilde bakışlarından kaçmaya çalışırken, o uzun bir süre yüzümü inceledi. Kaşları kalktı ve dehşete düşmüş bir ifade takındı.

"Duygularını mı incittim?" diye sordu şok olmuş bir vaziyette.

"Hayır," diye yalan söyledim.

Nasıl olduğundan bile emin olmadığım kadar kısa bir sürede kollarındaydım ve baş parmağı yanağımı, beni rahatlatırcasına okşarken yüzüm omzu ve eli arasında duruyordu.

"Neden hayır dediğimi biliyorsun," diye mırıldandı. "Benim de seni istediğimi biliyorsun."

"İstiyor musun?" diye fısıldadım, sesim şüphe doluydu.

"Tabii ki, istiyorum, seni aptal, güzel ve fazla hassas kız." Bir kahkaha attı ve sonra sesi soğuk bir hal aldı. "Herkes istemiyor mu? Arkamda bir sıra varmış gibi hissediyorum, sürekli öne geçmeye çalışan, büyük bir hata yapmamı bekleyenlerle dolu bir sıra.... Sen çok fazla arzu ediliyorsun."

"Şimdi kim aptal oluyor peki?" Birinin kitabında beceriksizlik, utangaçlık ve sakarlık toplandığında bunun *arzu edilene* eşit olabileceğinden şüpheliydim.

"Seni inandırabilmem için imza mı toplamam gerekiyor? O listenin tepesinde hangi isimler olduğunu söylemeli miyim? Birkaçını biliyorsun ama bazıları seni şaşırtabilir."

Göğsüne yaslanmış dururken kaşlarımı çatarak başımı salladım. "Sadece dikkatimi dağıtmaya çalışıyorsun. Konuya geri dönelim."

İçini çekti.

"Neyi yanlış yaptım söyle." Tarafsız bir ses kullanmaya çalışmıştım. "Senin taleplerin evlilik" – bu kelimeyi yüzümü buruşturmadan söyleyememiştim – "okul paramı ödemek, biraz daha zaman ve arabamın biraz daha hızlı gitmesi." Kaşlarımı kaldırdım. "Unuttuğum bir şey var mı? Oldukça uzun bir liste."

"Sadece ilki bir talep." Surat ifadesini ciddi tutabilmek için çaba harcıyor gibi duruyordu. "Diğerleri yalnızca rica."

"Benim küçük, bir tanecik, tek talebimse – "

"Talep?"

"Evet, talep."

Gözleri kısıldı.

"Evlenmek benim normalde asla yapamayacağım bir şey. Karşılığında bir şey almadan niyetimden vazgeçmeyeceğim."

Kulağıma fısıldamak için eğildi. "Hayır," diye mırıldandı ipeksi bir ses tonuyla. "Şu an mümkün değil. Daha sonra, daha az kırılgan olduğunda. Sabırlı ol, Bella."

Sesimi kararlı ve mantıklı tutmaya çalıştım. "Ama sorun da o. Daha az kırılgan olduğumda aynı olmayacak. Ben aynı olmayacağım! O zaman kim olacağımı bilmiyorum."

"Sen hâlâ Bella olacaksın," diye söz verdi.

Kaşlarımı çattım. "Charlie'yi öldürmek isteyebilecek, fırsatım olursa Jacob'ın ya da Angela'nın kanını içecek kadar kendimden uzaklaşırsam, bu nasıl gerçek olabilir?"

"Geçecek. Ve bir köpeğin kanını içmek isteyeceğinden şüpheliyim." Bu düşünce onu ürpertmiş gibi yaptı. "Bir yeni doğan olarak bile, ondan daha iyi bir zevke sahip olacaksın."

Konuyu değiştirme çabasını duymazdan geldim. "Ama o her zaman en çok istediğim olacak, değil mi?" diye meydan okudum. "Kan, kan, daha fazla kan!"

"Hâlâ yaşıyor olman bile bunun doğru olmadığını kanıtlıyor," dedi.

"Seksen yıl sonra," diye hatırlattım. "Gerçi *fiziksel* olarak demek istedim. Zihinsel olarak, kendim olabileceğimi biliyorum...belli bir zaman sonra. Ama sadece sadece fiziksel olarak, her zaman susayacağım, hem de her şeyden çok."

Cevap vermedi.

"O yüzden farklı olacağım," diye tamamladım cümlemi. "Çünkü şu an, fiziksel olarak, senden çok istediğim başka hiçbir şey yok. Yemekten, sudan, oksijenden daha fazla istiyorum. Zihinsel olarak, önceliklerim biraz daha mantıklı bir sırada. Ama fiziksel olarak..."

Avcunun içini öpebilmek için başımı çevirdim.

Derin bir nefes aldı. Nefesinin titriyor oluşu beni şaşırtmıştı.

"Bella, seni öldürebilirim," diye fısıldadı.

"Yapabileceğini sanmıyorum."

Edward'ın gözleri kısıldı. Elini yüzümden çekti ve çabucak arkasında göremediğim bir şeye uzandı. Boğuk bir parçalanma sesi çıktı ve yatak altımızda titredi.

Elinde koyu renkli bir şey tutuyordu, inceleyebilmem için kaldırdı. Metal bir çiçekti, yatağının demirden başlarına ve tentesine işlenmiş güllerden biriydi. Kısa bir saniye için elini kapattı, parmaklarını nazikçe sıktı ve sonra tekrar açtı.

Bir şey söylemeden, ezilmiş, siyah metal yığınını gösterdi. Elinin içinin şeklindeydi, sanki bir çocuğun yumruğunun içinde sıkılmış bir parça oyun hamuru gibi. Yarım saniye geçti ve o yığın avucunda siyah kuma döndü.

Ters ters baktım. "Bahsettiğim o değildi. Ne kadar güçlü olduğunu zaten biliyorum. Mobilyayı kırmana gerek yoktu."

"Neden bahsediyorsun o zaman?" diye sordu karanlık bir sesle, metal kumları odanın bir köşesine atarken.

Gözlerini dikkatle yüzüme dikmiş, açıklamamı bekliyordu.

"İstesen bana fiziksel zarar veremeyeceğinden değil... Ama sen bana zarar vermek istemezsin ki... hiçbir zaman zarar verebileceğini düşünmüyorum."

Daha cümlemi bitirmeden kafasını iki yana sallamaya başladı.

"O şekilde işlemeyebilir, Bella."

"İşlemeyebilir," dedim alaycı bir ses tonuyla, "Sen de neden bahsettiğini, en az benim kadar bilmiyorsun."

"Kesinlikle. Seni böyle bir riske sokabileceğimi düşünebiliyor musun?"

Uzun bir süre gözlerine baktım. Herhangi bir uzlaşma işareti, kararsızlık belirtisi yoktu.

"Lütfen," diye fısıldadım sonunda ümitsizce. "Tek istediğim bu. Lütfen." Sonra, son ve çabuk bir hayır bekleyerek gözlerimi yenilgiyle yumdum.

Ama hemen cevaplamadı. İnanamadım ve nefesinin yine düzensiz olduğunu duyunca şok oldum.

Gözlerimi açtım ve yüzündeki tereddüdü gördüm.

"Lütfen?" diye fısıldadım, kalp atışlarım hızlanırken. Gözlerindeki ani kararsızlıklıktan faydalanmak için acele ederken sözlerim birbirine karıştı. "Bana herhangi bir garanti vermene gerek yok. Eğer işler iyiye gitmezse, şey, o zaman bırakırız. Sadece lütfen *deneyelim*... yalnızca deneyelim. Ve ben de istediğin her şeyi vereceğim," diye söz verdim aceleyle. "Seninle evlenirim. Dartmouth'ın parasını ödemene izin veririm, hatta girmem için rüşvet vermenden bile şikâyetçi olmam. Eğer seni mutlu edecekse, daha hızlı bir araba almana bile izin veririm! Sadece...*lütfen*."

Buz gibi kolları beni sardı, dudakları kulaklarımdaydı ve soğuk nefesi ürpermeme sebep oldu. "Bu dayanılmaz. Sana vermek istediğim onca şey var ve senin talep ettiğin şey bu. Sen bana bu şekilde yalvarırken reddetmeye çalışmanın ne kadar acı verdiği hakkında bir fikrin var mı?"

"O zaman reddetme," diye önerdim nefessiz kalmış bir halde.

Cevap vermedi.

"Lütfen," diye denedim tekrar.

"Bella..." Yavaşça kafasını salladı ama yüzü, dudakları boynumda ileri geri hareket ederken hissettirdiği, bir reddediş değildi. Daha çok teslim olma gibiydi. Zaten çok hızlı çarpan kalbim artık çılgıncasına atmaya başlamıştı.

Bir kez daha elde edebileceğim şeye uzandım. Kararsızlığının küçük bir hareketiyle yüzü benimkine doğru döndüğünde, dudaklarım onunkileri buluncaya kadar kollarında hızla kıvrıldım. Elleri yüzümü kavrayınca beni tekrar iteceğini düşündüm.

Yanılmıştım.

Dudakları nazik değildi. Dudaklarının hareketinde yepyeni bir çelişki ve umutsuzluk vardı. Kollarımı boynunun etrafına doladım ve birdenbire, aşırı ısınmış bedenime değen bedeni hiç olmadığı kadar soğuk geldi. Titredim, ama üşüdüğüm için değil.

Beni öpmeyi kesmedi. Nefes almak için kendini çekmek zorunda kalan ben oldum. O zaman bile dudakları tenimden ayrılmadı, sadece boynuma doğru hareket etti. Zafer heyecanı, kendimi güçlü hissettmeme sebep oluyordu. Cesur. Ellerim artık sarsak değildi, gömleğindeki düğmeleri bu kez kolayca açtım ve parmaklarım buz gibi göğsünün mükemmel yüzeyini okşadı. Çok güzeldi. Az önce kullandığı kelime neydi? Dayanılmaz, işte buydu. Güzelliği dayanılacak gibi değildi...

Dudaklarını tekrar benimkilerin üstüne çektim, en az benim kadar istekli görünüyordu. Ellerinden biri hâlâ yüzümü okşarken, diğeri belime daha da sıkıca sarılmıştı. Bu gömleğinin önüne uzanmamı biraz zorlaştırdı ama yine de imkânsız değildi.

Adeta, soğuk, demir zincirler bileklerimin etrafını sardı ve ellerimi birdenbire bir yastığın üzerinde olan başımın üstüne çekilmiş olarak buldum.

Dudakları yine kulaklarımdaydı. "Bella," diye mırıldandı, sesi sıcak ve kadifemsiydi. "Lütfen giysilerini çıkarmaya çalışmayı keser misin?"

"O kısmı sen mi yapmak istiyorsun?" diye sordum şaşkın bir şekilde.

"Bu gece değil," dedi yumuşak bir ses tonuyla. Yanağımda ve çenemde gezinen dudakları artık daha yavaştı, tüm o aciliyet gitmişti.

"Edward, yapma – " diye itiraz etmeye başladım.

"Hayır demiyorum," diye güvence verdi. "Sadece bu gece değil diyorum."

Nefesim yavaşlarken söyledikleri üzerine düşündüm.

"Bu gecenin diğer geceler kadar iyi olmaması için bana tek bir iyi sebep söyle." Hâlâ nefes nefeseydim; bu da sesimdeki hüsranı biraz olsun bastırıyordu.

"Ben dün doğmadım," diye kıkırdadı kulağıma. "Sence ikimizden hangisi diğerinin istediğini vermeye daha az istekli? Az önce bana, henüz değişim geçirmeden evlenme sözü verdin ama bu gece sana teslim olursam, sabah Carlisle'a koşa koşa gitmeyeceğinin garantisini verebilir misin? Ben istediğini vermeye daha az gönülsüzüm. Öyleyse...önce sen."

Öfkeyle burnumdan soludum. "Önce seninle evlenmem mi lazım?" diye sordum inanamayarak.

"Anlaşma bu, işine gelirse. Uzlaşma, unuttun mu?"

Kolları etrafımı sardı ve yasalara aykırı olması gereken bir şekilde beni öpmeye başladı. Fazla ikna edici, zorlayıcı ve baskıcıydı. Aklıma hâkim olmaya çalıştım...ama çabucak ve tamamen başarısız oldum.

"Bence bu gerçekten kötü bir fikir," diye soludum nefes almama izin verdiğinde.

"Bu şekilde hissetmene şaşırmadım," diye sırıttı. "Tek yöne çalışan bir aklın var."

"Bu nasıl oldu?" diye homurdandım. "Bu gece ipleri elimde tuttuğumu sanıyordum ama şimdi birdenbire – "

"Nişanlısın, " diye cümlemi tamamladı.

"Iyy! *Lütfen* o kelimeyi sesli söyleme."

"Sözünden dönecek misin?" Yüzümü okumak için geri çekildi. Yüz ifadesi keyifliydi. Eğleniyordu.

Gülümseyişinin kalbimin atışlarını hızlandırmasını yok sayarak ona dik dik baktım.

"Dönecek misin?" diye üsteledi.

"Ah!" diye inledim. "Hayır. Dönmeyeceğim. Mutlu musun şimdi?"

Gülümsemesi göz kamaştırıcıydı. "Son derece."

Yine inledim.

"Sen hiç mi mutlu değilsin?"

Cevap veremeden beni yine öptü. Bir başka ikna edici öpücük daha.

"Birazcık," diye itiraf ettim nihayet konuşabildiğimde. "Ama evlilik için değil."

Yine öptü. "Her şeyin tam tersi olduğu hissine kapılmıyor musun?" diyerek kulağıma doğru güldü. "Geleneksel olarak, senin benim yerimde, benim de senin yerinde olmam gerekmez miydi?"

"Sen ve benimle alakalı geleneksel hiçbir şey yok."
"Doğru."
Beni yine öptü. Kalbim çok hızlı atmaya başlayıncaya ve tenim kızarana kadar devam etti.

"Bak, Edward," diye mırıldandım tatlılıkla, o avcumun içini öpmek için durunca, "seninle evleneceğimi söyledim ve evleneceğim. Söz veriyorum. Yemin ediyorum. Eğer istersen, kanımla bir anlaşma bile imzalarım."

"Komik değil," diye mırıldandı.

"Söylemeye çalıştığım şey şu. Seni kandırmaya falan çalışmayacağım. Beni tanıyorsun. O yüzden beklemeye çok da gerek yok. Tamamen yalnızız. Bu ne kadar sık oluyor ki? Hem senin de bu geniş, rahat yatağın var..."

"Bu gece değil," dedi yine.

"Bana güvenmiyor musun?"

"Tabii ki, güveniyorum."

Yüz ifadesini görmek için hâlâ öpmekte olduğu elimi kaldırdım.

"O zaman sorun ne? Sonunda kazanacağını bilmiyordun sanki." Kaşlarımı çattım ve mırıldandım, "Sen her zaman kazanırsın."

"Her iki tarafı da mutlu etmeye çalışıyorum," dedi sakince.

"Başka bir şey daha var," dedim gözlerimi kısarak. Yüzünde savunucu bir ifade vardı, bu, kayıtsız tavrının arkasına sakladığı gizli niyete dair bir ipucuydu. "Peki *sen* sözünden dönmeyi planlıyor musun?"

"Hayır," diye söz verdi ciddi bir ses tonuyla. "Sana yemin ediyorum, deneyeceğiz. Evlendikten sonra."

Kafamı salladım ve acı bir şekilde güldüm. "Bana kendimi bir melodramdaki kötü karakter gibi hissettiriyorsun, zavallı bir kızın iffetini çalmaya çalışırken bıyıklarıyla oynayan karakterlere benziyorum."

Gözleri yüzüme çevrildiğinde ihtiyatlı görünüyordu, sonra çabucak kafasını indirdi ve dudaklarını köprücük kemiğime bastırdı.

"Durum bu, değil mi?" Attığım kahkahanın sebebi eğlenmemden çok, şok olmam yüzündendi. "Sen iffetini korumak istiyorsun!" Arkasından gelen kıkırdamayı bastırmak için ellerimle ağzımı kapadım. Kelimeler çok...eski modaydı.

"Hayır, aptal kız," diye mırıldandı omzuma doğru. "Ben *seninkini* korumak istiyorum. Ve bunu şok edici bir şekilde zorlaştırıyorsun."

"Söylediğin tüm o gülünç şeylerin içinde – "

"Sana bir şey sorayım," diye sözümü kesti. "Bu tartışmayı daha önce yaptık ama yine de beni biraz eğlendirebilirsin. Bu odanın içinde kaç kişinin ruhu var? Cennette bir şansı, ya da bu hayattan sonra ne geliyorsa orada olan kaç kişinin?"

"İki," dedim hemen, sesim kendimden oldukça emin çıkmıştı.

"Pekâlâ. Belki doğrudur. Şimdi, bu konuda çok tartışmalar var ama büyük bir çoğunluk izlenmesi gereken kurallar olduğunu düşünüyor."

"Vampir kuralları senin için yeterli değil mi? İnsanlar için olanlar hakkında da mı endişelenmek istiyorsun?"

"Zararı olmaz," diye omuz silkti. "Her ihtimale karşı."

Kısılmış gözlerimle ona dik dik baktım.

"Bu saatten sonra, tabii ki, benim için çok geç, ruhum konusunda haklı olsan bile."

"Hayır, değil," diye karşı çıktım kızgın bir şekilde.

"*Öldürmeyeceksin*, çoğu büyük inanç sistemi tarafından kabul edilen bir emir. Ve ben çok insan öldürdüm, Bella."

"Sadece kötü olanları."

Omuz silkti. "Belki öyle sayılıyordur belki de sayılmıyordur. Ama sen kimseyi öldürmedin –"

"*Senin* bildiğin kadarıyla," diye mırıldandım.

Gülümsedi ama yine de sözünü kesmemi yok saydı. "Ve ben de, şeytana uymaktan seni elimden geldiğince uzak tutacağım."

"Tamam. Ama biz cinayet işlemek yüzünden kavga etmiyoruz," diye hatırlattım.

"Burda da aynı prensip işliyor. Tek fark, bu alan, benim de en az senin kadar lekesiz olduğum tek alan. Tek bir kuralı ihlâl edilmemiş bırakabilir miyim?"

"Tek?"

"Biliyorsun, çaldım, yalan söyledim, göz diktim... iffetim kalan tek şeyim." Gülümsedi.

"Ben hep yalan söylerim."

"Evet, ama o kadar kötü bir yalancısın ki, sayılmaz. Kimse sana inanmıyor."

"Umarım o konuda yanılıyorsundur çünkü aksi takdirde Charlie dolu bir silahla şu kapıyı kırıp içeri girmek üzere olabilir."

"Charlie, hikâyelerini yutmuş gibi davrandığında daha mutlu. Daha yakından bakmaktansa kendine yalan söylemeyi yeğliyor." Bana gülümsedi.

"Ama sen neye göz diktin?" diye sordum şüphe içinde. "Her şeyin var."

"Sana göz diktim." Gülümseyişi karanlıklaştı. "Seni istemeye hiç hakkım yoktu ama yine de uzandım ve seni aldım. Ve bak ne hale geldin! Bir vampiri baştan çıkarmaya kalkıyorsun." Başını sahte bir dehşet ile salladı.

"Zaten senin olan bir şeye gözünü dikebilirsin," diye itiraz ettim. "Ayrıca ben endişelendiğimiz şeyin benim iffetim olduğunu sanıyordum."

"Öyle. Eğer benim için çok geçse...Şey, seni cennete almamalarına neden olursam, lanet olsun bana. Mecazi anlamda yani."

"Senin olmayacağın bir yere gitmemi isteyemezsin," dedim. "O benim için cehennem olur. Her neyse, bunun için kolay bir çözümüm var: hiç ölmeyelim, olur mu?"

"Yeterince basit görünüyor. Neden ben daha önce düşünemedim?"

Ben sinirli bir *offf* sesiyle pes edene kadar gülümsedi. "O zaman durum bu. *Evlenene* kadar benimle yatmayacaksın."

"Teknik olarak, seninle zaten *yatamam*."

Gözlerimi devirdim. "Çok olgunca bir davranış, Edward."

"Ama o detay dışında, evet, doğru anlamışsın."

"Bence gizli bir amacın var."

Gözlerini masumca açtı. "Başka bir amaç mı?"

"Bunun işleri hızlandıracağını biliyorsun," diye onu suçladım.

Gülmemeye çalıştı. "Hızlandırmak istediğim yalnızca tek bir şey var ve gerisi de sonsuza dek bekleyebilir...ama o konuda haklısın, senin sabırsız insan hormonların, şu noktada benim en güçlü müttefikim."

"Sana uyduğuma inanamıyorum. Charlie'yi düşündükçe... Ve Renée'yi! Angela'nın ne düşüneceğini hayal edebiliyor musun?" Ya da Jessica'nın? Ah. Dedikoduları şimdiden duyabiliyorum."

Tek kaşını kaldırdı ve bunu yapmasının sebebini biliyordum. Yakında ayrılıp bir daha geri dönmeyeceksem, insanların benim için söylediklerinin ne önemi vardı? Gerçekten de, birkaç hafta sürecek yan bakmalar ve imalı sorulara katlanamayacak kadar hassas mıydım?

Eğer bir başkası bu yaz evlenseydi ve kendimin de, en az diğerleri kadar küçümseyici şeyler söyleyeceğimi bilmeseydim, belki bu kadar rahatsız olmazdım.

Ah. Bu yaz evlenmek! Ürperdim.

Eğer evlilik düşüncesinin ürpertici bir şey olduğu düşüncesiyle büyütülmeseydim, yine, belki de o kadar rahatsız olmazdım.

Edward, huysuzlanmamı böldü. "Öyle büyük bir düğün olmasına gerek yok. Trampetli girişlere falan da gerek yok. Kimseye söylemek ya da herhangi bir değişiklik yapmak zorunda değilsin. Vegas'a gideriz. Sen eski kotunu giyersin ve arabaya servisi olan bir şapele gideriz. Senin başka *hiç kimseye* değil de, bana ait olmanın resmi olmasını istiyorum sadece."

"Şimdi olduğundan daha resmi olamaz," diye homurdandım. Ama yaptığı tarif kulağa çok da kötü gelmiyordu. Sadece Alice hayal kırıklığına uğrardı.

"Onu göreceğiz." Kendini beğenmiş bir şekilde gülümsedi. "Sanırım yüzüğünü şimdi istemezsin?"

Konuşmadan önce yutkunmam gerekti. "İşte bu konuda haklısın."

Gülümsedi. "İyi. Yakında parmağına takmış olurum."

Dik dik baktım. "Sanki hali hazırda elinde bir yüzük varmış gibi konuşuyorsun."

"Var," dedi, yüzsüz bir şekilde. " En ufak bir zayıflık gösterdiğinde sana zorla takılmak üzere hazır bekliyor."

"İnanılmazsın."

"Görmek istiyor musun?" diye sordu. Akışkan, kehribar gözleri birden heyecanla parlamaya başladı.

"Hayır!" diye bağırdım, istemsiz bir tepkiydi. Anında pişman oldum. Bariz bir şekilde bozulmuştu. "Ama gerçekten göstermek istiyorsan, göster," diye yaptığım kabalığı telafi etmeye çalıştım. Mantıksız dehşetimi bastırmak için dişlerimi sıktım.

"Önemli değil. Bekleyebilir."

Derin bir iç çektim. "Şu kahrolası yüzüğü göster, Edward."

Kafasını salladı. "Hayır."

Uzun bir süre yüzüne baktım.

"Lütfen?" diye sordum sessizce, yeni keşfettiğim silahımı deneyerek. Parmaklarımın ucuyla yavaşça yüzüne dokundum. "Lütfen, görebilir miyim?"

Gözleri kısıldı. "Karşılaştığım en tehlikeli yaratıksın," diye mırıldandı. Kalktı ve doğal bir zarafetle hareket edip küçük komodinin yanında diz çöktü. Göz açıp kapayıncaya kadar tekrar yatakta benimleydi, bir kolunu omzuma atmış bir şekilde yanımda oturuyordu. Diğer elinde küçük, siyah bir kutu vardı. Sol dizimin üstüne koydu.

"Hadi, bak o zaman," dedi sert bir şekilde.

Küçük, zararsız kutuyu açmak olması gerekenden daha da zordu ama onu yine kırmak istemedim. Ellerimin titremesini engellemeye çalışıyordum. Kutunun siyah saten yüzeyi dümdüzdü. Tereddüt ederek kutuyu yavaşça okşadım.

"*Çok* fazla para harcamadın, değil mi? Eğer harcadıysan da yalan söyle."

"Hiç para vermedim," diye bana güvence verdi. "Başka bir elden düşme sadece. Babamın anneme verdiği yüzük."

"Ah." Şaşkınlık sesimde yankılandı. Baş parmağım ve işaret parmağımla kapağı tuttum ama açmadım.

"Sanırım biraz demode." Sesinde şakacı bir özür dileme vardı. "Eski moda, tıpkı benim gibi. Sana daha modern bir şey alabilirim. Tiffany's'den bir şey belki?"

"Eski moda şeyleri severim," diye mırıldandım ve tereddütle kapağı açtım.

Siyah satenin içindeki Elizabeth Masen'ın yüzüğü loş ışıkta parladı. Ovaldi ve ışıldayan yuvarlak taştan sıra etrafını çevrelemişti. Birleştiği yeri altındandı, narin ve inceydi. Altın, elmasların çevresinde kırılgan bir ağ oluşturmuştu. Daha önce hiç onun gibi bir şey görmemiştim.

Düşünmeden, ışıldayan taşlara dokundum.

"Çok hoş," diye mırıldandım kendi kendime, şaşırmıştım.

"Sevdin mi?"

"Güzel." İlgisiz taklidi yaparak omuz silktim . "Sevilmeyecek ne var?"

Kıkırdadı. "Bak bakalım olacak mı."

Sol elim yumruk şeklini aldı.

"Bella," dedi ve içini çekti. "Parmağına lehimlemeyeceğim. Sadece dene ve ölçüsünün ayarlanması gerekiyor mu, görelim. Sonra çıkarabilirsin."

"İyi," diye homurdandım.

Yüzüğe uzandım ama onun uzun parmakları benden hızlı davrandı. Sol elimi aldı ve üçüncü parmağıma taktı. Elimi uzattı ve ikimiz de tenimde parlayan oval şekli incelemeye başladık. Parmağımda durması korktuğum kadar da berbat bir görüntü değildi.

"Tam oldu," dedi ilgisizce. "Beni mücevherciye yapılacak bir ziyaretten kurtardı."

Sesinin kayıtsız tonu altında yanan güçlü duyguyu hissedebiliyordum. Başımı kaldırdım. Gözlerinde de aynı duygu vardı; ifadesinin tüm umursamazlığına rağmen görülebiliyordu.

"Hoşuna gitti, değil mi?" diye sordum şüpheyle parmaklarımı sallayarak ve daha önce *sol* elimi kırmamış olmamın gerçekten çok kötü olduğunu düşünerek.

Omuz silkti. "Tabii," dedi, hâlâ kayıtsızdı. "Çok yakıştı sana."

Görünenin derinliklerinde yanıp tutuşan duyguyu anlayabilmek için gözlerine iyice baktım. O da bana bakıyordu ve kayıtsız tavrı aniden bozuldu. Meleksi yüzü, sevinç ve zaferle göz alıcı bir hal almıştı. O kadar görkemliydi ki, nefesim kesilmişti

Nefes alışım bir düzene kavuşamadan beni öpmeye başladı, dudakları coşkuluydu. Kulağıma bir şeyler fısıldamak için dudaklarını çektiğinde başım döndü. Onun nefes alışı da, aynı benimki gibi kesik kesikti.

"Evet, hoşuma gitti. Tahmin bile *edemezsin*."

Güçlükle soluyarak güldüm. "Sana inanıyorum."

"Bir şey yapsam sorun olur mu?" diye mırıldandı ve kolları beni daha da sıktı.

"Ne istersen."

Beni bıraktı ve uzaklaştı.

"Bunun dışında her şey," diye homurdandım.

Beni duymazdan geldi, ellerimi tuttu ve yataktan kaldırdı. Önümde dikildi, elleri omuzlarımda duruyordu ve yüzü ciddiydi.

"Şimdi, bunu doğru yapmak istiyorum. Lütfen, *lütfen*, bunu düşün, zaten kabul ettin ve bunu benim için mahvetme."

"Ah, hayır." O tek dizinin üstüne çökerken ben güçlükle nefes alıyordum.

"Isabella Swan?" İnanılmaz derecede uzun kirpikleri arasından bana baktı, altın gözleri yumuşaktı ama yine de bir şekilde içimi yakıyordu. "Seni sonsuza dek sevmeye söz veriyorum, sonsuzluğun her bir gününde. Benimle evlenir misin?"

Söylemek istediğim çok şey vardı, bazıları nazik bile değildi, bazılarıysa muhtemelen söyleyebileceğimi hayal bile edemeyeceği derecede, tiksindirici bir şekilde aşırı duygusal ve romantikti. Kendimi utandırmak yerine sadece fısıldamakla yetindim: "Evet."

"Teşekkür ederim," dedi. Sol elimi aldı ve artık benim olan yüzüğü öpmeden önce her bir parmak ucumu tek tek öptü.

21. İZLER

Bu gecenin tek bir anını bile uyumakla harcamaktan nefret ediyordum ama bu kaçınılmazdı. Uyandığımda pencerenin dışındaki güneş, gökyüzünde hızla hareket ederek küçük bulutların arasında parlıyordu. Rüzgâr, ağaç öbeklerini öyle bir sallıyordu ki, ormanın yarısı kopup gidecek gibiydi.

Giyinmem için beni yalnız bıraktığında düşünme fırsatı bulduğum için memnun oldum. Bir şekilde, dün gece için planladıklarım korkunç derecede ters gitmişti ve ben sonuçlarına katlanmak zorunda kalmıştım. Her ne kadar onun duygularını incitmeden, elimden geldiğince büyük bir hızla elden düşme yüzüğü geri vermiş olsam da; sol elimde hâlâ ağırlığını hissedebiliyordum, sanki görünmezdi ama oradaydı.

Bu beni rahatsız etmemeli, diye düşünerek mantıklı olmaya çalıştım. Vegas'a yapılcak bir yolculuk çok da büyük bir şey sayılmazdı. Eski kotlarımdan en iyisi hangisiyse onu giyerdim, ya da eski eşofmanlarımı giyerdim. Tören çok da fazla uzun süremezdi; en fazla on beş dakika, değil mi? Buna katlanabilirdim.

Ve sonra, her şey sona erdiğinde, pazarlığın onun

tarafını tamamlamış olurdum. Ona odaklanıp gerisini unuturdum.

Kimseye söylemek zorunda olmadığımı söylemişti ve ben de bu sözünü tutmasını sağlayacaktım. Elbette Alice'i düşünmemiş olmam benim aptallığımdı.

Öğlen civarında Cullenlar eve geldi. Tavırlarındaki değişiklik, bana gelmekte olan şeyin kötülüğünü hatırlattı.

Garipti ama Alice kötü bir ruh halindeydi. Bunun sebebinin hayal kırıklığı olduğunu düşündüm çünkü Edward'a söyledikleri ilk söz kurtlarla çalışmayla ilgili şikâyetler oldu.

"Bence," – bu kesinliği olmayan kelimeyi kullandığında Alice yüzünü buruşturmuştu – "havanın soğuk olacağı düşüncesiyle çantanı hazırlamak isteyeceksindir, Edward. Senin tam olarak nerede olduğunu göremiyorum çünkü öğleden sonra o *köpekle* yola çıkacaksın. Ama yaklaşmakta olan fırtına, özellikle o bölgede kötü görünüyordu."

Edward başıyla onayladı.

"Dağlarda kar yağacak," diye uyardı.

"Iyy, kar," diye inledim kendi kendime. Tanrı aşkına, haziran ayındaydık.

"Bir mont giy," dedi Alice bana. Sesinin düşmanca olması beni şaşırttı. Surat ifadesini okumaya çalıştım ama arkasını döndü.

Edward'a baktım, gülümsüyordu; Alice'i sinir eden her neyse, bu onu eğlendiriyordu.

Edward'ın insani görünümünü destekleyecek kadar, içinden seçebileceği oldukça fazla kamp eşyası vardı; Cullenlar Newton's mağazasının iyi müşterilerindendiler. Bir uyku tulumu, küçük bir çadır ve benim için birkaç paket kurutulmuş yemek kaptı ve hepsini bir sırt çantasına doldurdu.

Alice, hiçbir söz söylemeden Edward'ın hazırlıklarını izleyerek garajda dolanıyordu. Edward onu görmezden geldi.

Hazırlığı bittiğinde, Edward telefonu bana uzattı. "Neden Jacob'ı arayıp ona bir saat içerisinde hazır olacağımızı söylemiyorsun? Bizimle nerede buluşacağını biliyor."

Jacob evde değildi ama Billy haberleri iletecek uygun bir kurt adam bulduğunda bizi arayacağına söz vermişti.

"Charlie için endişelenme, Bella," dedi Billy. "Bu konuda kendi payımı kontol altına almış durumdayım."

"Evet, Charlie iyi olacak biliyorum." Ama oğlunun güvenliğinden o kadar emin değildim, tabii bunu söylemedim.

"Keşke yarın diğerleriyle birlikte olabilsem," dedi Billy pişman bir halde kıkırdayarak. "Yaşlı bir adam olmak zor iş, Bella."

Savaşma arzusu Y kromozomunu tanımlayan bir özellik olsa gerek. Hepsi aynıydı.

"Charlie'yle iyi eğlenceler."

"Bol şans, Bella," diye cevap verdi. "Ve...bunu, benim için, şey, Cullenlar'a da ilet."

"İletirim," dedim, bu jestine şaşırarak.

Telefonu Edward'a geri verirken, Alice ve Edward'ı bir çeşit sessiz bir tartışma içinde buldum. Alice gözleriyle yalvararak ona bakıyordu. Edward da kaşlarını çatıyordu, istediği her neyse alamadığı için mutsuzdu.

"Billy size 'bol şans' dilememi istedi."

"Ne kadar da cömert," dedi Edward, ondan uzaklaşarak.

"Bella, seninle yalnız konuşabilir miyim?" dedi Alice çabucak.

"Hayatımı ihtiyacım olduğundan daha da zorlaştırmak üzeresin, Alice," diye uyardı Edward sıkılmış dişleri arasından. "Yapmamanı tercih ederdim."

"Bunun seninle ilgisi yok, Edward," diye yanıtladı.

Güldü. Cevabındaki bir şey ona komik gelmişti.

"Değil," diye üsteledi Alice. "Bu kadınsal bir şey."

Kaşlarını çattı.

"Bırak konuşsun." dedim. Meraklanmıştım.

"Sen istedin," diye mırıldandı. Yarı kızgın, yarı eğlenmiş bir halde yeniden güldü ve garajdan çıktı.

Endişeli bir halde Alice'e döndüm ama o bana bakmadı. Kötü ruh hali hâlâ geçmemişti.

Porsche'nun kaputuna oturdu, yüzü kederliydi. Ben de onun yanına gidip tampona yaslandım.

"Bella?" diye sordu hüzünlü bir sesle. Sesi öyle perişan geliyordu ki, ona sarıldım.

"Sorun ne, Alice?"

"Beni sevmiyor musun?" diye sordu aynı üzgün tonla.

"Tabii ki seviyorum. Bunu biliyorsun."

"O zaman neden beni davet bile etmeden gizlice Vegas'a kaçıp evlendiğini görüyorum?"

"Ah," diye söylendim yanaklarım kızarırken. Onun duygularını incittiğimi görebiliyordum ve hemen kendimi savundum "Her şeyi mahvetmekten nasıl nefret ettiğimi biliyorsun. Bu arada, bu Edward'ın fikriydi."

"Bunu bana nasıl *yaparsın*? Böyle bir şeyi *Edward*'dan beklerdim ama senden beklemezdim. Ben seni kardeşimmişçesine seviyorum."

"Alice, sen zaten benim *kardeşimsin*."

"Sözler!" diye homurdandı.

"İyi, gelebilirsin. Görülecek fazla bir şey olmayacak."

Hâlâ yüzünü buruşturuyordu.

"Ne?" dedim.

"Beni *ne kadar* seviyorsun, Bella?"

"Neden?"

Bana yalvaran gözlerle baktı, uzun siyah kirpiklerini kırpıştırıyor, dudaklarının kenarlarını titretiyordu. İnsanın içini acıtan bir bakıştı bu.

"Lütfen, lütfen, lütfen," diye fısıldadı. "Lütfen, Bella, lütfen. Eğer beni gerçekten seviyorsan... lütfen izin ver, düğününü ben yapayım."

"Ay, Alice!" diye inledim, kendimi ondan çekip uzaklaşırken. "Hayır! Bunu bana yapma!"

"Eğer beni gerçekten, içtenlikle seviyorsan, Bella."

Kollarımı göğsümde birleştirdim. "Bu *hiç* adil değil. Ayrıca Edward o bahaneyi kullandı bile."

"Bahse girerim, bu işi geleneksel şekilde yapsan Edward'ın daha çok hoşuna gider. Sana bunu asla itiraf edemez. Ve Esme, bu onun için ne ifade eder bir düşünsene!"

İnledim. "Yeni doğanlarla tek başıma karşı karşıya gelirim daha iyi."

"On yıl boyunca ne istersen yaparım."

"Bir asır boyu yapman gerekir!"

Gözleri parladı. "Bu bir evet mi?"

"Hayır! Bunu yapmak istemiyorum!"

"Birkaç metre yürümekten ve rahibin söylediklerini tekrarlamaktan başka bir şey yapmayacaksın."

"Iyy! Iyy, ıyy!"

"Lütfen?" Olduğu yerde zıplamaya başladı. "Lütfen, lütfen, lütfen, lütfen, lütfen?"

"Seni bunun için asla ve asla hiçbir zaman affetmeyeceğim, Alice."

"Yaşasın!" diye cıyakladı ellerini çırparak.

"Bu bir evet *değil*!"

"Ama olacak," dedi şarkı söylercesine.

"Edward!" diye haykırdım, garajın dışına doğru. "Dinlediğini biliyorum. Gel buraya." Alice tam arkamda, hâlâ el çırpıyordu.

"Çok teşekkür ederim, Alice," dedi arkamdan gelen huysuz bir sesle. Ağzının payını vermek için arkamı döndüm ama ifadesi öyle endişeli ve üzgündü ki, şikâyetlerimi dile getirmedim. Bunun yerine kollarımı ona dolayıp gözlerimde sinirden oluşan yaşları görmesinler diye yüzümü saklamayı tercih ettim.

"Vegas," diye söz verdi Edward kulağıma.

"Hayatta olmaz," dedi Alice keyifle. "Bella bunu bana asla yapmaz. Biliyorsun Edward, bir kardeş olarak bazen bir hayal kırıklığından başka bir şey değilsin."

"Acımasız olma," diye yakındım. "Senin aksine beni mutlu etmeye çalışıyor."

"Ben de seni mutlu etmeye çalışıyorum, Bella. Sadece ben...uzun vadede seni neyin mutlu edeceğini daha iyi biliyorum. Bana teşekkür edeceksin. Belki bir elli yıl için değil ama kesinlikle bir gün edeceksin."

"Sana karşı bahse gireceğim bir günün geleceğini hayatta tahmin edemezdim, Alice, ama o gün geldi."

O berrak kahkahalarından birini attı. "O zaman, bana yüzüğünü gösterecek misin?"

O çabucak sol elimi tutup yine aynı hızla bırakırken korkuyla yüzümü buruşturdum.

"Hah. Taktığını görmüştüm... Bir şey mi kaçırdım?" diye sordu. Kendi sorularını kendi cevaplamadan önce yarım saniye boyunca konsantre oldu, alnı kırıştı. "Hayır. Düğün hâlâ gerçekleşecek."

"Bella'nın mücevherlerle ilgili problemleri var," diye açıkladı Edward.

"Bir elmastan daha ne çıkar? Şey, sanırım yüzüğün birden fazla elması var ama demek istediğim zaten bir tanesini –"

"Yeter, Alice!" diye sözünü kesti Edward aniden. Ona bakışı...yine vampir gibiydi. "Acelemiz var."

"Anlamıyorum. Elmaslarla ilgili olan şey ne?" diye sordum.

"Sonra konuşuruz," dedi Alice. "Edward haklı, gitsek iyi olacak. Fırtına başlamadan önce tuzak kurup kamp kurmalısınız." Kaşlarını çattı, ifadesi kaygılı, neredeyse endişeliydi. "Montunu almayı unutma, Bella. Hava... mevsimle alakasız bir şekilde soğuk."

"Ben aldım bile," dedi Edward.

"İyi geceler," dedi veda ederken.

Açıklığa gitmek normalin iki katı uzun sürdü; Edward, kokumun daha sonra Jacob'ın saklanacağı izin yakınında bile olmaması için dolambaçlı yollardan gitmişti. Beni kollarında taşıdı, ağır sırt çantam her zamanki yerindeydi.

Açıklığın en uzak köşesinde durdu ve beni yere indirdi.

"Pekâlâ. Dokunabildiğin her şeye dokunarak sadece kuzeye doğru yürü. Alice, gidecekleri yolun kafamda belirgin bir şekilde canlanmasını sağladı, yollarını kesmemiz uzun sürmez."

"Kuzey?"

Gülümsedi ve doğru yönü işaret etti.

Açıklıkta, arkamda güneşli günün parlak sarı ışığını bırakarak ormanlığın içinde dolandım. Belki de Alice'in bulanık görüsü kar hakkında yanılmıştı. En azından yanılmış olmasını umuyordum. Gökyüzü çoğunlukla açıktı ama rüzgâr açık yerlere doğru adeta kızgın kırbaç darbeleri savuruyordu. Ağaçların içi daha serindi ama elbette haziran ayı için oldukça soğuktu. Uzun kollu gömleğimin üstüne giydiğim kalın kazakla bile kollarımdaki tüylerim ürperiyordu. Dokunabileceğim kadar yakın olan her şeye – sert ağaç kabuğu, ıslak eğrelti otu, yosun kaplı kayalar – parmaklarımı sürerek yavaşça yürüdüm.

Edward, benden yirmi metre uzaklıkta, bana paralel olarak yürüyordu.

"Doğru yapıyor muyum?" diye bağırdım.

"Mükemmel bir şekilde."

Aklıma bir fikir gelmişti. "Bu işe yarar mı?" diye sordum ve parmaklarımı saçımda gezdirip sonunda birkaç kopmuş teli çekip onları eğrelti otlarının arasına attım.

"Evet, izi güçlendirir. Ama saçlarını koparmana gerek yok, Bella. Diğerleri yeterli."

"Fazladan birkaç yedek saçım var."

Ağaçların altı kasvetliydi ve içimden Edward'a daha yakın olup onun elini tutarak yürüyebilmeyi diliyordum.

Yolumun önüne çıkan kırık bir dala bir başka saç telimi sıkıştırdım.

"Alice'in istediğini almasına izin vermene gerek yok, biliyorsun," dedi Edward.

"Endişelenme, Edward. Ne olursa olsun, seni mihrapta terk etmeyeceğim." İçimde, Alice'in istediğini alacağı konusunda kötü bir his vardı çünkü Alice genelde istediği bir şey söz konusu olduğunda acımasız birine dönüşüyordu ve ben sw suçlu hissettirildiğim zaman söylenilenlere hemen kanıyordum.

"Endişelendiğim şey bu değil. Bunun senin istediğin şekilde olmasını istiyorum."

İçimi çekme hissimi bastırdım. Doğruyu söylersem, bunun onun duygularını inciteceğini biliyordum.

"Şey, istediğini elde etse bile, düğünü küçük tutabiliriz. Sadece biz oluruz. Emmett internetten rahiplik lisansı alabilir."

Kıkırdadım. "Kulağa daha hoş geliyor." Yeminleri *Emmett* okusaydı, o kadar resmi gelmezdi ve bu da bir artıydı. Ama bu sefer de gülmeden durabilmek için çaba harcamam gerekirdi.

"Bak," dedi gülümseyerek. "Her zaman bir uzlaşma yolu bulunur."

Yeni doğanların benim izimle karşılaşmaları kesin olan yere varmam biraz zaman almıştı ama Edward hızım yüzünden hiç sabırsızlık belirtisi göstermedi. Dönerken, aynı yolda kalayım diye önderlik etmek zorunda kaldı. Halbuki bana bütün yollar aynı gelmişti.

Tam açıklığa vardığımız sırada düştüm. Önümdeki geniş açıklığı görünce birdenbire fazlaca heveslenmiş ve yürüdüğüm yere dikkat etmeyi unutmuştum. Başımı en yakın ağaca geçirmeden kendimi toparladım ama sol elimin altında kırılan küçük bir dal parçası avucumu deldi.

"Ay! Ah, muhteşem," diye söylendim.

"İyi misin?"

"İyiyim. Olduğun yerde kal. Kanıyor. Birazdan geçer."

Beni duymazdan geldi. Daha cümlemi bitiremeden yanımdaydı.

"İlk yardım çantam var," dedi sırt çantasını açarken. "İhtiyacım olabileceğini hissetmiştim."

"Kötü değil. Ben icabına bakarım. Senin rahatsız olmana gerek yok."

"Rahatsız değilim," dedi sakince. "Gel, temizleyeyim."

"Bir dakika, başka bir fikrim var."

Kana bakmadan ve midem harekete geçmesin diye ağzımdan nefes alarak elimi en yakınımdaki kayaya bastırdım.

"Ne yapıyorsun?"

"Jasper buna *bayılacak*," diye mırıldandım kendi kendime. Sonra avcumu yolumun üzerindeki her şeye bastırarak tekrar açıklığa doğru yürümeye başladım.

Edward içini çekti.

"Nefesini tut," dedim.

"Ben iyiyim. Sadece abarttığını düşünüyorum."

"Tek yapabildiğim bu. İyi bir iş çıkarmak istiyorum."

Konuşurken, son ağaçları geçtik. Yaralı elimi eğrelti otlarına sürdüm.

"Ve çıkarttın da," diye güvence verdi. "Yeni doğanlar çılgına dönecek ve Jasper da bağlılığından çok etkilenecek. Şimdi izin ver de yarana bakayım. Kesiği kirlettin."

"Ben yapayım, lütfen."

Elimi aldı ve incelerken gülümsedi. "Bu beni artık rahatsız etmiyor."

Yaramı temizlerken dikkatlice onu izliyordum. Bundan rahatsız olabileceğini düşünmüştüm ama o dudaklarının kenarındaki gülümsemeyi korudu ve düzenli bir şekilde nefes alıp vermeye devam etti.

"Nasıl?" diye sordum sonunda, o avucumun üstündeki bandajı düzeltirken.

Omuz silkti. "Atlattım."

"Sen...*atlattın*? Ne zaman? Nasıl?" Benim çevremde en son ne zaman nefesini tuttuğunu hatırlamaya çalıştım. Tek düşünebildiğim geçen eylül ayındaki berbat doğumgünü partimdi.

Edward dudaklarını ıslattı, uygun kelimeleri arıyordu. "Koca bir yirmi dört saat boyunca senin ölü olduğunu düşünerek yaşadım, Bella. O olay, bakış açımı değiştirdi."

"Sana nasıl koktuğumu da değiştirdi mi?"

"Hiç de değil. Ama...seni kaybetmenin nasıl bir his olduğunu anlamak... tepkilerimi değiştirdi. O tarz bir acıya sebep olacak her türlü şeyden deli gibi korkuyorum."

Diyecek bir şey bulamıyordum.

Gülümsedi. "Sanırım buna oldukça eğitici bir deneyim diyebiliriz."

Sonra rüzgâr, saçlarımı yüzümün etrafından savurup beni titreterek açıklığa doğru esti.

"Tamam," dedi çantasına uzanarak. "Sen payına düşeni yaptın." Kalın kışlık montumu çıkardı ve kollarımı geçirmem için tuttu. "İşin bize düşen kısmı bitti. Hadi kamp yapmaya gidelim!"

Sesindeki yapmacık heyecana güldüm.

Sargıda olan elimi tuttu ve açıklığın öteki tarafına doğru yürümeye başladık.

"Jacob'la nerede buluşacağız?" diye sordum.

"Burada," diyerek önümüzdeki ağaçları gösterdi. Tam o sırada Jacob ağaçların gölgeleri arasında belirdi.

Onu insan şekliyle görmek beni şaşırtmamalıydı. Neden büyük kızıl-kahve kurdu beklediğimden emin değildim.

Jacob, yine de gözüme daha iri gibi geldi. Bu, şüphesiz beklentilerimin bir sonucuydu; herhalde bilinçsiz bir şekilde, küçük Jacob'ı – her şeyi o kadar zorlaştırmamış o rahat arkadaşımı – görmeyi umuyordum. Kollarını çıplak göğsünde birleştirmişti ve bir yumruğuyla da kabanını tutuyordu. Bizi izlerken yüzünde hiçbir ifade yoktu.

Edward dudaklarını buruşturdu. "Bunu yapmak için daha iyi bir yol olmalıydı."

"Artık çok geç," diye mırıldandım suratsız bir şekilde.

İçini çekti.

"Selam, Jake," dedim, yanımıza yaklaşırken.

"Selam, Bella."

"Merhaba, Jacob," dedi Edward.

Jacob, tamamen işe odaklanmış bir şekilde, onun bu nezaketini görmezden geldi. "Onu nereye götürüyorum?"

Çantanın yan ceplerinden bir harita çıkardı ve ona verdi. Jacob haritayı açtı.

"Şu anda buradayız," dedi Edward, doğru noktaya dokunabilmek için uzandı. Jacob onun elinden irkildi ama sonra kendini topladı. Edward fark etmemiş gibi yaptı.

"Ve onu buraya götüreceksin," diye devam etti Edward, kâğıttaki yılan biçimli deseni parmağıyla takip ederek. "Aşağı yukarı on beş kilometre."

Jacob başıyla onayladı.

"İki kilometre kadar uzaklaştığınızda, yollarımız kesişmeli. Bu size yolu gösterir. Haritaya ihtiyacın var mı?"

"Hayır, teşekkürler. Bu bölgeyi oldukça iyi biliyorum. Sanırım nereye gittiğimi biliyorum."

Jacob ses tonunu kibar tutmak için Edward'dan daha fazla çaba harcıyor gibi görünüyordu.

"Ben daha uzun bir yoldan gideceğim," dedi Edward. "Birkaç saat içinde görüşürüz."

Edward mutsuz gözlerle bana baktı. Planın bu kısmını sevmemişti.

"Görüşürüz," diye mırıldandım.

Edward ters yöne doğru giderek ağaçların içinde kayboldu.

O gider gitmez, Jacob neşelendi.

"Nasılsın, Bella?" diye sordu yüzünde kocaman bir gülümsemeyle.

Gözlerimi devirdim. "Her zamanki gibi işte."

"Evet," diye onayladı. "Birkaç vampir, seni öldürmeye çalışıyor. Klasik."

"Klasik."

"Şey," dedi kabanını koluna atarak. "Hadi gidelim."

Surat asarak ona doğru küçük bir adım attım.

Eğildi ve kolunu dizlerimin arkasına savurdu, arkaya doğru düştüm. Diğer kolu ise kafam yere çarpmadan beni tuttu.

"Pislik," diye mırıldandım.

Jacob ağaçların içine doğru koşarken kıkırdıyordu. Normal bir hızda koştu, sağlam bir insanın ayak uydurabileceği bir hızdaydı... aynı seviyede... tabii o, bir de elli kilonun üstünde yük taşıyordu.

"Koşmak zorunda değilsin. Yorulacaksın."

"Koşmak beni yormuyor," dedi. Nefes alış verişi düzenliydi. "Ayrıca, yakında hava soğuyacak. Umarım biz oraya varmadan kampı kurmuş olur."

Kabanının kalın kol kısmına parmaklarımla hafifçe vurdum. "Artık senin üşümediğini sanıyordum."

"Üşümüyorum. Bunu senin için getirmiştim, eğer hazırlıklı gelmediysen diye." Montuma baktı, sanki neredeyse benim kadar hayal kırıklığına uğramış gibiydi. "Bu havanın hissettirdiklerini sevmiyorum. Beni gergin yapıyor. Hiçbir hayvana rastlamadığımızı fark ettin mi?"

"Hımm, pek sayılmaz."

"Fark etmeyeceğini tahmin etmiştim. Duyuların fazlasıyla kör."

Duymazdan geldim. "Alice de fırtınadan endişeleniyordu."

"Ormanı bu derece susturmak zor iştir. Kamp yolculuğu için harika bir gece seçmişsin."

"Bu tamamen benim fikrim değildi."

Üzerinde gittiği patikasız yol gittikçe daha da dik olmaya başlamıştı ama bu onu yavaşlatmadı. Kolaylıkla bir kayadan ötekine atlıyor, ellerine hiç ihtiyaç duymuyor gibi görünüyordu. Mükemmel dengesi bana bir dağ keçisini anımsatmıştı.

"Bileziğindeki o yeni ekleme de neyin nesi?"

Başımı eğdim ve kristal kalbin bileğimin üst kısmında olduğunu fark ettim.

Suçlu bir şekilde omuz silktim. "Bir başka mezuniyet hediyesi."

Burnundan soludu. "Bir taş. Çok şaşırtıcı."

Bir taş? Birdenbire garajın dışındayken Alice'in bitiremediği cümlesi aklıma geldi. Parlak beyaz kristale baktım ve Alice'in söylediği şeyi hatırlamaya çalıştım... elmaslarla ilgili. Demek istediği şey, *'zaten bir tanesini takmışsın bile'* olabilir miydi? Yani zaten Edward'ın verdiği elmaslardan birini takıyorum demek istiyor olabilir miydi? Hayır, bu mümkün olamaz. O zaman o taşın beş karat ya da onun gibi çılgın bir şey olması gerekir! Edward bunu yapamazdı!

"Uzun zamandır La Push'a gelmiyorsun," dedi Jacob, beni rahatsız eden düşüncelerimi bölerek.

"Meşguldüm," dedim. "Ve...zaten, muhtemelen ziyaret de etmezdim."

Suratını astı. "Ben senin bağışlayıcı kişi olduğunu sanıyordum, kin tutan bendim."

Omuz silktim.

"O son geçirdiğimiz günü sık sık düşünüyorsun, değil mi?"

"Hayır."

Güldü. "Ya yalan söylüyorsun, ya da yaşayan en inatçı kişisin."

"İkincisi için bir şey diyemem ama yalan söylemiyorum."

Şu an içinde bulunduğumuz şartlar altında – yani sıcak kolları sıkıca beni sarmışken ve bu konuda yapabileceğim hiçbir şey yokken – bu konuda konuşmak istemiyordum. Yüzü, oldukça yakın duruyordu. Bir adım geriye gidebilmeyi diledim.

"Akıllı bir kişi, verdiği kararları her yönüyle düşünür."

"Ben düşündüm," diye karşılık verdim

"Eğer bize son gelişinde yaptığımız... ee, konuşma hakkında hiç düşünmediysen, o zaman bu doğru değil."

"O konuşmanın benim *kararımla* bir ilgisi yok."

"Bazı insanlar kendilerini kandırabilmek için her şeyi yaparlar."

"Fark ettim de, yanlışa en sık düşenler, özellikle de kurt adamlar. Sence bu genetik bir şey olabilir mi?"

"Bu onun benden daha iyi öpüştüğü anlamına mı geliyor?" diye sordu Jacob birden hüzünlü bir şekilde.

"Buna net bir cevap veremem, Jake. Edward, hayatımda öpüştüğüm tek kişi."

"Benim dışımda."

"Ama onu öpücükten saymıyorum, Jacob. Daha çok bir saldırı olarak görüyorum."

"Ah! Bu çok acımasızcaydı."

Omuz silktim. Sözümü geri almayacaktım.

"Olanlar için özür diledim," diye hatırlattı.

"Ve ben de affettim...çoğunlukla. Ama bu olayı nasıl anımsadığımı değiştirmiyor."

Anlaşılmaz bir şeyler mırıldandı.

Sonra bir süre sessizlik oldu; sadece düzenli nefesinin ve üstümüzdeki ağaç tepelerinde esen rüzgarın sesi duyuluyordu. Önümüzde dik bir tepe belirdi; çıplak, sarp, gri bir taş. Tepe ormanın içinde yukarı doğru kıvrılırken, biz de alt kısmındaki yolu takip ettik.

"Hâlâ bunun oldukça sorumsuzca olduğunu düşünüyorum," dedi Jacob ansızın.

"Her ne hakkında konuşuyorsan, yanılıyorsun."

"Düşün, Bella. Sen sadece bir kişiyi öptün ve o kişi insan bile değil. Tüm hayatın boyunca o kadarla yetinip her şeyi bırakacak mısın? İstediğinin bu olduğunu nereden biliyorsun? Sence de biraz daha deneyim yaşaman gerekmiyor mu?"

Sesimi sakin tutmaya çalıştım. "Ne istediğimi çok iyi biliyorum."

"O zaman tekrar kontrol etmenin bir sakıncası yok. Belki başka birini daha öpmeyi denemelisin. Sadece karşılaştırma yapmak için... O gün olanlar sayılmadığına göre, beni öpebilirsin, mesela. Beni kobay olarak kullanmana aldırmam."

Beni göğsünde daha da sıkı tuttu, böylece yüzüm onunkisine daha da yaklaştı. Kendi şakasına gülümsüyordu ama ben işi şansa bırakamazdım.

"Benimle uğraşma, Jake. Yemin ederim, eğer çeneni kırmak isterse, onu durdurmam."

Sesimdeki panik, gülümsemesini daha da genişletti. "Eğer benden seni öpmemi istersen, sinirlenmesi için bir sebep olmaz. Onun için sorun olmayacağını söylemişti."

"Hiç nefesini tutup da seni öpmemi bekleme, Jake. Hayır, bekle, fikrimi değiştirdim. Devam et. Ben senden beni öpmeni isteyene kadar nefesini tut."

"Bugün çok huysuzsun."

"Neden acaba?"

"Bazen beni kurtken daha çok sevdiğini düşünüyorum."

"Bazen bu doğru. Senin o durumdayken *konuşamamanla* alakalı olsa gerek."

Düşünceli bir halde geniş dudaklarını büzdü. "Hayır, bence sorun o değil. Bence ben insan değilken benim yanımda olmak senin için daha kolay çünkü o zaman rahatça benden etkilenmiyormuş gibi davranabiliyorsun."

Ufak bir hayret nidasıyla ağzım açık kaldı. Hemen ağzımı kapattım ve dişlerimi sıktım.

Bunu duyunca ağzı zafer dolu bir gülümsemeyle kulaklarına vardı.

Konuşmadan önce yavaş bir şekilde nefes aldım. "Hayır. Konuşamadığın için olduğundan eminim."

İçini çekti. "Kendine yalan söylemekten yorulmuyor musun? Benim varlığımın ne kadar farkında olduğunu bilmelisin. Fiziksel olarak yani."

"Bir insan fiziksel olarak nasıl senin farkında olmayabilir, Jacob?" diye üsteledim. "İnsanların özel hayatına saygı duymayı reddeden kocaman bir canavarsın."

"Seni tedirgin ediyorum. Ama sadece insanken. Ben kurtken, çevremde daha rahatsın."

"Tedirginlik ile sinirlilik aynı şey değil."

Uzun bir süre bana baktı ve yürümesini yavaşlattı. Keyfi kaçmıştı. Kaşlarının gölgesinin üzerlerine düştüğü kısılmış gözleri artık kapkara görünüyorlardı. Koşarken o kadar düzenli olan nefes alışı birden hızlandı. Yavaşça, yüzünü bana yaklaştırdı.

Ne yapmaya çalıştığını çok iyi bilerek ona baktım.

"Yüz senin yüzün," diye hatırlattım ona.

Kahkaha attı ve tekrar koşmaya başladı. "Bu gece senin vampirinle gerçekten kavga etmek istemiyorum. Diğer geceler fark etmez. Ama ikimizin de yarın işi var ve Cullenlar'ı bir kişi eksik bırakmak istemem."

Ani ve beklenmedik bir utanç dalgası yüzümdeki ifadeyi bozdu.

"Biliyorum, biliyorum," diye cevap verdi, anlamamıştı. "Beni yeneceğini düşünüyorsun."

Konuşamadım. Onları bir kişi eksik bırakıyordum. Ya ben çok zayıf olduğum için birisine zarar gelirse? Ama ya ben cesur davransaydım ve Edward... düşünemiyordum bile.

"Senin sorunun ne, Bella?" Büründüğü şakacı kabadayı tavrı kaybolmuş, sanki maskesini çıkarırcasına altından benim Jacob'ımı göstermişti. "Eğer söylediğim bir şey seni üzdüyse, biliyorsun sadece şaka yapıyordum. Ben öyle demek istemedim. Hey, iyi misin? Ağlama, Bella," diye yalvardı.

Kendime hâkim olmaya çalıştım. "Ağlamayacağım."

"Ne dedim?"

"Sen bir şey söylemedin. Sadece, şey, sorun benim. Ben bir şey yaptım... kötü bir şey."

Gözleri şaşkınlıkla açılarak bana baktı.

"Edward yarın savaşmayacak," diye fısıldadım. "Benimle kalmasını sağladım. Koca bir korkağım."

Kaşlarını çattı. "Bunun işe yaramayacağını mı düşünüyorsun? Seni burada bulmalarının? Benim bilmediğim bir şey mi biliyorsun?"

"Hayır, hayır. Ben ondan korkmuyorum. Sadece.. onu gönderemem. Eğer geri gelmezse..." Ürperdim ve bu düşünceyi kafamdan atmak için gözlerimi kapattım.

Jacob sessizdi.

Gözlerim kapalı fısıldamayı sürdürdüm. "Eğer biri incinirse, bu benim suçum olacak. Ve eğer hiç kimse incinmese bile... yine de yaptığım korkunç bir şey. Benimle kalsın diye ikna edebilmek için her şeyi yaptım. O suçumu yüzüme vurmayacak ama ben her zaman bunun bilincinde olacağım." Bunu içimden atarak birazcık daha iyi hissetmiştim.. Sadece Jacob'a itiraf edebilsem bile öyleydi.

Homurdandı. Yavaşça gözlerimi açtım ve sert maskesinin geri dönmüş olduğunu görünce üzüldüm.

"Onu gitmekten vazgeçirebildiğine inanamıyorum. Ben, ne olursa olsun bunu kaçırmazdım."

İçimi çektim. "Biliyorum."

"Bu herhangi bir anlama gelmiyor, gerçi." Birden geri gitmeye başladı. "Bu onun seni benden daha çok sevdiği anlamına gelmiyor."

"Ama *sen*, yalvarsam bile benimle kalmazdın."

Bir süre dudaklarını büktü ve bunu inkâr edip etmeyeceğini merakla bekledim. İkimiz de gerçeği biliyorduk. "Bu sadece seni daha iyi tanıdığım için," dedi en sonunda. "Her şey sorunsuz bir şekilde gidecek. Bana sorsan ve ben hayır bile desem, sonrasında bana kızgın olmazdın."

"Her şey gerçekten de sorunsuz ilerlese, muhtemelen haklı olurdun. Kızmazdım. Ama yokluğunun her dakikasında endişeden hasta olacağım, Jake. Çılgına döneceğim."

"Neden?" diye sordu ters ters. " Eğer bana bir şey olursa, bu seni niye ilgilendirsin ki?"

"Öyle deme. Benim için ne kadar önemli olduğunu biliyorsun. Senin istediğin şekilde olmadığı için üzgünüm ama durum bu. Benim en iyi arkadaşımsın. En azından, öyleydin. Ve hâlâ da bazen öylesin...daha rahat olduğun zamanlarda."

O sevdiğim eski gülümsemesiyle bana gülümsedi. "Ben her zaman öyle olacağım," diye söz verdi. "Davranmam gerektiği gibi...davranmadığım zamanlarda bile. Derinlerde bir yerlerde, ben hep buradayım."

"Biliyorum. Yoksa neden bütün o saçmalıklarına katlanayım."

Kahkaha attı ama gözleri mutsuzdu. *"Ne zaman* senin de bana âşık olduğunu fark edeceksin?"

"Yaşanan anı bozmak için senden iyi birisi yoktur."

"Onu sevmediğini söylemiyorum. Aptal değilim. Ama aynı anda birden fazla insanı sevmek mümkün, Bella. Bunun canlı örneğini gördüm."

"Ama ben bir kurt adam değilim, Jacob."

Burnunu kırıştırdı ve bu son lafım için özür dileyeceğim sırada konuyu değiştirdi.

"Gelmemize az kaldı, kokusunu alabiliyorum."

Rahatlamış bir şekilde içimi çektim.

İç çekmemi yanlış yorumladı. "Yavaşlamaktan çok

mutlu olurdum, Bella, ama *bu* başlamadan sığınakta olmak istersin."

İkimiz de gökyüzüne baktık.

Mor ve siyah bulutlardan oluşan bir duvar, altındaki ormanı karartarak hızla batıdan doğuya doğru geliyordu.

"Vay canına," diye inledim. "Acele etsek iyi olur, Jake. O bulutlar buraya varmadan eve gitsen iyi edersin."

"Eve gitmeyeceğim."

Ters ters baktım, öfkelenmiştim. "Bizimle kamp yapmayacaksın."

"Teknik olarak yapmayacağım, yani sizin çadırınızda falan kalmayacağım. Kokudansa fırtınayı tercih ederim. Ama eminim senin kan emicin işbirliği açısından sürüyle bağlantıda kalmak isteyecektir ve ben de bu hizmeti mutlulukla sağlayacağım."

"O Seth'in işi sanıyordum."

"Yarın savaş sırasında yerime geçecek."

Hatırladım ve birkaç saniye sessiz kaldım. Aniden büyük bir endişeyle ona baktım.

"Sanırım, senin de kalmanı sağlayacak herhangi bir yol yoktur," dedim. "Yalvarsam bile? Ya da hayatım boyunca sadık hizmetkârın olacağımı falan söylesem bile?"

"Kulağa hoş geliyor ama hayır. Gerçi yalvarmanı görmek ilginç olabilir. İstersen bir dene."

"Gerçekten de, söyleyebileceğim hiçbir şey ama tek bir şey bile yok mu?"

"Hayır. Bana daha iyi bir dövüş söz vermeyeceğin sürece olmaz. Her neyse, zaten kararları veren Sam, ben değilim."

Bu bana bir şey hatırlatmıştı.

"Geçen gün Edward bir şey söyledi...senin hakkında."

Öfkelendi. "Muhtemelen yalandır."

"Ah, gerçekten mi? Sürünün komutasında ikinci değilsin, o zaman?"

Gözlerini kırpıştırdı ve yüzü şaşkınlıkla ifadesizleşti. "Ah. Şu."

"Neden bana hiç söylemedin?"

"Niye söyleyeyim ki? Büyük bir şey değil."

"Bilemiyorum. Neden olmasın? İlginç. Peki, nasıl işliyor bu? Nasıl oldu da Sam Alfa oldu da sen...Beta oldun?"

Jacob uydurduğum terimlere güldü. "Sam ilk olanımız, en eskimiz. Lider olması mantıklı."

Kaşlarımı çattım. "Ama o zaman ikinci olması gereken Jared ya da Paul, değil mi? Sam'den sonra dönüşenler onlardı."

"Şey...açıklaması zor," dedi Jacob geçiştirerek.

"Dene."

İçini çekti. "Daha çok neslinle alakası var, anlıyor musun? Biraz muhafazakârca. Büyükbabanın kim olduğu neden önemli olsun, değil mi?"

Jacob'ın bana uzun zaman önce söylediği bir şeyi hatırladım, ikimizin de kurt adamlarla ilgili bir şey bilmediği zamanlarda.

"Ephraim Black'in, Quileuteler'in sonuncu şefi olduğunu söylememiş miydin?"

"Evet, bu doğru. Çünkü o Alfa'ydı. Biliyor musun şu anda, teknik olarak, bütün kabilenin şefi Sam." Güldü. "Çılgın gelenekler."

Bir süre bunun üzerine düşündüm, parçaları yerine oturtmaya çalışıyordum. "Ama sen aynı zamanda insanların babanı, Ephraim'in torunu olduğu için konseydeki herkesten daha çok dinlediklerini söylemiştin."

"Ee, ne olmuş?"

"Şey, madem nesille alakalı...şef olması gereken sen değil misin, o zaman?"

Jacob cevap vermedi. Kararan ormana baktı, nereye gittiğine konsantre olması gerekiyormuşçasına.

"Jake."

"Hayır. O Sam'in işi." Gözlerini patikasız yolumuzdan ayırmıyordu.

"Neden? Büyük büyükbabası Levi Uley'di, değil mi? Levi de Alfa mı?"

"Sadece bir Alfa olur," diye cevapladı hemen.

"O zaman Levi neydi?"

"Bir çeşit Beta, sanırım," dedi benim terimimi küçümseyerek. "Benim gibi."

"Hiç mantıklı değil."

"Bunun bir önemi yok."

"Sadece anlamak istiyorum."

Jacob en sonunda benim şaşkın bakışlarıma karşılık verdi ve sonra da içini çekti. "Evet, Alfa olması gereken bendim."

Kaşlarımı çattım. "Sam yerinden vazgeçmek istemedi mi?"

"Pek sayılmaz. Ben öne çıkmak istemedim."

"Neden?"

Sorularımdan rahatsız olarak kaşlarını çattı. Eh, artık rahatsız olma sırası ondaydı.

"Hiçbirini istemedim, Bella. Hiçbir şeyin değişmesini istemedim. Efsanevi bir şef olmak istemedim. Bırak onların lideri olmayı, bir kurt adam sürüsünün bir parçası bile olmak istemedim. Sam önerse bile kabul etmezdim."

Uzunca bir süre düşündüm ve Jacob da düşüncelerimi bölmedi. Tekrar ormana baktı.

"Ama senin mutlu olduğunu sanıyordum. Bu durumla ilgili bir problemin olmadığını," diye fısıldadım sonunda.

Jacob bana güvence verircesine gülümsedi. "Evet. Çok da kötü değil. Bazen heyecanlı, mesela bu yarınki şey gibi. Ama ilk başlarda, var olduğunu bile bilmediğin bir savaşa sürüklenmek gibi hissettirmişti. Hiçbir seçeneğin yoktu, anlıyor musun? Ve çok kesin kararlar vardı." Omuz silkti. "Her neyse, sanırım artık halimden memnunum. Yapılması gerekiyordu ve işi doğru yapması için bir başkasına güvenmeliydim, değil mi? Ve bunu yaparken bundan emin olmam çok önemli."

Ona baktım, arkadaşım beklenmedik türde bir alçakgönüllülük içindeydi. Daha önce olduğunu düşündüğümden çok daha yetişkindi. O gece şölen ateşinde Billy'de gördüğüm ve onda olmasını hiç düşünmediğim bir görkem vardı.

"Şef Jacob," diye fısıldadım, kelimelerin kulağa geliş şekline gülümseyerek.

Gözlerini devirdi.

Hemen sonra, rüzgâr, çevremizdeki ağaçlar arasında çok daha şiddetli bir şekilde esmeye başladı. Sanki bir buz kütlesine çarpmış gibi bir ses çıkarmıştı. Kırılan ağaçların keskin sesi dağlarda yankılandı. Tüyler ürpertici bulutlar gökyüzünü kaplarken ışık yok olsa da, yine de titreşen küçük beyaz benekleri görebiliyordum.

Jacob hızını arttırdı, artık çok hızlı gittiğinden gözlerini yerden ayırmıyordu. Ben de kardan korunmak için göğsüne daha sıkı tutundum.

Dakikalar sonra, taşlı tepenin kuytu köşesine doğru hızla ilerlerken, tepenin korunaklı kenarına kurulmuş küçük çadırı gördük. Kar hâlâ yağıyordu ama rüzgâr, karın tutmasına izin vermeyecek kadar şiddetliydi.

"Bella!" diye bağırdı Edward ani bir rahatlamayla. Onu küçük açık alanda volta atarken yakalamıştık.

Hemen yanımda belirdi, çevik hareketleri net görülmüyordu. Jacob sindi ve beni ayaklarımın üzerine bıraktı. Edward onun tepkisini görmezden geldi ve bana sıkıca sarıldı.

"Teşekkür ederim," dedi Edward başımın üzerinden. Ses tonu yanlış anlaşılmayacak şekilde samimiydi. "Beklediğimden çabuk geldiniz, gerçekten takdir ettim."

Jacob'ın cevabını görebilmek için döndüm.

Jacob sadece omuz silkti, tüm o arkadaş canlısı tavrı silinip gitmişti. "İçeri götür onu. Bu fırtına kötü olacak. Saçlarım diken diken oldu. O çadır güvenli mi?"

"Tamamını kayaya sabitledim."

"İyi."

Jacob gökyüzüne baktı. Hava, artık fırtına ile kararmıştı, döne döne inen kar taneleri etrafa serpişmişti. Burun delikleri genişledi.

"Dönüşeceğim," dedi. "Evde neler oluyor bilmek istiyorum."

Kabanını kısa, kalın bir dala astı ve arkasına bile bakmadan karanlık ormana daldı.

22. ATEŞ VE BUZ

Rüzgâr gene çadırı salladı ve ben de onunla birlikte sallandım. Sıcaklık düşüyordu. Bunu uyku tulumuna ve montuma rağmen hissedebiliyordum. Tamamen giyiniktim ve yürüyüş botlarım hâlâ ayağımdaydı. Ama bu bir şey fark ettirmiyordu. Nasıl bu kadar soğuk olabilirdi? Nasıl daha da soğumaya *devam* edebilirdi? Bir yerde durması gerekiyordu, değil mi?

"S-s-s-s-s-s-saat k-k-k-k-kaç?" Takırdayan dişlerimin arasından kendimi konuşmaya zorladım.

"İki," diye cevapladı Edward.

Edward dar alanda elinden geldiğince benden uzakta oturmaya çalıştı, ben zaten o kadar üşümüşken benim üzerime doğru nefes almaya bile korkuyordu. Yüzünü görebilmek için fazla karanlıktı ama sesinin endişe, kararsızlık ve hüsranla hiddetlendiğini anlayabiliyordum.

"Belki..."

"Hayır, ben i-i-i-y-y-yiyim, g-g-g-gerçekten. Dışarı ç-ç-ç-ç-çıkmak i-istemiyorum."

Şimdiye kadar, en azından on kere, dışarda koşmam için beni ikna etmeye çalışmıştı ama ben sığınağımı terketmeye korkuyordum. Tüm o şiddetli rüzgârdan korunaklı olmasına rağmen içerisi böylesine soğuksa, o rüzgârda koşmanın ne kadar kötü olacağını tahmin edebiliyordum.

Ve öğleden sonraki tüm çabalarımız da boşa gitmişti. Fırtına bittikten sonra kendimizi yeniden hazırlamak için yeteri kadar zamanımız olacak mıydı? Ya fırtına sona ermeseydi? Şu anda hareket etmenin hiçbir anlamı yoktu. Bir geceyi titreyerek geçirebilirdim.

Endişelendiğim şey, bıraktığım izlerin kaybolmasıydı ama Edward, gelmekte olan canavarlar için yeterli olduğu konusunda beni ikna etti.

"Ne yapabilirim?" diye sordu. Neredeyse yalvarıyordu.

Başımı salladım.

Karların arasında duran Jacob keyifsizce sızlandı.

"G-g-g-g-git b-b-b-buradan," diye emrettim, tekrar.

"Sadece senin için endişeleniyor," diye tercüme etti Edward. "O iyi. *Onun* bedeni bu havayla başa çıkmak için donanımlı."

"H-h-h-h-h-h." Yine de ayrılması gerektiğini söylemek istedim ama dişlerim buna izin vermedi... Denerken neredeyse dilimi ısırıyordum. En azından Jacob, gerçekten de kar için donanımlı görünüyordu, daha kalın, uzun ve kabarık kızıl– kahve kürküyle sürüsündeki diğerlerinden bile daha iyiydi. Bunun nedenini merak ettim.

Tiz, kulak tırmalayıcı bir şikâyet sesiyle inledi.

"Ne yapmamı istiyorsun?" diye homurdandı Edward, artık kibarlıkla uğraşmayacak kadar tedirgindi. "*Bu* fırtınanın içinden onu taşıyarak geçeyim mi? Senin de herhangi bir faydanı göremiyorum. Neden gidip bir soba falan kapıp gelmiyorsun?"

"Ben iy-y-y-y-y-y-y-iyim," diye itiraz ettim. Edward'ın iniltisine ve çadırın dışındaki anlaşılmayan homurtuya bakılırsa, kimseyi ikna edememiştim. Rüzgâr tekrar çadırı sertçe salladı ve ben de onunla uyumlu bir şekilde titredim.

Ani bir kükreme, rüzgârın gümbürtüsünü bölünce kulaklarımı kapadım. Edward kaşlarını çattı.

"Buna hiç gerek yoktu," diye mırıldandı. "Ve ayrıca duyduğum en kötü fikir," diye bağırdı daha yüksek bir sesle.

"Senin aklına gelenlerden daha iyi," diye yanıtladı Jacob, birden insan sesini duymak beni ürkütmüştü. "*Git de bir soba kap'* mış," diyerek homurdandı. "St. Bernard köpeği değilim ben."

Çadır kapısının fermuarının çabucak açıldığını duydum.

Jacob, buz gibi havayı da kendisiyle birlikte içeri alarak sığabildiği en ufak aralıktan içeri girdi. Birkaç kar tanesi çadırın tabanına düştü. O kadar çok titredim ki adeta sarsılıyordum.

"Bunu sevmedim," diye tısladı Edward, Jake çadır kapısının fermuarını kapatırken. "Sadece montu verip dışarı çık."

Gözlerim şekilleri seçecek kadar alışmıştı. Jacob, çadırın yanındaki ağaca asılı olan parkayı taşıyordu.

Neden bahsettiklerini sormaya çalıştım ama titreme beni kontrol edilemez şekilde kekelettiği için ağzımdan çıkan tek şey; "N-n-n-n-n-n-n-n," oldu.

"Parka yarın için. Kendi kendine ısınabilmek için fazlasıyla soğuk. Parka donmuş." Kapının yanına bıraktı. "Bir sobaya ihtiyacı olduğunu söylemiştin ve işte buradayım." Jacob çadır izin verdiğince kollarını açtı. Ortalıkta kurt olarak dolandığı için, her zamanki gibi, sadece temel ihtiyaçlarını üzerine almıştı; bir eşofman altı. Üst kısmı ve ayakları çıplaktı.

"J-J-J-J-Jake, d-d-d-d-donacaks-s-sın," diye şikâyet etmeye çalıştım.

"Ben donmam," dedi neşeli bir ses tonuyla. "Son günlerde kırk iki derecelik bir vücut ısısıyla yaşıyorum. Seni kısa zamanda terletirim."

Edward homurdandı ama Jacob ona bakmadı bile. Onun yerinde emekleyerek yanıma geldi ve uyku tulumumun fermuarını açmaya başladı.

Birdenbire Edward, elini Jacob'ı zaptetmek amacıyla onun omzuna koydu. Karbeyaz rengine karşılık koyu bir ten. Jacob'ın çenesi kasıldı, burun delikleri genişledi ve bedeni bu soğuk temasla irkildi. Kolundaki uzun kaslar otomatik olarak gerildi.

"Ellerini üzerimden çek," diye hırladı dişlerini sıkarak.

"Ellerini ondan uzak tut," dedi Edward öfkeyle.

"K-k-k-kavga et-t-t-tmeyin," diye yalvardım. Başka bir titreme bütün bedenimi salladı. Dişlerim o kadar sert çarpıyordu ki, kırılacaklarını sandım.

"Eminim ayak parmakları morarıp düştüğünde

sana bunun için teşekkür edecektir," diye karşı çıktı Jacob.

Edward tereddüt etti, sonra elini çekti ve köşedeki eski yerine gitti.

Sesi düz ve korkutucuydu. "Kendine dikkat et."

Jacob kıkırdadı.

"Yana kay, Bella," dedi uyku tulumunu daha da açarak.

Büyük bir öfkeyle ona baktım. Edward'ın neden böyle tepki verdiğine şaşmamak gerekiyordu.

"H-h-h-h-h," diye karşı çıkmaya çalıştım.

"Aptal olma," dedi sinirli bir şekilde. "On adet ayak parmağına sahip olmayı sevmiyor musun?"

Tulumun içindeki olmayan yere bedenini sığdırdı ve fermuarı arkasından zorla kapattı.

Bir daha itiraz edemedim, artık etmek de istemiyordum. O kadar sıcaktı ki. Kollarını bana doladı ve beni sıkıca çıplak göğsüne bastırdı. Sıcaklık karşı konulamazdı, sanki suyun altında çok kalıp yüzeye çıktıktan sonra solunan hava gibiydi. Hevesli bir şekilde buz tutmuş parmaklarımı tenine bastırdığımda büzüldü.

"Tanrım, donuyorsun, Bella," diye şikâyet etti.

"Ü-ü-ü-üzgünüm," diye kekeledim.

"Rahatlamaya çalış," dedi, başka bir ürperti bütün vücudumu şiddetle sarsarken. "Birazdan ısınacaksın. Elbette, üstündekileri çıkarsaydın daha çabuk ısınırdın."

Edward sinirli bir şekilde hırladı.

"Bu sadece basit bir gerçek," diye kendini savundu Jacob. "Hayatta kalma, ders bir."

"K-k-k-kes ş-şunu, Jake," dedim sinirli bir şekilde, ama bedenim ondan uzaklaşmaya yanaşmıyordu bile. "K-k-k-kimse gerçekten on ayak p-p-p- parmağına ihtiyaç d-d-duymaz."

"Kan emici için endişelenme," dedi Jacob, kendinden memnun bir ses tonuyla. "Sadece kıskanıyor."

"Tabii ki, kıskanıyorum." Edward'ın kadifemsi sesi kontrol altındaydı. "Şu anda, senin onun için yaptığını yapabilmeyi ne kadar istediğime dair en ufak bir fikrin bile olamaz, kırma."

"Bu da işin kötü tarafı," dedi Jacob neşeyle ama sonra ses tonu bozuldu. "En azından, onun benim yerimde senin olmanı dilediğini biliyorsun."

"Doğru," diye onayladı Edward.

Onlar ağız dalaşı yaparken, titreme yavaşladı ve katlanılır bir hale geldi.

"İşte," dedi Jacob hoşnut bir halde. "Daha iyi hissediyor musun?"

Sonunda net olarak konuşabiliyordum. "Evet."

"Dudakların hâlâ mavi," dedi düşünceli bir şekilde. "Onları da senin için ısıtmamı ister misin? İstemen yeterli."

Edward sert bir şekilde içini çekti.

"Davranışlarına dikkat et," diye mırıldandım yüzümü omzuna bastırırken. Soğuk tenim onunkine değince yine irkildi ama ben gözle görülür, kinci bir tatminle gülümsedim.

Tulumun içi sıcak ve rahattı. Jacob'ın beden sıcaklığı her taraftan yansıyor gibiydi. Belki de bunun sebebi her tarafı kaplıyor olmasıydı. Botlarımı tekmeleyerek çıkardım ve ayaklarımı bacaklarına bastırdım. Bariz bir şekilde zıpladı ve sonra başını eğip sıcak yanağını uyuşmuş kulağıma yapıştırdı.

Jacob'ın teninin, odunsu bir misk kokusu olduğunu fark ettim. Buraya, ormanın ortasındaki bu ortama uyuyordu. Hoştu. Cullenlar'ın ve Quileuteler'in, tüm o koku meselesini önyargıları yüzünden mi bu kadar büyük bir sorun haline getirip getirmediklerini merak ettim. Herkesin kokusu bana oldukça iyi geliyordu.

Fırtına çadıra saldıran bir hayvanmışçasına kükrüyordu ama artık bu beni endişelendirmiyordu. Jacob soğuk değildi ve ben de değildim. Hem açıkçası herhangi bir şey için endişelenemeyecek kadar yorgundum. Bu kadar geç saate kadar uyanık olmak beni yormuştu ve kaslarım kasılmaktan ağrıyordu. Donmuş her parçam birer birer çözüldükçe bedenim yavaşça rahatlamaya başladı sonra da iyice gevşedim.

"Jake?" diye mırıldandım uykulu bir ses tonuyla. "Sana bir şey sorabilir miyim? Pisliğin teki gibi davranmaya çalışmıyorum ama gerçekten de merak ediyorum." Mutfağımdayken kullandığı kelimelerin aynısıydı...üstünden ne kadar süre geçmişti?

"Elbette," diye kıkırdadı hatırlayarak.

"Sen neden arkadaşlarından daha tüylüsün? Eğer kabalaşıyorsam sorumu cevaplamak zorunda değilsin." Kurt adam kültürünün görgü kurallarını pek bilmiyordum.

"Çünkü saçlarım daha uzun," dedi, bu soru onu eğlendirmişe benziyordu. En azından sorum onu gücendirmemişti. Kafasını sallayınca çenesine kadar uzamış dağınık saçları yanaklarımı gıdıkladı.

"Ah." Şaşırmıştım ama mantıklı gelmişti. Demek hepsinin, sürüye ilk katıldıklarında saçlarını kısacık kesmelerinin sebebi buymuş. "Peki sen niye kesmedin? Killi olmayı seviyor musun?"

Bu sefer hemen cevap vermedi ve Edward bıyık altından güldü.

"Üzgünüm," dedim esneyerek. "Burnumu sokmak istemedim. Söylemek zorunda değilsin."

Sinirlenmiş bir ses çıkardı. "Ah, nasıl olsa sana söyleyecek, o yüzden ben söyleyeyim bari... Saçlarımı uzatıyordum çünkü...sen uzunken daha çok seviyor gibisin."

"Ah." Tuhaf hissetmiştim. "Ben, şey, iki türlü de seviyorum, Jake. Zahmet çekmek...zorunda değilsin."

Omuz silkti. "Bu gece oldukça faydalı olduğunu gördük, o yüzden canını sıkma."

Söyleyecek başka bir şeyim yoktu. Sessizlik uzadıkça, göz kapaklarım düştü ve kapandı, nefes alışım daha da yavaşladı.

"İşte böyle, canım, uyu," diye fısıldadı Jacob.

Memnun bir halde iç geçirdim, zaten yarı bilinçsizdim.

"Seth burada," dedi Edward Jacob'a mırıldanarak ve birden kükremenin anlamını çözdüm.

"Mükemmel. Ben senin için kız arkadaşınla ilgilenirken artık sen geri kalan her şey ile ilgilenebilirsin."

Edward cevap vermedi ama ben halsizce inledim. "Keş şunu," diye mırıldandım.

Sonra yine sessizlik oldu, en azından içeride. Dışarıda ise, rüzgâr ağaçların arasında delicesine feryat ediyordu. Çadırın şiddetle titremesi uyumayı güçleştiriyordu. Direkler, tam uyuyakalmak üzereyken her defasında beni bilinçsizliğin kıyısından çekerek aniden silkeleyip sarsıyordu. Kurt için yani dışarıda karın ortasında kalmış çocuk için çok üzülüyordum.

Uykumun gelmesini beklerken aklım amaçsızca savruldu. Bu küçük sıcak alan, Jacob'la geçirdiğimiz eski günleri düşünmeme sebep oldu ve eskiden nasıl onun benim güneş yerine kullandığım şey olduğunu, nasıl boş hayatımı yaşanılabilir kılan sıcaklık olduğunu hatırlattı. Jake'i o şekilde düşünmemin üzerinden epey bir zaman geçmişti ama işte buradaydı, ve yine beni ısıtıyordu.

"*Lütfen!*" diye tısladı Edward. "*Dikkat* etsene!"

"Ne?" diye cevap verdi Jacob fısıldayarak, ses tonu şaşkındı.

"En azdından düşüncelerini kontrol etmeye *teşebbüs* eder misin?" dedi Edward. Alçak fısıltısı sinirliydi.

"Kimse dinlemen gerektiğini söylemedi," diye mırıldandı Jacob, meydan okuyor gibi görünse de biraz utanmıştı. "Kafamdan çık."

"*Keşke* çıkabilsem. Küçük fantazilerinin ne kadar gürültülü olduğunu tahmin bile edemezsin. Sanki bana bağırarak anlatıyormuşsun gibi."

"Sessiz olmaya çalışırım," diye fısıldadı Jacob alay ederek.

Kısa bir sessizlik oldu.

"Evet." Edward söylenmemiş bir düşünceye öyle kısık sesli bir mırıltıyla cevap vermişti ki, onu güçlükle duyabilmiştim. "Onu da kıskanıyorum."

"O şekilde olduğunu anlamıştım," diye fısıldadı Jacob kendini beğenmişçesine. "Sahayı biraz eşitliyor gibi, öyle değil mi?"

Edward kıkırdadı. "Sadece rüyanda."

"Biliyorsun, hâlâ fikrini değiştirebilir," diye sataştı Jacob ona. "Onunla senin yapamayacağın ama benim yapabileceğim her şeyi *düşünürsek*. En azından onu öldürmeden, tabii."

"Uyu, Jacob," diye mırıldandı Edward. "Sinirime dokunmaya başlıyorsun."

"Sanırım uyuyacağım. Gerçekten çok rahatım."

Edward cevap vermedi.

Sanki ben orada değilmişim gibi konuşmayı kesmelerini söyleyebilmek için fazla baygındım. Konuşma benim için rüya gibi bir boyutta gerçekleşmişti ve gerçekten uyanık olduğumdan emin değildim.

"Belki yaparım," dedi Edward, birkaç dakika sonra duymadığım bir soruya cevap vererek.

"Ama dürüst olur musun?"

"Her zaman sorabilirsin." Edward'ın ses tonu, bana bir espriyi kaçırmışım gibi hissettirdi.

"Peki, sen benim kafamın içini görebiliyorsun. Bu gece benim de seninkini görmeme izin ver, en adili bu," dedi Jacob.

"Kafan sorularla dolu. Hangisini yanıtlamamı istiyorsun?"

"Kıskançlık... İçin içini yiyor *olmalı*. Göründüğün kadar kendinden emin olamazsın."

"Tabii ki yiyor," diye onayladı Edward, sesi artık eğleniyor gibi değildi. "Hatta şu anda o kadar kötü ki, sesimi zar zor kontrol edebiliyorum. Elbette, benden uzakta senin yanındayken ve onu göremediğim zamanlarda çok daha kötü."

"Her an onu düşünüyor musun?" diye fısıldadı Jacob. "Seninle değilken konsantre olmak zor oluyor mu?"

"Evet ve hayır," dedi Edward; soruyu dürüstçe yanıtlamaya kararlı gibiydi. "Benim aklım seninkiyle aynı şekilde çalışmıyor. Aynı anda bir çok şeyi düşünebilirim. Tabii ki, *her zaman* onu düşünüyorum, sessiz ve düşünceli olduğunda, acaba aklı nerede diye merak ediyorum."

İkisi de bir süre sessiz kaldı.

"Evet, ara ara seni düşündüğünü tahmin ediyorum," diye cevap verdi Jacob'ın düşüncelerine mırıltıyla. "İsteyebileceğimden daha sık. Mutsuz olmandan endişeleniyor. Bunu bilmediğinden değil. Bunu kullanmadığından değil."

"Elimde ne varsa kullanmak zorundayım," diye mırıldandı Jacob. "Senin sahip olduğun avantajlara sahip değilim, sana âşık olduğunu bilmek gibi avantajlar."

"Evet o kısım yardımcı oluyor," diye onayladı Edward yumuşak bir ses tonuyla.

Jacob meydan okudu. "Bana da âşık, biliyorsun."

Edward cevap vermedi.

Jacob içini çekti. "Ama o bunu *bilmiyor*."

"Haklı mısın, bilemiyorum."

"Bu seni rahatsız ediyor mu? Onun da ne düşündüğünü görebilmeyi diler miydin?"

"Evet...ve hayır. Böyle olmasını daha çok seviyor ve her ne kadar arada beni çıldırtsa da, mutlu olmasını tercih ederim."

Rüzgâr çadırın etrafını deprem olmuşçasına salladı. Jacob bana sardığı kollarını koruyucu bir şekilde daha da sıktı.

"Teşekkür ederim," diye fısıldadı Edward. "Kulağa tuhaf gelebilir ama sanırım burada olmandan memnunun, Jacob."

"Yani, 'her ne kadar seni öldürmek istesem de, onu sıcak tuttuğun için memnunum,' demek istiyorsun, yanılıyor muyum?"

"Rahatsız edici bir ateşkes, değil mi?"

Jacob'ın fısıltısı birden kendini beğenmiş bir tona büründü. "Senin de, en az benim kadar delicesine kıskanç olduğunu biliyordum."

"Bunu, senin gibi alnıma yazarak dolaşacak kadar da aptal değilim. Senin davana da yardımı dokunmuyor, biliyorsun."

"Sen benden daha sabırlısın."

"Öyle olmalıyım. Bunu kazanmak için bir yüz yılım oldu. *Onu* bekleyerek geçen bir yüz yıl."

"Peki... hangi noktada sabırlı iyi adam rolünü oynamaya karar verdin?"

"Onu seçmeye zorlamanın, ona ne kadar acı çektirdiğini gördüğümde. Normalde kontrol etmesi bu kadar zor değil. Çoğu zaman oldukça kolay bir şekilde içime atabiliyorum...yani senin için beslediğim o daha az medeni hisleri. Bazen içimi görebiliyor gibi duruyor ama emin olamıyorum."

"Bence sen, eğer onu gerçekten seçmeye zorlarsan, seni seçmeyebilir diye endişeleniyordun."

Edward hemen cevap vermedi. "Bir parçası öyleydi," diye itiraf etti sonunda. "Ama sadece küçük bir parçası. Hepimizin şüphelendiği zamanlar olur. Çoğu zaman endişelendiğim şey, seni görmek için gizlice kaçtığında kendini incitmesiydi. Sonunda, seninleyken öyle ya da böyle güvenli olduğunu – Bella ne kadar güvenli olabilirse tabii – kabul ettikten sonra, en iyisinin onu uç noktalara itmeyi kesmek olduğunu gördüm."

Jacob içini çekti. "Tüm bunları ona anlatırdım, ama bana asla inanmazdı."

"Biliyorum." Edward'ın sesi gülümsüyor gibi çıkmıştı.

"Her şeyi bildiğini sanıyorsun," diye mırıldandı Jacob.

"Geleceği bilmiyorum," dedi Edward, birden sesi kendinden emin halini kaybetmişti.

Uzun bir duraklama oldu.

"Eğer fikrini değiştirse ne yapardın?" diye sordu Jacob.

"Onu da bilmiyorum."

Jacob sessizce kıkırdadı. "Beni öldürmeye çalışır mıydın?" Yine alaycı ve Edward'ın bunu yapabileceğinden şüphe duyarmış gibiydi.

"Hayır."

"Neden?" Jacob'ın ses tonu hâlâ eğleniyormuş gibi çıkıyordu.

"Gerçektende, onu bu şekilde üzebileceğimi düşünüyor musun?"

Jacob bir saniye tereddüt etti ama sonra içini çekti. "Evet, haklısın. Bunun doğru olduğunu biliyorum. Ama bazen..."

"Bazen bu ilgi çekici bir fikir."

"Jacob kahkahasını bastırabilmek için yüzünü uyku tulumuna gömdü. "Aynen öyle," diye ona katıldı en sonunda.

Ne kadar tuhaf bir rüyaydı bu. Acaba tüm bu fısıltıları hayal etmeme sebep olan bu acımasız rüzgâr mı diye merak ettim. Gerçi rüzgâr, fısıldamaktansa çığlık atıyordu...

"Nasıl bir şey? Onu kaybetmek?" diye sordu Jacob uzunca bir süre sonra. Artık boğuk çıkan sesinde hiçbir alay belirtisi yoktu. "Ne zaman onu sonsuza dek kaybettiğini düşündün? Bununla nasıl...başa çıktın?"

"Bu konuda konuşmak benim için çok zor."

Jacob bekledi.

"Bunu düşündüğüm iki zaman oldu." Edward her kelimeyi normalden daha yavaş dile getirdi. "İlkinde, onu terk edebileceğimi düşündüğümde...bu... neredeyse katlanılabilirdi. Çünkü beni unutabileceğini düşündüm. Böylece onun hayatına hiç dokunmamışım gibi olacaktım. Altı ay boyunca uzak durmayı, bir daha asla hayatına karışmayacağıma dair sözümü tutmayı başardım. Yaklaşıyordu. Savaşıyordum ama kazanamayacağımı biliyordum: dönecektim... ama sadece onu kontrol etmek için. En azından kendi kendime söylediğim şey buydu. Ve eğer onu makûl derecede mutlu olarak bulursam...tekrar uzaklaşabileceğimi düşünmekten memnundum.

Ama mutlu değildi. Ve kaldım. Elbette, beni ertesi gün onunla kalmam için de aynı bu şekilde ikna etti. Bunu daha önce de merak ediyordun bunu, beni neyin motive edebildiğini...onun gereksiz bir şekilde suçlu hissettiği şey de buydu. Onu terk ettiğimde, o zamanlar bunun ona neler hissettirdiğini ve hâlâ, onu terk edersem, neler hissettirebileceğini hatırlattı bana. Bu konuyu açmak, kendisini korkunç hissetmesine sebep oluyor ama haklı. Onu terk etmemi hiçbir zaman telafi edemeyeceğim ama ben yine de denemekten vazgeçmeyeceğim."

Jacob bir süre cevap vermedi. Fırtınayı dinliyor ya da az önce duyduklarını hazmetmeye çalışıyordu, hangisi olduğunu bilmiyordum.

"Ve öteki zaman, onun öldüğünü sandığın zaman?" diye sordu Jacob kabaca.

"Evet." Edward farklı bir soruya cevap verdi. "Muhtemelen sana da öyle hissettirecek, öyle değil mi? Bizi algılayış şekline bakarsak, onu bir daha *Bella* olarak göremeyeceksin. Ama olacağı kişi o."

"Sorduğum o değildi."

Edward'ın cevabı hızlı ver sertti. "Nasıl hissettirdiğini sana anlatamam. Uygun bir kelime bulamıyorum."

Jacob, etrafıma sardığı ellerini esnetti.

"Ama onu terk ettin çünkü onu bir kan emici yapmak istemedin. Onun insan olmasını *istiyorsun*."

Edward yavaşça konuştu. "Jacob, ona âşık olduğumu fark ettiğim saniye, sadece dört ihtimal olduğunu biliyordum. İlk alternatif, Bella için en iyisi olan, benim için bu kadar güçlü duygular beslememesi, beni unutabilmesi ve hayatına devam edebilmesiydi. Benim ona karşı hissettiklerimi asla değiştiremese de, bunu kabul edebilirdim. Sen beni...yaşayan sert ve soğuk bir taş olarak düşünüyorsun. Bu doğru. Bizler başından beri hep aynı, olduğumuz gibiyizdir ve gerçek bir değişim yaşamamız bizim için çok nadir görülen bir şeydir. Ve yaşadığımızda da, Bella'nın hayatıma girmesi gibi, bu kalıcı bir değişimdir. Geri dönüş yoktur...

İkinci alternatif, en başında seçtiğim, onun insan yaşamı boyunca yanında kalmaktı. Onun için iyi bir seçenek değildi, onunla beraber insan olamayacak biriyle hayatını harcamak... Ama bu en kolay yüzleşebildiğim alternatif buydu. O öldüğünde, benim de ölmek için bir yol bulacağımı başından beri biliyordum. Altmış yıl, yetmiş yıl... Bana çok ama çok kısa bir zaman gibi gelmişti... Ama sonra, benim dünyama bu kadar yakın bir mesafede yaşamasının onun için çok tehlikeli olduğu anlaşıldı. Yanlış gidebilecek her şey yanlış gitti. Ya da her şey üstümüzdeydi... yanlış gitmeyi bekliyordu. O insanken onun yanında kalırsam, o altmış yıla da sahip olamayacağımdan korktum.

Böylece üçüncü seçeneği seçtim. Ki bu da bildiğin gibi, çok uzun hayatımda yaptığım en kötü yanlış oldu.

Onu birinci alternatife zorlayarak onun dünyasından kendimi çıkarmayı seçtim. İşe yaramadı ve neredeyse ikimiz de ölüyorduk.

Dördüncü alternatiften başka elimde ne kaldı? İstediği bu. En azından, istediğini düşünüyor. Sürekli ertelemeye çalıştım, fikrini değiştirmek için bir sebep bulabilmesi için zaman tanıdım, ama o çok...inatçı. *Bunu* biliyorsun. Birkaç ay daha uzatabilirsem şanslı olurum. Ama onda yaşlanma korkusu var ve doğum günü eylül ayında..."

"İlk seçeneği sevdim," diye mırıldandı Jacob.

Edward cevap vermedi.

"*Aslında* bunu kabul etmekten ne kadar nefret ettiğimi çok iyi biliyorsun," diye fısıldadı Jacob yavaşça. "Ama görüyorum ki, onu gerçekten seviyorsun... kendine göre. Artık bu konuda seninle tartışamam.

Bunu göz önüne alırsak, bence henüz birinci alternatiften vazeçmemelisin. Bence çok büyük ihtimalle iyi olacaktır. Zaman geçtikçe. Biliyor musun, eğer mart ayında o yamaçtan atlamasaydı...ve onu kontrol etmek için bir altı ay daha bekleseydin... Şey, onu makul derecede mutlu bulabilirdin. Bir planım vardı."

Edward kıkırdadı. "Belki işe yarayabilirdi. İyi düşünülmüş bir plandı."

"Evet." Jake içini çekti. "Ama..." Birdenbire öyle hızlı fısıldamaya başladı ki, kelimeler birbirine dolandı. "Bana bir yıl ver, Edward. Onu mutlu edebileceğime gerçekten inanıyorum. İnatçı, bunu kimse benden daha iyi bilemez, ama iyileşme yetisine sahip. Daha önce de iyileşebilirdi. Ve insan olabilir, Charlie ve Renée ile birlikte yaşlanabilir, çocukları olabilir ve... Bella olabilir.

Bu planın avantajlarını görecek kadar seviyorsun onu. Senin oldukça özverili olduğunu düşünüyor... gerçekten öyle misin? Benim, onun için senden daha iyi olabileceğim fikrini düşünebilir misin?"

"Düşündüm," diye yanıtladı Edward alçak bir sesle. "Bazı yönlerden, sen onun için başka insanlardan daha uygunsun. Bella'ya ona bakabilecek biri lazım. Sen de, onu kendisinden ve ona karşı komplo kuran her şeye karşı koruyabilecek kadar güçlüsün. Daha önce de yaptın ve sbunun için yaşadığım sürece, sonsuza dek, sana borçlu olacağım, hangisi önce gelirse...

Hatta bunu Alice'e bile sordum. Seninle mi daha mutlu olur, diye baktırdım. Göremedi, tabii ki. Seni göremiyor, hem sonra Bella kendi izlediği yoldan emin, şimdilik.

"Ama ben de daha önce yaptığım yanlışların aynısını yapacak kadar aptal değilim, Jacob. Onu tekrar birinci alternatifi seçsin diye zorlamayacağım. Beni istediği sürece buradayım."

"Ve eğer beni istediğine kadar verirse?" diye Jacob meydan okudu. "Tamam, uzak bir ihtimal, itiraf ediyorum."

"Gitmesine izin verirdim."

"Sadece o kadar mı?"

"Bunun benim için ne kadar zor olduğunu hiçbir zaman göstermeme şartıyla, evet. Ama yakından takip ederdim. Görüyorsun Jacob, *onu* bir gün terk edebilirsin. Sam ve Emily gibi, başka bir seçeneğin olmazdı. Ben de her zaman hemen dışarda bekleyip öyle bir şeyin olmasını umardım."

Jacob sessizce homurdandı. "Şey, beklediğimden daha dürüst oldun...Edward. Kafanın içine girmeme izin verdiğin için teşekkürler."

"Dediğim gibi, bu gece buradaki varlığın için tuhaf bir şekilde minnettarım. En azından bunu yapmalıydım... Biliyor musun, Jacob, eğer doğal düşmanlar olmamız gibi bir gerçek söz konusu olmasaydı ve aynı zamanda varoluş sebebimi elimden almaya çalışıyor olmasaydın, seni aslında sevebilirdim."

"Belki...eğer sen, sevdiğim kızın yaşamını emme planları yapan iğrenç bir vampir olmasaydın...şey, hayır, o zaman bile olmaz."

Edward kıkırdadı.

"Sana bir şey sorabilir miyim?" diye sordu Edward bir süre sonra.

"Neden sormak zorundasın ki?"

"Sadece eğer onu düşünürsen duyabilirim. Sadece, geçen gün Bella'nın bana anlatmaya gönülsüz olduğu bir hikâye hakkında. Üçüncü eş ile ilgili bir şey...?"

"Ne olmuş ona?"

Edward cevap vermedi, hikâyeyi Jacob'ın kafasından dinliyordu. Karanlıkta alçak sesli tıslamasını duydum.

"Ne?" diye ısrar etti Jacob.

"Tabii ki." Edward köpürdü. "Tabii ki! Yaşlı büyüklerinizin *o hikâyeyi* kendilerine saklamalarını tercih ederdim, Jacob."

"Sülüklerin kötü adam olarak resmedilmesini sevmiyor musun?" diye alay etti Jacob. "Biliyorsun ki *öyleler*. O zaman da öyleydiler *ve* şimdi de."

"O kısım umurumda bile değil. Bella'nın kendisini hangi karakterle özdeşleştirdiğini tahmin edemiyor musun?"

Jacob bir süre düşündü. "Ah. Iyy. Üçüncü eş. Tamam, demek istediğini anladım."

"Açıklıkta, orada olmak istiyor. Yapabileceği ne varsa yapmak istiyor." İçini çekti. "Yarın onunla birliklte kalmak için ikinci sebep de o. İstediği bir şey söz konusu olduğunda oldukça yaratıcı."

"Biliyor musun, ona bu fikri veren, sadece hikâye değil, senin asker kardeşindi de."

"İki tarafında kötü niyeti yoktu," diye fısıldadı Edward, artık uzlaşmacıydı.

"Ve *bu* küçük ateşkes ne zaman sona eriyor?" diye sordu Jacob. "İlk ışıkla mı? Ya da savaş bitene kadar bekleyecek miyiz?"

İkisinin de bir an duraksadı.

"İlk ışıkla," diye fısıldadılar birlikte ve sonra sessizce güldüler.

"İyi uykular, Jacob," diye mırıldandı Edward. "Bu anın tadını çıkar."

Sonra tekrar sessizlik oldu ve çadır birkaç dakika sakin kaldı. Rüzgâr bizi dümdüz etmekten ve savaşmaktan vazgeçiyordu.

Edward yavaşça inledi. "O kadar da tadını çıkar demek istememiştim."

"Üzgünüm," diye fısıldadı Jacob. "Çıkabilirsin, biliyorsun. Bizi biraz yalnız bırakabilirsin."

"Uyumana *yardım* etmemi ister misin, Jacob?" diye önerdi Edward.

"Deneyebilirsin," dedi Jacob, tasasızca. "Kimin çekip gideceğini görmek ilginç olurdu, değil mi?"

"Beni fazla tahrik etme, kurt. Sabrım o kadar da sınırsız değil."

Jacob fısıltıyla güldü. "Kusura bakmazsan, şu anda hareket etmemeyi tercih ederim."

Edward, normalden daha yüksek sesle kendi kendine bir şarkı mırıldanmaya başladı, Jacob'ın düşüncelerini bastırmaya çalışıyordu. Ama mırıldandığı benim ninnimdi ve bu fısıltılı rüyaya karşı duyduğum giderek büyüyen rahatsızlığıma karşın, bilinçsizliğe doğru yavaş yavaş kaymaya başladım...daha mantıklı gelen rüyalara doğru...

23. CANAVAR

Sabah uyandığımda hava oldukça aydınlıktı. Güneş ışığı, çadırın içinde bile gözlerimi acıtıyordu. Ve Jacob'ın da tahmin ettiği gibi, *terliyordum*. Jacob kulağıma doğru yavaşça horluyordu, kolları hâlâ bana sarılydı.

Ateş gibi sıcak göğsünden başımı kaldırdım ve sabah soğuğunun, nemli yanağımı yaktığını hissettim. Jacob uykusunda iç geçirdi ve bilinçsiz olarak kollarını bana sıkıca sardı.

Kollarını gevşetmeyi başaramayınca, başımı görmeye yatecek kadar kaldırmaya çalışarak kıvrandım...

Bakışlarımız birbirini aynı anda buldu. İfadesi sakindi ama gözlerindeki acıyı saklayamamıştı.

"Dışarısı biraz daha sıcak mı?" diye fısıldadım.

"Evet. Bugün sobanın gerekli olacağını sanmıyorum."

Fermuara uzanmaya çalıştım ama kollarımı serbest bırakamadım. Jacob'ın hareketsiz gücüyle savaşarak esnemeye çalıştım. Jacob mırıldandı, hâlâ derin uykudaydı ve kollarını tekrar sıktı.

"Biraz yardım etsen?" dedim sessizce.

Edward gülümsedi. "Kollarını tamamen kaldırıp atmamı mı istiyorsun?"

"Hayır, teşekkürler. Sadece beni serbest bırak. Yoksa sıcak çarpması geçireceğim."

Edward, çabuk ve ani bir hareketle uyku tulumunun fermuarını açtı. Jacob geriye düştü ve çıplak sırtı çadırın buz gibi zeminine çarptı.

"Hey!" diye şikâyet etti gözleri aniden açılarak. İçgüdüsel olarak, soğuktan kaçınmak için üstüme yuvarlandı. Üstümdeki ağırlığı beni nefessiz bırakmıştı.

Sonra tüm ağırlık birden gitti. Jacob'ın çadırın direklerinden birine doğru uçmasından sonra çıkan çarpma sesini duydum. Çadır titremişti.

Kükreme her tarafta duyuldu. Edward önümde eğiliyordu ve yüzünü göremiyordum, ama göğsünden hiddetli bir şekilde bir hırlama sesi çıkıyordu. Jacob da yarı eğilmişti, sıkılmış dişleri arasından gürlerken tüm bedeni titriyordu. Çadırın dışında, Seth Clearwater'ın hayvani hırlamaları kayalıklarda yankı yapıyordu.

İkisinin arasına girebilmek için yerde sürünerek, "Kesin şunu, kesin!" diye bağırdım. Alan çok dardı ve ellerimi, her ikisinin göğsüne koymak için uzatmak zorunda kalmamıştım. Edward elini belime doladı, beni yoldan çekmeye hazırdı.

"Kes şunu, hemen," diye uyardım onu.

Dokunuşumla birlikte Jacob sakinleşmeye başladı. Sarsılması yavaşladı ama hâlâ dişlerini gösteriyordu ve gözleri hiddetle Edward'a odaklanmıştı. Seth, uzun ve kesintisiz bir şekilde gürlemeye devam etti.

"Jacob?" dedim ve Edward'a dik dik bakmayı kesip

bakışlarını bana çevirene kadar bekledim. "Yaralandın mı?"

"Tabii ki, hayır!" diye tısladı.

Edward'a döndüm. Bana bakıyordu. Yüz ifadesi sert ve kızgındı. "Yaptığın hoş değildi. Özür dilemelisin."

Gözleri tiksintiyle büyüdü. "Şaka yapıyor olmalısın. Az kalsın seni eziyordu!"

"Çünkü onu yere attın! Bilerek yapmadı ve beni de incitmedi."

Edward iğrenerek inledi. Yavaşça, kin dolu bakışlarını Jacob'a çevirdi. "Özür dilerim, köpek."

"Sorun değil," dedi Jacob, alaycı bir ses tonuyla.

Hava, geceki kadar olmasa da, hâlâ soğuktu. Kollarımı göğsümde birleştirdim.

"Al," dedi Edward, sakinleşmişti. Yerdeki kabanı aldı ve montumun üstüne sardı.

"Bu Jacob'ın," diye itiraz ettim.

"Jacob'ın kürk postu var," dedi Edward.

"Kusura bakmazsanız, uyku tulumunu tekrar kullanacağım ben," dedi Jacob onu yok sayarak ve etrafımızda sürünüp uyku tulumunun içine doğru kaydı. "Henüz uyanmaya hazır değildim. En iyi uyuduğum gece olduğunu söyleyemem."

"Senin fikrindi," dedi Edward kayıtsızlıkla.

Jacob kıvrılmış, gözleri neredeyse kapanmıştı. Esnedi. "Geçirdiğim en iyi gece değildi demedim. Sadece fazla uyuyamadım. Bir an Bella hiç susmayacak sandım."

Uykumda ağzımdan ne çıkmış olabileceğini merak ederek ürktüm. İhtimaller korkutucuydu.

"Keyif aldığına sevindim," diye mırıldandı Edward.

Jacob'ın kara gözleri titreyerek açıldı. "Peki, sen iyi bir gece geçirmedin mi?" diye sordu küstahça.

"Hayatımın en kötü gecesi değildi."

"İlk ona girer mi?" diye sordu Jacob sapkın bir zevkle.

"Muhtemelen."

Jacob gülümsedi ve gözlerini kapadı.

"Ama," diye devam etti Edward, "dün gece senin yerini alabilseydim, hayatımda yaşadığım *en iyi on* geceden biri olmazdı."

Jacob'ın gözleri sert bir bakışla açıldı. Doğruldu, omuzları gergindi.

"Biliyor musunuz? Bence burası çok kalabalık."

"Kesinlikle katılıyorum."

Edward'ın kaburgalarına dirsek attım, muhtemelen kendi dirseğimi morartmıştım.

"Sanırım, uykuma sonra devam edeceğim," dedi Jacob surat asarak. "Zaten Sam'le konuşmam gerekiyor."

Dizleri üzerinde süründü ve kapının fermuarını tuttu.

Birdenbire, bunun onu son görüşüm olabileceğini fark ettim ve sırtımdan başlayarak mideme kadar inen bir acı hissettim. Sam'e, sonra da kana susamış yeni doğan sürüsüyle savaşmaya gidecekti.

"Jake, bekle –" diyerek arkasından uzandım ve koluna dokunmaya çalıştım.

Daha parmaklarım tam olarak kavrayamadan kolunu çekti.

"Lütfen, Jake? Kalamaz mısın?"

"Hayır."

Sesi, sert ve soğuktu. Yüzümün çektiğim acıyı yansıttığını anladım çünkü yarım yamalak bir gülümsemeyle ifadesini yumuşattı.

"Benim için endişeleneyim deme, Bells. İyi olacağım ben, her zaman olduğum gibi." Zorla güldü. "Ayrıca, Seth'in benim yerime gitmesine, tüm eğlenceyi ve görkemi çalmasına izin vereceğimi mi sanıyorsun?" diye homurdandı.

"Dikkatli o – "

Ben daha cümlemi bitiremeden, hızla kendini çadırdan dışarı attı.

Edward'ın, "Rahat bırak, Bella," diye mırıldandığını duydum kapının fermuarını kapatırken.

Geri geldiğine dair ayak seslerini duymaya çalışarak bekledim ama tam bir sükunet vardı. Artık rüzgâr da esmiyordu. Sadece uzaktaki dağlarda, kuşların şakıdığını duyuyordum.

Paltolarımın içinde büzüştüm ve Edward'ın omzuna yaslandım. Uzun bir süre sessiz kaldık.

"Daha ne kadar var?" diye sordum.

"Alice, Sam'e bir saat civarında olur demiş," dedi Edward, yumuşak ve kasvetli bir ses tonuyla.

"Birlikte kalacağız. Ne olursa olsun."

"Ne olursa olsun," diye onayladı, gözleri kısılmıştı.

"Biliyorum," dedim. "Onlar için ben de korkuyorum."

"Kendi başlarının çarelerine bakmayı bilirler," diye güvence verdi Edward, sesini bilerek umursamaz tutmuştu. "Ben sadece tüm eğlenceyi kaçırmaktan nefret ediyorum."

Yine şu *eğlence* lafı. Burun deliklerim genişledi. Kolunu omzuma sardı. "Endişelenme," diye ısrar etti ve sonra alnımı öptü.

Sanki endişelenmemenin bir yolu vardı. "Tabii, tabii."

"Dikkatini dağıtmamı ister misin?" dedi fısıldayarak, bir yandan soğuk parmaklarını elmacık kemiklerimde gezdiriyordu.

İstemsiz olarak ürperdim; hava hâlâ buz gibiydi.

"Belki şimdi değil," diye kendi kendine cevap verdi ve elini çekti.

"Dikkatimi dağıtmak için başka yöntemler de var."

"Ne istersin?"

"En iyi on gecenden bahsedebilirsin," diye önerdim. "Merak ediyorum."

Güldü. "Tahmin etmeye çalış."

Kafamı salladım. "Ne olduğunu bilmediğim çok fazla gece var. Koca bir asır."

"Senin için seçeneklerini azaltayım. En iyi tüm gecelerim seninle tanıştıktan sonra oldu."

"Gerçekten mi?"

"Evet, gerçekten. Hem de diğerlerinden oldukça açık ara farkla."

Bir süre düşündüm. "Sadece benimkiler aklıma geliyor," diye itiraf ettim.

"Aynı geceler olabilirler," dedi cesaret vererek.

"Şey, ilk gece var. Kaldığın gece yani."

"Evet, benimkilerden bir tanesi de o. Elbette, sen benim en sevdiğim bölümünde bilinçsizdin."

"Bu doğru," diye hatırladım. "O gece de konuşuyordum."

"Evet," diye onayladı.

Jacob'ın kollarında uyurken neler demiş olabileceğimi merak ederken yüzüm kızardı. Neyin rüyasını gördüğümü ya da herhangi bir rüya görüp görmediğimi hatırlayamıyordum..

"Dün gece neler söyledim?" diye fısıldadım, daha sessiz bir şekilde.

Cevap vermek yerine omuz silkince ürktüm.

"O kadar kötü mü?"

"Çok korkunç değil," diye iç geçirdi.

"Lütfen söyle."

"Çoğunlukla benim adımı söyledin, her zamanki gibi."

"O kadar da kötü değil," dedim.

"Gerçi sonlara doğru, bir takım saçmalıklar gevelemeye başladın, 'Jacob, benim Jacob'ım' diye." Fısıltı halinde konuşsa bile sesindeki acıyı duyabiliyordum. "Tabii bu, senin Jacob'ının oldukça hoşuna gitti."

Boynumu dikleştirdim ve dudaklarımı çenesinin kenarına doğru uzattım. Gözlerini göremiyordum. Gözlerini çadırın çatısına dikmiş bakıyordu.

"Üzgünüm," diye mırıldandım. "Bu sadece ayırt etme yöntemim."

"Ayırt etme?"

"Dr. Jekyll ve Bay Hyde'ı. Sevdiğim Jacob ile beni fazlasıyla sinir eden diğerini," diye açıkladım.

"Mantıklı." Ses tonu açıkça yumuşamıştı. "Diğer favori geceni söyle."

"İtalya'dan eve dönüş."

Kaşlarını çattı.

"Senin de değil mi?" dedim merak ederek.

"Hayır, aslında benim favorilerimdem birisi ama senin listende olmasına şaşırdım. Sen benim suçluluk duygusu yüzünden hareket ettiğim ve uçak kapıları açılır açılmaz kaçacağım şeklindeki gülünç bir izlenime kapılmamış mıydın?"

"Evet." Gülümsedim. "Ama yine de, sen yanımdaydın."

Saçlarımı öptü. "Beni hak ettiğimden fazla seviyorsun."

Bu fikrin imkânsızlığını düşünerek bir kahkaha attım. "Diğer gece, İtalya'dan sonraki gece," diye devam ettim.

"Evet, o da listede. Çok komiktin."

"Komik?" diye merakla sordum.

"Rüyalarının o kadar canlı olduğu konusunda hiç bir fikrim yoktu. Uyanık olduğuna dair seni ikna etmek çok zor olmuştu."

"Hâlâ emin eğilim," diye mırıldandım. "Sen her zaman, gerçekten ziyade rüya gibi geliyorsun. Şimdi sen seninkileeden birini söyle. İlk sıradakini tahmin ettim mi?"

"Hayır. İlk sıradaki iki gece önce oluyor, sen en sonunda benimle evlenmeyi kabul ettiğin gece."

Suratımı astım.

"O senin listende değil mi?"

Beni nasıl öptüğünü ve kazandığım imtiyazları düşününce fikrimi değiştirdim. "Evet...listemde. Ama kuşkularımla birlikte. Bunun senin için neden bu kadar önemli olduğunu anlamıyorum. Sen zaten sonsuza dek bana sahipsin."

"Bundan bir yüz yıl sonra, verdiğim cevabı gerçekten takdir edebilecek kadar bakış açın genişlediğinde, sana açıklayacağım."

"Sana bunu hatırlatacağım, yüz yıl sonra."

"Yeterince ısındın mı?" diye sordu birden.

"Ben iyiyim," diye onu temin ettim. "Neden?"

Daha cevap veremeden, çadırın dışındaki sessizlik birdenbire sağır edici, acı içindeki bir uluma ile parçalandı. Ses, dağın çıplak kayalıklarında sekerek tüm havayı doldurdu ve yankılandı.

Uluma, aklımı bir hortum gibi darmadağın etti, hem bildik hem de yabancı bir sesti. Yabancıydı, çünkü hayatımda hiç o kadar işkence çeken bir çığlık duymamıştım. Bildikti, çünkü sesi duyar duymaz ne olduğunu biliyordum. Sesi tanımıştım ve manasını sanki o ulumayı ben dile getirmiş kadar iyi anlamıştım. Çığlığı duyduğum zaman, Jacob'ın insan olmaması benim için bir şey fark ettirmiyordu. Çeviriye ihtiyacım yoktu.

Jacob yakındaydı. Jacob söylediğimiz her sözcüğü duymuştu. Jacob ıstırap çekiyordu.

Uluma tuhaf bir ağlamaya dönüştü ve sonra etraf yine sessizliğe gömüldü.

Onun sessizce kaçışını duymamıştım ama hissedebiliyordum. Daha önce yanlış bir şekilde varsaydığım yokluğunu, arkasında bıraktığı boş alanı artık hissedebiliyordum.

"Çünkü soban limitine ulaştı," diye yanıtladı Edward sessizce. "Ateşkes bitti," dedi güçlükle duyabildiğim bir ses tonuyla.

"Jacob dinliyordu," diye fısıldadım.

"Evet."

"Sen de biliyordun."

"Evet."

Adeta hiçbir şey görmeyerek boşluğa baktım.

"Hiçbir zaman adil bir savaş sözü vermedim," diye hatırlattı yavaşça. "Ve bilmeyi hak ediyor."

Başım ellerime düştü.

"Bana kızgın mısın?" diye sordu.

"Sana değil," diye fısıldadım. "Beni dehşete düşüren *kendimdi*."

"Kendine eziyet etme," diye yalvardı.

"Evet," diye onayladım acı bir sesle. "Bütün enerjimi Jacob'a biraz daha eziyet etmek için saklamalıyım. Zarar görmemiş her hangi bir parçasının kalmasını istemem."

"Ne yaptığını biliyordu."

"Sence bu önemli mi?" Göz yaşlarımı tutmak için kendimi zorluyordum ve bu da sesimden kolayca anlaşılıyordu. "Sence adil olması ya da yeterli derecede ikaz edilmiş olması benim umurumda mı? Onu *incitiyorum*. Ne zaman arkamı dönsem, onu yine incitiyorum." Sesim giderek yükseliyor ve histerik bir hal alıyordu. "İğrenç bir insanım."

Kollarıyla beni sıkıca sardı. "Hayır, değilsin."

"Öyleyim! Benim sorunum ne?" Ellerinden kurtulmaya çalıştım, o da izin verdi. "Gidip onu bulmalıyım."

"Bella, çoktan kilometrelerce uzağa gitmiştir ve zaten hava soğuk."

"Umurumda değil. Burada öylece *oturamam*." Jacob'ın kabanını attım, ayaklarımı botlarıma geçirdim ve çabucak kapıya doğru emekledim, ayaklarım uyuşmuştu. "Ben...ben..." Cümleyi nasıl bitireceğimi bilmiyordum, yapabileceğim ne vardı bilmiyordum ama yine de kapının fermuarını açtım ve parlak, buz gibi sabaha çıktım.

Dün geceki fırtınanın hiddetini düşününce etrafta tahmin ettiğimden daha az kar vardı. Muhtemelen, alışmamış gözlerimi alan güneşte erimektense rüzgârla uçup gitmişlerdi. Hava hâlâ insanı ısırıyordu ama etrafta ölüm sakinliği vardı. Güneş yavaşça yükselmeye başladığında mevsim tekrar normale döndü.

Seth Clearwater, kalın bir alaçamın gölgesi altındaki kuru çam iğnesi öbeğinin üzerinde, başı pençeleri arasında kıvrılmış yatıyordu. Kum rengi kürkü, ölü iğnelerin üzerinde görünmez gibiydi, ama açık gözlerinden yansıyan parlak karı görebiliyordum. Suçlama olduğunu tahmin ettiğim bir bakışla gözlerini bana dikmişti.

Ağaçlara doğru sendeleyerek yürürken Edward'ın beni takip ettiğini biliyordum. Onu duyamıyordum. Ormanın gölgelerinin içine doğru birkaç adım atana kadar uzanıp beni durdurmadı.

Sonra eli sol bileğimi yakaladı ve elimi kurtarmaya çalışmamı görmezden geldi.

"Peşinden gidemezsin. Bugün olmaz. Neredeyse vakit geldi. Ne olursa olsun, ormanda kaybolman kimsenin işine yaramaz."

Bileğimi kıvırdım ve faydası olmadığını bile bile çekiştirmeye çalıştırdım.

"Üzgünüm, Bella," diye fısıldadı. "Yaptıklarım için üzgünüm."

"Sen bir şey yapmadın. Bu benim hatam. Benim yüzümden oldu. Her şeyi yanlış yaptım. Diyebilirdim... O dediğinde... Yapmamalıydım... Ben... Ben..." Hıçkıra hıçkıra ağlıyordum.

"Bella, Bella."

Kollarını etrafıma sardı, gözyaşlarım gömleğini ıslatıyordu.

"Ben – anlatmalıydım – ben – demeliydim ki..." Ne? Bunu ne düzeltebilirdi? "O bu şekilde – öğrenmemeliydi."

"Onu geri getirebilir miyim diye gidip bakmamı ister misin, böylece sen de onunla konuşabilirsin? Hâlâ biraz zaman var."

Göğsüne yasladığım başımı salladım, yüzüne bakmaya korkuyordum.

"Çadırın yanında kal. Hemen dönerim."

Beni saran kolları birden yok oldu. O kadar hızlı gitmişti ki, başımı kaldırırken geçen bir saniyede çoktan gözden kaybolmuştu. Yalnızdım.

Yeniden hıçkırıklara boğuldum. Bugün herkesi incitiyordum. Dokunup da mahvetmediğim tek bir şey var mıydı?

Bunun beni neden bu kadar kötü etkilediğini bilmiyordum. Başından beri böyle bir şeyin olacağını tahmin ediyordum zaten. Ama Jacob daha önce hiç bu kadar sert tepki vermemişti. Bu sefer kendine olan güvenini yitirmiş ve acısının yoğunluğunu göstermişti. Istırabının sesi, hâlâ kalbimin derinliklerinde bir yerde acı veriyordu. Tam onun yanında başka bir acı daha vardı. Jacob için acı çekmenin acısı. Ve Edward'ı incitmenin acısı. Jacob'ın huzurla gidişini seyredememenin, bunun yapılması gereken şey ve tek yolu olduğunu bilmenin acısı.

Bencildim, kırıcıydım. Sevdiklerime eziyet ediyordum.

Uğultulu Tepeler romanındaki Cathy gibiydim, sadece benim seçeneklerim onunkinden daha iyiydi ve ne kötü ne de zayıftı. Ve burada oturmuş, olanları düzeltmek için hiçbir şey yapmadığım için ağlıyordum. Aynı Cathy gibi.

Artık, *beni* inciten şeylerin, verdiğim kararları etkilemesine izin veremezdim. Fazlasıyla geç kalmıştım ama doğru olanı yapmak zorundaydım. Belki de yapabileceğim bir şey kalmamıştı. Belki Edward onu geri getiremeyecekti. O zaman bunu kabul eder ve hayatıma devam ederdim. Edward beni Jacob Black için tek bir gözyaşı dahi dökerken görmezdi. Daha fazla gözyaşı olmazdı. Soğuk parmaklarımla son gözyaşlarımı da sildim.

Ama Edward gerçekten de Jacob'la birlikte dönerse, o zaman yapacak tek bir şey vardı. Ona gitmesini ve bir daha asla geri dönmemesini söylemeliydim.

Bu neden bu kadar zordu? Neden diğer arkadaşlarıma; Angela'ya, Mike'a elveda demekten çok ama çok daha zordu? Neden bu kadar *acıtıyordu*? Doğru değildi. Beni bu kadar incitmemesi gerekirdi. İstediğim olmuştu. İkisine de sahip olmamın imkânı yoktu çünkü Jacob sadece arkadaşım olamazdı. Bunu dilemekten vazgeçmenin zamanı gelmişti. Bir insan nasıl bu kadar gülünç bir şekilde açgözlü olabilirdi?

Jacob'ın benim hayatımda bir yeri olduğuna dair içimde yeşeren mantıksız hissi atlatmalıydım. Ben bir başkasına aitken, o bana ait olamazdı ve *benim* Jacob'ım da olamazdı.

Yavaşça, ayaklarımı sürüyerek küçük açıklığa geri yürüdüm. Küçük alana girip keskin ışık karşısında gözlerimi kırpıştırırken Seth'e hızlı bir bakış attım ve sonra başka tarafa dönüp onunla göz göze gelmemeye çalıştım.

Seth'ten, Jacob geri gelirse havlamasını ya da başka bir sinyal vermesini rica etmeyi istiyordum ama kendimi durdurdum. Jacob'ın geri gelmesi fark etmezdi. Geri dönmese, her şey daha kolay olabilirdi. Edward'ı aramanın bir yolu olmasını diledim.

O an Seth inledi ve ayağa kalktı.

"Ne oldu?" diye sordum sanki cevabını anlayabilecekmiş gibi.

Beni duymazdan gelip hafifçe havladı ve tetikte olan burnunu batıya çevirdi. Kulaklarını geriye yatırdı ve yine inledi.

"Diğerleri mi, Seth?" diye sordum. "Düzlüktekiler?"

Neden bu kadar aptaldım? Edward'ı yollarken aklımdan ne geçiyordu? Neler olduğunu nerden bilebilirdim? Kurtça bilmiyordum.

Soğuk bir korku damlası beni ürpertti. Ya zaman geldiyse? Ya Jacob ve Edward fazla yaklaştılarsa? Ya Edward da savaşa katılmaya karar verdiyse?

Buz gibi korku kanımı dondurdu. Ya Seth'in sıkıntısının açıklıkla bir alakası yoksa ve havlaması başka bir şeyin işaretiyse? Ya Jacob ve Edward, ormanda çok uzakta bir yerlerde birbirleriyle savaşıyorlarsa? Bunu yapmazlardı, değil mi?

Ani ve dondurucu bir kesinlikle bunu yapabileceklerini fark ettim. Eğer aralarında yanlış kelimeler kullanıldıysa, bunun olma ihtimali vardı. Sabah çadırda geçen gergin olayı düşündüm ve acaba bu soğukluğun kavgaya dönüşme ihtimalini küçümsedim mi, diye merak ettim.

Eğer bir şekilde, ikisini birden kaybedersem bunu hak etmiş olurdum.

Buz gibi bir sızı kalbimi sıkıştırdı.

Korkuyla düşüp bayılmadan önce, Seth göğsünün derinlerinden gelen bir sesle hafifçe homurdandı ve sonra gözetlediği yere arkasını dönüp dinlenme yerine geri gitti. Bu beni rahatlattı ama aynı zamanda sinirlendirdi de. Toprağa bir mesaj falan karalasaydı ne olurdu sanki?

Volta atmak, terlememe sebep olmaya başlamıştı, montumu çadırın içine attım ve ağaçların arasındaki küçük aralığın ortasında gidip gelmeye devam ettim.

Birdenbire Seth tekrar ayağa fırladı. Boynunun arkasındaki tüyler dikilmişti. Etrafıma baktım ama bir şey göremedim. Eğer Seth bunu yapmayı kesmezse, kafasına bir kozalak fırlatacaktım.

Kısık bir uyarı sesiyle inledi ve açıklığın batıdaki kenarına doğru yavaşça yürüdü.

"Sadece biziz, Seth," diye bağırdı Jacob uzaktan.

Onun sesini duyduğumda neden kalbimin dördüncü vitese geçtiğini kendime açıklamaya çalıştım. Sadece birazdan yapmak zorunda olduğum şeyin korkusuydu, o kadar. Döndüğü için rahatlamama izin veremezdim. Bu yardımcı olmanın tam tersi olurdu.

Görüş alanına ilk Edward girdi, yüzü boş ve düzdü. Gölgelerden dışarı çıktığında, güneş tıpkı karda parladığı gibi Edward'ın teninde de parladı. Seth dikkatlice gözlerine bakarak onu karşılamaya gitti.

"Evet, bütün ihtiyacımız olan bu," diye mırıldandı Edward kendi kendine büyük kurda seslenmeden önce. "Sanırım şaşırmamalıyız. Ama çok az bir zamanımız kaldı. Lütfen, Sam'in Alice'ten programı almasını hatırlat, böylece her şeyi garantiye almış oluruz."

Seth bir kere başını indirerek onu onayladığını belirtti. İçimden, keşke ben de uluyabilseydim, diye geçirdim. Tabii, *şimdi* onaylayabiliyordu. Sinirli bir şekilde başımı çevirdim ve Jacob'ın orada olduğunu fark ettim.

Sırtı bana dönüktü, geldiği yola bakıyordu. Arkasını dönmesini bekledim.

"Bella," diye mırıldandı Edward, birden yanımda belirmişti. Gözlerinde endişeyle uzun uzun bana baktı. Cömertliğinin sonu yoktu. Şu anda onu, her zaman olduğumdan çok daha az hak ediyordum.

"Ufak bir sorun var," dedi, sesindeki endişeyi belli etmemeye çalışarak. "Seth'i biraz uzağa götürüp çözmeye çalışacağım. Çok uzağa gitmeyeceğim ama dinlemeyeceğim de. Seyirci istemediğini biliyorum."

Sözlerini bitirirken çektiği acı sesine yansımıştı.

Onu bir daha asla incitmemeliydim. Bu hayattaki en önemli görevim olacaktı. Bir daha asla, gözlerindeki bu bakışın sebebi ben olmayacaktım.

Yeni problemin ne olduğunu dahi soramayacak kadar üzgündüm. Şu anda başka bir soruna daha ihtiyacım yoktu.

"Çabuk dön," diye fısıldadım.

Dudaklarımdan hafifçe öptü ve sonra yanında Seth'le birlikte ormanın derinliklerinde kayboldu.

Jacob hâlâ ağaçların gölgesindeydi, ifadesini net olarak göremiyordum.

"Acelem var, Bella," dedi duygusuz bir sesle. "Ne söyleyeceksen hemen söyle."

Yutkundum, boğazım aniden öyle kurumuştu ki, bir an konuşabileceğimden emin olamadım.

"Sadece içinden geçenleri söyle ve bitir."

Derin bir nefes aldım.

"Bu kadar rezil bir insan olduğum için üzgünüm," diye fısıldadım. "Bu kadar bencil olduğum için üzgünüm. Keşke seninle hiç tanışmasaydık da seni böylesine incitmeseydim. Bir daha yapmayacağım, söz veriyorum. Senden çok uzak duracağım. Eyalet dışına taşınacağım. Bana bir daha bakmak zorunda kalmayacaksın."

"Bu çok da özür sayılmaz," dedi kederli bir ses tonuyla.

Fısıltıdan daha yüksek bir ses çıkaramadım. "Doğrusunun nasıl olacağını anlat."

"Ya uzağa gitmeni istemiyorsam. Bencil ya da değil,

ya kalmanı istiyorsam? Eğer benimle aranı düzeltmek istiyorsan, bu konuda benim hiç söz hakkım yok mu?"

"Bunun hiçbir şeye faydası olmaz, Jake. Çok farklı şeyler isterken birlikte kalmamız yanlış. Ve daha da iyiye gitmeyecek. Seni sürekli incitiyor olacağım. Seni daha fazla incitmek istemiyorum. Bundan nefret ediyorum." Sesim çatlamıştı.

İçini çekti. "Sus. Başka bir şey söylemek zorunda değilsin. Anlıyorum."

Onu ne kadar özleyeceğimi söylemek istedim ama dilimi ısırıp kendimi durdurdum. Bu da hiçbir şeye yardımcı olmazdı.

Bir süre sessizce dikildi ve yere baktı, yanına gidip ona sarılarak teselli etme arzuma karşı koydum.

Ve sonra hızlıca başını kaldırdı.

"İyi de, fedakârlık yapabilecek tek kişi sen değilsin," dedi, bu sefer sesi daha güçlü çıkmıştı. "Bu oyunu iki kişi oynayabilir."

"Ne?"

"Ben de oldukça kötü davrandım. Bunu senin için, ihtiyacın olduğundan daha zor bir hale getirdim. En başından çekilmek nezaketini göstermeliydim. Ama seni de incittim."

"Bu benim hatam."

"Bütün suçu üzerine almana izin veremem, Bella. Ya da bütün görkemi… Ben bedelimi nasıl ödeyeceğimi biliyorum."

"Sen neden bahsediyorsun?" diye ısrar ettim. Gözlerindeki ani ve çılgın ışık beni korkuttu.

Başını kaldırıp güneşe baktı ve sonra bana gülümsedi. "Aşağılarda oldukça ciddi bir savaş hazırlanıyor. Kendimi bu resimden çıkarmanın o kadar da zor olacağını sanmıyorum."

Kelimeleri beynimde yankılandı, yavaşça, tek tek, ve nefes alamadım. Jacob'ı yaşamından kesip atacağıma dair verdiğim tüm kararlara rağmen bugüne kadar kesip atmak için bıçağın ne kadar derinlere girmesi gerektiğini hiç fark etmemiştim.

"Ah, hayır, Jake! Hayır, hayır, hayır, hayır." Korkuyla boğulacağımı hissediyordum. "Hayır, Jake, hayır. Lütfen, hayır." Dizlerim titremeye başladı.

"Ne fark eder, Bella? Bu durum herkesin işine yarayacak. Taşınmak zorunda bile kalmayacaksın."

"Hayır!" Sesim daha da yükseldi. "Hayır, Jacob! Buna izin vermem!"

"Beni nasıl durduracaksın?" dedi hafif bir alayla, sesindeki acı tonu hafifletmek için gülümsüyordu.

"Jacob, sana yalvarıyorum. Benimle kal." Hareket edebilseydim, dizlerimin üstüne çökerdim.

"On beş dakika için iyi bir dövüşümü kaçırayım? Benim tekrar güvende olduğumu düşünür düşünmez benden kaçasın diye mi? Şaka yapıyor olmalısın."

"Kaçmayacağım. Fikrimi değiştirdim. Yolunu bulacağız, Jacob. Her zaman bir uzlaşma yolu bulunur. Gitme!"

"Yalan söylüyorsun!"

"Söylemiyorum. Ne denli kötü bir yalancı olduğumu biliyorsun. Gözlerime bak. Eğer kalırsan, ben de kalırım."

Yüzü sertleşti. "Düğününde senin sağdıcın olabilir miyim?"

Konuşmadan önce duraksamak zorunda kaldım ama yine de verebildiğim tek cevap, "Lütfen," oldu.

"Ben de öyle düşünmüştüm," dedi, yüzü sakinleşmişti ama gözlerinde sert bir ışık vardı.

"Seni seviyorum, Bella," diye mırıldandı.

"Seni seviyorum, Jacob," diye fısıldadım kesik kesik.

Gülümsedi. "Bunu senden daha iyi biliyorum."

Gitmek için arkasını döndü.

"Ne istersen," diye bağırdım arkasından boğuk bir sesle. "Ne istersen yaparım, Jacob. Yeter ki yapma bunu!"

Durdu, yavaşça döndü.

"Bunu içinden gelerek söylediğini düşünmüyorum."

"Kal," diye yalvardım.

Kafasını salladı. "Hayır, gidiyorum." Duraksadı, sanki bir şeye karar vermeye çalışıyor gibiydi. "Ama işi kadere bırakabilirim."

"Ne demek istiyorsun?" dedim nefes nefese.

"Özellikle herhangi bir şey yapmak zorunda değilim. Sadece sürüm için en iyisini yapabilir, sonra da ne olacaksa olmasına izin verebilirim." Omuz silkti. "Eğer gerçekten kalmamı istediğine beni ikna edebilirsen kalırım. Başkalarını düşünen biri gibi davranmak istediğin için değil."

"Nasıl?" diye sordum.

"İsteyebilirsin," diye önerdi.

"Geri dön," diye fısıldadım. İçimden geldiğinden nasıl şüphe duyabilirdi?

Başını salladı, yine gülümsüyordu. "Bahsettiğim o değil."

Ne söylediğini kavramam birkaç saniyemi aldı, bu sırada Jacob bana kibirli bir ifadeyle bakıyordu ve vereceğim tepkiden çok emindi. Yine de farkına varır varmaz, sözcükleri pat diye söyledim.

"Beni öper misin, Jacob?"

Gözleri ilk önce şaşkınlıkla açıldı ve sonra şüpheyle kısıldı. "Blöf yapıyorsun."

"Öp beni, Jacob. Öp beni ve sonra geri dön."

Gölgeler içinde tereddüt etti, kendi kendiyle savaşıyordu. Bedenini benden uzağa çevirerek batıya doğru şöyle bir döndü ama ayakları olduğu yerde kaldı. Hâlâ başka yere bakarak benim tarafıma doğru güvensizce bir adım attı ve sonra bir adım daha... Bana bakmak için kafasını çevirdi, gözleri kuşkuluydu.

Ben de ona baktım. Yüzümde nasıl bir ifade olduğuna dair hiçbir fikrim yoktu.

Topukları üzerinde ileri geri sallandı ve sonra ileri atılıp aramızdaki mesafeyi üç uzun adımda katetti.

Durumdan faydalancağını biliyordum. Bekliyordum. Olduğum yerde hareketsiz durdum. Gözlerim kapalı, parmaklarım yumruk şeklindeydi. Elleri yüzümü yakaladı ve dudakları şiddetli sayılabilecek bir hevesle benimkileri buldu.

Dudakları, pasif direnişimi keşfettiğinde gerilmişti. Bir eli ensene doğru hareket edip saçlarımın diplerinde bir yumruk şeklinde kıvrıldı. Diğer eli kabaca omzumu yakaladı, beni salladı ve kendine çekti. Eli kolumdan aşağı indi, bileğimi buldu ve kolumu kendi boynuna doladı. Elim yumruk şeklinde, kolumu koyduğu yerde bıraktım, onu hayatta tutma çaresizliğiyle daha ne kadar ileri gidebilirdim emin değildim. Bu arada şaşırtıcı derecede yumuşak ve sıcak olan dudakları, benimkilerden bir cevap alabilmek için uğraşıyordu.

Kolumu indirmeyeceğimden emin olur olmaz, bileğimi bıraktı ve elleriyle belimi okşamaya başladı. Yakan elleri sırtımdaki küçük bir boşlukta tenimi buldu ve beni hızla öne çekti, bedenim onunkine doğru kıvrıldı.

Dudakları bir anlığına dudaklarımdan çekildi ama işinin bitmediğini biliyordum. Dudakları çenemin çizgisini takip etti ve boynumda dolaştı. Saçlarımı bıraktı, diğer koluma uzanıp ilkine yaptığı gibi boynuna doladı.

Sonra iki kolu birden belimi sardı ve dudakları kulaklarımı buldu.

"Bundan daha iyisini yapabilirsin, Bella," diye fısıldadı boğuk bir sesle. "Fazla düşünüyorsun."

Dişleri kulak mememe sürtünürken titredim.

"İşte böyle," diye mırıldandı. "Bir kereliğine de olsa, hissetttiğin şeyleri serbest bırak."

O tekrar bir eliyle saçlarımı sarıp beni durdururana kadar başımı mekanik olarak salladım.

Sesi ekşi bir tona büründü. "Geri dönmemi istediğine emin misin? Ya da gerçekten ölmemi mi istiyorsun?"

Öfke bedenimi, sert bir içkiden sonra gelen o sarsıcı duygu misali salladı. Bu çok fazlaydı. Adil oynamıyordu.

Kollarım zaten boynundaydı, o yüzden ben de sağ elimdeki keskin acıyı görmezden gelerek saçını kavradım ve yüzümü onunkinden uzaklaştırmaya çalıştım.

Ve Jacob yanlış anladı.

Ona acı vermek için saçlarını köklerinden koparmaya çalışan ellerimi algılayamayacak kadar güçlüydü. Öfkeyi tutku sandı. En sonunda ona karşılık verdiğimi düşündü.

Vahşi bir solukla dudaklarını benimkilere yapıştırdı ve belimi coşkulu bir şekilde kavradı.

Öfkenin şoku, zaten sağlam olmayan kendime hâkimiyetimin dengesini bozmuştu; onun bu beklenmedik, kendinden geçmiş tepkisi ise her şeyi tamamen parçalamıştı. Tepkisinde eğer sadece zafer olsaydı, ona direnebilirdim. Ama ani sevincindeki savunmasızlık, kararlılığımı çatlatmış ve etkisiz hale getirmişti. Birden beynimin bedenimle bağlantısı koptu ve öpücüğüne karşılık vermeye başladım. Tüm sağduyuma rağmen dudaklarım onunkisiyle birlikte hiç etmedikleri kadar değişik ve şaşırtıcı şekillerde hareket ediyorlardı. Jacob'la birlikteyken dikkatli olmama gerek yoktu ve kesinlikle onun da dikkatli olmasına gerek yoktu.

Parmaklarım saçlarını daha da sıktı ama şimdi onu kendime çekiyordum.

O her yerdeydi. Delici gün ışığı göz kapaklarımı yakıyordu. Sıcaklık her yerdeydi. Jacob olmayan hiçbir şeyi göremiyor, duyamıyor ve hissedemiyordum.

Beynimin hâlâ aklı başında olan küçücük bir parçası bana haykırarak sorular soruyordu.

Neden durdurmuyordum? Daha da kötüsü, neden kendimde durdurmayı isteme arzusunu bulamıyordum? Onu durdurmayı istememem ne anlama geliyordu? Ellerimin omuzlarına sıkıca sarılması ve omuzlarının geniş ve güçlü olmasının hoşuma gitmesi? Elleri bedenimi bedenine ne kadar sıkıca bastırırsa bastırsın, bana yine de yeterince sıkı gelmemesi ne anlama geliyordu?

Sorular aptalcaydı çünkü cevabı biliyordum: kendime yalan söylüyordum.

Jacob haklıydı. Başından beri haklıydı. O, sadece bir arkadaştan çok daha fazlasıydı. Bu yüzden ona elveda demesi bu kadar imkansızdı çünkü ona âşıktım. Onu sevmem gerekenden çok daha fazla seviyordum ama yine de yeterince değildi. Ona âşıktım ama yine de bir şeylerin değişmesine sebep olacak kadar değil; bu sadece ikimizi incitmeye yetiyordu. Onu hiç incitmediğim kadar incitmeye.

Bundan başka bir şeyle ilgilenmiyordum, onun acısından başka. Bu durumun bende yarattığı azabı fazlasıyla hak ediyordum. Umarım kötü olur. Umarım gerçekten çok acı çekerim, diye diledim.

O an, sanki tek kişiymiş gibiydik. Acısı hep acım olmuştu ve her zaman acım olacaktı, şimdi de sevinci sevincimdi. Sevinci hissediyordum ama yine de onun mutluluğu bir şekilde acı veriyordu. Neredeyse somut bir acı. Tenimi bir asitmişçesine yakıyordu, yavaş bir işkence gibiydi.

Kısa ve hiç bitmeyen bir saniye için, yaşlarla ıslanmış göz kapaklarımın arkasında bir yolun uzandığını gördüm. Sanki Jacob'ın düşüncelerine bakıyor gibiydim, tam olarak nelerden vazgeçeceğimi ve bu yeni keşfimin beni neleri kaybetmekten kurtaracağını görebiliyordum. Charlie ve Renée'yi, Billy, Sam ve La

Push'la karışmış değişik bir kolaj içinde görebiliyordum. Yılların geçtiğini ve yıllar geçerken bu durumun benim için ne kadar önemli olduğunu ve beni değiştirdiğini görebiliyordum. Âşık olduğum devasa kızılkahve kurdun, ne zaman ihtiyacım olsa yanımda beni koruduğunu görebiliyordum. O saniyenin ufacık bir parçasında, iki küçük siyah saçlı kafa gördüm, tanıdık bir ormana doğru benden kaçıyorlardı. Kaybolduklarında tüm bu görüntüleri de yanlarında götürdüler.

Ve sonra kalbimdeki küçük çatlağın genişleyerek kalbimi ikiye ayırdığını hissettim.

Jacob'ın dudakları benimkinden önce durdu. Gözlerimi açtığımda bana merak ve sevinçle baktığını gördüm.

"Gitmem gerek," diye fısıldadı.

"Hayır."

Gülümsedi, cevabımdan memnun kalmıştı. "Uzun sürmeyecek," diye söz verdi. "Ama önce..."

Yine öpmek için uzandı, direnmek için hiçbir sebebim yoktu. Ne gereği vardı ki?

Bu sefer daha farklıydı. Yüzümdeki elleri yumuşak, sıcak dudakları nazik ve beklenmedik şekilde tereddütlüydü. Kısaydı ama çok ama çok tatlıydı.

Kolları etrafımda kıvrıldı ve kulağıma fısıldarken bana sımsıkı sarıldı.

"İlk öpücüğümüz *bu* olmalıydı. Hiç olmayacağına geç olsun daha iyi."

Göremediği yüzüm göğsüne yaslı bir haldeydi ve göz yaşlarım yanaklarımdan aşağı süzülüyordu.

24. ANİ KARAR

Uyku tulumunda yüz üstü yatarak, adaletin gelip beni bulmasını bekledim. Belki bir çığ düşer de beni buraya gömerdi. Keşke yapsaydı. Bir daha asla aynada yüzümü görmek zorunda kalmak istemiyordum.

Beni uyaran hiçbir ses yoktu. Birdenbire, Edward'ın soğuk eli taranmamış saçlarımı okşadı. Dokunuşuyla birlikte suçluluk hissederek titredim.

"İyi misin?" diye mırıldandı, sesi endişeliydi.

"Hayır. Ölmek istiyorum."

"Bu asla olmayacak. Buna izin vermem."

İnledim ve sonra fısıldadım. "O konuda fikrini değiştirebilirsin."

"Jacob nerede?"

"Savaşmaya gitti," diye mırıldandım başımı yere eğerek.

Jacob kamptan olabildiğince hızlı bir şekilde açıklığa koşarak ve öbür haline dönüşme hazırlıkları içinde coşkulu bir sevinçle – neşeli bir "Hemen dönerim" ile – ayrılmıştı. Şimdi bütün sürü her şeyi öğrenmişti. Çadırın dışında volta atan Seth Clearwater, rezilliğime yakından tanık olmuştu.

Edward bir süre sessiz kaldı. "Ah," dedi sonunda.

Göz ucuyla ona baktım ve gözlerinin, sanki duymasındansa ölmeyi yeğleyeceğim o şeyi dinliyormuş gibi dalgın olduğunu gördüm. Başımı tekrar yere yapıştırdım.

Edward gönülsüzce kıkırdadığında afalladım.

"Ve bir de ben kendimi pis dövüşüyor sanıyordum," dedi hayranlıkla. "Onun yanında ben sütten çıkmış ak kaşık gibi kalıyorum." Elini, yanağımın açıkta kalan kısımlarında dolaştırdı. "Sana kızgın değilim, aşkım. Jacob zannettiğimden de kurnaz. Sadece, bunu ondan senin istememiş olmanı dilerdim."

"Edward," diye fısıldadım çadırın içinde. "Ben... Ben... Ben... "

"Şşşşt," diye susturdu beni, parmaklarıyla yanağımı okşayarak. "Bahsettiğim o değil. O, sen atlamasaydın bile, yine de seni öpecekti ve şimdi benim çenesini kırmak için bir sebebim yok. Gerçi bunu yapmak oldukça hoşuma giderdi."

"Atlamak?" diye mırıldandım neredeyse anlaşılmaz bir şekilde.

"Bella, gerçekten de o kadar yüce gönüllü olduğuna inandın mı? Sadece bana yol açmak için ihtişam içinde yoldan çekileceğine inandın mı?"

Başımı kaldırdım ve sabırlı bakışlarına karşılık verdim. İfadesi yumuşaktı, gözlerindeyse hak ettiğim tiksinti yerine anlayış vardı.

"Evet, inandım," diye mırıldandım ve sonra gözlerimi kaçırdım. Ama beni kandırdığı için Jacob'a herhangi bir kızgınlık duymuyordum. Vücudumda, kendime olan nefretim dışında başka bir şeye yer yoktu.

Edward tekrar yavaşça güldü. "O kadar kötü bir yalancısın ki, en ufak bir yalan söyleme yeteneği olan herkese inanırsın."

"Sen neden bana kızgın değilsin?" diye fısıldadım. "Neden benden nefret etmiyorsun? Yoksa henüze hikâyenin tamamını duymadın mı?"

"Sanırım oldukça kapsamlı bir bakış attım," dedi yumuşak ve sakin bir sesle. "Jacob zihninde oldukça canlı resimler çiziyor. Sürüsü için, neredeyse kendim için hissettiğim kadar, kötü hissediyorum. Zavallı Seth'in midesi bulanmıştır. Ama Sam şu anda Jacob'ın odaklanmasını sağlıyor."

Gözlerimi kapattım ve başımı ıstırap içinde salladım. Çadırın zemininin keskin naylon lifleri tenimi çizmişti.

"Sen yalnızca bir insansın," diye fısıldadı, saçımı okşarken.

"Bu hayatımda duyduğum en sefil savunma."

"Ama öylesin, Bella. Ve her ne kadar tersini dilesem de, o da öyle... Hayatında benim dolduramadığım boşluklar var. Bunu anlıyorum."

"Ama bu *doğru* değil. Beni bu kadar korkunç yapan da o. Hiç boşluk yok."

"Onu seviyorsun," diye mırıldandı nazikçe.

Vucüdumdaki her hücre, inkâr etmek için yanıp tutuşuyordu.

"Seni daha çok seviyorum," dedim. Yapabileceğimin en iyisi buydu.

"Evet, onu da biliyorum. Ama...seni terk ettiğimde, Bella, seni kanayarak bıraktım. Bu yaralarını saran ve tekrar ayağa kaldıran Jacob oldu. Bu mutlaka iz bırakır, her ikiniz üzerinde de. Bu sargıların kendi başına çözüldüğünden pek emin değilim. Benim mecbur bıraktığım bir şey için ikinizi de suçlayamam. Affedilebilirim ama bu işin sonuçlarından kaçabileceğim anlamına gelmez."

"Kendini suçlayabilmenin bir yolunu bulabileceğini bilmeliydim. Lütfen kes. Dayanamıyorum."

"Ne söylememi istersin?"

"Bana aklına gelen her dilde, aklına gelen her kötü kelimeyi söylemeni istiyorum. Benden tiksindiğini ve beni terk edeceğini söylemeni istiyorum, böylece dizlerimin üstüne çöküp kalman için yalvarabilirim."

"Üzgünüm," diyerek içini çekti. "Bunu yapamam."

"En azından benim daha iyi hissetmemi sağlamaya çalışma. Bırak acı çekeyim. Hak ediyorum."

"Hayır," diye mırıldandı.

Başımla yavaşça onayladım. "Haklısın. Aşırı anlayışlı olmaya devam et. Sanırım bu daha kötü."

Bir süre sessiz kaldı ve birden havada farklı bir atmosfer hissettim, yeni bir aciliyet.

"Yaklaşıyor," dedim.

"Evet, birkaç dakikası var. Son bir şey daha söylemek için yeterli bir süre..."

Bekledim. Sonunda tekrar konuştuğunda, fısıldıyordu. "*Ben* yüce gönüllü olabilirim, Bella. Seni, ikimiz arasında bir seçim yap diye zorlamayacağım. Sadece mutlu ol ve benim hangi parçamı istiyorsan al, ya da eğer bu senin için daha iyi olacaksa hiçbirini alma.

Bana borçlu olduğun hissinin kararını etkilemesine izin verme."

Kendimi yere atıp dizlerimin üstüne çöktüm.

"Lanet olsun, kes şunu!" diye bağırdım ona.

Gözleri şaşkınlıkla açıldı. "Hayır, anlamıyorsun. Seni sadece iyi hissettirmeye çalışmıyorum, Bella, doğruları söylüyorum."

"Ne yaptığını *biliyorum*,"diye inledim."Ama mücadele etmeye ne oldu? Asil fedakârlıklardan başlatma şimdi! Mücadele et!"

"Nasıl?" diye sordu. Gözlerinde eskiden kalma bir keder vardı.

Kucağına tırmandım ve kollarımı etrafına doladım.

"Burasının soğuk olması umurumda değil. Şu anda bir köpek gibi kokmam da umurumda değil. Ne kadar korkunç biri olduğumu unuttur bana. Onu unuttur bana. Kendi adımı unuttur bana. Mücadele et!"

Karar vermesini beklemedim ya da benim gibi cani, sadakatsiz bir canavarla ilgilenmediğini söyleme şansını vermek istemedim. Kendimi ona doğru ittim ve buz gibi dudaklarını dudaklarımla ezdim.

"Dikkatli ol, aşkım," diye mırıldandı benim ısrarcı dudaklarımın altından.

"Hayır," diye inledim.

Nazikçe yüzümü birkaç santim geri itti. "Bana bir şey ispatlamak zorunda değilsin."

"Bir şey ispatlamaya çalışmıyorum. Senin istediğim parçanı alabileceğimi söylemiştin. Bu parçanı istiyorum." Kollarını boynuna doladım ve dudaklarına uzanabilmek için asıldım. Öpücüğüme karşılık vermek için başını eğdi ama soğuk dudakları, benim sabırsızlığım belirginleştikçe daha da kararsızlaşıyordu. Bedenim niyetimi belli ediyor, beni ele veriyordu. Elleri beni zapt etmek üzere hareket etti.

"Belki de bunun için iyi bir zaman değildir," dedi, fazlasıyla sakindi.

"Neden olmasın?" diye yakındım. Eğer mantıklı olacaksa savaşmanın hiçbir anlamı yoktu; ben de kollarımı indirdim.

"Birincisi; hava gerçekten soğuk." Yerden uyku tulumunu almak için uzandı ve etrafıma bir battaniye gibi doladı.

"Yanlış," dedim. "Birincisi, senin bir vampir için acayip derecede ahlaklı olman."

Kıkırdadı. "Tamam, o konuda haklısın. Soğuk ikincisi olsun o zaman. Ve üçüncüsü... şey, sen gerçekten kötü kokuyorsun, aşkım."

Burnunu kırıştırdı.

İçimi çektim.

"Dördüncüsü," diye mırıldandı, başını eğdi ve kulağıma fısıldadı. "*Deneyeceğiz*, Bella. Ben sözümü tutarım. Ama bunun Jacob Black'e karşı bir tepki için olmamasını tercih ederim."

Büzüldüm ve yüzümü omzuna gömdüm.

"Ve beşincisi..."

"Çok uzun bir liste oldu," diye mırıldandım.

Güldü. "Evet, ama savaşı dinlemeyi istiyor musun istemiyor musun?"

O konuşurken, çadırın dışında Seth tiz bir sesle uludu.

Sesi duyunca bedenim kaskatı kesildi. Tırnaklarımın bandajlı avcuma battığını, Edward nazikçe parmaklarımı düzeltene kadar fark etmemiştim.

"Hey şey yolunda gidecek, Bella," diye söz verdi. "Yeteneğimiz, eğitimimiz ve onlara sürpriz yapma avantajımız var. Yakında sona erer. Eğer buna gerçekten inanmasaydım, şimdi orada olurdum ve sen de burada, bir ağaca falan zincirli olurdun."

"Alice öyle küçük ki," diye inledim.

Kıkırdadı. "Bu bir sorun teşkil edebilirdi...eğer onu yakalayabilmek mümkün olsaydı."

Seth hafifçe inlemeye başladı.

"Sorun ne?" diye sordum.

"Sadece burada bizimle kısılı kaldı diye sinirli. Sürünün, onu korumak için hareketin dışında bıraktığını biliyor. Onlara katılabilmek için ağzının suyu akıyor."

Seth'in tarafına bakarak kaşlarımı çattım.

"Yeni doğanlar izin sonuna vardılar. Büyü gibi işe yaradı. Jasper bir dahi. Ve çayırdakilerin de kokusunu aldılar, o yüzden şimdi iki gruba ayrıldılar, Alice'in dediğine göre," diye mırıldandı Edward, gözleri uzaklara odaklanmıştı. "Sam, bizi tuzağa düşecek takımın yolunu kesmeye götürüyor."

Birdenbire bana baktı. "Nefes al, Bella."

İstediğini yapmakta zorlandım. Çadır duvarının dışında Seth'in hızlı hızlı soluduğunu duyabiliyordum. Ben de, nefes nefese kalmayayım diye akciğerlerime eşit hızda hava gitmesini sağlamaya çalıştım.

"İlk grup açıklıkta. Dövüşmelerini duyabiliyoruz."

Dişlerimi sıktım.

Bir kahkaha attı. "Emmett'i duyabiliyoruz, halinden memnun."

Seth'le birlikte bir nefes daha aldım.

"İkinci grup hazırlanıyor ama çok önemsemiyorlar, henüz bizi duymadılar."

Edward hırladı.

"Ne?" diye soludum.

"Senin hakkında konuşuyorlar." Dişlerini sıktı. "Kaçmanı engellemeleri gerekiyor... Güzel hareket, Leah! Hımm, oldukça hızlı," diye mırıldandı onayladığını belli ederek. "Yeni doğanlardan biri kokumuzu aldı ve Leah, o daha arkasını dönemeden onu yere indirdi. Sam onun işini bitirmesine yardım ediyor. Paul ve Jacob başka bir tanesiyle dövüşüyorlar ama şu an diğerleri savunma halinde. Bizimle ne yapacaklarını şaşırmış haldeler. İki taraf da yanıltıcı saldırı yapıyor... Hayır, bırakın Sam yönetsin. Yoldan çekil," diye mırıldandı. "Onları ayırın. Birbirlerinin arkalarını korumalarına izin vermeyin."

Seth inledi.

"Bu daha iyi, onları açıklığa doğru götürün." Edward onayladı. İzlerken bilinçsiz olarak sağa sola kayıyordu, orada olsaydı yapacağı hareketler için geriliyordu. Elleri hâlâ benimkileri tutuyordu; parmaklarımı sıktım. En azından orada onların yanında değildi.

Ani ses kesintisi sadece bir uyarıydı.

Onunla birlikte nefes almaya çalıştığım için, Seth'in derin soluklarının kesildiğini fark ettim.

Ben de nefes almayı kestim. Edward'ın karşımda bir buz kütlesi misali donduğunu görünce ciğerlerimi çalıştırmaya dahi korkmuştum.

Ah, hayır. Hayır. Hayır.

Kim kaybetmişti? Onlar ya da biz? Hepsi benim hatamdı. *Benim* kaybım neydi?

Nasıl olduğundan bile emin olamadığım bir çabuklukla ayaklarımın üzerine kalkmıştım. Çadır yırtık parçalar halinde üstümüzde dağılıyordu. Edward, çadırı yırtarak mı dışarı çıkıyordu? Neden?

Şok olmuş bir halde, parlak ışıkla karşılaşınca gözlerimi kırptım. Tek görebildiğim hemen yanımızdaki Seth'di, yüzü Edward'ınkinden sadece on beş santim uzaktaydı. Bir saniye boyunca tam bir konsantrasyonla birbirlerine baktılar. Güneş Edward'ın teninde yansıyor ve Seth'in kürküne pırıltılar gönderiyordu.

Ve sonra Edward telaşla fısıldadı. "Git, Seth!"

İri kurt döndü ve ormanın gölgelerinde kayboldu.

İki saniye geçmiş miydi? Bana saatler gibi gelmişti. Açıklıkta bir şeylerin korkunç derecede ters gittiği düşüncesiyle öylesine bir dehşete düşmüştüm ki, midem bulanıyordu. Edward'ın beni oraya götürmesini ve bunu hemen şimdi yapmasını talep etmek için ağzımı açtım. Ona ihtiyaçları vardı ve *bana* da ihtiyaçları vardı. Onları kurtarmam için kanımın dökülmesi gerekiyorsa, yapardım. Bunu yapabilmek için ölürdüm, tıpkı üçüncü eş gibi. Elimde gümüş hançer yoktu ama bir yolunu bulur –

Düşüncelerimi tamamlayamadan havada savrulduğumu hissettim. Ama Edward'ın elleri benimkileri asla bırakmadı. Sadece hareket ettiriliyordum, öyle hızlıydı ki yana doğru düşüyormuş gibi hissediyordum.

Sırtımın düz yamaç yüzüne bastırıldığını hissettim. Edward, tanıdığım bir duruşla önümde duruyordu.

Zihnimde bir rahatlama hissetmiştim ve aynı anda midem alt üst olmuştu.

Yanlış anlamıştım.

Rahatlamanın sebebi açıklıkta hiçbir şeyin ters gitmemiş olmasıydı.

Korkumun sebebi ise krizin *burada* olmasıydı.

Edward, tanıdığım savunma pozisyonunu aldı; yarı eğilmiş, kolları hafifçe açılmıştı. Sırtımı yasladığım kaya, bana, İtalyan sokağındaki, siyah pelerinli Volturi savaşçılarıyla aramda duran eski tuğla duvarı anımsatmıştı.

Bir şey bize doğru geliyordu.

"Kim?" diye fısıldadım.

Kelimeler, dişlerinin arasından beklediğimden daha yüksek sesli bir hırlamayla çıkıyordu. Fazla yüksek sesli. Bu artık saklanmak için çok geç olduğunu anlamına geliyordu. Kapana kısılmıştık ve cevabı kimin duyduğunun bir önemi yoktu.

"Victoria," dedi, kelimeyi tükürür gibi söylemişti, lanet eder gibi. "Yalnız değil. Yeni doğanları, onları izlemek için takip etti. Hiçbir zaman onlarla savaşma niyetinde değildi. Senin benim yanımda olacağını tahmin ederek aniden beni bulma kararı verdi. Haklıydı. Haklıydın. O kişi Victoria'ydı."

Onun düşüncelerini duyacak kadar yakınımızdaydı.

Yine bir rahatlama. Eğer Volturi olsaydı, ikimiz de ölürdük. Ama Victoria olunca, *ikimizin* de ölmesine gerek yoktu. Edward sağ kurtulabilirdi. İyi bir savaşçıydı, Jasper kadar iyi. Eğer çok fazla kişiyi yanında getirmediyse, bu savaştan kendini kurtarabilir ve ailesine dönebilirdi. Edward herkesten hızlıydı. Başarabilirdi.

Seth'i gönderdiği için çok memnundum. Elbette, Seth'in yardım çağırmak için gidebileceği kimse yoktu. Victoria'nın zamanlaması mükemmeldi. Ama en azından Seth güvendeydi, ismini düşündüğümde kafamda büyük kum rengi kurdu canlandıramıyordum; sadece uzun boylu on beş yaşında bir çocuktu.

Edward'ın bedeni kaydı ve bana belli belirsiz nereye bakmam gerektiğini gösterdi. Ormanın kara gölgelerine baktım.

Sanki kâbuslarımın bana doğru gelip beni karşılamasını izler gibiydim.

Kampımızın küçük açıklığının kenarında yavaşça iki vampir belirdi, gözleri, hiçbir şeyi kaçırmamak üzere bize odaklanmıştı. Güneşte, bir elmas gibi parlıyorlardı.

Sarışın çocuğa zar zor bakabiliyordum. Evet, kaslı ve uzun boylu olsa bile sadece bir çocuktu, belki de dönüştüğünde benim yaşımdaydı. Hiç görmediğim kadar canlı bir kırmızılıkta olan gözlerine bakamıyordum.

Çünkü birkaç adım yanında Victoria bana bakıyordu.

Turuncu saçları, hatırladığımdan da parlaktı, bir alev gibiydi. Rüzgâr yoktu ama yüzünün çevresindeki saçları, sanki canlıymışçasına, ateş gibi parlıyor gibiydi.

Gözleri susuzlukla kapkara olmuştu. Kâbuslarımda her zaman yaptığı gibi gülümsemiyordu, dudakları çizgi halinde birbirine bastırılmıştı. Kıvrılmış bedeni dikkat çekici bir şekilde kedileri andırıyordu, saldırmak için bir açık bekleyen dişi bir aslan. Yerinde duramayan vahşi bakışları, Edward ve benim aramda gidip geldi ama asla onun üzerinde yarım saniyeden fazla durmadı. Gözlerini benim yüzümden, benimkileri onun yüzünden ayıramayışım gibi ayıramıyordu.

Ondan yayılan gerginlik, neredeyse havada görülebiliyordu. Arzuyu, onu kontrol altında tutan ve her şeyi tüketen tutkuyu hissedebiliyordum. Neredeyse düşüncelerini bile duyabiliyor, ne düşünüyor biliyordum.

İstediği şeye çok yaklaşmıştı. Varlığının bir yıldan fazla süredir tek odak noktası olan şey artık çok yakınındaydı.

Ölümüm.

Planı, pratik olduğu kadar açıktı da. İri, sarışın çocuk Edward'a saldıracaktı. Edward'ın yeteri kadar dikkati dağıldığında, Victoria benim işimi bitirecekti.

Çabuk ve titiz olacaktı. Artık oyun için ayıracak vakti yoktu. İyileşebilmesi mümkün olmayan bir şey olacaktı. Vampir zehirinin bile iyileştiremeyeceği bir şey.

Kalbimi durdurması gerekecekti. Belki elini göğsümden içeri sokup onu ezerdi. Ona benzer bir şey.

Kalbim daha öfkeli, daha yüksek sesle atmaya başladı, sanki hedef olduğunu iyice belli etmeye çalışıyordu.

Kara ormandan çok çok uzaklarda, havada bir kurt uluması yankılanıyormuş gibi geldi. Seth gittiğine göre, sesi tercüme etmenin bir yolu yoktu.

Sarışın çocuk, göz ucuyla emirlerini beklediği Victoria'ya bakıyordu.

Pek çok yönden gençti. Parlak kırmızı irislerinden, çok uzun süredir vampir olmadığını tahmin ettim. Güçlü ama beceriksiz olacaktı. Edward onunla nasıl savaşması gerektiğini bilirdi. Edward hayatta kalırdı.

Victoria çenesiyle Edward'ı işaret etti, sessizce çocuğa harekete geçmesini emrediyordu.

"Riley," dedi Edward yumuşak ve yakaran bir sesle.

Sarışın çocuk dondu ve kırmızı gözleri açıldı.

"Sana yalan söylüyor, Riley," dedi ona Edward. "Beni dinle. Sana yalan söylüyor, tıpkı şu anda açıklıkta ölmekte olan diğerlerine söylediği gibi. İkinizin de onlara yardım edeceği konusunda onlara yalan söylediğini, *seni* onlara yalan söylemek zorunda bıraktığını biliyorsun. Sana da yalan söylediğine inanması o kadar güç mü?"

Kafa karışıklığı, Riley'nin yüzüne yansımıştı.

Edward yana doğru birkaç santim kaydı ve Riley de otomatik olarak kendini kaydırarak mesafeyi dengeledi.

"Seni sevmiyor, Riley," Edward'ın yumuşak sesi zorlayıcı, neredeyse hipnotize ediciydi. "Asla sevmedi. James adında birini sevmişti ve sen onun için bir araçtan başka bir şey değilsin."

James'in adını söylediğinde, Victoria'nın dudakları, dişlerini gösterecek şekilde buruştu. Gözleriyse bende kilitli kaldı.

Riley onun tarafına doğru çılgına dönmüş bir bakış attı.

"Riley?" dedi Edward.

Riley istemsizce tekrar Edward'a odaklandı.

"Seni öldüreceğimi biliyor, Riley. Senin ölmeni *istiyor*, böylece sözünü tutmasına gerek kalmayacak. Evet, fark ettin, değil mi? Gözlerindeki gönülsüzlüğü gördün, vaatlerinin samimiyetsizliğinden şüphelendin. Haklıydın. Seni asla istemedi. Her öpücük, her dokunuş yalandı."

Edward tekrar hareket etti ve benden uzaklaşarak çocuğun yanına doğru ilerledi.

Victoria'nın bakışları aramızdaki mesafeyi sıfırladı. Beni öldürmesi bir saniyeden az zamanını alırdı. Tek ihtiyacı ufacık bir fırsattı.

Riley, bu sefer daha yavaş bir şekilde yerini değiştirdi.

"Ölmek zorunda değilsin," diye söz verdi Edward, gözlerini çocuğunkinden ayırmayarak. "Sana gösterdiğinden daha farklı bir yaşam tarzı var. Hayat, kan ve yalandan ibaret değil, Riley. Şimdi uzaklaşabilirsin. Onun yalanları uğruna ölmek zorunda değilsin."

Edward ayaklarını ileri doğru kaydırdı. Şimdi aramızda otuz santimlik bir ara vardı. Riley, bu sefer gereğinden fazla uzaklaşmıştı. Victoria öne doğru eğildi.

"Son şans, Riley," diye fısıldadı Edward.

Riley, bir cevap bekleyerek Victoria'ya bakarken yüzündeki çaresizlik kendisini açıkça hissettiriyordu.

"Yalan söyleyen o, Riley," dedi Victoria ve sesinin yarattığı şokla ağzım açık kaldı. "Sana onların akıl oyunlarından bahsetmiştim. Sadece seni sevdiğimi biliyorsun."

Sesi, yüzü ve duruşuna bakıp da kafamda canlandırdığım gibi güçlü, vahşi ya da bir kedi hırıltısı gibi değildi. Yumuşak ve tizdi. Bebeksi bir soprano çınlaması gibiydi. Sarışın buklelere ve pembe sakızlara yakışacak türden bir ses. O parlayan dişleri arasından öyle bir sesin gelmesi bir anlam ifade etmiyordu.

Riley'nin çenesi kasıldı ve omuzları genişledi. Gözleri sabitlendi, artık yüzünde ne karışıklık ne de şüphe vardı. Hiçbir düşünce yoktu. Saldırmak üzere gerindi.

Victoria'nın bedeni titriyor gibiydi. Parmaklarını pençe haline getirmiş, Edward'ın benden sadece tek bir santimetre daha uzaklaşmasını bekliyordu.

İkisinden de bir hırlama gelmedi.

Sonra birden, belirsiz bir şekil, açıklığın ortasına uçtu ve Riley'nin üstüne atlayarak onu yere düşürdü.

"Hayır," diye haykırdı Victoria, bebeksi sesi şaşkınlıkla çınlamıştı.

Bir buçuk metre önümdeki iri kurt, ani bir hareketle sarışın vampiri parçaladı. Beyaz ve sert bir şey, ayağımın önündeki taşlara çarptı.

Victoria, daha az önce sevmeye yemin ettiği çocuğa dönüp bakmadı bile. Gözleri hâlâ benim üzerimdeydi. Hayal kırıklığı ile dolu bu gözler öyle vahşiydi ki, aklından zoru varmış gibi görünüyordu.

"Hayır," dedi tekrar dişlerinin arasından, Edward ona doğru bir hamle yapıp benimle Victora arasındaki yolu kapamaya yeltenince.

Riley yine ayaktaydı, biçimsiz ve yabani görünüyordu ama yine de Seth'in omzuna şiddetli bir tekme savurabilecek durumdaydı. Kemik kırılma sesi duydum. Seth geri çekildi ve topallayarak daireler çizmeye başladı. Riley kollarını açmıştı, hazırdı, gerçi bir elinin parçasını kaybetmiş gibi duruyordu...

Bu savaşın sadece birkaç metre ötesinde Edward ve Victoira dans ediyorlardı.

Yaptıkları, tam olarak birbirinin etrafını kuşatma değildi çünkü Edward, Victoria'nın benim daha yakınıma gelmesine izin vermiyordu. Arkaya, sağa ve sola doğru süzülerek hareket ediyor, savunmasında bir boşluk bulmaya çalışıyordu. Edward, becerikli adımlarla, Victoria'nın hareketlerini mükemmel bir konsantrasyonla izleyerek takip ediyordu. Victoria'nın düşüncelerini okuyup niyetini anlayarak o hareket etmeden hemen önce hamle yapıyordu.

Yan tarafta Seth, tekrar Riley'ye saldırdı ve çirkin, kulak çınlatıcı bir çığlık ile bir şeyin yırtıldığını duydum. Başka bir beyaz topak ormana doğru bir gümbürtüyle uçtu. Riley hiddetle kükredi ve Seth'e doğru ezilmiş eliyle bir yumruk savurmaya çalıştı fakat Seth bedenine göre inanılmaz derecede hafif bir hamle yaparak geri çekildi.

Victoria küçük açıklığın uzak kenarındaki ağaç gövdelerine doğru zik zak çizerek ilerliyordu. Hırpalanmıştı, gözleri sanki ben onu kendime çeken bir mıknatısmışım gibi bana kilitlenmişti. Öldürme arzusuyla hayatta kalma içgüdüsünün birbiriyle nasıl mücadele ettiğini görebiliyordum.

Bunu Edward da fark etmişti.

"Gitme, Victoria," diye mırıldandı. "Bir daha asla bunun gibi bir şans yakalayamayacaksın."

Victoria ona dişlerini göstererek tısladı ama daha fazla yakınıma gelemeyecekmiş gibi görünüyordu.

"Daha sonra çok koşarsın," dedi Edward. "Bunun için oldukça çok zamanın olacak. Zaten senin işin bu, değil mi? Bu yüzden James hep seni çevresinde tutuyordu. Ölümcül oyunlar oynamayı seven birisi için oldukça kullanışlısın. Kaçmak için anlaşılmaz içgüdüleri olan bir eş. Seni bırakmamalıydı, onu Phoenix'te yakaladığımızda senin bu yeteneklerini kullanabilirdi."

Victoria'nın dudaklarının arasından bir tıslama daha duyuldu.

"Gerçi onun için tek anlamın buydu. Sana, bir avcının avına duyduğu bağlılıktan daha az bağlılık duyan birinin intikamını almak için bu kadar çok enerji harcamak aptalca. Sen onun için bir rahatlıktan başka bir şey değildin."

Edward, parmaklarıyla hafifçe şakaklarına vururken dudakları sahte bir üzüntüyle kıvrıldı.

Victoria, boğuk bir çığlıkla tekrar ağaçlardan dışarı fırladı ve yanıltıcı saldırılarda bulundu. Edward karşılık verdi ve dans yine başladı.

Tam o sırada, Riley'nin yumruğu Seth'in midesine isabet etti ve Seth'in boğazından alçak sesli acı bir inilti çıktı. Seth geri çekildi, sanki acıyı üzerinden atmaya çalışırmış gibi omuzları seğiriyordu.

Lütfen, diye yalvarmak istedim Riley'ye, ama ağzımı açacak, akciğerlerimdeki havayı kullanmamı sağlayacak kaslarımı hissedemiyordum. *Lütfen, o sadece bir çocuk!*

Seth neden kaçmamıştı? Neden şimdi kaçmıyordu?

Riley aralarındaki mesafeyi yine kapatıyor, Seth'i

yanıma, yamacın yüzüne doğru itiyordu. Birdenbire Victoria partnerinin kaderiyle ilgilenmeye başladı. Göz ucuyla Riley ve benim aramdaki uzaklığı ölçtüğünü görebiliyordum. Seth, Riley'ye saldırıp tekrar geri çekilmesini sağlayınca Victoria tısladı.

Seth artık topallamıyordu. Edward'ın yakınında daire çizmeye başlamıştı; kuyruğu Edward'ın sırtına sürtünce Victoria'nın gözleri açıldı.

"Hayır, bana ihanet etmeyecek," dedi Edward, Victoria'nın kafasındaki soruyu cevaplayarak ve onun dikkatinin dağılmasını ona yaklaşma fırsatı olarak kullandı. "Bizlere ortak bir düşman sağladın. Bizi müttefik yaptın."

Victoria dişlerini sıktı ve dikkatini sadece Edward'ın üzerinde tutmaya çalıştı.

"Daha yakından bak, Victoria," diye mırıldandı, Victoria'nın konsantrasyonunu bozmaya çalışarak. "Gerçekten de James'in Sibirya'da takip ettiği canavara o kadar çok benziyor mu?"

Gözleri daha da açıldı ve sonra bakışları çılgınca Edward, Seth ve benim aramda gidip gelmeye başladı. "Aynı değil!" diye hırladı küçük bir kızın soprano sesiyle. "İmkânsız!"

"Hiçbir şey imkânsız değildir," diye mırıldandı Edward kadife yumuşaklığındaki sesiyle, ona bir santim daha yaklaşmıştı. "İstediğin şey dışında. Bella'ya asla dokunamayacaksın."

Victoria Edward'ın kafa karıştırma çabasıyla savaşarak kafasını hızlı ve sarsakça salladı. Sonra, onun etrafından geçmeye çalıştı ama Edward, o planını düşünür düşünmez onu engelleyebileyecek bir yere gelmişti bile. Yüzü hüsranla buruştu ve sonra daha aşağıya eğilip çömeldi. Dişi bir aslan gibiydi.

Victoria, tecrübesiz ve içgüdüsüyle hareket eden bir yeni doğan değildi. Öldürücüydü. Ben bile, o ve Riley'nin arasındaki farkı görebiliyordum ve biliyordum ki, eğer Seth, *bu* vampirle dövüşüyor olsaydı, bu kadar süre hayatta kalamazdı.

Edward da kaydı, aralarındaki mesafe gittikçe kapanıyordu; erkek aslana karşı dişi aslan.

Danslarının temposu arttı.

Çayırda alıştırma yapan Alice ve Jasper'ı izlemek gibiydi; bulanık, sarmal hareketler vardı, tek farkı, bu dansın onun kadar mükemmel bir şekilde hazırlanmamış olmasıydı. İkisinden biri ne zaman hata yapsa, keskin çatırtı ve çarpma sesleri yamacın yüzünde yankılanıyordu. Ama benim bu hataları kimin yaptığını göremeyeceğim kadar hızlı hareket ediyorlardı...

Bu vahşi bale, Riley'nin dikkatini dağıtmıştı, gözlerinde partneri için endişe vardı. Seth saldırıp vampirden başka küçük bir parça daha kopardı. Riley böğürdü ve elinin tersiyle Seth'in göğsüne muazzam bir darbe indirdi. Seth'in devasa bedeni üç metre kadar yukarı uçtu ve başımın üstündeki kayalıklı duvara, bütün bir tepeyi sallayan bir kuvvetle çarptı. Soluğunun ıslık gibi bir sesle göğsünden çıktığını duyunca, o taşa çarpıp aşağı düşerken yoldan çekildim ve ardından yarım metre önümdeki yere çakıldığını gördüm.

Seth'in dişlerinin arasından hafif bir inilti geldi.

Küçük, keskin, gri taş parçaları, başımın üstüne yağdı ve açıkta kalan tenimi çizdi. Ucu sivri bir kazık şeklindeki kaya, sağ koluma doğru sallanınca refleks olarak onu yakaladım. Hayatta kalma içgüdülerim artarken, parmaklarım uzun taşı kavradı; kaçma şansım olmadığı için, yapacağım hareketin ne kadar az etki edeceğini umursamayarak savaşa hazırlandım.

Birden damarlarıma adrenalin fışkırdı. Bandajın avcumu kestiğini biliyordum. Eklem yerindeki çatlağın tekrar yaralandığını biliyordum. Biliyordum, ama acıyı hissedemiyordum.

Riley'nin arkasında tek görebildiğim, Victoria'nın saçlarının uçuşan alevleri ve beyaz bir bulanıklıktı. Yırtılma seslerinin, nefes nefese kalmaların ve şok olmuş tıslamaların aralarının azalması, dansın birisi için ölümcül hale gelmeye başladığını gösteriyordu.

Ama *hangi*si için?

Riley bana doğru yalpaladı, gözleri hiddetle parlıyordu. Ortamızdaki kum renkli kürk öbeğine baktı ve ezilmiş, kırılmış elleri pençe gibi kıvrıldı. Seth'in boğazını koparmaya hazırlanırken ağzı açıldı ve dişleri parladı.

İkinci bir adrenalin akışı, bedenimi bir elektrik şoku gibi vurdu ve birdenbire her şey netlik kazandı.

İki dövüş de fazla yakındı. Seth kendininkini kaybetmek üzereydi ve Edward kazanıyor muydu kaybediyor muydu hiçbir fikrim yoktu. Yardıma ihtiyaçları vardı. Dikkat dağıtıcı bir şeye. Onların eline avantaj verecek bir şeye.

Elim, taş kazığı öyle sıkı kavramıştı ki, bandajdaki desteklerden biri çıktı.

Yeterince güçlü müydüm? Yeterince cesur muydum? Sert taşı bedenime ne kadar bastırabilirdim? Bu, Seth'in tekrar ayağa kalkması için yeteri kadar zaman kazandırır mıydı? Fedakârlığımın bir işe yaraması için yeterince hızlı kendine gelebilir miydi?

Taşın ucuyla kolumu tırmıkladım, deriyi ortaya çıkarmak için kalın süveterimi sıyırdım ve sonra keskin ucuyla dirseğime bastırdım. Geçen doğum günümden kalma bir yara izim vardı zaten. O gece akan kan tüm vampirlerin dikkatini çekmeyi başarmış, hepsini bir anlığına oldukları yerde dondurmuştu. Yine o şekilde işe yaraması için dua ettim. Kendimi sıktım ve derin bir nefes aldım.

Aldığım nefes Victoria'nın dikkatini dağıtmıştı. Gözleri, hemen benimkileri buldu. Öfke ve merak duyguları birbirine karışmıştı.

Taş duvardan yankılanan tüm o gürültüler ve kafamın içindeki patırtılar arasında o alçak sesi nasıl duyduğumdan emin değilim. Kendi kalp atışım bile sesi bastırmaya yetmeliydi. Ama Victoria'nın gözlerine baktığım o bir saniyede, tanıdık, hiddetli bir iç çekiş duydum.

O aynı saniye içerisinde, dans da şiddetle bozuldu. Her şey o kadar çabuk gelişmişti ki, olay akışını takip edememiştim.

Victoria, bulanık şekillerin arasında uçtu ve uzun bir alaçamın yarı yüksekliğinde bir yere çarptı. Sonra tekrar saldırmak üzere çömelmiş bir halde toprağa düştü.

Edward, öyle hızlı hareket ediyordu ki, adeta görünmez olmuş gibiydi. Arkasını döndü ve her hangi bir saldırı beklemeyen Riley'yi kolundan yakaladı.

Küçük kamp alanı birden, Riley'nin, insanın içine işleyen ıstırap haykırışı ile doldu.

Bu sırada, Seth ayağa fırlayıp tüm görüş alanımı kapladı.

Ama hâlâ Victoria'yı görebiliyordum. Ve tuhaf bir şekilde, sanki dik duramıyormuş gibi görünse de, vahşi yüzünde, rüyalarımda gördüğüm gülümseyişinin parladığını görebiliyordum.

Eğildi ve fırladı.

Küçük ve beyaz bir şey havada ıslık çalarak, havada onunla çarpıştı. Çarpışma sonucu büyük bir patlama sesi çıktı ve onu bir başka bir ağaca fırlattı. Tekrar ayakları üzerine indi, çömelmiş ve hazırdı ama Edward çoktan yerine geçmişti. Onun dik ve mükemmel bir şekilde durduğunu görünce içim rahatladı.

Victoria çıplak ayağıyla, saldırısını bölen, ince, uzun bir şeye tekme attı. Bana doğru yuvarlanınca ne olduğunu anladım.

Midem kalktı.

Parmakları hâlâ seyiren ve otları kavramaya çalışan Riley'nin kolu, akılsızca kendini yerde sürüklemeye başlamıştı.

Seth yine Riley'nin etrafında dolanmaya başlamıştı ve Riley geri çekiliyordu. Yüzü acıdan kaskatı kesilmişti. Savunma amaçlı bir kolunu yukarı kaldırdı.

Seth, Riley'ye bir hamle yapınca vampirin dengesi bozuldu. Seth'in Riley'nin omzuna dişlerini batırıp etini kopardığını ve sonra yine geri çekildiğini gördüm.

Bir başka sağır edici bir haykırış ile, Riley diğer kolunu da kaybetti.

Seth başını sallayarak kolu ormana fırlattı. Seth'in

dişleri arasından çıkan bozuk tıslama, onun kıs kıs güldüğünü sanmama sebep olmuştu.

Riley, işkence çeken bir yakarışla haykırdı. "Victoria!"

Victoria, ismi söylenince tek bir kasını bile oynatmadı. Gözleri eşine doğru kaymadı bile.

Seth, devasa bir gülle gibi öne atıldı. Basınç, Seth ve Riley'yi birlikte ağaçlara sürükledi. Çığlıklar, kaya parçalanma sesleri devam ederken, aniden kesildi.

Riley'ye bir veda bakışı bağışlamış olmasa da, Victoria artık tek başına olduğunu anlamış gibi duruyordu. Edward'dan uzaklaşmaya başladı, gözlerinde şiddetli bir hayal kırıklığı okunuyordu. Bana kısa, ıstırap dolu bir özlem bakışı attı ve sonra da hızla geri çekilmeye başladı.

"Hayır," diye mırıldandı baştan çıkarıcı bir sesle. "Biraz daha kal."

Arkasını döndü ve bir okun yaydan fırlaması misali ormanın içine doğru koştu.

Ama Edward daha hızlıydı. Kurşunun tabancadan fırlaması misali hızla ilerlemişti.

Ağaçların kenarında onu savunmasız sırtından yakaladı. Basit bir son adımın ardından, dans bitmişti.

Edward'ın dudakları, bir kere boynuna süründü, okşar gibiydi. Seth'in uğraşlarından gelen cırtlak feryatlar tüm diğer gürültüleri bastırıyordu, o yüzden bu görüntüyü bir şiddet görüntüsü olarak algılayabilmek için herhangi bir ses yoktu. Onu öpüyor bile olabilirdi.

Ve sonra, ateş gibi saçlardan oluşan yumağın, vücudunun geri kalanıyla bağlantısı koptu. Titrek turuncu dalgalar toprağa düştü ve ağaçlara doğru yuvarlanmadan önce yerde bir kere sekti.

25. AYNA

Titreyen, ateş gibi saçlarla sarılı oval cismi çok fazla yakından incelememek için, şok ile açılmış ve donmuş gözlerimi başka yöne bakmaya zorladım.

Edward yine hareketlenmişti. Çevik, soğukkanlı ve işini bilen bir şekilde, başsız cesedi parçaladı.

Onun yanına gidemiyor, ayaklarımın tepki vermesini sağlayamıyordum; altımdaki taşla kaynaşmış gibiydiler. Zarar görmüş mü diye anlamak için her hareketini dikkatle inceledim. Hiçbir şey bulamadığımda kalp atışlarım daha sağlıklı bir tempoya düştü. Her zaman olduğu kadar kıvrak ve zarifti. Giysilerinde bir yırtık bile yoktu.

Titreşen ve seyiren uzuvları parçalara ayırdıktan sonra, kuru çam iğneleriyle örterken, dehşete düşmüş halde yamaç duvarında dikilen bana hiç bakmadı. Seth'in arkasından ormana doğru koşarken bile, benim şok geçiren bakışlarıma karşılık vermedi.

Hem o hem Seth geri dönene kadar kendime gelmeye zamanım olmadı. Edward'ın elleri Riley ile doluydu. Seth ağzında geniş bir parçayı, gövdeyi, taşıyordu. Yüklerini yığına eklediler ve Edward cebinden gümüş dikdörtgen bir şekil çıkardı. Çakmağın kapağını açtı ve kuru çam iğnelerini ateşe verdi. Hemen yandı; uzun turuncu ateşten diller, bu koca yığını hızla yuttu.

"Her parçayı topla," dedi Edward Seth'e.

Vampir ve kurt adam, birlikte, ara sıra alevlere beyaz taştan küçük kütleler atarak kamp alanını temizlediler.

Edward gözlerini işinden ayırmıyordu.

Ve sonra işleri bitti, kızgın ateşten gökyüzüne doğru boğuk mor renkli bir zincir yükseliyordu. Olması gerekenden daha yoğun görünen kalın duman yavaşça kıvrılıyordu, yanan bir tütsü gibi kokuyordu. Oldukça rahatsız edici bir kokuydu. Ağırdı ve fazla sertti.

Seth, göğsünün derinlerinden o kıs kıs gülmeye benzeyen sesi bir daha çıkardı.

Edward'ın gergin yüzüne bir gülümseme yayıldı.

Edward kolunu uzattı ve elini yumruk yaptı. Seth hançer gibi dişlerini göstererek sırıttı ve burnunu Edward'ın eline vurdu.

"İyi bir takım çalışmasıydı," diye mırıldandı Edward.

Seth kahkaha attı.

Sonra Edward derin bir nefes aldı ve benimle yüzleşmek için yavaşça döndü.

İfadesini anlamamıştım. Gözleri ben sanki başka bir düşmanmışım gibi tedbirliydi. Tedbirli olmaktan ziyade, korkmuştu. Ama Victoria ve Riley ile yüzleştiğinde hiçbir korku göstermemişti... Zihnim, bedenim gibi şaşkın, sersemlemiş ve işe yaramazdı. Hayretle ona bakakaldım.

"Bella, aşkım," dedi en yumuşak ses tonuyla, avuç içleri ileriyi gösterecek şekilde elini kaldırmış, abartılı bir yavaşlıkla bana doğru geliyordu. Afallamış halimle, bu bana, polislerin silahlı olmadığını göstererek bir şüpheliye yaklaşmalarını hatırlattı.

"Bella, taşı bırakır mısın, lütfen? Dikkat et. Kendini incitme."

İlkel silahımı tamamen unutmuştum ama şimdi eklem yerlerime itiraz çığlıkları attıracak kadar sıkı kavradığımı fark ediyordum. Yeniden mi kırılmıştı? Carlisle bu sefer kesin alçıya alırdı.

Edward, benden birkaç metre uzakta tereddütle duruyordu, gözleri hâlâ korku doluydu.

Parmaklarımı nasıl oynatacağımı hatırlamam birkaç uzun saniyemi aldı. Sonra taş çatırdayarak yere düştü ama elim aynı şekilde kaldı.

Edward ellerim boşalınca az da olsa rahatladı ama yine de yanıma daha fazla yaklaşmadı.

"Korkmana gerek yok, Bella," diye mırıldandı Edward. "Güvendesin. Sana zarar vermeyeceğim."

Bu gizemli vaat, kafamı daha da karıştırdı. Bir embesil gibi anlamaya çalışarak bakakaldım.

"Her şey düzelecek, Bella. Şu anda korktuğunu biliyorum ama hepsi geçti. Kimse seni incitmeyecek. Sana dokunmayacağım. Seni incitmeyeceğim," dedi tekrar.

Gözlerimi hızla kırpıştırdım ve sesimi buldum. "Neden öyle söyleyip duruyorsun?"

Ona doğru titrek bir adım attım ama o benden uzaklaştı.

"Sorun ne?" diye fısıldadım. "Ne demek istiyorsun?"

"Sen..." Altın gözleri birden en az benim kadar şaşkın hale geldi. "Sen benden korkmuyor musun?"

"Senden korkmak mı? *Neden*?"

Öne doğru yalpalayarak bir adım daha attım ve sonra bir şeye takıldım, muhtemelen kendi ayağımdı. Edward beni yakaladı ve yüzümü göğsüne gömüp ağlamaya başladım.

"Bella, Bella. Çok üzgümüm. Geçti hepsi, geçti."

"Ben iyiyim," diye soludum. "Ben iyiyim. Ben sadece... Kafayı yiyorum. Bana. Bir dakika. Ver."

Kolları beni daha da sıkı sardı. "Çok üzgünüm," diye tekrar fısıldadı.

Tekrar nefes alabilene kadar ona tutundum ve sonra onu öpmeye başladım. Göğsünü, omzunu, boynunu, uzanabildiğim her yerini. Beynim yavaşça tekrar çalışmaya başlıyordu.

"Sen iyi misin?" diye sordum öpücüklerin arasında. "Seni incitti mi?"

"Ben tamamen iyiyim," dedi yüzünü saçlarıma gömerek.

"Seth?"

Edward kıkırdadı. "İyiden de iyi. Kendinden oldukça memnun hatta."

"Diğerleri? Alice, Esme? Kurtlar?"

"Hepsi iyi. Orada da her şey bitti. Söz verdiğim gibi sorunsuz geçti. En kötüsünü biz burada yaşadık."

Bunu özümsemek amacıyla, bilgilerin zihnime girmesi ve yerleşmesi için bir dakika bekledim.

Ailem ve arkadaşlarım güvendeydi. Victoria asla peşimden gelemeyecekti. Hepsi bitmişti.

Hepimiz iyi olacaktık.

Ama hâlâ şaşkındım ve iyi haberlerin tadını çıkaramıyordum.

"Söyle bana," diye ısrar ettim. "Neden senden korkacağımı düşündün?"

"Üzgünüm," dedi, tekrar özür diliyordu. Neden özür dilediği konusunda hiçbir fikrim yoktu. "Çok üzgünüm. Onu görmeni istemezdim. Beni öyle görmeni. Biliyorum, seni dehşete düşürmüş olmalıyım."

Bir süre bunu düşündüm, elleri havada, tedirgin bir halde bana yaklaşmasını. Sanki çok hızlı hareket etse, kaçacakmışım gibi...

"Cidden mi?" diye sordum sonunda. "Sen...ne? Beni korkuttuğunu mu sandın?" Homurdandım. Homurdanma iyiydi; homurdanma sırasında ses titremez ya da çatlamazdı.

Elini çenemin altına koydu ve yüzümdeki ifadeyi okuyabilmek için başımı kaldırdı.

"Bella, ben sadece," – tereddüt etti ve sonra sözleri güçlükle de olsa dile getirdi – "az önce, on metreden daha yakınında duran canlı bir yaratığın kafasını uçurup bedenini parçalara ayırdım. Bu seni rahatsız etmiyor mu?"

Kaşlarını çattı.

Omuz silktim. Omuz silkmek de iyiydi. Oldukça kayıtsızdı. "Pek sayılmaz. Tek korkum senin ya da Seth'in zarar görmesiydi. Yardım etmek istedim ama yapabileceğim çok az şey vardı..."

Aniden öfkelenen yüzü beni susturdu.

"Evet," dedi, hızlı ve kesik kesin konuşarak. "Senin taşla olan küçük gösterin. Bana az kalsın bir kalp krizi geçirteceğini biliyor muydun? Bunu yapmak öyle kolay bir şey de değildir."

Öfkeli bakışı cevap vermemi zorlaştırdı.

"Yardım etmek istedim... Seth yaralıydı..."

"Seth yalnızca yaralı numarası yapıyordu, Bella. Bir hileydi. Ve sen sonra...!" Kafasını salladı, cümleyi tamamlayamadı. "Seth ne yapmaya çalıştığını göremedi, o yüzden ben dahil olmak zorunda kaldım. Seth şimdi galibiyeti tamamen kendi üzerine alamayacağı için oldukça üzgün."

"Seth... numara mı yapıyordu?"

Edward sert bir şekilde başını salladı.

"Ah."

İkimiz de şu anda ısrarla bizi yok sayıp alevleri izleyen Seth'e baktık. Kürkündeki her kıldan kendini beğenmişlik yansıyordu.

"Şey, bunu bilmiyordum," dedim kendimi savunarak. "Ve etraftaki tek savunmasız kişi olmak öyle kolay değil. Ben bir vampir olayım da görün o zaman! Bir daha ki sefere kenarda oturmayacağım."

Eğlenmeye karar vermeden önce yüzünden bir düzine duygu geçti. "Bir dahaki sefer? Yakında bir başka savaş mı bekliyorsun?"

"Bende bu şans varken. Kim bilir?"

Gözlerini devirdi ama sevinçten uçtuğunu görebiliyordum. Rahatlama ikimizi de sersemletmişti. Bitmişti.

Ya da...öyle miydi?

"Bekle. Daha önce şey dememiş miydin – ?" İrkildim ve daha önce *tam olarak* ne olduğunu hatırladım. Jacob'a ne söyleyecektim? Parçalanmış kalbim, ağrıyarak acılı bir şekilde atıyordu. İnanması güçtü, neredeyse imkânsızdı, ama günün en zor kısmını atlatmamıştım ve sonra devam ettim. "Bir pürüz hakkında? Ve Sam için planı garantiye alması gereken Alice hakkında. Yakın olacağını söylemiştin. Yakın olacak olan neydi?"

Edward'ın gözleri Seth'e çevrildi ve ikisi de birbirlerine anlam yüklü bir bakış attılar.

"Evet?" diye sordum.

"Hiçbir şey yok, gerçekten," dedi Edward çabucak. "Ama yine de yola çıkmamız lazım..."

Beni sırtına çekmeye çalıştı ama ben kaskatı kesilip geri çekildim.

"Hiçbir şeyi tanımla."

Edward yüzümü avuçlarının içine aldı. "Sadece bir dakikamız var, o yüzden panik yapma, olur mu? Korkman için hiçbir sebep olmadığını söylemiştim. Bana bu konuda güven, lütfen?"

Ani dehşetimi saklamaya çalışarak başımı salladım. Yere yığılmadan önce daha ne kadarını kaldırabilirdim? "Korkmak için hiçbir sebep yok. Anladım."

Bir saniye dudaklarını büktü, ne söyleyeceğine karar vermeye çalışıyordu. Ve sonra ansızın Seth'e baktı, sanki kurt onu çağırmıştı.

"Ne yapıyor?" diye sordu Edward.

Seth inledi; endişeli, huzursuz bir sesti. Ensemdeki tüylerin kalkmasına sebep oldu.

Sonu olmayan bir saniye boyunca etrafa bir ölüm sessizliği hâkim oldu.

Sonra Edward'ın nefesi kesildi. "Hayır!" ve bir elini, sanki benim göremediğim bir şeyi tutmaya çalışırcasına uzattı. "Yapma!"

Bir kasılma Seth'in bedenini salladı ve ıstırap dolu bir feryat ciğerlerini doldurdu.

Tam olarak aynı anda, Edward da dizleri üzerine düştü ve iki eliyle başının etrafını tuttu, yüzü acıyla buruştu.

Sersemlemiş ve dehşete düşmüş halde çığlık atıp onun yanında diz çöktüm. Aptalca ellerini yüzünden çekmeye çalıştım; terden kayganlaşmış avuçlarım, mermerimsi teninde kaydı.

"Edward! Edward!"

Gözleri bana odaklandı; gözle görülebilir bir güçle sıktığı dişlerini ayırdı.

"Sorun yok. İyi olacağız. Bu –" Sustu ve yine irkildi.

"Ne oluyor?" diye haykırdım, Seth acıyla ulurken.

"İyiyiz. İyi olacağız." Edward soludu. "Sam, yardım et adama–"

Ve o anda, Sam'in adını söylediğinde, Seth ve kendisinden bahsetmediğini anladım. Gözle görülmeyen hiçbir güç onlara saldırmıyordu. Bu sefer, kriz burada değildi.

Bütün adrenalinimi tüketmiştim. Bedenimde geriye hiçbir şey kalmamıştı. Dengemi kaybettim ve Edward beni kayalıklara çarpmadan yakaladı.

"Seth!" diye bağırdı Edward.

Seth çömelmiş bir haldeydi, çektiği acı yüzünden hâlâ gergindi, her an ormana doğru fırlayabilirmiş gibi duruyordu.

"Hayır!" diye emretti Edward. "Sen doğru eve git. Şimdi. Elinden geldiğince hızlı!"

Seth koca başını sağa sola sallayarak sızlandı.

"Seth. Güven bana."

İri kurt uzun bir süre Edward'ın acı dolu gözlerine baktı ve sonra dikleşip bir hayalet gibi kaybolarak ağaçlıklara koştu.

Edward beni sıkıca göğsüne bastırdı ve sonra biz de, gölgeli ormanın içinde, kurttan farklı bir yolda olmak üzere son sürat gitmeye başladık.

"Edward." Kelimeleri kasılmış boğazımdan güçlükle çıkardım. "Ne oldu, Edward? Sam'e ne oldu? Nereye gidiyoruz? Ne oluyor?"

"Açıklığa geri dönmeliyiz," dedi alçak bir sesle. "Böyle bir şeyin olma olasığının farkındaydık. Sabahın erken saatlerinde Alice gördü ve Sam aracılığıyla Seth'e aktardı. Volturi artık araya girme vaktinin geldiğine karar vermiş."

Volturi.

Çok fazlaydı. Aklım kelimelerden bir mana çıkarmayı reddetti ve anlamamış gibi yaptı.

Yanlarından geçtiğimiz ağaçları sallıyorduk. Yokuş aşağı öyle hızlı koşuyordu ki, sanki aşağı doğru kontrolsüz bir şekilde düşüyormuşuz gibi hissediyordum.

"Panik yapma. Bizim için gelmiyorlar. Sadece bu tip pislikleri temizleyen olağan bir koruma birliği. Mühim bir şey değil, sadece işlerini yapıyorlar. Tabii, geliş zamanlarını oldukça dikkatli ayarlamış gibi görünüyorlar. Ki bu da beni, eğer yeni doğanlar olur da Cullen ailesinin boyutunu küçültürlerse, İtalya'da kimsenin yasımızı tutmayacağına inandırıyor." Dişlerinin arasından gelen kelimeler sert ve soğuktu. "Açıklığa vardıklarında ne düşündüklerini, net olarak anlayacağım."

"Bu yüzden mi geri dönüyoruz?" diye fısıldadım. Bunu kaldırabilir miydim? Uçuşan siyah pelerinleri zihnimden kovmaya çalışıyordum. Kırılma noktasına çok yakındım.

"Sebeplerden bir tanesi de bu. Bu noktadan sonra birleşik bir cephe ile karşılarına çıkmamız bizim için daha güvenli olur. Bizi rahatsız etmeleri için hiçbir sebepleri yok ama...Jane onlarla birlikte. Eğer diğerlerinden uzakta, yalnız olduğumuzu düşünürse, bu onu cezbedebilir. Victoria gibi, Jane de muhtemelen seninle olduğumu tahmin eder. Demetri de tabii ki onunla birlikte. Bu yüzden, Jane isterse beni bulabilir."

O ismi düşünmek istemiyordum. Kafamın içinde o göz kamaştırıcı mükemmellikteki çocuksu yüzü görmek istemiyordum. Boğazımdan tuhaf bir ses çıktı.

"Şşş, Bella, şşş. Hepsi düzelecek. Alice bunu görebiliyor."

Alice görebiliyordu? Ama...o zaman kurtlar neredeydi? Sürü neredeydi?

"Sürü?"

"Erken ayrılmak zorunda kaldılar. Volturi, kurt adamlarla yapılan ateşkeslere saygı göstermiyor."

Nefes alışımın hızlandığını duyabiliyor, ancak

kontrol edemiyordum. Nefes nefese kalmaya başlamıştım.

"Sana yemin ediyorum ki, iyi olacaklar," diye söz verdi. "Volturi kokuyu tanımayacak, kurtların burada olduğunu fark etmeyecek; bu onların tanıdığı bir tür değil. Sürü iyi olacak."

Açıklamasını algılayamıyordum. Konsantrasyonum korkularım yüzünden darmadağın olmuştu. *İyi olacağız*, demişti daha önce...ve ıstırapla inleyen Seth... Edward, Volturi'yle dikkatimi dağıtarak ilk sorumdan kaçınmıştı...

Kendimi kaybetmeye çok yakındım.

Ağaçlar, çevremizde akan zümrüt rengindeki sular misali, bulanık bir şekilde bizimle yarışıyordu.

"Ne oldu?" diye fısıldadım tekrar. "Daha önce. Seth inlerken? Sen incindiğinde?"

Edward tereddüt etti.

"Edward! Söyle bana!"

"Her şey bitmişti," diye fısıldadı. Hızının yarattığı rüzgârdan sesini zar zor duyuyordum. "Kurtlar kendi paylarına düşeni saymamışlardı...hepsini alt ettiklerini sanmışlardı. Tabii, Alice göremedi..."

"Ne oldu?!"

"Yeni doğanlardan biri saklanıyordu... Leah onu buldu. Aptalca ve ukalaca davranıyordu, bir şeyleri kanıtlamak istiyordu. Onunla yalnız yüzleşti..."

"Leah," diye tekrarladım. Aniden hissettiğim rahatlama duygusundan utanamayacak kadar zayıf düşmüştüm. "İyi olacak mı?"

"Leah yaralanmadı," diye mırıldandı.

Uzun bir saniye boyunca ona baktım.

Sam, yardım et adama, diye solumuştu Edward. Adama, kıza değil.

"Neredeyse vardık," dedi Edward, gökyüzündeki tek bir noktaya odaklanmıştı.

Gözlerim, otomatik olarak onunkileri takip etti. Ağaçların üstünde, alçak bir yerde koyu, mor bir bulut vardı. Bir bulut? Ama hava anormal derecede güneşliydi... Hayır, bulut değildi. Kalın duman sütununu tanıdım, tıpkı bizim kamp alanımızdaki gibiydi.

"Edward," dedim, sesim neredeyse duyulmayacak haldeydi. "Edward, biri yaralandı."

Seth'in ıstırabını duymuş, Edward'ın yüzündeki azabı görmüştüm.

"Evet," diye fısıldadı.

"Kim?" diye sordum, her ne kadar, cevabı zaten bilsem de.

Elbette biliyordum. Elbette.

Gittiğimiz yere yaklaştıkça ağaçlar yavaşlamaya başladı.

Bana cevap vermesi için uzun bir an geçmesi gerekti.

"Jacob," dedi.

Başımı bir kere sallayabildim.

"Elbette," diye fısıldadım.

Ve sonra başımın içinde, parmak uçlarımla tutunduğum o son bilinç parçası da kayıp gitti.

Her şey karardı.

***

İlk olarak bana dokunan soğuk ellerin farkına vardım. Bir çift elden fazlasıydı. Beni tutan kollar, yanağımı tutan bir avuç, alnımı ovan parmaklar ve bileklerime yavaşça bastıran başka parmaklar.

Sonra sesleri fark ettim. İlk başta sadece uğultuydu ama sonra ses, sanki birisi radyonun sesini açmışçasına yükseldi.

"Carlisle, beş dakika oldu," dedi Edward endişeyle.

"Hazır olduğunda kendine gelecek, Edward," dedi Carlisle'ın sesi, her zamanki gibi sakin ve kendinden emindi. "Bugün kaldırabileceğinden fazlasıyla uğraştı. Bırak zihni kendisini korusun."

Ama zihnim korunaklı değildi. Bilinçsizliğimde, karanlığın bir parçası olan acıda bile beni terk etmeyen o bilgi içinde hapsolmuştum.

Bedenimden tamamiyle kopmuş gibi hissettim. Beynimin çok küçük bir köşesinde bir kafese konmuş gibiydim, artık kontrolde olan ben değildim. Ama bu konuda bir şey yapamıyordum. Düşünemiyordum. Hissettiğim acı bunun için fazla güçlüydü. Kaçış yoktu.

Jacob.

Jacob.

Hayır, hayır, hayır, hayır, hayır...

"Alice, ne kadar vaktimiz var?" diye sordu Edward, sesi hâlâ gergindi; Carlisle'ın yatıştırıcı sözlerinin yardımı dokunmamıştı.

Daha uzaktan Alice'in sesi geldi. Canlı ve neşeliydi. "Bir beş dakika daha. Ve Bella otuz yedi saniye içinde gözlerini açacak. Eğer bizi şu an duyabiliyorsa şaşırmam."

"Bella, tatlım," dedi Esme yumuşak ve rahatlatıcı sesiyle. "Beni duyabiliyor musun? Artık güvendesin, canım."

Evet, ben güvendeydim. Bu gerçekten önemli miydi?

Soğuk dudakları kulağımdaydı ve Edward bana, kendi kafamın içinde ben hapseden işkenceden kaçmamı sağlayan sözler fısıldıyordu.

"Yaşayacak, Bella. Şu anda ben konuşurken, Jacob Black iyileşiyor. İyileşecek."

Acı ve korku hafiflerken, bedenime geri dönmeyi başardım. Göz kapaklarım titredi.

"Ah, Bella," diye içini çekti Edward rahatlayarak ve dudakları benimkilere dokundu.

"Edward," diye fısıldadım.

"Evet, buradayım."

Göz kapaklarımı açtım.

"Jacob iyi mi?" diye sordum.

"Evet," dedi.

Gözlerinde sadece beni yatıştırmak için öyle söylediğine dair bir işaret aradım ama tamamen nettiler.

"Onu kendim muayene ettim," dedi sonra Carlisle; yüzünü görmek için kafamı çevirdim. Carlisle'ın ifadesi hem ciddi hem de güven vericiydi. Ondan şüphe etmek imkânsızdı. "Artık hayati tehlikesi yok. İnanılmaz bir hızla iyileşiyor; yine de yaraları, her ne kadar iyileşme hızı sabit kalsa da, normale dönmesi

için birkaç gün gerektirecek kadar derin. Burada işimizi bitirir bitirmez, onun için elimden gelen yardımı yapacağım. Sam onu insan formuna döndürmek için çabalıyor. Bu onu tedavi etmemizi kolaylaştıracaktır."
Carlisle hafifçe gülümsedi. "Veterinerlik okuluna hiç gitmedim."

"Ona ne oldu?" diye fısıldadım. "Yaraları ne kadar kötü?"

Carlisle'ın yüzü tekrar ciddileşti. "Başka bir kurt tehlikedeydi – "

"Leah," diye soludum.

"Evet. Onu yoldan çekti ama kendini savunmak için zamanı olmadı. Yeni doğanın kolları ona yetişti. Bedeninin sağ yarısındaki kemiklerin çoğu parçalandı."

Korkuyla büzüldüm.

"Sam ve Paul zamanında vardılar. Onu La Push'a geri götürdüklerinde çoktan gelişme göstermeye başlamıştı."

"Tamamen normale dönecek mi?" diye sordum.

"Evet, Bella. Kalıcı bir hasarı olmayacak."

Derin bir nefes aldım.

"Üç dakika," dedi Alice sessizce.

Dik durabilmek için çaba harcıyordum. Edward ne yaptığımı fark etti ve ayağa kalkmama yardım etti.

Önümdeki sahneye baktım.

Cullen ailesi, ateşin çevresinde dağınık bir yarım daire şeklinde dikiliyorlardı. Alevler gözle görülmüyordu, sadece kalın, mor-siyah bir duman, parlak çimlerin üstünde bir hastalık gibi yayılıyordu. Yoğun görünen ince dumana en yakın Jasper duruyordu, gölgesi altındaydı ve bu yüzden de teni diğerlerininki gibi ışıldamıyordu. Sırtı bana dönüktü, omuzları gergin, kolları hafifçe açıktı. Gölgesinde bir şey vardı. İhtiyatlı bir konsantrasyonla bir şeyin önünde çömelmişti.

Ne olduğunu anladığımda hafif bir şoktan fazlasını hissedemeyecek kadar hissizdim.

Açıklıkta sekiz vampir vardı.

Kız alevlerin yanında bir top gibi kıvrılmış, kollarını bacakları etrafına sarmıştı. Çok gençti. Benden de genç, on beş yaşında gibi duruyordu, koyu renk saçlı ve inceydi. Gözleri bana odaklanmıştı ve irislerinde şok edici, parlak bir kırmızılık vardı. Riley'ninkilerden de parlak, neredeyse ışıldıyordu. Vahşice, kontrol dışı bir şekilde dönüyorlardı.

Edward dehşete düşmüş ifademi gördü.

"Teslim oldu," dedi sessizce. "Bu hiç görmediğim bir şey. Böyle bir şeyi önermeyi sadece Carlisle düşünürdü. Jasper onaylamıyor."

Ateşin önündeki sahneden gözlerimi alamıyordum. Jasper dalgın dalgın sol kolunu ovuşturuyordu.

"Jasper iyi mi?" diye fısıldadım.

"İyi. Zehir batıyor."

"Isırıldı mı?" diye sordum korkarak.

"Aynı anda her yerde olmaya çalışıyordu. Aslında, Alice'in yapacak bir şeyi olmamasını sağlamaya çalışıyordu." Edward kafasını salladı. "Alice'in kimsenin yardımına ihtiyacı yoktur."

Alice gerçek aşkına doğru kaşlarını çattı. "Aşırı koruyucu ahmak."

Genç dişi birden başını bir hayvan gibi arkaya attı ve keskin bir feryat kopardı.

Jasper hırladı ve kız sindi. Parmaklarını pençe gibi toprağa batırdı ve başını keder içinde öne arkaya sallamaya başladı. Jasper ona doğru bir adım attı ve daha da çömeldi. Edward abartılı bir kayıtsızlıkla hareket etti ve bedenlerimizi, kendisi, ben ve kızın arasına gelecek şekilde döndürdü. Kolunun altından yenilmiş kızı ve Jasper'ı izlemek için göz attım.

Carlisle, hemen Jasper'ın yanına gelmişti. En yeni evladının kolunu tuttu.

"Fikrini değiştirdin mi, genç kişi?" diye sordu Carlisle, her zamanki gibi sakindi. "Seni yok etmek istemiyoruz ama kendini kontrol edemezsen ederiz."

"Buna nasıl katlanıyorsunuz?" diye inledi kız tiz, net bir sesle. "Onu *istiyorum*." Parlak kırmızı irisleri Edward'a ve onun arkasından bana odaklandı ve yine tırnaklarıyla sert toprağı kazımaya başladı.

"Katlanmalısın," dedi Carlisle ona ciddi bir şekilde. "Kontrolü öğrenmelisin. Şu anda seni kurtaracak olan tek şey bu."

Kız, toprak bulaşmış ellerini başının etrafına yapıştırdı ve sessizce uludu.

"Ondan uzağa gitmemiz gerekmiyor mu?" diye fısıldadım Edward'ın kolunu çekiştirerek. Sesimi duyduğunda kızın dudakları iyice çekildi ve yüzü işkence çeken bir ifadeye büründü.

"Burada kalmalıyız," diye mırıldandı Edward. "Şu anda açıklığın kuzey ucuna doğru geliyorlar."

Gözlerim açıklığı tararken kalbim son hızla atmaya

başladı ama kalın duman tabakasının ötesini göremiyordum.

Bir saniyelik sonuçsuz aramadan sonra, bakışlarım tekrar genç dişi vampire döndü. Hâlâ beni izliyordu, gözleri yarı kızgındı.

Uzun bir süre kızın bakışlarına karşılık verdim. Çenesine kadar gelen küt saçları, kaymak taşı beyazlığındaki yüzünü çerçeveliyordu. Hatlarının güzel olup olmadığını söylemek güçtü çünkü öfke ve susamışlıkla çarpılmış gibi duruyordu. Vahşi kızıl gözleri baskındı. Bakışlarımı başka yere çevirmekte zorlanıyordum. Birkaç saniyede bir titreyip debelenerek gaddarca bana dik dik bakıyordu.

Hipnotize olmuşçasına ona baktım ve geleceğimin bir aynasına bakıyor olup olmadığımı merak ettim.

Sonra Carlisle ve Jasper, geri geri bizim yanımıza gelmeye başladılar. Emmett, Rosalie ve Esme, telaşla Edward, Alice ve benim dikildiğimiz noktaya yaklaştılar. Birleşik bir cephe, Edward'ın dediği gibi, en güvenli yerdi.

Dikkatimi vahşi kızdan ayırıp yaklaşan canavarları aramaya başladım.

Hâlâ görecek bir şey yoktu. Edward'a baktım. Gözleri öne doğru kilitlenmişti. Bakışını takip etmeye çalıştım ama sadece duman vardı; yoğun, yağlı duman yerden başlıyor, tembelce yükseliyor ve çimlerde dalgalanıyordu.

Öne doğru kabardı ve ortalara gelince karardı.

"Hımm." Sislerin içinde ölü bir ses mırıldandı. Duygusuzluğu hemen fark ettim.

"Hoşgeldin, Jane." Edward'ın sesi, soğuk ama nazikti.

Karanlık şekiller yaklaştı ve sisten çıkıp ete kemiğe büründüler. Öndekinin Jane olduğunu biliyordum. En karanlık cüppeli, neredeyse siyah ve altmış santimetreden de fazla bir boy farkıyla en kısa olandı. Külahının gölgesinde kalan meleksi yüz hatlarını zar zor ayırt ediyordum.

Onun arkasında hantalca dikilen dört gri örtülü figür de tanıdıktı. En büyük olanı tanıdığımdan emindim ve şüphemi doğrulamak için ona dik dik bakarken Felix başını kaldırdı. Başlığının arkaya doğru hafifçe düşmesine izin verince bana göz kırpıp gülümsediğini görebildim. Edward yanımda fazlasıyla hareketsiz duruyordu ve sıkı bir kontrol altındaydı.

Jane'in bakışları, yavaşça Cullenlar'ın ışık saçan yüzlerinde dolaştı. Sonra ateşin yanındaki yenidoğan kıza sokuldu; yeni doğanın başı elleri arasındaydı.

"Anlamıyorum." Jane'in sesi tek düzeydi ama önceki kadar ilgisiz değildi.

"Teslim oldu," diye açıkladı Edward, Jane'in kafasındaki karışıklığa cevap vererek.

Jane'in kara gözleri yüzüne baktı. "Teslim mi oldu?"

Felix ve diğer gölge bakıştılar.

Edward omuz silkti. "Carlisle ona bir seçenek sundu."

"Kuralları bozanlar için seçenek olmaz," dedi Jane düz bir sesle.

Sonra Carlisle lafa girdi, sesi yumuşaktı. "Bu sizin elinizde. Bize saldırmaktan vazgeçmeye istekli olduğu sürece onu yok etme gereği göremiyorum. Ona henüz hiçbir şey öğretilmedi."

"Onun konuyla ilgisi yok," diye üsteledi Jane.

"Siz nasıl isterseniz."

Jane, Carlisle'a hayretle baktı. Hafifçe başını salladı ve sonra kendini toparladı.

"Aro seni görecek kadar batıya gideceğimizi ummuştu, Carlisle. Saygılarını gönderiyor."

Carlisle başıyla onayladı. "Eğer benimkileri de ona iletirsen müteşekkir olurum."

"Elbette." Jane gülümsedi. Yüzü fazla sevimliydi. Dumana doğru baktı. "Bugün, bizim işimizi siz yapmışsınız gibi görünüyor...büyük bir bölümünü." Gözleri tutsağa kaydı. "Sadece profesyonel bir merakla soruyorum, kaç kişi vardı? Seattle'da, arkalarında oldukça kapsamlı bir yıkım bıraktılar."

"Bununla birlikte on sekiz," diye cevap verdi Carlisle.

Jane'in gözleri büyüdü ve tekrar ateşe baktı, boyutunu tekrar ölçüyormuş gibi görünüyordu. Felix ve diğer gölgeler de uzun uzun baktılar.

"On sekiz?" diye tekrarladı, ilk defa sesinde bir kesinlik yoktu.

"Hepsi yepyeniydi," dedi Carlisle başından savarcasına. "Yeteneksizdiler."

"Hepsi?" Sesi keskin bir tona büründü. "O zaman yaratıcıları kimdi?"

"Adı Victoria'ydı," diye cevap verdi Edward, sesinde hiçbir duygu yoktu.

"Victoria'y*dı*?" diye sordu Jane.

Edward başını ormanın doğusuna yöneltti. Jane'in gözleri yukarı baktı ve çok uzak bir mesafedeki bir şeye odaklandı. Dumandan oluşan diğer bir sütun mu vardı? Kontrol etmek için başımı çevirmedim.

Jane doğuya biraz daha baktı ve sonra tekrar yakındaki ateşi inceledi.

"Şu Victoria... Buradaki on sekizin dışında mıydı?"

"Evet. Yanında sadece bir tane vardı. Buradaki kadar genç değildi ama bir yaştan fazla büyük de değildi."

"Yirmi," diye soludu Jane. "Yaratıcıyla kim ilgilendi?"

"Ben ilgilendim," dedi Edward.

Jane'in gözleri kısıldı ve ateşin yanındaki kıza döndü.

"Sen, oradaki," dedi, sakin sesi eskisinden de sertti. "Adın."

Yeni doğan, dudakları birbirine bastılırmış bir halde nefret dolu bir bakış attı.

Jane meleksi bir gülüşle karşılık verdi.

Kızın cevap niteliğindeki çığlığı sağır ediciydi; bedeni deforme olmuş, doğal olmayan bir duruşla kamburlaşmıştı. Kulaklarımı kapatma arzusundan kaçarak başka yöne baktım. Midemi kontrol edebilmeyi umarak dişlerimi sıktım. Çığlık güçlendi. Edward'ın düz ve duygusuz yüzüne odaklanlanmaya çalıştım ama bu bana, Edward'ın Jane'in işkence eden bakışları altında olduğu zamanı hatırlattı ve kendimi daha da hasta hissettim. Alice'e ve yanındaki Esme'ye baktım. Yüzleri, en az Edward'ın ki kadar ifadesizdi.

En sonunda bir sessizlik oldu.

"Adın," dedi Jane yine, ses tonunda bir değişme yoktu.

"Bree," dedi zorlukla soluyarak.

Jane gülümsedi ve kız yine haykırdı. Istırabının sesi kesilene kadar nefesini tuttum.

"Bilmek istediğin her şeyi söyleyecektir," dedi Edward sıkılmış dişleri arasından. "Bunu yapmana gerek yok."

Jane başını kaldırdı, ölü gözlerinde ani bir keyif belirmişti. "Ah, biliyorum," dedi Edward'a ve tekrar, genç vampir Bree'ye dönmeden ona sırıttı.

"Bree," dedi Jane, sesi yine soğuktu. "Hikâyesi doğru mu? Yirmi kişi miydiniz?"

Yüzünün bir tarafını toprağa bastırmış olan kız, nefes nefese kalmış halde uzanıyordu. Çabucak konuştu. "On dokuz ya da yirmi, belki de daha fazla, bilmiyorum!" Büzüldü, cehaletinin bir başka işkenceye sebep olacağından korkuyordu. "Sara ve adını bilmediğim diğerleri yolda savaşmaya başladılar..."

"Ve bu Victoria, seni o mu yarattı?"

"Bilmiyorum," dedi. "Riley adını hiç söylemedi. O gece göremedim...çok karanlıktı ve acıyordu..." Bree titredi. "Bizim onu düşünebiliyor olmamızı istemiyordu. Düşüncelerimizin güvenli olmadığını söyledi..."

Jane'in gözleri Edward'a kaydı ve sonra tekrar kıza döndü.

Victoria iyi planlamıştı. "Eğer Edward'ı takip etmiş olmasaydı, bu işe bulaştığını bilmenin her hangi bir yolu olmazdı...

"Bana Riley'den bahset," dedi Jane. "Sizi neden buraya getirdi?"

"Riley, bize buradaki tuhaf sarı gözlüleri yok etmemiz gerektiğini söyledi." Bree çabucak ve istekli bir şekilde konuşuyordu. "Kolay olacağını söyledi. Şehrin onların olduğunu ve bizi yakalamaya geldiklerini söyledi. Onlar bir kere yok oldu mu, bütün kanın bize kalacağını söyledi. Bize onun kokusunu verdi." Bree tek elini kaldırdı ve parmağıyla beni işaret etti. "Doğru grubun hangisi olacağını anlayacağımızı çünkü kızın onlarla olacağını söyledi. Kızı kim önce yakalarsa, ona sahip olabileceğini söyledi."

Edward'ın dişlerinin gıcırdadığını duydum.

"Riley, işin kolay kısmı konusunda yanılmış gibi görünüyor," diye belirtti Jane.

Bree başıyla onayladı, konuşmanın acısız bir yol izlemiş olması sebebiyle rahatlamış görünüyordu. Dikkatle dikleşti. "Ne olduğunu bilmiyorum. Ayrıldık ama diğerleri hiç gelmedi. Riley bizi terk etti ve söz verdiği gibi gelip yardım etmedi. Ondan sonrası çok karışıktı, herkes parçalara ayrılmıştı." Yine titredi. "Çok korkuyordum. Kaçmak istedim. Oradaki,"
– Carlisle'a baktı – "eğer savaşmayı bırakırsam beni incitmeyeceklerini söyledi."

"Ah, ama bu onun verebileceği bir ödül değil, genç

kişi," diye mırıldandı Jane, sesi, artık tuhaf bir şekilde kibardı. "Bozulmuş kurallar, sonuçlarına katlanılmayı gerektirir."

Bree, anlamayarak ona bakakaldı.

Jane Carlisle'a baktı. "Hepsini yakaladığınıza emin misiniz? Bunlardan ayrılmış olan diğer yarısını da?"

Carlisle'ın yüzü oldukça duygusuzdu. "Biz de ayrıldık."

Jane hafifçe gülümsedi. "Etkilenmediğimi söyleyemem." Arkasındaki büyük gölgeler başlarını onaylayarak salladılar. "Daha önce bu büyüklükteki bir saldırıdan kaçabilen bir başka grup görmemiştim. Bunun arkasındaki sebebi biliyor musunuz? Burada yaşama şeklinizi düşünürsek, çok uç bir davranış. Ve bu kız neden anahtar kişi konumunda?" Gözleri kısa bir saniye için isteksizce bende kaldı.

Titredim.

"Victoria'nın Bella'ya garezi vardı," dedi Edward, sesi kayıtsızdı.

Jane bir kahkaha attı. Sesi altınsıydı, mutlu bir çocuğun kahkahası gibiydi. "Kız, garip şekilde türümüzde güçlü tepkiler uyandırıyor gibi görünüyor," dedi, doğrudan bana doğru gülümseyerek. Yüzü neşeliydi.

Edward dikleşti. Ona baktığımda yüzünü tekrar Jane'e çevirmişti.

"Lütfen şunu yapma," dedi gergin bir sesle.

Jane yine hafifçe güldü. "Sadece kontrol ettim. Anlaşılan bir zararı yok."

Titredim. Jane'le son karşılaşmamızda beni ondan koruyan aynı kusurun hâlâ etkili olmasına minnettarlık duyuyordum. Edward'ın kolları, beni daha da sıkı sardı.

"Eh, bize yapacak bir şey kalmamış gibi görünüyor. Tuhaf," dedi Jane, sesindeki ilgisizlik geri dönmüştü. "Gereksiz konumuna düşürülmeye pek alışık değiliz. Savaşı kaçırmamız çok yazık. İzlemesi oldukça eğlendirici olabilirmiş."

"Evet," dedi Edward çabucak, sesi keskindi. "Ve çok da yakınmışsınız. Bir yarım saat erken gelmemeniz ne kötü. O zaman, belki buradaki amacınıza erişebilirdiniz."

Jane, değişmeyen ifadesiyle Edward'ın bakışlarına karşılık verdi. "Evet. İşlerin bu duruma gelmesi ne kadar yazık, öyle değil mi?"

Edward kendi kendine başını salladı, şüpheleri doğrulanmıştı.

Jane, yeni doğan Bree'ye bakmak için tekrar döndü, yüzünde tamamen sıkılmış bir ifade vardı. "Felix?" dedi ağır ağır.

"Bekle," diye araya girdi Edward.

Jane tek kaşını kaldırdı. Edward aceleyle konuşurken Carlisle'a bakıyordu. "Genç kişiye kuralları anlatabiliriz. Öğrenmeye isteksiz gibi görünmüyor. Ne yaptığını bilmiyordu."

"Tabii ki," diye cevap verdi Carlisle. "Bree için tam sorumluluk almaya hazırız."

Jane'in ifadesi hayret ve keyif arasında gidip geldi.

"İstisna yapmayız," dedi. "Ve ikinci şans vermeyiz. Namımız için kötü olur. Aa, bu arada... " Birdenbire, bakışları tekrar bana çevrildi ve meleksi yüzüne gamzeler yerleşti. "Caius, senin hâlâ bir insan olduğunu duymakla *fazlasıyla* ilgilenecektir, Bella. Belki seni ziyaret etmeye karar verir."

"Tarih ayarlandı," dedi Alice ilk kez konuşarak. "Belki, birkaç ay içinde sizi biz ziyaret ederiz."

Jane'in gülüşü soldu ve Alice'e bakmadan kayıtsızca omuz silkti. Carlisle'a bakmak için döndü. "Seninle tanışmak güzeldi, Carlisle. Aro'nun abarttığını sanıyordum. Eh, bir daha görüşünceye dek..."

Carlisle başını salladı ve ifadesi kederlendi.

"Onun icabına bak, Felix," dedi Jane, Bree'ye doğru başını sallayarak, sesinden sıkıntı akıyordu. "Eve gitmek istiyorum."

"Bakma," diye fısıldadı Edward kulağıma.

Talimatını yerine getirmek için fazlasıyla hevesliydim. Bir gün için, hatta bir ömür için, gereğinden fazlasını görmüştüm. Gözlerimi sıkıca yumdum ve yüzümü Edward'ın göğsüne çevirdim.

Yine de duyabiliyordum.

Derin, gürleyen bir inlemeye ve ardından da, korkunç derecede tanıdık gelen tiz sesli bir çığlık oldu. Ses çabucak kesildi ve sonra sadece mide bulandırıcı bir çatırtı ve koparma sesleri gelmeye başladı.

Edward'ın eli, endişeli bir halde omuzlarımı okşadı.

"Gel," dedi Jane. Uzun gri cüppelerin dumana doğru gittiğini görmek için tam zamanında başımı kaldırmıştım. Yine de havada güçlü ve taze bir tütsü kokusu vardı.

Gri cüppeler kalın sisin içinde kaybolup gittiler.

26. AHLAK

Alice'in banyosundaki tezgâh, bin çeşit farklı ürünle doluydu ve hepsinin de, kişinin cildini güzelleştireceğini idda ediyordu. Bu evdeki herkes, hem mükemmel hem de hava geçirmez oldukları için tüm bu ürünleri beni düşünerek aldığını tahmin ediyordum. Uyuşmuş halde etiketlerini okudum ve bütün bu israfa acıdım.

Uzun aynaya bakmamak için özen gösteriyordum.

Alice, saçımı yavaş ve ahenkli bir hareketle tarıyordu.

"Bu kadarı yeter, Alice," dedim tekdüze bir sesle. "La Push'a dönmek istiyorum."

Charlie'nin nihayet Billy'nin evinden ayrılması ve Jacob'ı görebilmek için kaç saat beklemiştim? Jacob'ın nefes alıp almadığını bilmeden geçen her dakika on ömre bedeldi. Ve sonra, gidip Jacob'ın hayatta olduğunu kendim görebilmem için çıktığımda ise, zaman çok çabuk geçmişti. Alice, Edward'a seslenmeye ve bu gülünç yatıya kalma yalanımı sürdürmem için ısrar etmeye başladığında, soluklarım daha yeni düzene girmişti. Birden hepsi gözüme çok önemsiz görünmüştü...

"Jacob hâlâ bilinçsiz," diye yanıtladı Alice. "Carlisle ve Edward, o uyanınca haber verirler. Her neyse, gidip Charlie'yi görmen lazım. Billy'nin evindeydi ve Carlisle ile Edward'ın seyahatlerinden dönmüş olduğunu gördü, eve gittiğinde bir şeylerden şüphelenecektir."

Hikâyemi çoktan ezberlemiş ve kanıtlarla desteklemiştim. "Umurumda değil. Jacob uyandığında yanında olmak istiyorum."

"Şu anda Charlie'yi düşünmelisin. Uzun bir gün geçirdin. Üzgünüm, bunun yetmediğini biliyorum ama bu, şu anda sorumluluklarından kaçabileceğin anlamına gelmiyor." Sesi ciddi, hatta neredeyse azarlayıcıydı. "Şu anda Charlie'nin geri planda, güvende kalması her zamankinden çok daha önemli. Önce payına düşen rolü oyna, Bella, sonra ne istiyorsan yapabilirsin. Sorumluluk sahibi olmak, bir Cullen olmanın bir parçasıdır."

Elbette haklıydı. Ve eğer Carlisle, tüm korkularımdan, acımdan ve suçluluğumdan daha güçlü olan bu sebebi kullanmasaydı, beni, bilinçsiz ya da değil, Jacob'ın yanından ayrılmam için asla ikna edemezdi.

"Eve git," diye emretti Alice. "Charlie ile konuş. Mazeretini ayrıntılarıyla anlat. Onu güvende tut."

Ayağa kalktım ve iğne gibi batan kan damarlarımda aktı. Çok uzun bir süredir hareketsiz duruyordum.

"Bu elbise sende çok güzel duruyor," dedi Alice şen şakrak bir şekilde.

"Ha? Ah. Şey, giysiler için tekrar teşekkürler," dedim minnettarlıktan ziyade kibarlıkla.

"Kanıta ihtiyacın var," dedi Alice, gözleri masumca açılmıştı. "Yeni bir giysi olmadan alışveriş gezisinin anlamı ne? Oldukça hoş, söylemem gerekirse."

Gözlerimi kırpıştırdım, hangi elbiseyi giydirdiğini hatırlayamıyordum. Düşüncelerimi, ışıktan uçan böcekler gibi tek bir yerde tutamıyor ve başka yerlere kaymasını engelleyemiyordum...

"Jacob iyi, Bella," dedi Alice, kafamın neden dağınık olduğunu anlayarak. "Aceleye gerek yok. Eğer Carlisle'ın ona ne kadar fazladan morfin verdiğinin farkına vardıysan ve vucüt ısısı morfini çok çabuk yaktığından onun ne kadar süre baygın olacağını bilirdin."

En azından acı çekmiyordu. Henüz.

"Gitmeden önce konuşmak istediğin bir şey var mı?" diye sordu Alice anlayışlı bir şekilde. "Çok sarsılmış olmalısın."

Neyi merak ettiğini biliyordum. Ama başka sorularım vardı.

"Nasıl olacak?" diye sordum, kısık bir sesle. "Çayırdaki Bree denen kız gibi mi?"

Düşünmem gereken bir sürü şey vardı ama onu, şu anda yaşamı aniden bitirilen o yeni doğanı aklımdan çıkaramıyordum. Kanıma duyduğu tutkuyla çarpılmış yüzü, göz kapaklarımın gerisinde takılıp kalmıştı.

Alice kolumu okşadı. "Herkes farklıdır. Ama onun gibi, evet."

Hayal etmeye çalışarak hareketsiz kaldım.

"Geçiyor," diye söz verdi.

"Ne kadar sonra?"

Omuz silkti. "Birkaç yıl, belki de daha az. Senin için farklı olabilir. Bu yolu daha önceden seçmiş birisinin sonuna kadar gittiğini hiç görmemiştim. Seni nasıl etkileyeceğini görmek ilginç olacak."

"İlginç," diye tekrar ettim.

"Seni beladan uzak tutacağız."

"Bunu biliyorum. Sana güveniyorum." Sesim monoton ve durgundu.

Alice'in alnı kırıştı. "Eğer Carlisle ve Edward için endişeleniyorsan, onların da iyi olacağından emin olabilirsin. Sam'in bize, şey, en azından Carlisle'a, güvenmeye başladığına inanıyorum. Bu da iyi bir şey. Carlisle kırıkları yeniden kırmak zorunda kaldığında atmosferin biraz gerildiğini tahmin edebiliyorum – "

"Lütfen, Alice."

"Özür dilerim."

Sakinleşmek için derin bir nefes aldım. Jacob iyileşme sürecine çok çabuk başlamıştı ve kimi kemikleri yanlış kaynamamıştı. Bu işlem süresinde baygındı ama yine de düşünmesi çok zordu.

"Alice, sana bir şey sorabilir miyim? Gelecek hakkında?"

Birdenbire sesi ihtiyatlı bir tona büründü. "Biliyorsun, her şeyi göremiyorum."

"Demek istediğim tam olarak o değil. Ama bazen benim de geleceğimi görüyorsun. Başka hiçbir şey benim üzerimde etkili değilken, sence bunun olmasının nedeni ne? Ne Jane ne Edward ne de Aro yapabiliyor..." Cümlem de, ilgimle birlikte sona ermişti. Bu noktada merakım geçmiş ve daha baskıcı duygular tarafından şiddetle gölgelenmişti.

Yine de, Alice soruyu oldukça ilginç buldu. "Jasper da, Bella. Onun yetenekleri de senin bedeninde diğer herkeste olduğu kadar etkili. Fark da burda, anlıyor musun? Jasper'ın yetenekleri bedeni fiziksel olarak etkiler. Sistemini gerçekten sakinleştiriyor, heyecanlandırıyor. Bir ilüzyon değil. Ben de sonuçların imgelerini görüyorum, bu sonuçları yaratan kararların arkasındaki sebepleri ve düşünceleri değil. Zihnin dışında, yine bir ilüzyon değil; gerçeklik ya da onun en azından bir versiyonu olarak düşünebilirsin. Ama Jane, Edward, Aro ve Demetri onlar zihnin *içinde* çalışıyorlar. Jane sadece bir acı ilüzyonu yaratıyor. Bedenini gerçekten incitmiyor, sadece acı hissettiğini düşünmeni sağlıyor. Anlıyor musun, Bella? Zihninin içinde güvendesin. Sana orada kimse ulaşamaz. Aro'nun, senin gelecekteki yeteneklerini bu kadar merak etmesi şaşılacak bir şey değil."

Olayın mantığını algılayabiliyor muyum, diye görebilmek için yüzüme bakıyordu. Gerçekte, kelimeler birbirine dolanmaya, heceler ve sesler anlamlarını yitirmeye başlamıştı. Konsantre olamıyordum. Yine de başımı salladım. Anlamış gibi gözükmeye çalıştım.

Kanmamıştı. Yanağımı okşadı ve mırıldandı; "İyileşecek, Bella. Bunu bilmek için görü yeteneğime ihtiyacım yok. Gitmeye hazır mısın?"

"Bir şey daha. Sana gelecek hakkında başka bir soru daha sorabilir miyim? Ayrıntı istemiyorum, sadece genel bir bakış."

"Elimden geleni yaparım," dedi, yine şüpheliydi.

"Benim vampir oluşumu görebiliyor musun?"

"Ah, bu kolay. Tabii ki görebiliyorum."

Onu yavaşça başımla onayladım.

Yüzümü inceledi, gözleri anlaşılmazdı. "Sen kendi zihnindekileri bilmiyor musun, Bella?"

"Tabii ki biliyorum. Sadece emin olmak istedim."

"Ben sadece senin kadar emin olabilirim, Bella. Bunu biliyorsun. Fikrini değiştirdiğin taktirde gördüklerim değişecek...ya da senin durumunda yok olacaktır."

Beni kollarıyla sardı. "Özür dilerim. Empati kurabilirim diyemem. Hayattaki ilk hatıram, Jasper'ın yüzünü geleceğimde görmemdi; o yüzden hayat beni nereye götürürürse, onun da hep yanımda olacağını biliyordum. Ama sempati gösterebilirim. İki güzel şey arasında seçim yapmak zorunda kaldığın için çok üzgünüm."

"Benim için kendini kötü hissetme." Sempatiyi hak eden insanlar vardı. Ben onlardan birisi değildim. Ve yapacak bir seçim de yoktu. Artık yapılacak tek şey, iyi bir kalbi kırmak olacaktı. "Ben gidip Charlie ile ilgileneyim."

Kamyonetimi, Alice'in tahmin ettiği üzere, Charlie'nin şüpheyle beklediği eve sürdüm.

"Selam, Bella. Alışveriş gezin nasıl geçti?" diye karşıladı beni Charlie, mutfağa girerken. Kollarını göğsünde kavuşturmuş, gözlerini yüzüme dikmişti.

"Uzun," dedim baygınca. "Daha yeni geldik."

Charlie, nasıl olduğumu anlamaya çalıştı. "O zaman, Jake'in başına gelenleri çoktan duymuşsundur?"

"Evet. Geri kalan Cullenlar'la yolda karşılaştık. Esme, Carlisle ve Edward'ın nerede olduğunu söyledi."

"Sen iyi misin?"

"Jake için endişeleniyorum. Yemek yapar yapmaz, La Push'a gideceğim."

"Sana o motosikletlerin tehlikeli olduğunu söylemiştim. Umarım bu sana bu işin şakası olmadığını göstermiştir."

Buzdolabından bir şeyler çıkartmaya çalışırken başımla onu onayladım. Charlie masaya oturdu. Her zamankinden daha konuşkan bir ruh halindeydi.

"Jake için çok fazla endişelenmen gerektiğini düşünmüyorum. Öyle bir enerjiyi kaldırabilen herkes iyileşecektir."

"Gördüğünde Jake uyanık mıydı?" diye sordum ona dönerek.

"Ah, evet, uyanıktı. Onu duymalıydın. Aslında duymamış olman daha iyi oldu. Hatta La Push'ta onu duymamış biri olduğunu sanmıyorum. Öyle bir kelime dağarcığını nerede edinmiş bilmiyorum ama umarım o tarz bir dili senin yanında kullanmıyordur."

"Ama bugün oldukça iyi bir mazerete sahipti. Nasıl görünüyordu?"

"Berbat haldeydi. Arkadaşları onu içeri taşıdı. İri olmaları iyi bir şey. Çünkü o çocuğu taşımak zor. Carlisle, sağ kolunun ve sağ bacağının kırık olduğunu söyledi. O kahrolası motosikleti çarptığında neredeyse bütün sağ tarafını paramparça etmiş." Charlie başını salladı. "Eğer bir daha motosiklete bindiğini duyarsam, Bella – "

"O konuda bir problem yok, baba. Binmeyeceğim. Sence gerçekten Jake iyi mi?"

"Elbette, Bella, endişelenme. Benimle alay edecek kadar kendindeydi."

"Alay mı etti?" dedim şaşkınlıkla.

"Evet, birinin annesine hakaret etmeyle Tanrı'nın adını boşuna ağzına alma arasında bir yerlerde, 'Bahse girerim şimdi Bella benim yerime Cullen'ı sevdiği için memnunsundur, ha, Charlie?' dedi."

Yüzümü göremesin diye buzdolabına döndüm.

"Ve ben de itiraz edemedim. İş senin güvenliğine geldiğinde, Edward'ın Jacob'tan daha olgun olduğunu inkâr edemem."

"Jacob da fazlasıyla olgun," diye mırıldandım onu savunmaya çalışarak. "Eminim onun hatası değildir."

"Bugün tuhaf bir gün," dedi Charlie bir süre sonra düşünceli bir halde. "Bilirsin, batıl inanç saçmalıklarıyla çok fazla ilgilenmem ama bu garipti... Sanki Billy, Jake'in başına kötü bir şey geleceğini biliyor gibiydi. Bütün sabah, Şükran Günü'ndeki bir hindi misali gergindi. Ona söylediğim tek bir şeyi bile duyduğunu sanmıyorum.

Ve sonra, bundan daha garibi, hani hatırlıyor musun, geçtiğimiz şubat ve mart aylarında kurtlarla bir sürü sorun yaşamıştık..."

Dolaptan tava almak için eğildim ve fazladan bir ya da iki saniye saklandım.

"Evet," diye mırıldandım.

"Umarım yine aynı problemi yaşamayız. Bu sabah, dışarıda, teknedeydik ve Billy bana ya da balıklara dikkat etmiyordu, sonra birdenbire ağaçların arasında kurtların uluduğunu duydum. Birden fazlaydı ve, Tanrım, nasıl da yüksek sesliydi. Sanki orada gibiydiler. En tuhaf yanı da, Billy'nin tekneyi çevirip doğru iskeleye dönmesiydi, sanki kişisel olarak onu çağırıyorlarmış gibi. Ne yaptığını sorduğumda beni duymadı bile.

Tekneyi iskeleye yanaştırdığımızda gürültü kesildi. Ama sonra birdenbire, her ne kadar daha saatler olsa da, Billy maçı kaçırmamak için büyük bir telaşa kapıldı. Bir erken gösterim saçmalığı hakkında mırıldanıyordu... Naklen yayın olacak olan maçın erken gösterimi mi olur? Sana söylüyorum, Bella, tuhaftı.

Eh, sonra izlemek istediğini söylediği bir maç bulduk ama sonra onu izlemedi bile. Bütün bu süre boyunca telefondaydı, Sue, Emily ve arkadaşın Quil'in büyükbabasıyla konuştu. Neyin peşinde olduğunu tam olarak çıkaramadım. Havadan sudan konuşmalar yapıyordu.

"Sonra, tam evin dışında uluma yine başladı. Daha önce hiç böyle bir şey duymamıştım. Tüylerim diken diken oldu. Gürültüyü bastırmak için bağırarak Billy'ye bahçeye tuzak kurup kurmadığını sormak zorunda kaldım. Hayvanın sesi gerçekten acı çekiyor gibi geliyordu."

İrkildim ama Charlie kendini hikâyesine o kadar kaptırmıştı ki, beni fark etmedi bile.

"Tabii, hepsini şu dakikaya kadar unutmuştum.

Çünkü, Jake eve tam o sırada geldi. Kurt bir uluyor bir susuyordu ve sonra onu bir daha duyamadım. Jake'in küfürleri kurtun sesini bastırıyordu. O çocuktaki akciğerler kimsede yok."

Charlie bir süre duraksadı, yüzü düşünceliydi. "Bu rezil durumdan iyi bir şeylerin çıkması komik. Hiçbir zaman, Cullenlar'a karşı besledikleri o aptalca önyargının üstesinden gelebileceklerini sanmıyordum. Ama birisi Carlisle'ı aradı ve Billy, onun gelmesine gerçekten de minnettar kaldı. Jake'i bir hastaneye götürmemiz gerektiğini söyledim ama Billy onu evde tutmak istedi ve Carlisle de bu fikri destekledi. Sanırım Carlisle en iyisini bilir. Böyle uzun süren çağrılara cevap verdiğine göre oldukça cömert birisi."

"Ve..." diye durakladı, söyleyeceği şey konusunda isteksizdi. İçini çekti ve sonra devam etti. "Ve Edward gerçekten...iyiydi. Jacob için en az senin kadar endişeli gibiydi. Sanki orada yatan kardeşiydi. Gözlerindeki bakış..." Charlie başını salladı. "O düzgün bir çocuk, Bella. Bunu hatırlamaya çalışacağım. Gerçi buna söz veremem." Gülümsedi.

"Seni zorlamayacağım," diye mırıldandım.

Charlie bacaklarını esnetti ve inledi. "Evde olmak güzel. Billy'nin o küçük evi nasıl da kalabalıktı inanamazsın. Jake'in yedi tane arkadaşı, o küçük ön odaya sıkıştılar. Zorla nefes alabildim. O Quileute çocukları nasıl da iriler, fark ettin mi?"

"Evet, fark ettim."

Charlie gözlerini bana dikti. "Gerçekten, Bella, Carlisle'ın dediğine göre çok geçmeden Jake ayağa kalkacakmış. Gerçekte, olduğundan daha kötü görünüyormuş. İyileşecek."

Sadece başımı salladım.

Charlie ayrılır ayrılmaz onu görmeye gittiğimde Jacob çok...garip bir şekilde gözüme narin görünmüştü. Her yerinde bandajlar vardı. Carlisle onun gibi hızlı iyileşen biri için alçıya gerek olmadığını söylemişti. Yüzü solgun ve asıktı, o zaman her ne kadar baygın olsa da şuursuz gibiydi. Kırılgan. Tüm o muazzamlığına karşın, kırılgan görünüyordu. Belki de onu kırmak zorunda kalacağım düşüncesiyle harekete geçmiş hayal gücüm yüzünden bana öyle geliyordu.

Keşke bir yıldırım çarpıp beni ikiye ayırsaydı. Tercihen acılı bir şekilde. İlk defa, insan olmayı bırakmak, gerçek bir fedakârlık gibi gelmeye başlamıştı. Kaybetmesi çok büyük bir şey olabilirmiş gibi geliyordu.

Charlie'nin akşam yemeğini masaya koydum ve kapıya yöneldim.

"Şey, Bella? Bir saniye bekleyebilir misin?"

"Bir şey mi unuttum?" diye sordum tabağına bakarak.

"Hayır, hayır. Ben sadece...bir iyilik isteyecektim." Charlie kaşlarını çattı ve yere baktı. "Gel, otur. Uzun sürmez."

Karşısına oturdum, biraz şaşkındım. Odaklanmaya çalıştım. "Mesele ne, baba?"

"Meselenin özü şu, Bella." Charlie kızardı. "Belki de bütün gün öyle garip davranan Billy'yle takılmaktan biraz...batıl inançlarım kuvvetlenmiştir. Ama içimde bir...his var. Yakında, seni de...kaybedecekmişim gibi hissediyorum."

"Saçmalama, baba," diye mırıldandım içimde bir suçluluk duygusuyla. "Okula gitmemi istiyorsun, değil mi?"

"Bana sadece bir söz ver."

Tereddüt etmiştim ama konuyu kapatmaya hazırdım. "Tamam..."

"Önemli bir şey yapmadan önce bana söyler misin? Onunla kaçıp gitmeden önce falan?"

"Baba..." diye inledim.

"Ciddiyim. Ortalığı velveleye vermeyeceğim. Sadece bana önceden haber ver. Sana elveda diyip sarılma şansını ver bana."

Birden irkildim. "Bu çok saçma. Ama seni mutlu edecekse...söz veriyorum."

"Teşekkür ederim, Bella," dedi. "Seni seviyorum, yavrum."

"Ben de seni seviyorum, baba." Omzuna dokundum ve sonra masadan uzaklaştım. "Bir şeye ihtiyacın olursa, ben Billyler'de olacağım."

Dışarı koşarken arkamı dönüp bakmadım bile. Mükemmel bir zamanlamaydı, şu anda tam da ihtiyacım olan şeydi. La Push'a giderken yol boyunca kendi kendime söylendim.

Carlisle'ın siyah Mercedes'i Billy'nin evinin önünde değildi. Bu hem iyi hem de kötüydü. Açıkçası, Jacob'la yalnız konuşmaya ihtiyacım vardı. Ama yine de bir şekilde, daha önce Jacob baygınken de yaptığım gibi Edward'ın elini tutabilmeyi diledim. İmkânsızdı. Ama Edward'ı özlemiştim. Alice'le geçirdiğimiz öğleden sonra çok uzun gelmişti. Sanırım bu cevabımı oldukça açık kılıyordu. Edwardsız yaşayamayacağımı biliyordum. Fakat bu gerçek, bunu daha az acı verici yapmayacaktı.

Fazla gürültü yapmamaya çalışarak ön kapıyı çaldım.

"İçeri gel, Bella," dedi Billy. Kamyonetimin gürültüsünü tanımak kolaydı.

İçeri girdim.

"Selam Billy. Uyanık mı?" diye sordum.

"Doktor ayrılmadan yarım saat kadar önce uyandı. İçeri geç. Sanırım seni bekliyordu."

Ürktüm ve sonra derin bir nefes aldım. "Teşekkürler."

Bir an için, Jacob'ın odasının kapısının önünde durdum ve kapıyı çalıp çalmamak için tereddüt ettim. Önce içeri bakmaya karar verdim, tekrar uykuya dalmış olmasını umuyordum. Tam bir korkaktım.

Kapıyı araladım ve tereddütle içeri baktım.

Jacob beni bekliyordu, yüzü sakin ve rahattı. Bitkin ve perişan görüntüsü gitmiş, yerini dikkatli bir sükunet almıştı. Koyu renkli gözlerinde hiçbir hareket yoktu.

Onu sevdiğimi bilerek yüzüne bakmak zordu. Düşündüğümden daha farklı olmuştu. Her şeyin onun için de bu kadar zor olup olmadığını merak ediyordum.

Çok şükür birisi üstüne yorgan örtmüştü. Hasarın büyüklüğünü görmek zorunda olmamak, içimi rahatlatmıştı.

İçeri adımımı attım ve kapıyı arkamdan sessizce kapadım.

"Selam Jake," diye mırıldandım.

İlk başta cevap vermedi. Uzun bir süre boyunca yüzüme baktı. Sonra, biraz emekle, ifadesini hafif alaycı bir gülümseyişe çevirdi.

"Evet, böyle olabileceğini düşünmüştüm." İç geçirdi. "Bugün ise kesinlikle kötüye gitti. Önce yanlış yeri seçtim, en iyi savaşı kaçırdım ve Seth bütün övgüleri topladı. Sonra Leah, diğer hepimiz kadar güçlü olduğunu kanıtlamaya çalışırken, ben de onu kurtaran aptal olmak zorunda kaldım. Ve şimdi bu." Kapının önünde tereddütle dikilen bana elini salladı.

"Nasıl hissediyorsun?" diye mırıldandım. Ne kadar da aptal bir soruydu bu.

"Biraz kafam iyi. Doktor, ne kadar ağrı kesiciye ihtiyacım olduğu konusunda emin değildi, bu yüzden de deneme yanılma yöntemini tercih etti. Sanırım fazla kaçırdı."

"Ama acı çekmiyorsun."

"Hayır. En azından yaralarımı hissetmiyorum," dedi alaycı bir gülümsemeyle.

Dudaklarımı ısırdım. Bunu asla atlatamayacaktım. Neden kimse, gerçekten ölmek *istediğimde* beni öldürmüyordu?

Çarpık gülüşü yüzünden silindi ve gözlerine bir sıcaklık geldi. Alnı endişeyle kırıştı.

"Senden ne haber?" diye sordu, gerçekten kaygılı gibi duruyordu. "Sen iyi misin?"

"*Ben*?" Ona bakakalmıştım. Belki de çok fazla ilaç almıştı. "*Neden*?"

"Şey, yani, seni gerçekten incitmediğinden oldukça emindim ama ne kadar kötü olacağından emin değildim. Uyandığımdan beri senin için endişelenmekten deliye döndüm. Ziyaret etmeye izinli olup olmadığını bilmiyordum. Bekleyiş korkunçtu. Nasıl gitti? Sana kötü davrandı mı? Eğer kötü davrandıysa özür dilerim. Tek başına katlanmak zorunda kalmanı istemezdim. Yanında olurdum diye düşünüyordum..."

Anlamam için zaman geçmesi gerekti. Gittikçe daha da tuhaf görünerek anlaşılmaz şeyler söylemeye devam ediyordu, ta ki ben ne dediğini anlayana kadar. Sonra telaşla endişelerini gidermeye çalıştım.

"Hayır, hayır, Jake! Ben iyiyim. Fazla iyiyim, aslında. Tabii ki kötü davranmadı. Keşke davransaydı!"

Gözleri korkuya benzeyen bir hisle açıldı. "Ne?"

"Bana kızgın değildi, *sana* bile kızgın değildi! O kadar bencil değil ki, bu bana kendimi çok daha kötü hissettiriyor. Keşke bana bağırsaydı ya da öyle bir şey yapsaydı. Hak etmediğimden değil...şey, bu bağırılmaktan daha kötü. Ama onun umurunda değil. Sadece benim *mutlu* olmamı istiyor."

"Kızgın değil mi?" diye sordu inanamayarak.

"Hayır. O çok...fazla nazikti."

Jacob bir dakika daha bakakaldı, sonra birdenbire kaşlarını çattı. "Eh, *lanet olsun*!" diye gürledi.

"Sorun ne, Jake? Acıyor mu?" Etrafta ilaçlarını aramaya başladım.

"Hayır," diye homurdandı tiksinmiş bir ses tonuyla. "Buna inanamıyorum! Sana bir ültimatom falan vermedi, öyle mi?"

"Hiç de bile. Senin derdin ne?"

Kaşlarını çattı ve başını salladı. "Biraz da onun tepkisine güveniyor sayılırdım. Hepsine lanet olsun. Düşündüğümden de iyi."

Söyleyiş şekli, daha sinirli bir şekilde olsa da, aklıma, bu sabah çadırda Edward'ın ahlak eksikliği konulu söylemini getirmişti. Ki bu da, Jake'in hâlâ umduğu, hâlâ savaştığı anlamına geliyordu. Bunu sindirmeye çalışırken birden irkildim.

"Oyun falan oynamıyor, Jake," dedim sessizce.

"Sen öyle san. En az benim kadar, eline geçen her kozu oynuyor ama sadece o, ne yaptığını biliyor, ben ise bilmiyorum. O benden daha iyi bir kuklacı. Ben henüz tüm o hilelerini öğrenecek kadar yaşamadım."

"Benim iplerimi o çekmiyor!"

"Evet, çekiyor! Ne zaman uyanıp onun sandığın kadar mükemmel olmadığını anlayacaksın?"

"En azından onu öpmem için kendini öldürmekle tehdit etmiyor," diye parladım. Sözler ağzımdan çıkar çıkmaz utançla kızardım. "Bekle. O laflar ağzımdan çıkmamış gibi yap. O konu hakkında hiçbir şey söylemeyeceğime dair kendime yemin etmiştim."

Derin bir nefes aldı. Konuştuğunda daha sakindi. "Neden?"

"Çünkü buraya seni suçlamak için gelmedim."

"Ama doğru," dedi tarafsızca. "Öyle yaptım.

"Umurumda değil, Jake. Kızgın değilim."

Gülümsedi. "Benim de umurumda değil. Beni affedeceğini biliyordum ve yaptığıma memnunum. Yine yaparım. En azından o kadarına sahibim. En azından senin beni sevdiğini görmeni sağladım. Bu da bir şey sayılır."

"Öyle mi? Gerçekten bu konuda cahil kalmamdan daha mı iyi?"

"Sence nasıl hissettiğini bilmen gerekmiyor mu? Böylece günün birinde, çoktan evli bir vampir olup artık her şey için çok geç olduğunu fark ettikten sonra pişmanlık çekmek zorunda kalmazsın."

Başımı salladım. "Hayır, benim için daha mı iyi diye sormadım. *Senin* için daha mı iyi diye sordum. Sana âşık olduğumu bilmek, işleri senin için daha mı iyi yoksa daha mı kötü kılıyor? Her iki türlü de olsa bir şey fark etmeyecek gerçi. Eğer hiçbir zaman farkına varmamış olsaydım, senin için daha iyi, daha kolay olur muydu?"

İstediğim gibi soruyu ciddiye aldı ve cevaplamadan önce dikkatle düşündü. "Evet, biliyor olman daha iyi," dedi en sonunda. "Eğer farkına varmış olmasaydın...her zaman, eğer bilseydin kararın farklı mı olurdu diye merak ederdim. Artık biliyorum. Yapabileceğim her şeyi yaptım." Titrek bir nefes aldı ve gözlerini kapadı.

Bu sefer onu rahatlatma arzusuna karşı koymadım, koyamadım. Küçük odayı geçtim ve başında diz çöktüm. Hareket ettirir de incitirim diye yatağa oturmaya korkuyordum. Alnımı yanağına yasladım.

Jacob derin bir iç çekti ve elini saçıma koyup orada kalmadı sağladı.

"Çok özür dilerim, Jake."

"Pek şansımın olmadığını hep biliyordum. Senin hatan değil, Bella."

"Senin de değil," diye inledim. "Lütfen."

Bana bakmak için kendini çekti. "Ne?"

"Benim hatam. Ve sürekli bunun tersinin söylenmesinden bıktım."

Sırıttı. Ama gülüşü gözlerine ulaşmadı. "Sana bağırıp çağırmamı mı istiyorsun?"

"Aslına bakarsan... Sanırım istiyorum."

Ne kadar ciddi olduğumu anlamaya çalışırken dudaklarını büzdü. Yüzünde ufak bir gülümseme belirdi ve sonra bu ifadesi sert bir somurtmaya dönüştü.

"Öpücüğüme o şekilde karşılık vermek, işte o kabul edilemez bir şeydi." Kelimeleri tükürürcesine söyledi. "Madem hepsini geri alacağını biliyordun, belki de bu konuda o kadar ikna edici olmamalıydın."

Yüzümü buruşturdum ve onayladım. "Özür dilerim."

"Özür dilemek hiçbir şeyi düzeltmiyor, Bella. Ne düşünüyordun?"

"Düşünmüyordum," diye fısıldadım.

"Bana gidip ölmemi söylemeliydin. İstediğin o."

"Hayır, Jacob," diye inledim, yakan göz yaşlarına karşı koymaya çalışıyordum. "Hayır! Asla."

"Ağlamıyorsun ya?" diye üsteledi, sesi birdenbire normal tonuna dönmüştü.

"Evet," diye mırıldandım, kendi kendime küçük bir kahkaha attım aniden hıçkırıklara dönüşen gözyaşları arasından.

Ayağa kalkmaya çalışırcasına sağlam bacağını yatağın dışına attı.

"Ne yapıyorsun?" diye sordum. "Yat, seni salak, bir

yerini inciteceksin!" Ayağa fırladım ve sağlam omzunu iki elimle ittim.

Teslim oldu ve acı dolu bir solukla arkasına yaslandı. Sonra beni belimden tutup kendisiyle birlikte yatağa çekti. Kıvrıldım ve aptal hıçkırıklarımı sıcak teninde bastırmaya çalıştım.

"Ağladığına inanamıyorum," diye mırıldandı. "O sözleri yalnızca sen istediğin için söylediğimi biliyordun. Ciddi değildim." Eli omzumu okşadı.

"Biliyorum." Sert ve derin bir nefes alıp kendimi kontrol etmeye çalıştım. Nasıl olmuştu da, ağlayan ben, rahatlatan o olmuştu? "Yine de hepsi doğru. Söylediğin için teşekkür ederim."

"Seni ağlattığım için puan kazanıyor muyum?"

"Elbette, Jake." Gülümsemeye çalıştım. "İstediğin kadar."

"Endişelenme, Bella, canım. Her şey yoluna girecek."

"Bunun nasıl olacağını bilmiyorum," diye mırıldandım.

Başımın tepesine hafifçe vurdu. "Pes edecek ve uslu duracağım."

"Daha fazla oyun oynayacak mısın?" Yüzünü görebilmek için başımı kaldırdım.

"Belki." Güçlükle de olsa güldü ve sonra geri çekildi. "Ama deneyeceğim."

Kaşlarımı çattım.

"O kadar da karamsar olma," diye yakındı. "Bana biraz güven."

"*Uslu durmak*la neyi kastediyorsun?"

"Arkadaşın olacağım, Bella," dedi sessizce. "Daha fazlasını istemeyeceğim."

"Sanırım bunun için çok geç, Jake. Birbirimizi böylesine severken nasıl arkadaş olabiliriz?"

Tavana baktı, bakışı dikkatliydi, sanki tavanda yazılı bir şeyi okumaya çalışıyordu. "Belki de...uzun mesafeli bir arkadaşlık olmak zorunda kalır."

Dişlerimi sıktım, yüzüme bakmadığına memnun oldum ve tekrar beni ele geçirmekle tehdit eden gözyaşlarına karşı savaştım. Güçlü olmalıydım ve nasıl olunacağına dair hiçbir fikrim yoktu...

"İncil'deki şu hikâyeyi biliyor musun?" diye sordu Jacob birden, hâlâ boş tavana bakıyordu. "Kral ve bebek için kavga eden iki kadını anlatan hikâye?"

"Elbette. Kral Süleyman."

"Doğru. Kral Süleyman," diye tekrar etti. "Demiş ki, çocuğu ikiye bölün...ama bu sadece bir testmiş. Bunu, onu koruyabilmek için kimin kendi hakkından vazgeçeceğini görmek için yapmış."

"Evet, hatırlıyorum."

Tekrar yüzüme baktı. "Seni daha fazla ikiye bölmeyeceğim, Bella."

Ne dediğini anladım. Beni en çok sevenin kendisi olduğunu ve teslim oluşunun da bunu kanıtladığını söylüyordu. Edward'ı savunmak istedim, Jacob'a, Edward'ın da isteseydim, ona izin verseydim, aynı şeyi yapacağını söylemek istedim. Kendi istediğinden feragat etmeyen biri varsa, o da bendim. Am, sadece onu daha da fazla incitecek bir tartışma başlatmanın bir manası yoktu.

Gözlerimi kapadım ve acıyı kontrol etmeye çalıştım. Bunu ona anlatamazdım.

Bir süre sessiz kaldık. Benim bir şey söylememi bekliyor gibiydi; söyleyecek bir şey bulmaya çalışıyordum.

"Sana en kötü kısmını söyleyebilir miyim?" diye sordu tereddütle, ben hiçbir şey söylemeyince. "İzin verir misin? Uslu olacağım."

"Yardımı olacak mı?" diye fısıldadım.

"Olabilir. Zarar vermez."

"En kötü kısmı ne, o zaman?"

"En kötü kısmı nasıl olacağını bilmek."

"Nasıl olabileceğini bilmek," dedim.

"Hayır." Jacob başını salladı. "Senin için en doğru seçim benim, Bella. Hiçbir çaba harcamamız gerekmezdi; rahat, nefes almak kadar kolay. Senin yaşamının alabileceği doğal yoldum..." Bir süre boşluğa baktı ve ben de devam etmesini bekledim. "Eğer dünya olması gerektiği gibi olsaydı, eğer canavarlar olmasaydı, sihir olmasaydı..."

Ne gördüğünü görebiliyordum ve haklı olduğunu biliyordum. Eğer dünya olması gerektiği gibi aklı başında bir yer olsaydı, Jacob ve ben birlikte olurduk. Ve mutlu olurduk. O dünyadaki ruh eşimdi. Mantıklı dünyada var olması imkânsız güçlü bir şey tarafından gölgelenmiş olmasaydı, hâlâ ruh eşim olabilirdi.

Jacob için de biri var mıydı? Bir ruh eşini geçebilecek biri? Olduğuna inanmak zorundaydım.

İki gelecek, iki ruh eşi... Bir kişi için çok fazlaydı. Ve bunun bedelini ödeyecek kişinin ben olmayışım da, büyük bir haksızlıktı. Jacob'ın acısı çok yüksek bir bedeldi. Bu bedelin düşüncesiyle irkildim. Eğer Edward'ı bir kere kaybetmemiş olsaydım, böylesine bocalar mıydım, diye merak ettim. Eğer onsuz yaşamak nasıl bir şey bilmeseydim... Emin değildim. Bu bilgi benim o kadar derinden bir parçamdı ki, onsuz kendimi nasıl hissedeceğimi hayal edemiyordum.

"O senin için bir uyuşturucu gibi, Bella." Sesi hâlâ kibardı ama tenkit edici değildi.

"Artık neden onsuz yaşayamadığını anlayabiliyorum. Çok geç. Ama ben senin için daha sağlıklı olurdum. Bir uyuşturucu değil; hava, güneş olurdum."

Dudağımın kenarı dalgın, yarım bir gülümsemeyle kıvrıldı. "Eskiden seni o şekilde düşünürdüm, biliyor musun? Güneş gibi. Kendi şahsi güneşim. Benim için bulutları öyle güzel ayırıyordun ki."

İçini çekti. "Bulutları halledebilirim. Ama bir tutulma ile savaşamam."

Yüzüne dokundum, elimi yanağına uzattım. Temasımla birlikte nefesini verdi ve gözlerini kapadı. Çok sessizdi. Kalbinin atışlarını duyabiliyordum, yavaş ve dengeliydi.

"Senin için en kötü kısmını söyle," diye fısıldadı.

"Sanırım bu kötü bir fikir olabilir."

"Lütfen."

"Seni incitebilir."

"Lütfen."

Bu noktada artık nasıl geri adım atabilirdim?

"En kötüsü..." İlk önce tereddüt ettim ama sonra kelimelerin dudaklarımdan bir gerçek seli içinde akmalarına izin verdim. "En kötüsü, ben hepsini gördüm... Tüm hayatımızı. O hayatı öylesine istiyorum ki, Jake, hepsini istiyorum. Tam burada kalmak ve asla hareket etmemek istiyorum. Seni sevmek ve mutlu etmek istiyorum. Ama yapamam ve bu beni öldürüyor. Sam ve Emily gibi, Jake... Hiçbir zaman seçme şansım olmadı. Hiçbir şeyin değişemeyeceğini başından beri biliyordum. Belki de bu yüzden sana bu kadar çok karşı koyuyordum."

Düzenli nefes almaya konsantre olmuş gibi görünüyordu.

"Sana söylemem gerektiğini biliyordum."

Başını yavaşça salladı. "Hayır. Anlattığına memnunum. Teşekkür ederim." Başımı öptü ve sonra içini çekti. "Artık iyi olacağım."

Yukarı baktım ve gülümsediğini gördüm.
"O zaman evleneceksin, öyle mi?"
"O konuda konuşmak zorunda değiliz."
"Bazı ayrıntıları bilmek istiyorum. Bir daha seninle ne zaman konuşurum bilmiyorum."

Konuşmadan önce bir dakika beklemek zorunda kaldım. Sesimin çatlamayacağından emin oldum zaman, sorusunu cevapladım.

"Aslında benim fikrim değil...ama, evet. Onun için çok önemli. Ben de düşündüm de, neden olmasın?"

Jake onayladı. "Bu doğru. Çok da büyük bir şey değil. Ötekine kıyasla."

Sesi çok sakin ve tarafsızdı. Bununla nasıl başettiğini merak ederek ona baktım ve bu bakışım onu mahvetti. Bir saniye için bakışlarıma karşılık verdi ve sonra kafasını çevirdi. Konuşmak için, solumasını tekrar kontrol altına kadar bekledim.

"Evet. Ötekine kıyasla," diye onayladım.

"Ne kadar süren kaldı?"

"Bu, Alice'in ne kadar sürede bir düğün hazırlayabileceğine bağlı." Alice'in neler yapacağını düşünmek, beni yine sıkıntıya sokmuştu.

"Önce mi, sonra mı?" diye sordu sessizce.

Neden bahsettiğini biliyordum. "Sonra."

Başını salladı. Rahatladı. Mezuniyetimi düşünerek kaç uykusuz gece geçirdiğini merak ediyordum.

"Korkuyor musun?" diye fısıldadı.

"Evet," diye cevap verdim fısıldayarak.

"Neden korkuyorsun?" Artık sesini zar zor duyuyordum. Ellerime baktı.

"Bir çok şeyden." Sesimi daha yumuşatmaya çalıştıysam da dürüst oldum. "Hiçbir zaman bir mazoşist olmadım, o yüzden acıyı dört gözle beklemiyorum. Ve keşke onu uzakta tutabilmenin bir yolu olsaydı. Benimle birlikte acı çekmesini istemiyorum ama başka bir yolu olduğunu da sanmıyorum. Sonra bir de Charlie ve Renée'yle de uğraşmam gerekecek... Ve sonrasında, umarım kendimi çabuk kontrol edebilirim. Belki öyle başa bela olurum ki, sürü beni ortadan kaldırmak zorunda kalır."

Onaylamayan bir ifadeyle yukarı baktı. "Öyle bir şeyi denemeye kalkan kardeşimi topal bırakırım."

"Teşekkürler."

Gönülsüzce gülümsedi. Sonra kaşlarını çattı. "Ama

ondan daha tehlikeli değil mi? Tüm o hikâyelerde, çok zor olduğunu söylüyorlar...hakimiyetlerini kaybettiklerini...ve insanları öldürdüklerini..." Yutkundu.

"Hayır, ondan korkmuyorum. Aptal Jacob! Vampir hikâyelerine inanılmaması gerektiğini bilmiyor musun?"

Yapmaya çalıştığım bu espriden hoşlanmadığı açıkça belliydi.

"Şey, her neyse, endişelecek çok şey var. Ama sonunda, hepsine değiyor."

İsteksizce başını salladı, bana bu konuda asla katılmayacağını biliyordum.

Yanağımı sıcak tenine yaslayarak kulağına fısıldamak için boynumu uzattım. "Seni sevdiğimi biliyorsun."

"Biliyorum," diye nefes aldı ve belimin etrafına doladığı kolunu daha da sıktı. "Bunun yeterli olmasını nasıl arzu ettiğimi biliyorsun."

"Evet."

"Seni bir kenarda hep bekleyeceğim, Bella," diye söz verdi, kolunu gevşetirken. Kaybetmenin o kasvetli, sürükleyici hissiyle geri çekildim ve bir parçamı geride, yatakta, onun yanında bırakırken o parçalanma duygusunu hissettim. "Eğer istersen, her zaman yedekte başka bir tercihin olacak."

Gülümsemek için çaba harcadım. "Kalp atışlarım duruncaya kadar."

Sırıttı. "Biliyor musun, sanırım yine de seni almaya gönüllü olabilirim... Belki. Ne kadar koktuğuna bağlı."

"Seni görmeye gelebilir miyim? Ya da yapmamamı mı tercih edersin?"

"Bunu biraz düşünmem lazım," dedi. "Delirmeyi engellemek için arkadaşa ihtiyacım olabilir. Olağanüstü vampir cerrahın dediğine göre, o onay vermeden dönüşüm geçiremezmişim. Bu, kemiklerin dizilişini berbat edebilirmiş." Jacob suratını astı.

"Uslu ol ve Carlisle ne derse onu yap. Daha çabuk iyileşirsin."

"Tabii, tabii."

"Ne zaman olacak merak ediyorum," dedim. "Doğru kız ne zaman kalbini çalacak."

"Fazla ümitlenme, Bella." Jacob'ın yüzü aniden ekşidi. "Ama eminim, böyle bir şey olursa rahatlarsın."

"Belki öyle, belki de değil. Muhtemelen, senin için yeterince iyi olmadığını düşünürüm. Ne kadar kıskanç olacağımı merak ediyorum."

"O kısım eğlenceli olabilir," diye itiraf etti.

"Dönmemi istersen bana haber ver ve hemen gelirim," diye söz verdim.

Derin bir iç çekerek yanağını bana uzattı.

Eğildim ve yüzünü tatlılıkla öptüm. "Seni seviyorum, Jacob."

Hafifçe güldü. "Ben seni daha çok seviyorum."

Sonra, kara gözlerinde anlaşılamaz bir ifadeyle odadan çıkışımı izledi.

27. İHTİYAÇLAR

Daha çok uzağa gidememiştim ki, araba kullanmak, benim için imkânsız bir hale geldi.

Görememeye başlayınca, lastiklerin sert bir tümsek bulmasını ve yavaşça durmasını sağladım. Koltuğun üzerine çöktüm ve Jacob'ın odasında karşı koyduğum zayıflığımın beni parçalamasına izin verdim. Beklediğimden de kötüydü. Kuvveti beni hazırlıksız yakalamıştı. Evet, bunu Jacob'dan saklamakla iyi etmiştim. Bunu kimse görmemeliydi.

Ama çok uzun süre yalnız kalmadım. Alice'in beni burada görmesi uzun sürmemişti ve birkaç dakika sonra Edward yanıma geldi. Kapı açıldı ve beni kollarına aldı.

İlk başta daha kötüydü. Çünkü içimdeki küçük bir parça – küçüktü ama her geçen dakika ile daha da yüksek sesli, sinirli oluyor ve geri kalanıma haykırıyordu – başka bir çift kolu arzuluyordu. O yüzden, acıya ek olarak bir de taptaze bir suçluluk duygusu vardı.

Hiçbir şey söylemedi, sadece ben Chalie'nin adını söyleyene kadar hıçkıra hıçkıra ağlamama izin verdi.

"Gerçekten eve gitmeye hazır mısın?" dedi şüpheli bir şekilde.

Birkaç denemeden sonra, yakın bir zamanda hıçkırıklarımın geçmeyeceği belli oldu ama Charlie'nin Billy'yi aramasını gerektirecek kadar geç olmadan ona görünmeliydim.

Beni eve götürdü. İlk defa bu kadar yavaş kullanıyordu, kamyonetimin hız limitine yaklaşmıyordu bile. Bir kolu ile beni sıkıca beni sarmıştı. Yol boyunca, kendimi kontrol etmeye çalıştım. Başta, boşa çaba harcıyormuşum gibi geldi ama yine de pes etmedim. Sadece birkaç saniyeliğine, dedim kendime. Birkaç mazeret ya da birkaç yalan için yeterli bir süre, sonra tekrar kendimi kaybedebilirdim. O kadarını yapabilmeliydim. Kafamın içinde ümitsizce bir güç kırıntısı arıyordum.

Ancak hıçkırıklarımı susturabilecek kadar bir güç bulabilmiştim, sonlandırmak için değil, sadece içimde tutmak için. Göz yaşlarım yavaşlamadı. Onlar için bile bir çare bulamıyor gibiydim.

"Beni yukarıda bekle," diye mırıldandım evin önüne geldiğimizde.

Bir dakikalığına bana sıkıca sarıldı ve gitti.

İçeri girince, doğruca yukarı yöneldim.

"Bella?" diye seslendi Charlie. Oturma odasında, her zamanki yerinde oturuyordu.

Konuşmadan arkamı dönüp ona baktım. Gözleri merakla açıldı ve ayağa kalktı.

"Ne oldu? Jacob...?" diye sordu.

Öfkeyle başımı salladım ve konuşacak gücü bulmaya çalıştım. "O iyi, o iyi," dedim, sesim kısık ve boğuktu. Jacob fiziksel olarak iyiydi ve bu da, Charlie'nin şu anda endişelendiği tek şeydi.

"Ama ne oldu?" Omuzlarımı tuttu, gözlerinde hâlâ yoğun bir endişe vardı. "Sana ne oldu?"

Tahmin ettiğimden de kötü görünüyor olmalıydım.

"Hiçbir şey, baba. Ben sadece...Jacob'la konuşmak zorundaydım...zor olan birkaç şey hakkında. Ben iyiyim."

Telaşı geçmiş, yerini kınama almıştı.

"Bunun için gerçekten en iyi zaman mıydı?" diye sordu.

"Muhtemelen değildi, baba, ama başka seçeneğim yoktu. Seçim yapmam gereken bir noktaya gelmiştim... Bazen, uzlaşma yolu bulunamıyor."

Yavaşça başını salladı. "Nasıl karşıladı?"

Cevap vermedim.

Bir dakika yüzüme baktı ve sonra başıyla beni onayladı. Bu yeterli bir cevap olmalıydı.

"Umarım iyileşme sürecini mahvetmemişsindir."

"Çabuk iyileşir o," diye mırıldandım.

Charlie içini çekti.

Kontrolümü kaybetmeye başladığımı hissedebiliyordum.

"Odamda olacağım," dedim, omuzlarımdaki ellerinden kurtularak.

"Tamam," dedi. Muhtemelen gözlerimin dolmaya başladığını görebiliyordu. Charlie'yi göz yaşlarından daha çok korkutan başka bir şey yoktu.

Zorlukla odama ulaştım.

İçeri girince, titreyen parmaklarla bileziğime saldırıp açmaya çalıştım.

"Hayır, Bella," diye fısıldadı Edward, ellerimi tutarak. "O senin bir parçan."

Hıçkırıklarım tekrar serbest kalınca beni kollarına aldı.

Günlerin en uzunu olan bugün, uzuyor da uzuyor gibi görünüyordu. Acaba hiç bitecek mi, diye merak ediyordum.

Gece acımasızca uzasa da, hayatımın en kötü gecesi değildi. Ve yalnız değildim. Bu da benim için büyük bir teselli olmuştu.

Charlie'nin duygusal patlamalara karşı olan korkusu, gelip beni kontrol etmesini engellemişti ama onun da, benden daha fazla uyumadığını tahmin edebiliyordum.

Yaptıklarımın sonradan farkına varma yeteneğim, bu gece katlanılmaz derecede netti. Yaptığım her yanlışı, verdiğim her zararı, küçüğüyle büyüğüyle görebiliyordum. Jacob'a yaşattığım her acı, Edward'da açtığım her yara, düzenli bir yığın halinde önümde duruyordu ve onları ne yok sayabiliyor ne de inkâr edebiliyordum.

Ve mıknatıslar konusunda başından beri yanılmış olduğumu fark ettim. Bir araya getirmeye çalıştığım Edward ve Jacob değil, içimde var olan iki parçaydı, Edward'ın Bella'sı ve Jacob'ın Bella'sı. Ama ikisi birlikte var olamazdı ve artık daha fazla bir şey denememeliydim.

Yeterince zarar vermiştim.

Gecenin karanlığında, bu sabah kendime verdiğim

sözü hatırladım. Edward'ın beni, Jacob Black için bir damla daha göz yaşı dökerken görmesine asla izin vermeyecektim. Bu düşünce bir başka histeri nöbetine sebep oldu ve bu da, Edward'ı ağlamamdan daha çok korkuttu.

Edward çok az konuştu, sadece yatakta bana sarıldı ve gömleğini tuzlu gözyaşlarımla mahvetmeme izin verdi.

O küçük, kırılmış parçamın ağlamasını bitirmesi, beklediğimden de uzun sürdü. Yine de oldu ve eninde sonunda uyuyacak kadar bitkin düştüm. Bilinçsizlik acıya tam bir rahatlama getirmemiş, beni sadece bir ilaç gibi uyuşturup yatıştırmıştı. Daha katlanılabilir kılmıştı. Ama hâlâ oradaydı, farkındaydım.

Sabah, beraberinde daha parlak bir bakış açısı olmasa bile en azından bir ölçü hakimiyet, biraz kabullenme getirmişti. Kalbimde yeni oluşan bu kırık, içgüdüsel olarak her zaman ağrıyacaktı. Bundan sonra benim bir parçam olacaktı. Zaman bunu kolaylaştıracaktı. Herkes böyle söylüyordu. Ama zamanın beni iyileştirip iyileştirmediği umurumda değildi, tek istediğim, Jacob'ın iyi olmasıydı. Mutlu olmasını istiyordum.

Sabah gözlerimi açtığımda nihayet kuruydular. Edward, endişeli gözlerle bana bakıyordu.

"Hey," dedim. Sesim boğuktu. Boğazımı temizledim.

Cevap vermedi. Bana baktı ve konuşmamı bekledi.

"Hayır, iyiyim," diye söz verdim. "Aynısı bir daha olmayacak."

Bu sözlerim üzerine gözleri kısıldı.

"Beni öyle gördüğün için özür dilerim," dedim. "Bu sana haksızlıktı."

Ellerini yüzümün iki tarafına koydu.

"Bella...*emin* misin? Doğru kararı mı verdin? Seni hiç böyle acı çekerken görmemiştim," dedi, bunları söylerken sesi çatlamıştı.

Ama daha kötü bir acı tattığım olmuştu.

Dudaklarına dokundum. "Evet."

"Bilemiyorum..." Kaşlarını çattı. "Eğer seni böylesine incitiyorsa, bu senin için nasıl doğru seçim olabilir?"

"Edward, hayatımda kim olmazsa yaşayamayacağımı biliyorum."

"Ama..."

Başımı salladım. "Anlamıyorsun. Eğer en iyisi buysa, sen bensiz yaşayabilecek kadar cesur ya da güçlü olabilirsin. Ama ben asla o kadar özverili olamam. Ben seninle olmak zorundayım. Ancak o şekilde hayatta kalabilirim."

Hâlâ kuşkulu görünüyordu. Dün gece benimle kalmasına asla izin vememeliydim. Ama ona kadar çok ihtiyacım vardı ki...

"Bana şu kitabı uzatır mısın?" diye sordum, omzunun arkasını işaret ederek.

Şaşırmasına rağmen kitabı hemen verdi.

"Yine mi bu?" diye sordu.

"Sadece şu hatırladığım bölümü bulmak istiyorum... nasıl söylediğini görmek için..." Sayfaları çevirdim ve aradığım sayfayı kolayca buldum. Burada o kadar çok durmuştum ki, köşesi kıvrıktı. "Cathy bir canavardı ama aynı zamanda haklı olduğu noktalar da vardı," diye mırıldandım. Sessizce satırları okudum. "Her şey yok olup sadece o kalsa, ben yine varolurdum; her şey yerinde kalsa ve o ortadan kaybolsa, evren bana tamamen yabancı olurdu." Yine kendi kendime başımı salladım. "Ne demek istediğini çok iyi anlıyorum. Ve kim olmadan yaşayamayacağımı da biliyorum."

Edward kitabı ellerimden aldı ve odanın öteki ucuna attı. Kitap, hafif bir pat sesi çıkararak masamın üzerine düştü. Kollarını belime sardı.

Her ne kadar, alnı hâlâ kırışık olsa da, küçük bir gülümseme, mükemmel yüzünü aydınlattı. "Heathcliff'in de kendi anları oluyor," dedi. Cümleyi mükemmel olarak söyleyebilmek için kitaba ihtiyacı yoktu. Beni daha da yakınına çekti ve kulağıma fısıldadı, "Hayatım olmadan *yaşayamam*! Ruhum olmadan *yaşayamam*!"

"Evet," dedim yavaşça. "Demek istediğim oydu."

"Bella, perişan olmana dayanamıyorum. Belki..."

"Hayır, Edward. Bir sürü şeyi berbat ettim ve bununla yaşamam gerekiyor. Ama ne istediğimi ve neye ihtiyacım olduğunu biliyorum...ve şimdi ne yapacağımı."

"Şimdi ne yapacağımızı."

Düzeltmesine hafifçe gülümsedim ve sonra içimi çektim. "Gidip Alice'i göreceğiz."

Alice, verandanın en alt basamağında duruyordu, bizi içerde bekleyemeyecek kadar sabırsızdı. Ona vereceğimi bildiği haberler için öylesine heyecanlıydı ki, her an kutlama dansı yapmaya başlayacakmış gibi duruyordu.

"Teşekkür ederim, Bella!" dedi şakıyarak, biz kamyonetten inerken.

"Orada dur, Alice," diye uyardım onu, sevincini durdurmak için elimi kaldırarak. "Senin için bazı kısıtlamalarım var."

"Biliyorum, biliyorum, biliyorum. En geç 13 Ağustos'a kadar vaktim var, konuk listesine itiraz etme hakkına sahipsin ve herhangi bir şeyi abarttığım takdirde bir daha benimle konuşmayacaksın."

"Eh, tamam. Şey, evet. Kuralları biliyorsun, o zaman."

"Endişelenme, Bella, mükemmel olacak. Gelinliğini görmek ister misin?"

Birkaç derin nefes almak zorunda kaldım. *Onu ne mutlu ederse*, dedim kendi kendime.

"Tabii."

Alice'in yüzünde kendinden memnun bir gülümseme vardı.

"Ee, Alice," dedim, sesime kayıtsız bir ton vermeye çalışarak. "Ne zaman bana bir gelinlik aldın?"

Alice beni içeri yönlendirdi ve merdivenlere doğru gitti. "Bu işler zaman alır, Bella," diye açıkladı Alice. "Yani, işlerin böyle olacağından emin değildim ama yine de bir ihtimal vardı..."

"Ne zaman?" dedim tekrar.

"Perrine Bruyere'in bir bekleme listesi var, biliyorsun," dedi, savunmaya geçerek. "Kumaştan başyapıtlar bir gecede oluşmaz. Eğer ilerisini düşünmeseydim, askıdan alınmış alelade bir şey giyiyor olabilirdin!"

Düzgün bir cevap alamayacakmışım gibi görünüyordu. "Per – kim?"

"Çok büyük bir tasarımcı değil, Bella, o yüzden hemen histeri nöbetlerine girmene gerek yok. Ama gelecek vaat ediyor ve tam da ihtiyacım olduğu alanda bir uzman."

"Nöbete falan girdiğim yok."

"Tabii ki yok." Sakin yüzüme şüpheyle baktı ve sonra odasına girdiğimizde, Edward'a döndü.

"Sen – dışarı."

"Neden?" diye sordum.

"Bella," diye inledi. "Kuralları biliyorsun. Düğün gününe kadar elbiseyi görmemesi gerekir."

Başka derin bir nefes daha aldım. "Benim için bir önemi yok. Ve biliyorsun ki, kafanda zaten gördü. Ama eğer istediğin buysa..."

Edward'ı kapının dışına itti. Edward ona bakmadı bile, gözleri bendeydi, tedirgindi ve beni yalnız bırakmaya korkuyordu.

Başımla onayladım ve ifademin ona güvence verecek kadar sakin olmasını umdum.

Alice kapıyı yüzüne kapadı.

"Pekâlâ!" diye mırıldandı. "Hadi."

Bileğimi kavrayıp beni, yatak odamdan daha büyük olan, dolabına götürdü ve uzun beyaz bir giysinin bütün askıyı kapladığı arka köşeye sürükledi.

Tek bir hareketle çantanın fermuarını açarak elbiseyi askısından yavaşça çekti. Bir adım geri gitti ve sanki bir yarışma programı sunucusu misali elleriyle elbiseyi sundu.

"Eee?" dedi nefes nefese.

Uzun bir süre elbiseye bakınca Alice'in ifadesi endişeli bir hal aldı.

"Ah," dedim ve rahatlaması için gülümsedim. "Anlıyorum."

"Ne düşünüyorsun?" diye sordu.

Güzümün önüne tekrar *Yeşilin Kızı Anne* hayallerim geldi.

"Elbette, mükemmel. Tam olması gerektiği gibi. Sen bir dahisin."

Sırıttı. "Biliyorum."

"Bin dokuz yüz seksen?" diye tahminde bulundum.

"Aşağı yukarı," dedi başıyla onaylayarak. "Kimi yerleri benim tasarımım, eteği, duvağı..." Konuşurken beyaz satene dokunuyordu. "Dantel ise klasik. Beğendin mi?"

"Çok güzel. Edward için en doğru elbise."

"Ama senin için de öyle mi?" diye ısrar etti.

"Evet, sanırım öyle, Alice. Sanırım tam ihtiyacım olan şey. Bununla çok iyi bir iş başaracağına eminim... eğer kendini konrol altında tutabilirsen."

Yüzü ışıldadı.

"Senin elbiseni görebilir miyim?" diye sordum.

Gözlerini kırpıştırdı.

"Nedime elbisesinin siparişini de aynı anda vermedin mi? Baş nedimemin askıdan alelade bir şey giymesini istemem." Korkuyla irkilmiş gibi yaptım.

Kollarını belime doladı. "Teşekkürler, Bella!"

"Bunu nasıl tahmin edemedin?" diye alay ettim. "Ne biçim bir medyumsun sen!"

Alice dans ederek geri gitti, yüzü heyecanla parlamıştı. "Yapacak çok şeyim var! Git Edward'la oyna. İşimin başına dönmem lazım."

"Esme!" diye bağırarak telaşla odadan dışarı çıktı.

Hızla onu takip ettim. Edward, holde tahtadan duvara yaslanmış, beni bekliyordu.

"Yaptığın çok ama çok güzel bir şey," dedi.

"Mutlu görünüyor," diye onayladım.

Yüzüme dokundu ve uzun süredir beni görmüyormuş gibi gözlerimin içine baktı.

"Gel çıkalım buradan," diye önerdi birden. "Hadi gel, çayırımıza gidelim."

Bu fikir oldukça çekici gelmişti. "Sanırım artık saklanmama gerek kalmadı, öyle mi?"

"Hayır. Tehlikeyi çoktan arkamızda bıraktık."

Koşarken sessiz ve düşünceliydi. Fırtına tamamen geçmişti ve sıcak rüzgâr yüzüme doğru esiyordu. Bulutlar gökyüzünü kaplamıştı.

Bugün, çayır huzur dolu, mutlu bir yerdi. Papatyalar, çimin üstünde sarı ve beyaz fırça darbeleri gibi duruyordu. Toprağın hafif nemliliğini umursamayarak uzandım ve bulutların oluşturduğu şekillere baktım. Çok dengeli ve düzdüler. Şekil yoktu, sadece yumuşak, gri bir battaniyeyi andırıyordu.

Edward yanım uzandı ve elimi tuttu.

"13 Ağustos?" diye sordu kayıtsızca, uzun bir sessizlikten sonra.

"Bu bana doğum günüme kadar bir ay veriyor."

İçini çekti. "Esme, Carlisle'dan üç yaş daha büyük. Bunu biliyor muydun?"

Başımı salladım.

"Bu onlar için bir fark yaratmıyor."

Sesim, onun kaygılarının tersine oldukça dingindi. "Yaşım gerçekten o kadar önemli değil. Edward, ben hazırım. Hayatımı seçtim ve şimdi yaşamaya başlamak istiyorum."

Saçlarımı okşadı. "Konuk listesi itirazı da nedir?"

"Aslında umurumda değil, ama ben..." Bunu açıklamak istemeyerek tereddüt ettim. En iyisi söyleyip kurtulmaktı. "Alice...birkaç kurt adamı davet etme zorunluluğu hisseder mi, emin olamadım. Bilmiyorum... Jake gelmek zorundaymış gibi...hisseder mi. Doğrusu odur ya da gelmezse duygularım incinir diye. Tüm bunlara katlanmak zorunda olmamalı."

Edward bir süre sessiz kaldı. Ağaç tepelerine baktım, gökyüzünün açık gri renginin yanında neredeyse kapkara duruyorlardı.

Birden, Edward beni belimden yakaladı ve göğsüne çekti.

"Bunu neden yapıyorsun bana bir daha anlat, Bella. Neden şimdi birden Alice'e bu kadar serbestlik verdin?"

Dün gece Jacob'ı görmeye gitmeden Charlie'yle yaptığım sohbeti tekrarladım.

"Charlie'yi bu işin dışında tutmak haksızlık olurdu," diye tamamladım. "Ve bu aynı zamanda Renée ve Phil için de geçerli. Bu arada Alice'in de eğlenmesine izin verebilirim. Belki Charlie doğru düzgün veda edebilirse, her şey onun için daha kolay olur. Her ne kadar, çok erken olduğunu düşünse de, beni kolunda mihraba yürütme fırsatını onun elinden alamam." Sözcükleri söylerken yüzümü buruşturdum ve derin bir nefes daha aldım. "En azından, annem, babam ve arkadaşlarım, kararımın onlara söylemeye izinli olduğum kısmının en iyi yanını biliyor olacaklar. Seni seçtiğimi ve birlikte olacağımızı bilecekler. Nerede olursam olayım mutlu olacağımı bilecekler. Sanırım bu onlar için yapabileceğimin en iyisi."

Edward çenemi tuttu ve yüzümü inceledi.

"Anlaşma iptal," dedi aniden.

"*Ne*?" diye soludum. "Sözünden *cayıyor* musun? Hayır!"

"Caymıyorum, Bella. Pazarlığın kendi tarafımı yerine getireceğim. Ama seni sorumlu tutmuyorum. Ne istiyorsan o olacak."

"Neden?"

"Bella, ne yapmaya çalıştığını görebiliyorum. Herkesi mutlu etmeye çalışıyorsun. Ve başkalarının duyguları umurumda değil. Senin mutlu olmana ihtiyacım var. Bunu Alice'e söylemek konusunda endişelenme. Ben hallederim. Söz veriyorum seni suçlu hissettirmeyecek."

"Ama ben – "

"Hayır. Bu işi senin yönteminle yapıyoruz. Çünkü benimkisi işe yaramıyor. Sana inatçı derdim ama bak ben ne yaptım. Senin için neyin iyi olduğu yönündeki kendi fikrime öyle dikbaşlılıkla tutundum ki, seni incittim. Artık kendime güvenmiyorum. Mutluluğa kendi yönteminle sahip olabilirsin. Benim yolum yanlış. O yüzden," iyice yanıma sokuldu ve omuzlarını dikleştirdi, "bunu *senin yolunla* yapıyoruz, Bella. Bu gece. Bugün. Ne kadar yakın olursa o kadar iyi. Carlisle ile konuşacağım. Eğer sana yeteri kadar morfin verirsek, o kadar kötü olmaz diye düşünüyorum. Denemeye değer." Dişlerini sıktı.

"Edward, hayır – "

Parmağını dudaklarıma koydu. "Endişelenme, Bella, aşkım. Diğer taleplerini unutmadım."

Ben daha ne demek istediğini anlayamadan, elleri saçlarımdaydı, dudaklarım üzerinde hareket eden dudakları yumuşak ama ciddiydi.

Hareket etmek için çok fazla zaman yoktu. Eğer çok beklersem, onu neden durdurmam gerektiğini hatırlamayabilirdim. Zaten düzgün nefes alamıyordum. Ellerimle kollarına tutunmuş, kendimi ona daha çok çekiyordum; dudaklarım onunkilere yapışmış, dile getiremediği her soruya cevap veriyordu.

Zihnimi netleştirmeye, konuşmak için bir yol bulmaya çalıştım.

Nazikçe yuvarlandı ve beni serin çime bastırdı.

Ah, boş ver! dedi daha az asil olan tarafım. Zihnim nefesinin tatlılığıyla dolup taşıyordu.

Hayır, hayır, hayır, diye tartıştım kendimle. Başımı salladım, dudakları boynuma kayarak bana nefes alma şansı verdi.

"Dur, Edward. Bekle." Sesim de iradem kadar zayıftı.

"Neden?" diye fısıldadı boynumdaki oyuğa doğru.

Ses tonuma biraz kararlılık katmak için çabaladım. "Bunu şimdi yapmak istemiyorum."

"İstemiyor musun?" diye sordu, ses tonundan gülümsediğini anladım. Dudaklarını tekrar benimkilere bastırdı ve konuşmayı imkânsız kıldı. Damarlarıma doluşan hararet, tenimin onunkine değdiği her noktayı yakıyordu.

Kendimi odaklanmaya zorladım. Sadece ellerimi saçlarından ayırıp göğsüne koymak için zorlamak bile büyük bir çaba gerektirdi. Ama yaptım. Sonra onu üzerimden çekmeye çalışarak ittim.

Bana bakmak için kendini birkaç santimetre geri çekti ama gözleri kararlılığıma hiçbir yardımda bulunmuyordu. İki adet kara ateş gibiydi. Alev alev yanıyorlardı.

"Neden?" diye sordu tekrar, sesi kısık ve sertti. "Seni seviyorum. Seni istiyorum. Hemen şimdi."

Karnımdaki kelebekler boğazıma doluştu. Suskunluğumdan faydalandı.

"Bekle, bekle," demeye çalıştım.

"Ben öyle düşünmüyorum," diye mırıldandı bana katılmayarak.

"*Lütfen*?" diye soludum.

İnledi ve tekrar yuvarlanarak kendini benden çekti.

İkimiz de bir dakika boyunca orada öylece uzanıp nefes alışımızı düzenlemeye çalıştık.

"Neden olmasın söyle bana, Bella," diye üsteledi. "Benimle ilgili olmasa iyi olur."

Dünyamdaki her şey onunla ilgiliydi. Söyledikleri ne kadar da aptalcaydı.

"Edward, bu benim için çok önemli ve doğru şekilde yapacağım."

"Kime göre doğru?"

"Bana göre."

Dirseği üzerinde durmak için döndü ve bana baktı, bakışları beni onaylamıyor gibiydi.

"Bunun doğrusunu nasıl yapacaksın?"

Derin bir nefes aldım. "Sorumlu olarak. Her şey doğru sırasıyla. Charlie ve Renée'yi, onlara önerebileceğim en iyi çözümden mahrum bırakmayacağım. Eğer her halükarda bir evlilik olacaksa, Alice'in eğlencesini elinden almayacağım. Ve senden beni ölümsüz yapmanı isteyene kadar, kendimi sana olabilecek her insani yolla bağlayacağım. Bütün kurallara uyuyorum, Edward. Ruhun benim için, onu riske atamayacağım kadar çok ama çok önemli. Bu konuda fikrimi değiştirmeyeceksin."

"Eminim yapabilirim," diye mırıldandı, gözleri hâlâ alev alev yanıyordu.

"Ama yapmazsın," dedim, ses tonumu ölçülü tutmaya çalışarak. "Gerçekten ihtiyacım olan şeyin bu olduğunu bilmezken olmaz."

"Adil savaşmıyorsun," diye beni suçladı.

Ona sırıttım. "Hiçbir zaman adil savaştığımı söylemedim."

O da bana gülümsedi, arzuluydu. "Ama eğer fikrini değiştirirsen..."

"Bunu ilk öğrenen sen olacaksın," diye söz verdim.

Tam o sırada, bulutların arasından yağmur çiselemeye başladı.

Gökyüzüne ters ters baktım.

"Seni eve götüreyim." Yanaklarımdaki birkaç küçük su damlacığını sildi.

"Sorun yağmur değil," diye yakındım. "Sadece bu demektir ki, gidip nahoş ve muhtemelen fazlasıyla tehlikeli bir şeyi yapmanın vakti geldi."

Gözleri korkuyla açıldı.

"Kurşun geçirmez olman iyi bir şey." İçimi çektim. "O yüzüğe ihtiyacım olacak. Gidip Charlie'yle konuşmanın zamanı geldi."

Yüzümdeki ifadeye güldü. "Fazlasıyla tehlikeli," diyerek bana katıldı. Bir kahkaha attı ve kotunun cebine uzandı. "Ama en azından fazladan bir tane daha yolculuk yapmamıza gerek yok."

Bir kez daha, yüzüğü sol elimin üçüncü parmağına taktı.

Muhtemelen sonsuza dek takılı kalacağı yere.

SONSÖZ - SEÇİM

JACOB BLACK

"Jacob, sence bu daha uzun sürecek mi?" diye sordu Leah. Sabırsızca. Mızmızlanarak.

Dişlerimi sıktım.

Sürüdeki diğer herkes gibi, Leah da her şeyi biliyordu. Buraya, denizin, gökyüzünün ve yeryüzünün sonuna neden geldiğimi biliyordu. Yalnız kalmak için. Tek istediğimin bu olduğunu biliyordu. Yalnız olmak.

Ama Leah her koşulda misafirliğini benden eksik etmeyecekti.

Delicesine sinirlenmemin yanında, bir anlığına kendimi memnun hissettim. Çünkü artık öfkemi kontrol etmeyi düşünmek zorunda bile değildim. Artık bu kolaydı, yapabildiğim bir şeydi, doğaldı. Kızıl sis gözlerime çullanmıyor, hararet sırtımdan aşağı kaynar sular gibi inmiyordu. Cevap verdiğimde sesim sakindi.

"Git kendini uçurumdan at, Leah," dedim ayağımın ucuyla göstererek.

"Gerçekten mi, ufaklık." Beni yoksayarak, kendini yere atıp yayıldı. "Bunun benim için ne kadar zor olduğuna dair en ufak bir fikrin yok."

"*Senin* için?" Ciddi olduğuna inanmam birkaç dakikamı aldı. "Tanıdığım en bencil insansın, Leah. İçinde yaşadığın hayal dünyasını – güneşin senin etrafında döndüğünü sanmandan bahsediyorum – yok etmek istemem. Bu yüzden de probleminin ne olduğuyla zerrece ilgilenmediğimi söylemeyeceğim. *Defol. Git.*"

"Buna bir saniyeliğine benim açımdan bak, tamam mı?" diye devam etti, sanki hiçbir şey söylememişim gibi.

Amacı ruh halimi dağıtmaksa, başarılı olmuştu. Gülmeye başladım. Sesim garip bir biçimde onu incitti.

"Homurdanmayı kes de, beni dinle," diye kızdı.

"Dinliyormuş gibi yaparsam gidecek misin?" diye sordum, yüzündeki daimi somurtkan ifadeye bakarak. Yüzünde hiç başka bir ifade oluştu mu, diye merak ediyordum.

Eskiden Leah'ın hoş, hatta güzel olduğunu düşündüğümü hatırladım. Bu uzun zaman önceydi. Artık kimse onun hakkında böyle düşünmüyordu. Sam dışında. Asla kendini affetmeyecekti. Sanki Leah'ın bu sert, gaddar kişiye dönüşmesi onun hatasıymış gibi.

Sanki ne düşündüğümü tahmin edebiliyormuş gibi, kaşları daha da çatıldı. Muhtemelen tahmin edebiliyordu.

"Bu beni deli ediyor Jacob. Bunun *bana* kendimi nasıl hissettirdiğini hayal edebiliyor musun? Bella Swan'ı *sevmem* bile. Sanki ben de ona âşıkmışım gibi, bu emici-sever için yas tutmamı sağladın. Bunun nasıl da kafa bulandırıcı olduğunu anlayabiliyor musun? Dün akşam rüyamda onu öptüğümü gördüm! Bununla ne yapacağım şimdi ben?"

"Umursamam mı gerekiyor?"

"Kafanın içinde olmaya daha fazla dayanamıyorum. Aş artık onu. O şeyle *evlenecek*. Onu, onlardan birine dönüştürmeyi deneyecek. Yoluna devam etmenin zamanı geldi, ufaklık."

"Kapa çeneni," diye hırladım.

Cevap vermek yanlış olacaktı. Biliyordum. Çenemi tuttum. Ama eğer hemen şimdi çekip gitmezse, onun için kötü olacaktı.

"Büyük ihtimalle onu öldürür zaten," dedi Leah alay edercesine. "Tüm hikâyeler bunun olma ihtimalinin daha yüksek olduğunu gösteriyor. Belki de bir cenaze, onu unutman için düğünden daha etkili olur."

Bu sefer çabaladım. Gözlerimi kapadım ve ağzımdaki acı tatla mücadele ettim. Sırtımdaki o ateşi ittirip uzaklaştırdım, bedenim parçalara ayrılmak isterken onu bir arada tutmak için mücadele ettim.

Kendime hâkim olmayı başardığımda ona dik dik baktım. Titremeler yavaşlarken gülümseyerek ellerimi izliyordu.

Ne şaka ama.

"Eğer cinsiyet karmaşası yüzünden keyifsizsen Leah..." dedim, yavaşça, her kelimeyi vurgulayarak. "Diğerlerimizin Sam'i senin gözünden görmeyi nasıl karşıladığını düşünüyorsun? Emily'nin *senin* düşkünlüğünle uğraşması yeterince kötü zaten. Bir de biz erkeklerin onun için salya akıtmamıza ihtiyacı yok."

Ne kadar kızgın olsam da, yüzündeki acıyı görünce kendimi suçlu hissettim.

Ayağa fırlayıp bana tükürmek için durdu ve sonra hızla ağaçlara doğru koştu.

İç karartıcı bir şekilde güldüm. "Iskaladın."

Sam bunun için canıma okuyacaktı ama buna değerdi. Leah beni daha fazla rahatsız edemezdi. Fırsatını bulsam yine yapardım.

Sözleri beynime kazınmıştı. Acısı o kadar fazlaydı ki, zar zor nefes alabiliyordum.

Bella'nın, benim yerime başkasını seçmesi o kadar da önemli değildi. Bunun ıstırabı hiçbir şeydi. Bu ıstırapla aptal ve gereğinden fazla uzun hayatım boyunca yaşayabilirdim.

Ama her şeyden vazgeçmesi, kalbinin durmasına, teninin soğumasına ve aklının katıksız bir avcı aklına dönüşmesine izin vermesine inanamıyordum. Bir canavar. Bir yabancı.

Dünyada bundan daha kötü, daha acı verici hiçbir şeyin olamayacağını düşünüyordum.

Ama onu öldürürse...

Yine öfkeme karşı koymak zorunda kaldım. Belki, Leah için olmasa da, bu hiddetin beni onunla daha iyi başa çıkabilecek bir yaratığa çevirmesine izin vermek daha kolay olurdu. İnsani duygulardan çok daha güçlü içgüdüleri olan bir yaratığa dönüşebilirdim. Acıyı aynı şekilde hissedemeyen bir hayvana. Başka tür bir acı. En azından bir çeşidi. Ama Leah şimdi kaçıyordu ve onun düşüncelerini paylaşmak istemiyordum. Öyle bir kaçma şansını elimden aldığı için içimden ona küfrettim.

Ellerim kontrolümde olmadan titriyordu. Onları titreten neydi? Öfke? Istırap? Artık neye karşı savaştığımdan emin değildim.

Bella'nın hayatta kalacağına inanmak zorundaydım. Ama bu güven gerektiriyordu, hissetmediğim bir güven, o kan emicinin onu hayatta tutabilme yeteneklerine dair bir güven.

Bella farklı olacaktı ama bunun beni nasıl etkileyeceğini merak ediyordum. Onun orada bir taş gibi dikildiğini görmek, öldüğünü görmekle aynı mı olacaktı? Buz gibi? Kokusu burun deliklerimi yakarken, koparma ve parçalama içgüdülerimi harekete geçirirken... Nasıl olurdu? *Onu* nasıl öldürmek isteyebilirdim? *Onlardan* birini öldürmemeyi nasıl isteyebilirdim?

Dalgaların sahile vurmasını izledim. Uçurumun kenarının altlarında bir yerde gözden kayboluyorlardı ama kuma vurduklarında çıkan sesi duyabiliyordum. Geç saatlere, iyice karanlık olana kadar onları seyrettim.

Eve gitmek muhtemelen kötü bir fikirdi. Ama açtım ve aklıma başka bir plan gelmiyordu.

Kollarımı aptal kol askılarımın içinden geçirirken ve koltuk değeneklerime tutunurken suratımı ekşittim. Keşke o gün Charlie beni görüp etrafa "motosiklet kazası" hikâyesini yaymasaydı. Aptal destekler. Nefret ediyordum onlardan.

Eve girip babamın yüzündeki ifadeyi görünce acıkmak daha iyi bir fikir gibi gözükmeye başladı. Dilinin altında bir şey vardı. Bunu fark etmesi kolaydı. Kayıtsız davranmaya çalışırdı ama hep abartırdı.

Ayrıca çok fazla konuşuyordu. Daha masaya oturamadan günü hakkında gevezelik etmeye başladı. Söylemek istemediği bir şey olmadığı takdirde böylesine zevzeklik etmezdi. Yemeğe odaklanarak onu elimden geldiğince duymazlıktan geldim. Ne kadar hızlı çiğnersem...

"... ve bugün Sue uğradı." Babamın sesi yüksekti. Yok sayması güçtü. Her zamanki gibi. "İnanılmaz biri. O kadın boz ayılardan daha güçlü. Sue'dan harika bir kurt olurdu. Leah daha çok bir sansar gibi." Kendi şakasına kıkırdayarak güldü.

Cevabım için kısa bir süre bekledi ama boşunaydı, ölesiye sıkılmış ifademi görmüyor gibiydi. Çoğu zaman, bu onu sinir ederdi. Keşke Leah konusunda çenesini kapatsaydı. Onu düşünmemeye çalışıyordum.

"Seth'le uğraşması daha kolay. Elbette, sen de kız kardeşlerinden daha kolaydın ta ki... şey, tabii senin onlardan daha fazla uğraşman gereken bir şeyin vardı."

Uzun ve derin derin içimi çektim, pencereden dışarı baktım.

Billy uzun bir süre sessiz kaldı. "Bugün bir mektup geldi."

Kaçmaya çalıştığı konunun bu olduğunu anlamıştım.

"Mektup mu?"

"Bir...düğün davetiyesi."

Bedenimdeki tüm kaslar kasıldı. Sırtımdan aşağı kaynar sular dökülüyor gibiydi. Ellerimi sabit tutabilmek için masaya tutundum.

Billy fark etmemiş gibi devam etti. "İçinde sana yazılmış bir not var. Okumadım."

Tekerlekli sandalyesi ve bacağı arasında sıkışmış olan fildişi zarfı çekip aldı. Masaya koydu.

"Büyük ihtimalle okumana gerek olmayacaktır. Ne yazdığı önemli değil."

Aptal ters psikoloji. Zarfı masadan aldım.

Ağır, sert bir kağıttı. Pahalıydı. Forks için fazla süslüydü. İçindeki kart da resmi ve süslüydü. Bella'nın işi olmadığı belliydi. Transparan, çiçek desenli sayfalarda onun kişisel zevkine dair hiçbir iz yoktu. Bunu hiç sevmediğine bahse girerdim. Kelimeleri okumadım, tarihe bile bakmadım. Umurumda değildi.

Arkasında, siyah mürekkeple adımın yazılmış olduğu, ikiye katlanmış, kalın fildişi bir kâğıt vardı. El yazısını tanıyamadım ama geri kalanlar kadar süslüydü. Bir an, kan emicinin övünmeye meraklı biri olup olmadığını merak ettim.

Açtım.

Jacob,
Sana bunu göndererek kuralları bozuyorum. Seni incitmekten korkuyordu ve gelmek için herhangi bir şekilde zorunlu hissetmeni istemedi. Ama biliyorum ki, eğer durum tersi olsaydı, bir seçim şansı isterdim.

Ona çok iyi bakacağıma söz veriyorum, Jacob. Teşekkür ederim – onun için – her şey için.
Edward

"Jake, sadece tek bir masamız var," dedi Billy. Sol elime bakıyordu.

Parmaklarımı tahtaya o kadar sert bastırıyordum ki, gerçekten de tehlikeli görünüyordu. Parmaklarımı tek tek gevşettim ve sonra bir şey kırmamak için ellerimi birleştirdim.

"Evet, çok da önemli değil zaten," diye mırıldandı Billy.

Masadan kalktım ve kalkarken tişörtümü çıkardım. Leah'ın şimdiye kadar evine gitmiş olmasını diledim.

"Çok geç kalma," diye mırıldandı Billy, ben ön kapıyı açmak üzere yumruklarken.

Ağaçlara gelmeden koşmaya başlamıştım, giysilerim, sanki geri dönüş yolunu bulmak amacıyla, ekmek kırıntılarından oluşan bir iz gibi arkamda kalıyorlardı. Dönüşüm geçirmem çok kolay olmuştu. Düşünmek zorunda değildim. Bedenim, nereye gittiğimi çoktan biliyordu ve ben ondan rica etmeden, o bana istediğimi verdi.

Şimdi dört bacağım vardı ve uçuyordum.

Arkamda kalan ağaçlar bulanık bir siyah deniz gibi duruyorlardı. Kaslarım bir araya gelip eforsuz bir ritme büründü. Bu şekilde günlerce koşabilir ve yorulmazdım. Belki, bu sefer, durmazdım da.

Ama yalnız değildim.

Çok üzgünüm, diye fısıldadı Embry kulağıma.

Onun gözleriyle görebiliyordum. Kuzeyde, çok uzaktaydı ama geri dönüp bana katılmak için hızlanıyordu. Hırladım ve hızlandım.

Bizi bekle, diye yakındı Quil. Daha yakındaydı, köyden yeni çıkıyordu.

Beni yalnız bırakın, diye sızlandım.

Endişelerini zihnimin içinde duyabiliyor ve seslerini, ormanın ve rüzgârın sesiyle elimden geldiğince boğmaya çalışıyordum. Bu en nefret ettiğim şeydi. Kendimi onların gözleriyle görmek, şimdi gözleri acımayla dolu olduğundan çok daha kötüydü. Bu nefreti gördüler ama yine de arkamdan koşmaya devam ettiler.

Zihnimde yeni bir ses yankılandı.

Bırakın gitsin. Sam'in düşüncesi yumuşaktı ama yine de bir emirdi. Embry ve Quil yavaşladılar.

Keşke duymayı ve gördüklerini görmeyi durdurabilseydim. Aklımın içi öylesine kalabalıktı ki, yine yalnız kalabilmenin tek yolu tekrar insan olmaktı. Bu acıya katlanamıyordum.

İnsana dönüşün, dedi Sam. *Ben seni alırım, Embry.*

Sesler sırayla sessizliğe dönüştü. Sadece Sam kalmıştı.

Teşekkür ederim, diye düşünmeyi becerdim.

Yapabildiğinde eve geri dön. Kelimeler zor duyuluyordu, ayrılırken arkalarında bir boşluk bırakıyorlardı. Ve yalnızdım.

Çok daha iyi. Şimdi, ayaklarımın altındaki, birbirine dolanmış yaprakların hafif hışırtısını, tepemdeki baykuş kanatlarının fısıltısını ve okyanusun sahile çarptığını duyabiliyordum. Sadece bunları duyuyordum, başka hiçbir şey yoktu. Arkamda kilometrelerce yolu bırakırken, hız dışında, kaslarımın, tendonlarımın ve kemiklerimin kasılması ve birlikte bir uyum içinde çalışması dışında hiçbir şey hissetmiyordum.

Eğer zihnimin içindeki sessizlik uzun sürseydi, asla geri dönmezdim. Hayatı boyunca bu formu seçen ilk kişi ben olmazdım. Belki, yeterince uzağa koşarsam, bir daha asla duymak zorunda kalmazdım...

Jacob Black'in arkamda yok olup gitmesi için ayaklarımı daha da hızlı gitmeye zorladım.